《日出》研究资料

周少华 编

曹禺研究资料长编

长江出版社
上海科学技术文献出版社

图书在版编目（CIP）数据

《日出》研究资料 / 周少华编 .
—武汉：长江出版社，2020.7（2023.1 重印）
（曹禺研究资料长编）
ISBN 978-7-5492-7033-0

Ⅰ . ①日… Ⅱ . ①周… Ⅲ . ①曹禺（1910-1996）—
话剧—戏剧文学评论 Ⅳ . ① I207.34

中国版本图书馆 CIP 数据核字（2020）第 119513 号

项目统筹：张　树
责任编辑：赖　晨　湛　青　王　珺
封面设计：汪　雪　彭　微

《日出》研究资料
周少华　编
出版发行：上海科学技术文献出版社
地　　址：上海市长乐路 746 号　200040
出版发行：长江出版社
地　　址：武汉市解放大道 1863 号　430010
经　　销：各地新华书店
印　　刷：武汉市金港彩印有限公司
规　　格：787mm×1092mm　1/16
印　　张：32.75
字　　数：750 千字
版　　次：2020 年 7 月第 1 版　2023 年 1 月第 2 次印刷
书　　号：ISBN 978-7-5492-7033-0
定　　价：190.00 元

编委会

丛书总序

史料与现实的关系

以刘川鄂为带头人的湖北大学中国现当代文学学科不仅注重作家作品、文学社团、文学现象和文学思潮的研究，同时也把大量的精力投入到中国现当代文学历史资料的发掘和整理中，从对湖北作家的相关史料发掘整理和研究出发，逐渐拓展到对文学史上重要作家作品的史料整理和研究。显然，这样的学科发展战略目标，是循序渐进、良性循环的学术策略。正是在这样的学术背景下，由刘川鄂、刘继林两位教授担任主编，湖北大学中国现当代文学学科团队精心编选的《曹禺研究资料长编》（共十一卷），旨在将业已僵化的著名大作家研究导向一种新的研究范式之中，让围绕曹禺的学术研究重新焕发出活气来。

一切学术研究的基础首先就是史料的梳理，离开了史料的依托，研究就如悬在空中的楼阁，看许多现实问题也就囿于平面化。正如编选者在其中的《曹禺综合研究资料》卷“导言”所言：“研究文学史上名有定论的作家本来就有一定难度，加上随着时间的推移，史料和研究视角越来越难发掘，未来的曹禺研究工作会越来越难超出前人的成果，越来越难找出有新意有理据的命题。”显而易见，史料的重新发掘和编选，直指的是学术研究的拓展。编选者在研究资料的选取上，充分注意到一些重要的历史节点。比如将1949年作为研究资料编选的历史切分点，并不完全是由于学科的界限，我以为更是一种对学术态度的历史检验，其中的奥妙就在于作为当时的剧评家和研究者采取的是什么样的学术价值观——是凭着自己的学术良知和艺术审美对作家作品进行判断，还是跟着时代的潮流风向标走，这才是艺术评论生与死的考验。

曹禺是中国现当代文学史上的一个具有特别意义的作家，属于那种“井喷”以后就戛然而止的剧作家。“曹禺现象”恰恰是中国现当代作家在文学史变迁中最具代表性的范例，他才是与我们文学思潮史上最贴切，也是最契合文学史解剖的研究对象。如果我们意识不到这样一个“曹禺现象”在文学史上的独特意义，即便是再多的文学史资料的呈现，在许多研究者的视野中，恐怕也是一个盲点。所以，我们只有重新解读曹禺作品，重新梳理各个不同时代的曹禺研究资料，或许才能真正获取解剖“曹禺现象”的密码。只有回到历史的原点和原典之中，站在一个新的历史制高点上，我们才能看清曹禺作品的思想内容和艺术内涵，才能廓清许许多多迷失在历史河流中的“飞鱼”和“蜉蝣”行状。

毋庸置疑，自《雷雨》开始的曹禺戏剧创作，是中国戏剧史上历经八十七年的奇迹，也是中国现当代文学史上“最雷雨”的戏剧发生的时段，它见证的是中国文学在启蒙主义进入一个复杂的现代语境窗口时的深刻内涵，同时也是中国戏剧文学在艺术方法和艺术技巧上借鉴西方戏剧第一次“吃螃蟹”的历程。如何看待这一现象，应该是值得研究者注意的问题。

之所以说《雷雨》在启蒙主义的窗口上，强化了对封建的专制主义的批判，用“最雷雨”的批判现实主义方法抨击了家长制戕害人性的本质，是因为尽管窗外雷电交加，但是，那个“铁屋子”里仍然在演绎着一幕幕人间的悲剧，也只有悲剧才最能引起人们心灵的震撼。从某种意义上来说，它引起的不仅仅是亚里士多德古典悲剧的“同情和怜悯”，从悲剧的本质意义上来说，“最雷雨的”《雷雨》才是见证历史的活剧。这样一出活剧贯穿于中国文学的过去、现在和未来，这才是《雷雨》的意义所在。因此，也只有翻开这八十七年对《雷雨》以及曹禺几个代表作的批评研究、传播接受的历史，我们方才可以看出这套丛书的重大意义所在。

之所以说《雷雨》是中国戏剧汲取西方戏剧艺术方法与技巧精华的真正开端，为中国戏剧走向现代奠定了坚实的基础，并在一定程度上影响了整个文学领域对外开放的格局，让人们知晓中国文学正因为有了世界文学艺术方法和技巧的参照，才成为独特的艺术，只有“拿来”，方才可以攻玉，才能走向新生；亦只有熟悉了自《雷雨》开始的两种艺术观的争论，在史料的长廊中寻觅到艺术的真谛，我们的文学艺术才能得到长足的发展。

我充分理解湖北大学文学院编辑这套研究资料的良苦用心，囿于曹禺研究的停滞不前、文学史研究的基本定型，没有史料的重现，就不足以唤醒人们的价值理念，就不能触发研究者的研究冲动，也就不能让这个领域的研究走向深入。编选者认为四十余年来“海内外、多视角全面推进”的曹禺研究格局成就很大，似乎过于乐观了一点。尽管涌现出的著述颇丰，但多为重复叠加的著述，难免捉襟见肘，鲜有能够警醒世人、真正拓展研究深度和广度的扛鼎之作。而这套即将面世的丛书，将极大催生新见解、新角度的曹禺研究著述的问世。在某种程度上，它应该是曹禺研究的“助产士”。

道路是曲折的，也是十分艰难的，今后也许会更加艰难，但是我们仍然要前行，谁让你是一个只能尊重历史的研究者呢？！

中国现代文学研究会会长
南京大学文学院教授　　丁　帆

2020 年 10 月 1 日草于南大和园

目录

导言:暗夜里的流萤指引我们追近清晨的太阳

——以《〈日出〉研究资料》为考察对象

周少华

在中国话剧研究中,曹禺的剧作是研究的重镇,学界多聚焦曹禺的经典剧作,探析其思想艺术成就,取得了丰硕的成果。曹禺经典剧作研究历经一个由浅入深的理解认识过程,从感悟式的点评到条分缕析的理论阐释,从读(观)后感到学理性较强的论文再到系统的专著,不断突破思想的局限,拓深了曹禺剧作研究的视野和水平。目前曹禺剧作研究中,《雷雨》研究成果数量最多,影响也较大,《日出》《北京人》等剧目次之。值得注意的是,《日出》的研究一直呈现出极为活跃的态势,因为报媒的介入(由萧乾组织的《大公报》两次"集体批评"),使得曹禺戏剧创作与批评之间形成紧密良好的互动,除"文革"期间被中断外,《日出》在建国后至新时期一再被热议,不同观点的碰撞引发论争。

一、《日出》研究的阶段性特征

《日出》是曹禺的"生命三部曲"之一,1934 年夏开始构思,写于 1935 年,1936 年 6 月 1 日至 9 月 1 日,在靳以和巴金主编的《文季月刊》的第 1 卷第 1 至第 4 期分幕连载,11 月由文化生活出版社出版。与《雷雨》花费五年时间写定不同,《日出》的创作较为仓促,"《日出》写得非常快,我一幕一幕地写,刊物一幕一幕地登,就像章回小说的连载,他们催着发稿,我还要教课,只能拼命写,有时,几天不得睡觉,我写戏从来没有这么干过,这是唯一一次。"①历经艰险,"试探一次新路"。《日出》并非完美,但它确实可看作是曹禺的实验剧,探索的成分居多,并荣获 1937 年《大公报》文艺奖(1937 年 5 月 15 日公布),当时各地纷纷排演《日出》。1938 年,上海华新影片公司将《日出》搬上银幕后,1944 年上海"孤岛"费穆、黄佐临等名导合作编演过《日出》,轰动一时,风评如潮。1940 年元旦,《日出》在延安上演,由毛泽东同志亲自倡导并大力支持,充分肯定了该剧的进步性。纵观《日出》研究大致经历了两个阶段,下面我们将逐一加以评述。

(一)建国前《日出》研究(1936—1949 年):别开生面

解放前的《日出》研究多为读后感式文章、书评和论文,生动活泼的短章居多,反应迅急,有热情的赞扬,也有粗暴的否定,主要以时评为主,大多出自诚挚的内心有感而发。《日出》的批评多集中在 1936 年至 1942 年,尤其以 1936 年至 1937 年这两年发表的文章居

① 曹禺:《我的生活和创作道路——同田本相的谈话》,载《戏剧论丛》1981 年第 2 期。

多，通过这些批评，曹禺的戏剧创作才能得以公认，激发了这位年轻剧作家在话剧园地里进行新的探险。解放前《日出》批评成果极富成效，主要表现在《大公报》两次集体批评和张庚、周扬等代表性的左翼批评家的剧评上。

1.《大公报》两次“集体批评”及其回应

1936 年底至 1937 年初，萧乾在他主持的天津《大公报》的“文艺”副刊上先后组织了《日出》的两次“集体批评”，原题多为《谈〈日出〉》，但编者根据内容对标题进行了改动，谢迪克（美）、茅盾、叶圣陶、孟实（朱光潜）、沈从文、巴金等 15 人参与集体批评，扩大了曹禺新剧《日出》的影响，同时也为《大公报》吸引了更多读者，达成了二者的双赢。

1936 年 12 月 27 日，由萧乾主持，天津《大公报》副刊“文艺”第 273 期全版刊载一组《日出》的“集体批评”①(1936)，六篇文章有褒有贬，眼光独到。燕京大学西洋文学系主任谢迪克教授的文章《一个异邦人的意见》最富有洞见，该文总体上肯定了《日出》是一部“极伟大的作品”，“可以毫无羞愧地与易卜生和高尔绥华兹的社会剧的杰作并肩而立”②，以“社会资料丰富”和露露形象的塑造见长，但是也指出了《日出》的不足，诸如结构上欠统一（第三幕可删），行文冗赘，犯了“重描”的错误。王朔的《“活现的廿世纪图”》指出了《日出》富有“诗意”的热情，“揭示了定命的现实，但也暗示了这现实的纠正”③，盛赞陈白露这个形象，但作者没有揭示出她深刻的内心矛盾。李影心的《多方侧面的穿插》断定《日出》乃写实的戏剧但“想象生动”，追求着艺术的“永卓和真实”，故有“存在的意义和不易泯灭的位置”④，识断精准。李广田的《我更爱〈雷雨〉》则高唱反调，认为《日出》不如《雷雨》，全剧没有一个可爱的人，方达生写得太弱⑤。与李广田的直露相反，陈蓝的《“戏剧的进展”》对于该剧的结构缺陷的批评，用语相当委婉，“《日出》是各个人物只是为了迷醉的生活才凑在一起。这凑合，造成了戏剧的进展”⑥。继这次“集体批评”之后，萧乾于 1937 年 1 月 1 日在天津《大公报》元旦增刊“文艺”副刊上第 276 期整版刊登《日出》的又一组“集体批评”，九篇雄文⑦(1937)声势浩大，均为名家的精彩点评。茅盾、叶圣陶、沈从文、巴金、靳以、黎烈文大多为《日出》高唱赞歌，多为捧场之作。茅盾的《“渴望早早排演”》言简意赅地指明《日出》创新之处在于社会题材的新鲜尖锐，全剧折射着半殖民地金融资本的缩影⑧；靳以

---

① 《大公报》对于曹禺《日出》第 1 次集体批评，载《大公报·文艺》（天津版）第 273 期 1936 年 12 月 27 日第 13 版。

② 谢迪克：《一个异邦人的意见》，载《大公报·文艺》（天津版）第 273 期 1936 年 12 月 27 日第 13 版。

③ 王朔：《“活现的廿世纪图”》，载《大公报·文艺》（天津版）第 273 期 1936 年 12 月 27 日第 13 版。

④ 李影心：《多方侧面的穿插》，载《大公报·文艺》（天津版）第 273 期 1936 年 12 月 27 日第 13 版。

⑤ 李广田：《我更爱〈雷雨〉》，载《大公报·文艺》（天津版）第 273 期 1936 年 12 月 27 日第 13 版。

⑥ 陈蓝：《“戏剧的进展”》，载《大公报·文艺》（天津版）第 273 期 1936 年 12 月 27 日第 13 版。

⑦ 《大公报》对于曹禺《日出》第 2 次集体批评，载《大公报·文艺》（天津版）第 276 期 1937 年 1 月 1 日第 16 版。

⑧ 茅盾：《“渴望早早排演”》，载《大公报·文艺》（天津版）第 276 期 1937 年 1 月 1 日第 16 版。

《"更亲切一些"》对《日出》青睐有加，翠喜最让他感动，方达生这个阳光青年最为论者喜爱[①]；巴金则不吝最高的赞语予《日出》，"它和《阿Q正传》《子夜》一样是中国新文学运动中的最好的收获"[②]，黎烈文肯定《日出》第三幕的大胆手法，认为那恰好是曹禺对于自己的艺术有绝对信心的表现[③]。这些捧场之作里，叶圣陶的《"成功的群像"》和沈从文的《"伟大的收获"》见解独到，叶文提出"它的体裁虽是戏剧，而其实也是诗"[④]的重要观点，人物形象分析精妙，尤其是对陈白露内心矛盾深入阐释，沈文则褒中有贬，从中国话剧的发展历史来肯定了《日出》孕育着"作者伟大的未来"，继而细致入微地指出了诸多缺失，如全剧四幕戏分配不大相称，场面复杂、细节失真等[⑤]。对于《日出》存有明显的失望的则是孟实(朱光潜)、荒煤和李蕤。孟实的《"舍不得分手"》行文犀利，直指要害，失望于这出不相协调的多幕剧(第三幕适合电影而非戏剧)，此剧中人物的性格没有发展，处处存有"打鼓骂曹"式的义气，以迎合观众为依归，破绽百出[⑥]。荒煤的《"还有些茫然"》和李蕤的《从〈雷雨〉到〈日出〉》两文则贬多于褒，都认为《日出》不如《雷雨》，前者认为《日出》突击一些"现象"，但不能透过这些"现象"看到现实，阅毕仍觉茫然[⑦]，后者指责曹禺对于剧中人物过于护短，"重起轻落"，放纵他们躲入"无罪"中去[⑧]。这两次"集体批评"共15篇书评，被摘录至《曹禺：〈日出〉》一文中，刊载在1937年2月上海《书人月刊》的"评华"(书评的精华)栏目里，从天津到上海，无疑扩大了曹禺《日出》在南北两地的影响，吸引更多读者去剧院观看《日出》。

针对这两次"集体批评"，曹禺在《大公报》(1937年2月28日)发表了自己的应答文章《我怎样写〈日出〉》的长文[⑨]与其说是答辩，倒不如说是义正词严的申告，在诚挚的谦卑下保持着剧作者的自尊。对于全剧不见真正光明和找不到出路的指责，曹禺申明主题定为"损不足以奉有余"，为的是顺利通过国民党的严苛的审查。对于大多数评论家认为第三幕突兀的观点，曹禺重申第三幕戏之于全剧的重要性，回顾自己为第三幕的材料搜集所经历的种种艰辛，心难割舍。针对孟实不满于作者讨好观众，历来重视舞台演出的曹禺认为现实与趣味二者很难兼顾，坚持趣味优先的原则，为中国话剧事业考虑，先将观众留在剧院最为紧要。针对谢迪克所直陈的《日出》弊病，诸如剧本长、出场繁、对话多及"重描"等失误，曹禺深以为是，对于"重描"的指责，主要是考虑中国观众注意力浮散所致。针对李蕤指出的作者对于《日出》里的人物过于偏袒，曹禺则将罪过最终归于社会制度从而对笔下人物体谅多于谴责。针对荒煤指责作者仅仅突击"现象"而非突击"现实"，曹禺认为论者所言的"现实"之于作家的创作企图无疑是一种奢望。天津《大公报》的两次《日出》"集

① 靳以：《"更亲切一些"》，载《大公报·文艺》(天津版)第276期1937年1月1日第16版。
② 巴金：《"雄壮的景象"》，载《大公报·文艺》(天津版)第276期1937年1月1日第16版。
③ 黎烈文：《"大胆的手法"》，载《大公报·文艺》(天津版)第276期1937年1月1日第16版。
④ 叶圣陶：《"成功的群像"》，载《大公报·文艺》(天津版)第276期1937年1月1日第16版。
⑤ 沈从文：《"伟大的收获"》，载《大公报·文艺》(天津版)第276期1937年1月1日第16版。
⑥ 孟实：《"舍不得分手"》，载《大公报·文艺》(天津版)第276期1937年1月1日第16版。
⑦ 荒煤：《"还有些茫然"》，载《大公报·文艺》(天津版)第276期1937年1月1日第16版。
⑧ 李蕤：《从〈雷雨〉到〈日出〉》，载《大公报·文艺》(天津版)第276期1937年1月1日第16版。
⑨ 曹禺：《我怎样写〈日出〉》，载《大公报·文艺》第304期1937年2月28日。

体批评”与曹禺的精彩回应，使得创作者、批评者、观众三者得以紧密互动，借助《大公报》的文艺副刊平台开展的两次“集体批评”和创作谈以及之后的荣获《大公报》文艺奖金，曹禺的《日出》红遍大江南北，成为中国现代话剧的经典之作，《大公报》的书评也获得读者的普遍认可，扩大了影响力。

2. 张庚、周扬等代表性的左翼批评家关于《日出》的剧评

《日出》一问世，就引起了左翼评论家的关注，张庚、黄芝冈、周扬等人对于曹禺的《日出》作出了及时迅疾的评论，周扬在张庚的批评基础上，对于黄芝冈的批评进行了反批评，纠偏了左翼文学界盛行的公式主义的错误，张庚、周扬的《日出》批评，实乃运用社会主义现实主义的理论方法进行戏剧批评的典例。

早在1936年12月25日，张庚在他的《一九三六年的话剧——活时代的活记录》(1936)一文里，点名批评了《日出》的细节失真，通过这个例子来证明“技巧的问题克服不了创作问题上根本的矛盾”[①]。黄芝冈的《从〈雷雨〉到〈日出〉》(1937)，事无巨细地指出这两部剧作的失真之处，固守话剧创作完全真实地反映社会现实，苛责“《雷雨》是说明并无雷雨，《日出》却等于日入”[②]，主观武断，以社会批评取代艺术批评。周扬随即撰文《论〈雷雨〉和〈日出〉——并对黄芝冈先生的批评的批评》(1937)予以纠偏黄的“前进”立场，在“国防文学”的背景下，认为《雷雨》到《日出》是从家庭到社会，“作者的企图和题材的范围都是一种进步”，但《雷雨》的人物形象塑造要优于《日出》，《日出》的结尾不过是“廉价的乐观”，主题的揭示并不深入，“只有站在历史的法则上经过革命，这个‘损不足以奉有余’的社会才能根本改变”[③]，运用社会主义现实主义的理论方法来探析曹禺的剧作。继周扬之后，张庚专门聚焦《日出》进行细致深入的分析，在他的《读〈日出〉》(1937)一文里，从曹禺单纯否定金八主义，分析了作者世界观与创作产生矛盾的深层原因，主要存在于“理性上的现代精神和他情感上的原始精神是不一致的”[④]，较之周扬的批评更为专业精辟，显露出左翼剧评注重理论分析的特征。

总之，建国前《日出》研究富有生气，报媒组织的两次“集体批评”和左翼代表评论家的批评交相辉映，呈现出立体化的特色，在创作者、批评者和观众之间形成紧密良好的互动。尤其值得注意的是，建国前的《日出》研究多为时评，篇幅短小，语言生动活泼，尤其是一些书评，言简义赡，灵动精辟，有些篇目的构思巧妙，不拘一格，如杨刚的《现实的侦探》一文[⑤]，富有小品的风韵，在报纸方寸篇幅里尽显才情。

(二)十七年时期《日出》研究(1949—1966年)沉潜低洄

建国后，在毛泽东同志《在延安文艺座谈会上的讲话》精神烛照下，《日出》研究多在革

① 张庚:《一九三六年的话剧——活时代的活记录》，载1936年12月25日《光明》2卷2号。

② 黄芝冈:《从〈雷雨〉到〈日出〉》，载《光明》1937年2月10日第2卷第5期。

③ 周扬:《论〈雷雨〉和〈日出〉——并对黄芝冈先生的批评的批评》，载《光明》1937年3月25日第2卷第8期。

④ 张庚:《读〈日出〉》，载《戏剧时代》1937年5月16日第1卷第1期。

⑤ 杨刚:《现实的侦探》，载《大公报》(天津版)1936年12月27日第16版。

命现实主义的既定模式下展开，延安时期形成的戏剧艺术的政治化的观念成为指导建国以后话剧研究的方针和政策。1956 年前后，苏联文艺界对于“社会主义现实主义”进行重新审视，引发国内戏剧创作者共鸣，曹禺、老舍等人纷纷撰文批判戏剧创作中的公式主义和教条主义，批判戏剧批评中的庸俗社会主义。在苏联“解冻”思潮和中国国内“双百”方针的影响下，少数学者大胆发表自己对于《日出》的见解，引发了陈白露的悲剧实质问题的论争及关于曹禺世界观与创作方法的热烈讨论。陈恭敏在《什么是陈白露悲剧的实质》(1957)一文里，将陈白露看作“折断翅膀的鹰”，认为“陈白露的悲剧实质上是复杂的内心过程，包含着尖锐的内在戏剧性”①，存在着竹均与白露的矛盾。徐闻莺的《是鹰还是金丝鸟——与陈恭敏同志商榷关于陈白露的悲剧实质问题》(1960)火药味甚浓，认为白露之死“似乎应该死了”②，她不过是“关在笼子里的金丝鸟”，斥责陈恭敏具有主观主义倾向，过于希望肯定陈白露，文章末尾将对于白露的态度提升至批评者的阶级立场问题。甘竞的《也谈陈白露的悲剧实质问题》(1960)不同意陈、徐二人的观点，提出应该从阶级分析、时代特征和女人三个点去分析陈白露③，认为她是堕落的娜拉或子君，是个充满矛盾依附于剥削阶级的小资产阶级知识分子，对陈白露的个人主义人生观必须予以批判，对个人奋斗道路予以否定，以便使读者从她的悲剧中吸取教训。从这次论争可知，在十七年的特定历史语境下，阶级分析成为批评过去时代的文艺作品的首要方法。此外，学界关于曹禺的世界观与创作方法的讨论也颇为热烈。思基对于《雷雨》与《日出》所反映的曹禺的世界观与创作方法的关系进行了初步探究，在《处女地》上撰文《谈曹禺的〈雷雨〉与〈日出〉》(1957)，认为《日出》是对《雷雨》宿命论的“抛弃”，表明“曹禺对于客观社会有了进一步的认识”，但也指出《日出》局限，“作者所暗示的那伟大的未来，在作品中看不出那是历史矛盾发展的必然，而好象只是腐烂阶层自然淘汰的结果。因而，它实际上只尽了诅咒半殖民地半封建制度的责任。《日出》只不过是作者在‘感觉到大地震来临前’的，那时的内心的愿望而已”④。甘竞、徐刚也在《处女地》上发表《也谈〈雷雨〉和〈日出〉——兼论作家的世界观和创作方法》(1958)一文，对于以思基代表的学界的观点进行针锋相对的批驳，指出不能根据作家的只言片语就武断地评定其世界观，“问题的答案只能从作品本身去找”，认为曹禺作为唯物论者，在《雷雨》《日出》类剧作中并没有唯心主义倾向，“《日出》的作者在他的民主主义、唯物论的世界观基础上，依靠具体的生活经验和知识，现实主义地反映了社会生活的某些方面”⑤。针对甘竞、徐刚等人对于曹禺的世界观的肯定，刘正强随即也在《处女地》发表文章《曹禺的世界观和创作——兼评〈也谈曹禺的〈雷雨〉与〈日出〉〉》(1958)加以辩驳，在肯定

① 陈恭敏：《什么是陈白露悲剧的实质》，载《戏剧报》1957 年第 5 期。

② 徐闻莺：《是鹰还是金丝鸟——与陈恭敏同志商榷关于陈白露的悲剧实质问题》，载《上海戏剧》1960 年第 2 期。

③ 甘竞：《也谈陈白露的悲剧实质问题》，载《上海戏剧》1960 年第 5 期。

④ 思基：《谈曹禺的〈雷雨〉与〈日出〉》，载《处女地》1957 年第 7 期。

⑤ 甘竞、徐刚：《也谈〈雷雨〉和〈日出〉——兼论作家的世界观和创作方法》，载《处女地》1958 年第 2 期。

甘、徐二人某些观点的合理性的基础上，从理论角度深度剖析了他们认识上存在的漏洞，“实际上是把作家的主观思想与作品的客观意义混淆起来，把作品的客观意义和作品所产生的客观效果也混同起来”①，这篇文章是对于曹禺世界观与创作方法的争论进行的理论总结。就目前搜集的研究资料来看，这一时期关于曹禺《日出》研究最见功底的，当数陈瘦竹、沈蔚德的《论〈雷雨〉和〈日出〉的结构艺术》(1960)一文，虽然也不免带有时代固有的局限，但在精细的文本细读基础上得出颇令人信服的结论，认为《日出》在结构上比《雷雨》新颖，主要在于它的“横断面的描写”，统一于“损不足以奉有余”的主题②，行文显示出深厚的专业理论功底，开微观探研曹禺戏剧艺术规律的先河，冲破了同时期学人对于《日出》研究或偏重思想内容阐释或纠结于曹禺世界观与创作方法的关联的樊篱。

(三)新时期以来《日出》研究(1978—2018年)立体多元

20世纪80年代初的“戏剧观”的大讨论，冲破思想的禁锢，使得戏剧回到戏剧，认可戏剧性是戏剧的本质特征。在不断解放思想的时代背景下，新时期《日出》研究取得可观的学术成果，主要以卢湘、程中原、晏学、钱谷融、田本相、朱栋霖、马俊山等人为代表。晏学的《论陈白露的悲剧》(1979)认为白露是大革命失败后的知识女性的典型③。程中原的《〈日出〉的艺术独创性》(1979)条分缕析地展开论述，关于《日出》民族化表现方法的运用这一论点富有创见，认为这部剧“通过各种各样人物的各种民间、民族形式的歌唱来表现富有民族特点和地方色彩的环境，渲染人间地狱的复杂氛围”④，暗合了当时左翼戏剧大众化的倡导。田本相一直致力于曹禺研究，他的《〈日出〉论》(1980)力证《日出》结构的创新，强调应联系主题来评价这部剧的结构问题⑤。朱栋霖在《论〈日出〉与陈白露的悲剧形象》(1981)中对于《日出》中的陈白露的悲剧形象进行了深度探研，指出陈白露的内心冲突是该剧戏剧冲突的基本骨架，个性解放对于白露而言是双刃剑⑥。马俊山的《“新女性”个性解放道路的终结——论陈白露的悲剧》(1984)则从妇女解放的角度，将陈白露放置在时代新女性的形象系列里比较分析，将之与俄国文学中“末代多余人”相比较，探究陈白露悲剧的社会历史原因，总结陈白露在中国现代文学史的意义⑦。20世纪90年代之后，学界也涌现出较为可观的成果，如钱理群研究专著《大小舞台之间——曹禺剧作新论》(2007)设置专章探研《日出》⑧，见解精辟深邃，立论严谨。宋剑华的《灵魂的毁灭与再生——〈日出〉新

① 刘正强：《曹禺的世界观和创作——兼评〈也谈曹禺的〈雷雨〉与〈日出〉〉》，载《处女地》1958年第6期。

② 陈瘦竹、沈蔚德：《论〈雷雨〉和〈日出〉的结构艺术》，载《文学评论》1960年第5期。

③ 晏学：《论陈白露的悲剧》，载《戏剧学习》1979年第3期。

④ 程中原：《〈日出〉的艺术独创性》，载《淮阴师专学报》1979年第1期。

⑤ 田本相：《〈日出〉论》，载《文学评论》1980年第1期。

⑥ 朱栋霖：《论〈日出〉与陈白露的悲剧形象》，载《南京大学学报》1981年第2期。

⑦ 马俊山：《“新女性”个性解放道路的终结——论陈白露的悲剧》，载《中国现代文学研究丛刊》1984年第4期。

⑧ 钱理群：《大小舞台之间——曹禺戏剧新论》，北京大学出版社2007，第52—72页。

论》(1991),从题辞切入,考察基督教文化对于曹禺的影响[①]。20世纪90年代以来,金宏宇、段美乔、缪军荣、李群等年青学者分别从版本学、神话原型、语言学、空间学、传播学等角度多方位解读《日出》,也取得不俗的研究成果。新世纪以来《日出》研究逐渐走向开阔,在沉潜中精进。

总体而言,近85年的《日出》研究经历了生动精悍到开阔丰硕的过程,从偏印象感悟的札记(张振亚、梁雷、李得贤、西味、靳苓等)到言简意赅的书评或剧评(谢迪克、叶圣陶、沈从文、孟实、王朔、盛开、徐运元、赵性源、翘等)再到条分缕析的论文(张庚、周扬、石江、姜贤弼、振甫、刘正强、陈瘦竹、沈蔚德、钱谷融、田本相、朱栋霖、马俊山等)或体系化的著作(孙庆升、朱栋霖、田本相、贡献、陈留生、钱理群、张耀杰等学者的研究专著)中的专章或专节,理论视野逐渐被打开,方法变得多样,学理化在加深(例如理论方法愈来愈多样化,引用文献的著录格式也越来越规范)。80年来《日出》研究之所以能取得不俗的成果,是因为研究者们在继承中拓深创新。谢迪克指出《日出》犯了"重描"之病,姚溱介绍《日出》的文章《介绍您一本可读的戏剧——关于〈日出〉》(1937)通过文本细读将"重描"之病症一一探明[②]。周扬在张庚基础上熟练运用社会主义现实主义的方法来评析《日出》,一直影响到五六十年代的《日出》研究。振甫在1951年就开始探讨《日出》版本问题[③],20世纪80年代后期,潘克明对于《日出》初版本时间问题提出质疑[④],新世纪后金宏宇、段美乔等学者开始探究《日出》的版本变迁史,金宏宇、吕丽娜的论文《〈日出〉的版本与修改》(2005)通过剧作者对于原作的不断改动变化来阐述时代风潮对于剧作家的影响[⑤],段美乔的《文化生活版〈日出〉版次》一文详尽论述了文生版《日出》的版次问题,图表附录其后,考证严谨[⑥]。特别是新世纪以来年轻学者的涌现,采用新的视角或理论方法重读《日出》,慧锐精辟,让人耳目一新。整体上,《日出》的研究者正是这样环环相扣地推动着《日出》研究在沉潜中精进。

二、对《日出》研究的整体反思

《日出》自问世以来,吸引了众多的评论者和学者的关注,它并不是曹禺艺术性最强的剧作,但这部实验剧因其创作的难产、题材的尖锐性、人物形象的复杂性及艺术结构上的突破(未必完美)为世所瞩目,浓黑的暗夜下投射出斑斑点点的光影,虽不成熟,但是可看作时代心灵的生动诚挚的记录。整体而言,《日出》研究主要集中在三个方面:

第一,《日出》的结构,尤其是第三幕与全剧的关系问题。大部分批评者和研究者都肯定《日出》采用横断面的结构是新的尝试(相对于《雷雨》而言),但对于第三幕与全剧的关系看法不一,存在争议。谢迪克、孟实、杨刚、徐运元、姜贤弼、胡德才等人直言不讳地指出

---

① 宋剑华:《灵魂的毁灭与再生——〈日出〉新论》,载《中国文学研究》1991年第3期。
② 姚溱:《介绍您一本可读的戏剧——关于〈日出〉,载《濠上》第4期1937年8月。
③ 振甫:《曹禺先生怎样修改〈日出〉》,载《中学生》1951年第241期。
④ 潘克明:《关于〈日出〉初版本出版时间的质疑》,载《中国现代文学研究丛刊》1988年第1期。
⑤ 金宏宇、吕丽娜:《〈日出〉的版本与修改》,载《湛江师范学院学报》2005年4月刊。
⑥ 段美乔:《文化生活版〈日出〉版次》,载《新文学史料》2020年第2期。

《日出》结构上的缺陷，对于第三幕提出批评，认为第三幕与全剧不相称，过于独立，欠缺统一。孟实、徐运元等人主张删除第三幕，全剧更为完整，姜贤弼更是将第三幕看作“不可雕的朽木”[1]，无法原样不动地搬上戏剧舞台。沈从文、陈蓝、雷紫英、辛宪锡等人委婉指出《日出》结构的弊病，陈认为有些凑合，沈觉得更像散文，不适于戏剧舞台演出。黎烈文、刘念渠、欧阳凡海、田本相、史实等人则肯定第三幕的价值，认为第三幕戏与全剧是统一的，欧阳凡海竭力为《日出》的结构辩护[2]。之后，陈瘦竹、田本相、钱理群、王富仁、陈坚等人深入细致地分析了曹禺《日出》在结构上的创新之处。

第二，《日出》的主题。学者们对于《日出》的主题有两种看法，黎烈文等认为主题是陈白露所言的“太阳升起来了，黑暗留在后面，但是太阳不是我们的，我们要睡了”；叶圣陶等认为“损不足以奉有余”才是《日出》的主题，叶的观点为后来曹禺回应“集评”所认可。对于曹禺运用隐喻、象征手法来表现主题，朱孟实、张庚、钱理群等人见解精彩，朱认为采用象征手法并不能较好表现主题，张庚则探究曹禺采用虚化主题的深层原因，主要在于曹禺“对于原始东西的单纯的偏爱和信任”，导致剧作者理性上的现代精神和他情感上的原始精神的不一致[3]。钱理群则从创作主体的角度进行深度剖析，时代戏剧对于曹禺的影响与曹禺坚守艺术性而有所保留的矛盾，使得《日出》的主题最终虚化表现[4]。周扬、姜贤弼、徐运元等人对于该剧结尾颇有微词，认为它影响了主题的显现，周指出该剧结尾显示出“廉价的乐观”，徐觉得该剧的结尾并非是光明的，正是和世界一样地旧[5]。

第三，《日出》中的陈白露形象。《日出》的人物形象的塑造得到大家的普遍认可，尤其是陈白露、李石清、翠喜这三个形象，方达生多为人所诟病，认为写得比较生硬，仅有靳以、徐闻莺、刘家思等少数人肯定了方达生这一形象（靳以主观偏爱这类阳光青年，徐闻莺从思想倾向性肯定了方达生，刘家思则从英雄原型角度将之视为“狂人”[6]），陈瘦竹等人对于此剧幕后形象（金八、打夯工人、诗人）有着精彩的评析。学界提出了许多有价值的问题，诸如剧中的主要人物是谁？对于陈白露、方达生的结局的评价；陈白露的悲剧实质问题；幕后形象设置的意义等等，看法不一。《日出》人物形象得到全方位的探研，其中成果最多同时成就最大的是关于陈白露这一女性形象的研究。陈白露这一女性形象最令人关注，与徐运元、刘念渠等人认为陈白露在剧中仅仅是个串联故事的线索性人物不同，众多论者认为陈白露是全剧的灵魂，但对之看法不一，争议不断，完全赞美的有之（以谢迪克为代表），完全诋毁的有之（以徐闻莺为代表），客观中立的有之（以辛宪锡、甘竞为代表），褒中有贬的居多（以陈恭敏、钱谷融、马俊山为代表）。20 世纪 50 年代末 60 年代初学界关于陈白露的悲剧实质展开争论，陈恭敏在《什么是陈白露悲剧的实质》中对陈白露持欣赏同情

① 姜贤弼：《评曹禺的〈雷雨〉与〈日出〉》，载《公教学生》1940 年第 1 卷第 1 期。

② 欧阳凡海：《论《日出》》，载《文学》1937 年第 9 卷第 1 期。

③ 张庚：《谈〈日出〉》，载《戏剧时代》1937 年 5 月 16 日第 1 卷第 1 期。

④ 钱理群：《大小舞台之间——曹禺戏剧新论》，北京大学出版社 2007，第 69 页。

⑤ 徐运元：《从〈雷雨〉说到〈日出〉》，载《文艺月刊》1937 年第 10 卷第 4—5 期。

⑥ 刘家思：《〈日出〉与英雄原型》，载《宜春师专学报》2000 年第 4 期。

的态度，之后，徐闻莺推出向陈文发难的文章《是鹰还是金丝鸟——与陈恭敏同志商榷关于陈白露的悲剧实质问题》，痛斥陈白露这个小资产阶级女性之死根本不值得同情，甘竞则持中立立场，缓和了火药气氛。这次关于陈白露悲剧实质的论争，推动了《日出》研究的热潮。陈白露的妇女解放意义的研究也是一脉相承的。20 世纪 40 年代初，笔名为翘的论者发表《谈谈〈日出〉的陈白露》(1942)从妇女解放角度考察陈白露这一形象[①]，晏学在 70 年代末，在《论陈白露的悲剧》(1979)一文里，将陈白露放置在时代新女性的序列中来分析其悲剧命运。马俊山的雄文《“新女性”个性解放道路的终结——论陈白露的悲剧》(1984)，将陈白露放置到中国现代文学史上追求妇女解放的时代新女性的形象系列和俄国“末代多余人”的形象比较中，阐发陈白露形象的文学史意义。田本相《〈日出〉论》(1980)则将陈白露、翠喜和小东西看作一组形象系列，由此探究陈白露的悲剧的多重原因。许子东的论文《重读〈日出〉、〈啼笑因缘〉和〈第一炉香〉》(1995))将《日出》中的陈白露、《啼笑因缘》中的沈凤喜、《沉香屑·第一炉香》中的葛薇龙这三位在都市沉沦的女性进行比较分析[②]，精彩绝伦。王桂妹的文章《从陈白露到尹雪艳——对交际花的不同审美书写》(2007)则将《日出》中的陈白露与《永远的尹雪艳》中的尹雪艳这两位交际花进行对比分析，揭示出时代变迁之于交际花命运的影响[③]。梳理近 85 年来陈白露形象的研究，可得出这样的结论，在特定历史时期，陈白露的女性形象，是与《日出》的主题、结构环环相扣的问题，彼此缠绕，新时期之后，陈白露的形象研究在思想解放的时代背景下才得以突破，晏学、钱谷融、田本相、朱栋霖、马俊山等人开拓之力，功不可没。

综上，《日出》研究主要集中在艺术结构、主题、陈白露形象三个方面，其实，特定历史时期，这些方面均统一于要符合“革命现实主义”总体要求，偏重作家作品的思想倾向性，所秉持的“现实主义”，不仅仅是创作原则，也是美学原则，更重要的还是政治原则。除这三大方面外，研究对于该剧的悲剧性或喜剧性问题、版本问题、西方戏剧影响方面等均有所涉猎，取得了不俗的成绩。程中原、田本相、胡叔和等人专业地概括出《日出》悲喜剧结合的观点，结论令人信服。振甫、潘克明、金宏宇、段美乔等人对于《日出》版本问题研究卓有成效。20 世纪 80 年代后期，潘克明(1988 年)撰短文对于《日出》的初版本提出了质疑，仅仅提出了问题，尚未展开考证。20 世纪后，金宏宇(2005 年)从版本变迁的历史折射出时代风潮的解析精辟，文献学方法的应用无疑增强了学理性，段美乔(2020 年)对于文化生活版的《日出》版次进行了详尽的考证，证实了潘克明先生早前对于《日出》初版时间的质疑。

曹禺的《日出》研究历经从灵动精辟到立体多元的过程，在争议中变得丰富成熟，突破时代的局限，力求将《日出》的文学性和戏剧性紧密结合，取得了丰硕的学术成果，为后进学者提供启示和教益。我们检视 80 多年来的曹禺《日出》研究，发现这一领域研究呈现出

① 翘：《谈谈〈日出〉的陈白露》，载《华南学院校刊》1942 年第 9 期。
② 许子东：《重读〈日出〉、〈啼笑因缘〉和〈第一炉香〉》，载《文艺理论研究》1995 年第 6 期。
③ 王桂妹：《从陈白露到尹雪艳——对交际花的不同审美书写》，《名作欣赏》2007 年第 1 期。

以下两大特点：

首先，集体书评凸显批评的活力。1936 年 12 月至 1937 年 1 月，萧乾在《大公报》的“文艺”副刊上，组织两次《日出》的“集体批评”，末尾附有编者补白，随即 2 月中旬，《大公报》又推出了曹禺的《我怎样写〈日出〉》的创作经验谈，作为对于前面两次集体书评的回应。在文艺副刊上用三个版面隆重推荐曹禺新剧《日出》（两次关于《日出》的集体书评及曹禺的回应），算是一个颇为成功的尝试，这正如编者在补白里写到的，“作为本刊对读者诸君一个元旦献礼的，是今天出现的这页‘集体批评’。虽还是‘创举’，这初次的收获却已远超出我们原来的预算了[①]。”这一成功的尝试，反映出主编萧乾的胆见卓识和良苦用心，不甘于将报纸的文艺副刊登杂文挑笔仗，在这个逼仄的园地上架起一座桥梁，将尚在成长的作家的作品驮载到读者手中，主要借助集中刊登系统的书评扩大报刊和作家的影响力。这三次批评主要围绕剧本意义（作者态度归根到底也属于剧本意义的范畴）、剧本结构、人物性格等方面展开，主要通过书评和创作谈的方式，生动又富有深意，编者拟定的标题醒目，行文富有文采，识断独到，书评为短章，但言简意深，创作谈篇幅较长，但情深意切，有助于我们深入到年轻的剧作家的丰富的内心世界，评论者与剧作者在平等交流的气氛中真挚地倾吐自己的看法，没有户门之见，也没有意气之争，“有赞赏，然而是出诸喜悦；有指摘，然而存心鼓进”[②]，甚至评论者与编者通信内容中涉及到关于剧作的关键性评断也和盘托出，见诸编者按语中，例如谢迪克这位异邦人士跟编者的书信交流，“最近，在他给我的信中，（写完这评文后）提及《日出》，他说：‘在社会资料的丰富和露露这个人物的创造上，作者显然比在《雷雨》中进步多了，但在结构上则不如。如果他第三出戏能包容《雷雨》和《日出》的共同优点，我确信我们将有一部伟作可读了’”[③]。《大公报》关于《日出》的批评，显示出天津《大公报》主编萧乾的自由主义的编辑方针（秉持文人办报的民间立场），《日出》的评论者有京派文人，也有左翼倾向的人士，但编者起到了“守门人”的文化筛选功能，建构起自由主义色彩浓厚的公共领域，这些书评更多是从文学观点出发，重视文学本体。这三次批评收到良好的成效，有利于推动评论“立体化”，免于一尊之论，有效地实现了作品、书评家和作家之间的“对话”，以致编者萧乾也为之感到振奋，“关于本剧，编者不想另外饶舌，一切留待二月初曹禺先生自己的‘供状’文章吧，这里编者感到不可忍耐的快乐的，是这种集评至少证明‘超捧场’‘超攻讦’的批评是可能的了……一个月后，还有作者虚心的然而是诚实的答辩。谁说批评不是阿谀便是中伤？心放得端正的人还有理由乐观下去。”[④]当时的读者也很欢迎这种集体书评，读者潘琳在《“集评”更理想些》中认为集体书评是比较理想的方式，像《日出》的两次集体书评专辑一样，不过还得扩大，包括理论不同的

① 见《大公报·文艺》（天津）第 276 期 1937 年 1 月 1 日第 16 版“编者补白”。

② 见《大公报·文艺》（天津）第 276 期 1937 年 1 月 1 日第 16 版“编者补白”。

③ 见《大公报·文艺》（天津）第 273 期 1936 年 12 月 27 日第 13 版“编者按”。

④ 见《大公报·文艺》（天津）第 276 期 1937 年 1 月 1 日第 16 版的“编者补白”。

各种批评文章[①]。曹禺对于萧乾先生在天津《大公报》文艺副刊上组织两次关于《日出》的集体书评来推荐自己的新剧《日出》，相当感激，他在与田本相的对谈中回忆：“他到《大公报》主持文艺副刊，很有想法，很有朝气，颇有初生牛犊不怕虎的劲头。我记得，我在天津演出《财狂》时，他就编辑了《财狂》的特刊，请了不少名家撰文批评，他自己也写了评论。我很佩服他，他对我的表演所作的评论，写得好极了，那是连专业评论者都望尘莫及的。后来，就是他主持了对《日出》的跨年度的两大版的评论，那个阵势，真叫我感动。再加上我的关于《日出》的一篇长文，就是《日出·跋》；他那种魄力，那么办文艺副刊的，恐怕现在都难找到了。”[②]《大公报》的这两次集体批评的规模及影响都是极大的，足见萧乾的眼界开阔，格局深远。有意味的是，这两次集体批评发生在张庚等左翼评论家的《日出》批评之后，倒是无意间形成与左翼批评的暗自角力，“集体批评”的开放包容与左翼批评的偏执苛责，对比鲜明。对于年轻的曹禺而言，他受到集体书评的鼓舞，对于《雷雨》《日出》的评论，曹禺积极回应之，《原野》及其之后的剧作发表后时评紧随而至，这位年轻的剧作家面对苛责却保持沉默。萧乾主持的两次《日出》的“集体批评”如此富有成效，以致在《日出》之后又打算策划关于叶紫小说《星》的“集体批评”，“这里应宣布的是我们第二次集体批评的对象：《星》，叶紫作，一九三六年十二月文化生活社出版，实价三角，凡曾读过这本小说的朋友们，盼都将意见简单爽直地吐露出来。一俟稿齐，随时发刊”[③]，遗憾的是后来未果。在萧乾的努力下，书评成为天津《大公报》推行的主要批评方式，在该报上经常发表书评的主要有李健吾、常风、李影心、杨刚等人，对于当时的新作作时评，为新文学赢得更多的读者群，而《日出》的集体书评无疑是萧乾最为成功的策划，随后的剧作者的创作谈和《大公报》文艺奖颁给曹禺《日出》，轰动一时，为提携年轻的话剧作家不遗余力。对于这两次集体书评的起因，周木斋曾撰文分析，“大概多半因为作者曹禺的前一个剧本《雷雨》引起了注意和兴奋，小半因为中国的创作剧本的缺乏，所以有这‘集体批评’，所以这‘集体批评’又几乎全是鼓励作者。自然，有分析和批评，结果也就关到读者，可以从比较中认识原作”[④]。《大公报》文艺副刊上的两次集体书评，开创了客观公正、诚挚新鲜的文学批评，这种“比广告要客观公允，比作品论浅显实用”的集体书评对于纠正当代文学批评常见的肉麻的捧杀和严苛的审判的两极化倾向，无疑是具有借鉴作用的，同时也有利于当前学院派研究对于媒体批评的吸纳和应用，在严谨系统的基础上适当可借助新媒体向社会推出自己的研究成果，以团队方式扩展专业的影响力，使得研究的深度和研究广度得以紧密结合。

其次，《日出》研究方法尚需进一步开拓。众多论者从美学、哲学、心理学、文化人类学、语言学等多学科视角来解读《日出》，有印象式的文本细读研究，也有社会思想的研究，还有系统论式的研究，甚至多种研究方法的混合应用。马克思主义文艺理论一直是论者

① 见《大公报·文艺》(天津)1937年7月5日第358期“读者论书评”特辑。
② 田本相、刘一军：《曹禺访谈录》，百花文艺出版社2010年，第84页。
③ 见《大公报·文艺》(天津)1937年第276期1月1日第16版“编者补白”。
④ 周木斋：《〈日出〉与集体批评》，《读书半月刊》1937年第1卷第1期。

经常采用的理论视角，从《日出》一问世到20世纪80年代初，大多采用革命现实主义来研究《日出》，开初黄芝冈等用世界观取代创作方法，粗暴否定《日出》，遭到左翼内部其他权威的评论者的纠偏，例如周扬对于黄芝冈的错误观点的有力反驳，20世纪40年代政治批评取代文艺批评，刘念渠等人从社会阶级角度来解析《日出》[①]，指出其戏剧主题模糊的缺陷。徐闻莺等人在建国后更是直接用阶级分析取代艺术分析，强调运用历史唯物主义观点和毛泽东思想来分析批判《日出》，实际上是用政治标准取代艺术标准，机械生硬，思想教条僵化。这种教条化和单一化的批评观念一直延伸至20世纪70年代末、80年代初阴魂还未散去。值得一提的是，20世纪80年代初期，刘绍铭研究曹禺的文章和专著被引入内地，引起轩然大波，刘对于曹禺的戏剧创作的苛评引起部分学者的驳斥，新时期的这次论争也是属于偏向意识形态的批评。《日出》研究一直以来与庸俗社会学的阐释作坚韧的抗争，在"现实主义"的理论视野下，深掘作品的社会功用价值，导致艺术批评长期受到压制，逐渐使得文艺批评与政治时事批评的界限模糊化了，批评文风枯涩板滞，失去早先的自由活泼的灵气，最终使得《日出》研究视野受到局限，"忽略了除苏联以外的国外更广阔的文艺创作和文艺理论的视野，这就不能不影响到文学理论批评在观念、思维方式、类型、方法和流派等方面都被拘囚于一个狭小的天地里"[②]。第四次文代会的召开，在解放思想的大背景下，论者们再次开眼看世界，坚持以开放的态度来对待全人类的精神文化财富，尤其是当代的理论思维成果，重视学习西方文化理论，重视文学对于复杂人性的揭示，《日出》研究才得以开拓新局，上世纪七八十年代之交，晏学、朱栋霖对于陈白露形象的分析，一扫陈腐，20世纪80年代中后期，信息论、系统论、控制论等西方理论译介到国内，使得这一时期的《日出》研究也不免受到三论的影响，以史实的《角.圆.多面体及其他——论曹禺的话剧〈日出〉》[③]（1985）最为典型，包括马俊山的《"新女性"个性解放道路的终结——论陈白露的悲剧》（1984）、王富仁的《〈日出〉的结构和人物》（1989）等。西方理论尤其是文艺理论的引进，冲破教条主义研究，有利于学界更深入地"回到曹禺"、回到戏剧本身，无疑会丰富《日出》研究，但是过于倚重西方理论又有丧失民族化的惘惘的威胁，这也正是目前《日出》研究存在的问题，在坚持现代化的"当代形态"的同时如何保持民族化特色？研究方法不仅仅是西式的，中国传统的戏剧研究方法也值得借鉴，中西结合，才是新世纪《日出》研究富有创造性活力并走向成熟的有效途径和重要标志。《日出》的版本研究，将版本研究方法与文艺思潮的历史方法相结合，不失为一条可资借鉴的路径。成功突围，这仅仅是开始，前路漫长。

综上所述，《日出》研究成果丰硕，历经粗浅生动到丰富开阔的过程，从主观感悟到逻辑思辨，从短章小文到著作的专章专节，有高峰也有低回曲折的波谷，但基本没有中断过，而且热点不断。建国前有周扬与黄芝冈的论争，建国后又有陈恭敏和徐闻莺的论战，及其

① 刘念渠：《关于〈日出〉》，选自《抗战剧本批评集》，华中图书公司1940年版，第26页。

② 黄曼君：《中国近百年文学理论批评史》（第一卷），湖北教育出版社1993年，第30页。

③ 史实：《角·圆·多面体及其他——论曹禺的话剧〈日出〉》，载《东疆学刊》1985年第1期。

因思基研究《雷雨》与《日出》的论文引起的热烈的讨论(从而形成思基、刘正强与甘竞、徐刚两派对立的主张),这些论争的实质还是话剧的本质问题和评价标准问题(社会功用与艺术审美何者为先?)。虽然建国前的研究成果数量不及建国后,但是这些研究文献更具有史料价值,见解独到精辟,文笔别具一格,尽显论者个性才情,尤其天津《大公报》两次《日出》的"集体批评"极富活力,客观公正,影响极大,对当下的文艺批评也有借鉴作用。当下的《日出》研究队伍主要来自报刊媒体、剧院、高校等,媒体批评富有开创性,又有着追逐时潮而轻漫随意之弊;舞台派研究以本色当行的专业性而著称,但一直备受庸俗社会学批评的压制;学院派研究系统严谨有余,新锐灵动不足,这三派研究应该相互渗透、取长补短。我们需要媒体批评的生猛活鲜,也需要在不断对外保持开放的同时,坚守本土化的底线,融合中外,统摄古今,方能拓深《日出》研究的新境界。80 年来,学者们的真知灼见如暗夜里的流萤,点缀在不同时代的历史的天空,指引我们直叩真理,迫近那一轮赤赤地炽火飞爆的清晨的太阳。

最后,关于《日出》研究资料编选,我们尚需作必要的补充说明。新世纪我们编选《日出》的研究文献,一方面查漏补缺,另一方面也是关注新的研究动向,希望借助相对完备的资料基础,使得今后的曹禺研究取得长足的进步。《日出》研究资料汇编历时一年半,我们查检关于曹禺《日出》的研究文献共计 2393 条,经过甄选校点及复校,本卷收录从 1936 年到 2020 年的 90 条研究文献。关于本卷具体的编选工作,现做如下说明:

1. 本卷选辑的评论文章,基本按照发表时间先后排列,尽量从最初发表的报刊或初版书籍上选录,尽可能注意到不同历史时期的研究文章,力求反映近 85 年《日出》研究的整体概貌(少数建国前的研究文献无法查到原文,不免有遗珠之憾),整体而言,侧重民国时期的文献,1950—1980 年代中期文献尽量选全,1980 年代中期及其后的文献则有所取舍,以文献的学术价值和影响为选录标准。

2. 为保持文献原貌,不轻改,不轻增,不轻删(专著中的节选除外),原稿字迹模糊不清者,以□替代,辑录文章原错之处或是迥异于今的用法,以括号形式更正,严重错误者则脚注标识之。

3. 关于文献的注释,对于原文中注释的文字内容保持原样,但将其调整成了统一的"当页注"形式(建国前的文献的注释则保存原貌)。

4. 建国前文献的繁体字改为通行的简体,竖排改为横排,少数僻字及印刷误字则更正,涉及有迥异于今的用法的名词,以脚注形式加以注解,所辑录文献中个别明显错误之处径改之(建国前的文献的标点则原貌保存)。

在两年多的编选期间,我们得到师友同道的帮助,在此谨表感谢!限于编者学识,《日出》研究资料的编辑和校点,自知疏误不少,亟待方家指正,以便日后据以修订。

评《日出》

张振亚

如其在《雷雨》中，曹禺尚将人生视为一团不可理解，思议的神密，在《日出》中，他至少已将这神密观念打破，不，他甚而将人生看了个透亮了：他提出现实中最值得揭破扬露的所在，探索，玩味，□弄个精熟悉烂，依据最高智慧——艺术家洞察，体会万物的智慧，至上的正德——艺术家底爱人爱物的正德，深厚的情感——艺术家底撼人心灵的情感，倾注全付精力将其表现出来。精诚所至，酝成一股肃挚气象；读《日出》后再读宋春舫底《五里雾中》，立即感到一个显著差异处，这差异不是指体裁底不同：一悲剧，一喜剧，而是说：就是基本态度看，相形之下，一庄严，一稍轻浮。

他有了正确观点：突飞狂进，他豁然悟到：群众底力量与伟大，工作底高贵与庄重；在剧底旁沟偏径中，他隐约，暗示地将这意念影射出；勿蔑视这不成格具，身居卑位的意念罢，这里藏伏着人类底标准路线和作者底光荣前途。他把象征这意念的一本书名：《日出》，作为全剧底名子，想是由于钟爱这意念过分深厚底缘故。

大都会生活中那最惨，最下流，最反人性，然而最普遍，最有势，且挂着冠冕外形的部分，是人所共知共见的；但是，文艺者中无人赤坦写出，一般人中又无人不视为家常，应当。我流着泪感谢作者，由于他底仗义的（让我用这俗辞来表示我底敬意。）抒绘，人们将从昏睡中醒来，对这禽兽社会感到激怒。作者应知道：他的精力的耗费，将得到无上代价；饶我不会措辞，我愿说：写完这剧本，作者就算是过力累死，亦非常值得的，我称作者为"文艺烈士"。

睁眼看看：有多少年青伶俐的女子，过着兼为小姐，交际花，娼妓的日子，陶冶成目空一切，鄙夷纯真情感，放浪形骸，厌烦地贪恋着物欲，轻生又恋生的脾气？有多少少女被拐，卖进人间活地狱，受着非法惨刑的收拾（我听说，惨刑中的一种是：将手杖插入生殖部分里。）？有多少人牺牲全个精神在金钱堆中打滚？有多少人滚也滚不上去？有多少人恃金钱为护符，随意兽行，无法无天，当着阳世的五殿阎君？低头想想：这些这些是谁造成的？将来怎样办呢？本剧所处理的，就是此等问题。

作者刻塑出许多有血有肉的典型人物，如露露，顾八奶奶，李石清，胡四。剧中场面丰富，深刻，动作众多，表情复杂，皆是工力到家的处所。

作者有的是聪明：事象底原因他不细表，他把一肚子路儿遁遮于工人的歌声中，"日出”中，露露的朋友方达生中；显示不充分（显示不充分不必硬派为毛病的。）却留下一股酥音。

在中国剧本创作中，许有更平易，虚玄的，许有更率直，天真的，许有更俏皮，逗趣的，但没有更严肃，整重的，曹禺是他自己。

从宗教性转入非宗教性，从观念转入现实，从天堂转入人间是作者创作过程中的一大契机。

（原载《国闻周报》1936 年第 13 卷第 46 期）

《日出》(书评)

梁　雷

一

隔壁监狱里打四更了,日还没有出。

曹禺的新作《日出》,看完了,我躺在床上,眼望着天花板出神,忽然想到——是紫酱脸,身材魁梧,举止威严的四十来岁的新人物,一只眼望着政治,另一只眼却总是□企业上的利害关系永不倦怠:一个精明能干的民族资本家,过着他们应过(?)的特殊生活,也玩弄着女人,像那天仙一般的交际花徐曼丽。在农村破产,都市不景气的氛围中为了挽救危运,他□了公债多头,结果弄得身败名裂。——这是《子夜》上的吴荪甫。

扒进各项公债,也扒进各样女人,中等身材,三角脸,深陷的黑眼睛炯炯有光,四十多岁了,是公债市场上的一位魔王。——这是《子夜》上的赵伯韬。

是个年青人,姿势大方,白净而精神饱满的脸儿,一点表情也不流露,眼睛却闪着很自然而机警的光辉:镇静,倔强,刚毅,是荪甫的臂助,丝厂的管车的;是屠杀工人们的刽子手。——这是《子夜》上最活的脱离了纸平面的立体人物:屠维岳。

在《子夜》上这三个典型人物给读者的印像(象)最深。最成功的是屠维岳,其次是吴荪甫,赵伯韬写得较差些。

给我印象不甚深的徐曼丽,这时偏偏也浮现在眼前。

忽然,《雷雨》上的周朴园和那活生生的老仆鲁贵都跑到我面前跳跃。

《雷雨》上的鲁贵给我的印象绝不比屠维岳浅,我曾经对三四个朋友说过,鲁贵是《雷雨》上最成功的人物,那人才是个"杰作"呢!(顾八奶奶口中的乔治张)。

有人说屠,鲁都写得太夸张了,其实这夸张正是这两个人物的成功处,不然也不会给人印象那么深刻。夸张得巧妙,夸张得没有失却真实性,(谁能证明屠,不是现实的人物)。不但应该,而且好极,尤其在戏剧上,瞬间的强烈刺激是绝不应忽略的,因为那样才有戏剧性,那样才能抓住观众,才能深深地打动观众的心。

可以说为了能干:功劳或风度,……我把李石清和屠,鲁拉在一起,但不如说作者刻划李石清的成功和屠维岳鲁贵一样。

李石清正是《日出》上写得最成功的人物,但有些处也难免叫人说太夸张。譬如他的儿子病得快要死了,他的太太一次一次的催他回去,而他为了当了襄理,兴奋的向潘经理夸功,竟一点不受感动,等处。然而我们对他整个人格澈底地明瞭后,一点也不觉过火,因为这是基于现实,即是现在社会这样的人物有发生的可能性,所以决算不了病,而正是使这人物活跃,使读者(观众)印象深刻的适当的表现法。

在很多处我们觉得李石清这人颇可爱,大一点的例子可以举他因为知道了潘经理的失败乘机而对潘的报复,以及在第二幕与他太太说出的人话:(那是由衷心发出的)

李太太 ……

李 (爆发)你不要说了,你不要再说下去!(沉痛地)你难道看不出来我心里整天难过?你看不出我自己总觉得是个穷汉子吗?我恨,我恨我自己为什么没有一个好父亲,生来就有钱,叫我少低头,少受气吗?我不比他们坏,这帮东西!你是知道的,并不比我好,没有脑筋,没有胆量,没有一点心肝,他们跟我不同的地方是他们生来有钱,有地位,我生来没钱没地位就是了。我告诉你,这个社会没有公理,没有平等。什么道德,服务,都是他们骗人。你按部就班地干,做到老也是穷死。只有大胆地破釜沉舟地跟他们拼,这许有翻身的那一天!

李太太 ……

李 ……淑贞[①],你没有觉察出有时我是怎么讨厌我自己,我这么不要脸来把(巴)结他们,我什么人格不要来巴结他们。我这么四十多的人,我要天天鞠着躬跟这帮王八旦(蛋)以至于贱种像胡四这个东西混,我一个一个地都要奉承,联络。我,李石清,一个男人,我——(低头不说)

李太太 ……

李 ……

李太太 ……

李 谁都欺负我,谁我都恨。我在这儿二十年,干到现在,受了多少肮脏气?我早晚要起来,要好好的吐口气,你看,我就要起来了。

虽然这"起来""是只要自私","跟他们拼"是以欺诈,威吓的手段逼来襄理的头衔,向因失业而杀害全家,自杀不遂,求活不能,求死不得的革职职员黄省三及茶房阿根等,要牌子,施威,然而上边的话,终含几分人性。因此就怪作者不应该把这样一条狗写得有可爱处,使人同情。□□批评和有些人批评《子夜》中的某种狗的典型屠维岳,及《雷雨》中的某种狗的典型鲁贵一样。□而这也不足为病,因这样的人们并不架空,这样的话,或行为在事实的展开,心理的变化……上□起来都不是勉强的,要不是故意的抹杀真实性,强泯灭某种可厌人物的人性,这样写是极应该的,犹之乎为什么《铁流》上的郭久鹤不能为要使读者崇拜硬写成一点错误没有的神人。

何况,只要不是不辩是非的昏头,真正在其前后的言行中深刻的认识了他们,那爱只

① 应为素贞——编者注。

是浮飘着，终会被憎恨之浪涛消减，又怎能真正的同情这样的家伙？因此我们说屠维岳应该那样写，鲁贵应该那样写，李石清也应该那样写。

现在再谈谈与吴荪甫有几分相像的潘月亭。

潘月亭是一个银行经理，头发已经斑白，秃顶油亮的，眼睛瞢瞢的，他的最小的儿子已经二十出头了，但见了露露，他的年纪，举动，态度就突然来得和自己儿子一般年青，他觉得人不能没有钱，没有钱就不要活着，穷了就是犯罪，不如死，所以他对那革职的小职员黄省三一点也不可怜，只是讨厌，气恨，他不愿见那种人，听那种话。手眼比他大的流氓头金八也使他厌恶气恨，因为金八妨碍他事业的发展，并且能使他穷，但金八那种潜势力又使他低头，不敢表示出怨恨之情，同时也不愿在人前示弱，这是我国大都市（如上海）内民族资本家一种内心的悲哀。

李石清在他跟前犯了不小的罪，但知道了他的秘密，这秘密一外扬他马上就要"穷"得比普通穷人更没有办法，虽受了李的要挟，虽气恨得难形容，也是平心静气的应付了。到后来因"过两天就有很多很多的钱，再过些天说不定我还要有更多更多的钱"，李即宣扬他的秘密对他也丝毫无损，所以在调笑中很很地[①]把他的谋臣新升了襄理而儿子将死的李石清，打在地狱里——革职！

他会为了粉饰其将破产的局面而兴工建筑高楼。……

这样聪明，能干的潘经理竟叫露露牵着鼻子拔了老虎（金八）几根毛。

终于为了作公债买卖跌在金八脚下；看着，钱到了手又叫人家抢走了，产业，女人，……都要变成别人的了，弄得比一个穷光蛋还不如，眼前只有一条路：死！

金八在这剧中不能不说是一个重要人物，而我们的作者并没有正面描写，连出一次场都没有，只轻轻地由几个人口中雕塑成，而是那样的逼真，那样的活跃！我想了多次，若把金八搬上场来即若再增加不少场面，也只是一种累赘，那人物的刻画恐怕还不如现在，而增加那么些累赘的场面，对此剧是多么大的损失吧！

看过此剧的谁也会认识金八是一个怎样的人：——

他是一个流氓头，手下有数不尽的喽啰，是公债市场中的一个霸王，谁也怕恨他而不敢惹他，有钱的没钱的，只要有几分姿色的女子他都要弄到手的，连不成东西的小东西他都不放过的。

达　……我奇怪，为什么你们允许金八这么一个禽兽活着？

露　……不是我们允许不允许金八活着的问题，而是金八允许不允许我们活着不活着的问题。

达　我不相信金八有这么大的势力。他不过是一个人。

露　你怎么知道他是一个人？

① 即狠狠地——编者注。

达　(沉思)嗯……(忽然)你见过金八么?

露　那还不容易,金八多得很,大的,小的,不大不小的,在这个地方有时像臭虫一样,到处都是。

达　(沉思)对了,臭虫! 金八! 这两个东西都是一样的,不过臭虫的可厌,外面看得见,而金八的可怕外面看不见的,他是更凶更狠。

一个从内地跑到都市不久的人已认识这畸形发展的都市中,这“中国的疮疤”。

潘月亭没有吴荪甫周朴园写得成功,而金八却比赵伯韬写得强的多,虽然金赵之间的关系是微乎其微的。

在描绘金八这一点上说来,作者的写作技巧是如何的高超啊!

二

把《日出》的故事穿起来的是露露,那一个玩世而被人所玩的露露。

“太阳初升起来了,黑暗留在后面。但是太阳不是我们的,我们要睡了”。露露正是这些不能让她见太阳的人中一个,她出身书香门第,爱华女校的高材生,一阵子的社交明星,几个大慈善游艺会的主办委员,……父亲死了,家里更穷了,做过电影明星,当过红舞女,会与两个“傻子”正经恋过爱,也曾嫁过人,(两傻子中的一个)生过孩子,而并没有减“花一般的容颜”;现在“又回到自己丑恶的生活圈子里”,华贵的旅馆成了她的家,她住这旅馆最好的房间里,整天跟几个场面上的人(有银行家、实业家、做小官的……)混着,她静等着死去,而又希望幸福会跑来扣(叩)她的门。她看不惯那流人,而有一种无形的力拉住她不叫她与他们摆脱;她否定了爱情,而又无勇气,不,不忍心推走由内地来的那一位“傻子”:她的旧友,她的情人。她过着奢侈的生活,而又因同情心的驱使冒险救一个悲苦的女孩子。她也看到光明,而舍不得眼前的享受。她骄傲,她圆滑,她精明,她会欺诈,她也会撒娇,她没有顾忌,她没有羞耻,她爱钱,(而得到的钱是别人甘心愿意出的,因为她牺牲了自己,“尽过女人最可怜的义务”。)……但那一颗天真的心还没有完全消蚀。——这典型在都市中是不难找出实证的。

“这——么——年——青,这——么——美,这——么——”而终于走了自杀之路。

这种人我们只应该可怜她,因为咒骂,憎恨她们,嫌太残忍,也不必!

社会为什么把她铸成了这样? 这问题也满有意思;上帝为什么让她生存? 这问题更有意思。

“上帝就任凭他们存邪僻之心,行那些不合理的事”,他们中若没有这种人,岂不大煞风景? 作者用露露把《日出》的故事穿起来是高明的。

露露,我们不能不说此剧的重要角色,虽然此剧的主题决不在表现一个女人的罗曼斯。

露露的性格也刻画得可以,尤其是那始终一贯的自尊心,到绝路时向乔治张借钱,还说着那样话。

这里再谈谈她从前的“朋友”方达生。方达生在内地，听说他的——从前的“朋友”堕落下去，为了爱的魔力，使他不得不老远的跑来超度她，然而见面后更使他难心，可是并不失望，还觉得有挽回的余地，于是停留在那丑恶的生活圈内，他看到了荒淫、欺诈与无耻，于是由他身上给了这一堆活尸，极深刻的讽刺，作者为了要把他写成“傻子”，于是很多处真的变成傻子了（这些处真个过火了些，使人觉得真的是在做戏）。

勿管是怎样的傻子，但傻子终是可爱的。他愿意自己的——他从前的“朋友”，变为自己的妻子，一再的向她求婚；又能够把自己的爱转放在值得怜爱的人（小东西）身上，这爱又成幻影时，他更起了傻想头，要替从前所爱的人找一个真能爱她的人，来慰藉自己受创的心，但，这样可怜的想头，也变成一缕淡烟，散了。

“这一楼满是鬼”，方达生并不是这一楼中的份子，他奇怪露露为什么不让太阳进来，他憎恶这种生活，乘机发现了不少的奇迹，他正是一面照妖镜！他知道外面是太阳，是春天，而太阳是在砸夯那流人身上，他有他的憧憬，又愿意去抓住那憧憬，他要追求，他会行动！

这表示一个过渡阶级的人物，怎样走向光明。

可是这种人物，在作者笔下竟变成一个这样的形象。其转变的契机是为了女人，是为了不能挽回的旧爱，新爱又被冲跑了。不是说这不可能，这动机卑劣，是说他既经验了那么些，用别的办法来推动他是有办法的，若不想费力而忍心不多给他注射点生命力，对他嫌委屈了些。

总之，方达生算不了《日出》的人物！作者自然比我更明白，所以那“哼哼唷”的声音，阵阵□□来，但写得更接近《日出》些，不更好吗？因为既给观众（读者）以教训，这教训就该尽可能的正确，尽可能的大！

小东西那问题确不少，在她身上揭发出不少中国都市特有的罪恶，她感动了露露，又给方达生以慰安，并且增加了他的气恨，同时也给了他勇气，推动他行动。另一方面也告诉我们：这罪恶的社会真不容再让它延长一天！

那可怜的形象，那哀伤的心情，那悲惨的遭遇，将打动万千观众，万千读者的心！

作者的笔掬引出几石几斗热泪将变成怒火遭结成太阳。

无怪作者要把方达生的转变那样写；这既省力，又容易感动人。

三

没读《日出》前会与朋友们这样谈过：《日出》决不会比《雷雨》好，只在情节方面说，《雷雨》已达相当圆熟的地步，一个人哪能编多少好的长故事。是的，读《日出》后，这话证实了。

说《雷雨》是一首美妙的抒情诗，就该说《日出》是一篇电报稿吧！不要小看了电报稿，闲应酬是不必有电报的，电报稿虽不需要渲染但很应该洗练；电报稿会有事实，也会有热情；电报稿的事实必是很前的。……

必得声明的是《日出》底情节非但说不上单纯，而是相当复杂的。

《雷雨》是比较更复杂，而满含罗曼气质，像幻想，像神话；《日出》倒现实得多。

《雷雨》的舞台效果很好，《日出》的舞台效果当然也不会坏，这都不能不归于作者构想的情节上。

作者会提到有人说他《雷雨》紧张，他不承认这是好处，其实紧张不是胡闹，故事本事确实紧张，就让它紧张的发展下去，不能算不应该。作者只是看到观众脑子不应该疲乏，观众的情绪不能太兴奋，……他忽略了——

他的观众是些什么人。

在现在我们底戏剧观众几乎全是小市民层，尤其像《雷雨》，《日出》这样的剧，更不能飞出这圈子，这是谁也不能否认的事。

环境把他们磨炼得麻痹了，他们是需要罗曼斯，需要强烈刺激，需要新奇，也需要较熟悉的事物，因此情节复杂，紧张，夸张，都市的悲剧，……正投他们所好，自然容易起共鸣，《雷雨》的成功大部分靠这一点，能肯定的说《日出》演出可抓住观众，也要大部基于这一点。

第三幕结尾那恐怖的场面，（小东西吊死）将打动每一个观众的心，"这一段现实"，真的"刺目"而写得并不算"太惨"，搬在舞台上让这种观众看适合极了。作者不必多余的顾忌，要起修改念头。

这一幕我看后，自然受了大的感动，合住书一吟味，我感到一点点缺陷，能在小东西死前，加一点生怯跑出而至绝路时再死去的场面，定更真切更感动人些。

无论怎样悲苦，人对自己的生命终是怜惜的啊！小东西何能例外？

说她早知无法逃跑吧，观众不甚明瞭，在这儿用她自己点明，并不是累赘。

此剧虽没有疲乏的场面，多余的人物，不必要的动作，及一段闲话，但拙劣的，过于象征的，神话化的，大做□了的小穿插，说是累赘尚嫌轻，应当说破坏了整个的剧情。譬如潘经理失败后，露露到了绝路剧将结束时：

乔　（心神恍惚地）怎么，你们把门锁上做什么？

根　（略）

乔　（摸着心）露露，我做了一个梦，*I dreamed a dream*！哦，可怕，可怕极了，啊，*Terrible*！*Terrible*！我梦见这一楼满是鬼乱跳乱蹦，楼梯，饭厅，床，沙发底下，桌子上面，一个啃个着活人的脑袋，活的胳臂，活人的大腿，又笑又闹，拿人的脑壳丢过来，扔过去，戛戛地乱叫。忽然哄得一声，地下起了一个雷，这个大楼塌了，你压在底下，我压在底下，许多人都压在底下，……

是好的讽刺，是应该点明的，是省力的笔法，然而剧本身的影响是多么恶劣呀！说不是梦，是他编造的讽刺话，在后边好像透露一点点消息，可是观众在这时，谁有那猜谜的闲心情？何况即真是讽刺话也不应当由他——乔治张，张乔治的嘴中说出啊！能不能给方达生以方便把这些警句由他嘴内在单行本出来时，我们再也不愿还留有这样的场面！

找缺点还有的是：

在第二幕：

（达转回身把门关上）

露　这个人简直是没有一点办法。

潘　顾太太，你看着胡四这两天又不到银行办事来了。

两人的对话，少了联系，这里是需要多少加点胶的。

在第二幕：

"……中国活着不容易，到处没有一块舒服的地方，……你看我的狗多好看，他吃的牛肉都成了我每天的大问题。脏，不干净，没有养分，五毛钱一磅的牛肉简直是不能吃。你看，每天四磅牛肉搁在它面前，他闻闻，连看都不看，夹着尾巴就走了。你们想，连禽兽在中国都这样受着痛苦，又何况乎人，又何况我们这样的人？"

与这流人来一个对比是需要很多笔墨，黄省三说了一长篇话，诉说了艰苦的身世发发积愤是必需的，可是在那"贼""强盗""鬼""心简直比禽兽还不如"的潘等面前，能让他这样快痛的说，痛快的骂？而又骂得这样厉害？请向作者搬在舞台上时潘等应怎样表情，才能等到他骂饱时才说："这个混蛋，还不跟我滚出去？"

在第三幕：

翠喜（疯狂的样子）你开门！（乱打着门）你开门。

黑三，你再不开，我就要喊巡警了。

对黑三他敢这样说？这样说了，黑三能愿意，出来后就一点不问，不发作？

……

四

××：

……

是的，《日出》是值得看一看的。单行本出来，一定要更好些。

《日出》是表现都市上层人物的罪恶，这里装满了各样不义，邪恶，贪婪，恶毒。满心是嫉妒、凶杀、争竞，诡诈毒根。

有精明荒淫的银行经理，有无恶不作的大流氓又是公债市场的霸主，有富裕无耻的孀妇，有寄生的美女，有由内地到来，人性没失，嘲讽那丑恶生活，追求光明的"傻子"，有感到中国不能尽情享乐的留学生，有奴才风度而诈诡多端的茶房，有游手好闲寄生的"面首"，有狠毒的地痞，有命运悲苦的被骗入都市的乡村女孩子，有各种各样的妓女，有能干而满腹牢骚的银行大职员，有失业而毒死全家，自杀不遂的银行小职员，有安分守己的银行职员的太太，有欺软怕硬之小流氓，有窑子里的伙计，有出卖劳力的苦工，有油滑的乞丐……——这些都市内的各种典型刻划得都相当的成功。

有内地青年对都市荒淫生活惊奇的场面，有留学生叫屈而实乃夸耀的场面，有嫖妓的场面，有被逼而死的场面，有失业者发牢骚的场面，有夸功的场面，有胜利的狂笑及失败后的颓丧，有妓女的受刑，有建筑在黄金上的恶变，有有钱人玩弄寄生的女子，有茶房的奴才举动及诡诈恐吓的场面……这些都市所发生的荒淫，罪恶，无耻及悲惨恐怖的事件，都表现得极生动，安排得极恰当。

那幕后的砸夯工人们合唱的洪壮的歌声及沉重的夯声，烘托着这一群鬼怪跳跃，那氛围（伟大的严肃的）将使观众消失了自己，使眼前的世界动摇。

这些"鬼"们正在油锅里跳舞，幕后的声音正是熊熊的煤火！

不说作者怎样巧妙地连用语言（对话的巧妙，言语中表现情绪的变化，及向社会的讽刺……"巧妙的埋伏，（如黑三打小东西时，金八请他去，……"以及怎样为使演员心灵化装而详细地描写出（这）个人物的形态，性格，及其过去经历与心的活动，……只是这剧的氛围的创造——幕后的衬托，已显出伟大的气魄及精巧的技术。

朋友，《日出》确是一部稀有的成熟的剧作。你的意见很对。

你既问对此剧有什么大的不满，我自然不能不籍此机会与你讨论一下。

你说作者写作此刻的时间，是在中华民族处在极严重的危急阶段，这话自然很对，我们只用想一想《雷雨》是什么时候出世就会明白的。我们且不管什么国防文艺，只用问在中国的哪一个角落不受这严重的时局的影响？何况如《日出》发生的大都市？作者把这群人物拉在半空里不但你觉得奇怪，我觉得奇怪，恐怕谁也会有这样感觉吧！

我们不苛求（?）作者在此剧中反×反汉奸，只说他为什么连必不可免的时局影响都不写出。

还是作者大大疏忽的，也是此剧没有更现实的现实性及更伟大的伟大性的一点。

每一个现象都不是孤立的，忽略事件的联系性；把作品中的人物及事件架空，决称不起是一个有了正确认识，而忠实的表现现实的作者。

在《子夜》上吴荪甫等的失败，（民族资本家的厄运），是受了帝国主义者，金融资本家，农村骚乱，都市不景气。罢工，……的夹攻，而《日出》上潘经理及围绕他的那般（班）人的失败，我们只看到是金八促成的。在这方面说《日出》比《雷雨》也差得不少。

把整个中国或整个世界搬在舞台解剖，是不可能的，我们要在剧场中嗅一嗅与故事的进展有关的各方面的气味，决算不得苛求。

在这剧中要找到潘经理之没落别的原因，就是一半句话也没有。

我们该为作者惋惜。

让这群鬼怪自生自灭吧，日自然要出来，可是那样的“灭”是真的灭吗？日怎样出来？达生以及那哼哼唷的人群，仅只微弱的告诉我们迎着阳光，除此外作者还给观众些什么教训？

“《日出》东来，满地大红，要(得)吃饭，可得做工。”

日什么时候出来？怎样才能出来呢？

隔壁监狱里打四更了日还没有出。我且躺想想《子夜》，再想想《雷雨》。

十，六，一九三六。

（原载《群鸥》1936年12月9日第1卷第1期“批评”栏目）

《大公报》集体批评 1[①]

一个异邦人的意见
我更爱《雷雨》
现实的侦探
“戏剧的进展”
多方侧面的穿插
“活现的廿世纪图”

一个异邦人的意见[②]

谢迪克(H. E. Shadick)

《日出》在我所见到的现代中国戏剧中是最有力的一部。它可以毫无羞惭地与易卜生和高尔绥华兹[③]的社会剧的杰作并肩而立。我很愿知道作者由这些西洋戏剧家究竟有意识地承受了多少影响。作者心灵里实有一个预言者的激动,他看到了当前社会机构整个的腐烂,人类的贪婪(李石清为了金钱竟自牺牲了妻儿老小,见第四幕)残酷(小东西和翠喜的遭际,见第三幕)虚伪(金八,潘月亭,甚而李石清)忌恨(像潘月亭之对李石清,第四幕)不公(为了给无用的胡四谋个位置,十五个工人被辞了工,见第二幕)。这剧是对着藉投机和剥削而存在的整个寄生的社会机构一个严厉的攻击,从那个用他卑污的爪涂黑了世界的霸王金八,而且不只一个,“金八多得很……在这地方有时像臭虫一样,到处都是”(第四幕),那些潘月亭,李石清,顾八奶奶,胡四,乔治,直到他们那群流氓的奴隶,蛮横的阿根,那个痞棍窑伙黑三。衬着并且生存在这黑暗世界里还有光明的力量。在潘月亭的性格里,偶尔便还有一点好心。顾八奶奶有时也透露些仁慈。在第三幕末尾,连小顺子都对小东西说了点软话。但更重要的是方达生,他那淳朴乡愿的灵魂为他所看出的另一个伟大世界而感动得挺立起来,为了信念,他反抗起金八和他所代表的。露露,虽然她说“我是一辈子卖给这地方的”,有着更清晰的视象(Vision),终于她按着自己的路愉快地步入黎

① 这六篇文章被《书人》(月刊)1937 年 7 月“评华”栏目摘录,标题有变动——编者注。

② 谢迪克的《一个异邦人的意见》以《〈日出〉批评》为题,转载于《月报》1937 年第 1 卷第 1 期“文艺栏”——编者注。

③ John Galsworthy,今译为约翰·高尔斯华绥,英国作家——编者注。

明，那仅剩给她的唯一的路。在背景上，太阳于清晨钻入了旅馆的房间，那簇耐性的工人正为着一个新的建筑打着地基，他们闪亮的肩背触到阳光益发显得壮美，他们的夯歌使得阿根很不舒服。

露露是这剧中伟大的人物创造。她美丽而且活泼，聪明而且举止果毅。起初像是好讥讽而且贪婪，不久我们才发见她对不幸者是那样慷慨而且充满了同情心。她是陷入了社会的圈套，又凭了她的能力在身分上保持相当的骄傲。但她过后发见自己原属于另一世界，却被卖到这里，但是发见得已晚了。剧中有些感人的地方如她在玻璃的冰霜上玩耍如一个孩子，在小东西的初次危险度过后，又沉浸于鸟儿，阳光，春天和青春的幻想（第一幕）。她本质上是纯洁，诚实，而且可爱的。凡是心中有一丝善良的人都必爱她并羡慕她。因此，连潘月亭上场时，剧本都这样说："行动很迟缓，然而见着露露，他的年纪，举动，态度，就突然来得如他自己的儿子一般年青。"（第一幕）虽然方达生的清教徒的性格为了露露的举止深感震吓，到最后他终于凑近了她，坚求她与他同走，只是他的礼教束缚和书生迂腐抑制他去挽她的胳臂。她的聪明和幽默感（sense of humour）相当于她的细腻情感和女性的温存。她对顾八奶奶的讪笑，她坚要叫潘月亭"我的可怜的老爸爸"，她递方达生烟卷，这些都说明着她的好脾气，可也显露出他们的柔弱处。露露是一个美丽的完全的创造。

其余的人物则比较肤浅些，有些是单纯的典型。"幽默"的角色，表现着某种人性的缺疵，作用多在增加谐趣。所以我们有留学生乔治，一个中国的 Perigrine，那个风流的半老徐娘的顾八奶奶，尽力学着年青时髦，——一个中国的 Lady Wishfort，白相人胡四，"中国第一美男子"，一个中国的 Beau Brummel，乡下道德家方达生，一个中国的 Downright。方，潘，李比较的个性强烈些。

作者显然善于运用精采的口语的对话——我所读过的现代剧中大半都有着这个伟大的进步。他使用的象征的确富诗意，增助了本剧氛围的统一。我们有太阳，有工人的大合唱，邻近楼房的剪影，安眠药，那本书《日出》，和小东西，这些统统象征着露露的新曙光。戏剧的讽刺（Dramatic Irony）在他手中运用成为一个有力的工具。在许多例子中，我想特别提出三条来。当顾八奶奶把她的钱信任地托给潘月亭，不久，阿根宣告新闻记者张先生来了。在最后一幕，露露对爱情的幻灭："爱情……现在我才明白这句话的意思"（第二幕），那意思是双关的。当顾八奶奶和张乔治都请她做伴娘时，那是一个很辛辣的讽刺。但是一个最美丽动人的例子却是那个充满讽刺的隐喻，露露对方达生说，她以前有过一个丈夫，有点像他，后来，孩子死了，"那根绳子断了"（第四幕），他走掉了。惟一的缺罅是她说她手里拿着的那本书便是他做的，因而这样容易使观众将那人当成实有的。

本剧在严肃，甚而恐怖与诙谐的配合上是恰到好处的。如同那小东西可笑的像貌但是惨淡凄凉的身世。

它主要的缺憾是结构的欠统一。第三幕本身是一段极美妙的写实，作者可以不必担心会为观众视为淫荡。但这幕仅是一个插曲，一个穿插，如果删掉，与全剧的一贯毫无损失裂痕。即使将这幕删去，读者也还不容易找到一个清楚的结构。我们不再能看到作者在《雷雨》中那种坚定的不可避闪的发展了。人物与人物之间主要的冲突多是双层的,露露和方达生,露露又和她自己,新的露露和旧的露露。在这后面,还演着金八与潘月亭,潘和李石清的冲突,但那些与其说是佐助戏剧的完整,毋宁说是社会背景的渲染。自然偶尔也与剧性发生关系,如潘月亭的破产说明了他还不了露露的账,因而部分的造成了她的惨淡结局。但是这个线索也似乎还欠明晰。我也找不到方达生在本剧中的作用究竟是什么。唯一比较易解的诠释是我在本文开首说过的,方的出场代表光明与黑暗,公义与横暴,善良与邪恶的冲突,然而这些仍是太空泛,太模糊,本身不够明显。

结构以外,还有一个缺憾,那是行文的冗赘。这部剧太长了。读者兴趣时常为那些段极长的对话抹淡了。人物出场次数嫌太繁。同时,作者似还犯了"重描"(Over-emphasis)的毛病。如黄省三出场太多了,而且也说的太多,这反而消减了作者原来的用意。那原应是文学作品中,代表"薪奴"(Wages-slaves)和他们的冷酷待遇一个最有力的表现,结果却变成一个讨厌的舞台上的"狂言"(Theatrical rant)了。

总括说来,这部剧是一个极伟大的作品,作者对女性人物有着深切的体验,又为一种社会正义的渴望所感动而完成的。我们翘首等待作者第三部充满了丰富想象的新作。

原编者按"①:英美人怎样论鲁迅"特刊出后,承许多朋友垂询那位英国人究竟是谁,对鲁迅先生的作品看得那样仔细,说得又头头是道。今天读者又看到他评论我们最近问世的一本戏剧了。如果我说出他同时还在读着辛弃疾苏东坡的诗词,研究着中国农村社会学时,打听的人一定更多更奈不住了。本文作者谢迪克教授 Prof. H. E. Shadick 系北平燕大西洋文学系主任。异于许多西洋人,他不用一点皮毛智识对本国人自诩权威,他是想凭直接阅读认识"第一手"的文艺的中国。在我们的通讯中,他时常犀利地发挥他读《子夜》,读《边城》,读《雷雨》,读《灭亡》的印象,连本刊上登的短文章他都一篇不落掉。最近,在他给我的信中,(写完这评文后)提及《日出》他说:"在社会资料的丰富和露露这个人物的创造上,作者显然比在《雷雨》中进步多了,但在结构上则不如。如果他第三出戏能包容《雷雨》和《日出》的共同优点,我确信我们将有一部伟作可读了。"

(原载《大公报·文艺》(天津版)第 273 期 1936 年 12 月 27 日)

① 谢迪克的《一个异邦人的意见》以《〈日出〉批评》为题,转载于《月报》1937 年第 1 卷第 1 期"文艺栏",在转载文里,删除原编者近的开头"'英美人怎样论鲁迅'特刊出后,承许多朋友垂询那位英国人究竟是谁,对鲁迅先生的作品看得那样仔细,说得又头头是道。今天读者又看到他评论我们最近问世的一本戏剧了。如果我说出他同时还在读着辛弃疾苏东坡的诗词,研究着中国农村社会学时,打听的人一定更多更奈不住了。"——编者注

我更爱《雷雨》

李广田

两年前读过《雷雨》，两月前读完《日出》。两剧所对付的都是大问题，而且均以极复杂，极紧张，极严密的方法写出。两剧均使我深深的感动，使我十分佩服曹禺先生的构思之深，与笔力之雄伟。然而时至今日，让我平心静气的回想一番，不知因为什么，却仿佛觉得《日出》不如《雷雨》，而刚刚读过的《日出》所留的印象，反不如两年前读过的《雷雨》所留的印象更为深切。

不知道为"什么"，便必须求得"为什么"，于是我思索了很多枝节问题，而这些枝节当然都是假设。

最显然的，我觉得在《日出》中没有一个可爱的人物，当然他们之中也没有一个能获得我的同情，无论其中的人物如何受人欺侮，或死得如何惨酷，然而总都不是可爱的人物。当然，一切艺术作品中的人物不一定都该叫人爱，而且激起观众或读者之恶绝的情感有时也是重要的，应当的。然而这里却有一点难言的区别，就是：在有些作品中即使是惹人厌恨的人物，在作品中那个人物是以恶的一面而表出的，然而我们却依然会对于这个恶人发生同情，觉得这个恶人也很可爱。我觉得《雷雨》中的人物便是如此。我们简直没有方法来判决他们的是非，当然这里并不是没有是非的存在，不过我们是被另一种东西给破除了是非观念，于是不论他们是犯罪的，是无罪的，都得赢到我们的同情。（这使我忆起 The Merchant of Venice① 中的 Shylock②。）这使我们破除了是非观念的东西是什么呢？是"人性"吗？是"活的人格"吗？还是其他什么东西？我不得而知。然而我却因为这个而喜欢《雷雨》，而不大喜欢《日出》，比较地。

对于我们所爱的人物，我们都有一种倾向，这大概是因为那人物本身就有一种倾向的缘故。《雷雨》中的每个人物都在一种倾向中，这倾向是一种力量，它能吸引读者和观众。但在《日出》中如何呢？题为"日出"，而且就以"日出"作为象征也未可知，然而我却不知道太阳究将从何处出来，我只觉得处处发霉，每个人物几乎都发出腐尸的气息。在看第一幕时，我很注意方达生这个人物，但看到最后，我非常失望，方达生这个人并不能代表什么，他没有清楚的倾向，没有力量，他的存在很不结实。固然，我们不应当只在作品中找出一个英雄，作为崇拜的目标，然而就全剧论，方达生确是尸场中的一个生人，他应当有所作为，应当有力量，应当使我们从他身上嗅到一些新气息；然而，他不能在我的感觉中，这也是使我认为《日出》不如《雷雨》的一点。

（原载《大公报·文艺》（天津版）第 273 期 1936 年 12 月 27 日）

---

① 莎士比亚的《威尼斯商人》——编者注。

② 莎士比亚的《威尼斯商人》中的犹太商人夏洛克——编者注。

现实的侦探

杨　刚

有个精灵在世界上徘徊，你摸摸它无形，听听，无声；它"多得很，大的，小的，不大不小的……到处都是"。有时候它蹲在失业者毒死儿女的心上。有时候它祟死银行家，舞女，娼妓，夫人，博士们。在死亡破灭的坟头，总依稀有它黑胖的游魂，吮着鸱枭的笑，张起瘟瘴伞。这家伙有人累累赘赘的它叫资本主义没落期的精灵，但它的侦探说它是臭虫，又叫它金八。

这家侦探心胸的容量不小，魄力也雄。一愣头，他追下这金八来。追上天宫，舞女陈露露吞安眠药，大丰银行塌台的案子给破获了，全是金八干的。经济恐慌，金融紧缩，金八偏骗银行家潘四大卖公债，叫人跟公债一起重重摔交，等人摔得半死，它却往银行提取存款，这是它一手包办的。这事弄明白，侦探又下地狱，在那里，小东西一条命的冤主也有了，不肯受金八圣明的侮辱，是那女孩一条绳子挂上头的罪由。于是侦探的胆更壮，索性把吊在中间不死不活的受害人也都拉出来作见证，俨然要和金八拼个死活的样子。

可是，到这儿他一看，人人都撑眼望着。他想，"我要把金八摊在他们眼前，这把艺还有什么卖头？"他就把它笼在远雾里，不让露面，叫人望着，猜着，心里惑惑的以为那金八无头无尾，是不可知的命运，幸而这人虽好卖艺，却是心胸来得宏，他已请了位创世祖来，让他和金八两家在云里斗法，于是太阳唱着打夯歌，派傻子方达生出了场。这一来，《雷雨》里沉重苦闷在这儿透出了"满天大红"的霓光。要"跟金八拼"的都起来——被它压扁了的只好爬下土去"睡了"。

地狱那趟走得叫人哆嗦。单讲那份嘈嚷混乱，哭的，笑的，唱的，骂的，喊的，打的，哼的，还有瘸子，瞎子，乞丐，哑吧(巴)，卖糖的，卖报的，卖皮肉的……好了不得！简直就是在那地狱社会亲自出了台。全部《日出》的氛围，怕要算这儿的活得最浓了。它不再是陪客，它整个陈在舞台中央，无耻的可是活鲜鲜的，有活的人织配在那里面活动。论结构的完整，论这种艺术的成功，论侦探对于人生的熟谙和深入，这一幕总不致不能和任何一个长寿的独幕剧立在一起。可是，也许就它的独立性太重了，会伤全剧的完整和紧凑吧，谈到后来，势子像比《雷雨》要松，弄到不能不把潘四爷李襄理锁在一块，泼妇骂街闹一场。

这人的手段我终恨他辣。一个翠喜，一个李石清都是针扎得出血来的人，他把他们收拾得好苦。一个方达生是那么傻气。他真以为傻和憨跟意义作用是撤不开的两面，简直把聪明智巧嘲笑苦了。

看来看去，我找不出他是在探案子，积德。他是在替中国戏剧开辟启示录里的新天地。望望夔门以下的长江，人或许能触起它在中国戏剧史上的地位来。它和长江一样，也

含有晶美的玲珑石,像第一幕潘四说的:“不坐坐么?门口那几位不进来歇歇么?不么?”但它也有勾摄人心的激流,那是第二幕李石清教黄省三生活的对话。

(原载《大公报·文艺》(天津版)第273期1936年12月27日)

“戏剧的进展”

陈　蓝

《日出》,谓四幕剧,它本身已具备了太阳的光耀。把地面上的一切现象,照的那么清清朗朗。人间的丑恶,躲到那个角落去,也无计避这阳光的照临。人本来就是悲剧中的一个角色,既被铸成了个活物,生活在他便成为顶要紧的。因为要生活,便不得不承受随着生活来的一切虐待。陷在生活的漩涡里,呼号,挣扎,做着将死困兽的搏斗。神经受了生活刀剑的伤,变做恣睢,麻木了。终于彷徨着,心里充满了幻灭的悲哀,睁大了眼睛,看着自己与身边的一堆腐烂下去。无心再寻取一点光,燃烧一点胸骨间的热,到屋外阳光下的田野屋基上,找点工作,看着阳光,却白痴似的喊着:“阳光不是我们的,我们要睡了。”往死亡这个深坑里跳。这些人,只有死,张开两臂,迎接日光的人,才有活下去的权力。——这是《日出》展示给我们的意义。《雷雨》造成了天地间的一个混沌,象征着一个悲惨的毁灭。《日出》,则在一堆腐烂之前,放射出一道新生的喜悦的光。《雷雨》揭示的是:人类摆脱不了一个可悲的命运——越挣扎,越往深处隘。人物像个木偶人,各自受着一条看不见的线牵动。一双无形但是有力的大手,将一切安排得那么凑巧。——布好了网,插好了扈,任生活力多么旺盛得像条泼剌剌的鱼,也跳不出那孔眼去。铸成《日出》的悲剧性的,不是那双大手,却是生活那张大口。这大口里还有几枚“社会的牙齿”,将绵软的白羊一般的人类嚼得血流肉绽。

《雷雨》里表现的是执迷的爱,火的热。《日出》里则充满了醇精气味,沉湎的醉。说明了人类被生活簸弄得多么糊涂,打扮得多么丑。第四幕里张乔治说:“我梦见这一楼满是鬼,乱跳,乱蹦,……啃着活人的脑袋,活人的胳臂,活人的大腿……。”这叫人联想到易卜生《群鬼》里,儿子对母亲说的:满处都是鬼……。这实在是篇中人物替作者说话。——周围是失掉人性的人,迷迷茫茫的,在阴影里蠕动。

按结构说《雷雨》像是一面网,交织,错综,各个人物,彼此间都有着血统的,人为的关系。这人物的复杂关系,间接的,造成了繁复的结构。《日出》,则各个人物只是为了迷醉的生活才凑在一起。这凑合,造成了戏剧的进展。

(原载《大公报·文艺》(天津版)第273期1936年12月27日)

多方侧面的穿插

李影心

相继《雷雨》,《日出》同又给我们一种新的刺激,提醒,启示;而且一如《雷雨》,《日出》对深阔的社会层的剖示一点也不减力。它暴露了存在于光天化日下之更深的黑暗,也展示那宇宙间生命场合之极度邪僻与不合理。人类社会是整个的奠基在罪恶上面。这里面,黑暗笼罩了一切,到处都是贪婪,诡诈,杀伐,毒恶。因而,它的进展最是动乱多变,人与人之间的交接往往就会是一出极真实生动的戏。就在那么繁杂□□的人生大戏中,曹禺先生节取其中最热闹也最精彩的一段,(说不定也许就是最阴暗残酷的一幕)不加隐饰删削的搬向舞台,而《日出》,那四幕繁长的悲剧,是不是有意用来说明剧作者对于人生的观测与理解?实际上,有如我们所见到,《日出》铺陈了现实生活中最高度的骄奢与淫靡,说明"人与人间的残忍"但不即抑足;一如其剧名所指示,这鬼域的世界中缺乏一点阳光;就如生存于这鬼域的若干移行动物皆缺乏一点普遍的同情与人性,这悲剧的写作则正好显示出对春天太阳与人类温暖的渴望。

此其所以在写都市生活之丑态与残暴的《日出》中,作者插入了方达生这个过份与剧中环境不相适合的角色,(然却是为黑暗社会打开一线光明之最理想的人物)赋与他醇厚的情感,理性,与智慧,使他有个机会接触现实,肯于为那个充满希望的未来献身。他的性格是英雄的,现实的,但是,他的转变似乎容有多量的想像成分。《日出》里最可爱而且值得同情的是露露。呈现在戏剧里面的露露是一个活泼机警的女性,生活习惯养成她的骄傲,倔强,如一般女人,她多一份自尊的矜持,长于交际,却仍缺乏对人情世面之更深的练达。她自作聪明。引人感动的是她的气派,她的身世,或是她在曲折情节中的扮演。那样自然,又那样做作,然而我们几乎忘掉第四幕开首她多么忧郁!同样在串演这一场戏的乔治,顾八奶奶,我们特别关心到他们费力。但是也如潘经理,这一群人,我们的猜想,作者创造他们时似乎仔细的装置了各自神经器官的完整,他的草率也可以使我们安心他的人物不致生硬捏制。

就是这道具型的人物,都市放荡与堕落把他们牵在一起,彼此玩玩乐乐,而且,他们互相又有着多么漂亮的对话,温柔与粗暴,文雅与龌龊,相间揉杂凑成卑鄙的趣味。从《日出》,我们看到繁复人生之多方侧面的穿插。《日出》展开了最锐利紧迫的情节,一些舞台上人生之戏剧的成分。且是,一如舞台上的演出,戏的脚本顾到旁衬的氛围,由于效果上的需要,而《日出》,有着最多兼杂的嘈声却丝毫不感到繁重。剧里面确是呈现一种合理的节调。这里,我们有意想说,作者的努力与用心接近了他的目的。一点也不假,《日出》属于写实的戏剧,他在提示一种戏剧中的真实。

然而，它的成就不仅属于写实，作者有他自己的看法。他接受生活中现实成分，通过他的笔下的再现却经过他的安排与裁度，《日出》中无庸讳言的有他的想像的主动。他的态度似在追寻一种艺术的永卓与真实。正是由于这一点，《日出》有它存在的意义与不易泯灭的位置。

十二月一日

（原载《大公报·文艺》（天津版）第273期1936年12月27日）

"活现的廿世纪图"

王　朔

《日出》不仅是现代中国戏剧界一个空前的猛进，它是我们整个文坛上的一宗光荣。当多少人在论战，多少人在"护短"，多少人连哭带喊的嚷着"要伟大作品"时，我们的作者不以他的轰动一时的《雷雨》为满足，两年来完成了这部更精细而浩大的工作。对于我们，作品以外，这种精神本身至少还是一种启示！

在《雷雨》里，作者的企图几乎是想藉一部戏剧囊括宇宙万象，有人嫌他野心太大了，然而，在《日出》里，他的幅域没有缩小多少！正如贾波林①的《城市之光》继之以《摩登时代》，两部讽刺了全个当代社会的杰作，《日出》所写的是现代人生的诸般现象，有爱情的幻灭（顾八奶奶），金钱的幻灭（李石清，潘四爷），疾病，死亡（页三一一，"……我的小五呵！"）每个人都如一条毛毛虫沿了杆子盲目地爬，谁也不敢说什么时候便滑掉下来。多少地方，我们读到的不再是戏，是人生，且是最普遍的当代的人生。为了生存每个人都在委屈着自己。小东西明知道回到金八那里要挨打，但她饿——实在饿得很。明知道天亮以后他们还得打她一顿，可是过一会也会给她点东西吃，旁的地方连这点东西都不给她吃。于是她想回去（页五）。钱支配了现代的一切，连充满了青春幻想的露露，也成天为它烦恼着（页五四）。自然，一切都是那个金八作祟。目前世界的形势不是我们允不允许金八活着，而是他不允许我们活着（页二六二）。这是一句极简单然而极真实透澈的结论。我们看见了自身上褴褛的以至那穿皮袍的，一个个在喘着气向上爬，一个个的脖颈为一只大手掐紧紧。银行小书记黄省三被辞掉后，全家支了牙。李石清烦恶地向外推他。李石清自己可也得为了教太太陪上司打牌，典当身边的衣裳。比黄省三更惨的还有那个老妓翠喜，那个为嫖客玩弄，又为丈夫批打的中年妇人，然而比起小东西呢，她还有余力给她一点安慰了。

① 贾波林，今译为卓别宁——编者注。

这部戏写的明明是两个不同的世界，却都牵在一个金八手里，连那个手眼狠辣的潘四爷终于也不能幸免。这是一幅活现的二十世纪全图，有榨压，有剥削，有叫喊，可也有反抗。作者像是扯住了那个罪魁，那个凶手，告诉我们：就是他！就是他！谁说这里有的仅仅是描写？这是一个正确的诊断！

由《雷雨》，我们便感觉到作者之喜用象征。《日出》仍然是一部充满了象征的戏，然而在运用的艺术上，是比前剧进步多多了。《雷雨》借用的是天空的电闪，作得好可以增加悲剧的紧张气氛，稍稍过分失当，便会成流为《火烧红莲寺》一类神怪背景。《日出》里的象征却都是人类的，自然的，而且，在极多场所，是至为诗意的，如那"含着愤怒的冤魂"的夯歌，那凄凉寒人肌骨的"硬面饽饽"，那个没结没完的"数来宝的"，甚而那片卖报声，由这些声音里，我们感到的是与舞台动作合谐的空气——有饥饿的大众，有光明的前程。一切这里所有的，全都是地道中国的，然而没有人曾经拾起来，这样适当有力地运用过。

作者的理知使他有一个极严正的世界观，然而那个并不曾冰冷堵塞了他的热情。如果准许的话，我们甚而敢说作者的气质里，正如剧中那个爱春天爱阳光的露露，还是茁满了一种新生的(不是颓废的)浪漫气息的。也许这个不妥当，为了"浪漫"的历史联想是不大坚朗的。我们可以说作者使他的人物，即使是垂亡甚而死过一回的黄省三，都充满了热情，愤怒也罢，同情也罢，喜悦也罢，他们各各的血在滚流，他们的心跳得欢。像那个嚷着"我不能死，李先生，我要活着"的黄省三(页一六五)，摸着小东西的脸蛋，叫着"苦……苦命的孩子"的翠翠[①](页二三二)，近于疯狂地逼着福升"他们为什么还没玩够"的露露(页二五一)，甚而那个高兴地说"我年轻(青)了二十年"的潘四爷(页二五五)，每个人都有的是表现自己的热情。读完第四幕，谁能忘记黄省三那声声的"人不能这样待人呀！"(页二九二)的断续抗议呢？

这里，也许可以说是作者写剧的艺术超卓的一个特点。翻开过去的戏，大抵是作者藉了木偶似的人物，在说着他自己的话。曹禺先生却是凭想像钻入了各各人物里，依了社会为那个人物安排的运命，令他自己说话。是这种对话才使我们看见逼真的立体的人物。

按剧情和性格说，露露和她以前的爱人方达生在本剧中是"特殊的"，为了他们都异于那群人，也可以说是作者理想的人物。无疑地，露露在剧中几乎为作者写成一个 Madona，聪明美丽，而且是她环境的主人。即使那个影子稍嫌模糊的方达生，作者对他期望必也不小。反衬着都市背景，在他身上作者显然想放入一个淳朴可爱的灵魂，通过全剧，这个倒霉，那个倒霉，哭的，叹气的，他却总是干干净净，无灾无病。我猜想，作者是要把这个完整人物留给曙新的"黎明"。

然而，以气质来论，方达生还不如露露有资格留存下来，步入那个新世界。在他那仅仅模糊的身影上，我发见了太多的懦弱了。正如一个愚憨的农民，他有的也只是愚憨。他嫌都市"到处都是人"！(页十)他嫌都市"闷气得很，人讨厌，连屋子也这么黑"！作为一个

① 此处应为翠喜——编者注。

都市咒诅者，他已愉快称职。然而除了回家，除了要露露嫁他，他还有什么幻想呢？作者在开始便把这个人物□得极其孩气，他怕人，他想着“真正的自由”（页十四），他爱哭，甚而动不动就自杀（页三十七），我疑心作者是要把他写成 Marchbanks（见 Bernard Shaw Candida）[①]型的人物，以一身稚气染出一条美丽的灵魂。如果是这样，他还缺失 Marchbanks 那一身诗。在一个新的世界里，我们要的人不应该更硬朗些吗？他不应仅仅傻，仅仅拙笨，仅仅保守，且由人间地狱里游回来，才问“人与人之间为什么要这样残忍呢?”）（页二六一）由另一个方面解释，也可以说，露露成为他的一个人生师傅，要传授他一点现实。然而直到师傅咽了气时，跑在台上的却依然是个“傻子”。

露露则确是全剧中，在任何方面都超出别人的角色。她孩气的爱春天，爱把脸贴近霜玻璃，然而当她肃然告诉方达生“我对男子尽了最可怜的义务，我享着女人应该享的权利”（页三十二）时，她是一个怎样有硬脊梁骨的女人呵！她向往那也甜也苦的过去的回忆，她充满了浪漫的情绪，然而对于社会，对于人类，她又有怎样清楚真确的认识呵！她同时是一个浪漫和现实，情感和理知，热与冷的化身。当她叫潘四爷“我的老爸爸”学着李石清的“我的内人”的时候，她充满了小鸟依依的可人（页七七），然而当她护卫起小东西，对着那群流氓说“你们怎么不进来呀，怎么那么大的人，怕什么呀!”的时候，她是多么勇敢得令人起敬呵。

在庄谐情绪的平衡上，本剧也较《雷雨》进步多了。在《雷雨》里，观众的刺激受得大。遇到鲁贵那个丑角上场，我们有的又是一般丑角的打诨逗趣，充其量写出一个性格身分。在《日出》里，许多可笑的泡里面是含了酸辛眼泪的，像那小东西穿了硕大无比的裤子，“如一婴儿裹在巨人的袍褂里”（页四五）是怎样可笑然而又惨凄的出现呵！（几乎是有心人不忍笑出的了。）难道当那身世凄凉的露露叫着潘四爷“作我的老爸爸”（页八二）时，我们就不想到那个可怜的女孩子是否也真地需要个爸爸吗？再富喜剧意味的莫如黄省三一声声地抢着报名地说，“我姓黄，我叫黄省三，我从前在大丰银行——”（页九六）的了，然而说这是笑料的人是多么无心肝，多么不知失业之苦呵！然而说是不可笑呢，即使阅读，也可以想象那些对话在舞台上将怎样引起哄然的笑声了。

但那绝不会是痛快的笑声呵。

作者在全剧里描写得最着重的，似是“人情”两个字。当黄省三怯怯地说不敢下手偷的时候，李石清愤慨地（实在是鄙夷地）说：

> “怎么你连偷的胆量都没有，那叫我怎么办？你既没有好亲戚，又没有好朋友，又没有了不得的本领。好啦，叫你要饭，你要顾脸，你不肯做。叫你偷，你又胆小，你不敢做。你满肚子的天理良心，仁义道德，……你简直是个大废物。我告诉你，这个世界不是给你这样人预备的。”（页一六四）

对于“人情”，这是怎样痛快的暴露呀！不把人生整个联起时，这剧的本身对“人情”这东西是怎样深刻的一个讽刺呀！看看潘四爷怎样对待李石清又怎样对待黄省三，金八又

① 萧伯纳的戏剧《念珠菌》（Candida，1894）中的马奇班克斯（Marchbanks）——编者注。

怎样对付潘四爷……这不再是什么"定命论"者的忧愁，这是你，我，每个人身边的现实。

然而没有再比这现实再能教训人，改变人的了。挨受着"人情"的鞭笞，《日出》里的人物是在忍耐与愤怒中生长。小东西终于硬了，李石清在报复以后那么忘情的笑了，便是黄省三到后来也有拼死的勇气了。

然而金八活着一天，到终还是得承受他给安排下的。

如果《雷雨》是希腊的宇宙的定命论时，《日出》有些近似唯物的社会定命论了。然而作者自第二幕便安排下的那片浩荡如生命之流的吭唷声却使本剧跨越了定命论的栏界。它揭示了定命的现实，但也暗示了这现实的纠正。

（原载《大公报·文艺》（天津版）第 273 期 1936 年 12 月 27 日）

《大公报》集体批评 2①

“渴望早早排演”

茅　盾

我读了《日出》以后，沉思久之，正和我从前看了《雷雨》的演出一般。《日出》所包含的问题，也许不及《雷雨》那样多，然而我觉得《日出》的所有主要次要各人物的思想意识，主要次要各动作的发展，都有机的地围绕于一个中心轴，——就是金钱的势力。而这“势力”的线是由买办兼流氓式的投机家操纵着。这是半殖民地金融资本的缩影。将这样的社会题材搬上舞台，以我所见，《日出》是第一回。至于全剧技巧上的特点，我这外行人不敢置喙，惟有惊叹。我渴望这剧本能够早早排演，曾在已经很多的读者而外更获得万千的观众，——这广大的观众，通常是和新文艺作品比较隔膜的，只有靠了舞台的媒介才能使他们有亲密的接触。我真觉得一剧本上演的一场的效力胜过于一部书的一板。

（原载《大公报》（天津版）第 276 期 1937 年 1 月 1 日）

① 此九篇文章被《书人》（月刊）1937 年 7 月“评华”栏目摘录，标题有变动——编者注。

“舍不得分手”

孟　实

我只读过《日出》而没有看到它上演，依我想，它演起来一定比读起来更生动。经得演的戏不一定经得读，经得读的戏不一定经得演。曹禺先生对于空气的渲染，剧境的制造，性格的描绘以及对话的衡量都很拿手，这些都是上演成功的要素，假如演员合乎理想，《日出》定是一个痛快淋漓的作品。不过读剧者有余暇揣摩斟酌，他的冷静的头脑不易被一顷刻间的生动情境所卷进去，就不免瞻前顾后，较量到剧情与性格的起伏生展，以及作者对于人生的深一层的观照种种问题。一较量到这些问题，曹禺先生的艺术似乎离老练成熟还有些距离。这里我只说个人读《日出》后所感到的一些欠缺。

在布局方面，《日出》有三条线索：第一是主角陈白露抛弃方达生而沦落到城市淫奢恶毒生活的漩涡里，终于因负债失望而自杀；第二是一位乡下姑娘“小东西”因反抗卖身于土豪金八而求庇于陈白露，终于被地痞黑三架去，卖到一个三等妓院里，后来因不堪凌虐而自杀；第三是陈白露所依靠的财神大丰银行经理潘月亭因投机买债券失败而打好了自杀的计算。其余一切剧情都是这三条线索的附带的穿插。这三个线索之中，第二个关于“小东西”的一段故事和主要动作实在没有必然的关联，它是一部可以完全独立的戏。它在《日出》里最大的功用只在帮助方达生——也许和陈白露——多了解一层城市生活的罪恶。但是曹禺先生并没有把这节外枝叶和本干打成一片，它在《日出》里只能使人骈拇枝指之感。如果把有关这段故事的部分——第一幕后部以及第三幕全部——完全割去，全剧不但没有损失，而且布局更较紧凑。第三幕毛病很多，它的四方八面的烘染比较宜于电影而不宜表演于剧台，并且就很怀疑曹禺先生对于他所写的北方三等妓院有正确深刻的认识。

曹禺先生对于第三幕不肯割爱的苦衷，我们也不难想象到。割去第三幕，全剧就要变成一篇独幕剧，他在附注里虽然声明“第三四幕发生的时间是在第一二幕一星期以后”，其实割去第三幕之后，把附带的穿插略加更动——如银行小书记黄省三失业而毒杀全家人之类——《日出》是很容易改成独幕剧的。剧景始终是“在××旅馆的一间华丽的休息室内”，重要的剧情也并没有改场换面的必要。曹禺先生便把一篇独幕剧的材料做成一篇多幕剧，于是插进本非必要的第三幕来改换一下场面，又把第四幕的时间不必要地移后一星期。这虽是一种救济，可是也暴露出这部戏的基本的弱点。《日出》的主阵容根本没有生展，陈露露失望自杀的阵容从第一幕就布好，——作者不是常提起那瓶安眠药？《日出》的性格根本没有生展，陈露露始终是一位堕落的摩登少女，方达生也始终是一位老实呆板令人起喜剧之感的书呆子。《日出》所用的全是横断面的描写法，一切都在同时间之内摆在眼前，各部分都很生动痛快，而全局却不免平直板滞。

最后，我读完《日出》，想到作剧的一个根本问题，就是作者对于人生世相应该持什么样的态度，他应该很冷静很酷毒地把人生世相的本来面目揭开给人看呢？还是送一点“打鼓骂曹”式的义气，在人生世相中显出一点报应昭彰的道理来，自己心里痛快一场，叫听众看着也痛快一场呢？对于这两种写法我不敢武断地说哪一种最好，我自己是一个很冷静的人，比较欢喜第一种，而不欢喜在严重的戏剧中尝甜蜜。在《日出》中我不断地尝到义愤发泄后的甜蜜。“小东西”不肯受金八的蹂躏，又下劲打他一耳光，我——一个普通的观众——看得痛快；她不受阿根的欺侮，又下劲打他一耳光，那是我亲眼看见的，更觉得痛快。不过冷静下来一想，这样勇敢的举动和憨痴懦弱的“小东西”的性格似不完全相称，我很疑心金八和阿根所受的那几个巴掌，是曹禺先生以作者的性格站出来打的。李石清裁去了黄省三，逼得他失业，毒杀全家，图谋自杀。潘月亭听到债券大涨的消息，不怕李石清漏掉他的底细，当面臭骂他一顿。但是不转瞬间电话机一响，债券大落了。李石清马上就回敬潘月亭一顿臭骂，继着就是疯狂的黄省三出场揶揄李石清。古话说得好，“善恶报应，就在眼前”。我——一个普通的观众——看到这里，觉得痛快，觉得要金圣叹来下一句眉批：“读此当浮一大白！”但是这究竟是小说，实际上在这个悲惨世界里，有冤不得伸，有仇不得报，哑口吃黄连，苦在心里，是比较更平常的事。陈白露失望，自杀；“小东西”不堪妓院的虐待，自杀；潘月亭投机失败，自杀；黄省三失业没有方法养家活口自杀。人反正不过是一条命，到了绝路便能够自杀毕竟也还是一件痛快事。但是这究竟也还是小说，是电影。实际上在这个悲惨世界里这条命究竟不是可以这样轻易摆布得去，有许多陈白露在很厌倦地挨她们的罪孽的生命，有许多“小东西”很忠于职守地卖她们的皮肉，有许多潘月亭翻了一个觔头又成了好汉，大家行尸走肉似地在悲剧生活中翻来复去，而没有意识到自己是在演悲剧，这就是我们时代的最大的悲剧。在第三幕附注中曹禺先生告诉我们他不肯因为“叫‘太太小姐们’看着舒服些”而救“小东西”的命，他能说这几句话，我相信他多少能够接收我这一点拙见。可是在实际上，“叫‘太太小姐们’看着舒服些”，对于作剧家是一个很大的引诱，而曹禺先生也恐怕在无意之中受了这种引诱的迷惑。

《日出》的布景与命题显然有一种象征的意义。我们看完《日出》，不能不问：黑暗去了，光明来了，以后的事情究竟怎样呢？方达生在最后一幕收场所给我们的希望是：“我们要一齐做点事，跟金八拼一拼。”这不能不使我们觉得这是一种“倒降顶点”(anti-climax)。偌大的来势就落到这么一个收场么？杀了金八，就能把这个黑暗世界改成光明的么？我们觉得，方达生那么一个心有余而力不足的书呆子实在不能担当《日出》以后的重大责任。他的性格应该写得比较聪明活泼些，比较伟大些。他对于阿根所鄙弃的提夯杵唱夯歌的劳动阶级，应该不仅有一种书生的同情，应该还有一种有组织有计划的关联。曹禺先生所暗示的一线光明始终是在后台，始终是一种陪衬。我们不能使它更较密切地和主要动作打成一片，甚至于特别留一幕戏的地位给它么？

以上都是贤者求全责备的话。让这一面之词发表出去，对于《日出》实在不很公平。《日出》有许多好处，如果我有时间和篇幅，我可以做一篇比这篇较长的文章来写我对于它的赞赏。不过我想“捧场”的话，对于曹禺先生这样一个有希望的聪明作家是不必需的，以他那一管伶俐生动的笔，我们有理由盼待更完善的作品出来。我真有些舍不得放下笔，他所描写的那一群活灵活现的坏蛋——张乔治，阿根，潘月亭，李石清，尤其是那顾八奶奶和他的“面首”胡四——真叫人舍不得分手！

（原载《大公报·文艺》（天津版）第276期1937年1月1日）

“成功的群像”①

（叶）圣陶

采集了丰富的材料，出之以严肃的态度，刻意经营地写成文章的，前几年有茅盾的《子夜》，今年有曹禺的《日出》。它们都不是“妙手偶得之”的即兴作品，而是一刀一凿都不肯马虎地雕刻成功的群像。

“太阳初升起来了，黑暗留在后面。但是太阳不是我们的，我们要睡了。”那小说中的语句，大概可以作为这篇剧本的题词。如果单凭这点点意思，那没有什么希罕。现在有许多的小说诗歌，说的都是这个意思，只因具体的表现不充分，对于读者也就没有多大影响。这篇剧本却能从具体的事象中间透露出意思来，仿佛作者自己并没有主张，然而读者从第一幕读到第四幕，自然会悟出潜藏在文字背后的意思。具有这样效果的，它的体裁虽是戏剧，而其实也是诗。

陈露露的性格，作者在把她介绍给读者的时候早就规定了。“她爱生活。她也厌恶生活。……习惯，自己所习惯的种种生活的方式，是最狠心的桎梏，使你即使怎样羡慕着自由，怎样憧憬着在情爱里伟大的牺牲，也难以飞出自己的生活的狭之笼。……她只有等待，等待着有一天幸运会来叩她的门。但也许有一天她所等待的叩门声在深夜突然响了，她去打开门，看见那来客，是那穿着黑衣服的不做一声地走进来，她也会毫无留恋的和他同去。”这样一个人，除了吞下十片安眠药，悄悄地去“睡”在左面卧室里，还有什么路子可走。所有四幕中间她的动作和台词，都是这一段叙述的注脚，换一句说，是这一段叙述的形象化。写这一段叙述并不难，把它形象化达到这样成绩，却见出作者艺术的不凡。

此外如潘月亭，李石清，顾八奶奶，胡四，以及不出场的金八这班人物，他们各有各的性格，却都是给“自己所习惯的种种生活方式”桎梏着的。在戏剧中间，固然没有指明他们将向什么路子走去，但是他们迟早要“睡”在留在后面的黑暗之中，不是可以想像得之吗？

① 此文被《书人》（月刊）1937年7月“评华”栏目摘录，标题改为《其实也是诗》——编者注。

当太阳升起来了的时候,不"睡"的当然是淌汗的工人以及赞美太阳的方达生这些人。有人说,工人所建筑的是潘月亭的大丰大楼呀!其实这没有关系。建筑的事情总含着生气。潘月亭"睡"了下去以后,世界上还是要造房子的。

剧中许多人,读者都很熟悉,依照俗语说是活龙活现。只方达生这个人有点生疏,摸不清他的底细。我又想,方达生如果不上场,似乎也没有多大出入。现在他上场,不过把他和旅馆中一批人作个对照,而于表白露露的心情和往事也多一点便利。如果我的看法不错,以作者的手笔,自然有别的方法可以想的。

(原载《大公报·文艺》(天津版)第276期1937年1月1日)

"伟大的收获"

沈从文

中国话剧运动若从春柳社算起,到如今已将近三十年。把创作剧本约略数数看,大的小的总共算来,却数不出三十个单行本。剧本写作者和导演者,也还不到三十人。用这个数目来装点中国三十年的话剧,说来未免太寒伧了。虽从民八以后就有所谓戏剧专门学校(如北京的人艺戏专校,山东的戏剧学校,南京的国立戏剧专校),和美专的戏剧系(如从前北京的美专戏剧系),以及若干爱美的剧团(如南方的南国社,北方的小剧场),职业剧团(如中国旅行剧团),作种种努力,教育部还特派过专家去国外考察,考选学生出国留学。话剧运动总依然热闹不起来,观众对它无多大兴味。话剧的出演,只是玩票的剧团募捐办游艺会时一项节目,若从职业上着想,还老像是作赔本生意似的。这种寂寞当然有种种原因,如导演人材的缺乏,剧本的缺乏,都是事实。看看职业剧团不得不临时拉人排演编译脚本,玩票剧团到排戏时也不能不用编译剧本充数,就可明白。其次如有历史背景的京剧抬头,而且势力日益扩大,如方便而又普遍的有声电影的活动,自然都成为话剧发展极大的障碍。仅就这几件事看来,话剧的将来,也就很令人悲观了。它或许还有一条出路,侵入电影,转到那个新的充满了希望的事业上去,但这只是剧本作者个人的出路,对于话剧前途,是只有更加销沉的。想起到现在的话剧团体还常常用《茶花女》来号召观众,我们作观众的在失望之余,实在不免还感到一点羞惭。

话剧在艺术部门或文学部门都显得异常寂寞,因之对于锲而不舍从事于此道的朋友,我们更特别表示敬意,留下一点希望。《雷雨》剧本引起社会普遍的注意,恰好证明这种普遍情绪的存在。它的分量,它所孕育的观念,便表现作者一个伟大的未来。《日出》是作者曹禺先生第二个四幕剧,分别登载在《文季月刊》上,写的是烂熟了的都市生活苦乐的对照;花钱的在一种如何空虚无聊的事情上花钱,挣钱的生活在一种如何现实苦痛生活里挣钱。写人物如时髦女子陈露露，富孀顾八奶奶，男妓似的白相人胡四，都凸出在纸上，呼之欲出。写特殊空气如第三幕之三四等妓院，声色交错，在舞台上是否能表现得轻重调合恰到好处，尚有待于导演的努力，至少在剧本上却可说是一篇有声有色的散文。此外如写李秘书之狡而诈，张乔治之俗而伪，阿根翠喜在业务上的当然本色，方达生李太太在性格上的各有不同，都显得大手笔如一个精明拳师，出手不凡，而且恰到好处。全剧在分配上虽不大相称（如第三幕之与一二四对照），在场面上又似乎太"热闹"了一点，因人物进进出出于一个会客室中，虽热闹也就微嫌杂乱（如第二四幕之各事凑来），且小小人事上也有可商量处（如写盖一座大洋楼，仅用一二十个人工打地基。买公债不由经理本人或银行业务主任，却派给一个秘书去办，且一出手就是二百万。又银行多的是保险箱，经理文件既秘密，却搁在人人可开的抽屉里。扣工钱一类事，一个庶务主任也许可以上下其手，秘书实无从为力，更何况盖大房照例是包工，一个银行秘书那能兼作包工人的事务？旅馆茶房只是一人，照业务上习惯似乎不能在需要人的晚上陪胡四逛下处许久。一个银行经理即或不经过董事会通过，可随时升一个私人作襄理，经理也无和襄理来结算薪水的道理。……凡此种种，大致都是作者对于各业程序习惯认识不大完备，因图剧情热闹，致有疏忽处错误处）。此外在人物性格行动上也有些可斟酌的地方（如小东西的生活观，潘月亭在业务上的应十分精明却胡涂，小东西在三等下处还被人嫌是小雏儿不上盘，却反而受那个无形金八垂青。……凡此种种或放大，或缩小，或加强，或忽略，为求得"戏剧"的效果起见，自不可免，小毛病不足为病。但与人情违反，场面又过于热闹杂乱，在演出效果上，就容易把它的庄严性减少，而邻于谐趣，反造成"文明戏"空气，这一点似乎很值得作者注意）。但就全个剧本的组织，与人物各如其分的刻画，尤其是剧本所孕育的观念看来，依然是今年来一宗伟大的收获。要中国话剧运动活泼一点，且与当前文学运动目的一致，异途同归，这种作品尤其有意义，有贡献，应当得到社会注意和重视。

这个剧本作者似从《大饭店》电影得到一点启示，尤其是热闹场面的交替，具有大饭店风味。这一点，用在中国话剧上来试验，还可说是"新"的。近代话剧的观众，既因生活日益复杂，剧作者的种种新试验，观众是必然能接受的。如果一个剧作者注意到话剧的观众，明白它到底还是社会中知识分子居多，极端相反的一种试验，就是减少场面的复杂，而集中人物行为语言增加剧情分量的方法，似乎同样值得有人来努力。作者第三个剧本的问世，也许能够用一个比较单纯的形式。

（原载《大公报·文艺》（天津版）第 276 期 1937 年 1 月 1 日）

“雄壮的景象”

巴　金

关于《日出》我有许多话好说，但前面已经有不少的“内行”表示了他们的可贵的意见，我也不想在这里饶舌了。

我喜欢《雷雨》，《雷雨》使我流过四次眼泪，从没有一本戏像这样地把我感动过。我是第一个喜欢《雷雨》的人，固然现在已经有许多许多的人在喜欢《雷雨》了，《雷雨》在《文学季刊》发表后的一年间，似乎没有一个批评家注意过它或为它说过几句话。《雷雨》是靠着它本身的力量把读者和观众者征服了的。

不过《雷雨》却也有它的一些缺点。譬如作者所强调的“命运的残酷”，我觉得就表现得不够。在我看来，造成那悲剧的并不是“命运”，只是“不合理的社会制度”而已。

这缺陷却由《日出》来弥补了。《日出》就不是命运的悲剧，这只是我们现实生活的反映。的确，这是生活，这是我们大家所身经所目击的生活。《日出》，不像《雷雨》，它触到了我们这社会的各方面。它所表现的是我们的整个社会。单单暴露这社会的黑暗面是不够的，它还隐约地指示了一个光明的希望。一方面固然是荒淫与无耻，但另一方面还有严肃的工作。

有几个女孩子写信给我说她们爱读《日出》，不过觉得作者的见解太悲观了。并不曾给人指了一条出路。这看法不对。我觉得《日出》的结局太不悲观，而且在那末尾明明有一条伸向光明去的路。我也读过一些剧本，我却不曾见过像这样“雄壮”，这样“乐观”的收场。

夜渐渐地消去了，方达生把窗帘拉开让阳光射进房里，照亮了满屋子。他迎着阳光昂着头从中门走出去。窗外日光耀眼。砸夯的工人们高亢而雄壮地合唱着“日出东来”的歌，“沉重的石硪一下一下落在土里，那声音传到观众的耳里是一个大生命浩浩荡荡地向前推向前进，洋洋溢溢地充塞了宇宙！”

看！这是一个多么雄壮的景象！这是一个多么乐观的结局。

作者在书前引用了《道德经》和《圣经》里的话，一共八段，这是很有意义的。这就是作者指给我们的路，要我们一步一步地走，最后便会到一个新的境界，所以作者借用《启示录》中的话对我们说：“我又看见一片新天新地，因为先前的天地已经过去了。”

《日出》自然也有一些小缺点，但它仍还是一本杰作，而且我想，它和《阿Q正传》，《子夜》，一样是中国新文学运动中的最好的收获。这些话也许会被人看作朋友的捧场。但我觉得能够在这里给曹禺的《日出》捧场，也是一件很荣幸的事情。

（原载《大公报·文艺》（天津版）第276期1937年1月1日）

“更亲切一些”

靳　以

对于我，比起《雷雨》来，《日出》像是更亲切一些。在题材上作者已经从暴露大家庭的黑暗面，进而企图揭开社会的卑污与恶劣。也许这不是我们这个社会的全面，可是里面的人物已经包括了上，中，下三等。

先说到那个叫做陈露露的女人，她像懂点什么，也像不懂什么。在最初也许是要游戏人间，后来却到了为人间所游戏的份上。所以她要感慨地说：“哦，我这儿是他们玩的地方。每个人玩够了就会离开她的，她可是要永远住在那里，不知道等待些什么。她还是在热闹的时候总想着寂寞，寂寞了又长想起热闹……”虽然只是二十几岁的人，她可已经看透了这个世界，她明白“不是我们允许不允许金八活着的问题，而是金八允许我们活着不允许我们活着的问题”。她也曾经过诗一样的生活，到了只是空虚；可是她还懂得爱云彩，爱太阳，爱麻雀，也爱春天，爱年青，还爱她自己。这一些都要使那个银行经理感不到一点兴趣。他也是她的一个朋友，她还有张乔治，顾八奶奶那样的朋友。当着她真心求别人的帮助，别人却会装成不相信的样子，十分聪明地拒绝了她。他们只要她做一个伴娘，到他们结婚的时候。是的，她只是一个点缀，在人生上，所以她只有死，最终读着最后的一句：“太阳升起来了，黑暗留在后面，但是太阳不是我们的，我们要睡了。”

最使我感动的，是那个下贱的三等妓女，她卖了自己的肉，养活一大家人，她还体贴地待那个小东西。我读到：“苦……苦命的孩子，也，……也好，……半夜里冷……别冻着，明天再说明天的，……你……你自己先别病了……落在这个地方，病了更没有人痛……痛……痛了！”自己的眼睛也湿润起来了。而又起着凄冷的叫卖硬面饽饽，每个住过北方的人都能知道那声音是多么哀酸吧？那个小东西，不知道自己的父母，又落到大人物和地痞的手里，除开死想来也不再有第二条路了。

我该说我最爱方达生那个傻子（露露是这样叫他的）。他永远有着他自己的理想，他永远想拯救别人。他看不惯这个社会，这个又偷又抢的社会，他也不能与这个社会相和。所以别人要说他是刺儿头，就是露露也觉得他这个人别扭，简直没有办法。他记着从前，想着未来，可是厌恶着现在。他并不曾失败，别人是死的死，散的散，他可是迎着阳光昂首走出去。那里面有耀眼的太阳还有高兀洪壮的合唱，是一个大生命浩浩荡荡地向前进，洋洋溢溢地充塞了宇宙，——伟大的光明。

至于张乔治，潘月亭，顾八奶奶，李石清，黄省三，胡四，黑三那一类的人，在我们这个社会中，张眼就是。像方达生那样的人呢，却真的很难找得到了。

剧本的本身，我不愿意饶舌，凡是读过的人自能知道他的价值。

（原载《大公报·文艺》（天津版）第276期1937年1月1日）

"大胆的手法"

黎烈文

一个剧本的好坏，我以为是完全要由它的舞台效果来决定的。曹禺先生的《日出》，我到现在还没有看到它的上演，而仅止从《文季月刊》上匆匆地读过他那"异常仓促地"写完了的"未定稿"，现在就要来说长论短，那是稍嫌早了一点。

但从中旅剧团上演作者的处女作《雷雨》的成绩推想起来，《日出》的舞台效果大致差不了什么。说到《雷雨》，我应当告白，亏了它，我才相信中国确乎有了"近代剧"。可以放在巴黎最漂亮的舞台上演出的"近代剧"。在这以前，我虽然看过两位最优秀的剧作家的剧本的上演，但我总觉得不能和在外国看过的戏剧相比，看了一半就想退出。只有《雷雨》却的确使我衷心叹服，当看到坐在自己身旁的观众，被紧张的剧情感动到流下眼泪或起了啜泣时，我真不相信中国现在有着这样天才的剧作家！能够这样紧紧抓住观众的心的天才的剧作家！

《雷雨》到现在我仅只从舞台上受到感动而没有读过剧本；《日出》则恰恰相反，我没有看到它的上演而只从剧本受着感动。单以剧本给我的印象说，《日出》的确是一个杰作，无论从思想方面说，或从技巧方面说，《日出》都是《雷雨》作者百尺竿头更进一步的作品。

作者在剧前引有老子《道德经》的几句话："天之道损有余而补不足；人之道则不然，损不足以奉有余。"《日出》就是一个描写"损不足以奉有余"的这种"人之道"的剧本。在这剧里，一切被损害的人都有着善良而可同情的性格，即使是一个三十来岁的老妓女翠喜，也从污浊的泥垢里闪露着圣洁的光辉；即使是一个奸猾可憎的秘书李石清，但当他的飞黄腾达的美梦粉碎了，他的生病的儿子因为没钱而错过了治疗，叫着爸爸死在路上时，读者也要为他洒一掬同情之泪。

在支配人物和处理题材上，作者在《日出》里有着和在《雷雨》里面一样良好的成绩。而把三等妓院搬上舞台，更是颇为大胆的手法。如果不是对于自己的艺术有着绝对信心的人，大概不会这么做的。

从剧本上，《日出》的确给了我狠（很）大的满足；我更希望在不久的期间内，它能从舞台上给我更大的满足！

（原载《大公报·文艺》（天津版）第276期1937年1月1日）

“还有些茫然”

荒　煤

《日出》这个剧本是当它在杂志上发表时候，每月读一幕地读完了的，我得到的印象不会完整的，因此，我想我底意见也许很零碎。

《日出》可以说是一幅都市社会底剪影，从这里我们看到各阶层的人们是如何地生活着，在糜烂的奢淫的生活里面怎么活着，在那冷酷的悲惨的生活里面怎么死去，被逼死去……作者以他的热情给我们把那些生动的场面及生动的人物完全画出来了；无疑地，作者底才能，像那种磅礴的气魄，那种熟练的技巧等等，出现在中国剧坛上，简直可以说是第一次！

不过，比较地说来，我以为《日出》是不及《雷雨》的。《雷雨》攻击了旧社会的封建思想，从那里面，从作者底态度的严肃，我们看见了我们悲剧作者在这方面进军的未来的开展，因此，我们所希望于作者的，和我们面前的《日出》有着相当的距离。在《日出》里面，虽然我们也看见作者在那里憎恶地，无情地突击着一切，然而我们得到的印象是模糊的；作者虽然一下子从这里挑起一块创痛来，又从那里触疼了一处伤痕，可是他究竟要突击的是什么，我们不明白。简单地说罢，那就是作者给我们只画出了那些罪恶的表面，而没有给我们把那些罪的根掘出来——再换句话说，那就是作者仅仅突击了一些“现象”。而他应该突击的却是“现实”！

看完了《雷雨》我曾经有一个疑问：这一悲剧演成的根因究竟是什么呢？果真是作者在最后强调的命运么？我们不能相信的。所以说，我们除了相信作者是看不清这一点以外，那只有认为作者是有意地或是无意地混乱了这个应有的解答了。

《日出》我读完了以后，我同样也有一个疑问；虽然我们跟着作者同情在那一些悲惨命运里的人物，也憎恶那一些在那一些混混懵懵的生活里的人物，但当我们愤然地去追究这一悲剧底根因时，我们会有些茫然。是命运播弄这些人们么？不是的。究竟是什么呢，我怀疑着。一句话，作者给我们看到的是一些现象，我们不能透过那些现象去看到现实。

总之，《日出》是荒耘的剧坛上底一个很宝贵的收获，可是我认为，作者不应该止于《日出》，就作者底材能来说，他应该有更大的成就在来日！

（原载《大公报·文艺》（天津版）第276期1937年1月1日）

从《雷雨》到《日出》

李 蕤

在《雷雨》里，我们被作者引上一座高塔。俯首下视，才足使我们心惊，地球小了，万有缩拢成昏暗的一片，不自禁的使人生出茫茫尘世的感觉。在我们的凝神细视中，作者给我们引见许多人物（我们熟悉的生疏的喜好的憎恶的以及我们自己），感谢作者，他带给我们的都是像貌性格甚至血液都各有特质的活人，但，在不可知的巨掌里被揉搓着完成一个悲剧的归宿上却做了同一的牲礼。掩上书，适才有血有肉的人都渐小渐远的消逝在我们再也望不到的远处。我们如同在梦里走着一段回归家乡的路，且有银色月光，我们没法子说明那亲切之感。但另外，我们又如站在阴司的望乡台上回顾我们已经不在但却尚有许多亲人在着的阳世。不愿意在那上面久站，虽然我们真切的看到那难分难解的总称之为“天地之间的残忍”那□隐秘的力给人生的苦痛。但《雷雨》却不会给我们这架从塔上下来的梯。

如果说《雷雨》是命运的悲剧，则《日出》我们愿意说它接近于社会的悲剧，如果我们嫌《雷雨》给我们展开的只是封建家庭的废圮，那么我们该承认《日出》给我们托出的却是脓疮社会的大半面；在手法上，《雷雨》里是把生活在两个极端的周朴园与鲁大海的世界用血缘密密相接的把他们绳缚成一树的枝叶，而《日出》却是自自然然以陈白露为中心牵引出可能是附着在她身边的人物，我们决不是为着恐惧蘩漪疯了的收场或仅为了方达生走时的“满天大红”来说《日出》好于《雷雨》，但我们却拈起任何一处就有理由说《日出》对我们的生活较前者亲密。人喜欢与自身有关联的物事，长久支持人类的精神的必不是与生之烦俗绝不相干的艺术。

作者最成功的是人物典型的创造，这在《雷雨》问世后差不多就成了定评，每一个人物，他都赋与他独特的形象，从表貌骨骼血液里一齐下手，并利用极琐碎的动作。在《日出》里作者最□心的自然是那个敢说敢做双脚站在污泥里但却又喜欢站在窗前冷玻璃冰脸的女人陈露露（和蘩漪同一秉赋的女人），但我们却觉得把俗不可耐的顾八奶奶和骨骼都已变□的阿根更写得入骨。全场的人物，只有方达生的面貌不大清楚，而且在里面不大服作者调遣之外，（本来他原是个很不容易安插在那一丛人中的傢伙）。其余的全都是走来走去的活人。这不是偶然的，我们只须看每一个人物所用的各自的语汇，就可以推想出作者当是比学习八国语言更费力的深泅于他的人物的生活里，完成他们各自的辞典。

还有一点我们要说在后面的，是作者对他的人物的过分的护短，即使是鞭打，无意中也是重起轻落，纵放他们躲入“无罪”中去。《雷雨》中的周朴园那是不用说了，就《日出》也还留着这种倾向，譬如对陈露露，作者叫她对潘经理喊爸爸，我们从潘经理的嘴里听到“这你是第一次向我说谢谢”，此外还有多处，只为了要在读者的印象里保障陈露露的清白。虽然他不一定是不知道一个“红舞女”在金融老板的队伍里未必有匹马单刀如入无人之境的力量。他如此，只为了他对这个灵魂过爱。对于李石清，虽然在解说里明明是淡眉稀松谄媚狡黠的鼠样的人物，但是许多地方作者却情不由己的让他驼了许多他未必能驼(驮)得起的东西(在妻面前那样真实的自剖和对那上流人那样的激愤)；妓院里的翠喜明明在令人发呕上并不减于一般，但作者却也赋与她同情小东西的真情，……漏处如此。憎恨的最后是宽恕，厌恶的末了是怜悯。本来是，一个艺术家莫不是个真诚人道主义，他的灵魂里有海般的汲取不完的爱。为什么我们应该为这责难作者，这泛爱的以人性为出发的看法是一切伟大思想的上源，在作者的忠实的生活与深刻的观察历程中他是会不知不觉的蜕变或扬弃的，我们看，在《日出》里，“小东西”不是终于如她实际所遭遇的悬在梁上，连陈露露在日出之前不也没叫我们陷入不可拔的悲哀的深渊么？在曙光里，在歌声中，沉重的石硪声音里，作者丝毫没有叫死了的陈露露影子伸入勇壮走去的方达生的意识界，难会反是叫我们读者为陈露露或他们那没落的世界咨叹或回头么？

写到这里，记得易卜生的《罗士马庄》里罗士马庄与吕贝加的两句断断续续的对话，□写在这里作本篇的收结：

——是忧愁么，一个很大的忧愁？

——是的，若人能得经过这个，超越这个，离开这个。

原编者补白

作为本刊对读者诸君一个元旦献礼的，是今天出现的这页“集体批评”。虽还是“创举”，这初次的收获却已远超出我们原来的预算了。几乎每位评者在交下文章时都埋怨字数的限制，埋怨话还没说出一半，这种热烈兴奋充分地说明了国人目前对“大块文章”期望之殷切。然而就这样，便已经不是本刊一整版所能容纳的了，我们只好在后天续出一期。三号的“集体批评”执笔人有：

林徽因	H. E. Shadick	李广田
杨　刚	李影心	陈　蓝

在这里，编者谨向前后两期集体批评的执笔师友一并致谢！

关于本剧，编者不想另外饶舌，一切留待二月初曹禺先生自己的“供状”文章吧，这里编者感到不可忍耐的快乐的，是这种集评至少证明“超捧场”“超攻讦”的批评是可能的了。看哪，我们这里有赞赏，然而是出诸喜悦；有指摘，然而是存心鼓进。一个月后，还有作者虚心的然而是诚实的答辩。谁说批评不是阿谀便是中伤？心放得端正的人还有理由乐观下去。

各篇原有的题目多是《读〈日出〉》，为醒目起见，这里的标题是编者另由原文中抽出的语句，有不妥地方敬希原谅。

这里应宣布的是我们第二次集体批评的对象：

《星》叶紫作 一九三六年十二月 文化生活社出版 实价三角　凡曾读过这本小说的朋友们，盼都将意见简单爽直地吐露出来。一俟稿齐，随时发刊。

(原载《大公报·文艺》(天津版)第276期1937年1月1日)

《日出》的评价

盛　开

一

中国的戏剧运动现在正在一天天地蓬勃起来，这当然是基于迫切的客观要求。可是我们不能否认戏剧运动本身上的贫弱，却使它的发展受到了极大的阻碍，特别是良好的剧本的缺乏，正是现在戏剧工作所感到最严重的恐慌。事实上剧本的构造的确比其他的艺术作品更艰难，它不但要顾到许多艺术作品上所应有的构造条件。而且更需要配合了演出的舞台技巧，这一点已经是谁都公认了的。曹禺先生的剧作，就是以圆熟的舞台技巧而出现的，《雷雨》在国内以及日本等地普遍地演出，至少我们可以相信不论《雷雨》在思想上的评价如何，但无疑是中国剧台的可宝贵的收获。现在曹禺先生的第二部剧本《日出》又放在读者眼前了，而且立刻就有国内许多剧团在积极排演了，这当然是一个中国剧台的新的食粮，我们是应该加以深切的探讨的。

从曹禺先生的《雷雨》里，我们可以看到一些非常阴郁，恐怖的氛围，虽然这悲剧正是尽了深深地感动观众的能事。但是却只有到感动为止，它给予观众是空漠的悲哀，是对人生对宇宙的永恒的消沉；《雷雨》里满篇充满了游离现实的空幻，作者在内容的把握上，不但没有暴露黑暗层，而且也没有表现人生的真实，它所表现的，是感觉着宇宙是神秘的，人类是可怜的，被支配的，不像基督教徒看人类一样。这当然由于作者人生观与世界观没有得到正确的把握，所以《雷雨》所给予观众的影响，是不难想象的了。

这，我并不就抹杀了曹禺先生，广大的读者正在期待着能够写剧本的曹禺先生能写出一部适应时代的戏本，现在，《日出》终于出现了。

《日出》这部剧本，从题目上看来，似乎是包含了充分的现实感的作品，但是我们可以相信《日出》正是《雷雨》的发展，《日出》应该把握了现实的，并且更应该离开了像《雷雨》那种阴郁的氛围的。

二

在《日出》里，是描写一个长住在大旅馆里曾经沧桑而浸润在物质享受里的少女陈白露。所谓“她爱生活，她也厌恶生活。生活对于她是一串习惯的桎梏，她不再想真实的感情的慰藉。这些年的飘泊教聪明了她，习惯，自己所习惯的种种生活的方式，是最狠心的桎梏，使您即使怎样羡慕自由，怎样憧憬爱是伟大的牺牲（如小说电影中时常夸张地来叙述的)，难以飞出自己的生活的狭之笼……”她生活在这样的放荡的环境里，交游了许许多多的阔人，她的生活是别人甘愿来维持她，因为她“对男人尽过女人最可怜的义务，享受女人应该享的权利”，她的一个从前的“朋友”方达生，抱着无限的热情，从老远的乡下来看她，看见她的放荡的生活，大失所望，但他仍梦想把她娶得去，感化她，让她回复像从前一样，可是陈白露是毅然决然地拒绝了他的求婚，但是她请方达生在旅馆里住几天，看看这些他所看不惯的生活。这时候就在这旅馆里有一个卖给当地大土豪金八做性欲器的小姑娘叫小东西的，因为忍受不住虐待，逃到陈白露的房里，陈白露就留了她，方达生对这孩子非常欢喜，但是以后小东西仍被一辈流氓卖到一个下等妓院里，方达生到处找寻她不着，小东西便在痛苦的煎熬里自杀了。以后方达生因为无法了解陈白露，终于要走了，同时陈白露对于高度物质生活感到无法支撑，她对生活感到非常的倦怠了，无可奈何幻灭了自己，——她自杀了。这过程里可穿插形形色色的社会人物，这些人物，都是与陈白露交际着的，像银行经理潘月亭，与银行秘书李石清，老孀妇顾八奶奶与游手好闲的“面首”胡四，还有什么留学生张乔治，……等等，这些人物又交叉地发展许多故事，凑合在陈白露的周遭中，像银行经理潘月亭的崩溃，顾八奶奶与胡四的结合，张乔治的追求陈白露，专门逢迎的李石清的惨被排斥，失业书记黄省三神经质地哀求着银行仍旧留用他结果他是杀掉自己子女，自己却投河不成，叫他生死不得，……这样，《日出》的剧情的发展完全是曲线型的，在陈白露的周围——大旅馆的房间里，显示出了社会黑暗面的一角。

《日出》在主题的把握上，大体上是比《雷雨》进步的，在这里，作者企图直接反映了现实，所以作者在剧情的发展上，描写了社会上多方面的人物，——像没有头脑的留学生，自作风流的老孀妇，专门逢迎狡黠的银行秘书，还有什么流氓，小白脸，失业者……无疑作者是费了极大的心力来完成的。可是正因为作者企图把握广阔的现实，而仍旧拘泥于那样忧郁的虚无的人生观与世界观，因此《日出》虽然充满了现实的题材，但是还是不够深入，不够正确，因此，《日出》的内容无疑是有着许多缺陷的了。

三

《日出》是四幕剧，在这四幕剧里作者支配那许多曲线型的剧情是相当困难的。因此整个剧本的布局，作者是费了极大的考思而在一个舞台面上，要先先后后分配了许多多面化的剧情，这无疑是需要运用着最圆熟的技巧的。但是真因为剧情发展的不集中，多面化，如果顾虑到演出的效果，似乎不免带有多少的困难，多容易被演得紊乱散漫，给观众一种零乱的印象，特别是第二幕第四幕在陈白露房间里是进行着那样热闹而且那样复杂的故事，这在排演者应该万分注意到观众的影响的。所以《日出》虽然有着极优秀的布局方法，可是构成于一个难以处理的剧情里，还是难得到完善的成效的。虽然，《日出》的剧情发展的多面化，这正是作者的充分反映社会机构的宏大的企图，可是在剧情的处理上，作者未曾把许多个别化的剧情处理得更流顺与统一，这是值得检讨的。

从第一幕到第四幕，每一幕的表现都能充分做到深刻，自然，而流露了浓厚的动人的情调，作者支配了每一个人物的在剧情上平匀的发展，又充分刻划了每一个人的个性，那样生动，活跃，不苟且，不模糊，而在表现上几乎抓住了每一个人物的灵魂。的确，在《日出》里，我们可以看到在没有《日出》的黑暗层里，有这么一群自傲的，狡黠的，可怜的，痛苦的，残忍的，各色各样的人物在蠕动着，争执着，它的每一个场面是显得那样不冷落，不枯燥，这一个阴霾的，热郁的，昏迷的，没有太阳的氛围，对观众是有一种无可言喻的感动。

最使人满意的是表现手段的调和，《日出》里的对话的发展与动作的铺叙是可以说极成功的。它的每一幕每一场的对话充分地显示了自然，活泼，而且确合身份，加着配上了动作的铺叙，使每一个角色都是不空虚的，有灵魂有血肉的，它所叙的每一个动作，都非常配合于同一的情绪，而且都帮助了剧情的进展。这当然由于曹禺先生具有相当丰富的舞台经验，他的舞台剧的表现方法最充分顾到时间与空间的调和的。

《日出》的第一幕，是富有浓郁的人生的情调，这一幕几乎完全动荡着诗一样的情绪，它完全包含了一些无尽的深思与苦味。它的剧情的发展完全没有一些表面化，而尽是一些内心的表现，一个灰暗而又郁热的情境回忆是梦境一样的动荡在白露与达生的面前，可是现实的梏桎却又束缚二颗隔离着的心，为着物质享受的白露她是甘自沉落在这丑恶的生活圈子里，她虽然对于这种生活觉得倦怠了，可是她是在可怕的世故的教训下，她是没有勇气朝前了，而一方面的达生，却是怎样的不了解她，他对白露的变成这个样子觉得是失望，痛苦，但是他还梦想来改变她，同她一同去找自由的生活，于是这二个不同的灵魂的年青人久别重逢在这灰暗的深夜里，这是怎样的一种情景呵！他们是回忆着，责备着，冷讽着，共处在矛盾的煎熬里面。这一幕的情剧的处理与技巧的运用是相当成功的。

第二幕与第四幕是完全有联系性的，它完全铺叙着在白露的周围的黑暗的社会层，作者正企图着把这一群沉落在没有太阳里的人物描写起来。这二幕所开展着的多面化的剧情里，作者处理着每一个场面与人物的联系上，没有一些紊乱与生涩，而且各色各样的丑恶，残酷，痛苦的灵魂都生动地表现出来了。在第三幕里，这是全剧最紧张，最刺激，同时也是最把握现实的一幕，这社会上顶污秽，黑暗的角色完全活跃在这一幕里了，而且作者的技巧充分配合了凄惨阴郁的情调。抓住了现实的粗恶的真实相，如果这幕认真地搬上舞台，它一定会使观众的灵魂完全集中在一个残酷的现实场面上，可是第三幕究竟是太难演了，不论布景的设置，演剧的发展，以及舞台的效果。困难是太多的。特别是小东西吊死的一场，恐怕会得到坏的效果的。

四

在这里我们来把《日出》的几个人物来作一个检讨吧，在这一点上，必须全面地牵到意识问题，正因为前面所述的作者的人生观与世界观没有正确地把握起来，因此作者所创造的人物有许多不但在个性上有着过分的夸张，而且有点超现实的危险。《日出》的中心人物陈白露，所谓一个只求物质享受的女性，但她后来对那样的生活圈也发生厌恶了的，她虽然懂得了一切的世故，可是她在生活逼到穷途的时候，为什么连一点挣扎的勇气也没有了呢？这一点作者强调着这一个聪明的女性完全伏伏贴贴驯服在丑恶的环境里的。第二个人物方达生，这一个小布尔的青年，似乎给作者描写得太傻气太不了解现实了，他只懂得要自由，可是他朦胧地不知到何处去争取自由，在第四幕里他还向着白露说："人与人之间为什么这么残忍呢？"在这里可以看出方达生简直完全一个没有一点现实的认识，不了解社会的孩子，他只是要白露嫁他，他只是一个来历不明去路渺茫的人物，如果把他当成一个太阳下的孩子，那是万万不够的。

同时在《日出》的人物描写最失败的是小东西，我们可以看到刚逃到白露房事（时）的小东西，是那样天真，而且带了深深的稚气，而到了妓院里以后的小东西，却截然变了二个人物，这说起来也许是环境对小东西的迫害而转换了她的懦弱的性格，但是小东西在逃到白露房里的时候，早就在残酷的环境里挣扎过了，她决没有理由到了妓院才变换她的性格，而且一变又变得那么快，从第一幕到第三幕，中间的时间只隔了一星期，可是小东西的姿态却像隔了十年，这是大成问题的。

像张乔治这种留学生，几乎完全夸张成了一个神经病者，在剧情上似乎没有这样必要的夸张。此外，像顾八奶奶胡四是比较写得活泼而真切；尤其是忍受着无限的屈辱的李石清，他的狡黠，逢迎，内心的痛苦，几乎使人感到无可奈何的同情的。

还有需要特别指出的是，《日出》里的大丰银行潘经理与李石清争执的一段，与大丰银行投机失败而受金八的打击的一段，事实上觉得有些勉强，我想曹禺先生如果能更进一步观察现在社会的一般实情，一定会觉得这种情形比较太偶然性的，同时，在《日出》的背景上安置了工人的打桩跟着剧情的发展而穿插着，这固然是一种优秀的技术，但是它在剧情上是不调和的，缺少关联的，甚至于放得很勉强的，如果这是作为《日出》的象征，那末至少也应该与剧情的发展互相呼应，但是在《日出》里的每一个人物都与这群不相关系的。所以这个象征手法是有些觉得累赘的。

从这些看来，《日出》里面并没有日出，它只有一些阴暗的没落的影子。根本上作者的创作观点还拘泥在那种暗涩的人生观与世界观上，纵然怎样企图反映现实，可是结果还是距离很远的。不过，我们应该相信《日出》是《雷雨》的发展，也正是曹禺先生的在进步着的成绩，在这民族革命的波潮正在澎湃全国的今日，每一个读者，都信赖着曹禺先生要运用他圆熟的技巧，创造一部更现实的斗争记录出来！

（原载《时代文艺（上海 1937）》1937 年第 1 卷第 1 期）

介绍《日出》

亚　峰

朋友，你读过曹禺著的《雷雨》吗？那是这位作家一举成名的作品哩，首先在日本东京上演，相当震惊了日本的剧坛的！或者看过中国旅行剧团《雷雨》的演出吧？这是夺取了许多电影和京剧的观众，轰动了上海，一九三六年中国剧坛最丰满的收获，最成功的话剧，那么你对于这位新进的剧作家，也一定会很熟悉的了。他对于人物个性的描写，真是有着杰出的本领的。每个出现的人，经过他的笔端，全是活的，全是有头有脑，有心肝有脾气，毫不模糊的。像《雷雨》，我读了剧本，也看了演出，那后母蘩漪，一个阴郁，固执，而又泄司蒂里（歇斯底里）的坚强的女性；那听差鲁贵，一个谄媚阴险而又胆小奸猾的典型老仆；小儿子周冲，一个少不更事，读了几本新兴社会科学书，便满怀了美丽的希望，幻想，却还没有经过现实的锻炼的青年等等，到现在还都能鲜明地站在我的眼前呢。这，导演和演员的功劳，固然不能抹煞，可是成功的剧本，究竟是主要的骨干啊。再加上那熟思深虑，巧妙紧张的剧情结构，真怪不得黎烈文要说他从没在中国看过这样好的戏。这戏，能够搬上欧美最头等富丽堂煌（皇）的舞台而无愧色（自然他的话不免过火了点）。这《日出》，是他第二部作品，在人物个性的刻画上，仍保持着原有的特色和成功，这儿的：不甘堕落却又无法自拔的舞女白露；人类的渣滓，出卖着皮肉，出卖笑脸，不能有自己的意志，却同样有着人心的妓女翠喜；被人拐卖，不懂世事，而又受尽了磨折，终于自己缢死的雏妓“小东西”；欺骗存户，在舞女身上随意挥霍，却想公债投机上翻本，结果破了产的银行经理潘四；像臭虫般到处吮血的流氓头子金八，以及失业自杀的小书记，旅馆茶房福升，面首胡四，庸俗可呕的阔寡妇，顾八奶奶等等又都是活生生鲜龙活跳的人儿，而且在现实社会里比《雷雨》里的人物更容易碰到，更普遍。在剧情的结构上，除了第四幕，也许不及《雷雨》紧张，凑巧，然而正因这平淡，却更现实，更有力。看《雷雨》，当时被紧张的剧情完全抓住，不想到其他，可是过后，会觉得“这未免太凑巧了点，只能是作者的理想吧”的。《日出》便不然，完全是血淋淋惨苦的现实社会的缩影，翻开报纸来，每天你都能看见这类事情的：失业小书记投河，雏妓上吊，等等，不都是太普通了的事情么？在这一点剧情的现实性，主题的意义上，《日出》是比《雷雨》更好，更伟大，更有价值的。

在《雷雨》，作者只写了大家庭的丑剧，而作者的主观上，还并不是有意这样做的，照作者序里面的自白，写《雷雨》只是对宇宙间某种神的力的一种憧憬，只是一种感情的压迫，非求发泄不可(原文不在手边,只是大意如此①),只因作者有着天才的写作技能,忠实地写来,就自然地应用了现实主义的手法,客观上即暴露了大家庭的丑恶,以及少爷们的某部份罪过。可是结局依旧归结于“残酷的命运”,叫人读了,会起一种渺茫神秘的感觉,作者主观的意识,观察事物的世界观显然是成问题的,然而到第二部作品《日出》问世,作者的世界观,却是有了惊人的飞跃的进步。看了《日出》篇前所引的新约诗句,就可看出作者写《日出》的态度,已是与前完全不同了,现在他是有意识地来描写社会的丑恶了。既不单凭了冲动的感情来写作,也不尽在结构的奇突命运的巧遇上打主意。却是抓住了现实的题材,日常的生活,到处碰得到的人物,来硺意配布,指绘成这幅全社会的面影。瞧,舞女,妓女,是人类的渣滓,为我们所鄙弃,所瞧不起的,可是她们的心肝却是怎样有人意?而她们的堕落,是她们甘心愿意还是谁逼着她们的?再瞧:那些只享受而不劳而作的阔人们,是社会的幸运儿,为我们所崇敬羡慕的,却是如何像臭虫般到处吮着别人的血肉。——因为有他们才有着被吮吸的可怜的她们啊,这又都是什么造成的呢?而这书的结局,也是很有意义的:“外边太阳出来了,充满了光亮,黑暗被遗留在后边。雄壮的打夯歌声,像生活的狂流,汹涌地前进”。(也只是大意)象征地告诉我们:太阳出来的时候,旧社会的一切,将像黑暗一样退灭无踪,而新社会的主人是谁,在那有力的歌声里,已告诉我们,快将登上人类的历史舞台了。

这篇剧,戏剧意味的成份,仍是很重的(自然这也是成功的一因素),像第二幕,第三幕,那音响的配置,台后人物的不时出现,不时叫喊,要演得好,真是一篇动人的戏呵。听说,戏剧工作社已在积极排演(是从前复旦剧社的一批人,也曾排演《雷雨》的)要是诸位这本书看得满意,那戏的演出想来不必我介绍,一定会自己跑去看的了。

(原载《关声》1937 年第 5 卷第 6—7 期合刊)

① 原文作者自注。

《日出》和集体批评

周木斋

对于曹禺的四幕剧《日出》，去年十二月二十七日和今年元旦的《大公报. 文艺》，出了两期“集体批评”，一共有十五篇，编者从每篇的原文中抽出语句来作为标题。

大概多半因为作者曹禺的前一个剧本《雷雨》引起了注意和兴奋，小半因为中国的创作剧本的缺乏，所以有这“集体批评”，所以这“集体批评”又几乎全是鼓励作者。自然，有分析和批评，结果也就关到读者，可以从比较中认识原作。

这里想归纳出几点，参互比较，作综合的论断。或者表示不同的意见，也兼算是对于《日出》的批评。

剧本的意义，“集体批评”所指出的，大概是共通的。谢迪克(H. E. Shadick)说：“作者心灵里实有一个预言者的激动，他看到了当前社会机构整个的腐烂，人类的贪婪，残酷，虚伪，忌恨，不公。这剧是对着借投机和剥削而存在的整个寄生的社会机构一个严厉的攻击，从那个用他卑污的爪涂黑了世界的霸王金八，而且不只一个……。衬着并且生存在这黑暗世界里边有光明的力量”(附注者略)“金八”固然是“世界的霸王”，但更要紧是属于中国的。杨刚指出本质：“这家伙有人累累赘赘的叫它作资本主义没落期的精灵。但它的侦探说它是臭虫，又叫它金八。”并不“累累赘赘”，却还欠显明些。茅盾的话，可以补足这两种说法：“我觉得《日出》的所有主要次要各人物的思想意识主要次要各动作的发展，都有机地围绕于一个中心轴，——就是金钱的势力。而这‘势力’的线是由买办兼流氓式的投机家操纵着。这是半殖民地金融资本的缩影。”然而作者强调着“流氓”的一面，找不到半点“买办”的影子，这是一个很不小的缺陷，所以成为遗憾。因为强调着“流氓”的一面，却又使人有金八是小“流氓”而并非大“流氓”的感觉，例如沈从文以为“在人物性格行动上也有可斟酌地方”的一例，“小东西在三等下处还被人嫌是小雏儿不上盘，却反而受那个无形金八垂青。”

这不是“不足为病”的“小毛病”，还牵连到剧本的布局。谢迪克说：“它主要的缺憾是结构的欠统一。第三幕本身是一段极美妙的写实，作者可以不必担心会为观众视为淫荡。但这幕仅是一个插曲，一个穿插，如果删掉，与全剧的一贯毫无损失裂痕。即使将这幕删去，读者也还不容易找到一个清楚的结构。”这是说“第三幕本身”可以独立存在的。但第三幕是小东西逃脱金八的魔手，又被抓于金钱的魔手，离开凄惨的命运，又落到更凄惨的命运，不“仅是一个插曲，一个穿插”，问题还在根本，小东西不应和金八有接触的关系。那么，从根本生长出来的枝叶，第三幕和关到小东西的，便都没有着落，可以一并“删掉”。既有了接触的关系，“小东西不肯受金八的蹂躏，下劲打他一耳光”，诚如孟实所说。“这样勇敢的举动和憨痴懦弱的小东西的性格似不完全相称。”既逃脱了，又被抓了，就不致落到“三等下处”，也就是金八不能饶恕，从哪里来，应回到那里去，这避免有因无果的归宿，才适合于小“流氓”的行为。但作者却把金八写成一个大“流氓”，金八操纵公债，逼倒陈白露所借以一度救出小东西的潘月亭，依照潘月亭说的“金八简直是故意要收拾我”，王福升对陈白露说的“您得罪一个金八还不够”和转说潘月亭的“叫您以后凡事要小心点”，这些话的说在金八逼倒潘月亭的场合，可知也作为报复的手段的。

剧本的意义没有说完，说到布局，布局也没有说完，又说到人物的性格。现在先再说布局。孟实分为“三条线索”，是精细的。类似谢迪克的意思，也有不同的说法：“这三个线索之中，第二个关于小东西的一段故事和主要动作实在没有必然的关联，它是一部可以完全独立的戏。……并没有把这节外枝叶和本干打成一片，它在《日出》里只能使人起骈姆(拇)枝指之感。如果把有关这段故事的部分——第一幕后部以及第三幕全部——完全割去，全剧不但没有损失，而且布局更较紧凑。”“必然的关联”是“有”的，“这节外枝叶”也是“和本干打成一片”的，并不“使人起骈姆(拇)枝指之感”，只是总觉得不合理。至于接着又说“第三幕毛病很多，它的四方八面的烘染比较宜于电影而不易表演于剧台，并且就很怀疑曹禺先生对于他所描写的北方三等妓院有正确深刻的认识”，却和谢迪克说的“本身是一段极美妙的写实”相反。但沈从文说：“写特殊空气如第三幕之三四等妓院。声色交错，在舞台上是否能表现得轻重调合恰到好处，尚有待于导演的努力，至少在剧本上却可说是一篇有声有色的散文。”黎烈文也说：“把三等妓院搬上舞台，更是颇为大胆的手法。”杨刚也说：“全部《日出》的氛围，怕要算这儿的活得最浓了。它不再是陪客，它整个陈在舞台中央，无耻的可是活鲜鲜的，有活的人织配在那里面活动。论结构的完整，论这种艺术的成功，论侦探对于人生的熟谙和深入，这一幕总不致不能和任何一个长寿的独幕剧立在一起。可是，也许就它的独立性太重了，会伤全剧的完整和紧凑罢。”这最后的一说，又回到分开全体性和“独立性”的看法了。总之，把第三幕独立了看，有“独立性”，可以自成一剧，是不成问题的，问题是在伤不伤全体性。从全体看，第三幕的下等妓院，第一，第二，第四幕的上等旅馆，没有本质的不同，只有现象的差异，所以独立非但不伤全体，而且是有力的对照，差异的现象，愈加可以显出相同的本质。问题还在，第三幕的线索小东西，小东西的去跡第三幕，要怎样才能和线索的来踪金八有合理的有机的联系？

再说人物的性格。完全否定的，是李广田，“觉得在《日出》中没有一个可爱的人物”，尤其是方达生，因为是积极的人物，“尸场中的一个生人”，但“并不能代表什么，他没有清楚的倾向，没有力量，他的存在很不结实。”孟实也觉得，“方达生那么一个心有余而力不足的书呆子实在不能担当‘日出’以后的重大责任。”(叶)圣陶也说：“□方达生这个人有点生疏，摸不清他的底细，”李蕤也说：“只有方达生的面貌不大清楚。”但巴金说：“他迎着阳光昂着头从中门走出去。所以‘最爱方达生那个傻子。’”李影心说得比较详细：“作者插入了方达生这个过份(分)与剧中环境不相适合的角色(然却是为黑暗打开一线光明之最理想的人物)，赋与他醇厚的情感，理性，与智慧，使他有个机会接触现实，肯于为那个完满希望的未来献身。他的性格是英雄的，现实的，但是，他的转变似乎容有多量的想象成分。”因为“有个机会接触现实”，所以“他的转变似乎容有多量的想像成分”，似乎不“似乎”。谢迪克以为“露露（即陈白露）是这剧中伟大的人物创造”。“其余的人物则比较肤浅些，有些是单纯的典型，‘幽默’的角色，表现着某种人性的缺疵，作用多在增加谐趣。”李影心也以为“最可爱而且值得同情的是露露”。王朔也说：“露露则确是全剧中，在任何方面都超出别人的角色。”沈从文说：“写人物如时髦女子陈露露，富孀顾八奶奶，男妓似的白相人胡四，都凸出在纸上，呼之欲出。”叶圣陶也说：“剧中许多人，读者都很熟悉，依照俗语说是活龙活现。”孟实也说：“我真有些舍不得放下笔，他所描写的那一群活灵活现的坏蛋，——张乔治，阿根，潘月亭，李石清，尤其是那顾八奶奶和她的‘面首’胡四，真叫人舍不得分手！”可以下一个结论，作者写反角，是胜过写正角的，但被多“可爱”和数“同情”的陈白露却属于正角。

孟实论作者的“态度”，指出两点，也可取的：“实际上在这个悲惨世界里，有冤不得伸，有仇不得报，哑口吃黄连，苦在心里，是比较更平常的事。”“实际上在这个悲惨世界里这条命究竟不是可以这样轻易摆布得去。”举的例子，都很适当。

但说“所暗示的一线光明始终是在后台，始终是一种陪衬”，却正是优点，杨刚给指出了：“他想，‘我要把金八摊在他们眼前，这把艺还有什么卖头？’他就把它笼在远雾里，不让露面，叫人望着，猜着，心里惑惑的以为那金八无头无尾，是不可知的命运。幸而这人虽好卖艺，却是心胸来得宏，他已请了位创世祖来，让他和金八两家在云里斗法，于是太阳唱着打麦歌，派傻子方达生出了场。”

这回到了剧本的意义了。然而荒煤一再地说：“作者仅仅突击了一些‘现象’，而他应该突击的却是‘现实’！”“作者给我们看到的是一些现象，我们不能透过那些现象去看到现实。”所以“有些茫然”。不过“有些茫然”并非完全“茫然”，也还正是优点。不单黑暗的“现实”“有些茫然”，就是光明的“日出”也是象征。

（原载《读书半月刊》1937 年第 1 卷第 1 期）

从《雷雨》到《日出》

黄芝冈

最受观众欢迎的戏不一定是最好的戏剧;作者除技巧成熟而外还得对社会有正确认识和剖析;作者对剧情无正确的估量,不但是幻术般的欺骗了观众,而且也因为观众们的盲目拥护认不清他自己的前途。

一、将窗子开了罢

当《雷雨》在南京上演的时候,有一位青年观众在深深地叹息着,他说:"爱情是最危险的。"我一回头看他,心上便起了一阵寒栗,因为他的话是千真万真的一句古话,外面包着一层糖衣;骨子里在宣传"万恶淫为首",谁能说不是这种意思呢?

再回头看舞台上时,"啊呀,万恶淫为首!"我几乎也竟是这样想了。我恍惚再走入前些年的社会里去,在这社会里爱情是被诅咒的。男女们的结合,宗法和礼教的固执更重于责任贞操,责任贞操不通过这固执的藩篱,男女们的结合便依然是所谓"淫",爱情在"淫"的范围里便都是所谓"恶"了。

爱情的四周是森森的墙壁,爱情不生生闷死便得发生"危险"了;你还是碰壁呢,还是不碰壁呢?乖乖的做人,爱情将说你是没出息的孩子;错走一步路,宗法礼教又将警告你说:"一失足成千古恨!"舞台上正宣示着这有力的警告了。

象铜山西奔,洛钟东应,观众们在感叹里浮现了"爱情是最危险的"一句话,当不是《雷雨》的意外收获罢?而且还不止此,《雷雨》里的青年人将广大的前途连系在一件所谓错事上,像以一发系千钧,于是,一个个都抱着头跳到深潭里去死了。

《雷雨》的结构是相当巧妙的,像一篇写得很花巧的文章使比较清楚的读者也给它的论据迷惑住了,暂时承认它糊涂的结论;而且,屋子里的勾当像《群鬼》,不断的嚷着闷又好像《文舅舅》,将西欧名剧搬来做门面,盖一栋中国的老房子,既好像对社会上的高等人来一点讽刺,又好像是充满着虚无主义的情调。然而都不是的,主要的却只是"正式结婚至上主义"和青年人都死完了留老年人撑持世界的可笑的收束!

巧妙的结构拆开来却并不巧妙。依宗法的规定,周朴园和侍萍布置了一间房子,这婢女便该正式收为妾了;侍萍既替周家生了儿子,便没有妻的地位妾的地位是根深柢固的,周朴园与另一贵家女人结婚和侍萍的妾的地位并不冲突。周朴园既三十多年保存着侍萍房子的旧式样,在不可逐不必逐的情境里一定要在雪夜将侍萍逐出,却又逐母留子,将儿子唤做萍来纪念母亲,我恐怕全中国也找不出这样的一件奇事。

作者既固执着西欧的一夫一妻制来写一个中国的家庭，却又将阔人的家写得像墙穿壁洞的破屋似的，在一个雷雨的深夜，鲁贵从门口挨进屋来，鲁大海带凶器从墙上翻进屋来，侍萍四凤都轻易地走进屋来，而且，他们都直入大厅，仆人既不拦阻，主人也不呵叱，如此的阔人家，要绑票真容易极了。然而，日间鲁大海以工人代表的资格求见，却又像墙高数仞，不得其门而入似的。

作者的运思既集中在结构的巧妙，现实性便被它掩饰了，也被他遗忘了；于是，失败的便不只是前举的小的矛盾。就所谓“错事”说，像异父同母的兄妹在摸索中爱上了，前妻的儿子和后母通奸了，这些事情在每天的社会新闻上并不是稀见的事；在有钱人的社会里大都以不了了之，没有钱的人和名誉地位的关系浅，更无所谓不能了结。

就一般而论，爬灰的症结是早婚和鳏居，蒸淫的症结是子长妻少，兄妹恋爱的症结是家禁森严，是宗法礼教的自身的缺失；作者对蒸淫和兄妹恋爱不明白指出缺失的根原，叫青年人冲破这网罗，逃出这迷雾，挥动着反封建的大旗，却反叫他们将宗法礼教自身的缺失枷在头上，依封建道德的观点认为自己做了“错事”，为着十足道地的无益的苦闷，牺牲了青年人的有用的生命。

作者的所谓“错事”既然是宗法礼教的自身的缺失，作者便应当对青年人高呼着：“缺失是属于社会制度的，青年人是没有罪的！”但他所写的侍萍却好像古时的烈女，因她的手被男子牵着，便应当将这手一刀砍下；而且他还以为侍萍单砍下一只手来是不足以蔽其辜的，不做出自杀的傻事还不能弥补缺失。

究竟这所谓“错事”能有多么严重呢？同等年龄的男女不是应当结合的吗？不同等的年龄的婚姻本身不已经是罪恶了吗？当然，从封建道德的观点说，前妻的儿子和后母通奸好像是对不住父亲，对不住祖先的事，但我们的论点是应当更澈底地向不同等的年龄的婚姻本身作猛烈的攻击的。

“男女同姓，其生不繁”的古话在优生学上像可以觅到他的论证，但长沙黄蜂寨有“无二姓”的某大族便是由兄妹结婚昌大起来的家族，据说当张献忠屠杀之后，兄妹二人为宗祀的延续计，在人烟灭绝的时候意识地结婚了，在现在的中国意识的同姓结婚更不成法律上的问题；当然从封建道德的观点说好像兄妹结婚也是不应该的，但我却只以为优生学的解答是这问题的唯一出路，便是说，兄妹结婚在优生学上究应当负多大的责任？

无论这所谓“错事”错到那种田地也没有死法的罢？作者既以为周萍爱四凤是将四凤当他的赎罪羊了；然而周萍与四凤竟成为兄妹结合而且有三个月的身孕是上帝主持着的，他们对事实的发展上并不负道德上的责任，但对于未生的后一代的国民是应当负责任的，如认为他们的结合是不对的便各自离开好了，为什么非死不可？他们先后死了，抬头的却只是旧社会的权威，而且，有一条小生命被他们杀害却又是另一件新的罪了。

便认定这是“逆伦”，这是“大恶”，在良心的谴谪上是最重大的谴谪罢？像奥特甫①

① 今译为俄狄浦斯——编者注。

Odipus 弑父娶母，使国大乱，竟中了神巫的预言，他将他自己的眼睛弄瞎，孤寂的，悲伤的和他的女儿到各处漫游，这精神却强毅多了；死并不能减少罪恶，以一死自了的人是不能负担罪恶的人，想减轻良心上的谴谪还得从生活里去挣扎奋斗，尤其是青年人，即算真做了“错事”也要有力量克服那些错误才好。

为什么青年人一做了所谓“错事”便得用性命来拼呢？青年人的前途是很广大的。将广大的前途连系在一件所谓“错事”上，世间上的大错事当莫过于此了。何况现代青年更当认清他广大的前途，便是小的圆满也得抛弃，便是国破家亡也当在至艰绝难中奋斗而不当绝望自杀，现在的中国并不是全无出路，现在的大多数的中国青年也站在和虚无主义相反的那面，除非是极无志气的无责任感的才会那样沉郁绝望，而且这使他绝望的又只是无意识的做了一件从封建道德观点上所认为的“错事”，如果每个青年人都像这样抱定些小的过失，轻视伟大的前途，青年人便真会在老年人的头里先死光了。

青年人在大时代的浪潮中虽一时不免陷于过失，但由他们的挣扎奋斗仍将使他们跨过这自甘没落的时代再赶上光明的前途，青年人但认清他的前途，什么比老年人先死的话便成了无比的傻话。

而且，像周萍一样的青年也只是一只鬼影。如果真有一位阔人家的青年和后母姘上了，不该爱的悔恨心竟会成了他深沉的悲痛，且因此将自己生命毁灭了，这青年不免是头巾气的；但头巾气的青年绝不会如此混蛋，除非是在一位老先生的心里能够描画出那样的一位阔少。

也不但周萍为然，作者对鲁大海的描写也描成一只鬼影。金刚般的鲁大海像煞是代表着工人意识的罢，他不许鲁贵受周家的钱，发现了周萍在四凤房里便拿斧头砍周萍，我们总以为他恨的是周朴园的阴谋解散了他工人的团结和周萍给他的那个耳光吧，他身藏凶器夤夜跑进周家，像血溅鸳鸯楼的武松，我们以为这一回周家该死人了，结果是被周萍的死样子所软化，他发现了周萍和四凤已有了性的关系，于是将妹子四凤推到周萍的怀抱里去，说这已是周家人了，你不能不负责任！

在作者的心里所描出来的人物竟是那样鬼气森森，于是，他对于剧中人的处置也好像世界末日的上帝似的。蘩漪是很人性的女人结果是让她疯了，侍萍是千磨百炼的母亲结果也让她疯了，周萍是不大知事的孩子，他的爱并不到炽热的程度也让他毁灭了，金刚般的鲁大海，一个比较现代的男性也让他没有下落了。

充作者的意之所至，总以为革命的工人也非长期嚷闷不可。但世间决没有长闷着的天气，闷热后必有雷雨，雷雨伏在闷热的极端，这作者是知道了的；但作者却钻入“正式结婚至上主义”的牛角尖里，牢握着周家人要由周家负责的那一类的真理来猛烈抨击其他的恋爱形式，说这些全是“危险”，是“一失足成千古恨”，是非自杀不能补偿的过失，于是，一开场便嚷闷，越嚷越闷，闷到最高点了，但那真正震撼一切的雷雨的影子却一点也看不见听不见，作者的《雷雨》客观上是告诉我们闷热的极端并无雷雨，而该长期闷下去！因为作者牢握着他的真理，牢握着“正式结婚至上主义”在他的真理中是找不出雷雨的影子来的。

于是，青年人都闷死了，中年人都闷成疯病，老年人还好，但周朴园也闷到无地可容

了。看起来是非让世界毁灭，像虚无主义的"虚无破碎，陆地平沉"，不可，然而不然，结论是青年人死完了，老年人万万岁，这不是很显明地不能单看做虚无主义了吗？

这剧中的最荒谬最大胆的断定莫过于工人们将工头卖了，工人们卖工头是"对门山里人咬狗拿起狗来打石头"的事情，在这里虽代表着革命的整个毁灭，然而，事实上是不会有的；正好像头巾气的绝望战胜了青年的前途，"一失足成千古恨"断送了青年人的生命是代表着旧势力的绝对稳固，然而，事实上也是不会有的一样。如果是真有的话，青年人比老年人先死，留老年人撑持世界便也是不可逃的结论；然而，事实上仍是不会有的。

事实上所有的是作者心里潜在的暗影在剧中的活跃，因此，《雷雨》对青年人的指导上走了歪路。但那一间屋子可不能再闹着鬼了，因为这是黎明快要到来的中国的一间屋子，我请求《雷雨》的作者将屋子里的窗子全开了罢？

二、退避非日出的路

如果说《日出》比《雷雨》能前进几步的话，那我可告诉大家，《日出》里偶偶然的地方比《雷雨》少得多了。像《雷雨》周萍和母亲姘上了是一个偶然，但他又和妹子爱上了却再来一个偶然；一个有儿子的母亲被逐了却在无意中做了前夫听差的妻子是一个偶然，她生的女儿又在她前夫的家里做婢女和少爷哥哥爱上了却再来一个偶然：这里，便有了两个偶偶然了。偶然是社会上偶然会有的事但偶偶然却很难有；一个偶偶然便偶然会有，但两个偶偶然会在一道却太奇了。戏剧中的故事专走向偶偶然的道路上去的在中国古代叫"传奇"，不奇不传，越奇越传，于是，故事的戏剧性越多，离事实却更其远了。

《日出》却写的是大都会，摆在我们眼前的像上海太五花八门了，用不着来那些偶偶然；而且也太现实了，不大好来那些偶偶然，于是，剧中人像住旅馆的小姐陈白露，三等妓院的老妓女翠喜，有钱的孀妇顾八奶奶，银行经理潘月亭，留学生张乔治，银行秘书李石清，银行小书记黄省三，旅馆茶房王福升，地痞黑三，面首胡四，小顺子，小东西等无不是大都会的最恰当的支柱。

大都会如果也像一座大楼似的，支撑大楼的主要的几条柱子总像是不能少的罢？《日出》所写的这大都会，有银行资本家，有流氓，有洋派博士，有大都会女人，有银行小职员，但还缺少一条主要的柱子却很明显；便是说，《日出》里虽也有幕外的砸木夯的小工们的哼唷声，但却还少几个鲁大海似的工人上场。

而且，剧中人虽都像活生生的，但就他们的真实性加以剖析，他们的影子便不免渐渐淡了。据说陈白露是被"飘泊教聪明了"的女人，生活虽像"一串习惯的桎梏"，但她自己是早已习惯了的，因此，她"厌恶生活"也"爱生活"，这一类的女人要自杀除非是"狠心的桎梏"真要她的命了；她呢，据乔治说"是这儿顶红顶红的人，最为我所最崇拜的"，据她自己说，她和乔治认识是因为"他口袋里有几个钱"，大都会的女人既不是在钱上讲贞洁的，她用钱决不会专用着潘经理的，却白白的招待着其余的人，那么，她最后向乔治借三千块钱，乔治识相些便也得应酬一下，因为他在她的房子里也闹得太利害了，所以，乔治不借钱和白露自杀都来得突兀了些。白露，决不是"死了屠夫便吃连毛猪"的，她决不因潘经理坍台了便再没有其他找钱的路，便不想再寻其他找钱的路，因此，白露自杀真好像是作者故意谋死她的。

白露在这儿的社会关系也未免太简单了，因为白露是这儿顶红顶红的人，金八是操纵金融的大亨，是“这个地方的大财神，又有钱又有势”，潘经理和金八既不能不有联络，那末金八不到白露房里走走，白露没有金八这位客人，“没有那么大福气”见过金八岂不是太稀奇了？尤其是金八这样的人，便和白露没有往来，大都会的女人不是还多着么？为什么左挑右挑，单挑着那样的一只小东西，一个瘦弱胆怯的女小孩子，开三等妓院的养女，在三等妓院里客人都嫌她小了，然而金八却偏不嫌她，一次两次的不顾大亨身份想跟她睡在一起，这真是荒天下之大唐，还有是金八爷被小东西“狠狠地在他那肥脸上打了一巴掌”，老虎反被兔子咬了。

白露在其他的地方只是个“卖相”好的大都会女子，但她对付流氓却十分机伶，活跃出女流氓的姿态来了。这样的女人想处置一个小东西总太方便，她可以不让黑三夺去，她也可以夺转来，自然也可以爽快不管，然而她却又只像仁慈的太太小姐似的，徒有那么一分好心。金八爷为着小东西和潘经理不讲交情，狠毒是狠毒透了，但大亨的气度上却有些过不去。因为，得罪金八的是小东西，金八非恨她不可，小东西到黑三手里早没命了；金八放得开，给潘经理“一点面子”自然是不在乎的。

大亨和金融资本家的勾结是怎样的一种勾结，在此地是先得弄清楚的。他们只有互相利用，这叫做共存共荣，他们在大都会中是以钱为第一义的。白露是金钱下的泄欲工具，小东西更不算一回事；潘经理既不会将任何事物换金八的交情，金八存款大丰银行也不是泄闲气的伏线，对银行不信任当然是要提款的，但提款泄私恨便不成生意经了。

金融资本是资本主义的最高形态，流氓资本虽也能卷入金融资本，大亨虽也有加入金融界的，但流氓资本决不能操纵金融资本，目前的世界，相反的是金融资本家操纵大流氓以向革命进攻，企图稳定其统治。像大亨会“逼死”银行经理，金八会“收拾”潘月亭的事情是不会有的。

还有，像银行经理会向报馆张先生打听公债行市，好像银行本身毫无情报调查机关似的，公债行市不先由金融界得到消息，反向报馆打听，那么，报馆反能操纵金融界了，这样的金融界不也太可怜了么？所以，大亨使银行经理坍台，银行经理向报馆打听公债行市，和《雷雨》的工人卖工头真可称为三绝了。

方达生这样的人，搁在这大都会里，他只尽了一种滑稽任务，像“刘姥姥游大观园”，像牵一只狗绕地球一圆周，狗还是一只狗罢？他怀着很大的希望到大都会看他从前的女朋友白露，他想她跟他去“过真正的自由的生活”，这生活据他自己说，便只是“跟我回去，嫁给我，我做你的丈夫，你做我的——”之类的傻话，这对于大都会女人白露当然是不入耳之谈了；白露劝他在这里多学学，多看看，勉强他在旅馆里多住几天，这自然是很要紧的。住到一星期后，白露说他“仿佛有点变了”；他自己也“似乎觉得”，他说：“现在我看清楚他们了，不过我还没有看清楚你。”看清楚森林却没有看清楚森林里一枝树，自然是等于看不清楚森林，因此，他又老是那一套：“你应该结婚，你需要嫁人，你应该跟我在，这一次我要替你找个丈夫。”

一直到最后最后，达生仍在狂喊着：“竹均（即白露）你听我一句，你这么下去，一定是一条死路，你听我一句要你还是跟我走，……你看，外面是太阳，是春天！”难道白露一跟达生走，嫁给他，跟他养孩子便是生路了，便有了太阳春天么？难道说“日出”的意义便只是这样，女人的“日出”便只是和男人结婚生小孩么？好一个“正式结婚至上主义者”呀！

在作者的意思大概说爱情是一颗太阳，男人将爱情施给女人，女人是不能抗拒的罢？但白露说：“爱情，什么是爱情？”又说：“你以为世界上就是你一个人这样多情么？”又说：“你有多少钱？我问你养得活我么？”话是说得很明瞭的。我当然不否认爱情，但爱情和结婚究竟是两件东西，爱一个女人便非叫她一同回去，跟她结婚，用钱来养活她，却真有些傻气了。自然，也不能让所爱的人长此放荡，堕落，在鬼世界里混，那又将怎么样呢？

爱的结合不是女人和男人“结婚”，也不是男人要替女人“负责”，爱的结合应当是男女两方为生活奋斗；不是从一种生活退避到更陈旧的一种生活里去，像从现代都会退避到封建农村里去，而是要突破一种生活再开始一种新的生活。难道男女一相爱，女人除跟男人一同回去，结婚，生小孩便再没有旁的路么？前进的路，还是尽宽着的；像这样的退避的路并不是“日出”的路，而只是“日入”的路！

《日出》没有工人上场，在前面已说过了；砸木夯的小工们在幕外哼唷着，替银行经理盖大丰大楼，也不能代表“日出”。像落幕的时候，工人们合唱着轴歌；“日出东来，满天大红！要吃饭，可得做工！”这和五一劳动歌比起来是另有一种味的。大都会每天都有阔人盖大楼，工人每天都给阔人做工，太阳每天都从东方出来，却又从西方落下，“日出”是不是指示这种意义？

于是，《雷雨》是说明并无雷雨，《日出》却等于日入，这能说是对于这两个作品的过苛的看法么？

对戏剧的忠实是每一个戏剧运动者的责任，不愿自欺也不愿欺朋友，更不愿欺观众和戏剧运动本身；写批评，并不是对作者个人，而是对当前的戏剧运动来一种刺激，来一种推进，或许有对作者不起的地方，这是先当由本人向作者深深道歉的了。

（原载《光明》1937 年第 2 卷第 5 期）

我怎样写《日出》①

曹　禺

我应该告罪的是我还年青，我有着一般年青人按捺不住的习性，问题临在头上，恨不得立刻搜索出一个答案；苦思不得的时候便冥眩不安。流着汗，急躁地捶击着自己，如同肚内错投了一付致命的药剂。这些年在这光怪陆离的社会里流荡着，我看见多少梦魇一般的可怖的人事，这些印象我至死也不会忘却；它们化成多少严重的问题，死命地突击着我，这些问题灼热我的情绪，增强我的不平之感，有如一个热病患者，我整日觉得身旁有一个催命的鬼低低地在耳旁催促我，折磨我，使我得不到片刻的宁贴。我羡慕那些有一双透明的慧眼的人，静静沉思体会这包罗万象的人生，参悟出来个中的道理；我也爱那朴野的耕田大汉，睁大一对孩子似的无邪的眼，健旺得如一条母牛，不深虑地过着纯朴真挚的日子。两种可钦羡的人我都学不成，而自己又不甘于模棱地活下去，于是便如痴如醉地陷在煎灼的火坑里。这种苦闷日深一日，挣扎中，一间屋子锁住了我，偶有所得，就狂喜一阵，以为已经搜寻出一条大道，而过了一刻，静下心，察觉偌大一个问题，不能这样避重就轻地凭空解决得了，又不知不觉纠缠在失望的铁网中，解不开，丢不下的。

其实，我也想料到如《日出》这样浅浮草率的作品不会激起人间的波澜。我想过它将如水草下的鸟影，飘然掠过，在永久的寂寞里消失这短短的生存。然而情感的激动终久按捺不住了，怀着一腔愤懑我还是把它写出来，结果里面当然充满了各种荒疏，漏失，和不成熟。发表之后，以为大错已经铸成，便想任它消逝，日后再兢兢业业地写一篇比较看得过去的东西，弥补这次冒失，草率的罪愆。最近，知道了远道的一些前辈忽而对这本窳陋的作品留心起来，而且《大公报》文艺副刊为了这作品特辟专栏，加以集体的批评，于是我更加慌张，深深地自怨为什么当时不多费些时日把《日出》多琢磨一下，使它成为比较丰腴精炼的作品呢？如今，只好领下应受的指责了。然而也好，心里倒是欣欣然的，因为，能得到前辈做先生，指点着，评骘着，不也是一桩可以庆幸的事么？所以这篇文章谈不到什么“答辩”，我愿虚心地领受着关心我的前辈给我的教益。在这里我只是申述我写《日出》的情感上的造因和安排材料的方法以及写《日出》时所遇到的事实上的困难。

原谅我一再地提起自己，只有这样我才能理出来乱麻一般的回忆。我说过我不能忍耐，最近我更烦燥（躁）不安，积郁时而激动起来使我不能自止地做了多少只图一时快意的

① 曹禺的《我怎样写〈日出〉》是为回应《大公报》的两次集体批评而作，后作为《跋》收入《日出》再版重印本——编者注。

幼稚的事情。读了几年书，在人与人之间我又挨过了几年，实在，我也应该学些忍耐和长者们所标榜的中庸之道了。但奇怪，我更执拗地恨恶起来，我总是悻悻地念着我这样情意殷殷，妇人般地爱恋着，热望着人们，而所得的只是无尽的最残酷的失望。一件一件不公平的血腥的事实，利刃似地刺进了我的心，逼成我按捺不下的愤怒。有时我也想，为哪一个呢？是哪一群人叫我这样呢？这些失眠的夜晚，困兽似地在一间笼子大的屋子里踱过来，拖过去，睁着一双布满了红丝的眼睛，绝望地愣着神。看看低压在头上炙黑的屋顶，窗外昏黑的天空，四周漆黑的世界。一切都似乎埋进了坟墓，没有一丝动静。我捺不住了，在情绪的爆发当中，我曾经摔碎了许多可纪念的东西，内中有我最心爱的磁（瓷）马磁（瓷）人，是我在两岁时母亲给我买来的玩物。我绝望地嘶嘎着，那时我愿意一切都毁灭了吧，我如一只负伤的狗扑在地上，啮着咸咸的涩口的土壤。我觉得宇宙似乎缩成昏黑的一团，压得我喘不出一口气，湿漉漉的，黏黏的是我紧紧抓着一把泥土的黑手，我划起洋火，我惊愕地看见了血。污黑的拇指被那瓷马的碎片割成一道沟，血，一滴一滴快意的血缓缓地流出来。

这样我挨过许多煎熬的夜晚，于是我读《老子》，读佛，读《圣经》，我读多少那被认为洪水猛兽的社会科学的书籍，我流着眼泪，赞美着这些伟大的孤独的心灵。他们怀着悲哀驮负人间的酸辛，为这些不肖的子孙开辟大路。我更恨人群中一些冥顽不灵的自命为“人”的这一类动物。他们偏若充耳无闻，不肯听旷野里那伟大的凄厉的唤声。他们闭着眼，情愿做地穴里的鼹鼠，避开阳光，鸵鸟似地把头插在愚蠢里。我忍耐不下了，我渴望着一线阳光，我想太阳我多半不及见了，但我也愿望我这一生里能看到平地轰起一声巨雷，把这群蟠据在地面上的魑魅魍魉，击个糜烂，哪怕因而大陆便沉为海。我还是年青，不尽的令人发指的回忆围攻着我，我想不出一条智慧的路，顾虑得万分周全。冲到我的口上，是我在书房里摇头幌（晃）脑背通本《书经》的时代，最使一个小孩子魄动心惊的一句切齿的誓言：“时日曷丧，予及汝偕亡！”（见《商书·汤誓》）索绕于心的，也是一种暴风雨来临之感。我恶毒地诅咒四周的不公平，除了去掉这群腐烂的人们，我看不出眼前有多少光明。诚如《旧约》那热情的耶利米所呼号的，“我观看地，地是空虚混沌；我观看天，天也无光。”我感觉到大地震来临前那种“烦燥（躁）不安”，我眼看着要地崩山惊，“肥田变为荒地，城邑要被拆毁。”在这种心情下，“我已经听见角声和打仗的喊声。”我要写一点东西，宣泄这一腔愤懑，我要喊“你们的末日到了！”对这帮荒淫无耻，丢弃了太阳的人们。

“然而就这样慌慌张张地开始你的工作么？”我的心在逼问着我。我知道这是笑话，单单在台上举手顿足地嘶喊了一顿是疯狂，我求的是一点希望，一线光明。人毕竟是要活着的，并且应该幸福地活着。腐肉挖去，新的细胞会生起来。我们要有新的血，新的生命。刚刚冬天过去了，金光射着田野里每一棵临风抖擞的小草，死了的人们为什么不再生起来！我们要的是太阳，是春日，是充满了欢笑的好生活，虽然目前是一片混乱。于是我决定写《日出》。

《日出》写成了，然而太阳并没有能够露出全面。我描摹的只是日出以前的事情，有了阳光的人们始终藏在背景后，没有显明地走到面前。我写出了希望，一种令人兴奋的希望；我暗示出一个伟大的未来，但也只是暗示着。脱了稿，我独自冷静地读了几遍，我的心又追问着我："哪里是太阳呢？"我的脸热辣辣的，我觉出它在嘲笑我，并且责难我说谎话，用动听的名词来欺骗人。但是我怎样辩白我自己呢？这是一顿不由分解，按下就打的闷棍，我心里有苦，口里不能喊冤。我明白我说的是什么，我相信我说的未来，我也想到应该正面迎去，另写一幕摆开我的主角，那些确实有了太阳的人们。然而我不禁念起《雷雨》，这么一个微弱的生命，这几年所遭受种种的苛待，它为人无理地胡乱涂改着，监视着，最近某一些地方又忽然禁演起来……这样一个"无辜"的剧本为一群"无辜"的人们来演，却无辜惹起一些风波，我又怎肯多说些话再让这些可怜的演员们受些无妄之灾呢？

有一位好心的朋友责问我："你写得这么啰唆，日头究竟怎么出来，你并没有提。"我只好用一副无赖的口吻告诉他："你来，一个人到我家里来，我将告诉你在这本戏里太阳是怎么出来的。"他摇摇头，仿佛不信我的诚实，耸耸肩走了。那时我忘记提《日出》里这一点暗示，一丝的光明的希望能够保存下来，也还占了那有夜猫子——就是枭，瞥见它，人便主有灾难的恶鸟——眼睛的人的便宜，他们也许当时正在过《日出》里某一类人的生活，忘记了有一种用了钱必须在"鸡蛋里挑骨头"的工作，不然连这一点点的希望都不容许呈现到我们眼前的。可惜我没有通盘告诉他，至今我总觉得他以为我用遁辞来掩饰自己，暗地骂我有些油滑。

所以，如果读者能够体贴一本戏由写到演出所受的各种苦难，便可立刻明了在这个戏里，方达生不能代表《日出》中的理想人物，正如陈白露不是《日出》中健全的女性。这一男一女，一个傻气，一个聪明，都是所谓的"有心人"。他们痛心疾首地厌恶那腐恶的环境，都想有所反抗。然而白露气馁了，她一个久经风尘的女人，断然地跟着黑夜走了。方达生那么一个永在"心里头"活的书呆子，怀着一肚子的不合时宜，整日地思索斟酌，长吁短叹，末尾听见大众严肃的工作的声音，忽然欢呼起来，空泛地嚷着要做些事情，以为自己得了救星，又是多么可笑又复可怜的举动！我记得他说过他要"感化"白露，白露笑了笑，没有理他。现在他的想象又燃烧起来，他要做点事业，要改造世界，独力把太阳唤出来，难道我们就轻易相信这个呆子么？倒是白露看得穿，她知道太阳会升起来，黑暗也会留在后面，然而她清楚，"太阳不是我们的"，长叹一声便"睡"了。这个"我们"有白露，算上方达生，包含了《日出》里所有的在场人物。这是一个腐烂的阶层的崩溃，他们——不幸的黄省三、小东西、翠喜一类的人也做了无辜的牺牲——将沉沉地"睡"下去，随着黑夜消逝，这是不可避免的必然的推演。方达生诚然是一个心有余而力不足的书生，但是太阳真会是他的么？哪一个相信他能够担当日出以后重大的责任？谁承认他是《日出》中的英雄？

说到这里，我怕我的幼稚又使我有些偏颇，而技巧的贫弱也许把读者的注意错牵到方达生身上去，因而令人以为这样的男子便是《日出》中有希望的人物。说老实话，《日出》末尾方达生说：我们要做一点事，要同金八拚一拚[①]！原是一个讽刺，这讽刺藏在里面，（自然

① 今作"拼一拼"——编者注。

我也许根本没有把它弄显明。不过如果这个吉诃德真地依他所说的老实做下去，聪明的读者会料到他会碰着怎样大的钉子）。讽刺的对象是我自己，是与我有同样书呆子性格，空抱着一腔同情和理想，而实际无补于事的“好心人”。我倒也想过，把方达生夸张一下，但我又不肯，因为一则方达生究竟与我有些休戚相关。再者我也知道有许多勇敢有为的青年，他们确实也与方达生有同样的心肠，不过他们早已不用叹气，空虚的同情来耗费自己的精力，早已和那帮高唱着夯歌的人们联系在一起，在《日出》那一堆“鬼”里就找不着他们。所以可怜的是这帮“无组织无计划”，满心向善，而一脑子的幻想的呆子，他们看出阳光早晚要照耀地面，并且能预测光明会落在谁的身上，（《日出》三三一页），方达生：“（狂喜地）太阳就在外面，太阳就在他们身上。”却自己是否能为大家“做一点事”，也为将来的阳光爱惜着，就有些茫茫然。我若是一个理想的观众，——自然，假设这个戏荣幸地遇见一位了解它的导演，不遗余力，认真地排出来——演到末尾方达生听不见里面的应声，“转过头去听窗外的夯歌，迎着阳光，由中门昂首走出去，”我想落在我心里将是一种落漠的悲哀，为着这渺小的好心人的怜悯，而真使我油然生起希望的还是那浩浩荡荡向前推进的呼声，象征伟大的将来，蓬蓬勃勃的生命。

我常纳闷何以我每次写戏总把主要的人物漏掉。《雷雨》里原有第九个角色，而且是最重要的，我没有写进去，那就是称为雷雨的一名好汉。我几乎总不能明显地添上这个人，于是导演们也仿佛忘掉他。我看，几次《雷雨》的演出，我总觉得台上很寂寞的，只有几个人跳进跳出，中间缺少了一点生命，我想大概因为那叫做雷雨的好汉没有出场，演出的人们无心中也把他漏掉。同样，在《日出》，也有一“个”最主要的角色我反而将“他”疏忽了，“他”原是《日出》惟一的生机，然而这却怪我，我不得已地故意把“他”漏了网。写《雷雨》，我不能如旧戏里用一个一手执铁钉，一手带着巨锥，青面红发的雷公，象征雷雨中渺茫不可知的神秘，那是技巧上的不允许。写《日出》，我不能使那象征着光明的人们出来，却因为一些有夜猫子眼睛的怪物，无昼无夜，眈眈地守在一旁，是事实上的不可能。我曾经故意叫金八不露面，令他无影无踪却时时操纵场面上的人物。他代表一种可怕的黑暗势力，但把那些劳作的人们，那拥有光明和生机的，也硬闭在背后，当做陪衬，确实是最令人痛心，一桩无可奈何的安排。我以为这个戏应该再写四幕，或者整个推翻，一切重新积极地写过，着重那些有光明的人们。却停下想，那有夜猫子眼睛的怪物可能轻易放过我这一着？斟酌再三，我只能采用一个下策，我硬将我们的主角推在背后，而在第二幕这样蹩脚地安排：

“窗外很齐整地传进来小工们打地基的桩歌，由近渐远，搀杂着渐远渐低多少人的步伐和沉重的石块落地的闷塞的声音。……这种声音几乎一直在这一幕从头到尾，如一群含着愤怒的冤魂，抑郁暗塞地哼着，充满了警戒和恐吓。”

在第四幕末尾：

“……天空非常明亮，外面打地基的小工们早聚集在一起，迎着阳光由远处‘哼哼唷，哼哼唷’地又以整齐严肃的步伐迈到楼前……”

“砸夯的人们高亢而洪壮地合唱着轴歌：‘日出东来……，沉重的石硪一下一下落在土里，那声音传到观众的耳里是一个大生命浩浩荡荡地向前推，向前进，洋洋溢溢地充塞了宇宙。”

“屋内渐渐暗澹，窗外更光明起来。”

但是，天，这是多么一个“无可奈何”的收场啊，说我失败，犯了“倒降顶点”的毛病是不冤枉的。

我讲过《日出》并没有写全，确实需要许多开展。我若有一支萧伯纳的锋芒的笔，我该写一篇长序，痛快淋漓地发挥一次，或者在戏里卖弄自己独到的见地，再不然，也可模撰《人与超人》后面（The Revolutionist's Handbook①）的体裁，另开蹊径，再来饶舌。但我为人向来暗涩，又不大会议论，而最奇怪的，这块“自由土”又仿佛是不准人有舌头的，于是即便见到这本戏的种种弱点，幼稚，我只好闭口无言。唯一的补救方案就是我在《日出》前面赘附着的八段引文，那引文编排的次序，都很费些思虑，不容颠倒，偏爱的读者如肯多读两遍，略略体会里面的含义，也许可以发现多少欲说不能的话藏蓄在那几段引文里。

写完《雷雨》，渐渐生出一种对于《雷雨》的厌倦。我很讨厌它的结构，我觉有些“太像戏”了。技巧上，我用的过分。仿佛我只顾贪婪地使用着那简陋的“招数”，不想胃里有点装不下，过后我每读一遍雷雨便有点要作呕的感觉。我很想平铺直叙地写点东西，想敲碎了我从前拾得那一点点浅薄的技巧，老老实实重新学一点较为深刻的。我记起几年前着了迷，沉醉于柴霍甫（今译契诃夫——编者注）深邃艰深的艺术里，一颗沉重的心怎样为他的戏感动着。读毕了《三姊妹》，我阖上眼，眼前展开那一幅秋天的忧郁。玛夏（Masha），哀林娜（Irina），阿尔加（Olga）那三个有大眼睛的姐妹悲哀地倚在一起，眼里浮起湿润的忧愁，静静地听着窗外远远奏着欢乐的进行曲，那充满了欢欣的生命的愉快的军乐渐远渐微，也消失在空虚里。静默中，仿佛年长的姐姐阿尔加喃喃地低述她们生活的悒郁，希望的渺茫，徒然地工作，徒然的生存着。我的眼渐为浮起的泪水模糊成了一片，再也抬不起头来。然而在这出伟大的戏里没有一点张牙舞爪的穿插，走进走出，是活人，有灵魂的活人，不见一段惊心动魄的场面，结构很平淡，剧情人物也没有什么起伏生展，却那样抓牢了我的魂魄。我几乎停住了气息，一直昏迷在那悲哀的氛围里。我想再拜一个伟大的老师，低首下气地做个低劣的学徒。也曾经发愤冒了几次险，照猫画虎，也临摹几张丑恶的鬼影，但是这企图不但是个显然的失败，更使我忸怩不安的是自命学徒的我摹出那些奇形怪状的文章简直是污辱了这超卓的心灵。我举起火，一字不留地烧成灰烬。我安慰着自己，这样也好。即便写得出来，勉强得到半分神味，我们现在的观众是否肯看仍是问题。他们要故事，要穿插，要紧张的场面，而这些在我烧掉了的几篇东西里是没有的。

不过我并没有完全抛弃这个念头，我想完全脱开了 La pièce bien faite②一类戏所笼罩的范围，试探一次新路，哪怕仅仅是一次呢。于是在我写《日出》的时候，我决心舍弃《雷雨》中所用的结构，不再集中于几个人身上。我想用片段的方法写起《日出》，用多少人生

① 革命手册——编者注。

② 凑巧剧——编者注。

的零碎来阐明一个观念。如若中间有一点我们所谓的“结构”，那“结构”的联系正是那个基本观念，即第一段引文内“人之道，损不足以奉有余。”所谓“结构统一”也就藏在这一句话里。《日出》希望献与观众的应是一个鲜血滴滴的印象，深深刻在人心里也应为这“损不足以奉有余”的社会形态。因为挑选的题材比较庞大，用几件故事做线索，一两个人物为中心也自然比较烦难。无数的沙砾积成一座山丘，每粒沙都有同等造山的功绩。在《日出》里，每个角色都应占有相等的轻重，合起来他们造成了印象的一致。这里正是用着所谓“横断面的描写”，尽可能，减少些故事的起伏，与夫“起承转合”的手法，墨守章法的人更要觉得“平直板滞”，然而，“画虎不类反成狗”，自己技术上的幼稚也不能辞其咎。

但我也应喊声冤枉，如果承认我所试用的写法，（自然，不深刻，不成熟，我应该告罪）我就有权利要求《日出》的第三幕还须保留在戏里。若认为小东西的一段故事和主要的动作希有多少关联而应割去，那么所谓的“主要的动作”在这出戏一直也并没有。这里想起一种用色点点成光影明朗的后期印象派图画，《日出》便是这类多少点子集成的一幅画面。若果《日出》有些微的生动，有一点社会的真实感，那色点的小东西，翠喜，小顺子以及在那地狱里各色样的人，同样地是构成这一点真实感因子。说是删去第三幕，全戏就变成一个独幕戏，为把一篇独幕剧的材料凑成一个多幕剧，于是不得不插进一个本非必要的第三幕，这罪状加在我身上也似乎是相当的冤枉。我猜不出在第一、二、四幕哪一段是绝对必要的，如若不是为烘托《日出》里面一个主要的观念。为着剧景始终是“在××旅馆的一间华丽的休息室内”，“删去第三幕就成一个独幕剧”。独幕剧果作如是观，《群鬼》，《娜拉》都应该称为独幕剧，因为它们的剧景始终是在一个地方，这样看，它们也都是两篇独幕剧的材料，而被易卜生苦苦地硬将它们写成两篇多幕剧。我记得希腊悲剧多半是很完全的独幕，虽然占的“演出时间”并不短，如《阿加麦农》，《厄狄泼斯皇帝》。他们所用的“剧中时间”是连贯的，所以只要“剧景”在一个地方，便可以作为一篇独幕剧来看。在《日出》的“剧中时间”分配，第三幕①必与第一幕隔一当口。因为第一幕的黎明，正是那些“鬼”们要睡的时刻，陈白露，方达生，小东西等可以在破晓介绍出来。但把胡四李石清和其他那许多“到了晚上才活动起来的”“鬼”们也陆续引出台前，那真是不可能的事情。再，那些砸夯的人们的歌不应重复在两次天明日出的当口，令观众失了末尾那鲜明的印像（象），但打夯的歌若不早作介绍，冒失地在第四幕终了出声，观众自会觉得突然，于是为着《日出》这没有露面的主角也不得不把第二幕放在傍晚。第四幕的时间的间隔更是必需，多少事情，如潘月亭公债交易的起落，李石清擢为襄理，小东西久寻不见，胡四混成电影明星，方达生逐渐的转变，……以及黄省三毒杀全家，自杀遇救后的疯狂，……处处都必须经过适当的时间才显出这些片段故事的开展。这三幕清清楚楚地划成三个时间的段落。我不知道怎样“割去第三幕”后，“全剧就要变成一篇独幕剧”？“剧景始终在××旅馆的一间华丽的休息室内”是事实，在这种横断面的描写剧本，抽去第三幕似乎也未尝不可。但是将这些需要不

① 疑为第二幕——编者注。

同时期才能开展的片段故事硬放入一段需用连续的“剧中时间”的独幕剧里，毕竟是很困难的。

话谈远了，我说到《日出》里没有绝对的主要动作，也没有绝对主要的人物。顾八奶奶，胡四与张乔治之流是陪衬，陈白露与潘月亭又何尝不是陪衬呢？这些人物并没有什么主宾的关系，只是萍水相逢，凑在一处。他们互为宾主，交相陪衬，而共同烘托出一个主要的角色，这“损不足以奉有余”的社会。这是一个新的企图。但是我怕我的技术表达不出原意，因而又将读者引入布局紧凑，中心人物，主要动作，这一些观念里。于是毫厘之差，这出戏便在另一种观点下领得它应该受的处分。

这些天我常诧异《雷雨》和《日出》的遭遇，它们总是不得已地受着人们的支解。以前因为剧本的冗长，《雷雨》被斫去了“序曲”和“尾声”，无头无尾，直挺挺一段躯干摆在人们眼前。现在似乎也因为累赘，为着翠喜这样角色不易找或者也由于求布局紧凑的原故，《日出》的第三幕又遭遇被删去的命运。这种“挖心”的办法，较之斩头截尾还令人难堪。我想这剧本纵或繁长无味，作戏人的守法似乎应先求理会，果若一味凭信自己的主见，不肯多体贴执笔的苦心，便率尔删除，这确实是有些残忍的。

说老实话，《日出》里面的戏只有第三幕还略具形态。在那短短的三十五页里，我费的气力较多，时间较久。那里面的人我曾经面对面地混在一起，并且各人真是以人与人的关系，“掏出心窝子”的话，叙述自己的身世，这里有说不尽的凄惨的故事，只恨没有一支Balzac的笔记载下来。在这堆“人类的渣滓”里，我怀着无限的惊异，发现一颗金子似的心，那就是叫做翠喜的妇人。她有一付好心肠，同时染有在那种地狱下生活各种坏习惯。她认为那些买卖的勾当是当然的，她老老实实地做她的营生，“一分钱买一分货”，即使在她那种生涯里，她也有她的公平。令人感动的是她那样狗似地效忠于她的老幼，和无意中流露出来对那更无告者的温暖的关心。她没有希望，希望早死了。前途是一片惨澹，而为着家里那一群老小她必需卖着自己的肉体，麻木地挨下去。她吁叹着：“人是贱骨头，什么苦都怕挨，到了还是得过，你能说一天不过么？”求生不得，求死不得，是这类可怜的动物最惨的悲剧。而落在地狱的小东西，如果活下去，也就成为“人老珠黄不值钱”的翠喜，正如现在的翠喜也有过小东西一样的青春。这两个人物我用来描述这“人类渣滓”的两个阶段，对那残酷境遇的两种反应。一个小，一个老；一个偷偷走上死的路，(看看报纸吧，随时可以发见这类的事情。)一个如大多数的这类女人，不得已必须活下去。死了的死了，活着的多半要遭翠喜一样的命运，这群人，我们不应忘掉，这是在这“损不足以奉有余的社会”里最黑暗的一个角落，最需要阳光的。《日出》不演则已，演了，第三幕无论如何应该有的。挖了它，等于挖去《日出》的心脏，任它惨死。如若为着某种原因，必须支解这个剧本，才能把一些罪恶暴露在观众面前，那么就斫掉其余的三幕吧。请演出的人们容许这帮“可怜的动物”在饱食暖衣，有余暇能看戏的先生们面前哀诉一下，使人们睁开自己昏聩的眼，想想人把人逼到什么田地。我将致无限的敬意于那演翠喜的演员。我料想她会有圆熟的演技，丰厚的人生经验，和更深沉的同情，她必和我一样地不忍再把那些动物锁闭在黑暗里，才来担起这个困难的角色。

情感上讲，第三幕确是最贴近我的心的。为着写这一段戏，我遭受了多少磨折，伤害，以至于侮辱。（我不是炫耀，我只是申述请不要删除第三幕的私衷。）我记得严冬的三九天，半夜里我在那一片荒凉的贫民区候着两个嗜吸毒品的龌龊乞丐，来教我唱数来宝。约好了，应许了给他们赏钱。大概赏钱许得过多了，他们猜疑我是侦缉队之流，他们没有来。我忍着刺骨的寒冷，瑟缩地踯躅到一种“鸡毛店”（注一）[①]的地方找他们。似乎因为我访问得太殷勤，被一个有八分酒意罪犯模样的落魄英雄误会了，他蓦地动开手。那一次，我险些瞎了一只眼睛。我得了个好教训，我明白以后若再钻进这种地方，必须有人引路，不必冒这类无意义的险，于是我托人介绍，自己改头换面，跑到“土药店”和黑三一类的人物“讲交情”。为一个朋友瞥见了，给我散布许多不利于我的无稽的谣言，弄得多少天，我无法解释自己。为着这短短三十五页戏，我幸运地见到许多奇形怪状的人物，他们有的投我以惊异的眼色，有的报我以嘲笑，有的就率性辱骂我，把我推出门去。（我穿的是多么寒伧一件破旧的衣服！）这些回忆有的痛苦，有的可笑，我口袋里藏着铅笔和白纸，厚着脸皮，狠着性，一次一次地经验许多愉快的和不愉快的事实，一字一字地记下来，于是才躲到我那小屋子里，埋下头，写那么一点点东西。我恨我没有本领把当时那些细微的感觉记载清楚，有时文字是怎样一件无用的工具。我希望我将来能用一种符号记下那些腔调。每一个音都带着强烈地方的情绪，清清楚楚地留在我的耳鼓里，那样充满了生命，有着活人的气息，而奇怪，放在文字里便像些咽了气的生物，生生地窒闷死了。结果我知道这一幕戏里毛病一定很多，然而我应该承认没有一个“毛病”，不是我经历过而写出来的。这里我痛苦地杀了我在《文季月刊》上刊登的第三幕时附言里那位“供给我材料的大量的朋友”，为着保全第三幕的生命，我只好出来“自首”了。

曾经有人问过我《雷雨》和《日出》哪一本比较好些，我答不出来。我想批评的先生们会定下怎么叫“好”，怎么叫“坏”。找出原则，分成条理，而我一个感情用事，素来不能冷静分析的人，只知道哪一个最令我关心的。比较说，我是喜欢《日出》的，因为它最令我痛苦。我记得，有一位多子的母亲，溺爱其中一个最不孝的儿子，她邻居问她缘故，她说：“旁的孩子都好，只有他会磨我！”我爱《日出》恐怕也就是这么一个理由吧。全部《日出》材料的收集都令我受了相当的苦难。（固然我不应否认，尽管我尽力忠诚地采集，里面的遗漏和错误依然很多。）而最使我感到烦难的便是第三幕。现在偶尔念起当时写起这段戏，多少天那种寝食不安的情况，而目前被人轻轻地删去了，这回忆诚然有着无限的酸楚的。所以，如果有一位同情的导演，看出我写这一段戏的苦衷，而不肯任意把它删去，我希望他切实地注意到这一幕戏的氛围，造成这地狱空气的复杂的效果，以及动作道白相关联的调和与快慢。关于“这些效果”，我曾提到它们“必须有一定的时间，长短，强弱，快慢，各样不同的韵味，远近。每一个声音必须顾到理性的根据，氛围的调和，以及适当的对意义的点醒和着重。”我更申言过：“果若有人只想打趣，单看出妓院材料的新奇，可以号召观众，便拿来

① “注一：‘鸡毛店’是北方最破滥的下等客店，住在那里的乞丐在冷夜里租不起被盖，只好用鸡毛稻草一类的东西铺在地下睡。”——作者原注。

胡炮乱制，我宁肯把这一幕立刻烧成灰烬”，不愿这样被人蹂躏，这些话我一直到现在还相信着。在这一幕里，我利用在北方妓院一个特殊的处置，叫做“拉帐子”的习惯。用这种方法，把戏台隔成左右两部，在同一时间内可以演出两面的戏。这是一个较为新颖的尝试，我在欧尼尔的戏（如 Dynamo（《发电机》——编者注）里看到过，并且知道是成功的。如若演出的人也体贴出个中的妙处，这里面自有许多手法可以运用，有多少地方可以施展演出的聪明。弄得好，和外面的渲染氛围的各种声响打成一片，衬出一种奇异的境界和调是可能的。

朱孟实先生仿佛是一位铁面无私的法官，他那锐利的眼光要刺透我的昏钝不明，他那严正的审问使我无处躲闪。他提出了一个剧作者对于人生世相应该持的态度的问题。他说写戏有两种态度，一个剧作家究竟“应该很冷静，很酷毒地把人生世相本来面目揭开给人看呢，还是送一点‘打鼓骂曹’式的义气在人生世相中显出一点报应昭彰的道理来自己心里痛快一场叫听众也痛快一场呢？”孟实先生自己是喜欢第一种，而讨厌戏里面“打鼓骂曹”式的义气。本来，老老实实写人生最困难，最味永，而把自己放在里面，歪曲事实，故意叫观众喝彩，使他们尝到“义愤发泄后的甜蜜”较容易，但也很无聊。舞台上有多少皮相的手法，几种滥用的情绪，如果用得巧，单靠这些滥调也可以达到一个肤浅的成功。孟实先生举出几个例子，证明《日出》就用了若干“打鼓骂曹”式的义气来博得一些普通的观众的喝彩。他给我指了一条自新之路，他要我以后采取第一种态度。这种诚挚的关心是非常可感的。不过在这里我不想为这些实例辩白。我更愿意注意他所提出的那个颇堪寻味的“根本问题”。写戏的人是否要一点 Poetic Justice① 来一些善恶报应的玩意，还是（如自然主义的小说家们那样）叫许多恶人吃到脑满肠肥，白头到老，令许多好心人流浪一生，转于沟壑呢？还是都凭机遇，有的恶人就被责罚，有的就泰然逃过，幸福一辈子呢？这种文艺批评的大问题，我一个外行人本无置喙之余地，不过以常识来揣度，想到是非之心人总是有的。因而自有善恶赏罚情感上的甄别，无论智愚贤不肖，进了戏场，着上迷，看见秦桧，便恨的牙痒痒的，恨不立刻一刀将他结果。见了好人就希望他苦尽甘来，终得善报。所以应运而生的大团圆的戏的流行，恐怕也有不得已的苦衷。在一个诗人甚至于小说家，这种善恶赏罚的问题还不关轻重，一个写戏的人便不能不有所斟酌。诗人的诗，一时不得人的了解，可以藏诸名山，俟诸来世，过了几十年或者几百年，说不定掘发出来，逐渐得着大家的赞美（崇拜）。一个弄戏的人，无论是演员，导演，或者写戏的，便须立即获有观众，并且是普通的观众。只有他们才是“剧场的生命”。尽管莎士比亚唱高调，说一个内行人的认识重于一戏院子 Groundli-ngs（注二）来的称赞 Groundlings②，但他也不能不去博取他们的欢心，顾到职业演员们的生活。写戏的人最感觉苦闷而又最容易逗起兴味的，就是一个戏由写作到演出中的各种各样的限制，而最可怕的限制便是普通观众的趣味。怎样一面使真实不歪曲，一面又能叫观众感到愉快，愿意下次再来买票看戏，常是使一个从事于戏

① 因果报应——编者注。

② “注二：Grounding：指当时看莎式剧贱价买票站着看戏的人们。”——作者原注。

剧的人最头痛的问题。孟实先生仿佛提到“获得观众的同情对于一个写戏人是个很大的引诱”。(我猜是这个意思,然而如孟实先生那样说,是为着“叫太太小姐们看着舒服些,”便似乎有些挖苦)。其实,岂止是个引诱,简直是迫切的需要。莎剧里,有时硬加进些无关宏旨的小丑的打诨,莫里哀戏中也有时塞入毫无关系的闹剧,这些大师为着得到普通观众的欢心,不惜曲意逢迎。做戏的人确实也是许多明知其不可,而又不得已为五斗米折腰的。我说这些话,绝非为自己的作品辩白。——如果无意中我已受了这种引诱的迷惑,得到万一营业上的不失败,令目前几个亏本的职业剧团,借着一本非常幼稚的作品,侥幸地获得一些赢余,再维持下去,这也是一个作者所期望的。中国的话剧运动,方兴未艾,在在需要提携。怎样拥有广大的观众而揭示出来的又不失“人生世相的本来面目”,是颇值得内行的先生们严重讨论的问题。无疑的天才的作家,自然一面拥有大众,一面又把真实犀利地显示个清楚。次一等的人便有些捉襟见肘,招架不来,写成经得演经不得读的东西。不过,万一因才有所限,二者不得兼顾,我希望还是想想中国目前话剧事业,写一些经得起演的东西,先造出普遍酷爱戏剧的空气。我们虽然愚昧,但我相信我们的子孙会生出天才的。

如若这可以说是我的自白,我的辩解,那么我就得感谢大家已经纵容我饶舌这许久了。我并不想再在这里哓哓不休;但我应该趁着这机会表白一点感激的心情。

我读了《大公报》文艺栏对于《日出》的集体批评,我想坦白地说几句话。一个作者自然喜欢别人称赞他的文章,可是他也并不一定就害怕人家责难他的作品。事实上最使一个作者(尤其是一个年青的作者)痛心的还是自己的文章投在水里,任它浮游四海,没有人来理睬。这事实最伤害一个作者的自尊心,侥幸遇见了一位好心的编辑,怕冷淡一个年青作者的热诚,请许多前辈出来说话,让《日出》也占一点阳光,更幸运地有这些先生肯为着这一本孤窳不堪的作品耗费他们的精神,这已经够使一个年青人感动的了。读了这些批评文章,使我惊异而感佩的,是每篇文章的公允与诚挚,除了我一两位最好的友人给我无限的鼓励和兄弟般偏爱之外,我知道每篇文章几乎同样地燃烧着一副体贴的心肠,字里行间我觉出他们拿笔的时候是怎样担心一个字下重了,一句话说狠了,会刺痛一个年青人的情感,又怕过分纵容,会忽略应给与作者的指示。这是一座用同情和公正搭成的桥梁,作者不由得伸出一双手,接收通过来的教导。我感谢前面给与我教益的孟实先生,我也感谢茅盾,(叶)圣陶,沈从文,黎烈文,荒煤,李蕤,谢迪克(注三)①,李广田,李影心,杨刚,陈蓝,王朔先生们,他们有的意存鼓励,有的好心指正,都给我无限的兴奋与愉快。

① “注三:李蕤先生责我对日出的人物都有些‘过分的护短,即使是鞭打,无意也是重起轻落,纵放他们躲入无罪中去。’我赞美他的深刻和锐利。《日出》里这些坏蛋,我深深地憎恶他们,却又不自知地怜悯他们的那许多聪明(如李石清,潘月亭之类)。奇怪的是这两种情绪并行不悖,憎恨的情绪愈高,怜悯他们的心也愈重,究竟他们玩弄人,还是为人所玩弄呢?写起来,无意中便流露出这种偏袒的态度。目前的社会固然是黑暗,人心却未必今不若古,堕落到若何田地,症结还归在整个制度的腐败,想到这一点,不知不觉又为他们做一些曲宥,轻轻地又描淡了他们的责咎。”——作者原注。

谢迪克先生以一个异邦人那样细心体会这个剧本，并且那样周密而犀利地发挥他的意见，非常使人感佩。他很爽直地提到剧本长，出场繁，对话也多，这些地方都不是没有原由，而说起剧本犯了“重描”(over emphasis)的毛病，我想也颇有道理。我想起写《雷雨》，为着藤萝架走了电，我描述了四遍，原因是怕我们的观众在锣鼓喧天的旧戏场里，吃瓜子，喝龙井，谈闲天的习性还没有大改，注意力浮散，忘性太大，于是不得已地说了一遍再说一遍。在《日出》恐怕也犯了这种涂而又涂的病，弄不到恰好。

荒煤先生说我只“突击了现象”而忘了应该突击的“现实”，所以印象模糊，读完之后还有些茫然。透过“现象”来读“现实”，本来是很难的事，不过我不十分明白所指“现实”究竟是怎么讲？以我的揣测，那“现实”也许可以用“损不足以奉有余”这句话点出，因为这本戏里一切现象都归根于这句话里。如若说到“现实”是指造成这本戏的原因，那么《日出》这种悲剧的原因果若能由一个剧作者找出来，说出究竟，那未免视一个写戏的人的本领太高了。固然这样的戏有时可以道出个制成剧中所指现象的原因，而有时在各种实际钳制下，也只能描摹由于某种原推演下来的“现象”。果若读完了《日出》，有人肯愤然地疑问一下：为什么有许多人要过这样“鬼”似的生活呢？难道这世界必须这样维持下去么？什么原因造成这不公平的禽兽世界？是不是这局面应该改造或者根本推翻呢？如果真地有人肯这样问两次，那已经是超过了一个作者的奢望了。

(原载《大公报·文艺》第304期1937年2月28日)

从《雷雨》到《日出》

苏　茹

胡四，黄省三，以及其余，虽只是日出以前的一些黑影子；但是在这里，我们还听得见那由远而近的“杭育”声音，还有那“准备跟金八打交待”的傻子。作者自己觉得：更喜欢《日出》。这也许就是理由吧！看完《雷雨》，我们受了许多原始的刺激，感到一些不愉快的印象，而所得的人生结论，只是罪恶，混乱，空虚。看戏的人，往往是因为不满意于现实，故而去到剧场，看舞台上表演超现实的幻境，梦境，从那里得到一点半点的安慰，升华。所以戏剧里能动人的，往往是那情感成分，而不是理智成分。在火坑里的翠喜，还有眼泪可流。自救不暇的陈白露，还要伸一只手，去拖那小东西。至于潘月亭，身败名裂，还不忘记叫人带话给白露，叫她“好好保重，爱护自己。”这不是无谓的神经作用。人类是需要同情的。高斯委斯①的大名，不能离开英伦而成为世界的剧家，就因为他的戏剧，大都太印版画，太机械化，缺乏一点热。

说到《雷雨》本身，作者也自称：“有些太像戏了。”我们且不提那种种的斗笋，偶合，种种作者所谓的“招数”。那第九个角色，也许是最容易，最方便的出脱方法。然而，在这个年头，因赌咒而触电，不能不说是带点闹剧味儿；至于那太好心眼而做了池鱼的周冲，更不必说了。写这种好像不平凡，然而实在很平凡的人生戏剧，譬如说乱伦；奥尼尔也写过那篇《依女带丧记》。自然的结束，不是更显出悲剧中的悲剧成分吗？运用那神秘的“命运”，只能作为一种背景，象征，衬托；直接构成戏的成分，或者喧宾夺主，使观众的注意力，误了方向，似乎还显得有点不够罢！

再说那次要的“招数”罢。蘩漪与周萍的恋爱，在什么环境之下发生的？有绝对的必须吗？从朴园现在的性情与行为，观众也许可以构想他从前同蘩漪的情况。然而这里头缺少一点解释与联络。至于周萍爱上后母，究竟是什么动机呢？假使纯粹是性欲，那么这本戏根本就没了价值。如其是那潜意识的父子争爱，或子为母报仇的作用，则全剧漏掉暗示。只能说是起原（源）于同情吧。然而他改爱第二个女人，同时对于头一个女人，还没有妥善的赎罪办法；这也是不合逻辑而且难以了解的。作者或者要说：就因为这一对非法的恋人，谁也不肯让步；意志的斗争，到了沸点，以致全军覆没。作者很懂得人生的阴阳面，同色情的力量。然而作者似乎还没有完全抓住那宇宙间好生的本能。意志冲突的发生，

① John Galsworthy，今译为约翰·高尔斯华绥，英国作家。

必定是根于不可避免，与逸出人物支配力量之外。周家丑史，一幕幕的展开在观众眼前；然而我们始终看不到，何以周萍必须要爱上四凤，又必须要逃避？已到没有妥协地步了吗？这以后的周萍，同以前的周萍，是相符合的吗？在周萍同蘩漪之间，当初是怎么好过来的；如今又何以相隔千里？蘩漪的儿子，都长了这么大，她对她的生活，又何以这样的看不开？作者固然是要极力刻画出两个女人，都被两代欺负了，（四凤不过是侍萍的影子。）只是在只顾编戏的当口，竟然留下许多脱节的地方，使得观众，对于戏中人物的行为，缺少那应有的辩证，这许是一部分观众所引为惊异的吧！

至于《日出》，作者好像是想学点契可夫①，又像是受了电影《大饭店》的暗示。在这里，他自己亦知道又太少些“戏”了，又怕低能的中国读众与观众，不懂他的个中三昧，故而在另一个机会，大大的发表一篇，表面谦虚，实际扬扬自得的言论。实在呢，在这里，他描写了几个不完全，而在戏的生活上，又缺乏那不可免的关系性的人物。他用了些似乎很现实，似乎很聪明的笔调。我们最不能了解的，上海滩上，像陈白露这种女人，多的是，背上几千块钱债，算什么？她们就非要自杀不可？而且，活了若干年，经过了若干风波的陈白露，如柳絮随风颠狂般的陈白露，奇怪，倒忽然间大超脱起来了。是殉小东西？是方达生的烟士批里纯②？是潘经理给的刺激？

然而，在《日出》，诚如我们开头所说的，作者还含蓄着点东西。那第三幕，尤其表现作者笔下蕴藏的力量。道学者可别认为这是不可为教。记得法国的加利，曾作过一个动人的剧本，叫做《玛雅》，即以生活的这一幕，作为主题。艺术的欣赏，当然可以超度一切的。至于《雷雨》，我们的易卜生（好像大家都这样称呼我们这青年的作家）设定了一个戏，第一幕还没上台，戏情已演到焦点；于是费了数小时的功夫，去找到一个不解决的解决。单靠观众的低级趣味，与本能意识，来感觉，捧场，恐怕不是一个有前途的作家，所应抱的态度吧！人生充满了有价值，有趣味的材料呢。

三月十二日，上海。

（原载《宇宙风》1937 年第 40 期）

① 今译契诃夫，俄国剧作家——编者注。

② Inspiration，灵感——编者注。

杂谈《日出》

李得贤

剧本的在中国文坛上走红运，放异彩，被大家看重，是近年来的事。而我的读剧本，对它发生兴趣，更是近年来的事。所以对于五四时代诸作家的作品，可以说是读过的很少。不过据一般文化界人士的论调，已往的作品，都可以列入开创的方面，很少有成功的杰作，虽然过去如洪深，田汉，郭沫若诸先生，都有过有力的作品。一直到近两来年，便有一个青年作者，以崭新的姿态，出现在剧坛上，打破了这几年沉闷的空气，那就是曹禺氏轰动一时的《雷雨》。这个剧本一出，无论中外，都承认它是一部力作。并且经中国戏剧学会的上演，获得不少的佳评。但是说起来惭愧得很，这个剧本，我自己没有读过。上演的时候，虽然逢到了机会，而因有别的事情，便失之交臂，我至今还认为是一件憾事呢！可是话要说回来，过去的虽然是无可补偿，而现在的我却把它再没有放过，而细心的体味了一下。这个剧本，便是曹禺氏第二部剧情比《雷雨》更曲折，事实比《雷雨》更复杂，情绪比《雷雨》更紧张，描写比《雷雨》更深刻的名作《日出》。这本悲剧，分四幕剧情确实是很复杂生动；是一个大旅馆的华丽休息室，现着畸形的现代化的布置，使人看了怪生硬的。那里面有社会上各种面目的人，都在那里为性所诱惑作肉的享乐。主角陈白露（剧本作陈露露），为生活的狭笼锁住，在那间休息室里，受那些魔鬼们的玩弄，她的心灵是如何的悲哀呀！方达生是一个憧憬着光明的人，他憎恶这丑恶的社会，他有刚健的灵魂。他想感化陈白露，劝她不要和些不三不四的人鬼混，而跟她（他）走。但是陈白露偏不肯，留他在那里开开眼界，他那一腔的热情，不用说是如轻烟般的消逝了。他在那里看到了这世界的颠覆者金八的势力，和他的爪牙们，他看见了天真无辜的可怜虫小东西，醉生梦死浅薄得可怜的张乔治，失业的书记黄省三，俗不可奈（耐）的顾八奶奶和胡四，资本家大丰洋行经理潘月亭，以及再可怜不过的失败者李石清。这些在黑暗中可怜的动物，都被他认为是鬼，而不是人。第三幕中展开了人生罪恶的又一面，是一个北方的下等娼妓所，那可怜的翠喜，和小东西，便在这里为人们糟蹋着她们的灵魂！那里有小贩，有讨吃的，有……凄凉得很够味，可怜的小东西，便在那惨酷的恶魔手中，消失了她的生命！陈白露以她的美丽的丰姿，活泼的性情，慷慨的态度，伟大的同情，不能够自拔于这苦海，只是羡慕着自由，希望有光明的一日来到。但是到了她唯一的摇钱树潘月亭受了金钱势力的播弄，而公债票卖失败了的时候，她的末日便降临了！她在那阳光耀眼，工人们正唱着雄壮的歌声时，便食了安眠药喊着“太阳不是我们的，我们要睡了”的哀语，而安睡了。当方达生刚开门探望的时候，她的芳魂，已悄悄的离开了这污浊的世界了！这就是我们现在所处的世界啊！作者毫不隐饰地活生生地描了出来，或许有人以为作者是太残忍了，但事实确是这样，他有什么办法呢？他这个剧本，铺陈现实生活中最度的骄奢与淫靡，说明人与人间的残忍，暴露人类的虚伪贪婪，刻画出人情的冷暖。在在都使人慨叹！所以我敢说它是现在社会的照妖镜，是对剥削和投机分子的大讽刺，大攻击。它有很多地方很可以媲美易卜生，而和他的名作并光的。这是我在读《日出》后的感想。至于这点感想的对不对，那当然是另一问题了。以下再来谈谈《日出》上演的情形。

一个很好的作品，把它搬到舞台上，也能发生同样的效力，当然是要看演员的技术，所以一个很好的剧本，一定要由最好的演员来搬演，才能表现出最好的成绩。有人把剧本比做一副锦绣无比的鞍子，而将演员比做马，我想实在是很恰当的，戏剧学会这一次在世界大戏院公演《日出》，对于演员的选择，很能够满人意，至少他们把程度提到水准以上的。导演是马彦祥，大家都知道他是提倡话剧运动最有历史的人，用不着我求介绍。但是他在这一次公演中，以导演姿态而出现于舞台上，（饰胡四），他那种表情，举止，实足的表出一个不三不四的典型人物，而他那满口京腔的自弹自唱，尤博得不少观众的热烈欢迎。饰陈白露的是威莉女士，听说是一个新人，但他演出的成绩，谁也不能看出她是一个缺少舞台经验的人。她那种浪漫的态度，流利的语言，热烈的情感，敏捷的动作，忧郁的心灵，实足的能够刻画出一切为社会所压迫的可怜的女性的性情。舞台上最难的是表出各个角色的性情，这一点，我可以说，她是得到成功的。她能够把握住观众的心灵，能够深深的感动观众，她是在这点上是不负作者的期望的。所以我不敢因她是新人而轻视她的。饰方达生的仇良燧，固然没有什么批评，不过我觉得他再带点痴情，更加精彩。饰潘月亭的思齐和饰李石清的戴淮，两个人都是一举一动，稳如泰山的人，所以他俩人的表演，不但是演得维妙维肖，而且很能以稳健见长的。翠喜是在全剧中最有严肃的意义，所以饰演此角色的郑揖梅女士，也很卖力，给大家一个深刻的印象，而她的那一口流利的北平话，尤流脆流利。其他如饰顾八奶奶的茅华女士，饰张乔治的蓝度及饰小东西的真茹，虽然不是怎样最出色的，但也都有相当的成功，还有一个金八，虽然没有出台，但如他那样操纵社会金融的人，若多在一天社会便有一天不安宁的。其他如布置环境，灯光配合等，也很适合，觉得没有什么大疵可寻。

天生来有点善感的我，每看了一篇可歌可泣的小说或剧本后，总觉得有几天心上不好过。这次也不例外，我对陈白露的受社会压迫而死及方达生的救陈白露无成，救小东西又不成的可怜的失败，深深的感到一种莫名的悲哀！因此信笔的把它记了下来，到将来也是一个很好的回忆呢。

一九三七.三.十九夜

（原载《蒙藏学校校刊》1937 年第 18 期）

论《雷雨》和《日出》

——并对黄芝冈先生的批评的批评

周　扬

我读过《雷雨》和《日出》，也看过《雷雨》的上演，对这两个剧本，在我的心中一直保持着相当高的评价。所以当读到了黄芝冈先生的《从〈雷雨〉到〈日出〉》的时候，我感到了不平，觉得这批评实在太不公允。细想起来，这还不只是公不公允的问题，而也是一个批评上危险倾向的问题。这倾向，也可叫它公式主义吧，主要地是表现在对于作家的态度的粗率上，对于文艺的特殊性，以及文学和现实之关系的朴素而不正确的理解上。黄芝冈先生的批评的态度，他对于文学的见解，都表现出了这样的倾向。为保证文学批评的健全的发展和信用，这种似是而非的文艺批评，我们不应当让它毫不受到指摘地在读者中间走过。因为它是真的文艺批评的建立的一个重大的障害。

批评的目的与其说是揭露作品中的缺点，更毋宁说是阐发作品之积极的意义。批评应当只在很少的时候是攻击。卢纳察尔斯基说："批评家无论当怎样的时际，都不应当以为某一作家或某一作品，例如，是代表着小市民的现象的，结果便将那作品一脚踢开。往往虽然如此，也应该由它引出大的利益来。"

《雷雨》和《日出》无论是在形式技巧上，在主题内容上，都是优秀的作品，它们具有反封建反资本主义的意义。用一脚踢开的态度对待这样的作品，无疑地是一个错误。黄芝冈先生站在前进的立场，把这两个剧本说得一钱不值，这使我们不得不抗议。自然，对于曹禺这样一个正受人赞赏的作家，捧场，是不但无益，而且有害的。但是批评也不是作翻案文章，它需要的是说直话。黄芝冈先生的文章却除了吹毛求疵再没有别的甚么，而他的目的就无非是要判定这两个剧本是在宣传"正式结婚至上主义"。这样的评语算得公允吗？这，如果不是由于色盲，就是出于"毒舌"！真实和诚恳，在这里是不存在的。诚实——对于批评家是和对于作家一样地重要。在写出精良坚实的批评文章之前，我要求我们的批评家先要有诚恳的态度。

黄芝冈先生非难作者，说他的人物为甚么那样鬼气森森，他们为甚么不起来反抗旧势力，为新生活而奋斗，骤听起来，这也"言之成理"，但是黄先生忘记了：他是在写文艺批评，成为他的批评之直接对象的不是社会现象，而是社会现象之艺术的反映。读黄先生的文章，如果没有看《从〈雷雨〉到〈日出〉》这个题目，我真要疑心他写的是一篇社会批评：仿佛他从报纸上读到了两则关于家庭惨案和交际花服毒自杀的新闻，于是拿起笔来，他对这两个社会事件大加抨击，说这都是家庭的不良，社会的罪恶，说青年人"即算做了错事，也要有力量克服那些错误"，不要"抱定些小的过失，轻视伟大的前途"，要"突破一种生活再开始新的生活”。当作社会批评，这些话句句我们都能同意，但是文艺批评就不能这么简单了。如果把文艺比做一面镜子，那末，人不能因为照出了丑恶的东西，便把过错推在镜子上。要作家只写光明，不写黑暗，只写前进，不写落后，这种公式主义的批评现在早已过去。黄先生不应该再来重复这样的错误。

批评家没有理由反对作家描写社会中的黑暗的消极的现象，他所要检阅的只是被描写的现象反映了现实的哪些侧面，反映得真实到甚么程度，如果还不够真实，那就要指出是怎样主观的偏见妨碍了作者——这才是批评的主要的任务。

一个作家，如果真实地反映了现实，那末他对于现实的否定的侧面就一定会给以批判。我们并不反对作品中有倾向性，而只主张倾向性应该“从情势和事件中自行流衍出来”（恩格斯语），作者所要表现的思想不要带着主观说教的性质。黄芝冈先生说缺失既属于社会制度自身，作者就应当对青年高呼着：“缺失是属于社会制度的，青年人是没有罪的。”我不知道黄先生的意思是不是一定要叫作者亲自出来说话？如果不是，那末，我想，当看到像周冲四凤这样无辜的生命横遭摧折的时候，有心的观众一定会叫出“缺失是社会制度的，不是青年人的”吧。自然，这也可以在观众心中引起全然别样的印象，那就是作者的多少是宿命论的观点会无形地移入观众的脑子，他们会把一切不幸都归因于命运。但是这缺陷是在作者的观点，而不在他的方法，而且要完全克服这个缺陷，也唯有把客观的现实主义的方法，即是，和黄芝冈先生所主张的正相反的方法，贯彻到底。曹禺的成功，不管它的大小，正是现实主义的成功。

在民族解放斗争急切要求文学上的表现的时候，迅速地反映这个斗争的作品，不论是一篇速写，一篇通信，一首政治诗，一篇尖锐的政论，都是很好的国防文学，是我们所需要的。但是如果有一个作家，他和实际斗争保持着距离，却有他的巨大的才能，卓拔的技巧，对于现实也并没有逃避，他用自己的方式去接近了它，把握了它，在他对现实的忠实的描写中，达到了有利于革命的结论。这样的作家，我们难道不应当拍手欢迎吗？

对于《雷雨》和《日出》的成功，我们应当庆幸，我们应当指出作者现实主义的长处和弱点，以及横在他面前的困难。

我同意张庚先生的说法：《雷雨》的最成功的一面是人物。作者对于自己的人物非常熟悉，非常亲切（他说他算不清亲眼看见过了多少蘩漪）。他带着爱和感激描写他们，他同情于他们的遭际，他觉得这世界太“冷酷”，太“残忍”。对人物的悲悯的感情化成了对于周围世界的按捺不住的愤懑。这种愤懑正是对于人类一切苦难的根源斗争的发条。一个有理智的人总不能够长久地坚牢地相信，苦难的制造者是神秘的命运。所以“本来没有意识着要匡正，讽刺或攻击些甚么”的他，写到末了，也不得不“毁谤着中国的家庭和社会的罪恶”。

对人物描写的忠实，使作者不愿为他们所负不起的过失而贬谪他们。他仅仅把他们安放在一个阴森森的家庭环境里，那环境好像铁箍一样箍住他们，使他们在里面盲目地行动着，煎熬着，挣扎着，一直到死亡。他也赋予了他们以“美丽的心灵”、“火炽的情热”，他们也曾想冲破一切桎梏，但是结果是徒劳。黄先生说作者让有人性的人就这样毁灭，好像

太不公平，但这不公平我们不能怪作者。在宗法礼教的家庭里，有人性的人很不容易活下去，这原是很自然的事，而且在剧情上讲，他们的死亡，和整个悲剧的阴郁的氛围气也正十分调和。

要作品中的人物起来反抗，当然是很好的事，但先要看看他们有没有这样的力量，先要看看这些人物是怎样的性格，“环绕他们，使他们行动”的是怎样的环境。

周萍，据作者说是属于和周朴园相反的性格，但我的看法，却以为他的血管里正流着他父亲的血统，他的性格里也有封建的性质。他对于父亲，对于家庭的虔敬的态度，从他和他的后母蘩漪的下面一段激情的对话中可以看出来：

萍　我认为你用的这些字眼，简直可怕。这种字句不是在父亲这样——这样体面的家庭里说的。

蘩　父亲，父亲，你撇开你的父亲吧！体面？你也说体面？我在这样的体面家庭已经十八年啦。周家家庭里所出的罪恶，我听过，我见过，我做过。我始终不是你们周家的人。我做的事，我自己负责任。不像你们的祖父，叔祖，同你们的好父亲，偷偷做出许多可怕的事情，祸移在别人身上，外面还是一副道德面孔，慈善家，社会上的好人物。

萍　蘩漪，大家庭自然免不了不良分子，不过我们这一支，除了我……

蘩　都一样，你父亲是第一个伪君子，他从前就引诱过一个良家的姑娘。

萍　你不要乱说话。

蘩　你既然知道这家庭可以闷死人，你怎么肯一个人走，把我放在家里？

萍　你没有权利说这种话，你是冲弟弟的母亲。

蘩　我不是！我不是！自从我把我的性命，名誉，交给你，我什么都不顾了。我不是他的母亲，我也不是周朴园的妻子。

萍　如果你以为你不是父亲的妻子，我自己还承认，我是我父亲的儿子。

蘩　这么说，你到底是你父亲的儿子。父亲的儿子？父亲的儿子！哼，都是些没有用，胆小怕事，不值得人为他牺牲的东西！我恨着我早没有知道你！

蘩漪在《雷雨》中是一个最有斗争性的——即作者所谓最“雷雨的”——性格，人应当把较多的同情给与她。但她究竟还是一个中国的“旧式女人”，有她的纤弱的一面。只要有周萍的爱，这“闷死人”的屋子也会使她留恋，她会安于虚伪和欺骗的不自然的关系里。她的儿子周冲还是一个小孩，还没有和社会接触，他是最纯洁的，也是最脆弱的. 他禁不起现实的一点打击。

作者是谨慎的，他没有把缺失加在他的人物身上，同时，他们所不能有的力量，他也一分都没有付与他们。他知道“反封建的大旗”不是他们的手所能举起来的。他们虽然有“美丽的心灵”，有“火炽的情热”，但是单靠这些，还不能够和封建势力相抗。这里需要自觉的，经过深思熟虑的，有明确纲领的斗争。

无论是蘩漪，是周萍，是周冲，都没有这样的斗争的力量。他们都是在封建家庭生长，养育出来的。他们本身就是封建家庭的构成部分。所以他们的死亡一方面暴露了封建家庭制度的残酷和罪恶，同时也正呈现了这个制度自身的破绽和危机。在这里我不知道黄芝冈先生从甚么地方看出来旧势力的绝对稳固？代表旧势力的周朴园在第四幕所说的一段话是很有意义的：

> 有些事简直是想不到的。天意很——有点古怪：今天一天叫我忽然悟到为人太——太冒险，太——太荒唐：我累得很。今天大概是过去了。我想以后——不该，再有什么风波。不，不该！

一个老人在雷雨的深夜里感到了自己所认为"最圆满，最有秩序"的家庭发生了天大的裂痕的时候，不论是一个怎样敢作敢为的人，也一定会感到衰老寂寞吧。这种感情正是对于自己的危机的预感。

作者看出了大家庭的罪恶和危机，对家庭中的封建势力提出了抗议，一个沉痛的，有良心的，但却是消极的抗议。在这个对现实的反抗中，他看不出实践的出口。他觉得宇宙"如同一口残酷的井，落在里面，怎样呼号也难逃这黑暗的坑"。他的现实主义在这里停了步，没有贯彻下去。正由于这个现实主义的不彻底，不充分，所以他的宿命论的倾向没有能够被击碎。如果说反封建制度是这剧本的主题，那末宿命论就成了它的 Sub-Text（潜在主题），对于一般观众的原和命定思想有些血缘的朴素的头脑会发生极有害的影响，这大大地降低了《雷雨》这个剧本的思想的意义。

从"五四"以来的反封建家庭的主题，到现在还是一个新的主题，那就是因为封建势力到现在还在中国占着优势。帝国主义扶植它，使它欧化，又使它守旧。只有千千万万下层人民的革命，才能够最终地把它和它的支持者帝国主义一同推翻。

周朴园在家庭里是一个顽迷专制的家长，在生产关系上又是一个懂得榨取，压迫，和欺骗工人的方法的，口里衔着雪茄烟的资本家。他的社会基础一天不动摇，他在家庭的地位也一天不会改变。能够动摇这个基础，彻底毁坏封建势力，把人性解放出来的就只有下层人民。这里作者也描入了劳资的争执，引进了大海这样一个现代工人。可惜在这个人物上作者是完全失败了，他把他写成那么粗暴、横蛮，那么不近人情，使他成了一个极不真实的，僵冷的形象。这样说，我并不是主张把大海写成一个大英雄，把周朴园一下子打倒。他在这里是不够完成这样的任务的。我的意思只是，第一，作者应当把他描写成不单在名义上，而也在性格甚至血统上都是工人的代表。第二，他和周朴园的矛盾应当在社会层的冲突上去发展，而不应当像作者所做的那样，把兴味完全集中在奇妙的亲子的关系上。这里应当是两种社会势力的相搏，而不是血统上的纠缠。假如作者没有把大海描成这么一个完全不像工人，而且和工人脱离的人物，没有把罢工写成这么容易解决，而把家庭的破裂在社会斗争（罢工）的背景下开展，把两种矛盾交集在周朴园身上，假如这样，这个老人对于自己的危机的预感就会来得更加明显，更加尖锐，而他的悲剧就会带着更加深刻的社会的性质吧。这样，作者就不至把观众引入古代的命运去，而会向他们展示出一个旧势力的必然的崩溃的历史的远景。

作者没有能够这样做。他只把观众移到另一种境界去，他要使观众看着《雷雨》好像小孩们听"Once upon a time"的甚么神怪离奇的故事，所以他用"序幕"和"尾声"把《雷雨》

的时间搬到了十年以前。在“序幕”和“尾声”里出现的少年男女，用好奇的不理解的眼睛凝视着老年的一代，和他们的命运。这一方面固然证明了青年人死完的担忧是一种过虑，但是另一方面老年的周朴园却也还是健在，我不是说肉体的他，而是作为社会层的存在。鲁大海没有下落了，矿山上大概还是平静无事。罪恶的根源并没有消灭，同样的罪恶还会在其他许多周朴园们的家庭里重演。与其把这件靠恶推到时间上非常辽远的处所，将观众的情绪引入一种宽弛的平静的境界，不如让观众被就在眼前的这件罪恶所惊吓，而不由自主地叫出：“来一次震撼一切的雷雨吧！”

如果说在《雷雨》中作者对于现实还抱着宿命论的观点，那末到写《日出》时，作者对于客观社会已有了进一步的认识。他认清了“损不足以奉有余”的社会形态——人剥削人的制度。他已开始意识地“诅咒四周的不公平”，对荒淫无耻的人们泄着愤懑，把希望寄托在象征光明的人们身上，而不再有对于隐秘不可知的事物的憧憬和恐惧，那种悲天悯人的思想了。他创作的视线已从家庭伸展到了社会。他企图把一个半殖民地金融资本主义制度下的脓疮社会绘在他的画布上。所以《日出》无论是在作者的企图上，在题材的范围上，都是一个进步。这进步决不如黄芝冈先生所说，只是比《雷雨》少了许多偶偶然的地方。

自然，从现实的认识到艺术的表现，这里需要一个过程。一个作家，他的认识扩大了、发展了，而新的困难也跟着来了，就是：对于他所新接近的现实他还要获得把它组织成高度的艺术形式的充分的能力。我们在对作品的评价之际，就不但只要分析作者的企图，而且还要看那企图是怎样地被实现着。如果和作者的企图相比，《日出》的成功是还不能使我们十分满足的。

在《雷雨》中所表现的对人物描写的独特的手法，在《日出》里也保持着。这里的人物是更多样的，复杂的，每个人物有他们各自不同的独特的容貌。但除了方达生在外，他们都有一个共同点：他们都是沦落在都市腐烂生活的旋涡里的人，这种生活使他们堕落，使他们污恶，使他们服服贴贴做金钱的奴隶。较之主人公的陈白露和方达生，给了我更难忘的印象的是李石清、顾八奶奶、胡四、王福升，这几个人物的形象。尤其是李石清，他是一个在金钱社会里拼死不顾往上爬的典型人物。他的话语说出了关于有钱人所支配的世界的赤裸的真实：

你难道看不出我自己总觉得我是一个穷汉子吗？我恨，我恨我自己为什么没有一个好父亲，生来就有钱，叫我少低头，少受气吗？我不比他们坏，这帮东西，你是知道的，并不比我好，没有脑筋，没有胆量，没有一点心肝，他们跟我不同的地方是他们生来有钱，有地位，我生来没钱没地位就是了。我告诉你，这个社会没有公理，没有平等。什么道德，服务，那是他们骗人。你按部就班地干，做到老也是穷死。只有大胆地破釜沉舟地跟他们拼，还许有翻身的那一天！

《日出》里的人物几乎全都是这个金钱社会里的附属物或是渣滓。以陈白露作线索，把一些可能附着在她身边的人物牵引在一起，他们是散漫的零乱的一群，可以把他们拉在一起，也可以把他们分开来。他们没有被某一主题的事件或一个主题的线所紧密地联系着。他们在金钱支配的世界里，七零八落，互相冲突，各自营着各自的生活。作者并没有照出社会层的斗争地去描写他们。如果作者的兴味不只是“一两段情节，几个人物”，而要企图描写一个整个的社会形态的话，那他的这个企图不能不说是并没有很好地完成。他关于这个社会形态，并没有给与一幅统一的图画，只绘成了一些鲜明的斑点。这点，作者自己也意识到了，他把这比做“一种用色点点成光影明暗的后期印象派图画”。他认为这是他在创作上试探一次新路，并且这样地解释着说：我决心舍弃《雷雨》中所用的结构，不再集中于几个人身上。我想用片段的方法写起《日出》用多少人生的零碎来阐明一个观念。如若中间有一点我们所谓的“结构”，那“结构”的联系正是那个基本的观念，即第一段引文内“人之道损不足以奉有余”。所谓“结构统一”也就藏在这一句话里。

我疑心这是一条新路。作者不满意自己在《雷雨》中所用的“太像戏”的结构，这点我也同感；但是我总觉得：《雷雨》是以家庭为题材，它的人物又是作者所极熟悉的，所以他处理起来比较容易，在《日出》就不同了，这是写一个整个社会，包罗了多样的人物和事件，对于它们，作者还有些隔膜，所以在处理它们的时候他还不能够操纵自如。作者说，他为《日出》全部材料的收集，受了不少的苦难。这努力是值得尊重的。但是我恐怕他还只是收集了这些材料，整理了，剪接了它们，还没有能够把它们综合，构成一个有机的整体。所以他现在还只能用片段的方法，人生的零碎去阐明一个观念，而这个方法决不是艺术的大路。艺术作品的主题是人物和事件的综合，如果这个综合是偶然的或是勉强的，如果艺术作品分裂成了各各单独的插话，如果里面没有一种浑然一致，那艺术作品的价值就会遭到损失。因为真正的精炼的艺术总是有明确的主题的。

要把结构的统一藏在“损不足以奉有余”那个基本的观念里，作者就必须使观众觉得出那个观念，要达到这个目的，对于那个观念，作者自己就不但要觉出过，而且还要仔细思索过、研究过，有艺术地去处理它的能力。这不只是“写一篇长序”，或“在戏里卖弄自己独到的见地”而已。

历史舞台上互相冲突的两种主要的力量在《日出》里面没有登场。代表可怕的黑暗势力的金八，作者故意叫他不露面，令他无影无踪，却时时操纵场面上的人物；至于那些劳作的人们，那拥有光明和生机的，作者告诉我们是因为环境上的不允许，只好忍痛将他们硬塞在背后，当做陪衬。因此作者给我们的就只是幕外打地基的小工们的“哼哼”声，和为补救这缺陷而附在前面的八段引文。

对于隐在幕后的这两种社会势力，作者的理解和表现它们的能力，还没有到使人相信的程度。金八留在我们脑里的只是一个淡淡的影子，我们看不出他的作为操纵市场的金融资本家的特色，而且他的后面似乎还缺少一件东西——帝国主义。对于劳作的人们，作者虽然把希望放在他们身上，但当我听到方达生听了外面小工唱歌时，说“他们真快活！你看他们满脸的汗，唱的那么高兴”的时候，我真担心这也是作者自己的态度。

这两种隐在幕后的力量，相互之间没有关系。金八还在幕后操纵剧中人物；至于那些小工们，就和旅馆中人毫无关系。他们只被当做一种陪衬，一种背景。在旅馆内是互相倾轧，互相残杀，腐烂和死亡。外面是：“大生命浩浩荡荡向前推进，洋洋溢溢地充塞了宇宙”的声音。两者中间没有有机的关联，没有新陈代谢的辩证法。这可以在观众心中引起一

种错误的幻想：腐烂的自会腐烂，光明自会到来。实际上，当做一个社会群的腐烂的人们，不管腐烂到怎样程度，假如不遭到外力的打击，是永远不会自己死亡。一个潘经理走掉了，一个白露自杀了，第二个潘经理、第二个白露，就会来占住他们所空下来的房间，如我们在《大饭店》中所看到的一样。同时，象征光明的人们，现在还在黑暗中，不经过对黑暗的艰难的斗争，光明便永远也不能实现。要正确地表现这“损不足以奉有余”的社会形态，对于这社会中的两种主要力量的冲突之历史的解决，至少也要有一个不至使观众模糊的明确的暗示。这里并不需要褴褛的小工跑到这富丽的旅馆。孟实先生说作者应当把方达生的性格写得比较聪明活泼些，比较伟大些，他对福升所鄙弃的提夯杵唱夯歌的劳动阶级不仅只有一种书生的同情，应该还有一种有组织有计划的关联，这就是一个很可宝贵的意见。

《日出》的结尾，虽是乐观的，但却是一个廉价的乐观。他关于“损不足以奉有余”的社会，只说出了部分的真实，他向黑暗势力叫出了：“你们的末日到了！”而对于象征光明的人们的希望也还只是一种漠然的希望，他还没有充分地把握：只有站在历史法则上而经过革命，这个“损不足以奉有余”的社会才能根本改变。

（原载《光明》1937 年第 2 卷第 8 期）

读《日出》

华苑贞

"太阳出来了,黑暗留在后面。太阳不是我们的,我们要睡了。"

《日出》是一出讽刺剧,虽然动作与言语表面上看来颇有滑稽意味,但实际上却使读者在回味中感到一种哭笑不得的忧伤。

《日出》的题材并不出奇,是现代都市中常见的现象。人物如投机失败的潘月亭,死要场面的李石清,在罪恶的境遇中自得其乐的顾八奶奶,清醒着而无力反抗的陈白露……都是读者早已厌腻了的。所可钦佩者是曹禺先生描写的笔。厌腻的人物在曹先生笔下提起了读者已灰了的惊觉。言语之精练,动作之妥善,更是恰到好处。

曹禺先生的《雷雨》不论在书本上与舞台上,都已成了脍炙人口的伟大著作,这一本《日出》,我认为是更进一步的收获,希望未看过的同学们抽出些时光来一读。

(原载《国光》1937 年第 6 期)

从《雷雨》说到《日出》

徐运元

《雷雨》终于只是一个兴味剧(Melodrama),而不是悲剧(Tragedy)。剧中人蘩漪,周冲,侍萍(鲁妈),鲁大海,都不是社会里常见到的典型人物。换言之,蘩漪只是蘩漪,周冲只是周冲。

一个稍带社会性的人,稍微懂得一点人情世故的人,决不敢放纵所谓“人类原始的或者野蛮的情绪”。再说“压迫愈甚,反抗愈力”,也只是字面上的真理;社会里决没有按照比例,长期反抗的故事存在。社会里只有毕生当奴隶的人们;只有机会一来,翻过身来,不再做奴隶的人们;委实没有按照比例,长期反抗的奴隶。因此像蘩漪,鲁大海,那两种个性的人,都是不可多得的。真像是社会以外的人物。这几幕戏,也好像是几个人在社会圈外摈出的故事。换句话说,《雷雨》只是“戏”。

蘩漪和鲁大海,他们脑里只要有个人类社会的影子,也绝不会那么泼辣得可爱;也决不会毫不抑制所谓“人类原始的或者野蛮的情绪”。

青年人多半好空想,但决没有生存在空想中的人。要有,除非是《雷雨》里的周冲。

鲁妈需要一个能自给的职业,但不限一定要离开爱女到老远去当一个学校的女工。不是教书,不是做官,鲁妈不应该有远游谋生的排场,他为了爱女,不需要火车来火车去地到远方去。无论怎么解释,她至少也是个不可多得的乖癖人。只有她对自己的子(周萍)女(四凤)发生关系,也感到为难这一点,才像个社会里能见到的人。

作者在自序中,也说过他自己最喜欢的是蘩漪,是周冲。为什么蘩漪周冲能使人喜欢?因为他们最特出,最不可多得。一个时常见到的典型人物,是不容易使人喜欢的。

我虽不敢说《雷雨》有两个故事,可是《雷雨》确是两个故事并成的:一个是富人,周家的大少爷,觉悟到和后母发生关系的罪恶后,将全部的情欲寄托和发泄在一个无知的使女身上的故事;另一个是穷人鲁家的主妇,年青的时候,是一个被小主人玩弄后抛弃的使女,于今长了年纪,也长了世故,不忍看自己的爱女,失足走上自己过去走错的路,正预备从地狱里救出爱女来的故事。

作者很巧妙地,用血统关系把两个故事中的人物拉在一起,把两家写得像一家。剧中任何一件事,都能使观众看了觉得与两家的关系同样密切,同样重要。

真的!把两个故事合并成一个故事来写剧,够多么冒险;可是事在人为,无论如何,《雷雨》有相当成功,是不能否认的。不过人物特出,故事离奇,当然只是兴味剧,而不是悲剧了。

《日出》就比《雷雨》成功多多了。故事不离奇，人物也不那么特出，只是方达生的个性，比较难得。当然，翠喜，小顺子，方达生，陈白露对小东西的同情与爱护，都在情理之中；方达生对自己所爱的陈白露那种女人，都能曲予原谅，在现社会里，至少难得。同时他毫不嫉妒，宽大为怀的态度，也足令人吃惊。《茶花女》中的阿芒，决赶不上。不过到底还不像《雷雨》中的人物那么特出。除了方达生，《日出》中的人物，差不多都是环境的产物；不像《雷雨》，一多半是想克服环境的天人。

《雷雨》和《日出》的作者曹禺先生，惯用对比手法，加强剧的戏剧性。在《日出》里，有伟大壮严的夯歌，有肉麻的淫声浪语；有使人一见悚然的流氓，有左右流氓的恶霸；有可以不供人玩弄的陈白露，有不得不供人玩弄的翠喜之流；有方达生对陈白露的情，有胡四对顾八奶奶的钱；有小书记的失业，有银行协理的撤职，一些人，一些事，对比之下，自然少不了人们最感兴趣的争斗。所以剧情的紧张，并不亚于情节离奇的《雷雨》。

《雷雨》里有序幕，有尾声，《日出》也有类似序幕和尾声的场面。开场时，台上是空的，让观众去猜"一个这般陈设的房间，最初进来的应该是个什么样的人"；终场时，台上也是空的，使观众看完悲剧，悲哀的情绪，再感到和台上一样地空虚。作者真狡猾，他要人家心甘情愿，难过地看他的戏；同时"难过"，都不让你难过得落实。

虽然作者从方达生买报看的场面，告诉了我们，说黄省三跳河遇救，并没有死成，不过看完第三幕，恐怕谁都会以为黄省三一定和小东西一样不太分明地搁置了吧！谁也不会料到第四幕他还上场罢！

在第四幕，黄省三疯了，潘经理和李石清为了自己的利害，互相倾轧。十几分钟的几个场面，失业的黄省三，被撤职的李石清，将破产的潘经理，顺应剧情的发展，互相烘托得够多么紧张，多么火热！只要有三个比较老练的演员，只第四幕里这几个场面，就值三块钱的门票。这几个场面是全剧最精彩的一段，看过之后，你一定会相信单独写一个人的失业和疯癫，是够多么笨了。你一定会相信就是把黄省三全家服毒，和一些孩子们在死中挣扎的一幕，搬上舞台，也决不会这样动人。

一个过于无用的人，不容易使人同情，人类只崇拜牺牲多少生命造成的英雄，这种心理是野蛮的，也就是原始的。在第二幕，要是观众同情黄省三的话，至少也会感到他可恨，懦弱得可恨。李石清就骂过他是个傻子。可是第四幕，经潘李的故事一陪衬，不但不令人觉得可恨，反觉得他太可怜了；因为像潘经理那样的恶魔，都不免破产，足见失业决不是个人能力的问题。剧情就在不知不觉中左右了观众。

失业今天在中国普遍，是大家不能否认的问题，同样地不容易赚得人们的同情。第四幕，要是黄省三不出场，仅仅是潘李互相倾轧，互相报复的场面，那么李之失业，潘之破产，必不能得观众的同情。但经黄省三从中烘托，观众也就会觉得李潘这两个魔鬼，也是可怜的人了；因为他们在人前虽然像个魔鬼，回到家去，同样地是个黄省三，他们的孩子老婆，同样地需要衣食。无形中，剧情左右了观众。

想不到第四幕还会出场的黄省三，偏偏出场。还偏偏对《日出》完成了一个重大的使命才下场。真使我忘去了作者，破口喊出"伟大的黄省三"来。无论作者是有意，或无意，这几个场面实在太好了。好得使我不能不用百灵机的广告用语说一句“《日出》有意想不到的技巧”;好得直使我要硬派作者是无意的;换句话说,要硬派是意外的收获,意外的效果。

《日出》里无处不是技巧,几乎每句话,作者都是很技巧地写出来的。就像陈白露端详窗户玻璃上的霜之类的,足以把观众的心,搔得怪痒痒的小技巧,真是随时随处都有。并且都还用得很巧妙。说句笑话,“《日出》里的技巧简直过剩”。不必一一列举。从这里起,我要吹毛求疵。

《日出》里的人物,我最不满意方达生,因为他不是这个环境里的人;偏他又理由不太充分地留在这个环境里,总未免有些生硬。这个戏里原没有他的份,大概作者为了要一根缩起全剧的线,才请他出来,所以开场方来,终场方去。所以除了陈白露,作者也不敢让方达生和那群鬼多见面。虽然作者安排下电报什么的,依然还遮饰不了方达生之去得突然。他好像是个要普渡众生来去飘忽的傻神仙。

作者利用方达生在《日出》里嵌进不少的所谓“意识”。最显明的是第四幕。这也是我不满意方达生的一个原因。

方达生在第四幕对陈白露说:“也许我在这里要做点事情”,“我也许要跟金八打打交待”,“你跟我来,我们要一齐做点事跟金八拼一拼”,像这类的话,一连说了多次,以一方达生要在人地生疏的地方有所作为,还要和金八打交待,不知他真是个孩子,或者是剑侠之流;并且和他的个性也不一贯。他是连胡四都应付不了的一个人,他是由陈白露拉过来,推过去的一个人,他一贯是个真诚得不大合理,同时又不大有主张的一个人,纵然他还幼稚,他要拥护正义,一个不大有主张的人,终不应该有这样的抱负。方达生报复敌人的方法,在第二幕里写得有,他对胡四说“我看你大概是个唱花旦的”。

方达生在第四幕的全部说话,也太精明了些,完全不是前三幕里那种孩子气的方达生。李石清升协理,他对陈白露居然会说是“可怜”。这两个字太漂亮了,哪像方达生的口吻。白露说他“仿佛有点变了”,其实决不止;几天功夫,他有了惊人的进步。

说到《日出》的结局,我以为尾巴太拖长了些。拖到白露毒服,更显出方达生只是一根线了。我又要为这个真诚的孩子喊冤。我更不愿《日出》的结局,会帮助人们消失了真诚。人类总以能够多留一点真诚的好。我还以为在白露正一片,两片……数着安眠药片的时候,方达生应该来了,在白露急忙藏药的当儿,达生对她说“你还是跟我离开这里的好”!她再迟缓地说出“怎么?直到现在,你还是要我跟你走……”,她再带了感激的情调苦笑数声。在苦笑声中闭幕。要这样含糊的结局,或者方达生比一根线强些。同时悲剧也不限定要主角死给观众看。在全剧里,当然方达生的嫉妒心,需要加重;因为他是为钟情白露而来,他决不是一尊救苦救难的活天尊。一定要说,他到这个环境里来,才是为了陈白露,在这里停留几天,却是为的小东西;总不能说不牵强。

第三幕一开场,那种应有的混乱不说,现在且把剧情在进展中,除去普通对话之外,这幕还有些什么不同的音响来分析一下。

计分:卖报者的喊声,伙计喊“见客”之类的尖锐嗓音,黑三的暴怒声,翠喜的燥(躁)急声，小东西和小孩子同哭声，胡四和翠喜打情骂俏的浪语淫声，胡四的大哭声，表示客来的铃声，表示夜深的木梆声，实在够了。再有开幕时的各种混乱声，至多再加上断续地小贩叫卖声，足以表出这幕戏，所写的是个什么样的所在了。莲花落，秦琼发配，隔壁的四胡，小调，哭声，满可以取消。再说有了小东西衬托陈白露，也就够了。作者也决不能把天地间各色的苦人，更苦的人，最苦的人，都放进第三幕去。

时常替观众换口味，又要观众在频频掉换口味的情景下，不要忽略一贯的剧情，这未免太苛刻了。这幕的舞台效果的确太嫌多，分散了观众的注意力。现在抄一本书里的几句话，作为我个人对《日出》第三幕混乱部分的定评。文曰："观众一定会张着大眼坐着，就像在马戏场中的小孩子一样，心里不住跳动，而兴味索然。"

作者费尽心机，从大旅馆的桃色房间，拉到地狱式的三等下处，所以写翠喜特别下了功夫。观众也都觉出翠喜写得好。不过我总以为太过于侧重翠喜了。无论是陈白露反衬翠喜小东西之流也好，是翠喜之流反衬陈白露也好，过于侧重翠喜，陈白露成了绾起全剧的一根线，愈觉方达生多余得够不上一根线了。

《日出》自然比《雷雨》接近现实。可是角色分量的分配，却不如《雷雨》分配得恰到好处。实在作者在《日出》里要表现的太多了些。

只为了要介绍这么一个地狱给观众，于是有第三幕，于是加重分量写翠喜，于是多加效果，于是还是《日出》里最短的一幕。第四幕是全剧的终结，可是第三幕里几个正统派的人物，第四幕里全没有。说得再放肆点，在第一幕里有小东西陈白露的相互衬托，可以不必要完全靠写作技巧维系着的第三幕了。我总以为不要第三幕，删去方达生，以陈白露绾起全剧，来写那群鬼，剧情一定更紧凑。不再说下去罢，自己都觉出说得太大胆了。

《日出》比《雷雨》更成功。《雷雨》都轰一时，《日出》自不必说了。说句俏皮话，《雷雨》《日出》的作者，他编剧的程序，正是从骇人的《雷雨》，走到《日出》。唐突先进了，尚祈作者原谅。

Clayton Hamilton① 说过几句话，大意是说：他要有新的思想，或者你要讲究什么前进的意识，你可以去找理想家，哲学家，小说家……去请他们作一本书。戏剧总归是需要观众，所以就不能不写观众都能了解的东西。他还说：一个戏何以使一般批评家认为新，认为奇，其原因即在剧中的思想旧得和世界一样的旧。《日出》的作者叫我们同情《日出》里我们应该同情的人，恼恨我们应该恼恨的人。像这类的同情，这类的恼恨，正和世界一样的旧。所以我不用唱起高调来批评《日出》中意识如何如何，或者不如何如何。更用不着说《日出》如何如何写出金钱万能，如何如何写出金钱万恶了。

（原载《文艺月刊》1937 年第 10 卷第 4—5 期合刊）

① 今译 C·汉密尔顿——编者注。

评曹禺的《日出》

石　江

曹禺继《雷雨》之后，又作《日出》。

关于《日出》的批评，我常听到的有以下几段简单的话：

一、在《雷雨》里作者笔尖集中在一个腐败了的有产者家庭，从那里反映出许多人生的悲惨的事实，使观众感觉到那里是一片阴霾，当然不免要来一阵《雷雨》，此后一定是太阳出来了！在《日出》里作者的笔尖，较广泛的触到市民社会的各面，暴露了更多的丑恶，观众看了，痛恨那个黑夜，渴望《日出》的奇迹。

二、“作者对于黑暗的深切厌恶，对《日出》的热烈憧憬，这是最值得推荐的。”

三、《雷雨》和《日出》，后者是更接触了现实，《日出》是一本描写社会的戏，其中的各种人物，各种人生往往有非自己经历过不能了解的。

又两者比较，《日出》似乎又不十分逼近真实的人生，幸而作者编剧的技术是这样的熟练，竟使观众很容易忽略了这些缺点。

作者对于造句的美化，几无可指摘，漂亮的对话，像许多银铃串成的，念起来是那么清脆，响亮，在这响亮的声音里，作者连用这各种社会各阶层不同的字汇，流利而又轻松，嘹亮而又忧郁，这些很能吸引观众的好奇心，因此，就是观众忽略了剧本结构上的许多缺点。

四、“曹禺先生虽然内心是很悲哀，他只厌恶黑暗，而不会给黑暗中的人们指示出一条振拔的道路，并且不该把陈白露弄到自杀……”

以上都是批评《日出》的好文章，我对于戏剧是一个道地的门外汉，虽然看过《日出》的剧本，又看过《日出》的演出，只读了别人的批评，也就无话可说了，后来还在《大公报》的文艺版看见洋洋大观的《日出》集体批评，早已骇得“哑口无言”了。

不久又读到曹禺先生的《我怎样写〈日出〉》的万言文，他是给批评者、导演者、演员、观众，一个总答覆，倒也是一篇发乎至情而确有真理的文章，因此才引起我也来评《日出》。现在分几点说明于后：

A 关于意识的

作者是在写《雷雨》以后才写《日出》，或是同时并写，或是看见《雷雨》轰动了剧坛而又受到了“迷信化”的指摘，才决心写《日出》以谋补救，我们都不知道，但很显明的是作者的意识，迥然不同。

《日出》在指示世界是有光明的，社会还是在期待着光明的到来，然而光明与黑暗，永远成了对比，有十二小时白天，就有十二小时黑夜，虽然有半年都是白天的地带，但在那地带还是有半年的黑夜，也如像有了上帝，也有了魔鬼，有了正人君子，也就有了流氓小人。

要表扬上帝的光明正大，那就要指出魔鬼的欺诈险恶，要受了在黑夜摸索的痛苦，才知道白天安步坦途的快乐。《日出》虽然只重在暴露黑暗，它却处处叫人想到光明，即以潘月亭，李石清，陈白露三人来说，都是因为离开光明而遭受的报应。至于小东西，黄省三之类，完全是生存在黑暗里“以不足补有余”了。

就这些情节来看，《日出》比《雷雨》的意识，显明的正确一些，而且更急进一些，因为在中国的社会里，今日还有很多在黑暗中醉生梦死的人物和故事。

B 关于技巧的

作者是个能扮演，能导演的人物，舞台经验，自然有些胜过人家的独到的地方，能顾及台上台下的空气，全剧布景只有两场，观众不会嫌其单调，虽然一二四幕都是相同，它能使观众忘记了查观景物，偏重在领略情节。还有第三幕有那样复杂的“效果”，褶出了惟肖惟妙的胡同风格，叫观众们如亲临其景，还是作者的独到之处。

在第三幕最感动人的地方，除了小东西们的悲惨事实以外，就算那台后的动人耳感人心的“效果”了！

在处理人物方面，分配得也很平均；陈白露不自觉的在黑暗中“享受”黑暗。潘月亭在黑暗中恣意荒唐，李石清在黑暗中投机取巧，卑污龌龊，黄省三在无故牺牲，方达生在黑暗中想为光明说教，顾八奶奶，胡四的醉梦淫荡，李太太在黑暗中克尽妇道，小东西们在黑暗中受尽践踏，黑三们在黑暗中的强霸残忍，一切黑暗中的典型人物，都捏制了出来，发现于舞台上面。

还有那两个不出场的人物——一个新闻记者，与一个豪霸，写的活灵活现，如闻其声，如见其人，系住了观众们的心神，都以为“他就要出台来了。”这种作风和技巧，是非常成功的。

不过，为使这剧本更求完美，尚有商讨的必要的，就是，李石清的个性，不够明显，是好人吗？何以不同情黄省三，是坏人吗？何以在月亭面前说出多少富于正义感的言语。其次那个张乔治在陈白露房中几次出现，在作者或许是用这样的人物来完备都市中的纨绔的一格。但他的堕落成分还不见表现得够。似乎在白露房中进出的人物，这还不算是“黑暗”中的人。这两点若是在作者若是另有特见，那就莫测高深了。

C 关于第三幕的存废

欧阳予倩先生导演《日出》，删去了第三幕。记得有一次我们在上海良如粤菜酒楼上吃饭，他说明了删去的理由。他在排演这戏时，不把它看作悲剧，因为整个的形态，不够明显。

马彦祥先生导演《日出》，保留了第三幕。他的理由是“觉得第三幕上在全剧组织机构上，尽了转变空气的任务，假如第二幕终了，没有第三幕的转变空气，第四幕开始时，一定过于严肃，而且悲剧的空气会减弱，基于这一点保留了第三幕”。

曹禺先生在《我怎样写〈日出〉》的文中，却大声疾呼《日出》被人剜心的冤枉。他说这一幕才是比较可看的戏，也是费了若干心血，时间，金钱，才搜集来的材料。他认为这一幕

比较其他三幕都精彩，都动人，都有力量，不演《日出》则已，若演，惟有第三幕才是主题，才能称为《日出》。（大意如此）

看了三位先生的主张，都各有特殊的见解。我也是主张必演第三幕的，而且还希望加强第三幕的内容，多少人喜欢看第三幕。多少人（自然是上流人）还未见过第三幕的故事；但，欧阳先生主张删除的理由，还希望他再说几句话。

第一幕[1]的意识，显明的暴露了下等妓馆的丑恶淫威，在那儿不是虚伪的浪荡，乃是残酷的屠杀，陈白露的房间与小东西的房间比较一看，就知出卖灵魂和肉体的妇女，就被金钱分成了等级。

这一幕[2]会激动人出来为妇女抱不平。会对于妓寮发生正义感。更引起娼妓的存废问题来，大旅馆的房间，小妓馆的房间，虽然有富丽和陋劣的不同，其吞食女人乃是一样的。

D结论

《日出》是较《雷雨》更成功的戏，它说明了以“有余补不足”的社会病态，它也告诉我们“太阳不是我们的”危险，它向着黑暗的社会的咒骂，它更是凭吊那些牺牲在黑暗中的灵魂。

（原载《文艺月刊》1937年第10卷第4—5刊）

① 指第三幕——编者注。

② 指第三幕——编者注。

读《日出》[1]

张 庚

一

曹禺先生的第二个剧本出世了将近一年，在《文季》上逐期刊载的时候我就逐期地读过，单行本出来的时候，我又一口气读了一遍，《大公报》的集体批评，戏剧工作社的上演，我都以对这剧本求得更深一层了解的心情，用心去看过了，然而问题始终存在我的心中；我很惭愧，这些个好的意见，好的演出，竟没有帮助我打通这茅草塞住的心。后来我又读了作者的自白，我只觉得作者对于自己的作品的了解比我们多，然而也不能帮助我们去解决那最重要的问题。黄芝冈先生只对作者去捕捉思想上的错误，对于作者创作方法完全不加留意，缺少一种对文艺作品批评的特殊态度，周扬先生说得太简略，对于我这理解迟钝的人，竟也不能有所帮助。这次《戏剧时代》发刊，我后悔不该贸然答应了马彦祥先生为他作《日出》的批评，然而工作既经担承下来，总得去完成它。

正确的了解，还是从作品中去找，我这次又重读了《日出》，可是仍旧很困惑，恐怕并不能从中得到要领，对于读者，观众，作者，不能有所供(贡)献。

我时常留心着一篇书评的效果，我总以为它应当比读者看得更多些，更近真实些，它不是一种艺术创造的工作，而是一种纯科学的工作。读者和作者自己，有时不免带着某种浓度的情绪去看作品，而书评人却必须努力从这中间解脱自己。作品是一个客观的存在，一个社会现象，批评的人研究它的社会的，思想的，艺术的成因，指摘出来，帮助一切人的了解。

因此，一个笨拙的头脑像我所具有的，要去做这种精细的工作，自然要掉在昏乱的烦恼中了。这么许多的文字，还有整个的作品摆在我的前面，竟不会启发一线的微光么？

让我们再努力一下看看。

二

朱光潜先生批评《日出》，说是“打鼓骂曹”式，说他“很疑心金八和阿根所受的那几个

① 张庚的《读〈日出〉》是应马彦祥先生之邀而作的批评《日出》的文章。早在1936年12月25日，张庚在他的《一九三六年的话剧——活时代的活记录》一文(载《光明》1936年第2卷第2期)里，点名批评了《日出》的细节失真，通过这个例子来证明“技巧的问题克服不了创作问题上根本的矛盾”——编者注。

巴掌,是曹禺先生以作者的资格站出来打的”。关于这一点,曹禺先生是并不以为羞耻的。在《自白》的开头,作者几乎用了与创作时同样的兴奋来表白了自己对于这个社会现象的不平,对它改革的热烈期望。这作品,是在“情感激动终久按不住了,怀着一腔愤懑”而写出来的。作者所见的宇宙,“似乎缩成昏黑的一团,压得我喘不出一口气。”直等他看见了“一滴一滴快意的血缓缓地流出来”,他才稍微平静一点。

他不能学“那些有一双透明的慧眼的人,静静地沉思体会这包罗万象的人生,参悟出来个中的道理”;又不能学“那朴野的耕田大汉,睁大一对孩子似的无邪的眼,健旺得如一条牛,不深虑地过着纯朴真实的日子。……而自己又不甘于模棱地生活下去,于是便如痴如醉地陷在煎灼的火坑里。这种苦闷日深一日,挣扎中,一间屋子锁住了他”。但是他仍旧寻求着,在这狭小的屋子里,有如一个希腊的冥想哲人:“偶有所得,就狂喜一阵,以为已经搜寻出一条大道理”,可是屋子里想出来的大道理是没有根的,所以“过了一刻,静了心,察觉偌大一个问题不能这样避重就轻地凭空解决了,又不知不觉纠缠在失望的铁网中,解不开,丢不下的”。

我在前面说作者期望着改革,不对,我们宁可说是期待着破坏,从鲜血中获得快感。在这点上,他从技巧上所表现出来的是刺激的手法:第三幕小东西当场在台上自杀,一个尸体悬挂在观众面前那么久,一支阴惨的烛光,一只拖鞋悄然的跌落,这不只是悲惨,而且是恐怖;但这决不是单纯的对于鬼的恐怖,而是对于这世界,对于金八的恐怖,作者“残忍地”把这场面送给观众,那并不是作者真正的残忍,而是要求着观众强烈的同情和愤怒,作者那么倔强地要求不删去第三幕,恐怕也是基于这种心情。自然,再进一步;就达到了“打鼓骂曹”式的发泄,我们当然能够了解,作者是有着那么多愤懑,抑制不住地举起他的投枪来,向自己的假想敌冲刺过去了。

三

正如作者自己所表白的,为了按捺不住激动的情感,怀着一腔愤激把作品写了出来,“结果里面当然充满了各种荒疏,漏失,和不成熟。”但这些不是在技巧上,而是在他所攻击的对象上。作者的心并没有平静过,所以对他的敌人也没有平静的分析过。作者说,方达生像他自己,我们看看,是有很大的共通之点。我在谈到《雷雨》的时候,曾经大胆地推断作者是一个地主家庭出身的人,在这里,我也仍继续着这种妄断;作者对于都市文明的憎恨不是批判的,而是整个否定的。“损不足以奉有余”是文明的没落,是魔鬼的文明,但没有自然的光的房子,和“畸形的,现代式的”陈设,也是“生硬而肤浅,刺激人的好奇心,但并不给人舒适之感”。露露在一片可怜的残霜之前,竟能复活了美丽的童心,这些细微的地方是怎样表露了作者的偏爱之心呢。这使我记起在工业革命初期农民们破坏机器事情来,更使我想起几千年来中国人对于应用技术批评为“奇技淫巧”的事情来了。我并非说,曹禺先生是一个反对生产机械化的人,但他却是一个无可抵赖的,本能地对现代资本主义文明,生活方式,由生活方式所产生的艺术样式不能忍受的人。

因此他构成了一个对于都市社会的看法,那就是由金八所代表的“恶魔主义”(我杜撰的名词），这种恶魔主义是一种巨大的不可抵挡的力量，像白露，像小东西，像黄省三，甚至像顾八奶奶，李石清，潘月亭，都只是魔爪下的小鸡。至于金八，他并不是一个真正的人，只是这个势力的一种象征。但在另一方面呢，白露的“诗人”方达生所代表的固然只是谐画化的人物，即是作者所认为日光下的人们，小工们，也仍是一种说不出的渺茫的存在。读过《日出》之后，禁不住使人要想，“太阳就是属于他们的么？”虽然他们“如一群含着愤怒的冤魂，抑郁暗塞地哼着”，但那“警戒和恐吓”只是一种预言，并不是一种现实的力量。因为作者所付与他们的只是一种“原始的”形态。这原始的力量我们在中国历史上看见过不少，单单信赖它，决不能战胜金八。

作者曾经把他的苦衷告诉过我们，他没有法子不把《日出》的真正主人翁放到幕后去，这一点我们不仅仅是同情，而且还和他同样地表示痛惜。但是把这种力量象征化到如此程度，和金八的象征化成了完全不同的两种方式，这恐怕不能归咎在单纯的手法上的原因；作者的单纯否定这种金八主义，对于“原始的”东西单纯的偏爱和信任，不能不说是一个重大的成因吧。世界上有一种荷花，是出生在污泥中间的，只有污泥中才能产生最美丽的荷花，也只有荷花才能洗涤人们对于污泥的嫌恶，因为荷花最知道污泥中间哪一部分是构成它的美丽的成分，而哪一部分才是真正的丑恶的渣滓。在恶魔主义的势力之下，并不是那单单的憎恨和嫌恶，或是原始的冤魂的叫喊可以推去暗夜，捧出日轮的，只有那真正生长在恶魔馋吻下，深深了解它的，才能在它的尸体上站立起来。蝴蝶不是因了对于毛虫的抛弃才变得美丽，正是由于毛虫的蜕变，才有了这羽衣的小生物。

因此，作者在金八之外来否定金八，尤其是站在方达生的高蹈主义之上来否定他，那投枪是永远击不中要害的。但是，作者的使徒比得的精神逼迫他这样去做。

作者并不是没有理性上的了解，他在剧本前面所引用的许多圣哲的语言，联系地读下去，那精神多少是非常之现代的。“兄弟们，我……劝你们都一样的话，你们中间也不可分党。是要一心一意，彼此相合。”在作者引用的意义里，岂不是和近代社会主义的精神完全一致的么？但是作者理性上的现代精神和他情感上的原始精神是不一致的。作者的生活和观念的深处，对于现代生活是一个客人，一个观光者。他不是不努力于向现代生活的核心钻进去，对于他写这剧本第三幕的精神，我们不能不感动，感激，然而在写《日出》这个阶段中间，他始终是一个观光者，他越“看”得多，越加重了他原始的愤懑和同情，似乎是越加证明了现代文明无一是处的感觉。

因此他匆匆地从表面的观察所得，构造了一个现代社会组织的全形，并且给与了批判。这就是黄芝冈先生所指出的那些漏洞所以出现的原因。

四

但是我们切不可忘记作者是一个写实主义者。他对于人物形象的兴趣和处理的自如，是他自己，也是我国现阶段剧作者最可宝贵收获。对于白露，对于方达生，对于福升，他不仅仅处理了一个成功的性格，而且是发掘了三种类型，像鲁迅的阿Q和果戈里的乞乞可夫一样。但在这里其余的人物却由于一种限制，使得他们失去充溢的生命。

在性格的形象化上，那成功并不是简单的。有许多作者以为孤立的刻画，就是完成伟大作品的道路，有些作者以为对于性格的兴趣就是一个伟大作家的表征。但这是错误的。对于性格的认识和兴趣是要对这性格的社会基础认识得愈清楚，才愈有文学上的概括性。一个性格所表现的如果止于一个性格，那是失去了文学的深刻的。当然《日出》的作者并没有这种性格的趣味偏爱的嫌疑，但他的许多人物有些和社会基础游离，而加入了明显的作者的褒贬。比方顾八奶奶，作者在人物说明中形容她的笑说是“令人想哭，想呕吐，想去自杀”，这明明是暗示演员自己站在演员的立场上去讽刺自己的角色；又如李石清，这种死绷场面向上爬的人不是没有，但连鞋都破了的事，这又是为了强调他的性格而牺牲了事实；鞋破固然是一个小节，而且在舞台上尤其不容易被注意，但这中间藏着一个大问题，像李石清这类身份的人，会不会违反现在社会的大习惯，“只重衣衫不重人”？这是一个观念的问题，也是一个性格与它的社会生活联系与否的问题。

其次被讽刺的角色，是否在他们的丑恶之外还有少许人性呢？在这点上，潘四爷最后叫福升传给白露的几句话，虽然只有几句，却是一个作者思想深邃的表现；但这种思想在张乔治的表现上似乎完全绝了迹。我们知道，一个角色当作单纯的“反派”来据理是非常危险的，因为世界上并没有这种人物存在，而只是一个“灵魂”对某一方面外界的感应罢了。这“灵魂”在别的方面还是善良的。李蕤先生说作者对于他的人物的鞭打是重起轻落，我以为刚刚相反，他并没有足够替他的人物的无罪辩护，却严重地把他们的无知当作犯罪，而轻轻替那罪恶的根源减刑了。

但在第三幕中，那翠喜，那小顺子以及那并不出场的瘸子的创造，却显出了作者的同情的广大，扫除了其余数幕中的扁（偏）狭。只有在这里，我们才看出罪恶的根源来。

这里，我们又要把问题回到作者的愤懑上去。这愤懑扰乱了作者的心情，防碍了他的尖锐的洞察力，使他对于《日出》中的人物分成两种截然不同的态度，诅咒和同情，如果要说有例外，那就只有陈白露了。照“例”，她的生活应当决定了是被作者所诅咒的，然而在她身上，作者付给了多量的同情。这理由，恐怕是作者对于这种人的灵魂太密切地接近着，澈底地了解着之故吧。最不接近要算黑三了，所以对于黑三，就完全成了看待野兽似的憎恨着。其实，我们很难说这种人是这样单纯，恐怕其中是存在着一个不了解的问题。

对于生活，理论和观察的帮助，固然是了解它的两片钥匙，但作者脑子里旧观念的最后的除根也是很重要的。正义感和同情心的伟大，只有在进步的意义上才是最可宝贵的。

五

此外，关于这剧本的舞台化也想说几句话。

我们觉得这剧本当作读物比当作台本是更成功的。因为作者习惯于作详尽的舞台指示，而这些文字与其说是良好的指示，宁可说是优美的描写，对于读的人，可以有绝大的形象化的力量，但对于舞台工作人，特别是导演，却成了桎梏。有许多细小的动作，像白露在窗前看霜的一段，几乎是完全没有法子收到书本子上同样效果的一个场景；当然有人会说，不必完全遵守原作者的指示，但不幸之至的是这些零零碎碎的指示全都有机地与整个戏的发展关联起来，导演要跳出它的圈子简直是不可能的了。除非是把这整个的指示完全推翻，保留着它的境界，另寻表现的出路，但这又不是一定都可能的。

戏剧艺术的创作态度是鼓舞各部门的创作意志。在现在，正当解脱导演专制的错误之时，再在导演头上加一重命令，其余的舞台艺术家的创作自由恐怕要剥夺干净了。我们对作者要求解放也许不是太过份的事罢。

关于第三幕，朱光潜先生以为“比较宜于电影而不易表现于舞台”，这是确论。也是在文字上看起来效果大，舞台上效果小的。

关于第三幕删去的问题，我们不一定反对作者的理由，但作者所论横断面的描写，我认为是有限制的。主要行动始终是好的台本的必要条件。《日出》第一、二、四幕虽是许多零星事件，始终以陈白露做中心而发展，但第三幕却换了小东西做中心，这已经不是一个横断面，而成为两个横断面了。在舞台上所收的效果，恐怕是给观众两个印象而不是一个。而且第三幕的刺激极强，自成一个高潮，到了第四幕，白露的自杀，全剧的主要结束，恐怕反而会收不到强烈的效果。

写得很拉杂，而且轻率的地方也一定不少，我所要解决的问题恐怕也仍旧没有解决，这急就章，只能算是塞责，不能算是批评了。

（原载《戏剧时代》1937 年第 1 卷第 1 期）

《日出》读后感（书评）

胡　可

“太阳出来了，黑暗留在后面。”

是的，太阳是必然要出来的，黑暗也必然要留在后面，但太阳的出来，不是平平稳稳顺顺利利的升起来的。腐败的黑暗的势力，为延长它们黑暗的统治，要运用全心力，抑制着它。它的光临大地，经过一番挣扎，经过一番奋斗，经过一番血的交迸！所以，在“日出”之前，该是有着一个羔羊地裂山崩惊心动魄的伟大的暴风雨的景象！

然而，这景象，这伟大的奇迹降临之前一定有的暴风雨的景象，在曹禺先生底四幕剧《日出》里，是找不到一点痕迹的。就是连那创造奇迹的主动的力量，作者也没有让他们在读者面前露露相。他用烘云托月的笔法，把他们布置在幕后，只让他们劳动的歌声，和笨而重的打架声，在美丽鲜红的朝阳和泛新的朝气中的亮着。当我们听着这歌声，在这样美丽清新的大自然的怀抱里响着的时候，我们是不会想像到这一席是为了几顿吃不饱的饭，流着血，卖着命的被剥削的人渣。

我这样说，并不是对作者有所苛求，也并不说作者故意歪曲现实。在这样一个紧张悲壮雄伟的题材之前，作者没有赋予更强烈醒目的生命，使读者全面地接触到光明之所在而启发他的自觉与向上，这责任，倒是不该叫作者来负的，曹禺先生在他《我怎样写〈日出〉》一文里，就曾经一再很坦白直率地告诉我们：

“我常纳闷何以我每次写戏总把主要的人物漏掉。《雷雨》里原有第九个角色，而且是最重要的我没有写进去，那是就称为雷雨一名好汉。我几乎总不能明显地添上这个人，于是导演们也仿佛忘掉他。我看几次《雷雨》的演出，我总觉得台上很寂寞的，只有几个人能跳出跳进，中间缺了一点生命，我想大概因为那叫做雷雨的好汉没有登场，演出的人们无心中也把他漏掉。同样，在《日出》，也有一个最主要的角色，我反而将‘他’疏忽了，‘他’原是《日出》唯一的生机，然而这却怪我，我不得已地故意把‘他’漏了网。……写《日出》，我不能使那象征着光明的人们出来，却因为一些有夜猫子眼睛的怪物无昼无夜，耽耽地守在一旁，是事实上的不可能。我曾经故意叫金八不露面，令他无影无踪却时时操纵场面上的人物，他代表一种可怕的黑暗势力，但到那些劳作的人们，到拥有光明和生机的，也硬闭在背后，当做陪衬，确实是最令人痛心，一桩无可奈何的安排。我以为这个戏应该再写四幕，或者整个推翻，一切重新积极的写过，着重那些有光明的人们，却停下想，那有夜猫子眼睛的怪物可能轻易放过我这一着？斟酌再三，我只能采用一个下策，我硬将我们的主角推在背后……”

"《日出》写成了，然而太阳并没有能够露出全面。我描摹的只是日出以前的事情，有了阳光的人们始终藏在背后；没有显明地走到面前。我写出了希望，一种令人兴奋的希望，我暗示出一个伟大的未来，但也只于是暗示着。脱了稿，我独自冷静地读了几遍，我底心又追问着我：'哪里是太阳呢？'我的脸热辣辣的，觉得是它在嘲笑我，并且责难我说谎话，用动听的名词来欺骗人。但是我怎样辩白我自己呢？这是一顿不由分解按下就打的闷棍。我心里有苦，口里不能喊冤。我明白我说的是什么，我信我说的未来，我也想到应该正面迎去，另写一篇摆开我的主角，那些确实有了太阳的人们。然而，我不禁念起《雷雨》，这么一个微弱的生命这几年遭受种种的苛待，它为人无理地胡乱涂改着，监视着，最近某一些地方又忽然禁演起来……这样一个无辜的剧本为一幕'无辜'的人们来演，却无辜惹起一些风波，我又怎肯多说些话再让这些可怜的演员们受些无妄之灾呢？"

真是，现在还是在黎明之前呢，太阳还没有出来，叫作者怎么能写得明白呢?！作者痛苦的自白，在作者当然并不希望以此来获得读者的同情宽恕，而在我们读者，呼吸着与作者同样不自由的空气，看了这自然会深深的被感动同情之外，还引起了愤慨。像这样一个伟大的题材，在这样一个手腕高超的艺人的手里，因周遭的迫害阻碍，使作者把它的主题局限在一种狭隘的意义之下，不能赋予更伟大的生命，以致并不能收获到作者和读者所企图所希望的影响，这，就作者而言，是一种痛苦，就读者而言，是一种缺憾，就整个人类文化而言，也是一个极大的损失。

说《日出》的主题局限在一种狭隘的意义之下，那是就《日出》目前的成就而说的，这剧本，暴露了目前社会上作威作福的寄生人物和他们那种醉生梦死荒淫无耻的生活。这样活生生的揭露，让读者看看，所谓社会上的上流人，穿着体面规矩的礼服，住着富丽堂皇的屋子，却过的是怎样一种蛀食社会的生产而毫无贡献于社会的蠹鱼似的生活。但除了这暴露的意义之外，还有些什么呢？

作者痛恨这一类寄生的人物，"人群中一些冥顽不灵的自命为'人'的这一类的动物"。他"愿望这一生里能看到平地里轰起一声雷，把这群蟠据在地面上的魑魅魍魉击个糜烂"；他"恶毒地诅咒四周的不公平，除了去掉这群腐烂的人们，看不出眼前有多少光明"。于是他写《日出》，对这帮荒淫无耻丢弃了太阳的人们高喊了"你们的末日到了！"可是，在《日出》里，这一声喊，并没有喊得澈底，喊得痛快，潘经理倒了，陈白露死了，胡四，顾八奶奶，李石清，等等，都得到了他们不幸的归宿，然而，那位金八呢？那始终没有露面，而时时操纵场面上的人们的金八呢？他代表一种可怕的黑暗势力，然而这可怕的势力，主宰了场面上人物的命运，他自己却仿佛能超然物外，避免这没落的命运似的。

作者在这腐烂的一幕里布置上一个方达生，在作者的意思是借此来讽刺，讽刺作者有书呆子性格，空抱着一腔同情和理想而实际无补于事的"好心人"。然而，这样一个讽刺，极容易招致到读者的误会，以为这样的男子便是《日出》中有希望的人物，以为这样吉诃德①式的生活态度是一条正确的走到光明的路线。这样把读者的注意错举到误会上去，其原因，终不是像作者所说“是技巧的贫弱”而是因为“聪明的读者”太少了。在这样一个乌烟瘴气的境地里，在这样一群妖魔鬼怪的人丛中，只有方达生一个人，还像个“人”，他爱太阳，他爱光明，他要替受难的人们做一点事，他痛心疾首地厌恶那腐恶的环境，想有所反抗，可是他又缺乏生活的经验，他又没有科学的知识，他又没有正端的观察，以致凭着自己的空想，创造了这不合时宜，不切实际的吉诃德的路。这样一个人，在这样一个境地里出现着，这正如一丛丑恶的野草中长起来一棵小白花，他的热情和正义感，自然容易和读者的热情与正义感，融和起来，于是也就引起了他们对这个“好心人”的同情以致受他的“感化”。在这剧本里，既然真正拥有光明和生机的一群，没有露面，露面在读者面前的，都是些丑恶的腐烂的人物，那末，除了方达生，读者还能同情谁呢！因此，我认为，作者对这个人物的讽刺，不留余地，是太过分了点，像这样一样有热情有正义感的青年，作家给他一个光明的出路，使读者能从他身上看到光明，或者把他作为桥梁，使读者的眼光，能过渡到光明的所在，那这个人物在这剧本里所占的地位和所起的作用，比现在丑角似的姿态，要有意义得多了。

上面说的，只是我个人读了《日出》后的感想。

我并不根据这感想，就否定了这剧本在艺术上的成功。这剧本，不论在布局上，在结构上，在人物的个性上，一举一动，声音笑貌，以及音响，光线的配置，无不体现出作者思维力的缜密，艺术手腕的熟练，想像力的丰富以及实生活体验观察之深刻。这剧本里每一个人物，都是活生生的，现实的，我们在现实社会里，除了方达生这一个特殊的比较近乎幻想的性格外，其余的妖魔鬼怪以及在魔手下被播弄被挤榨的受难的人们，我们都可以日常看见的。尤其可佩服的是剧中人物的对话每一个人物的说话，都切合着他本身的个性。借着剧中人物的对话，作者说尽情的把这一群魔鬼和他们荒淫无耻的生活咒骂讽刺。因为能与剧情的发展作有机的配合，所以这咒骂讽刺，在我倒没有像朱孟实先生那样感觉到这是“打鼓骂曹式”的义愤的发泄。而正相反，觉得在这读者和现象的水准还不够聪明，不够理解剧作者的写作的意义的时候，这是相当的需要的。因为这样的讽刺咒骂，它的意义，并不仅仅在叫观众听了痛快，还可以使观众更容易把握到人生世相的本来面目。举几个例证来看看，譬如：

达　可是你以为你这样弄来的钱是名誉的吗？

露　可怜，达生，你真是个书呆子，你以为这些名誉的人物弄来的钱就名誉吗？我这里很有几个场面上的人物，你可以瞧瞧，种种色色：银行家，实业家，做小官的都有，假若你认为他们的职业是名誉的，那我这样弄来的钱要比他们还名誉得多。

达　我不明白你究竟是什么意思，也许名誉的看法——

露　嗯，也许名誉的看法，你跟我有些不同。我没故意害过人，我没有把人

① 今译为：唐·吉诃德——编者注。

家吃的饭硬抢到自己的碗里,我同他们一样爱钱,想法子弄钱,但我弄来的钱是我牺牲过我最可宝贵的东西换来的。我没有费过脑子骗过人,我没有用着方法抢过人,我的生活是别人甘心情愿来维持,因为我牺牲过我自己。我对男人尽过女子最可怜的义务,我享着女人应该享的权利!

达　可是竹均这不像话——

露　这个地方不像话的事情多得很。这一次,我要请你多瞧瞧,把你这付古板眼镜打破了,多看看就像话了。

李　其实事情很多,就看你愿意不愿意做。

黄　真的?

李　第一,你可以拉洋车去。

黄　(失望)我……我拉不动……

李　哦,那你还可以到街上要——

黄　(脸红不安)李先生我也是个念过书的人,我实在有点——

李　你还有点叫不出口,是吗?那么你还有一条路走,这条路最容易最痛快——你可以到人家家里去(看见黄的嘴喃喃着)——对,你猜的对。

黄　哦你说,你说,要我去——

李　你大声说出来,这怕什么?"偷!""偷!"这有什么做不得。有钱的人的钱可以从人家手里大把地抢,你没有胆子,你怎么不能偷?

黄　李先生,真地,我急的时候,也这么想过。——可是,我怕,我怕,我下不了手。

李　(愤慨地)怎么,你连偷的胆量都没有,那你叫我怎么办?你既没有好亲戚,又没有好朋友,又没有了不得的本领。好啦,叫你要饭,你要顾脸,你不肯做;叫你拉洋车,你没有气力,你不能做;叫你偷,你又胆小,你不敢做。你满肚子的天地良心,仁义道德,你只想凭着老实安分,养活你的妻儿老小,可是你连自己一个老婆都养不住,你简直就是一个大废物,你还配养一大堆孩子!我告诉你,这个世界不是替你这样的人预备的——

说这是"打鼓骂曹"式的义愤的发泄,当然可以。但这样义愤的发(泄),它的意义决不是仅仅叫观众痛快一场。

作者所写的《雷雨》与《日出》,在文坛上是一致地被承认为成功的收获。这两个剧本,我都看过。很可喜的,从《雷雨》到《日出》很明显的给我们看到,这有为的青年作家,他在文学上努力的里程,正标明了他是在向着浩浩荡荡洋洋溢溢充塞着全宇宙的大生命迈进。在主题内容上,在描写的对象上,《日出》比《雷雨》都进步。这进步给我们读者,一种希望,希望作者第三本剧作里会给我们满足,使我们看到"日出中的英雄"!"能够担当日出以后重大责任的英雄"!

(原载《关声》1937 年第 5 卷第 11 期)

《日出》(读书录)

雷紫英

虽然《日出》的收场给我们留下一线光明，但是读完了这四幕悲剧，一些地方还是像读《雷雨》般地要流眼泪。不同的是在《雷雨》里我们同情那般遭受残酷的命运播弄的柔弱者，而《日出》里头，潘经理，陈露露这些固然除死没有出路，可是对于小东西的自缢，黄省三的毒杀全家，自身投河不遂终于发疯，以至于李石清的儿子小五的病死，我们不只寄以无限的悲哀，同时却使我们对于黑暗的现实起了非常的憎恨，反抗；我们能让这狰狞的社会老远维持下去，能让金八黑三这无数的吸血鬼活吃着人么？

从直观上观察，或许有些人感到《日出》不如《雷雨》，在《雷雨》，一个命运的阴影自始至终紧抓住我们，这悲惨的命运使我们叹气，流泪，作者的创作手法似乎和正确的世界观有些冲突，就是作者太强调了这命运的悲剧，带着了“宿命论”的气氛。在《日出》则不然，《日出》所描写的情节是事实，而这事实是我们看得很清楚而且接近我们的。我们沉静地细想一下，不难看出在帝国主义的魔手榨取下的中国经济社会，金融投机者是怎样替帝国主义做帮凶的在垄断，操纵。而我们这些残喘者就在这下面互相倾轧，角斗，欺压……以至于失望，自杀。作者不只是把这更普遍化的现实给我们看，而且对于这些被迫死害死的人亦未曾留有让我们感到“这是命运”的感觉，同时尽可能地还使我们见到这黑暗社会另一方面的光明。

作者魄力的雄伟，在处理这些复杂的题材中已可看到；而他技巧的纯熟，描写的生动，以及对话的恰当，确是一位令我们佩服惊叹的有才能的剧作者，我们看《日出》，不是看剧，不是看画，而是看见跟我们生活着的一般无二的都市社会，这社会有着冷酷和残忍，它是怎样地骄奢淫逸，它是怎样地萎靡腐烂，无数的巨奸遗少，哥儿小姐，流氓地痞，以及弱小者在这社会上过着荒唐的非人的生活。这些阶层正如我们所说过的，在互相勾引，倾轧，欺压，而交织出这漆黑的丑恶的现实的一幕。

在剧中的人物性格，和他们本身的环境除开极少数(如方达生等)而外，都刻划得异常清楚：堕落的摩登少女陈露露，和女人混着寻快乐的老混蛋潘经理，看破世情的势利的李石清，刁奸狡猾的王福升，高等流氓的张乔治，胡四，以及顾八奶奶那样的活宝，一个个都有血有肉地在我们周围行走着，这些人永远在他们的生活上生活着。

正因为作者对于这些人的性格和环境描写得显明，所以每一个人物的处置只有凭着既定的原则之下去发展，收拾，不能随便加以意外的强调或夸张。有些人对于作者把陈白露，小东西，潘月亭，黄省三等的自杀引为不满，他们认为在实际上这个悲惨世界里这条命究竟不能这样轻易舍去的。但是这些人忽略了这一点，虽然他们有些不愿死，可是事实上他们不得不死，客观的环境一定要他们死！试看陈白露这样一个“爱生活又厌恶生活”的堕落少女，过着“娼妓不像娼妓，舞女不像舞女”的生活，老是希望“能意外地得到一笔财富，使她能独立地生活着”，但是当她的靠山失败了不能支持时，在负债失望之余，不自杀还有什么路可走。潘经理投机失败了，银行无法维持，倾家荡产像一座高山对着他倒下来，这些习惯在无聊空虚上花钱的人，认为无钱花是最痛苦的事的人，一旦在金融市场给人家击倒了，给人家迫逼着的时候，你能够给他开条路么？至于黄省三，那更无法子留恋，没有屋住，没有饭吃，自己饿着不够，家里还有小孩子；要偷不能，要抢无力，这样一个失业的痨病者，社会能允许他偷生着么？他不毒死自己的孩子谁把饭给他们吃？

我们不是说他们命运注定必须自杀，而是客观的物质环境决定他们不能生存，像陈白露潘经理这些过着荒淫无耻的腐烂生活者，即使这一趟不死，迟早有第二次失望使他们死！不只陈白露潘经理必须死，就是张乔治胡四顾八奶奶这般混蛋，在骷髅堆上胡闹，谈爱情，他们迟早亦要跟着这腐烂社会的糜烂而和陈白露等走同一的路径！顾八奶奶她还不知她存款的大丰银行倒塌下去，她还梦想后天跟胡四结婚呢！

不过，对于小东西的自缢我亦有点怀疑，不只怀疑她对于生活的理解力究竟达到什么程度，而且亦怀疑这刚到城里的小孩子有这样勇气，我想作者还是另给她找出路的好。

李石清那样的人物，固然我们卑视他那副谄媚逢迎的巴结相，他为了地位叫自己老婆跟那般人混，为了潘经理的公债行情奔走（亦可以说为了本身利益），连孩子病危了都不顾，但是当接到李太太电话说孩子在去医院半路上断气而眼泪流下来时，我们亦轻轻地替他叹口气。至于茶房王福升，作者亦始终把他写成一副势利刁奸色相，我们只要看他大骂黄省三王八蛋抓着打时的流氓相，和听电话时那一套的说话，从“喂，你哪儿？你哪儿？你管我哪儿？……我问你哪儿？……”到“啊，你姓金，您老人家金八爷！是……是……您尽管骂你骂的对……你骂的对……我就是福升，我就是那王八蛋福升，……是，您骂的一点也不错，……是，是，是，我是王八蛋，不是人揍的”完全是两副脸孔，两副口气，就像我们面前正立着这样一位家伙，我们愤恨得要挥拳扑过去。

“太阳升起来了，黑暗留在后面”，我们知道作者是有意给我们带来光明，剧中的方达生是个看不惯那种荒淫生活，最能奋斗的人，在收尾他对着吃了安眠药（他自己不知道）反锁在卧室里的白露嚷着：“太阳就在外面……你跟我来，我们要一齐做点事，跟金八拼一拼，我们还可以……”，好像他就是把大家从黑暗引到光明。假如是这样想法，看法，无论是作者，读者，都是错误的！方达生始终是没有特殊性格的人物，他只是憎恶现实，憧憬着光明，然而他似乎止于“希望”，他只是死抱住“希望”，最多亦不过是个英雄主义角色，单独他一人，是没有力量带来光明的。倒是外面建筑洋楼的“工人们高亢地合唱着轴歌，沉重的石哦（硪）一下一下落在土里，那声音是一个大生命，浩浩荡荡地向前推，向前进，洋洋溢溢充满了宇宙”，那一幅壮烈的景象才是力的所在，才是光明的象征。

我并不是说《日出》就好得白璧无瑕，反之，有好多人指出他第三幕的穿插值得讨论，同时作者经验所限，有些琐碎的描写离开了现实，但是这都是“小毛病不足为病”，以曹禺先生这样富有才能的作家，我们正没有满足地希望有更成就，更伟大的作品产生出来。

（原载《中学生文艺季刊》1937 年第 3 卷第 2 期）

评“汉口怒潮社”的《日出》(剧评)

赵性源

不曰评《日出》,而曰评“汉口怒潮社的《日出》”者,因未读曹禺先生的原著,仅略观汉口怒潮社之上演也。

文艺,是人类动的表现。客观的现实反映着人类的一切的思想、情感、能力等等的相互斗争,就是产生文艺的源流。反之,也惟有文艺,总能推动人类一切的——思想、情感、能力等等的相互斗争而使世界的进步。但是,看青天白云,可以写诗;听野言遗事,可以写小说;若创作戏剧,必须要在动的涡流中,飞追挣扎过来的人,总能写好的剧本。古人对文艺的批评,大概是这样的说:静水平流,为小说;沙滩漂缈,为诗歌;礁峡飞沫,为戏剧。从可见,戏剧史最高的形式艺术,也是最复杂的情绪战斗的表现。

汉口怒潮社的《日出》,自五月二十日起,自光明戏院,连演三日,座无虚位,可谓成功。这成功的原素,是:

1. 剧情　写出社会不合理的黑暗,指示些可怕的思想与害人的魔鬼,使大家知道去奋斗。用烘托指示的方法,写照“金八”,使“金八”的面孔,如在眼前。写娼妓窝里的一切,直将人间的层层蹂躏,一股脑门的攙上心头。这等处,都是登峰造极的手段。如果人类,是有了人之道,不是非人之道;如果天地是光明,不是黑暗;那末,这《日出》,可以说是向人类,喊了一声人之道,可以说是向天地,投了一个光明!

2. 导演　能抓住全剧的紧张空气,把原剧本的无关重要的材料,删去很多。(说明书的《导演声明》)这是导演的灵敏的手腕。因为凡是一个剧作者,对于他所搜寻的材料,正如写文章的,欲拉长篇幅一样,十之八九,都有不肯割爱的习惯,这是要赖导演去删掉的。

3. 装置　大致颇好。即以布景说:四幕剧仅用两景,用曙光霞影,及窗外的夯歌声,以暗示晨夕,可谓很会适应人力与财力的要求。

4. 演员　以各有职务,凑合来的演员,能个个尽力之能,可谓难得。

《日出》的大致,总算成功了。但是:它的显而易见的欠缺,也正很多。如:

时间的错误　照全剧四幕的情形看来,第一幕是黎明。第二幕是即日的晚上,至第二日的天明。第三幕是第二日的晚上。第四幕是第三日的晚上,至第四日的天明。一共是三个整天。可是,你看:说明书上,明明的写着,“七日的工夫,全都自杀了……”。第四幕:襄理李石清,向经理潘月亭,报告营业时,也是说:“观察这个礼拜的公债价涨……”。同时潘解除李职,又说,“你一共当了三天襄理……”。小东西在第二幕离开旅馆,第三幕即现身娼□,翠喜等也口口声声的说她是:“来了三天了……”。这些,都是时间上的矛盾,也是事实上不可能冲突！照各方面理势的推测，都不止三天，大概七天是对的。三天也好，七天也好，驴唇不对马嘴，不能算好。

分幕的错误　第四幕，潘上场时，问："客还没散吗？……"以及与陈王问答的一大段，接连着，这些人，都归入末路，这是明示着，第二第四幕的连锁。一个聚会，三天不散，似乎有点牵强。且该两幕的连锁，遂使全剧的时间，总括于三日内，而莫得伸张，呈现出种种时间上不允许的痛痕，殊为可惜！若以第四幕，为另一个会，略加变更，当觉完整，亦无是弊矣。

名字的欠斟酌　按普通习惯，随身差役，或家庭仆人，主人多呼其名，至旅馆走役，则未有不呼之曰茶房。王福升，茶房也，剧中人，皆以福升呼之，殊不若直呼曰茶房较为普通也。小东西，掌金八，批王福升，是一个不甘心被人蹂躏，反抗压迫的小女子，玩弄女性的局中人，呼之曰小东西则可，若以方达生那样的人物，也喊她叫小东西，实际上必无之事也。至少，方达生喊她，要改叫小姑娘或小女孩的。

表情部分的不够　剧中的主角——陈白露与方达生，显然的是：一个是甘心堕落的贱骨头，一个是饶有知识的好青年，扮陈的，始终矜持着一副尖酸的面孔，望之，直使人认她是小姐身份，被人押卖而出此者。救小东西一段，毫无怜悯义愤的表情；与人周旋时，又无风洒交际的作做，满台摇手荡臂，可谓不能表情之至者。扮方的，一味的呆头呆脑，横冲直撞，把剧中人应有的知识表示，一笔抹掉，举首看高，低首看地，与人对谈时，也是如此。不可能随剧情张弛地抑扬动作，致使全剧失了中心，殊减色不少！

暗室太神秘　台右之暗室，出出进进者，几尽剧中人而有之。玩马将、吸鸦片、说戏、吃饭、醉睡、谈天等，在一时间，尽纳其中，抑何其宏且大耶？再加以台中之富丽客室，与台左之另一暗室，恐非旅馆中所能有？在观众看来，未免过事神秘。是亦分幕未尽能事，二四两幕连锁的毛病。

其他　官话不流利，声音低细的陈白露方达生李石清，坐十排后，当无闻者。几次电话，都是说话太急促，不能调解问答的时间。顾八奶奶和胡四的讨厌，应减些。新闻记者与潘月亭的几段，也有当斟酌处。张乔治之于陈白露，始而求婚，继而请她做伴娘，也可以改改。

写剧本，是结构的世界。排演，是导演的世界。上演，是演员的世界。评剧，是指示的世界。欲求戏剧之真善美，必贯四者而一之，始无缺点。否则固未易言也！如果秃子跟着月亮走，能借光的话：那么，这次"汉口怒潮社的《日出》"的成功，当然是曹禺先生的成功。由是，吾于《日出》，当推为近时的佳作！

五月二十二日

（原载《关声》1937 年第 5 卷第 12 期）

论《日出》

欧阳凡海

对《日出》的议论已经够多的了，但我想这不一定就妨碍我来发表一点意见。《大公报》文艺专栏对日出的集体批评我不曾看过，却看见黄芝冈先生对《雷雨》与《日出》的批评及周扬先生对黄芝冈先生的反驳，我底意见希望能够补下这两位先生所不曾注意到或不曾说到过的地方。至于写一篇较为完整的批评《日出》及《雷雨》的文章，恐怕还要待时间让给后来的人。

《日出》比起《雷雨》来，在全体上说是一个不容否认的进步。作者写《雷雨》的时候，不但在思想上是模糊的，他底艺术方法也缺少统一的把握。《雷雨》是一个有计划的整严的悲剧，带有浪漫主义的色彩，它有满纸的热情，把读者陷在紧张甚至于激越之中，这种艺术方法所应该达到它的本分的结论，是刺激神经兴奋到于极点，才能获得它底统一。然而这样的统一，在《雷雨》里面本身并不存在；这件事，对《雷雨》是个小小的意外却是个好处。因为照《雷雨》本身而说，倘是它要获得这种统一势不能不再加上许多夸张与抽去许多近于是拖泥带水般的现实的琐碎。这么一来，作者便不能不剥弱作品中的真实性，其结果，将成为架子是古典的，而血液便带上新感觉派成分的传奇文。这么一来，艺术方法上的完整将可以有跟得上世界末日的作家的资格，可是《雷雨》的价值，也便因此仅只有形式上的美，而只是一种弄文舞墨的东西了。抵御着作者走上这条路的，是作者"对那些不可理解的现象睁大了惊奇的眼"，真实从这双眼里侵犯进去，一直跑到《雷雨》里就把作者本来所企图的艺术上的格调击破了。

这件在艺术上缺少统一的把握的事和作者思想上的模糊当然不无关系。诚如作者所说，他"并没有显明地意识着我是要匡正，讽刺或攻击些什么"。他所以要写《雷雨》是"初次有了《雷雨》一个模糊的影象的时候，逗起我的兴趣的，只是一两段情节，几个人物，一种复杂而又原始的情绪"。于是他就写了，用什么态度写呢？他说："在这些人不知道自己的危机之前，蠢蠢地动着情感，劳着心用着手……泥鳅似地在情感的火坑里打着昏迷的滚，用尽心力来拯救自己，而不知千万仞的深渊在眼前张着巨大的口，他们正如一匹跌在泽沼里的羸马，愈挣扎，愈深沉地陷落在死亡的泥坑里。"他"用一种悲悯的心情来写剧中人物的争执"。那么他怎样写法呢，他想出了那么一个他自己后来也讨厌的结构，虽然他说"没有想到我的戏会有人排演"，但他顾全中国目前的话剧事业，要"写一些经得起演的东西"，结果他自己也说"'太像戏'了，技巧上，我用的过分"，他是这么的用悲悯的心情，用过分的技巧去抓住了一些"可怜的动物"，至于这些对他非常亲切的可怜的动物，他怎么处置他们呢，安顿他们或指引他们呢？一点也不错，当他底动物在他笔下活起来的时候，他无法可想了，他被他底动物逼迫着，及到末了，才隐隐仿佛有一种“情感的汹涌的流”去推动他，发泄着被抑压的愤懑。《雷雨》如果对旧社会有所攻击，那大部分是作者所未曾初料的，这种思想上的未成熟，妨碍他用最好的方法去处理他底题材，也就妨碍他选取适当的艺术手腕来实现他底处理方法。因此，他底作品不能赐裨益于被他既已捕入作品中的可宝贵的真实，这真实非止一端，但最可宝贵的是如一本外国出版的校刊上所说的以下的一件：

“到了鲁妈出场，《雷雨》中所急转直下展开去的是一种混合在恋爱的士敏土[①]中的极其浓厚的阶层仇视与恶感。这种仇视与恶感在《雷雨》中像生龙活虎一般跳动着……”可是《雷雨》底作者，并不能把握住这个真实，却自周萍在四凤房内出现以后渐渐把一层悲惨的迷雾罩上这个真实，而终于在迷雾中把它掩没得几近于无了。全剧三分之二的那块宝贵的晶石，由于作者在思想上的模糊，用一种和这块晶石不相称的艺术企图，把光耀灿烂的一面消沉在苦痛的不可解中，涂上眼泪，加以苦闷的兴奋。因此，作者无意中捕捉到的在恋爱上阶层的分裂这个活生生地写出来的真理，在一种不适当的处置下，不禁令人误会单只是少爷公子对使女的玩弄。这就使《雷雨》陷入泥泞中，令人觉得神秘，不能理解。

对于《雷雨》，我所想说的话，自然不仅这点，但这就足够供给我们从发展上去理解《日出》了，所以对于《雷雨》的详细的批评，且移置一边，再来谈我所要谈的《日出》吧。

到了写《日出》的时候，作者已经不再是从那种“心情”式的冲动出发，而是有意识地要暴露黑暗，提示光明了。他说：“一件一件不公平的血腥的事实，利刃似的刺了我的心，逼成我按捺不下的愤怒。”他底哲学就是指明一个“损不足以奉有余”的社会是多么丑恶，“除了去掉这群腐烂的人们，我看不出眼前有多少光明。”对于表现希望这件事，他还对政治情势加以估量，慎重地斟酌过。他说：“我相信我说的未来，我也想到应该正面迎去，另写一幕摆开我底主角，那些确实有了太阳的人们。然而我不禁想念起《雷雨》，这么一个微弱的生命，这几年所遭受种种的苛待——最近某一些地方又忽然禁演起来——这样一个‘无辜’的剧本为一群‘无辜’的人们来演，都会惹起一些风波，我又怎肯多说些话再让这些可怜的演员们受些无妄之灾呢?”——我们因此，或从作品上看都可以知道作者在《雷雨》中还是无意识地，捕捉到的那种真实，虽然受了委屈，在《日出》里就受到有意识的保护了，这显然是《雷雨》底一个发展，作者毅然厌弃了《雷雨》那种手法，把那不宜于刻画现实的东西加以肃清，将自己底艺术归依于他所看见，所愤懑的东西了。

我觉得不一定就是平铺直叙，只是结构很平淡，剧中人物也没有什么大了不起，看起来是那末平常，那么浮表，而此种平常浮表的音乐之所出发，却那么深邃。这是刻画现实而不放松的作家所常常做的。从《雷雨》到《日出》，在艺术上就好比从感情热烈而毫无定见的青年期移行到脚跟站稳的壮年期。然而像作者所说的片段的方法，我倒以为并不是真正的现实主义的方法。看完《日出》隐约可以使人感到一种不满足的地方，仔细想起来，

① 士敏土是水泥的英文单词“cement”的音译。

可以是这样的：

一、只看见没落社会中腐烂的一面，而没有看见他们底还有相当健全的相当部分。我只是说“相当部分”。因为照《日出》本身说，我没有权利要求不是《日出》所能容纳得下的过量的东西，我也并不希望金八出台，不过另一方面倘是还有一个不出台的金八后面的东西，帝国主义，那多少也应该有些补益吧。

二、作者还太顾全舞台上的出演。我并不反对写一本“经得起演的东西”，不过为了上演的便当，而把现实中许多复杂错综，缠夹不清的事态硬修饰成简单孤立的东西，我并不以为然。中国底话剧诚然方兴未艾，但以后的前途，还是演剧者本身的事，他们自然应该受到剧作者底帮忙，但他们是在恶势力底直接威胁下；剧作者要迁就他们，难免削足适履之苦。剧作者也许无论怎样自己先削弱自己底剧本，演剧者还不免要加以支离解削吧？然则剧作者，难道以后的剧本就只好再写得不成样子些？如何上演，还是先决下心，让导演去支配吧！剧作者并不是不可以顾全舞台上的出演，但切切不要先削弱了自己！《日出》就显然犯有这种毛病，他把剧中的事态，弄得太单纯，孤立，诚如黄芝冈先生所说，银行经理单向报馆打听公债行市，本身没有情报调查机关是悖理的，白露底关系太简单也是不对的。如此诸点，诚然是很细小的部分，也唯其是如此细小，我相信在《日出》里倘是要加以弥补也并不难，感觉困难的是戏剧不比小说，有了许多拖泥带水中途出没的人物，上演的时候有困难罢了。但是上演的时候，且待上演的时候删去又有何妨呢？

这样的结果，自然使《日出》失却它本来不难取得的深刻性与浓厚性，而所以如此者，是作者忽略了“片段的方法”可能带给他的一种缺憾。不过讲到《日出》底结构也不尽然如作者所说果然是“平铺直叙”或片段的东西。不管《日出》底在外表上看起来如何没有起伏，如何没有故事底发展，然而事与事，人与人之间的结合，依我看来，绝不是任意的，或互不相关的。所谓结构，不事张扬造作的结构，才是真正的结构。像《雷雨》那样的结构，多半是人为的。所以如黄芝冈先生所说，《雷雨》中的许多偶然性，在《日出》中已没有了。所以《日出》不管在深刻上，在浓厚上有它不足的地方，毕竟是得到了现实主义手法上的成功。在《雷雨》中的现实主义的成分是潜藏的，不自觉而被别的东西埋没住的，在《日出》中便是独自的，带有自觉性的了。

所以，我宁是赞成《日出》写成四幕剧。以为把第三幕割去，可以成为一个独幕剧，实在是因为对《日出》的机构无理解的缘故。

黄芝冈先生以为流氓资本决不能操纵金融资本，“大亨会‘逼死’银行经理，金八会‘收拾’潘月亭的事情是不会有的。”我却有不同的看法：根据《日出》，潘月亭不是什么大银行家，它不足以代表金融资本是很明显的，再呢，倘是国内资本和国内资本斗争的话，流氓资本足以站在最高的地位。“流氓资本”，这也许是个特异的名称。但在中国，纵使不必要“流氓资本”这个名称，流氓底存在是不容否认的，至若就金融资本而言，自然离不了帝国主义，不过在帝国主义之下成为两大柱石的，一是官僚资本，一是流氓资本。这地方的债券市场受流氓底操纵，不明白的只有乡下佬和初来中国的外国人。这地方是个流氓底世界，他们助长人类的腐败，又极力打击新的力量，是中国历史赐予帝国主义的在野的先天的凶手，所以在《日出》中描写出流氓资本是十分正当，只可惜甚至没有暗示流氓资本底主人。

近年的创作里面有一种坏毛病，喜欢用方言土语，是表示通俗文化么？大众化么？《日出》底作者说文字是一种多么没有用的工具；我说中国方块文字更其是一种没有用的工具，但无端的加入些方言土语，除了对于作者自己有些方便的地方，作者在客观上把思想感情传给读者这件工作，实际仍然没有得到丝毫效果。加了许多仍旧要用同一文字来解释的话，除了使读者分心，毫无裨益。有些写一个地方上的事情的小说，离不了那地方上的方言，还情有可原，但为什么连翻译外国作品也用方言呢？难道说他底翻译是专给某一地方上的人看的，也还是原作和中国的某地方有什么特别关系？这显然是盲目的流行病。说到《日出》，明明不是在北平的事，为什么用许多北平土话？若是以为《日出》可以按在北平底土壤上，那是十分费解的事。《日出》中的三等妓院，作者是以北平的为模型的，但我以为这倒并不妨碍作者拿来合在某地方的金八势力之下，唯有用北平土话是太触目的一个不该有的小毛病。

《雷雨》和《日出》中相同的地方是剧中插入歌曲，和作者对剧中人物的详细解释。这两件事，《日出》中都比《雷雨》中作得好，《雷雨》中对人物的插描，太比对话优秀，灭了剧词底光彩，《日出》中一方面把插描弄简洁些了，对话也大现了剧作家底身手，所以在这里没有不调和的地方。至于歌曲的配置，比起《雷雨》中的不知好了多少倍。《雷雨》中序幕与尾巴底歌曲，无论作者怎么辩护，依我看，只要作者自觉一二三幕的宝贵，应该放弃原定的计划。《日出》中的歌曲就不同了，它配合得非常适当，这是《日出》底又一成功。我倒并不希罕《日出》中的歌曲是暗示太阳，太阳之所以贵重，并不在于它装在《日出》上是一个动听的名词，而是在于作者对太阳的理解。《日出》中的太阳和《雷雨》中的矿山罢工，同样都是侧面的衬托，没有正面出场。但像《雷雨》里那样轻易地把矿工出卖，鲁大海式的粗鲁，刻板，鲁大海终于没有下落等等的把工人变成一个生硬不调和的，不必要而多余的东西放在剧情中的事，在《日出》中没有了。像《雷雨》中那样把握工人，完全表明作者对工人阶级不知如何想法是好，他所有的仅只薄薄一层同情吧？在《日出》中作为太阳底暗示而出现的歌曲本身的配置虽然并不表现作者对太阳的理解，然而只要看作者对《日出》中每个被压迫人物的描写，只要看他并不用浅薄的同情却用正确的眼光在他们之中看出人性，在那腐烂生活中刻画出他们底善良忠实与优美的灵魂，只要看他想讽刺方达生而又可怜他，却并不把他写成架空的革命英雄而还是把他写成一个实在的呆子，到最后还要说替白露找丈夫，而判决他对太阳究竟会发生什么关系还在不可知之中，便可知道当写《日出》的时候的作者，已经对太阳有多些的认识，他在《日出》中处置太阳的手腕，比起高唱多年的自命前进的几多拙劣作家高明得多。这基因于不用粗浅浮躁的态度去贱卖人类底希望，基因于谨慎的态度所把握得的真实。所以我倒不一定要求方达生更伟大些，也不要求他和唱劣（夯）歌的人们发生更明显的关联。我始终主张在作品里面将社会问题的解决方向加以暗示，比之勉强的解答要强的多。《日出》里对于怎样去掉这些腐烂的问题已有明确的暗示，而且用音乐显示一种巨人底力，《日出》里的暗示，强烈而且很聪明，所以我决不非难《日出》里没有更进一步将问题的解决弄明白或积极起来。《日出》里成为问题的，不是如何指示人类底出路，而是这条出路应该暗示还是正面写。但这问题已经由作者自己答覆得很清楚了。

关于小东西底死，即第三幕的收尾，作者怕末尾的刺激太重，把收场另外改了一个样子，附记在后面。就是改得小东西不死，只是哀哀地哭泣起来。我以为小东西到这里是应该死的了，她实在无路可走，即使她还可以转一下态度活得下去，但以一个少女底脆弱，在那种恶劣环境下，她经了种种压迫，虐待，竟至于踌躇着想转变态度，在万分苦痛中，就让她死去吧！这不但是真实的，而且是对人类的无情的裁判，对观众的怒号。为什么怕“刺激太重了些”呢？让他们练起胆量来目睹无情的现实吧！为什么要骇怕呢？这个地方的小东西底死是必然的归结。——可是白露底死，我却彻头彻尾反对。她虽然是算《日出》中有灵魂的一个女人，但她底生活使她本人腐败了好些；她厌恶生活，也爱生活，她是漂泊中过惯了的人，一个潘经理就使失了支持她生活的可能，她难道就另外没有办法？作者根本的错误就在于把她底社会关系弄得太简单，太洁净了；她没有了潘经理，不会找不到另外的潘经理，而且像这样的吉卜西①式的女人，她绝不会自杀，倘使你叫她自杀，她会说是你侮辱她。我们也值不得叫她自杀，因为白露所处的环境虽然是腐烂的，却和茶花女底不同。无论在白露底身世上说，环境上说，她毫无死的必要，也不会有死的愿望，她纵或是痛苦，但她底结果应该是死心塌地的腐烂下去，沉沦下去，作者应该使白露受这样的裁判，不应该便宜她死去，这便是宽恕了人类底罪恶——我不是说白露罪恶，我是说，人们眼看着白露死心塌地的腐烂下去，不会不起痛苦的感觉吧？拷打你底角色可以审问人类，你切不要让你底主人公死去，也决不可以宽容小东西可以死而还活着。

而且在结构上，第三幕既然以小东西底死来结束，第四幕又继以白露底死来结束，会令人觉得干燥无味，好像天地间的事反正是这样的归结，而且很容易的就这样归结，呆板得近于可以使造物主受人轻蔑。现实绝不会这样干脆地让白露死的，这个地方明明白白暴露了我前面所说的现实的虚弱。作者把握陈白露不能不说已尽了最大的功力，但他为什么终于这样糊涂呢？原因除了他底片段的方法对他起了妨碍之外，还是他太顾全上演。他始终没有放弃这样的图谋：闭幕之后，给观众以他所预定的感怀。他不惜牺牲一切来保持他底预谋，这是一种并不罪恶，但过于强烈便不足赞美的倾向，无论在小说，戏剧，诗歌上；因为它狭隘地拘束读者独自底感慨和论断，而要狭隘的拘束别人，便只有把一定限度以外的真实遮瞒起来，或把某部分的现象，加以夸大才办得到。

一九三七年五月二十日写完

（原载《文学》1937 年第 9 卷第 1 期）

① 又作吉卜赛——编者注。

读了《读〈日出〉》

叶　露

关于《日出》的批评文章，写的人太多了，可是读了那些文章之后，总觉着还没有说得清楚。最近在《戏剧时代》创刊号上，读了张庚先生的《读〈日出〉》，才找到个满意的答覆。他指出《日出》的失败是因为："作者的生活和观念的深处，对于现代生活是一个客人，一个观光者。他不是努力于向现代生活的核心钻进去，对于这剧本第三幕的精神，我们不能不感动感激，然而在写《日出》这个阶段中间，他始终是一个观光者，他越"看"得多，越加重了他原始的愤懑和同情，似乎是越加证明了现代文明无一是处的感觉。因此他匆匆地从表面的观察所得，构造了一个现代社会组织的全形，并且给与了批判……"

张先生又说："作者对于都市文明的憎恨，不是批判的，而是整个否定的。'损不足以奉有余'是文明的没落，是魔鬼的文明，但没有自然的光的房子，和'畸形的现代式的'陈设，也是'生硬而肤浅，刺激人的好奇心，但并不给人舒适之感'。……这使我记起在工业革命初期农民们破坏机器事情来，更使我想起几千年来中国人对于应用技术批评为'奇技淫巧'的事情来了。我并非说，曹禺先生是一个反对生产机械化的人，但他却是一个无可抵赖的，本能地对现代资本主义物质文明生活方式，由生活方式所产生的艺术样式不能忍受的人。"

"因此他构成了一个对于都市社会的看法，那就是一种巨大的不可抵挡的力量，像白露，像小东西，像黄省三，甚至像顾八奶奶，李石清，潘月亭，都只是魔爪下的小鸡。至于金八，他并不是一个真正的人，只是这个势力的象征。但在另一方面呢，白露的'诗人'，方达生所代表的固然只是谐画化的人物，即是作者所认为日光下的人们，小工们，也仍是一种说不出的渺茫的存在。读过《日出》之后，禁不住使人要想，'太阳就是属于他们的么'？……因为作者所付与他们的只是一种'原始的'形态。这原始的力量我们在中国历史上看见过不少，单单信赖它决不能战胜金八。"

"作者曾经把他的苦衷告诉过我们，他没有法子不把《日出》的真正主人翁放到幕后去这一点我们不仅仅是同情，而且还和他同样地表示痛惜。但是把这种力量象征化到如此程度，和金八的象征化成了完全不同的两种方式，这恐怕不能不归究在单纯化的手法上的原因：作者的单纯否定这种金八主义，对于'原始的'东西单纯的偏爱和信任，不能不说是一个重大的成因吧。……"

上面所引的是该文中精警的几段。对于《日出》的失败指示出了重大的瘾结。然而仔细的读了几遍，觉着有些地方似乎还未尽言，还需要修订与补充（这也许是我个人的谬见）因之写了这篇短文。

我觉着在未下批评之前，先得研究一下作者是生长在什么环境里，环境给了他是些什么？一个作者——尤其是写实主义的作家——绝不能超脱他的环境，绝不会在自己的环境里做个客人，环境决定了作家，也决定了作品。因为在他自己的环境里他是一个主人翁，由于亲身阅历的所得才产生作品，所以一个作品都有作者主观的存在，即使是极反对这个学说的自然主义者，试读一读他们的作品，也一样的不能对于自己环境作一个客人，一个观光者，再重复讲一句，作品是由于亲身阅历的所得，灵魂深化的发掘，而不是参观记。正因为作者在他所生长的环境里所经历到的是："似乎缩成昏黑的一团，压得我喘不出一口气"，于是感觉着这环境的可怖，可憎恨，怀着一腔对现实的愤懑，与对未来的希望而写出了《日出》。作者从环境所给了他的教训与刺激里，他才"构造了一个现代社会组织的全形，并且给与了批判。……"作者对现实的认识不能说是表面的，难道现代社会内在的矛盾与腐败不是这样么？

现代社会那一只角落里不是充满了病菌，所谓"现代资本主义文明"只不过为少数人造幸福，为大众造地狱罢了，现代文明愈进步，资本家与劳苦大众之界限愈严明，所谓老板，工人，这简直是给人类分成两大阶级，让工人做老板的奴隶，这样的现代文明，生活方式，应该忍受吗？这种不合理的现代文明当然应该否定他，这并不是否定文明，追去"原始的"形态；是需要毁灭这不合理的文明，而创造合理的真正为全人类谋幸福的文明。这不是破坏机器，也不是对于应用技术批评为"奇技淫巧"而反对之，作者的"畸形的现代式的"陈设也是"生硬而肤浅，刺激人的好奇心，但并不给人舒适之感"，完全是愤懑的，憎恨的描写，富有抒情诗意境的修辞而已，作者是有追求光明，要求合理的心的人，不是回到原始的反对，而是向前推进的否定，所以他题剧名为"日出"。

作者感觉现代社会在黑暗的金八势力下，一切都被摧毁了，作者认为战胜黑暗的只有太阳，而太阳是属于劳苦大众的，这种感觉在社会进展的理论上是不错的，可是在这个剧本中，因为表现的手法太幻想化了，太没有力量了，以至变成空论而整个失败，作者的企图是要告诉观众这魔鬼的社会虽然残酷，可是"太阳升起来了，黑暗留在后面"。换句更明显的话，不合理的残酷的旧社会是崩溃？合理的光明的新社会要产生了，而负起创造这新社会的责任的是劳苦大众；可是这种企图与读者和观众所得到的东西，完全相反，读者所得到的呢！却发生"读了《日出》之后禁不住使人要想，'太阳就是属于他们的么'？"一种怀疑而动摇的思想；观众所得到的呢：黑暗势力的不可抗拒的恐怖，小东西虽然打了他两个嘴巴，有什么用呢？结果还不是死！光明的太阳不过是象征，理想，但这不是真实的力量而不过是诗人的慰安而已，甚至于一般观众连这一点慰安的光明都没看见。

并且我认为这一种失败不是单纯地否定这种金八主义，对于原始的东西单纯的偏爱(因为作者是追求太阳的向前迈进的人，并不是偏爱"原始的"落伍者，这在他作品中可以看出的)！而是因为作者对于现社会虽然不满。可是并没有具体的认识怎样改革它。(或者因为环境关系不能具体的指出吧！)而只是抽象的希望式的把太阳交给了劳苦大众，并且更象征化的把这话写志愿书式的告诉观众。所以它失败了，我认为《日出》的失败是在这里。

关于《日出》的剧作方法和其他地方，张庚先生谈得很恳切，我也不多挠舌了。

(原载《现代话剧》1937 年第 1 卷第 1 期)

《日出》观感

西 味

我没有见过像《日出》这样能感动人的剧本，我觉得《日出》不是一个人能写出来的，而是整个的社会所写成的，同样，《日出》上演的成功，也不是导演或演员的成功，实在是社会有以促成之的。

世间惟有真实的事情最能使人感动，无论是悲剧，是喜剧；《日出》，就是具备了这个条件的一个剧本，它透露了文明社会的反面，揭破了文明人的黑幕，同时也刻画出这种可怜人的苦恼。

交际花，人家总以为是过着写意的生活吧！而实际上都是度着畸形的痛苦的生活；银行家，大家总以为有钱吧！而实质上却外强中干，干着那种卖空买空的营业；面子上干慈善事业的人，大家总以为是好人吧！然实际上却在压迫穷人蹂躏穷人无微不至；叫自己的妻子去和阔人的太太们打牌，你总以为他是有钱吧，其实他连自己儿女的教育费都没有，饭也没得吃；当你有钱时，一个女子对你说我爱你，你也以为她真的爱你吧？可是当你没有钱的时候她便会不爱你，或者说她从来不曾认识你。

这种种都是事实，这个世界就是这末一个世界。

《日出》里，赤裸地显示了这般人的原形，同时，还描写着具有纯洁头脑的年青人底苦闷，方达生就是代表。可是仅仅你一个人有什么用呢？那些麻木不仁的人虽明知自己的生活是堕落的，永远看不到太阳的；但是到他们或她们已经明瞭时候，他们或她们已深深地陷在泥淖里而牢不可拔，于是唯一的归宿，只有自杀！

方达生在"见世面"的命令之下，在旅馆里住了几天，他动过恻隐之心想救小东西，亲自跑到妓院里去，然而，你有什么法想？结果还不是袋里的钞票完全献出而失望回来；他想偕着陈白露回故乡去度自由的生活，他想和她结婚；可是听到"你养得起我吗？"的时候，他也只能流着热泪，叹口气拿起帽子想走！实在的，除此你还有什么法想呢？

这可怕的社会呵！当你踏进这社会时，你同流合污吗？还是情愿被人骂做"乡下人"呢？还是值得考虑的；你怎样去挽救这般可怜虫？你预备怎么去改造社会？这也是值得讨论的。《日出》里，它没有告诉你怎样挽救和改造，不过她指示你太阳快要出来，光明就要见了，流着血汗的劳者之歌，将充满了这整个的宇宙，全剧在这种场合之下终了。

总之：《日出》所以能把握住每一个观众的心的原因，是为了《日出》是大众的，是社会的，是全人类排演出来的。

若是说《日出》是讽刺剧，毋宁说是醒世剧！

（原载《国立浙江大学日刊》1937年第222期）

介绍您一本可读的戏剧

——关于《日出》

姚　溱

老实说：中国青年读戏剧的热忱是在读译文以上的，但却远不及看小说和散文那样地有劲。现在要介绍一本可读的——尤其是青年们一定欢喜读而且应该读的戏剧。这便是曹禺先生的《日出》！

因了他“求的是一点希望，一线光明。人毕竟是要活着的，并且应该幸福地活着。腐肉挖去，新的细胞会生起来。我们要有新的血，新的生命。刚刚冬天过去了，金光射着每一株临风抖擞的小草，死了的人们为什么不再生出来。我们要的是春日，是太阳，是充满了欢笑的好生活，虽然目前是一片混乱”。于是《日出》便在他的手上写成了！

他运用了他的奇异的笔调，写成这么样的一个故事：

陈白露。一个活泼可爱的女性，用她宝贵的青春，以换得浪漫的奢侈生活。漂泊的生涯，把她教聪明了，但现实的生活，在她是一串习惯的桎梏。一天晚上，有个乡下的姑娘——才被逼进火坑的小东西，因为受不住养父黑三的逼迫，逃到白露的房间中。白露答应把她救出，先叫她躲在白露卧室中以免被正在找她的黑三寻着。

潘月亭，大丰银行的经理，已是五十多岁头发带些花白的人了，但是阔人们是少不得女人的。这天晚上，他恰好到了白露那里，白露便要求他出面打发黑三们滚蛋，但是当他知道了小东西曾得罪那有钱有势的大流氓金八以后，他不敢出面了。聪明的白露却用了一个巧计，逼得月亭跑出来，把闯入自己房间里的黑三打发走了。

白露以前的“朋友”方达生，是一个对现实生疏的热情青年，正在那天，从老远跑来找白露，要求她和他结婚，同到乡下去。不过现实早把白露将爱情的憧憬打破了，她拒绝了他。但留着他多住在这里些时，看看这丑恶的世界。初来热闹场所的方达生，总是睡不熟，便走来看看小东西。

夜间是“魔鬼”们活跃的辰光，也是白露的这所“未来派会客室”中最热闹的时候。这儿有着留学返国后学会一身惯于钻营本事，过着看上去很舒适的生活的张乔治博士，还有老而且胖的中年孀妇顾八奶奶，仗着自己有钱收拾得妖冶万分，并且结识唱花旦的“面首”胡四来解决性的苦闷。他们都蝇集在这儿，在那鬼灵的生活中，恣意地追求片时的麻醉。

李石清，潘月亭的秘书，因为月亭喜欢白露，他也只得拼命逢迎，并且还要妻子用他当当得来的钱，去陪他们打牌。他的妻子是一个忠实的女人，因为丈夫的命令，只好在这里打着笑脸，不顾自己的儿女。

因为没有靠山，大兴银行的“书记”——黄省三被“裁”掉了。他为孩子和自己的饥饿，逼迫来到这儿要求潘经理复用，但不仅被拒绝，还被月亭打昏了，叫茶房背了出去，并给了他三块钱。他用三块钱先毒死了自己的孩子，自己再去投河，但却被救了。他要活，人们不让他活；他要死，人们却又不让他死。

“不甘贫贱”的李石清，却在紧急关头揭穿了月亭的秘密，而得升为襄理。但是三天襄理以后，他却失业了，原来月亭已得了公债大涨的消息，以为可以不受石清的要挟而清偿债务的！

“谄富骄贫”的旅馆茶房王福升，秘密把小东西还给了黑三，使她活生生又掉入火坑。那自以为是“天下第一美男子”的胡四，一面用自己的青春去换取顾八奶奶的金钱。一面又拿着这钱去购买别人的青春。这天他又请茶房王福升把他带到娼寮里来，他要看看小东西；瞧那些被生活压迫而出卖肉体和青春的花花绿绿的人。在这儿有着荒淫与无耻的笑声，销魂和夺魂的歌声，但里面却隐藏着饥饿，饥饿的呼号！残酷，残酷的打击！用了“拉帐子”这个特异的手法，给我们见到另一面：却是吉诃德先生式的方达生，他虽没有摸清黑暗的深渊，但却在那里面乱窜，他找遍了妓院，但仍没找到他想找的小东西。因为小东西打了王福升的耳光，泼湿了胡四的衣服，他们发怒走了：黑三的鞭子又将吸小东西的血了。花翠喜——一个嫁了男人，而自己丈夫不能养活她，被逼走入这市场来挣钱的女人——秉着她那一丝真实的同情心，想阻止了黑三的怒打，但是哪儿可能呢?！最后，小东西是超脱了，她以一根绳子结束了她那凄苦的生涯。

暴风雨吹散了一天风云，正当月亭听见公债“大涨”而趾高气扬的时候，突从报馆里传来一个确实消息，原来那全是金八制造的谣言。大丰银行只得宣告停业了，月亭只好在石清的冷讥热笑中，踏上了他破产的归宿。

方达生拿着吉诃德先生式的长枪，立志去找世上的大小金八来拼一拼，想做那在现社会办不到的救大众的工作。

张乔治和顾八奶奶他们还在憧憬明天，还想用他们存在大丰银行的款子，来继续追求那没有太阳的生活。

白露没有了钱，“账”围着她不使喘气：她也厌倦了生活，就在窗后的天空泛上红色的日出之前，用了安眠药悄悄地离开了这世界。是的，她从来不了解太阳，也不再留恋太阳：太阳永不是他们的！

剧作者深深明了戏剧在中国的地位，所以处处都顾虑到上演，但他却没有使本剧失掉它应有的精彩。诚如 H. E. Shadick① 氏的对本剧评语：“《日出》在我所见的现代中国戏剧中是最有力的一部。它可以毫无羞愧的与易卜生和高尔斯华绥的社会剧杰作并肩而立。作者心灵有着预言者的激荡，——他看到当前社会机构的整个腐烂，人类的贪婪、残酷、虚

① (英)谢迪克

伪、忌恨、不公……这剧是对着藉投机和剥削而生存的整个寄生虫式社会机构下一个最严厉的攻击……”

剧作者在这儿用了他的特异手法把上面写成的极复杂的故事，处理得很清顺，安置得极妥帖。他不用金八的出场，而在每一幕中——甚至每一个场面中，都暗示出金八怎样地“施威”，怎样地在“侵吞掉所有的纯洁与真实”。他憎恶那些“魔鬼”，潘月亭、李石清、顾八奶奶、张乔治、王福升……可又怜悯着他们的那许多“聪明”。他以这两种相对的情绪告诉了我们：目前的社会固然是黑暗，人心却未必“今不若古”，堕落到若何田地，症结还归在整个制度的腐败，罪恶原不是他们自己的。所以李蕤先生批评剧作者写《日出》中的人物有些“过分的护短，即便是鞭打，无意中也是重起轻落，纵放他们躲入无罪中去”。我以为这正是剧作者的聪明，他的目的是我们应极其重视的。

《日出》比起《雷雨》来，在全体上说，确有着不容否认的进步，诚如欧阳凡海先生所说的：“作者写《雷雨》的时候，不但在思想上是模糊的，他对艺术方法也缺少统一的把握。”可是到了写这本《日出》时，剧作者却是“有意识地要暴露黑暗，提示光明”的了！他告诉了我们究竟什么是一个“社会”，什么是一个“人”，方达生的吉诃德式会遭到什么失败，方达生的“热情”会变成了没有一点用的东西！白露的“人生”会有着厌倦的一天！小东西也会有“超脱”的一日！他更在这整个的剧本内——尤其是第二幕从开头到末尾都有着——提示了什么人是最了解“太阳”，追求“太阳”的！

在这儿，他用了许多适当调和的歌曲，插了进去。显出了人的喊叫与对话的有力。无形地是《日出》的一个极大成功。

朋友！那么我们对这本书还有什么理由不去读它呢？

再让我来说一些“多余的话”：

“究竟谁是了解太阳的呢？”剧作者正利用了这一个谜，使这些人故意藏在后面，——黑魔的后面。和金八的在幕后施威，成了一种最强烈的对比。《大公报》文艺副刊的“《日出》集体批评”中荒煤先生曾说：“……多突击了现象，而忘记了现实。”本来透过现象而写现实，是件再也困难不过的事，剧作者有着“按捺不住”的青年们的特性，他正能利用这种特性写成了现象，所以这“罪”是不应该加在他的身上，该由上演本剧的演员导演们负责的。我们试看：

“……打夯的声音。……这种声音几乎一直在这一幕从头到尾如一群合着愤怒的冤魂。抑郁暗塞地哼着，充满了警戒和恐吓。”又看：

“天空非常明亮，外面打地基的小工们早聚在一起，迎着阳光由远处‘哼唷唷，哼唷唷’地又以整齐严肃的步伐迈到案前。……”再看：

砸夯的人们高亢而洪壮地合唱着轴歌，日出东来……沉重的石硪一下一下落在土里，那声音传到观众的耳里是一个大生命浩浩荡荡地向前推，向前进，洋洋溢溢地充塞了宇宙。

“屋内渐渐暗淡，窗外更光明起来。”

这，只是其中的一个浅显的例子，他已很明白地告诉了我们：“现实的人们，谁是顶了解太阳的了。”除了不会猜思的人们才不会那么感到。

那么，《日出》就没有坏的地方吗？

不尽然，确然如 H. E. Shadick 所说它是患着了“重描”(Over-emphasis)的毛病。例如：女人的一颗自尊而自己来刺激的心的描写，从陈白露和达生的对话，顾八奶奶和张乔治、潘月亭们的对话，以及末了陈白露问张乔治借钱时的言语，都重复地尽量在这方描写，似乎是嫌繁冗了一点。还有黄省三第三次的来白露房间向李石清求救，都是不必要的重描。但是作者“怕我们的观众在锣鼓喧天的旧场中，吃瓜子，喝龙井，谈闲天的习性没有大改。注意力浮散，忘性太大。于是不得已地说了一遍再说一遍”。还是应该谅解他这种苦衷的。(当然还有许多地方也有这个毛病。)

如果要再说一点，作进一步的寻找：我以为剧作者在第三、第四两场的收尾是缺少一些“考虑”的。作者怕第三幕收尾，小东西底死，引起观众重大刺激。于是把小东西改得不死，只是哀哀地哭起来：附在后面作“附记”。这是不妥当的，小东西，是应该让她死的！在她万分痛苦中，不应该使她做无用的申诉。死，是她必然的归宿，这不但是真实的；而且是“对人类的无情的裁判，对观众的怒号”。为什么怕它“刺激太重了些”呢?！剧作者是应让大众练起胆量来目睹无情的现实的！不要骇怕！至于白露的死，我倒以为是不必的，作者曾说：“白露不是《日出》中健全的女性，达生不能代表《日出》中的理想人物。”剧作者却没能抓住这个“不健全”。把她的社会关系弄到太简单洁净，她没有了潘经理，还可以找到别一个潘月亭的。这种吉卜西式女人一定不愿而且不希望别人说她是自杀的！况且两幕末都有“自杀”，似乎有些呆笨。

至于，有人主张(例如：欧阳凡海先生黄芝冈先生们)把《日出》的第三幕删去改为独幕剧，我却以为是不必的：“独幕剧若果如是，易卜生为什么不把《群鬼》《娜拉》都写作独幕剧的呢?!”这种时间的差异，正是剧作者用来写“鬼”们在什么时候活跃，夯歌的介绍的绝好方法。而要表示出时间的差异和许多新发生的事情(如石清提升襄理后的公债大涨等)，只有“分幕”这个方法是最好的！况且第三幕中有许多的社会症结，分析了表演出来，更藉“拉帐子”这个特异的手法，表示出两方面：一面是“荒淫无耻”的笑声，一面却是“销魂夺魂”的憎恨与痴情。况且以一个年纪极轻的作者，自己“往鸡毛店挨打学唱数来宝”和“被别人磨折、伤害、侮辱”向“黑三”那么的人换来的第三幕戏是再也真实不过，而且应感谢他的这种牺牲精神的！

这次，我跑到上海，和我那在“银行界”的一位叔父，同去卡尔登看中国旅行剧团的全体团员演出，欧阳予倩先生导演的《日出》，导演和演员都深深地能体会剧作者的原文；灯光与舞台布置也极其服帖有理；可以做任何剧团上演的最好榜样。我叔父看过这剧以后，很诚挚地对我说：“你今天才明白了银行生活了吧！它是这样的！”

在那儿，又使我把素日以为“大都会智识程度较高”的观念改变了：当小东西把王福升打了一记手掌的时候，前排竟有一位观者，立起身来扬臂高呼：“再打他一记！”使全场的观众视线改变了。那高呼者被别人“嘘……”着离了座。这，虽是剧作者和演员的技术达到成功的“酬报”，但是如若这位观者手中有汽水瓶、瓜皮、果壳的话，定也会演出像南京观众对《赛金花》一剧的好戏的了！我叔父在归途中曾告诉我说：

“你以为都市中人的智识程度是高上的吗?！这是错误的，这儿有着从天堂到地狱的不同程度！”

“太阳出来了，

黑暗留在后面。”

我们在这里期待着。

下次我将再介绍一本戏剧：曹禺先生继《雷雨》《日出》后的第三部杰作《原野》！

7月25日晚流着汗写完。

在金沙养心斋书室。

（原载《濠上》第4期1937年8月刊）

关于《日出》

刘念渠

曹禺的《日出》是被许多许多读者与观众所熟知的一出戏。对于这个剧本，在其单行本出版不久之后就有着很多很多的批评，它的长处与短处似已无须再在这里多说了。但是，因为批评纷纷莫衷一是，有一部分人更认为是《大饭店》的模仿，第三幕完全是多余的东西。因为这可与欧美现代剧比拟的（据某批评家语）三十年来中国新兴戏剧创作中第一部良好的收获有着广泛上演的机□，而在历次上演中似多未能被演戏工作者澈底的理解并正确的处理，因为我自己对于曹禺的作品有一点偏爱，就想在这里写出点零散的意见来。——这，至少对于学习写剧的人，可以供给一点不同的参照吧。

怎样澈底的理解并正确的处理一个剧本，使这个剧本通过演员的表演在舞台上完美的表现出来，乃是一个演出者的主要工作（这工作，在中国，是属于导演的，通常在广告上所见的"演出者"多半是挂名差事）。曹禺的《日出》尽管演出多次而且很可以卖座，却不曾遇见几个最称职的演出者。不仅是演出者，就是若干演员，也似乎未能认清这个剧本中的每个人物。《日出》是陈白露的悲剧吗？不——正和它不是潘月亭，方达生或小东西的悲剧一样。它不是一出个人的悲剧。陈白露不像朱丽叶，潘月亭不像奥赛罗，他们并不是悲剧的主角。由于主观的及客观种种限制，《日出》中的黑暗势力与光明的斗□未被正面的具体的表现出来。（这一点是我们不能苛责于作者的。）但是，我们必须理解这一点，必须把握住并强调这一点，才可以找到《日出》的生命。所有《日出》中的人物，由潘月亭到小顺子，由陈白露到小东西，都是在黑暗中滚来滚去的人物——方达生所谓的"鬼"。它们之间存在着矛盾与斗争，对于生活各有各的看法，各有各的手段；但是，在黑暗中与光明的对峙中，除了方达生，这憧憬光明希望光明追求光明的小布尔乔亚智识分子，都是同一命运的人物。在某种尺度之下有着明显的差别，而实际上不过是五十步与百步之差□了。在"损不足以奉有余"的暴露下，作者展开了"损"与"奉"的诸态，而在舞台所表现的以外，还有"金八"所代表的一群和建筑新丰大楼的一群间的更尖锐或对立。如果我们同情黄省三，也该同情李石清与潘月亭，如果我们同情小东西，也该同情翠喜，顾八奶奶与陈白露；如果我们鄙视，他们都是鄙视的对象。他们不是被命运所播弄的可怜虫，他们实在是被自己所属的阶层与阶层历史所决定的必然的角色。如果《日出》是悲剧，它应该是资产阶层与小资产阶层在黑暗与光明斗争中所演的悲剧。黄省三踏入穷途末路，李石清爬上了一步又重重的跌了下来，潘月亭终于使用了那支手枪，陈白露不能不吃安眠药片，小东西上了吊。在黑暗与光明的斗争中，如果不为光明而努力是没有活路了。——这一意义，我们很难要

求今日的演出者彻底的理解。因为演出的时候的被忽略与轻重倒置，观众也就茫然无所得了。

观众对于这一意义茫然无知，无疑的，他们将注意力集中于少数的人物，特别是陈白露。

不对的。陈白露不像莎士比亚笔下的朱丽叶，也不像小仲马笔下的马格里脱①。陈白露个人的悲剧并非作者着重表现的。我们与其说陈白露是主角，毋宁说她是《日出》整个故事发展的中心或线索。没有她，我们不能在旅馆之一室中看到形形色色的人物。如果我们过分重视了陈白露（或另外一个剧中人物），那就模糊了剧本的主题，乃是对于剧本毫无理解的庸俗的看法。陈白露，和潘月亭或别人一样，是某一部份人们的代表，这种典型的人到处可以见到。

因为她是全剧线索，作者确是费了相当的精力来刻画她的。为了暴露了这种典型人物的生活与内心冲突，作者不仅写了陈白露这一个人物，他还写出了翠喜和小东西。翠喜与小东西之存在是相当重要的，不仅是陪衬，不仅是对照，实在是一□具体的说明，进一步的表现。翠喜的话，很有一部份是演陈白露说而不得说的。翠喜的卖淫生活是“说拉铺就拉铺”，这在本质上与陈白露并没有两样。因此，我们不仅认为第三幕是全剧中不可分割的一部份，还要求有一个能胜任的演员来饰演翠喜。翠喜是较难饰演的角色，倘使观众把她当做一个单纯的三等娼妓，这演技是失败的。

有人认为《日出》第三幕是多余的部份，甚至指为作者的“卖弄”。假如这是合理的批评，那么，小东西，方达生，黑三和张乔治等等人物，可以像翠喜和小顺子一样的省掉。那时候，把《日出》变为陈白露或潘月亭的人的悲剧，可以骗得更多的小市民的眼泪吧。不幸，我以为，作者并没有这样的企图。我们在澈底理解这个剧本的时候，应该知道第三幕绝不是强拼在一起的累赘！

《日出》实在不是一个容易搬到舞台上的剧本。它不像《夜光杯》或《前夜》那样的单纯。演出者必须牢牢的把握住它的主题而充分发挥。至少对于我，单看到舞台上演技是不满足的，我们要求看到整个的戏——由演出者澈底理解并正确的处理而通过演员的表演在舞台上完美的表现出来，使观众认清作者本旨的戏。如果演出之后，只使观众记得了陈白露，潘月亭，李石清，胡四，黑三，翠喜，小东西，黄省三……等等单个的人物及其遭遇，无论是同情或厌恶，实在是演出的失败！

看历次《日出》的演出，我觉得，一个导演者是应该怎样谨慎而深入的研究一个剧本啊！

二十七年十二月，成都。

（选自刘念渠《抗战剧本批评集》华中图书公司 1940 年版）

① 《茶花女》中女主人公，今译玛格丽特——编者注。

评曹禺的《雷雨》与《日出》

姜贤弼

一　响亮的炸弹

这似乎并不是谎话，戏剧在中国虽然已有二三十年的历史，而我们却连一部像样子的剧本都没有产生出来，我们的几个剧作家，永远是在一些落后的意识与庸俗的技巧中兜圈子，二三十年这不能算是一个短时间，而戏剧运动之所以还不能在中国普及，我以为这些无能的作家们，是应常负一部分责任的。

一九三四年的秋天，曹禺的《雷雨》以崭新的姿态出现于这贫弱的中国剧坛，《雷雨》发表了以后，这显然是中国剧本写作上一个最激烈的转变，这个剧本，不只是在量的方面惊人，如果你翻开他(它)的内容，那更会使你感到颤栗，这里用了极大胆的手法，暴露了一个大家庭的黑暗面，在作者残酷的笔锋下，他使主与婢，母与子，兄与妹都发生交纵错杂难言的关系，当然，这种东西是被一般所谓的道德拥护家不取的，这正像奥尼尔在一九二四年所发表的那篇《榆树下的欲望》(The Desire Under the Elba)一样，被视为“有伤风化”而遭到社会上种种的非难，然而，封建的恶势力，总是掩不住一个文学作品本身的伟大的，《榆树下的欲望》现在已成了奥尼尔不朽的杰作，而曹禺的《雷雨》现在也同样地被中国广大的群众所赞赏着了。

曹禺的真名是万家宝，他是南开中学一九二七班的毕业生，毕业后并曾在南大肄业二年，以后转入清华，这位万先生不只是一个天才的剧作家，并且还是一个优秀的演员，民国十七年在南开中学上演易卜生的《傀儡家庭》，由他反串剧中的娜拉一角，演技的精湛，竟几乎可以乱真，一九三五年在南中上演莫里哀的《悭吝人》，由他扮演剧中的主角韩伯康，一个莫里哀笔下的守财奴，那简直被他书活了。

他本是研究希腊戏剧的，对于莎士比亚和易卜生，他也有深入的理解，《雷雨》这个剧本便含着一层浓厚的易卜生的气息，凡是读过《群鬼》的，你一定可以觉得出来。据说：为了写这部《雷雨》，作者曾经过一个极长时间的准备，这和一般粗制滥造被发表欲所催促而产生出来的作品，那当然不同。真的，《雷雨》的出世，这对于中国剧坛，真像是一颗响亮的炸弹，这颗炸弹，惊走一切落后的剧作家，一切“差不多”主义者，同时给中国剧坛带来了新的光明。

二　幻想的故事和美化的造型

虽然经过一个长时间的思虑，我们终久没有找到《雷雨》的中心意识在哪里？我们看到许多关于这个剧本的批评，有的人认为《雷雨》是阐发“一失足成千古恨”这句话的含义，有的人认为《雷雨》的作者是在歌颂着“结婚至上主义”。但是，这些论断我们都认为有点勉强，如果《雷雨》的作者不反对的话，我们可以说这个剧本是不含任何的意识的，也许这里有“暗示”，可是这里绝没有“指示”。作者只是向我们讲一个故事而已，只是告诉我们世界上曾发生过这么一件事实而已。

不错，《雷雨》是一个黑暗面的暴露，然而这个暴露可并不真实。我们不敢武断作者对于人生经验的深浅，可是我们绝不相信《雷雨》中所叙述的事实都是作者亲身所经历的，或是所接触的，我们可以说，《雷雨》的整个故事，作者在里面加上了极大的幻想的成分，也许，这些幻想的成分是为剧本的严肃性与表现力而加进去的，那当然就不足深责了。本来，“戏剧现实化”那不过是一种个人的主张，至于戏剧的本身是否能够真正的现实化，那当然还是问题。关于这一点，我们在后面谈到作者的第二部剧本《日出》时，再加以详细的讨论。

《雷雨》在构制上是一种新的造型，本身是一个四幕，第一幕的前面有序幕，第四幕的后面还有尾声，当然，这种形式除了 Opera① 以外，在话剧上是没有先例的，至于作者为什么采取了这种技巧，据我们想，这多少是受点电影的影响，作者羡慕银幕上 Fade out（渐隐）与 Fade in（渐现）等精巧的摄影手法，而企图把它变像（相）的搬到舞台上去，这当然是一件值得同情的工作，但是作者忽略了目前中国舞台设备方面的缺陷，致使这个序幕与尾声，竟成了《雷雨》演出上一个极大的难题，根据原著，序幕和第一幕的时间的相距是十年之久，第一幕的现出，似乎是完全基于序幕中那个老妇人的回想，剧景是由序幕变换到第一幕，作者指给我们的方法是这样的：

1，老妇人晕倒。

2，台上的灯光渐暗。

3，幕落——序幕终。

4，幕启——（这时台上的灯光是全暗的）。

5，十秒钟后台上的灯光渐明。

6，第一幕的剧景全现。

这种方法，当然是模仿了电影上的 Fade out 与 Fade in，但是作者把这种技巧搬到舞台上去，实在是有着相当的缺陷的，因为舞台是一种实体的东西，它不能像电影上可以使用 Close up（特写）等一类摄影手法，在电影上的倒叙法，有时还会把一部份观众弄得莫明其妙，那么在舞台上两幕之间经过了一个很长的换景时间，你怎能使观众知道第一幕是序

① 歌剧——编者注。

幕的十年前？你又怎能使观众知道后四幕的故事，完全是基于序幕中那个老妇人的回想？这当然都是很难解决的问题，无疑的，作者如果打算在今日的舞台上保留这个序幕与尾声，他还需针对着中国目前的舞台设备来运用思考。因为一个好的剧本，应当做到令人一看就懂的程度。说明书一类的东西是丝毫不应当依赖的，我们为了保存《雷雨》这个美化的造型。我们并不主张把序幕与尾声废去，（按国内现在上演《雷雨》的，大半都是将序幕与尾声割去），不过我们应当把它表现的方式再改良一下，我想这种责任是应当放在《雷雨》的原作者或是国内研究舞台装置的人们肩上的。

三　场面的制造与人物的雕塑

作者虽然不曾给剧本造下一个明确的意识，可是他的精力完全消磨在技巧上了，对于剧情的刻画，对于场面的雕饰，作者的确下了很大的工夫，尤其是在场面的制造上，作者为形成他的紧张性，常用时间，环境，心理等多方面的情况来做衬托，举一个例来说：如第三幕四凤向母亲发誓的那个场面，时间是在夜半，外面响着雷，打着闪，一个少女跪在她母亲的面前嚎哭着发誓，此情此景，也就够紧张了吧，如果在舞台上再加以光影的配合，那当然会更动人的。

前面已经说过，《雷雨》是一个幻想的故事。故事既出于幻想，那么所表现的事物当然就不会真实，事物既不真实，那当然就要致力于剧情的刻画，刻画剧情便免不了要制造人物，因此各色的人物便应作者的需要而雕塑出来了。

在这一点上，作者显露出他的天才，除了鲁大海的个性前后有点不相合以外，其余人物的雕塑，大都是很精细的，其中最出色的，便是四凤这个人物，作者对于这个人物的刻画，无疑的是成功了。蘩漪与周萍，当然是两个很难描写的性格，然而这两个人物写得还能令人感到真实，鲁贵和侍萍这两个人，那恐怕完全是作者为了刻画剧情而制造出来的，鲁贵这个人型，在我们的实生活中并不难找到，侍萍则是作者凭着他多年戏剧生活的经验而模拟出来的，所以我们对这个人物，始终感到飘渺。

周朴园并不是作者故意制造出来的人物，不过为了侍萍的存在，他的身上又被加上了一层油彩，周冲的制造，似乎完全是为了加重蘩漪的罪恶的，然而因为剧情过度的扩大，作者在后面竟把握不住这一点，以致蘩漪最后还是一个被人可怜的人物。

总之，由于作者写剧的天才与演戏的经验，所以从他笔下出来的人物，大都是有血有肉的，活泼而富有生气。

四　从《雷雨》到《日出》——幻想与现实的分野

《雷雨》出世以后，一般人普遍的认为这个剧本的缺陷，便是故事太幻想了。当然，在写实主义盛行着的今日，作者是不愿受这个指摘的。所以在他第二部作品《日出》里，作者的笔尖便由幻想转到现实了。《日出》里所写的是都市生活，其中的人物如舞女陈白露，土豪金八，银行经理潘月亭，雏妓小东西，富孀顾八奶奶，银行书记黄省三，留学生张乔治，没一个不是生龙活虎，这些人物或许都是我们日常所接触的，所以不像《雷雨》中的角色，那

样使我们感到飘渺。《日出》也是一个四幕剧，论分量远不如《雷雨》的沉重，因为它所把握的东西太现实了，所以也不像《雷雨》里，有那么许多偶然的巧合。因为这里的人物全有其极自然的归宿，譬如潘月亭投机不成，当然自杀，小东西不堪虐待，当然上吊，这种事情在社会上已是屡见不鲜，用不着像《雷雨》里的人物一样，由作者藉口“强调的命运”，来给他们硬找归宿。

在这两个剧本里，充分的表现出，作者的企图是超过了他的能力。在《雷雨》里，我们相信作者最初只是抓住了母子逆伦的这一点，而想大胆慷慨的写一下。后来因鉴于故事的过于单调，于是便添枝添叶起来，作者一狠心，周萍和四凤便发生了关系，周冲也加入了漩涡，作者又为使这个剧本在量上惊人起见，便竭力的使故事扩展，扩展得到末尾都几乎收不起来，请看鲁大海那个人物转变得有多么奇突，那样一个强硬的家伙，经周萍的三言两言，便对仇人缴了械，甚至连自己的妹子也许给人家，这里，作者真有点开玩笑了。

在《日出》里，也同样犯这个毛病，按说，《日出》里的全部事物，一个两幕剧便可以很从容的结束了，作者却不必须的把它扩张到四幕，第三幕的布置，完全是为了小东西这个人物的死，可是这幕与全剧形成了极大的不协调，并且使人觉得小东西这个角色在舞台上的由出现到死灭，似乎和全剧有点枝叶不相属之感。

还有，像陈白露那样聪明而滑头的女人，似乎也不应当因借不着债就去自杀，这和《雷雨》中鲁大海的转变，同样令人感觉到奇突，前面已经说过，《日出》中人物的归宿，大都是很自然的，惟有陈白露这是个例外。然而这个例外恐怕也是作者故意的制造出来的，因为《日出》是悲剧，小东西又死得太早，到了末尾这个剧本的悲哀成分显然还（不）十分强大，所以作者为加强这个剧本的悲哀成分，陈白露便被有意义的谋害了。当然，这又是一个明显的例子，作者使剧本过度的扩张，到后面不得已又加以勉强的收束。

不错，由《雷雨》到《日出》，作者是由幻想步入到现实了。然而现在我们却替作者担心，担心的是《日出》这个剧本是否能在舞台上收到严肃的效果。尤其是第三幕描写三等妓院的那个场面，是否在舞台上不流于“文明戏”化，那就很难担保了。

我们总是这样想，戏剧是一种艺术，它需要修饰，需要刻画，需要雕塑。剧作者在现实生活找寻材料，那当然可以，因为现实生活中有许多事物是具有着戏剧性的，但他在找寻中必要精密的选择，得看一看这些材料是否合于搬上舞台。写剧本也和雕刻一个木像一样，第一步你先要选一块良好的木材，然后你这个像刻得才能动人，如果你选的是一块朽木，它当然经不住你的刻刀，像《日出》中的第三幕，那就是一块“不可雕也”的朽木，作者只知它经不起刻刀，于是便把它原样不动的搬上舞台去了，这当然不是艺术，也当然更不是戏剧。

五　对易卜生的模仿——问题剧的倾向

《雷雨》产出了以后，作者便膺得了一个绰号是“易卜生的信徒”，这个绰号虽然以后经作者坚决的否认了，然而我们在作者的两部剧本里，的确可以找到一层浓厚的易卜生气息。

前面已经说过，《雷雨》中的空气，很仿佛易卜生的《群鬼》。然而最酷肖易卜生的地方，还是在全剧的结构上。作者把这些将炸裂的剧情完全在前三幕安排妥当，而使它在第四幕一同爆发出去，这和易卜生写剧的方法，当然有点相向。《日出》也是一样，除了小东西那个角色死得有点早以外，别的人物不都是在第四幕找到他们的归宿了吗?

当然，作者对易卜生最大的模仿，那便要算他的问题剧倾向了，你看完《雷雨》以后，你一定要问，造成这个罪恶的究竟是谁？是青年人的“一失足”呢？还是这个不合理的社会制度？可是作者并没有给你解答，我们想《雷雨》的没有中心意识，没有指示，其用意恐怕就是要保留这个问题剧的形式，这正和便你看完了《傀儡家庭》，便要问“娜拉出走怎样”一样。

《日出》当然也是一个问题剧的形式，剧末只由方达生说出：“我们大家连合起来，和金八拼一拼”，至于用什么方法和金八拼，这当然就是问题了。

《日出》的剧终，是在工人的歌声中闭幕，这似乎是一种光明的象征，可是这个象征实在有点多余，记得巴金先生曾这样的批评过《日出》：“曹禺先生所暗示的一线光明，始终是在后台，始终是一种陪衬，我们不能使它较密切的和主要动作打成一片，甚至于特别留一幕剧的地位给它吗?”所以这个光明的小尾巴，很容易引起别人对于作者作进一步的要求，如果这个要求真实现的话，那么作者这个问题形剧的式当然就保留不住了。

一九四〇十月录旧作

（原载《公教学生》1940 年第 1 卷第 1 期刊）

曹禺及其《日出》

小　沫

一、关于曹禺

自从送出了他的《雷雨》以后，曹禺这个名字，便为大家所熟习了。这个描写封建家庭的悲剧，经过了不少的演出，使无数的人感动得淌下眼泪来。巴金先生就一再在他的文章里提到他自己怎样为《雷雨》感动得流着莹晶的泪。真的，《雷雨》这剧本是那末地充满着感人的活人的气息，是那末一个有生命的剧本！

不久之后，曹禺又送出了他的《日出》。这个描写这“损不足以奉有余”的社会里一群的四幕剧，因为它内容的深刻和技巧的优秀，就与何其芳的散文集《画梦录》，芦焚的小说《谷》被选为得大公报的文艺奖金的作品。在《日出》里，除了克服若干《雷雨》里技巧上的陷缺之外，它更积极地展开了这光怪陆离的社会的荒淫、无耻与被摧残的画面，同时暗示出了——纵然还是不够的——那浩浩荡荡，蓬蓬勃勃的新生之力。

后来，曹禺又产生了他的《原野》。用作者自己的话，《原野》所写的是“原始的爱和恨”，从内容方面说来，似乎比以前的《雷雨》和《日出》少些积极的意义，但，它依然还不失是个成功的作品。

《雷雨》，《日出》，《原野》就是曹禺有名的三部曲。正如他的好友巴金和他的激流三部曲一样，曹禺和他的三部曲给广大的人们予很大的影响：人们读他的剧本，演他的剧本，看他的剧本，谈他的剧本……

今年暑期里，上海剧艺社曾经上演他的近作《正在想》。《正在想》是一个独幕的闹剧，描写一个卖艺者怎样受了环境的驱使而改良他的“艺术”。这虽然是个独幕剧，可是在减少戏剧的“洋化”程度这一点上，却有很大的成就。很多人演剧，老是说着文绉绉的对白；表示喜欢的时候，两只手就放在胸前；表示悲伤的时候，就低倒了头……完全学着好莱坞的“大明星”，一股“洋派”；在《正在想》里面，却要求我们创造自己的“中国气派”。假使你看过《正在想》的，那你一定不会忘记从开场一直到闭幕的哄笑的空气，谁说我们自己的“中国气派”不行呢？

曹禺最新的作品是《北京人》和《蜕变》，听说在重庆上演过多次，可是困居孤岛的我们，还没有这种好眼福。

曹禺原来的名字叫做万家宝，向来住在北平，抗战爆发后不久，到了庆重[①]，在国立戏剧专门学校当教授，一直到现在。

就曹禺的生活习惯以及他的经历等等，我们知道得很少。但，他写作上的谨严的态度是有不少人熟知而又是值得提出的。举个例子，为了写《日出》里的第三幕关于妓院这一段，他就“遭受了多少的磨折，伤害，以至于侮辱”，——我恐怕自己拙笨的笔会削弱当时曹先生的受磨折情形吧，还是索兴引用一段曹先生自己所说的话：

“我记得严寒的三九天，半夜里我在那一片荒凉的贫民区候着两个嗜吸毒品的龌龊丐乞（乞丐），来教我唱《数来宝》。约好了，允许给他们赏钱，大概赏钱许得过多了，他们猜疑我是侦缉队之流，他们没有来。我忍着刺骨的寒冷，瑟缩地踯躅到一种‘鸡毛店’的地方找他们，似乎因为我访问得太殷勤，被一个有八分酒意罪犯模样的落魄英雄误会了，他蓦地动开手，那一次，我险些瞎了一只眼睛。我得了个好教训，我明白以后若再钻进这种地方，必须有人引路，不必冒这无意义的险，于是我托人介绍，自己改头换面跑到‘土药店’和黑三一类的人物‘讲交情’，为一个‘朋友’瞥见了，给我散布许多不利于我的无稽谣言，弄得多少天我无法解释自己。为着这短短三十五页戏，我幸运地见到许多奇形怪状的人物，他们有的投我以惊异的眼色，有的报我以嘲笑，有的索兴辱骂我，把我推出门去。（我穿的是多么寒伧一件破旧的衣服）这些回忆有的痛苦，有的可笑，我口袋里装着铅笔和白纸，厚着脸皮，狠着性。一次一次地经验许多愉快和不愉快的事实，一字一字地记下来，于是总躲到我那小屋子里，埋下头写那么一点点东西……”

这一种煞费苦心谨严的写作态度，跟一些虚构故事，草率下笔，把一些自以为漂亮的句子拼凑起来便自称为“青年剧作家”的“派头”比起来，真有天与地之别！正因为这种观察深刻，落笔谨严的态度，曹禺的作品都是充满着生命和活人的气息，每一句对话都表示着这人物的性格，好像：《雷雨》里的周蘩漪，《日出》里的陈白露，《原野》里的焦大妈，写得都是活龙活现，要从纸上跳出来似的。

比较遗憾的，是曹先生的世界观，它多多少少限止了他写作的发展，如《雷雨》多少带着“听天由命”的意思。但，曹先生虚心接受别人批评的态度，必将帮助他有更大的成就！

二、关于《日出》

在曹禺的三部曲中，无论从内容上或技巧上说，比较起来，《日出》是更其出色的。

依照作者的说法，《日出》是用若干“人生的零碎来阐明一个观念”，“人之道损不足以奉有余”，所以在这里很难找出故事的线索或人物的中心。但倘使一定要讲出里面事实的概梗，自然也可以的。

一个叫陈白露的女子，从前因为死了父亲，家里穷了，就一个人闯出了家乡，做过爱华

① 应为重庆——编者注。

女校高材生，当过电影明星，也当过红舞女——现在一个人住在旅馆里，跟着些银行家，实业家，做小官的，有钱的寡妇混日子。有一天，她小时候的男朋友方达生来看她，要求她放弃这种放浪的生活，嫁给他，跟他回到乡下去。她呢，虽然厌倦了这种生活，却又没法“飞出这生活的狭笼”，于是就拒绝了他的傻想头，但，逼他住下几天看看。

每一天晚上，旅馆的华丽的房间里聚着不少的客人，有大丰银行的经理潘月亭；有外国留学得过什么硕士博士，向国家任过几任科长，口袋里有几个钱的张乔治；有俗不可耐，自以为风流，前年才说三十岁，今年忽又廿八岁的富孀顾八奶奶；有自以为“中国第一美男子”，肚子里装着许多丑陋粗恶的意想和情感的顾八奶奶的新“面首”胡四；有依靠自己狡黠和逢迎的本领从大丰银行的小职员升到潘月亭的秘书的李石清；还有刘四爷，方科长，刘小姐……每天，他（她）们叉麻雀，吃点心，自称风流，调情，弄手段……

顾八奶奶在大丰银行里存有大宗款子，她托潘月亭在大丰银行里给她的新“面首”胡四找一个事。因为市面紧，潘月亭在银行里裁去了二十来个人，才跟胡四挤过了个事；可是胡四嫌钱少，说没有意思，去了两天就不去了。另一方面，大丰银行的小书记黄省三，却为了全家的生活，苦苦哀求李石清不要裁去他，为了十元二毛五一月的薪水，他还要能从早直写到晚，背上出着冷汗，眼睛发着花；他的左肺已经烂了，可是他还要一碗饭吃，用他不值钱的生命，再换几个十块二毛五。

旅馆的楼上是卖淫的地方，一个被地痞黑三威逼的乡下小女孩小东西因为不愿被大流氓金八蹂躏，逃到陈白露房间里想避免这种兀（厄）运，终于，由于旅馆茶役福升的指点，被黑三找了回去，逼到下等妓院去“做生意”。

李石清靠了他狡黠逢迎的手段，偷看潘月亭写字桌抽屉里的地产押契，要挟着潘月亭硬把自己升为大丰银行的协理。

潘月亭因为大丰银行有不稳的风传，故意拨款建筑大丰大楼，以稳定风声；同时大做公债，想在投机生意上捞一票……

就在同一个夜里，事情发生了。

黄省三因为失了业，就卖（买）鸦片，把自己一家人毒死了，自己却因为鸦片吃完了，去投河自尽；可是被巡捕发现了，不许他自尽，硬说他是神经错乱，放了他，于是他便刺激成了疯子。

福升领着胡四到妓院里去“寻开心”，刚巧撞着小东西。小东西被威逼着服侍他，一不小心，把茶水打翻在胡四的衣服上，于是又是一顿黑三的皮鞭；那一夜，小东西就用一根麻绳结束了她短促的生命。

潘月亭因为听得公债能大赚其钱的消息，就跟荣任襄理不久的李石清反目——他讨厌他的卑鄙。结果，证明了这是一个谣言，其实公债受着有外国人做后盾的金八的操纵反而大跌，大丰银行因之破产。这时李石清的儿子病危，但，他还是幸灾乐祸地向潘月亭报复，直等到电话告诉他他的儿子死了，他才走开。

大丰银行破产，使陈白露失去了“靠山”，而明天还有大批的账等着要付，终于在鸡叫的时候，她关上了房门，吃下了安眠药片自杀。

而在晚上才活动起来的鬼：顾八奶奶和她的新“面首”胡四却回去安然的睡觉。

只有方达生，以他单枪匹马式的“勇气”，说出了：“我们要做一点事，要同自己受外国人操纵，而操纵着这社会的金八拼一拼！”他就走了。可不知道这永远“活在心头”的书呆子，有没有为了他的幻想而碰了个大钉子？

旅馆的窗外，是春天，是太阳初升的日出，又响起了小工们奋发的声音，他们唱着：

“日出东来满天大红，要吃饭来就得做工。”

曹禺先生在《日出》里，就给我们看了个这样的世界：金八之类的人操纵和统制着这社会，而小东西，黄省三这些人却做着他们的牺牲品。

看了《日出》那个剧本，我们好像感到一种亲切的气息，我们的周围不满是那些人吗？挺着肚子的金八的笑声，顾八奶奶与胡四的那副怪腔，小东西的泪珠与黄省三的悲惨的遭遇，我们不是每天都听到和看到的吗？

我们是生活在丑恶中，曹禺先生用笔把丑恶发掘出来了。

并且他还暗示了将来的新生命，他用那雄壮的歌声，来鼓励我们。

（原载《海沫》1940 年第 1 卷第 6 期）

曹禺作品研究(之《日出》)

冼　群

有人认为《日出》不及《雷雨》,理由大概是——《日出》没有故事,《日出》没有《雷雨》感动人,《日出》的主题不明显。……这些理由我并不完全反对,然而,我却不赞同——《日出》不及《雷雨》这批评。

我认为,拿《雷雨》和《日出》比较,无论哪一方面,《日出》都较之《雷雨》进步,第一,在题材的择取上跨入了新阶段——《雷雨》所反映的是封建的大家庭底生活,站在反封建的观点上,这样的题材,自然是未可厚非的。不过,我所谓的择取题材的进步,不是说剧作家不应该从大家庭底生活中去择定题材,更不是说以这样的题材写戏就是不进步,我底意思是——就曹禺个人来说,他底眼光由家庭放大到社会;由关心自己身边的生活扩展到关心自己生活圈外的许多人底生活;正如抗战前某剧团公演《日出》的广告所说:"从《雷雨》到《日出》是曹禺先生由家庭跨入社会的新阶段。"

我相当同意这句话。我认为,从注意少数人到注意大多数人,从关心家庭到关心社会,从描写家庭悲剧到描写社会悲剧,曹禺是跨入了一个新阶段,这确是曹禺先生有了可喜的进步。

第二,在认识上跨入了新阶段。对于《日出》这悲剧的造成,曹禺已经不推之于命运,而确定其为由于不合理的制度造成。

在《雷雨》中,曹禺把责任推之于命运,而命运又是非人力所能抗拒的;因此,曹禺虽然同情剧中每一人物,然而除了同情之外,他不能表示出任何积极的意见,他是那么绝望地在呻吟着,他是那么绝望地像命运之神轻微的表示了抗议。但是在《日出》中,曹禺已经发现了造成悲剧的是社会制度;社会制度是可以反抗的,可以改革的,推翻的。曹禺有了这样的新发现,因此,他再不像在《雷雨》中那样悲观,绝望了;他积极地宣布那些恶人以及那吃人的制度底罪状;他意识地(注意:《雷雨》不是意识地)暴露出那些造成和支持吃人的制度的恶人底欺骗,奸诈,残酷,阴险,剥削……的丑恶面目。

在《雷雨》中,由于曹禺在感情上对于那不可抗拒的命运有着某种程度的反抗,因此,虽然明知不可抗拒,却情感地幻想了一个似乎是代表反抗的鲁大海。鲁大海是曹禺在绝望中的一点幻想的光明,曹禺借这个人物来"聊以自慰",然而在《日出》中,曹禺却发现了代表光明,代表反抗的力量,——满脸是汗的那群家伙。虽然曹禺和那群家伙还有着不短的距离,虽然他还只看到了一群模糊的影子;然而,他已经从心底同情他们,爱恋他们,信任他们了。

第三,在"爱"与"憎"上跨入了新阶段。在《雷雨》中,曹禺对于每一剧中人都寄与了极深切的同情。这些人物，是他底亲戚，朋友，或者亲人；至少是生活在他生活圈内，与他有着某种本质上的关联的人。

但是在《日出》中，曹禺把他底同情，关切，爱恋，从繁漪，周冲……等人底身上，扩展到翠喜，小东西，和那一群流着汗的家伙们身上了。翠喜，小东西，和那一群流着汗的家伙们在演着什么样的悲剧？不是吃饱了饭以后的“爱情悲剧”，而是人底最基本，最重要的“生存悲剧”。不能获得理想的爱情，固然值得同情，关切；然而，这较之不能获得“人底生活”究竟要“次要”些的。

“爱”的对面是“憎”。在《雷雨》中，曹禺虽然也有“憎恨”的感情，但是没有发现“憎恨”的具体的对象；在《日出》中，他已经发现了这种现象；那就是——“金八”，以及本质上与“金八”有着血统关系的，如：潘月亭，李石清，张乔治，胡四，黑三……诸人。

这种爱“过着非人生活”的人和憎“造成和支持吃人制度”的人的情感，在《日出》中起着极强烈，极明显的作用；而较之《雷雨》更重要，更具体，更正确的教育意义，也就是从这里产生的。

第四，在技术上跨入了新阶段——《雷雨》太“像戏了”，它是那么纤细，小巧；从头至尾都看得出作者在故意地卖弄技巧，过分的堆砌雕琢。作者自己也说过：“写完《雷雨》，渐渐生出一种对于《雷雨》的厌倦。我很讨厌它的结构，我觉出有些‘太像戏’了。技巧上，我用的过分。仿佛我只顾贪婪地使用着那简陋的‘招数’，不想胃里有点装不下……”

由于作者自己对于《雷雨》也有了“要作呕”的感觉，所以当他写《日出》时，他“决心舍弃了《雷雨》中所用的结构”，他不愿意再卖弄复杂曲折，情致绵绵的故事，不再摆设感情的八卦阵，而用雄劲的笔触简单而又有力地写出现实底血淋淋的真貌。

当然，《日出》中仍然遗留有若干部分的玩弄技巧的瘢痕的；但它已经较之《雷雨》朴实得多了。

《日出》虽然是较之《雷雨》进步的作品，然而，它却还不是曹禺的登峰造极的作品。它还有不少的缺点，特别是在作者对于现实的认识上。

首先曹禺在《日出》中只消极地暴露了那“损不足以奉有余”的社会的现象，只暴露了那“吃人的制度”的黑暗，不合理；没有具体地指出或暗示这制度，这社会的必将崩溃，换句话说，我们在《日出》中，只看出了大鱼吃小鱼，小鱼吞虾子的诸种不合理的，黑暗的现象；只看出了“金八”的残酷，阴险，欺诈，剥削，以及“金八”底种种可怕的胜利——如：潘月亭，小东西，以至于陈白露底悲惨结局，但作者却不曾明确指出这种发展的前途。高尔基说过：“……我觉得透过人杀人的事实，你不仅必须看到指挥杀人的手，还必须看到指挥这手的人在他的迫切的末日审判之前的致命的恐怖。”《日出》没有做到这一点，这不能不算是一个缺点。

其次《日出》中窗外打桩的工人，是被作者象征着光明的。对于这“象征”，我认为是有问题的：

作者并没有把这群工人暗示成为一股反抗的力量。而且作者根本没有暗示这群工人正在反抗或即将反抗。我们知道，仅仅是一群在辛劳地做着工的工人，还不够象征反抗与光明。更何况这群打桩工人目前正在为了潘经理底大丰大楼打桩！

所以，拿他们底严肃的工作来和窗内底荒淫与无耻作一个对比，是可以的；拿他们底流着汗为了资本家们勤劳的工作，而又过着非人的生活，来增强这社会，这制度——“金八”底不合理，黑暗，是可以的。拿他们来象征或者代表一个反抗的力量，必胜的力量，是太勉强了的。作者底序文的最后一段——“我又看见了一片新天新地，因为先前的天地已经过去了！”（启示录第二十一章）。《日出》中的新天地是什么？是替潘经理盖大丰大楼吗？

再次曹禺对于《日出》底人物，仍旧和对于《雷雨》底人物一样，普遍地寄予了同情的。关于这一点，我不想详细地讨论，因为李蕤先生曾经指出过；他说：“过分的护短，即便是鞭打，无意中也是重起轻落。纵他们逃入无罪中去。”从曹禺之对于潘月亭，李石清等人，就可以证明李蕤先生底话是完全对的。

我认为：从《雷雨》到《日出》，曹禺在认识上虽然有了显明地进步；虽然他已经发现了造成罪恶的是制度，是社会，不是命运；然而，对于那制度，社会的形成，真相，以及今后的必然地趋向，他并没有真正具体地了解。掉转一面说，他对于“光明”，也并没有真正具体地了解。因此，他虽然憎恶那吃人的，黑暗的，不合理的制度，以及造成和支持那制度的人；而他所做到的，只不过是憎恶而已，暴露而已；并不能指出它底未来，现在以及将来的究竟。他虽然追求，渴慕，信仰“光明”，他虽然同情，关切，爱恋，信任着那群流着汗的家伙；而他所能做到的，也不过只是非常“理想的”地，“概念的”地追求，爱慕，同情而已；并不能具体地指出那力量的究竟，以及它底必然的胜利的前途。

所以，我以为，拿周冲和方达生来比拟曹禺最恰当——写《雷雨》时的曹禺正像《雷雨》中的周冲，本质是纯良的，有一副好心肠，有一脑子好的幻想，而对于现实完全是“不可知”的，当他发现了不同于他底幻想的现实时，他悲愤，感伤，以至于幻灭；他只能绝望地叫出他心里的痛苦，他不知道反抗，甚至于想不到这是应该反抗，可以反抗的。

写《日出》时的曹禺，已经不是周冲，而是方达生——“怀着一肚子的不合时宜，整日里思索斟酌，长吁短叹，末尾听见大众严肃的工作声音，忽然欢呼起来，……”的一位“满心向善，空抱着一腔同情和理想”的“好心人”。他虽然发现了黑暗的造成是人为的制度，他虽然感到了黑暗已终将被某种力量打倒，代替；但是，他底生活，他底行动，他底思想，与那“某种力量”之间，却有着不短的距离。

吉尔波丁有一段批判多斯，帕索士底“第四十二平行线”的意见，用在批判《日出》上，我认为是十分恰当的——

> “他底现实主义——在那表现着现实主义的创作之侧面上——还不能说是社会主义的现实主义，但那已经是反资本主义的革命的现实主义了。……帕索士底现实主义对于资本主义的世界还不能说出完全的真实。他还不能表示征服资本主义的力量。但他描写出资本主义之真实的主要部分。他暴露了资本主义之骇人的非人间性，倾注着真的憎恶。……”

就借用这位先觉底名言吧，我已经用不着再解释些什么了。

（原载《文化杂志》1941年第1卷1—2号）

谈谈《日出》的陈白露

翘

“太阳升起来了，黑暗留在后面；但是太阳不是我们的，我们要睡了。”

曹禺的《日出》一剧，是描写社会寄生层的荒淫无耻的腐烂生活。“在人群中一些冥顽不灵的自命为‘人’的这一类的动物。他们偏若充耳无闻，不肯听旷野里那伟大的凄厉的唤声，他们闭着眼，情愿做地穴里的鼹鼠，避开阳光，鸵鸟似地把头插在愚蠢里”。不要这正是“损不足而补有余”的社会病态呢！

剧中的主角陈白露，是一位久经风尘的青年女子。她的身世，可以由她讽刺地答应她的男朋友方达生的话知道的；她说：“你问我是谁么？你听着，出身，书香门第，陈小姐；教育，爱华女校的高材生；履历，一阵子的社交明星，几个大慈善游艺会的主办委员；——父亲死了，家里更穷了，做过电影明星，当过红舞女。怎么这么一个好身世，难道我不知道自己是谁?”由潘月亭经理的秘书李石清的口里，更可以把白露描绘得透彻无遗，一钱不值，他说：“陈白露是个什么东西？舞女不是舞女，娼妓不是娼妓，姨太太又不是姨太太，这么一个贱货！”的确，漂泊放荡的生涯，折磨了她，她竟然失掉了原始的纯朴和天真，变成一个无所顾忌，不知羞耻的人物。“为着爱钱，想法子弄钱……”遂不惜牺牲自己，尽着女人对男人的应尽的最可怜的义务，而享受着女人应享受的权利！这是多么可痛心而又值得同情的啊！

试问白露是不是甘心这样地让自己堕落下去？永远和这群疯子们——投机欺人的潘经理，满口洋文的镀金博士张乔治以及忘了自己年龄的顾八奶奶这般家伙——撕（厮）混下去？不！聪明的白露不至于糊涂到这种地步。在夜的世界里和他们周旋了后，天色将近黎明，一人独倚旅馆客室的窗前，撩开帷幕，向外望着将出的太阳，这时不免起了身世之感，捧着自己的心，（流）着痛苦的眼泪，她固然爱生活，但是她对生活却又觉得是那么憎恶和倦怠，愤怨地向茶房问着正在隔壁玩牌的潘经理们：“他们为什么不玩够了，走回自己的家里去呢？说一说……”；矛盾的情绪占据了她的心，她没有办法解除愁楚，只好用酒来忘记了一切！

方达生，一位纯洁有思想的青年，是她从前的朋友，为着不愿眼看她就这样麻痹地死下去，苦口婆心，再三再四地规劝她，想救她离开这个魔窟，跟他走，但是生活的习惯，如桎梏般，束住了她，使她没有勇气，把脚拔出泥沼，走向阳光里去。用倔强和傲慢来掩饰她心灵的痛苦，以一个寒酸的笑回绝了达生的要求！终于因为潘经理卖外汇失败，张乔治用挖苦的口吻拒绝了她借款的请求；而两万五千元的账单，逼着陈白露走向自我毁灭的道路！

她羡慕太阳，春天，快乐。她也知道太阳是快要升起来了，春天就要降临了；然而她失望地说："太阳不是我们的，我们要睡了！"最终她没有勇气，她缺乏方法来救自己。

回顾来看在今天的社会里，有多少的女子，和陈白露遭同样的命运，在恶势力的压迫下，毫无意义地牺牲了自己，做男人的占有物，过着自己所不愿过的生活。不知觉悟的，固然值得痛心，而知道觉悟，不能救自己，让自己沉溺下去，给环境吞没的，这是更值得痛心惋惜的哟！朋友们，在廿世纪四十二年代的今天，妇女的解放，固然需要妇女本身的觉醒，但是，更主要的，应该是方法与行动的问题。只有用坚强的决心，来配合正确的实际行动，女子解放才有光明的前途！

（原载《华南学院校刊》1942 年第 9 期）

《日出》的重演

靳　苓

曹禺的作品，每一部有它的特点，即以他的三大悲剧而言：《雷雨》曲折离奇；《日出》讽刺暴露；《原野》强劲有力，这是我们对三剧从外观上所得的不同的感觉。三剧的特点如此互不相同，而其受广大听者观者的欢迎却是一样，并没有什么分别的。

《雷雨》，《日出》，《原野》——曹禺三部曲是《中旅》最为拿手的，时常被搬上舞台，而唐若青在《日出》中饰陈白露一角，尤有"标准老牌"之誉。

《日出》人物个性刻划之精妙尤为余二剧所不及。其中演得最成功的是那位"拼命向上爬"的银行秘书李石清，他为了满足自己地位的欲望，不惜好(奴)颜脾膝的巴结潘经理。李石清的头脑是清楚的，他的脉息裏沉着殷红的鲜血，他同情弱者，然而□不能给人家帮助，甚至他根本没有力量去援救他自己，因此他又是一个冷酷的动物，他贪婪优逸的生活和享受，他拼命的爬，结果他还不是遭了和患着严重的肺病的银行小职员黄省三同样的命运？他满希望自己能爬得高高的，可是他在一步步爬越的当儿摔了下来，无情的命运把他丢在绝望的沉渊里，他被毁灭了！

社会是个大熔炉，谁愿意把他的命运做一注赌博的，很可能的他会被烈焰灼死，毁灭！

社会是不平等的，我们必得奋斗！

《日出》虽然是一个旧戏，然而对于一个有意义有价值的旧戏，我们是不惮一演再演而至百演的！

（原载《大众影讯》1944年第4卷第30期）

《日出》中王福升其人

武　陵

提起《日出》里的“王福升”三字，读者对这个名字一定不很生疏的，然而他还有着一段不平凡的经历哩，可惜在曹禺先生的笔底下忽略过去了！作者与这一位王八爷有数面之缘，论关系，“朋友”两个字总可以高攀的，因之对于王八爷的轶事，尚能忆及两三事。

王八爷在未任职饭店之前，是在一家和大丰银行业务仿佛的银行里任事，职务也是“茶房”。但你别小窥了这“茶房”二字，他位于高级职员之下，小职员之上，一位承上接下的“宦任官”，也因为他底地位在小职员之上，所以有时高级职员叫他到下面去关照一件事体，那就使他难于措词了，如果说是某某先生叫我来的，那很容易伤失了王八爷的身份，索性就：“喂！你把那件事情快做好了！知道吗?”于是，小职员也知道王八爷的话不是没来由的，“是”！

小职员对于王茶房和经副襄理同样看待的，倘使经理室里在议商什么加薪问题啰，人事调动问题了，以及……等等有关大局的问题之后，大家都集中到王八爷的台前，探询一下消息，有时也有一两个自视甚高的家伙，偏要单独跑到王八爷的那里问长问短！遇着八爷高兴的时候，也肯简单地告诉你两句，末后，“没有你关系的，你好好地干，啊！”

因为这些职务上的优惠，小职员们当面都一致的称赞王八爷的“为人好”“待人好”！诸如此类，王八爷听过后也正正经经地对他们表白心迹！“不作兴，大家都是吃人家饭”。

王八爷虽然委屈的和小职员们的席次一同用餐，但他底位置始终是居上，即使他迟到，也没有人敢上去占座的，而且，所谓“跟官三日像官之心”，他吃饭的用具和动作与经理一模一样，虽然经理有自雇汽车，但王八爷有时也能攀辕附辙一下，所以这一点仍不能塌他的台型。

然而，王福升对于自己的本位工作的确很卖劲，他底处世秘诀只有一个——就是对经副襄理和会计主任要多“跑香槟”。站在经理后面固然能做到屁都不放一个，而且连呼吸气也要压低成“一个细微的弱息”。

一天，福升从襄理太太手里把小少爷抱过来，“啊啊！多么肥胖啊！福像（相）啊！……说得襄理太太抿起了嘴。适巧一个不懂礼节的小职员也凑过来，把愚蠢的笑堆满在脸上，轻轻地吻了小少爷的额角一下，“哎呀！”福升惊骇的说“你底牙齿真尖锐哇！”吓得襄理太太忙用白手绢向孩子的脸上边叽咕边揉！

这帮人委实不知趣，竟敢在八爷手里抢夺外交关系。

八爷的垂青即使在经理室里也并不普遍，来客如系派头一络，而且与经理相谈甚欢，如金八之流，福升的生意经便来了，茶，香烟，连接地烟灰缸也搬来了！如在大热天或许还要送一个毛巾把。但遇见罗宋的洋装先生们，而且经理对他一句问半句答的话，这可就不在八爷的眼里了，这与对待黄省三是传统的一贯政治作风。

自从陈白露死了之后，他也被关进警察局（那时还叫巡捕房哩）几天，报纸上除了“艳尸”大标题之外，小标题上就有王福升的大名了！因为大名和艳尸并列，一时传为风头人物，正如石翁仲和张黛琳一样，这之后，老板因为他照顾疏忽，叫他自请处分，结果是免职，但王福升对外发表说：“不愿干这行鸟差使。”

他现在什么地方呢，恕我知道得不详细，因为我问过他一次，说：“马路那边一座小洋房里”虽然听得很抽象，但从此就不便再烦问他了。或者在小翠花那里还可以寻得着他底踪迹，现在他以在野名流身份时常还和胡四一同去走走，只是小翠花和黑三他们似乎都不像以前那样对他热络了！真是狗眼看人低。

（原载《民声》1948 年第 4 卷第 1 期）

曹禺先生怎样修改《日出》?

——关于“主题”与“人物和情节”

振　甫

鲁迅先生说:

“凡是已有定评的大作家,他的作品,全部就说明着应该怎样写”。只是读者很不容易看出,也就不能领悟。因为在学习者一方面,是必须知道了“不应该那么写”,这样会明白原来“应该这么写”的。

“这不应该那么写”,如何知道呢?惠列赛耶夫的果戈里研究第六章里答覆着这问题——

“应该这么写,必须从大作家们的完成了的作品去领会。那么,不应该那么写这一面,恐怕最好是从那同一作品的未定稿本去学习了。在这里,简直好像艺术家在对我们用实物教授。恰如他指着每一行,直接对我们这样说——“你看——哪,这是应该删去的。这要缩短,这要改作,因为不自然了。在这里,还得加些煊染,使形象更加显豁些。”

“这确是极有益处的学习法,而我们中国却偏偏缺少这样的教材。”

(“不应该那么写”)

鲁迅先生给我们指示这种“极有益处的学习法”,就是从作家的修改过的稿本中去学习。只是这种稿本不容易找到,所以鲁迅先生又说“我们中国却偏偏缺少这样的教材”。好了,现在我们找到了极好的修改的稿本,就是曹禺先生修改的《雷雨》《日出》和《北京人》。这三部著名的剧本,曹禺先生大家修改以后,结集起来编成《曹禺选集》,是新文学选集中的一种,由开明书店出版。把这《曹禺选集》中的《雷雨》《日出》和《北京人》,拿来跟文化生活出版社出版的《雷雨》《日出》和《北京人》对照起来读,就可看出曹禺先生怎样修改,恰如他指着每一行直接教给我们,哪里应该删去,哪里应该改过,哪里应该重写;不仅这样,曹禺先生还教给我们:怎样创造新的人物;怎样修改故事的情节,使它更和实际的情形相符合;怎样把主题烘托得更加显明。“这确是极有益处的学习法”。现在让我们先来看看曹禺先生是怎样修改《日出》的。

不过我们在看曹禺先生怎样修改《日出》以前,还需要有一点认识。那就是曹禺先生的《日出》,当时所以那样写,现在所以需要修改,并不全为了当时写得不妥当。原来在当时反对派的迫害下,作家的创作,好比压在大石底下的植物,不能不弯曲地生长起来。所以他不得不写得隐晦些。现在大家生活在阳光底下,当时候所以那样写的环境完全改变了,那末在当时候不能写,不能不曲曲折折写的部分,自然得加以修改了。

一、主题

我们知道写作好比画画，一张画里有背景，有烘托，这些都是用来显出主题的。写作也是这样，一篇作品里写各种人物的活动，情节的发展，都是用来显出主题的。我们读一篇创作，要是只看到一个人物的活动，看到这些人物构成的曲折情节，那还不算看懂那篇作品。我们一定要通过人物和情节的瞭解，再进一步去认识主题，那就懂得作者为什么要写这些人物和情节了，所以把握主题是很重要的。

那末《日出》里的主题是什么呢？

曹禺先生在《日出·跋》①里说："《日出》写成了，然而太阳并没有能够露出全面。""我的心又追问着我：'哪里是太阳呢？'"再看这个剧本取名叫"日出"，可见作者是要写太阳怎样出来的，也就是要写出中国革命的力量怎样起来的，这是主题的一方面。

《日出·跋》里又说："我想用片段的方法写起《日出》，用多少人生的零碎来阐明一个观念。如若中间有一点我们所谓的'结构'，那'结构'的联系正是那个基本观念，即第一段引文内'人之道损不足以奉有余'。所谓'结构的统一'也就藏在这一句话里。"这话还是当时的说法，就是在反动派压迫下的隐晦的说法。到了作者写《曹禺选集·自序》②时，就说得更明白了。在《自序》里说："譬如《日出》这本戏，应该是对半殖民地半封建的中国旧社会的控诉。"这是暴露当时反动统治下社会的黑暗面，是主题的另一面。

这两方面是有关联的，黑暗面人物的灭亡，也就是光明面人物的新生。不过比较起来，暴露社会黑暗面的文字写得更细腻曲折和详细罢了。

那末让我们来看，曹禺先生怎样去修改得使主题更明显起来。就写光明面的人物说，在旧版的《日出》里，这些人物是"始终藏在背景后"，不□脸的。到修改本里，就有正面的人物出现了，那是新的创造。在修改里出现的新人物，就是工人田振洪和郭玉山。尤其是田振洪，作为正面人物的代表，具有深厚的阶级友爱。当仁丰纱厂的工人傅荣生被特务害死后，他的女孩子被流氓特务卖到妓院里去。在那个女孩子失踪以后，田振洪和工人兄弟们就在四下里找寻，终于找到妓院里，把那个女孩子救出来。到妓院去时，他曾说："这里的女人，哪一个不是劳苦大众的女儿？早晚我们要把她们都救出来。"那完全是一种革命家的抱负了。他不仅有这种伟大的愿望，还有正确的认识和实际的行动。当他去救方达生时，说道："全市的工厂都在今天罢工。一会儿，连这些盖房子的兄弟都有联络。"又说："帝国主义就这两手，他们压不倒我们。"

再从新报馆里的送信人小刘口里，说出罢工工潮要扩大到全市，"国民党派来军警特务，也镇压不住工人"；已经发展到"工人一致要求抗日，要赶走日本鬼子，今天晚上突然又有发展，日军司令部说工人藏了军火，向日本监工开枪，打死了他们的人，他们认为这是暴动，宣布要用武力采取断然的处置"。

---

① 《日出·跋》，文中其他处不再一一注明。
② 《曹禺选集·自序》。

从这里，我们看到工人阶级的团结友爱，看到工人阶级的大罢工，从罢工发展到要求抗日，发展到“暴动”，这就显出了太阳出来时的景象，把主题的新生的一面显出来了。

再就对“半殖民地半封建的中国旧社会的控诉”这一面说，在旧版的《日出》里，不得不写得隐晦些，“将帝国主义这个罪大恶极的元凶放过”（《曹禺选集》自序）。在修正本里，就写得非常明显了。像日本浪人可以随便杀人，特务可以迫害进步分子，流氓头子金八可以害死工人，而这些鬼都和租界巡捕房里的鬼子有来往。那个流氓头子金八，更是勾结特务，做日本仁丰纱厂的总经理，做帝国主义的走狗。这样，流氓特务浪人买办都在帝国主义的指使下迫害中国人民。可是一到利害发生冲突时，流氓头子金八也要迫害买办潘月亭，结果金八自己也吃了日本帝国主义的亏。这样，就把帝国主义的元凶清楚地显出来了。

二、人物和情节

曹禺先生对于旧版《日出》里的人物和情节也有很大的修改。像在天亮时被介绍出来的陈白露、方达生和小东西，都修改得和旧版本里的人物不同了。

比较修改得少的是陈白露。可是在旧版本里，说陈白露曾经嫁给一位诗人，和他生了一个孩子，后来孩子死了，双方对生活又感到平淡、无聊、厌烦，因此就离婚了。又说她出身书香门第，到修改本里这些经历和出身都不同了。她“爸爸被洋行辞退了，弟弟妹妹都一点大，在乡下的哥哥不知被保甲长弄到哪儿去了，可是留下一大堆孩子”。她也曾嫁过人，她说：“他到他的‘满洲国’做他的生意，爱上另外一个人，就这样跟我离了婚。”这样一修改，她也成了被迫害的人，不论迫害她或她家的是洋行买办、保甲长或到“满洲国”去的商人，总之都和帝国主义这个元凶有连带关系，这样，她的身世就和主题密切结合起来了。

方达生和小东西都是修改得很多的人物。在旧版本里，方达生成了白露口中的“书呆子”；作者也说他是“空抱着一腔同情和理想，而实际无补于事的‘好心人’”（《日出·跋》），是具有浓厚的小资产阶级脾气的知识分子。到修改本里就不同了，变成在白露口中的“还在做你的救亡工作”者，成了特务跟踪的人物，不知改了第几次姓；他又和工人们在一起，成为参加实际工作的革命分子。在旧版本里，方达生还不是正面的人物。曹禺先生说：“我怕我的幼稚又使我有些偏颇，而技巧的贫弱也许把读者的注意错牵到方达生身上去，因而令人以为这样的男子便是《日出》中有希望的人物”（《日出·跋》）。可是在修改本中，方达生完全成了光明面的人物，成了实际参加革命工作的人，不仅是“有希望的人物”了。

试就方达生的谈话看，他已看出新生的力量，“就是成千成万被压迫的劳苦大众，这个有组织的力量。跟他们一块，参加他们的工作，中国就有翻身的一天。”至于特务流氓买办“这一类妖魔鬼怪，眼看着就会被中国老百姓的力量扫得干干净净。追不上时代的，不参加实际工作的，必定没有路走”。“日后的世界没有不劳而获的生活，也没有人剥削人的生活。”这些话，正好把黑暗的一面要怎样没落，光明的一面要怎样兴起的情形显示出来了。这里，他指示给白露的，是走上一条正确的光明的路，虽然白露已经堕落到无法自拔了。

可是方达生终究是进步的小资产阶级知识分子，所以和老工人田振洪一比就差得远了。当方达生和田振洪到妓院里去找寻小东西时，方达生脱口而出对妓院里的人说："我们要找个人"，这就引起了妓院里的怀疑。田振洪忙说："玩来的哩，何必单找她？"可是已经无法消除妓院里的怀疑，小东西就被关在里面不让她出来接见，使得他们无法找到她。方达生就失望地回去了。可是田振洪发觉里面种种可疑的地方，就和许多工人兄弟守在外面，再派工人郭玉山装做到那个妓院里去玩，终于找到小东西，把她救了出来。这就见得田振洪是那么机警，老到，有办法，方达生比起他来差远了。

旧版本里的小东西，是一个没有父母没有家的苦孩子，一直称做小东西，没有真实的姓名。到修改本里，就成了有家的孩子，白露问："你有家？你爸爸不是也死了么？"小东西答道："嗯，教人害死的，我爸爸在鬼子的工厂做工，他死了，有朋友照护我。"

这里也见出高度的阶级友爱来，使得没有父母的孩子仍旧感到有家的温暖。小东西的父亲，也改成了仁丰纱厂里被打死的工人傅荣生，是金八指使特务害死的。小东西的名字改成了傅连珍，成为一个有骨头的孩子，她说等她大了一定要报仇。工人们又为了她父亲的被害举行大游行。这样一改，就使得她和正面的工人阶级以及黑暗面的帝国主义的元凶都发生了关联，和主题的关系更密切了。

旧版本里写小东西的结局，原来是写成她受不了妓院中的迫害，用麻绳吊死在门框上。后来又感到这样写刺激太重，就改成"她将一把椅子移在门下，站在上面，把麻绳拴在门框上，成一个小套，她稳一稳心，正要——但一个恐怖的寒战，她又走下来，呆呆地立在那里。……她实在忍受不下去了，忽然扑在地上，哀哀地哭泣起来。"无论她是死或不死，总是成为黑暗时代中的牺牲者，得不到新生。可是在修改本里就不同了。小东西无论受着怎样的磨折，像困在笼中的小野兽，顿足，低声叫着："死我也要出去！死我也要出去！"末了，她终于被郭玉山救出来了。这样，从小东西的落去流氓手里到被卖到妓院里去，正好见出《日出》里的黑暗面；从小东西的被救，显出工人阶级的友爱团结，正好显出《日出》中的光明面来。单从小东西的经历看，也和主题紧紧地联系着的了。

再有《日出》中的记叙和说明部分，曹禺先生也有很多修改，对于这些修改，振甫先生另有专文讨论，将在本月份出版的《语文学习》第二期上发表。读者可以参阅。

原编者

（原载《中学生》1951 年第 241 期）

曹禺的戏剧

丁　易

继《雷雨》之后，作者写出了《日出》，由家庭悲剧进而写社会悲剧。他在《日出·跋》说："这几年在这光怪陆离的社会里流荡着，我看见多少梦魇一般的可怖的人事，这些印象我至死也不会忘却；它们化成多少严重的问题，死命地突击着我，这些问题灼热我的情绪，增强我的不平之感，有如一个热病患者，我整日觉到身旁有一个催命的鬼低低地在耳边催促我，折磨我，使我得不到片刻的宁贴。"这样，他写出了《日出》，很显然，他是企图在《日出》中解决这些现实问题的。由"《雷雨》中渺茫不可知的神秘"，进而追求现实社会里的严重问题的解决，这在作者实在是一个很大的进步。在《日出》中，作者写下了一些真实生动的人物，如：过着寄生生活的女人陈白露，买空卖空的银行经理潘月亭，认识模糊而又想拯救别人的知识分子方达生，被压榨得喘不出气来的银行小职员黄省三，过着非人生活的被侮辱践踏的妓女翠喜和小东西，代表黑暗势力的金八的爪牙黑三，以及一些都市的渣滓人物像张乔治和顾八奶奶等。作者对这些人物或予以斥责鞭笞，或予以同情怜悯，感情真实深挚，很能吸引读者和观众。但在剧中，作者把这一些黑暗和罪恶，全归之于"一种可怕的黑暗势力""无影无踪，却时时在操纵场面上的人物"——金八的支配与操纵，把光明的希望寄托在建筑大楼的砸夯工人身上，而这些工人却并没有出场，也没有指出这些工人有什么领导和组织。

很显然，作者所暴露的这些黑暗和罪恶，是当时半殖民地半封建社会制度的产物，决不可能是一个"无影无踪"的金八所能支配操纵的，就是金八自己又何尝不在这现实社会支配之下呢？把光明的希望寄托在工人身上这完全是对的，但一群既未出场而又无领导无组织的工人，只凭着"浩浩荡荡向前推进的呼声"，企图"象征伟大的将来蓬蓬勃勃的生命"，是有些模糊笼统的。

是什么思想使得作者有这样的看法呢？这仍是由于作者唯心论的观点与立场。他面对了现实社会，这社会的极端黑暗迫使他"不能片刻宁贴"，但他却又不了解产生这黑暗的根源，他不能从社会制度和社会本身去深入了解，于是他只好"读《老子》，读《圣经》，读《佛经》，读多少那被认为洪水猛兽的书籍"，希望从这些书里寻求解决，而那些所谓"被认为洪水猛兽的书籍"，就作者全部作品的思想内容看来，决不是马克思列宁主义的哲学和革命理论，而是似乎近于虚无主义的那一类东西。在这些书内寻求解决现实社会问题，所以作者的"基本观念"就自然不能超越《老子》的"人之道损不足以奉有余"的那一个原始的简单的概念。再加上作者写《雷雨》时的宿命论的思想的影响，在《日出》中就出现了"无影无踪”的金八，他仿佛是一个命运之网，所有人都不能摆脱他的控制。关于这一些，作者后来也曾认识到，他说：“现在想想，倒也记得动手的时候确实要提出一些问题，说明一些道理。但我终于是凭一些激动的情绪去写，我没有在写作的时候追根问底，把造成这些罪恶的基本根源说清楚。譬如《日出》这本戏，应该是对半殖民地半封建的中国旧社会的控诉，可是当时却将帝国主义这个罪大恶极的元凶放过；看起来倒好像是当时忧时之士所赞许的洋洋洒洒一篇都市罪恶论。又如，我很着力地写了一些反动统治者所豢养的爪牙，他们如何荒淫残暴，却未曾写出当时严肃的革命工作者，他们向敌人做生死斗争的正面力量。”①作者这段自我批评是很肯切的。但是《日出》在当时究竟还是提出了一些问题，它深刻地暴露了这些反动统治者所豢养的爪牙是如何荒淫无耻，被压迫者是如何过着非人的生活，十分有力地攻击了这个黑暗社会，这在当时还是有着极大的积极意义的。

（节选自丁易《中国现代文学史略》，作家出版社 1955 年 7 月初版）

① 曹禺：《曹禺选集·自序》，开明书店 1951 年。

什么是陈白露悲剧的实质

陈恭敏

曹禺同志的名剧《日出》正在北京、上海等地演出。五四以来优秀剧目的重演，它的意义是多方面的。特别是像《日出》这样富有艺术魅力的剧本，蕴藏着丰富的内容，它的演出，将帮助我们探讨很多问题。

在这些问题中，“陈白露灵魂悲剧的实质”无疑是最中心的论题之一。其所以值得讨论，也由于最近观众提出了这样一个简单而又复杂的问题：“陈白露之死值得同情吗?!”由陈白露悲剧的实质的分析将进一步引伸到《日出》演出的现实意义问题。也许陈白露的精神世界，她的思想、感情、理想和愿望对我们并不陌生，而且这一切是非常真实可信的。但为什么要把她的心理世界的幻灭过程展现在观众面前呢？她的悲剧将给观众什么感染、感染到何种程度呢，剧作家写剧本的历史条件不允许他考虑到二十年以后的观众。但剧院的导演、演员重新演出《日出》时是不能不考虑的。

可惜的是这个问题并没有引起应有的注意。陈白露虽然依旧站在舞台的中心，但对她的灵魂的悲剧——她的精神世界之谜却是揭示得不深的。由她的命运所构成的剧本主要情节——心理线索至今仍然是演出最薄弱的方面。

我们可以从《日出》看到两个方面的生活：第一个方面是半殖民地都市生活的形形色色：操纵市场的买办金八、为虎作伥的黑三、投机家潘月亭、假洋鬼子乔治张、自作多情的顾八奶奶……和作为上层社会的对立面、生活在下等妓院的悲惨人物。第二个方面是陈白露的整个内心世界，她的悲剧；它正是《日出》的主要旋律。

这两个方面构成整个剧本的情节基础。《日出》的主题：“损不足以奉有余”的社会概括是通过陈白露的心理概括而深刻化的。

曹禺同志在《日出》的跋中曾经谈到一个非常重要的意见，他认为《雷雨》写得太像戏了。契诃夫质朴的艺术风格和对主人公灵魂的深刻揭示那时正深深吸引着他。

可是历来的演出甚至最近上海的演出恰恰走的是剧作家所忧虑的道路。

导演和演员的才华是无可置疑的。但他们过多地迷恋于外部的“戏剧性”，把剧本所刻划的社会的形形色色，那一群剥削者、寄生虫的种种丑态加以浓涂艳抹，淋漓尽致地表现在舞台上。剧本原有的辛辣的讽刺常常被闹剧的趣味所代替。剧院满足于剧场的表面效果，甚至没有估计到其中所包含的某种程度的不健康的成份。而对陈白露的内心世界、她的悲剧的性质、她和方达生的动作贯串线，导演和演员没有作过更深入、细致、合乎逻辑的认真分析，理解得很简单，还存在着很多空白点和疑问号。注意了对陈白露的姿态、语气、外貌的装饰和雕琢，忽视了对她内心世界的真实揭露。

首先让我们看看目前的演出吧。第一幕开始，戏剧就迅速展开了：意外的会见。这是陈白露悲剧的开端。方达生千里迢迢，一片痴情要拯救和感化堕入深渊的学生时代的情人，现已成为红舞女的陈白露，他带来了两张火车票，坚信白露会跟他走、会嫁给他。但出乎意外，白露不但不跟他走，反而把他强留下来，要把他“这付（副）古板眼镜打破”。白露对方达生所讲的那些话都带着明显的嘲笑和作弄。她拒绝了方达生率直的求婚，因为她不能嫁给这个穷书生。她玩世不恭地说：“你有多少钱？我要舒服，出门要坐汽车，应酬要穿好衣服，我要玩，我要跳舞……”名誉、爱情，在她看来是一钱不值的。

剧本的第二幕，陈白露只不过作为一个善于交际应酬的主妇活动在舞台上。其它角色的戏像跑马灯似的弄得观众眼花缭乱。据说上海“日出”的导演给这一幕陈白露的命名也正是：“善于应酬的主妇”。

第四幕的演出象征意味很浓，陈白露像幽灵似的拖曳着黑色的轻纱，伫立在窗前，太阳就要出来了，我们仿佛可以听到她灵魂中敲起了丧钟，整个调子是忧郁的，节奏低沉而缓慢……一切预示着安静地走向死亡，日出前的露水像一阵轻烟即将凌空消散。

对最后陈白露之死的解释，正如情节所造成的必然趋势一样，那就是：潘月亭破了产，自顾不暇；乔治张不肯借钱，油头滑脑；而福升的账单成了催命的符咒。陈白露之死是由于付不了债，受逼而死。

这一切仿佛非常明显：一个穷而又傻的书生带若堂·吉诃德式的勇敢要去拯救一个自甘堕落的红舞女，由于“万能的金钱”的魔力，爱情从窗口飞走，红舞女负债自杀。

从来对陈白露的处理和解释都认为她是一个玩世不恭、自甘堕落的女人，她把人生看作游戏和宴会，兴尽而散。对陈白露之死的处理是最触目惊心的：没有钱，“一切都完了!!”据说这样的解释和处理陈白露的悲剧是为了批判小资产阶级知识分子人生观的颓丧和软弱。

然而，针对这种流行的解释，观众提出“陈白露之死值得同情吗?”是理所当然的。是的，他们不能同情舞台上的陈白露。揭开她那一切含情脉脉的轻纱，透视到的是一颗卑俗的灵魂，观念决不会为一个自甘堕落的女人流眼泪的。黄省三带着烂了的肺扒在桌子上日以继夜地抄写，最后亲手毒死了自己的儿子；小东西尚未成年就遭到金八、胡四的凌辱，黑三的鞭子赶着她往火坑里跳，只有悬梁自尽。他们的命运是如此强烈地震撼人心，他们的死发出了抗议的呼喊！悲剧的控诉力量是非常强烈的。相形之下，陈白露的悲剧就不成其为悲剧了。如果陈白露之死也能算作“悲剧”，最多也不过是小市民的“悲剧”。按照这种流行的解释和处理，我们所看到的陈白露除了比顾八奶奶年青漂亮一些以外，她的灵魂中有什么更高贵一些的东西呢？不，她的“愿望”是为铜臭染过颜色的。

我是决不同意这种“批判”的。如果陈白露真正是这样一种女人，那今天演出她的一段经历就变得毫无意义。

随着对陈白露理解的错误，对方达生的处理也是有问题的。某些导演和演员宁愿根据二十年前剧作家的意见，把主角放在窗户的外面，而不愿意弥补作者由于受历史条件的限制对方达生描写之不足，不把方达生作为剧本中的现实积极力量。

那么，陈白露悲剧的实质是什么呢？

这是一个复杂的内心过程，包含着尖锐的内在戏剧性。

从方达生的出现到陈白露之死虽然不过短短的一星期，但陈白露的灵魂却进行过真正激烈的生死搏斗。方达生的突然出现，就像一粒火种，把陈白露埋藏在内心深处的火焰燃烧起来。陈白露从精神麻痹的状态中苏醒过来，内心经历了巨大的暴风雨。有翅膀的金丝鸟是不想飞的，而折断了翅膀的鹰，当它挣扎着、终于飞不起来的时候，宁肯结束自己的生命。“不想死而不得不死”，这才是真正的悲剧。

陈白露的矛盾就是“白露和竹均”的矛盾。如果陈白露在四幕戏中依然是对生活已经麻木了的那个陈白露，那她是不会很快就死去的。凭白露的年青漂亮，乔治张不借钱，摇钱树潘月亭破了产，她就再也找不到新的“主顾”了吗？如果仍然是自甘堕落的陈白露，她是决不会“玩这种时髦的把戏”——服安眠药片的。

方达生也决不是堂·吉诃德式的英雄。他的爱情是坚贞的（不管有多么傻气！），他敢于跑遍所有的下等妓院去拯救“小东西”，受到最难堪的凌辱，仍然坚持自己的反抗。这其中有什么可以为人讪笑的呢？把方达生作为一个积极的形象引进舞台的戏剧纠葛中来，深刻处理陈白露和竹均的内在矛盾，把“小东西”的悲剧命运作为剧中一个重大事件，那么《日出》的演出就会出现一个全新的面貌。

下面我们就根据剧本，选择一些重要的情节，按另外一种观念进行一些具体的艺术分析。

如果把方达生的突然出现和积极走进陈白露的生活，当作一粒火种，我们就能够从白露精神世界燃烧起来的火焰中，看清楚全部悲剧的过程。

第一幕，当方达生出现在舞场上的一刹那，他是绝不相信自己所听到的那些关于白露—竹均的流言蜚语的。而白露之突然看到方达生，应该是惊恐万状的。方达生带来了竹均时代的一切回忆。白露惧怕那一切，不愿意和方达生见面。因而戏剧的开始，方达生应该是主动的，他的内心动作是十分积极的；而白露那一切挑衅、嘲弄，自暴自弃是被动的，内心动作是掩盖、抵抗。当方达生说到陈白露的生活是堕落、放荡的时候，陈白露产生了第一个最强烈的自我感觉和自我清醒：“她看到了这一切生活！堕落的生活！”她的竹均的自尊心和羞辱的感觉同时开始抬头。方达生那么执拗地提出要她嫁给他。白露还来不及理解这种要求，她是无法清醒地迅速地作出决定的。她已经习惯于人与人之间特别是男人与女人之间的那种买卖关系。而方达生这样坦率、真挚的爱情，她却反而不能习惯它。因而她所说的那些玩世不恭的话，她立刻就拒绝方达生的求婚正是她对爱情的真实性进行的心理试探。所以当她还无法立刻相信这种爱情的时候，她就很自然地然而也是很坚决地把方达生留下了。另外一种思想是陈白露还不能相信跟方达生结婚会带来真正的自由和幸福。她从学校跨进社会的第一步就遇到现实生活的泥坑，每向前走一步就陷得愈深。女人的出路在哪里呢？她又不甘心一辈子过平庸、繁琐的家务生活。方达生能带她走向什么样的生活里去呢？不管白露对未来感到多么渺茫，对生活如何缺乏信心，但方达生的到来，无疑地使她心里的竹均开始复活了。她不是第一次看到霜花，但却是第一次显露出对春天的喜悦；她不是第一次看到类似小东西这样的可怜虫和她们身上斑斑的血痕，但却是第一次复活了竹均的同情，而且反映得那么强烈和敏锐。这都是竹均从白露灵魂中苏醒的信号。当白露那么忘我地保护小东西的时候，鲜明的富有热情和正义感的竹均形象，不是已经站立在我们面前了吗？白露所已经看惯了的肮脏生活，竹均开始厌恶起来。她开始了深刻的变化，越来越不能忍受这种耻辱的生活。

第二幕应该是白露内在变化的深入发展，可惜剧本用很多外在戏剧性的情节冲溃了内在戏剧性的进一步展开。白露的内心线索在舞台上没有连贯起来，正像一条巨流为浮在上的泡沫所掩盖。

第三幕虽然陈白露没有上场，但剧作家写了一幕很重要的戏，小东西命运的悲剧强烈感染了观众，方达生的精神成长得到了很好的艺术体现，造成了第四幕一开始就出现了全剧心理矛盾的最高潮。如果我们不满足于象征性的处理，真正回到白露的内心生活中来，我们就能看到她内心生活中的暴风雨。自从小东西又被金八的魔爪攫走以后，白露的焦灼不安是不亚于方达生的。这一严重事件的发生对陈白露和方达生都是严酷的考验。从第四幕开始时白露伫立在窗前撩开帷幕向下望，直到方达生上场，白露内在矛盾非常激烈，情绪的变化是回旋起伏，翻腾不止的。她这时不是决定去死，而是决定等方达生把小东西救出来就和方达生一起走。白露的心情，被乔治张和顾八奶奶令人作呕的装腔作势衬托得更鲜明。所以等乔治张被刘小姐叫下去时，我们就看到了白露的眼泪。她多么厌恶像苍蝇似的缠绕在她身边的这些人。但最使她哀痛的是自己竟把最美好的青春和这些人耗费在一起，而自己没有感觉到它是多么丑恶和可怕。这时竹均的悲痛是和愤怒交织发展的，一直到她的感情像火山似的“迸发”出来，她咬牙切齿地向福升喊道：“他们为什么没有玩够！（高声）他们为什么不玩够？（更高声）他们为什么不玩够了走！……滚！滚！滚!”这时竹均的意识升到了顶点。当白露对福升说：“各人有各人的家，谁还住一辈子旅馆，”这段台词的时刻，正是白露要跟方达生走，奔向自由生活的愿望最强烈的时刻。

但方达生回来了，小东西终于没有找到，白露已经觉醒了的灵魂受到了沉重的打击，良心感到了痛苦的谴责。方达生跑遍了所有下等妓院，他终于看清了那个社会的本质：人与人之间兽性的残忍。他悲愤地宣誓：要为所有的小东西们去和所有的金八们斗争，哪怕牺牲自己的生命！

一般的演出在处理这段台词时常常是干巴巴的说教甚至给人一种滑稽的感觉，没有理解到这段台词在全剧中的重大意义。所有的戏是为了通过形象、情节具体感染观众，而这段台词正是在戏剧发展的顶点上用它思想性的光辉照亮全剧的，它响亮地鸣起了《日出》的主调。方达生真正理解了生活，看清了自己应走的道路，而他所看到的、想到的，白露还没有来得及变成自己的信念，更不可能有充分力量行动起来。但她却深为方达生的行为所感动，她真挚地相信方达生会行动起来，走他理想的道路，但这条理想的道路却又是多么艰难呵！白露带着消极的情绪回想到她和一位有理想的诗人所过的短暂然而真正幸福的生活。这一段痛苦的回忆是永远难以忘却的：因为它是真正美好的。但像方达生

那样要想在整个社会上建立那种美好的生活，这是白露不能相信的。“平淡、无聊、厌烦”，像黄霉天的阴云弥漫了整个生活，你永远只能在自己鼻子尖下爬行，无目的地爬着，最后爬进坟墓，而生活依然像一股浊流，黄霉天的阴云依然弥漫着。白露一想到自己经验过的生活，就更加变得毫无信心了。飞，飞不起来，苟活下去，又不可能。当竹均复活了的时候，白露多少年来的耻辱、精神上的创伤，就像雷轰电击，高山巨石一齐压倒在她的身上。这时，也只有这个时候，“死”才是惟一的出路，陈白露之死才具有真正悲剧的性质，才能成为对旧制度道德的、人性的抗议。第四幕的后半部，剧本一再强调白露借不到钱。还不起账，已经很难找到她的内心动作究竟是什么了。据说北京某导演作了这样的解释：她还想活下去，等储蓄了足够的钱，到三十岁时再嫁给方达生。这是不能令人同意的。整个来讲剧本第四幕对白露的内心刻划还是比较深刻的，但后半部缺乏严格的心理逻辑。这正是剧本不足之处。如果把白露向乔治张借钱理解成为了一种讽刺：她的内心动作就是“揭开有钱人的假面具”，暴露出他们吝啬的本质，这可能脱离剧本较远。还可以作另外一种解释：那就是白露决定要死，但最后到底要看看在乔治张这些人的眼中，自己即使作为一种商品又有多大价值?！结果证实她是三千元都不值的。这里也可以作为剧作家对白露的结论性的批判。当竹均理解到这一点时，她很自然地感觉到死比活着容易得多，幸福得多了。我们看到她多么宁静地吞服了安眠药片，又多么宁静地死去。从而悲剧的力量又是多么强烈地激荡着我们呵！

从以上的分析，可以得出这样几个概括性的结论：

第一，只有深刻地、合乎逻辑地揭示陈白露的内心矛盾过程，方能正确地表达“日出”的主题，使主题的社会概括与心理概括得到统一。否则，仿佛作者写陈白露只是为了通过她把那些零散的片断的人物、情节和场面串在一起。

第二，对陈白露的小资产阶级人生观的批判也只有在揭示出她灵魂中理想与现实、人性与奴性、尊严与屈辱、同情与麻痹……的复杂矛盾的前提下才是可能的。

第三，绝不能把方达生演成一个可笑而傻气的书呆子，也不能把他演成一个堂·吉诃德式的“英雄”。剧本对这个正面人物显然描写得比较单薄，但导演、演员应该通过自己的艺术创造丰富这个人物。把他过于理想化，或者相反把他加以丑化都是同样违反历史真实的。目前的演出，需要特别加强对方达生的艺术处理。

第四，有的导演企图把陈白露从主角地位拉开，这种企图是不会成功的，因为剧本正是以陈白露心理矛盾的一个完整过程作为它的情节基础的。因而回避探讨陈白露的真实悲剧和它的复杂矛盾，不去深入细致地搞清她内心线索的一切环节是不行的。观众提出的问题要求演出《日出》的导演、演员同志们给以有说服力的回答，这是我们的责任。

（原载《戏剧报》1957 年第 5 期）

谈曹禺的《雷雨》和《日出》[1]

思　基

一

曹禺(万家宝)是一九三三年新出现的一个创作态度严谨、作品较多而且结实的现实主义剧作家。他的作品有《雷雨》(一九三三)、《日出》(一九三五)、《原野》(一九三六)、《北京人》(一九四〇)、《蜕变》(一九四〇)、《家》(一九四二)和全国解放以后创作的《明朗的天》(一九五四)等九个多幕和独幕剧。这些剧本大多数都是作者在第二次国内革命和抗日战争时期写成的。这时,由于作者还只看到生活在半殖民地半封建中国的人们的不幸,挣扎,对于改变这种不幸的社会力量还缺乏正确的认识和理解,因而多数作品都是以封建旧家庭的崩溃(《雷雨》《家》《北京人》)或资本主义化了的都市中"人类的渣滓"(《日出》)的生活为题材,用一种人道主义者的不平和积愤,去暴露和批判半殖民地半封建的罪恶制度,抨击那些撑持和维护这种罪恶制度的人。有些作品(如《雷雨》《原野》)甚至带有浓厚的宿命论观点与神秘主义色彩。他认为人的争执、吵闹,都是由于一种不可知的自然法则所支配。他创造各式各样的人物,是为了请"看戏的宾客升到上帝的座位来怜悯地俯视这堆下面蠕动的生物。他们怎么盲目地争执着,泥鳅似地在感情的火坑里打着昏迷的滚,用尽心力来拯救自己"。[2]《雷雨》中鲁侍萍说:"天知道谁犯了罪,谁造的这种孽!——他们都是可怜的孩子,不知道自己作的是什么。天哪,如果要罚,也罚在我一个人身上,……如今我明白了,……事情作了的、不必再怨这不公平的天,人犯了一次罪过,第二次也就自然的跟着来。"《原野》中作者写仇虎从被恶霸地主陷害囚禁了八年的监狱里逃出来,杀了他仇人的儿子和孙子之后,由于一种莫名其妙的感情的迷惑,在侦缉队的追捕的枪声中又用匕首杀死了自己。这些都是作者那种宿命论观点和神秘主义情绪的表现。这种观点和情绪,如果从曹禺生活过程来研究,可以得出答案;这是他在学校生活(清华)中所受欧洲资

① 此文在《处女地》发表后,针对该文所提到的曹禺创作中的宿命论观点等问题,《处女地》刊发了一组作家的世界观与创作方法的问题的讨论文章,主要有:甘竞、徐刚的《也谈曹禺的〈雷雨〉和〈日出〉——兼论作家的世界观和创作方法》,《处女地》1958年第2期;刘正强:《曹禺的世界观和创作——兼评〈也谈曹禺的〈雷雨〉和〈日出〉〉》原载《处女地》1958年第6期等——编者注。

② 《雷雨》序。

产阶极作家创作思想影响的反映。这会大大损害了曹禺创作的思想性和现实性。

但是,"五四"后半封建半殖民地中国的急剧变化,却冲击着生活在这土地上的作者,而且牢牢地包围着他,这就迫使他——一个反对封建压迫和帝国主义侵略的作家,创作思想中必然要具有人道主义精神和现实主义原则。而且,生活四周的物质现实,也必然要超越他精神上所受的唯心主义的影响。这就保证了曹禺创作能够沿现实主义道路向前发展,而且,从一开始,他创作中的现实主义精神就超越了他的宿命论观点和神秘主义情绪。他的创作态度的严谨,对所描写的生活的熟悉,更使他的作品在人物性格的刻划、剧情的结构及语言的精炼等方面,显示出了他的艺术创作的才华和给作品带来了动人的魅力。《雷雨》和《日出》就是他这种作品中的优秀剧目。全国解放以后,由于他直接受了党对他的教育,以马克思列宁主义作为自己的世界观,他的创作就有新的成就和新的发展。一九五四年他发表的揭露美帝国主义分子用中国人民作细菌实验的罪行,表现中国共产党对知识分子政策的伟大胜利的"明朗的天",就是他创作新发展的标志。

二

《雷雨》是表露曹禺艺术创造才华的第一部作品。它以一九二五年前后的中国社会为背景,描写了一个以周朴园为代表的带着浓厚封建色彩的官僚资本家的家庭生活的悲剧。在这个家庭里,因为掌握一切权力的是一个年轻时"冒失狂妄",年老时在妻儿面前假装正经的"专横、自是和倔强"的家长周朴园,因此,家庭便成了生活在这家里的人们的牢房。人们只能在他的示意下煎熬着,挣扎着,等待着死,他竭力要维持自己家庭的表面的平静,要使它成为符合他个人意志的"最圆满,最有秩序的家庭"。但是随着资本主义经济的发展,要求人的独立和解放的思想已暗暗渗透进这个表面上以封建礼教为主要统治形式的周朴园的家庭。这就形成了这个家庭的主要矛盾——周朴园和蘩漪的矛盾。围绕着这个矛盾,作者生动的展示了这个家庭的全部罪恶历史和它现在的不可调和的矛盾,而反抗者蘩漪又不能解决这种矛盾的悲剧性。它通过蘩漪的报复性的揭发告诉了读者,周朴园建立的这个所最圆满,最有秩序的家庭",其实从他的祖父开始就是最缺德的家庭。他本人就是一个表面上一副道德面孔,内心里最狠毒的伪君子。他为了娶一个有钱有门第的小姐,可以逼着刚生了小孩才三天的情妇冒着大风雪去跳河,可以为了自己发财故意叫哈尔滨的江堤出险淹死两千多小工,可以为了高额的利润叫警察开枪杀死工人。这种伪君子,在家里专横的结果,就是他的儿子必然和他年轻的妻子(儿子的后母)通奸,在社会上的剥削和压迫的结果,就是工人的觉醒和反抗。因此,他的家庭,无论从内到外,从外到内都是极不平静极没有秩序的。这种不平静和没有秩序是生活在变化的反映。在这里作者现实主义的描写了正在成长壮大的中国工人阶级,预示了狠毒和软弱的中国官僚资产阶级的必然衰亡和破落的命运。这种命运从周朴园的灵深处往外扩展,它叫人看不见什么叫道义、良心和爱情,它只知道散发铜臭的钱。周朴园听到鲁侍萍说了她三十年的悲惨生活后说:“好!痛快快的!你现在要多少钱吧!”就深刻的显示了资产阶级道德败坏的特点和精神上的危机。

剧本中与周朴园对立的主要形象是蘩漪。她是一个被关在周朴园牢房里十八年,青春已经快被消磨尽的旧式女人。她外表沉静、忧烦、文弱,但“在她的心里,她的胆量里,她的狂热的思想里,在她莫名其妙的决断时忽然来的力量里”[①]却蕴藏着一种原始的野性。她是周朴园的家中最有反抗性的人。她不安于作那个假道学的附属品,为他无声无息的死去。她要求解放和自由,要求热烈的爱和欢乐的笑。当周萍一时感情冲动表示了对父亲不满和对她的爱,她就不顾性命、名誉和伦常,把自己全交给了他。周萍弄玩了她,又害怕封建的道德和舆论,而要逃避他在爱上的责任时,她则在众人面前勇敢的承认他们之间的关系,谴责周萍的胆怯和自私。“你到底是你父亲的儿子,……”她说:“哼,都是些没有用,胆小怕事,不值得人为他牺牲的东西!我恨我早没有知道你!”“一个女子,你记着,不能受两代的欺辱!”[②]她在十八年的痛苦生活中,没有屈服,没有被闷死,她到生命的尽头还有着对生活的热情和追求,并且还敢于向压迫他的人反抗和冲击,这是在那个社会中值得同情的女人。她虽然反抗还很有限度,“只要有周萍的爱,这‘闷死人’的屋子也会使她留恋,她会安于虚伪和欺骗的不正常关系里。”[③]但她却没有过失。作为一个中国旧式女人,她担负了自己应该担负的责任。她不能有的力量,作者一分也没有给她。

与周朴园对立的另外两个形象,是鲁侍萍和鲁大海。这是作品中被描写的一个重要方面——被剥削被压迫的阶级对立者。他们是生活中受剥削、受压迫、受侮辱而又没有屈服的人。鲁侍萍对周朴园的蔑视和高傲态度,她在严酷的生活压榨下坚持挣扎的勇气,显示了几千年受剥削受侮辱的中国劳动妇女的高洁的情操。鲁大海刚强、健壮和自信的形象,则使人感到了成长中的工人阶级的力量。他们的身上虽然各有各的历史所加给他们的弱点——鲁侍萍把产生痛苦的根源归结到“命运”,鲁大海缺乏思想的武装,然而,他们比铜臭熏心的周朴园,比一切都模仿父亲的周萍来,道德和人格上都要高尚得多。

《雷雨》揭示的这种生活的矛盾和人物性格的特征,正是历史真实的反映。悲剧的结束,也正是那种生活和那些人物性格发展的自然结果。因为,不论在家庭和社会的对立中,都还没有一种力量成熟到能够完全从斗争中清除周朴园的程度,只能从他们的要求、斗争和死亡中暴露周朴园阶层的残酷和罪恶,透视他们统治的破绽和危机。《雷雨》如实的描写了这种历史的真实,这就是它的现实主义的成就,不管作者当时自己怎样认识这悲剧的产生和憧憬的是甚么。

但是,周萍自杀的结局,却损害了作品思想性和艺术性。因为他这样的死对观众没有教育意义,也不是周萍性格发展的必然结果。如果他继续的寄生反倒会增加观众对杀人

① 《曹禺剧本选》二一页。
② 《曹禺剧本选》五五页。
③ 周扬:论《雷雨》和《日出》。

不见血的资产阶级的仇恨。

三

《日出》是曹禺对于客观社会有了进一步的认识，抛弃了《雷雨》中某些宿命论观点，而开始有意识的抨击资本主义制度的作品。

在这作品中，作者揭露了“人之道……损不足以奉有余”的人剥削人的不合理制度，开始“把希望寄托在象征光明的人们身上，而不再对于隐秘不可知的事物的憧憬和恐怖。……他的创作的视线已从家庭伸展到了社会”，已把“一个半殖民地金融资本主义制度下的脓疮社会”作为自己的创作题材[①]。在这里，作者突出的描写了半殖民地都市里的金钱的魔力。它，正像马克思所说：“是资产阶级社会的上帝和理想，千百万人崇拜它，为它牺牲。谁有了金钱，谁就有了一切；谁没有它，谁就陷入贫穷、困难、灰难的深渊。”因而人们疯狂的掠夺它，把它“歌颂成为最关重要的生活原理的辉煌体现物”。[②]

作品以陈白露的客厅和三等妓院——“宝和下处”为着色点，把半殖民地半封建都市的上层阶级的荒淫和下层人民的不幸，作了绘声绘色的描写。

陈白露的客厅是一切上层分子集聚的场所。那里有银行家（潘月亭）、小官吏（张乔治）、职员（李石清）、阔太太（顾八奶奶）以及寄生在资产阶级老爷们身上的陈白露。他们都在金钱的控制下，奔忙着和冲击着，各人都想尽一切办法去抓钱。潘月亭胆战心惊的利用公债投机，企图逃避银行的倒闭；李石清在惊涛骇浪中拼着一家老小的命往上爬，希望给自己抓到一个能够抓钱的好位置。陈白露则天天和她最蔑视的人混在一起，以对男人尽那可怜的女人的义务，去换取豪华生活的费用。他们的生活哲学都是一个：“人不能没有钱，没有钱就不能活着。”因此，他们的兴奋、痛苦、倾轧和奉承，都牵联着彼此口袋里的支票，并且运用着一切卑鄙的手段去强夺它和维护它。胡四能在又肥又胖的顾八奶奶身旁转来转去，也正是由于她“甘心情愿地拿出钱来给他花”，他再花多些她也不心疼。

三等妓院“宝和下处”，和黄省三的全家服毒自杀所展示的是半殖民地半封建都市的另一方面，即下层人民的痛苦和不幸。这痛苦和不幸是与上层阶级——银行家、阔太太以及那些地痞、流氓要舒服和抓钱是分不开的。善良和无辜者是他们相互倾轧和榨取货币的牺牲者。黄省三每月为了十块二毛五，白天黑夜不伸腰的写，想要凭自己的忠心与尽责，弥补他父亲没有给他留下股票和存款的缺陷。但是，这正像李石清所教训他的那样，这个世界不是替他那样的人预备的。潘月亭在为着维持他那挥霍无度的生活和与另外的资本家互相倾轧时，是会连他那满肚子的仁文、良心、勤恳、安分，全都一脚踢开，不让他再有一点机会拿到一个“十块二毛五”的。虽然这还不够潘月亭一天的零碎开销。翠喜明明

① 周扬：论《雷雨》和《日出》。

② 康士坦丁诺夫：《历史唯物主义》四五〇页。

知道“宝和下处”是一个人间地狱,“有钱的大爷们玩够了,取了乐了,走了”,自己满肚子只是难堪和委屈。但是,半殖民地半封建的生活制度,剥夺了她的正当生活的权利,她只有“恼在心里,喜在面上”,去供人玩乐,给有钱的老爷们发泄兽欲。小东西那个孤独的反抗者,更是地痞黑三等榨取货币的直接牺牲者。她的青春可以诱来装满钞票的顾客,他们就以毫无人性的毒打,逼她带着眼泪去用自己的肉体把钞票接到自己的柜里来。

由于钱成了资本主义制度下人们的唯一的上帝,人的精神的堕落,道德的沦丧,就成了资产阶级共有的特征。他们没有生活的理想(理想就是弄钱),没有友道和爱情,没有道德和良心,也没有信用和同情。他们有的只是谋杀、猜忌和欺骗;要的只是肉欲和刺激。因此,作为他们集聚中心的陈白露的一间华丽的体息室内,“一切陈设都是畸形的,现代式的:生硬而肤浅,刺激人的好奇心,但并不给人舒适之感。”墙上挂的是很荒唐的裸体画,地下堆的全是画报、酒瓶和烟头。他们互相所欣赏和得意的,除了麻将牌、酒、烟、舞,就是女人的香体、浪漫和肉感。陈白露在作品中成为这一群形形色色人物的活动的中心,正是由于她富有为他们所需要的女人的姿色和肉感,顾八奶奶明知自己“人老珠黄不值钱”了,还永远以她那娇小可喜,惹人心慌的假天真、假活泼去提倡“爱情的伟大,伟大的爱情”,更深刻的展示了他们精神上的空虚与无聊。她既没有自己要作的事情,又没有男人玩女人的天赋条件,结果,便只能凭着自己手头有几个钱,沾陈白露一点光,在她那众多的客人中间,以自己人为的俊俏和装出来的天真,去争取男人来取乐。虽然人们永远都在讪笑她。

这就是半殖民地半封建的都市生活图景。在这淫乱、空虚和残暴的生活中,作者又揭示出金八那种为潘月亭等所不能抗拒的势力,以及他和黑三那帮地痞的勾结,更是半殖民地半封建的中国都市生活的重要构成内容。它是生活的真实所不可缺少的,是帝国主义经济势力的象征。它在舞台的幕后活动,呈现了半殖民地半封建中国都市生活的复杂性。它给人民带来的灾难是深重的,这使我在黄省三的绝望的诅咒,翠喜的忍辱的顺从,和小东西的孤独的反抗中,感到了半殖民地半封建的生活制度的极不稳定。虽然他们都还没有办法去改变它,甚至于还必然要随着腐烂的制度一起灭亡,但作者却从作品里那些幸运者和不幸者的生活中,暗示了个伟大的未来。那个厌倦于腐烂的寄生生活而又缺乏力量挣脱那种生活的陈白露,几次三番的提到:“太阳升起来了,黑暗留在后面,但是太阳不是我们的,我们要睡(即完)了”,就是她对于那种生活(连同保护它的制度)结局的预言。

那末“日出”的另一个方面,即代替那种腐烂了的阶级和人的新的力量是什么呢?是被作者硬塞在幕后的那浩浩荡荡向前推进的打夯工人的呼声。他们是生活的伟大未来和生气蓬勃的新人的象征。这种象征,在作者心目中,是比那个“永在‘心里头’活着的书呆子,怀着一肚子不合时宜、整日的思索斟酌,长吁短叹,末尾听见大众严肃的工作的声音,忽然欢呼起来,空泛的嚷着要做些事情”①的方达生更可靠的力量。因为他们不是一个孤

① 曹禺:《日出·跋》,1950年文化生活出版社出版。

寂的无补于事的“好心人”，而是一个洋溢着生命活力的阶级。

但是，由于当时作者的认识能力的限制和反动政府的压迫，作品在对于太阳出来的描写是软弱无力的。作者所暗示的那伟大的未来，在作品中看不出那是历史矛盾发展的必然，而好像只是腐烂阶层自然淘汰的结果。因而，它实际上只尽了诅咒半殖民地半封建制度的责任。“日出”只不过是作者在“感觉到大地震来临前”的，那时的内心的愿望而已。

四

《雷雨》和《日出》在艺术的创造上是有许多特点的。它的情节发展的紧张性，人物性格的复杂性和它的精确的描写，悲剧中喜剧因素的浸淫，对它的广泛的社会影响和艺术生命的持续性有着重要的意义。

两个剧本的情节——结构的方法是不同的。《雷雨》受莎士比亚、莫里哀、易卜生（特别是他的《群鬼》）等人的影响较大，是按着“戏”的要求，把情节的发展集中在几个人物身上，在作者的精心的制作下，从一开头就很紧张的在一条纵的故事线索上发展。它有完整的故事，奇妙的穿插和紧张的场面。后者，则受着契诃夫剧的影响（特别是《三姊妹》），想要在一种平淡的日常生活的场景上，“用多少人生的零碎来阐明一个概念”①，要观众在他所描写的社会的横断面，看见一个鲜血淋漓的不公平的社会形态。

但是，这两种不同的结构方法，并没破坏曹禺的戏剧艺术风格的统一。他剧中情节发展的紧张和矛盾冲突的高度集中，仍是他艺术风格的重要构成内容。《雷雨》和《日出》中，作者所作的情节——结构的许多精细的安排，都是为了完成这种艺术要求所作的努力。这种安排，如果归纳起来，大体可以有这么三个特点。

第一，把一些偶然的事情在整个剧情发展中事先加以精细的安排，使其成为情节发展的必然因素，从而大大促进情节发展的紧张和矛盾冲突的尖锐与集中。“雷雨”中鲁侍萍在周公馆快要风暴大作的时候，忽然从几百里以外闯了进去（并且，还是她两年中才有的唯一的一次），这是偶然的。但由于作者在她到来以前就通过鲁贵和四凤的谈话，蘩漪和四凤的谈话，造成了她即将到来的气氛，这就使她的偶然的闯入成为剧情发展的必然内容。这内容一经肯定，由她所带来的一切无法解决的周公馆的矛盾，就成了整个剧情发展的决定因素。读者和观众在每一个人物活动的时候，就都盼着要弄清他们各自的关系，并急切的等待着问题的解答。这就使周朴园对客厅的固执而古怪的安排，蘩漪、鲁贵等反复提到（共六次）的藤萝架上的电线断落等细节，都对情节的紧张，起了巨大的作用。《日出》中陈白露自杀用的安眠药片，在其整个情节发展上来看，也是有这作用的。顾八奶奶三番五次的提起它，虽然是为她那假装病弱，盼人关心的性格所必需，也为揭示陈白露的生活的糜烂所必需，而更重要的是为陈白露最后的死所必需。作者是要在她所寄生的潘月亭

① 曹禺：《日出·跋》，1950年文化生活出版社出版。

垮台，张乔治又拒绝供养她的时候，安排给她一种极为方便而又舒适的自杀工具。

第二，是在平静的日常生活的描写中使情节的发展在一种起伏的状态下进行。构成这种状态的，在《雷雨》和《日出》中，一般是以人物的上场下场，改变舞台上的谈话内容来形成的。而这又经常是与故事的穿插，人物的介绍相联的，有时也与评书中的《扣子》相类似。《日出》第一幕中方达生与陈白露从舞场回来，一种不安的心情正促使方达生责备他的情人不应坠入那种堕落生活时，一个醉得迷迷糊糊的张乔治身着礼服，可又不穿袖子的"牛吼似的打着噎"走了出来，就给剧情的发展增添了新的因素。他走后，方达生刚要再以诉述自己的内心痛苦去感化陈白露，一个"谄媚卑屈"的福升出现了。他把李五爷、方科长、刘四爷、潘经理、张总编辑等等都在等陈白露的消息一报告，一个充满着幻想，跑了几千里路来接情人的书呆子，一切希望便都被撵跑了。这既给后面的情节的发展，人物的出场，安排了线索，又给陈白露和方达生的谈话逐渐变换着气氛，并增加着新的内容，终至使方达生不得不抛弃那种傻瓜式的感化方式，而正面的对她那放纵和堕落加以指责。第三幕中小东西如何熬过那痛苦的一夜，更是在那起伏不平的状态下展开的。那时，小东西看着十二点"再熬一会就完了"，但顺子的"有客！"的叫声，一下就把她的希望撵跑了；她被黑三毫无人性的毒打后，无可奈何的去侍候胡四时，情节的发展好像要平静下来了，但忽然热茶倒在胡四那最讲究的衣服上，祸事就又起……情节就如起伏，像波浪式的一起一伏向前推展，把整个"宝和下处"的黑暗和丑恶、残忍和毫无人性展示了出来。在《雷雨》中除了相类似的情况外，还有由于两个人物心情和要求的不同，谈话的一方时时企图中断谈话而构成的情节的紧张气氛。这在第一、二幕中鲁贵和四凤的谈话，蘩漪和周萍的谈话，都有着鲜明的表现。

第三，由效果和人物心情的呼应所构成的情节的紧张，在曹禺这两个剧本中，也是常有的。小东西在夜深人静，艰难的熬过她那生命的最后瞬间时，外面那寂寞和凄凉的卖硬面饽饽和一声一声的慢慢响过的木梆的声音，以及远处的隐泣的女人的哭声，对剧情的紧张气氛都起着重要作用。鲁侍萍在周冲走后，强逼着四凤起誓时，雷声连续的从窗外滚过去，这不论对四凤、侍萍或者观众，都是充满着恐怖的。因为它所造成的意境，使人在内心里耽着四凤那种无可奈何的誓言，将会带来不幸。这不是迷信或报应，而是那誓言所反映的不是她的真实的意愿。

除了情节——结构上的这些特点，《雷雨》和《日出》中作者刻划人物性格的方法的多样性和注意人物性格的复杂性，并准确的予以表现，也是构成剧本的艺术魅力的重要组成部分。没有人物性格的精细的刻划，只有情节的紧张，人物的表面行动的矛盾和冲突，那只能令人兴奋一时，不能成为真正的被人喜爱的艺术作品。

《雷雨》和《日出》中，许多人的性格都是矛盾的。鲁侍萍恨透了周朴园，但她阻止鲁大海去伤害他。周萍感情一冲动，父亲就成了他的眼中钉，他羡慕一切没有顾忌、敢作坏事的人；生活一平静，他又羡慕他父亲，并且处处都以他作榜样。陈白露"爱生活，又厌恶生活”。她眼看着银行家、小官吏、阔太太们都在腐烂、发臭，并且鄙视他们，但她又离不开他们，而且还装得天真地供他们耍弄。其他的如翠喜、李石清、周朴园等等也都是这样，他们的表面行动和内心要求总是经常不一致的。在他们那些各种各样的性格矛盾中，既包含着他们的生活经济和社会处境所给予他们的影响，也包含着他们所承受的那一个时代的道德、伦常观念。作者注意这些方面，正是他的人物性格的真实的所在。

曹禺为了实现他们人物的性格，在描写他们时，是根据各个不同的性格和他们在剧中的地位采用不同的方法加以表现的。周朴园在《雷雨》中是造成一切人的不幸的根源，又是那封建官僚资本家家庭的统治者，作者在表现他那伪善、专横而又狠毒的特性时，描写的角度是多方面的。他既用周萍对他（父亲）的崇拜表现他的专横（“他的话，向来不能改的。他的意见就是法律。”）又用蘩漪对他（丈夫）的不满，揭露他的伪善和假正经（“你父亲是第一个伪君子，……你就是你父亲的私生子！”）；既在周朴园自己的举止行动中描写他那处处想儿子做榜样的细心的装作（连他说话的声调和家庭的陈设都安排得很有秩序而又规矩），又用鲁侍萍的对证来说明他从年青时候起，就是一个既无情义又无廉耻的罪人。他在场的时候，人们可以看见他；不在场的时候，人们也可以看见他。在描写周萍和蘩漪的性格时，则主要是在他们之间的矛盾和斗争中，以各自的行动或相互的谴责与埋怨直接去完成。蘩漪对于周萍的揭发，补充了他性格的更本质的一面。那就是他开始想要像他父亲一样假装的伪善的一面。作者在《日出》中，对陈白露那种矛盾性格则是把她放在两种事件上去表现。她一方面和别人一样的沉醉在诱惑里，被堕落和放纵所浸透，像块臭肉一样，惹得一大群苍蝇萦绕着她。另一方面，作者又借小东西躲藏到她房内的事件，展示她那腐烂的心灵中还藏有对苦难者的同情心，并且，她还想去为她（小东西）去尽一些力。这把她和那些银行家、小官吏、阔太太、流氓与地痞分得清清楚楚，也使人在她绝命时带着若干的同情和惋惜。而在刻划鲁贵和福升那帮谄媚卑屈的奴才时，除了描写他们在主子面前一般的那种满口称“是”和打拱哈腰外，作者还在一些紧要的场合，以他们对待事物的无是非（对人不对事）态度，表现他们那种媚强欺弱的奴才特性。《雷雨》中鲁贵回到家里，兴致淋漓的数落全家的不是，而当鲁大海拿出了手枪时，他的驯顺和胆怯是极为可笑的；《日出》中福升在电话里对金八讲话时的自卑自贱，连自己的祖宗也可任意污辱，而面对黄省三时则盛气凌人，连他的辱骂和奚落也全都当作了是给对方的抬举。这不仅有力和生动的显示了鲁贵和福升的奴才的性格，而且还给整个悲剧带进了若干喜剧成分。

剧本中关于舞台布置和人物的生活与性格的充满抒情的说明，在话剧创作中是独特的。这对于读者、演员、导演理解作者的创作意图，把握人物的精神特征，都是有裨益的（虽然有时也可能妨碍演员或导演发挥创造性）。它给人物或场景烘托出一种气氛，在人物还没有出场，剧情还没有展开时，读者就在那种抒情的说明里，受着了那种气氛的薰染。剧情一旦展开，人物即在画中活动。因而，人物的每一动作和语言，读者都可以在作者所描绘的那种气氛中得到准确的理解。周朴园的伪善和冷酷，陈白露的放纵与厌倦，顾八奶奶的憨态与装娇，在他们刚一出场时就能够立刻为读者所认识，这与作者的这种抒情的说明是分不开的。周萍那种没有理智的性格常像一段枯枝卷在感情的漩涡里，起伏着，随波逐流，更给了读者以深刻的印象。它使读者在他最热情和最恳切的表白中，也感觉着那里面包含着无限的不幸。这就是那种抒情说明的作用。

最后，剧本的语言的含蓄和准确，对作品具有持久的艺术生命，也是一个重要因素。它的含蓄性给作品带来意味深长，耐人寻思的内容；有时虽然含有象征的意味（如“雷雨”、“日出”、“暴风雨就要起来了”、“太阳升起来了，黑暗留在后面，……我们要睡了”等等）。但是，它没有妨碍读者理解作品，相反，它丰富了读者的想象，增强了那种生活的意境，因而也是可以肯定的。它的准确性给作品实现了鲜明的、多样的人物性格，使剧本中的众多的人物，不管是主要的和次要的，都富有他们各自的独特的性格。读者甚至只要听听顾八奶奶说：“白露！我佩服你！你……又香艳，又美丽，又浪漫，又肉感。……潘四爷是个顶能干的人，说个文明词，那是空前绝后的头等人儿，地产，公债，股票，那一样不数他第一？……你一眼看中他，抓住他，你说个‘是’，他不敢说‘不’字，所以我说你是顶有希望的女人！”[①]你就可以知道这是一个又爱钱，又丑笨，而正在以学说文明词儿去挽救自己的青春的极为妖冶的女人。作者在这里不仅描画了她的整个希望和理想，而且也集中表现了她所有的哀愁和悲叹。这就是他的语言的艺术力量。

我们应该学习这一切！

1956 年 12 月 20 日草于沈阳

1957 年 1 月 6 日改于长春

（原载《处女地》1957 年 7 月号）

① 《曹禺剧本选》二一九页。

也谈曹禺的《雷雨》和《日出》

——兼论作家的世界观和创作方法

甘　竞　徐　刚

（《处女地》刊物编者）按：本刊去年七月号发表思基同志的《谈曹禺的〈雷雨〉和〈日出〉》，曾收到几篇对该文所提到的曹禺创作中的宿命论观点作了不同分析的文章。这是一个有关作家的世界观与创作方法的问题，我们准备展开讨论。

思基同志写过一篇《谈曹禺的〈雷雨〉和〈日出〉》，发表在一九五七年七月七号《处女地》上。这篇文章对曹禺的两部名著进行了具体细致的分析，提出了不少正确的、中肯的意见，但其中也有些看法是令人不能信服和同意的，这也是目前几本新文学史著作中普遍流行的看法：他们一方面承认曹禺是优秀的现实主义剧作家，他的作品反映了历史的真实，获得广大群众的热爱，但同时又强调曹禺思想上有着严重的宿命论观点和神秘主义情绪（有的说他站在资产阶级唯心论的立场上）；曹禺的作品有着浓厚的宿命论和神秘主义色彩。我们认为这种说法不仅自相矛盾，在理论上不能成立，而且和曹禺的实际情况不相符合。

思基同志和有些文学史家分析曹禺的世界观和创作方法，不是从作品本身出发，而是根据作家为解释自己剧本所谈的某些抽象议论，他们不是从整部作品的艺术构思和完整的艺术形象出发，而只是孤立地抓住个别人物的一段台词，把它当成作者本人思想的体现。这种研究方法本身就是错误的，当然更不可能得出正确的、实事求是的结论[①]。杜勃洛留波夫曾经卓越地发挥过一种意见：他认为艺术家的真正的世界观必须求之于他所创造的活生生的形象。因为当作家“用抽象的术语来讨论问题的时候，他所表达的思想可能和他在艺术活动之中所表达的思想正相反——这些思想只是他基于简单的信念就接受了的，或者是他用一些虚伪的、匆促构成的、浮浅的三段论法推论出来的”[②]。显然，我们应该用这个光辉的意见来分析曹禺的世界观和创作。

曹禺的世界观是否有浓厚的唯心主义、宿命论思想呢？从文学史家所引用的《雷雨》的序来看，似乎是肯定的。但是，正如曹禺在解放以后所说，他当时的这些思想是“从书本上得来的”[③]。也正是所谓“基于简单的信念就接受了的”。它们并不构成作家的真正的世

①　这种情况在刘绶松的《中国新文学史初稿》中最为突出。他不厌详尽地引录《雷雨》序言的两大段文章，把它说成是理解和评介作品的主要根据。

②　《杜勃洛留波夫选集》第一卷一六三页。

③　《我对于今后创作的认识》，《文艺报》三卷一期。

界观，至少不是他世界观的主要方面。如果我们认真地细谈曹禺在二十二年前写的这篇序，便可以发现其中主要的内容实在也并不是什么宿命论和神秘主义观点。年青的作者从生活实感和人物性格出发，学习了西洋戏剧的某些技巧，运用丰富的想象力，构成故事情节，写出了《雷雨》。但是，当时他对整个世界的理性认识还是极其模糊而不确定的。他不明了他自己，对于复杂的社会生活现象更感到不可理解。他是一个"具有较为敏锐的感触能力的人"，一个"艺术的天性"(杜勃洛留波夫语)。他有能力真实地反映会生活的悲剧、阶级社会中人们不能掌握自己命运的悲剧，但是，他没有能力用抽象的术语对自己的作品作出正确的解释，而只能运用一些从书本上得来的模糊不清的概念，给人造成一个极其混乱的印象。根据这篇序，我们无法断定什么是作家真正的世界观。因为他自己也说"对那些不可理解的现象我睁大了惊奇的眼，我不能断定《雷雨》的推动是由于鬼神，起于命运，或源于哪种显明的力量"。又说"他(指周冲)的死亡和周朴园的健在都使我觉得宇宙里并没有一个智慧的上帝来做主宰"。透过这些混乱的语言，我们只能看到作者理性认识上的幼稚和缺陷，而不能断言他有宿命论和神秘主义情绪，更不能由此证明他的作品中有着这种观点或情绪。问题的答案只能从作品本身去寻找。

在《雷雨》中，个别人物(如鲁侍萍)曾经一再说到她和她女儿的悲惨遭遇是由于"不公平的天"、"不公平的命"，是因为"人犯了一次罪过第二次就自然地跟着来"。但我们必须看到，这只是鲁侍萍的想法。一个三十多年前的被压迫的旧式妇女有这种怨天认命的思想，无疑是十分自然的事，这完全不能说明作者本人也有这种思想。

从作品的整个艺术构思来看，作者并没有突出命运的力量，把它作为事件发展的主宰。展示在读者面前的是一幅现实生活的图景，大胆精确地画出了旧制度的各种罪恶：由于周朴园、周萍的荒淫无耻、残酷专横、懦怯自私，给人们造成了肉体上、精神上、爱情上的各个方面的莫大痛苦。它让读者清楚地感觉到，在周家这样的大公馆里不可能不产生悲剧。因为他们有钱，"有钱的人顶方便，做了坏事外面比做了好事装得还体面，文明词越用得多，心里头越男盗女娼"(鲁贵语)。也正因为如此，侍萍才极力反对四凤到大公馆去帮人，她知道任何一个大公馆都会成为葬送她女儿的陷阱，使她走上和母亲同样悲惨的道路。有人说，四凤，这个可怜的孩子偏偏碰到了周家；侍萍三十年以后又那么凑巧地遇上周朴园，这不正体现着作者的宿命论思想么？其实，这不过是作者为了加强戏剧性而作的有意的安排，他不过是想要通过偶然性事件来突出地表现生活中已经产生的和必然产生的悲剧。

恩格斯在《家庭、私有财产和国家起源》里把自然界和社会中的偶然性事物看作是一种脱离人的意识控制的、不是人的权力所能及的、不可理解的、甚至最初看来似乎神秘莫测的东西出现在他面前的事物。偶然性事物常常自发地不顾或者违反人的意志以及人的意识活动而出现。《雷雨》里所表现的故事虽然表面上也有些神秘莫测的意味，归根结底却不过是一个偶然事件，它虽然违反了鲁侍萍的愿望，但并没有违反生活的真实和社会的与历史的规律。而且作者也并没有把它们当作悲剧的起因和解决冲突的手段。四凤可能到周家来做事，也可能到别的大公馆去帮人，但正如她母亲所忧虑的，在那样一个吃人的社会里，以她的年轻、天真、轻信、“容易一阵子犯糊涂”的性格，在任何一个大公馆里，她都会碰到象（像）周萍这样的少爷，遭到欺骗和凌辱。鲁侍萍可能回来碰到周朴园，也可能一辈子碰不到，但是，她的悲剧是早在光绪十年就已经开始了的。事件的纽结在于周朴园和周萍的罪恶，而剧本中也很明白地显示出：周家父子的犯罪既不是由于命运的支使，也不是一阵子犯糊涂，归根结底是由他们的阶级性格所决定的。正如鲁大海骂周萍的那样：“你是个少爷，你心地混账！你们都是吃饭太容易，有劲儿不知道怎样使，就拿着穷人家女儿开心，完了事就可以不负一点儿责任”。剧本正是通过许多生动的细节描写和心理动作真实地反映出周朴园和周萍的这种社会本质。这也就令人信服地说明了决定剧本主题的既不是命运，也不是偶然性，而是周家父子所代表的一定的社会关系。这种社会关系和社会意识的力量是他们自己也无法抗拒的。尽管作者在当时还不能从理论上正确地解释这种现象，但是，他在作品中遵循生活的真实，现实主义地反映了这种悲剧，并没有包含着宿命论和神秘主义的观点。

再从作品中的人物形象来看。这里每个人都有真实的、具有社会意义的个性特征。剧本生动地展示了他们的心理线索、他们的痛苦、希望和挣扎。不管作者本人怎样解释，我们在剧本中看到每个人物的遭遇和结局在实际上都不是由命运来决定的。他们自己的性格，包含着尖锐的内在矛盾的性格促使他们采取这样的或那样的行动。在各种不同性格冲突的基础上，开展着戏剧情节，导致悲剧的结局。这样的结局符合生活的真实，因为它是从事件和性格的内部发展中形成的。它和命运没有任何关系。特别值得注意的是，作者不仅写出了人物的性格，而且正确地理解和描写了人物性格形成的客观条件和原因。他认为蘩漪性格的乖戾不是出自天性，也不是什么性心理学上的变态（吕荧有这种说法）。他指出：这是“为着不正常的发展和环境的窒息”，“为着人的妒恶，社会的压制，抑郁终身，呼吸不到一口自由空气”。在剧本中，作者通过一系列真实动人的生活场景（如周朴园逼蘩漪吃药、看病）充分显示了蘩漪所处的生活环境。这也就使人们清楚地了解：蘩漪悲剧的根本原因在于畸形的社会关系的统治。社会关系逼成她的这种性格，逼着她走上疯狂的道路。再如，作者对鲁大海、周萍这一双亲生兄弟的性格描写也同样是依据着这种素朴的唯物主义观点。他在剧本中并没有强调遗传或血统的影响。而是有意识地表现了这两兄弟由于社会经济地位的悬殊，生活环境的不同，在性格上和思想上都存在着本质的差别。周萍是他父亲的儿子，一位精神上空虚苍白的少爷，而鲁大海却和他的父亲兄弟完完全是两样的人。这样的描写反映出作者真正的世界观，素朴的唯物主义观点、存在决定意识的观点在他的世界观里占着重要的位置。也正是这种从生活实践和创作实践中形成的观点构成了作家现实主义创作方法的基础。

思基同志在他的文章中说：“生活四周的物质现实，也必然要超越他精神上所受的唯心主义的影响。这就保证了曹禺创作能沿着现实主义道路向前发展，而且，从一开始，他创作中现实主义精神就超越了他的宿命论观点和神秘主义精神。”这段话的意思不大明确，而且有不少语病。其中最主要的缺点是没有指出曹禺创作中现实主义精神的基础究竟是什么。在思基同志和有些文学史家看来，似乎是生活四周物质现实决定着作家的现实主义创作，而不是作家世界观内部的进步因素和唯物主义因素推动他走上现实主义道路。但我们知道，现实主义归根结底是要以唯物主义为哲学基础的。如果作家世界观本身不包含这种因素，而只是一个宿命论和神秘主义的信徒，那无论他生活四周有着怎样的物质现实，也决不会超越他精神上所受唯心主义的影响，更不能保证他沿着现实主义道路前进。

有的文学史家注意到这样一个事实："在演出中，《雷雨》的观众并不感觉《雷雨》的神秘，而是把它当作社会剧来欢迎，观众由爱与死的纠葛中，自然也可以体会到他们的社会性质(王瑶)，其实，这样的客观效果正可以证明"雷雨"并不像有些人所说的带着浓厚的宿命论和神秘主义情绪。而《日出》和《原野》的情况也大体上是这样的。有人认为在《日出》中，作者没有具体地写出代表光明的正面人物，又出现了一个仿佛是命运之网的金八，这仍然是由于作者唯心论的立场与观点，再加上宿命论思想的影响(丁易：中国现代文学史略)。这种说法实际上是毫无根据的。《日出》的作者在他的民主主义的、唯物论的世界观基础上，依具体的生活经验和知识，现实主义地反映了社会生活的某些方面。他的人物性格都有着现实的基础。作者写出了不同的生活条件怎样形成人们的性格，人们的生活关系怎样决定着他们的道德关系，也反映出各个社会阶级和集团之间的矛盾和斗争。这个剧本的成功的现实主义描写不仅证实作家承认客观世界的存在，而且也希望改变客观世界，他不仅承认客观世界规律的可认识性，而且力图认识这个规律，他希望找到解决社会出路问题的答案。在《日出》的跋里，作者叙述了自己在探索过程中所受到的痛苦，这可以证实他是一个热爱生活、热爱真理的严肃的唯物论者。然而，曹禺在很长的时间内没有为自己的问题找到明确的、清楚的答案。他的生活圈子不大，在这个圈子里，存在着脱离实际政治斗争和脱离群众的倾向。而曹禺个人的特点是"写戏很用心，却不惯于在思想上做工夫"，他是一个有着特有的形象思维的头脑而不惯于逻辑推理的人。这个特点也妨碍了他用马克思列宁主义思想来武装自己。他那以个人生活经验为基础的进步世界观宛如一盏光度不强的电灯，只能照亮身边的一块地方，帮助他看清楚某些有限的社会生活现象。但在这个光圈以外的事物却是一片朦胧。广阔的社会面貌和远景、现实生活中错综复杂的关系和联系、推动社会前进的物质力量和具体道路：这一切对于当时的曹禺来说都是朦胧的、影影绰绰的，正如他自己所说：我知道太阳会出来，但是怎样出来，我却不知道。因此，他只好用幻想的联系来代替生活中真实的联系，用想象中的光明和理想来代替人民当中已有的光明。其结果便是作品中出现了不完全真实的人物形象和艺术构思：《雷雨》中的鲁大海、《日出》中的金八和打夯工人、《原野》中的仇虎和他的幻象、《蜕变》中的梁专员和最后两幕、《北京人》中的北京人、《艳阳天》中的阴兆时和它的虚伪的结尾。这里我们仅以《原野》为例来具体分析这个问题。《原野》中仇虎的形象是有严重缺陷的。第三幕还出现了阎罗王、牛头马面这样一些古怪的东西，看来好像体现着作者的迷信思想和神秘主义情绪，但是，我们认为，一部作品究竟是否包含着迷信思想和神秘主义，主要应该看它所表现的内容。《原野》作者的意图是要通过种种幻象来攻击官官相护的统治阶级和他们那种吃人的法律，表现农村的阶级斗争和农民的精神面貌。透过貌似神秘的外衣，我们看到作品中体现知识分子的许多偏见、错觉和幻想，把农民描写为小资产阶级化的、狂然的、神经质的人物。但其中并不包括着什么迷信思想和神秘主义。只不过因为作者对于他所描写的人物和事件完全不熟悉、不了解，他没有能力按照生活本身的形式，在现实的生活冲突中表现农民的性格和心理状态，反映农村的阶级斗争，他只能采用这种抽象的、半幻想的艺术表现形式，写出体现着自己错误思想的概念化的人物。这里掩盖着作者思想水平的不高和生活知识的贫乏，同时也暴露出曹禺早期创作思想上有着偏重情节、刻意追求效果和过分醉心于偶然性事物的倾向。（这在《雷雨》中就表现为把鲁大海安排成周朴园的儿子，通过这个偶然事件不能表现任何生活的必然性！）

种种情况说明：曹禺的世界观和创作方法并不是没有缺陷的，但这个缺点不是什么唯心主义立场、宿命论观点和神秘主义情绪。从他的全部作品的总的倾向来看，一方面他很早就形成了以民主进步倾向为特征的世界观、唯物主义的世界观。在这个世界观的基础上，取得现实主义的重大成就。另一方面，由于脱离实际的政治斗争，没有和广大工农群众相结合，缺乏马克思主义的思想武装，他的世界观带有严重的空想的、抽象的性质，其中混杂着小资产阶级所特有的主观主义的幻想和偏见，从书本上接受来的各式各样的“哲学”。世界观的缺陷使他无法看到生活的全貌、本质和远景，使他在创作上不能达到高度的历史真实性，不能有力地表现出现实生活中的革命情势和广阔的社会背景。他作品中积极的、光明的事物往往表现在抽象的、假定的形式中。缺乏最先进的世界观在某种情况下甚至使他离开了现实主义的道路，一度陷入了创作危机①。曹禺的创作生动地说明了世界观对于作家的决定性意义，值得我们进一步地加以探索。

（原载《处女地》1958年第2期）

① 1955年1月曹禺对访问他的记者曾经谈到从改编《家》以后有十二年的时间他几乎无法再写出一部作品。他说在绝望悲愤的日子里，人是容易失掉对生活的信心的，日子久了，也就失掉了创作的信心。曹禺说：过去十二年之内，我怀疑自己不能再写出东西，甚至想到改行。——见《文汇报》1955年1月11日蔚明：《从〈雷雨〉到〈明朗的天〉》。

曹禺的世界观和创作

——兼评《也谈曹禺的〈雷雨〉和〈日出〉》

刘正强

曹禺是我国新文学史上一个杰出的现实主义剧作家，他的作品不仅在三十年代的中国发生过广阔的社会影响，即使在今后也将会保有它持续的艺术生命力。它是我们最宝贵的精神财富之一，这几乎是众所公认的事实。但是由于作者对他的剧本所作的主观解释和我们所理解它的客观意义，存在着很大的距离，这就成为大家争论的焦点。应该怎样去解释和理解这种现象从而得出正确的、合理的结论，在当前的确是有必要的。

甘竞、徐刚的文章对思基同志和几本新文学史中的某些论点提出了不同的意见，其中也有合理的内核，比如说分析作家的世界观不应仅根据作家自己的解释去下判断，而且还应该通过形象的具体分析，这个原则是值得注意的。因为作品的价值不是取决于作家的主观愿望而是取决于作品的客观内容，作家在没有掌握马克思列宁主义的时候，对他自己所描绘的现实生活不可能作出正确的解释，如果我们只根据作家的认识去评价作品，就必然会贬低它的客观意义。甘竞、徐刚还论述了曹禺的世界观是唯物的、进步的，这些意见我们都基本同意。但是作者片面地强调曹禺世界观中的进步因素而忽略了他的缺陷，这就走上了一条简单化的道路，使自己的论点不但不能自圆其说而且是自相矛盾，文中许多概念也是混乱的、模糊的。例如作者把《雷雨》中的缺陷说成是曹禺"理性认识上的幼稚"，"不惯于逻辑推理"，他的那些宿命观点和神秘主义思想只是"从书本上得来的"，并且认为"它们并不构成作家真正的世界观"，又说作品中的偶然的情节只是为了加强戏剧性而作的有意的安排等等。这种种解说显然是缺乏科学根据的。

首先，让我们澄清一下"世界观"一词的含义吧。所谓"真正的世界观"指的是什么呢？是否意味着还有一种"非真正的"世界观呢？作者的意思大概是说"从书本上得来的"，以及"对整个世界的理性认识还是极其模糊而不确定的"那些观点，似乎不能算是作家的世界观。那么我们要问，这些观点究竟算什么呢？事实是这样：世界观泛指一个人对世界的全部见解。它包括哲学的、历史的、社会的、政治的、道德的、美学的等观点。由于阶级地位、生活教养、社会经历的不同，每个人对世界的看法也不同。人的世界观大部分是接受而来的，有的来自亲身经历，有的来自书本知识，他们自觉地或不自觉地相信了这些接受而来的东西，渐渐形成自己的看法。可是世界观即使在同一人身上也不完全是统一的和一成不变的，它随着人们认识发展而有所深化。当他接受某一信念的时候，也不可能不通过自己的思考。当作家在现实的影响下进行创作的时候，他的社会基础，阶级关系以及他的艺术修养都或多或少地决定作家的观点。尽管作家这时的认识还是"模糊而不确定"

的，它却不能不是作家世界观中的一部分。

其次，作者还引了杜勃洛留波夫的一段话为自己站不住脚的论点找根据，他们认为曹禺的那些唯心主义思想“只是基于简单的信念就接受了的，或者是他用一些虚伪的、匆促构成的，浮浅的三段论法推论出来的。”但这段话只能说明艺术作品的思想倾向不能仅仅由作家的主观意图来说明，而是要看他在实际上提供的东西来决定；这并不足以证明作家“由于简单的信念就接受了的”东西可以不属于他的世界观的范围。应该说，艺术家不像科学家那样把思想表现在直接的形式中，而是借助于他所塑造的人物形象来表现，这是艺术家的才能与思想家的才能的区别。可是，这样说并不排斥我们从作家自己的解释中去了解他的思想。相反地，一个作家的社会、政治、道德和其他观念，常常是从作品的主人公的表白，从作者底陈述当中直接反映出来的。车尔尼雪夫斯基曾说，艺术不只是再现生活，而且是说明生活，对生活现象加以判决。艺术作品里描写出来的现实是经过艺术家的构思并感情化了的，因此认为从书本上得出来的观点不能构成作家的世界观的说法，无论在理论上或实际上都不能成立。

至于说曹禺是一个“有着特有的形象思维的头脑而不惯于逻辑推理的人，这个特点也妨碍了他用马克思列宁主义来武装自己”，这种理论的错误更其明显。先不说形象思维根本不能与逻辑思维对立起来，即使说，有的作家习惯于通过形象来观察生活，也许在逻辑推理方面不够敏锐，但是，作家塑造形象总是要借助于逻辑思维的，把形象思维强调到这种程度，便不能不掉入神秘论的泥坑中去。

作品中的某些情节安排是否仅仅为了加强戏剧性呢？我觉得这是可能的。但也不能一概而论。曹禺是一个有艺术才能的作家。不能否认，他的剧作的艺术魅力正是由于他在作品中展开了丰富的戏剧性的情节，而戏剧性的情节的基础便是尖锐的戏剧性冲突。但是，应该注意，没有典型性格就谈不上戏剧性的冲突，曹禺刷本的成功之处正是在于对于人物性格的深入挖掘而不是先安排好离奇的情节再把人物性格配置进去。惟有对人物作真实的、富有思想的、高度艺术的描写，才能在作品中展开典型的情节，因此现实的素材要加以典型化，决不能依赖偶然的事件，这并不意味着偶然事件应该从情节中排除干净，而是说，偶然的事情不应该改变人物活动的典型环境的本质，偶然性事件不应该作为冲突的基础，不应该改变人与人的关系的本质。

《雷雨》的作者成功地塑造了一些典型人物，通过这些人物性格的冲突，我们看到了尖锐的阶级对立关系，看到了善良的人们怎样被扭曲和摧残，看到这个带有浓厚的封建气息的资产阶级家庭在道德上的彻底崩溃。许多尖锐的戏剧情节都相当准确地反映了当时的社会本质和历史动向。可是作者在这个社会悲剧中加上了许多性爱和血缘的纠结，给人的印象是，要解开这个结几乎是不可能的。蘩漪和周萍的不正常关系，周萍和四凤的血缘关系，都尖锐到只有用主人公的毁灭才能得到解决的地步。好像只因为周萍和四凤是同母兄妹，他们才会得到悲剧的结局，这就不仅掩盖了它的社会性质，而且正如思基同志所说，“周萍自杀的结局对观众没有教育意义，损害了作品的思想性和艺术性。”鲁妈重新来到周家这一偶然事件就使这个已经解不开的结束得更紧，结果是只能用一些无辜的生命的死亡和鲁妈的疯狂来引起观众的恐怖和同情。这就使人感到一种希腊悲剧式的力量，好像剧中活动着的人物，除了和环境奋斗不幸而失败以外，还有一种命运的权力可以支配人的行动，不幸的发生，好像就是注定了的。正如作者所说“宇宙正像一口残酷的井，落在里面怎样呼号也难逃这暗的坑”（《雷雨》序）。而作者认为他所要描写的正是这整个宇宙的残酷，作者认为这个隐秘对过去的希伯来人来说就是上帝，对希腊人来说就是命运，对近代人来说就是自然法则。因此这些情节的安排，不能认为只是纯粹为了加强戏剧性，这其中是有许多神秘性和宿命色彩的。

说曹禺思想上有唯心主义因素，这并不等于说曹禺就是一个唯心论者。同样的，说他的作品中流露出一些神秘象征色彩和宿命论观点，也不等于说他的世界观全部都是落后的。当然，如果把他世界观中的次要部分过分强调和夸大，这也是不正确的。因而，指出这一点并不贬低他的现实主义成就。相反的，弄清作家的主观和作品的客观的关系以后，便更有利于我们辩证地理解他的现实主义艺术，和新文学史上其他几个有数的大作家一样，曹禺的进步的世界观一直是使他能掌握先进创作方法的关键，但也不能否认他的观念世界中那些不正确的因素对他的艺术作品带来不良的影响。也就是说，在他的世界观中并不是完全统一的。下面让我们再从他的创作过程来看看他世界观中的缺陷吧。

毫无疑问，曹禺的现实主义是建基于唯物论的基础之上的，他的思想是进步的民主主义和人道主义思想。其实，任何一个伟大的作家，他的思想在那一时代总是比较先进的，否则便不可能传达出人民的愿望，写出反映一个时代的作品，不过，任何一个批判现实主义的作家，由于历史的和阶级的局限，他们不可能具备最先进的工人阶级的思想，照高尔基看来，批判现实主义这一描写现实的方法的观点，是局限在这个社会的范围之内的。至于想象另一种社会另一种人类生活的基础，或者相信这种基础，对这一流派的作家来说都是不可能的。因而这些作家在某些观点上是唯物的而其他方面又是唯心的。这种现象并不奇怪。曹禺当时的世界观中受到一些唯心主义的影响，因而在作品中流露一些神秘的情绪也是很自然的事。我们知道，曹禺出身于生活比较优裕的封建家庭，从小就受过许多封建教育，后来在清华那样崇尚欧美的环境下一直受着西洋文学的熏陶，他一方面吸收了其中进步的现实主义的营养，同时又受到一些消极因素的影响，这也是完全可以理解的。曹禺同志在谈他怎样走入戏剧的创作道路时说，他在学写戏以前读剧本比较多，他喜欢艾斯吉勒斯[①]（Aeschyless）的雄伟，浑厚的感情；优拉辟谛克[②]（Euripides）的观察现实的本领，以及他的写实主义的表现方法；此外像易卜生、莎士比亚这些大师们对他也有过影响。他除了喜好他们现实主义的创作方法以外，也特别注意学习他们追求戏剧性的技巧，他的第一部杰作《雷雨》便首先显示了高度的写作技巧和艺术才能。由于他缺乏先进的马列主义思想武装，在接受遗产上便不可能弃其糟粕，取其精华，因而他希望能收到希腊悲剧一样的效果。虽然他的剧作水平很高，终于给“雷雨”染上一层神秘色彩。在写作《雷雨》之

① 今译埃斯库罗斯——编者注。
② 今译欧里庇得斯——编者注。

后作者的生活视野扩大了，思想水平有所提高，他把自己亲眼所见的旧社会的罪恶写在《日出》这个剧本中，作者从《雷雨》的绅商家庭的题材扩展到一个被罪恶的黑手所控制的社会，揭露的面也比较广阔，对社会的观察也比较深刻。他说："我在天津时看到到处都是荒淫无耻的官商、流氓、妓女、烟馆，跑到上海也是同样黑暗。当时恨不得立刻发来一阵洪水，情愿自己也一起冲掉"①。因此作者在《日出》中才能有力地鞭挞了那个"半殖民地金融资本主义制度下的脓疮社会"，作品的社会意义更为深远。但由于"太阳会出来我知道，但怎样出来我却不知道"，他在《雷雨》中所表现的某些宿命观点虽然已经抛弃了，在《日出》中毕竟还不能找到正确的解释。他所暗示的未来是朦胧模糊的，他所理想的人物反而从"雷雨"的工人运动退回到砸夯工人的歌声。作者虽然竭力要探求未来的道路，却不能找到科学的社会主义的历史规律。

一九三六年出版的《原野》标志着作者思想的又一转折。按理说，作者选取了这样一个有现实意义的农村题材是应该更有力量地暴露旧制度的黑暗与罪恶的。按照作者所说，这本戏是写民国初年，北洋军混战初期，在农村里发生的一件事情。在这里，谁有枪，谁就是霸王。农民处在一种万分黑暗、痛苦、想反抗但又找不到出路的状态中。但是由于作者认识上的限制，使他不能正确理解农村阶级斗争的现实，离开了现实主义创作原则，这样就不仅使那"莽莽苍苍"的环境气氛又回到《雷雨》的神秘境界，而且在刻画仇虎这一农民性格上也大大歪曲了。作者想把他写成一个复仇的英雄，但又赋予他过多的良心谴责，这完全不符合一个农民的心理状态。我们同意，《原野》描写人物的失败是由于作者思想水平不高和对农村生活知识的贫乏。这正表明了作者世界观中的缺陷。从联系上看，从发展上看，从《日出》所提出的社会问题转为《原野》的良心问题，这不能不是一个倒退。作者因为一直没有获得科学的世界观，在他选择生活素材的过程中便不能正确地观察、理解、提炼，以致在处理作品的情节和结构，揭示人物性格的冲突中产生一些矛盾。这便是他的创作道路上起伏不定的关键所在。抗战期间，曹禺对现实的认识也随着有所改变，他写了《蜕变》，表现出他对现实充满了希望，比起《原野》来有很大的进步，可是，作者对于他的理想人物没有明确的认识，所以不能发掘到社会的主要和本质的力量。他写了丁大夫是已经知道有个白求恩，但还不知道他是共产党员，他说《蜕变》指的不是国家社会而是指的像丁大夫这样有良心的高级知识分子和他们的心理变化。由于看不见革命的先进力量，这便使他的作品在反映现实的深度上受到限制，如果我们把《蜕变》和后来的《明朗的天》一比较便更能说明问题。

由于国民党统治区的黑暗，连《蜕变》中的一点希望和光明都失去了，作者又开始写以旧家庭崩溃为题材的《北京人》，应该说，这个剧本所反映的现实是作者比较熟悉的，加上技巧上的成熟，因而相当真实感人。但尽管如此，它的社会意义仍然逊于《日出》，它没有找出封建家庭崩溃的真正原因。事实上，在半殖民地半封建的旧中国社会，除了无产阶级

① 见一九五七年第二期《文艺报》。

领导的人民革命以外，资本主义力量是不能促使封建制度解体的。

从以上的简单叙述，我们可以明显地看到世界观对作家的巨大作用。曹禺世界观中的落后因素，常常渗入他的作品当中，使他反映生活的真实蒙上某些暗影，使他走着一条迂回曲折的创作道路。当然，我们也必须强调指出，曹禺在进行创作时，基本上是站在先进的立场，用先进的思想来观察和描写现实的。

根据以上的解释，又怎样来说明作品的客观效果和作家的主观认识不一致的现象呢？能不能得出这样一个结论：好像世界观中先进的部分就产生了好作品，世界观中消极的部分就产生坏的作品？如果这样认识，那么，因为作家的世界观内部有矛盾也就必然产生有矛盾的作品，作品本身也就没有什么客观意义，只不过是作家的矛盾思想的反映罢了。甘竞、徐刚不愿意承认曹禺的世界观有矛盾，不愿意承认《雷雨》中的神秘主义因素和宿命论观点，实际上是把作家的主观思想与作品的客观意义混淆起来，把作品的客观意义和作品所产生的客观效果也混同起来。于是他们为了证明曹禺的作品反映了历史的真实，便只好寻找一些理由来为曹禺辩讳，同时他们又从观众对《雷雨》的演出不感觉神秘这样的效果来否定它的神秘主义的缺陷。我们说，一个作家的认识能力和他的历史条件、生活教养、艺术才能等等有关，但是思想进步的作家常常是采取现实主义这一忠实地反映生活的方法。尽管作家在进行艺术构思的时候总不免要带着自己的观点，尽管现实主义作品在进行艺术概括的时候不像自然主义那样，而是有目的、有选择、有夸张、有想象的，但它总是要借形象描绘来表达，而描绘形象的原则是不容许背离生活的真实的，一种真实反映生活的形象所具有的内在逻辑，这便构成了作品的客观意义。批判现实主义的作家，正因为他们是以进步的，唯物的思想为基础，因而他们的认识和他们作品中反映的现实生活的真理，在很大程度上是一致的。又因为他们世界观中的某些局限，使他不能全部地认识客观真理，以致于他们对自己作品的解释往往是不正确的甚至是荒谬的。但无论作家自己的认识怎样，他的作品总是客观存在，真正的现实主义作品，就一定有不依作家意志为转移的客观真理存在。所以说："形象大于思维"。作家所反映的生活真实，他自己不一定能够理解。从这里我们看到现实主义创作方法的优越性，也就是它的客观性。我们反对把创作方法和世界观对立起来，反对把形象思维和逻辑思维割裂开来，反对把艺术特征神秘化，认为创作方法可以不受世界观的制约，同时也应该指出世界观和创作方法不能等同起来，现实主义典型形象的客观意义，经常超出于作家的认识水平。在典型化的过程中，现实主义作家只是遵循着具体感性的形象和个性化的原则，他不是一般的描写而是让这些人物按照本来的样式生活，带着自己的个性特点而出现。作者虽然说出了他的愿望和爱憎，但并不知道笔下的人物是不是典型或者是什么典型。可是一旦这个人物以具体真实的形象出现以后便成为具有客观意义的典型形象了。曹禺在《雷雨》中并不曾意识到他要把蘩漪写成一个什么典型，最初引起他的写作兴趣的也只是一两段情节，他只是如实地写来，结果我们从作者所提供的丰富材料中，从人物行动的每一细节特征中生动地显示出她是个被旧社会扭曲了的悲剧性格。又如作者在《雷雨》中不仅没有意识到要揭示阶级对立的本质，可是通过人物性格的具体剥露，我们显然可以看出他们之间的阶级差异，那怕被

作者用一条血缘的细带把这些不同阶级的人们束在一起，他们之间的尖锐冲突却丝毫没有折衷和含糊的地方，人们清楚地认识到，造成罪恶的根源，乃是掌握生产资料的周朴园和他所代表的统治集团。

上面我们论证了作家的主观不等于作品的客观思想，它们之间有一致性，也有差别性，但它们之间的差别是可以随着作家世界观的发展而得到克服的。曹禺同志在《雷雨》序言里所作的解释正反映了他的世界观的缺陷，他的这种缺陷同时也影响到作品中的那些非现实主义的成分。但是我们说，即使是这些非现实的东西也仍然没有妨碍读者去理解它的客观意义，也就是说作品的客观效果是和作者的主观认识是有距离的。

所谓作品的客观意义是指不依赖于作者和读者的主观因素而独立存在的东西，所谓客观效果便是作品在读者头脑中的反映。前面我已提到由于作者认识水平的限制，作家的主观思想常常和作品的客观思想有距离，其实读者的认识不仅和作者的认识会有距离，而且与作品的客观思想同样也会有距离，这是因为读者的思想观点，生活教养各有不同，但是认识水平高的读者自然可以超过作家的思想而与作品的客观思想一致，这便是为什么作家的主观认识会和作品的客观效果有距离的根本原因。

综上所述，要了解作家的世界观与创作方法，不仅应该根据他的思想观点而且要根据他的创作实践，和他所刻画的艺术形象等各方面去剖析，任何简单化的对待都是不恰当的。我们承认曹禺是优秀现实主义作家，他的作品反映了历史的真实，获得广大群众的喜爱，但同时又指出曹禺思想上的宿命论观点和神秘主义情绪，这决不矛盾。以我们自己来说吧，我们相信辩证唯物主义和历史唯物主义，并且力图获得这种观点，但这并不能保证我们的世界观中不夹杂唯心主义的成分。意识经常落后于存在，因此我们要特别强调改造思想的重要性。许多古典作家在某些观点上是唯物的，而在其他方面也可能是唯心的，这样的例子太多太多。其次，有了进步的世界观不等于就有了艺术创作，世界观是认识论，创作方法是塑造形象的原则，后者受前者的制约和指导，它们既不能互相代替也不能互相割离。

曹禺的世界观问题，确有待我进一步探索，本文仅提出一些粗浅的意见就正于读者和甘、徐二同志。

1958 年 4 月于北大

（原载《处女地》1958 年第 6 期）

试论曹禺的《雷雨》和《日出》

张伯海　郭延礼　胡　晨　于维璋　袁震宇

当我们回顾五四以来的话剧创作时，在许多优秀的剧作中间，有两部具有独特的光彩的剧作强烈地吸引着我们，这便是曹禺的《雷雨》和《日出》。

多少年来，这两出戏不仅一直活在我国话剧舞台上，是五四以来优秀的剧目中上演次数最多的。而且在国外也有着广泛的影响。在苏联、匈牙利等社会主义国家，以及日本演出时，国外的朋友们给了它们极大的荣誉和很高的评价。《雷雨》、《日出》之所以具有这样长久的生命力和艺术的魅力，是和它们在思想内容和艺术技巧上所取得的巨大成就分不开的。对于这样两部优秀剧作，进行深入的研究，作出适当的评价，是十分重要和有意义的。

下面我们就这两部剧作的思想内容和艺术技巧，作一简单的分析：

一

《雷雨》(1933)是曹禺的处女作。第一部作品就显露出作者在戏剧创作上非凡的才华。

作品以 1923 — 1925 年之间为背景，描写了一个带有封建性的资产阶级家庭生活的故事。

1923 年之后，资产阶级的反动性暴露得越来越明显，阶级矛盾也表现得更加尖锐。资产阶级家庭之间，资本家和工人之间的矛盾和斗争也就成为不可避免的了。故事便是发生在这样一个时代里。

剧中以蘩漪和周朴园的矛盾作为全剧矛盾的中心。围绕着这个矛盾，作者生动地展开了这个家庭的全部罪恶历史，并透过这个家庭使我们看到了资产阶级的反动性与腐朽性。

周朴园，是一家之主，在这个家庭中他好像一个魔王。他专制、凶横，这从他逼蘩漪吃药那个场面就可以看得出。他竭力想维护的这个所谓“最圆满，最有秩序的家庭”，实际上从他的祖父起就是一个最缺德的家庭。他表面上装得道貌岸然，但他是一个典型的伪君子，阴险狠毒的坏蛋。他青年时就引诱过家中的一个婢女——梅侍萍，但后来为了娶一个“有钱有门第的小姐”，却逼着这个刚生下小孩三天的情妇跳河自杀。为了发财，他故意叫哈尔滨的江堤出险，淹死了两千多名小工；为了赚钱，他也不惜收买警察枪杀工人。

对于这样一个阴险狠毒的资产阶级代表人物，作品是透过他细致的感情活动和心理变化，表现了他性格的矛盾，揭示了他全部性格的特征——虚伪。这突出地表现在他对侍萍的态度上。

他幼年曾经“爱”过侍萍，为了弥补他始乱终弃的罪恶，缓和他内心的谴责，他每当搬家时都带着侍萍曾经用过的家具，保留着她的旧习惯；他每年都记着侍萍的生日，并告诫儿子纪念他的生母。这是他以为侍萍真的死啦。用这些虚伪的和形式的纪念，一方面充塞一下他那庸俗空虚的生活；另一方面也作为他良心上的安慰。作者这样描写是真实的。这很符合这个出身于地主家庭、受过传统的封建教育，而中间又留学德国，懂得一点资产阶级“文明”的周朴园的身份和教养。

然而周朴园毕竟是周朴园，当鲁侍萍又回到周家，这个他“日夜怀念”的情人的出现已经威胁到他的名誉、地位时，他那一套虚假的感情便全都不见了。相反地，却声色俱厉地问：“你来干什么？”但侍萍并没有被他的恐吓吓倒，义正词严的责斥使他感到无法结束这场灾祸时，这个资产阶级的利己主义者，便以为金钱可以万能，提出了：“好！痛痛快快地！你现在要多少钱吧？”作者对周朴园的这种描写真是最深刻不过了。他前后这两句话，宛如一阵微风吹去了罩在他脸上的一层伪善的薄纱，他那资产阶级的虚伪、自私、生意经的特性和卑鄙丑恶的灵魂被淋漓尽致地揭露了出来。

随着剧情的进展，他的性格也有着新的变化。当他看到自己这个所谓“最圆满，最有秩序的家庭”已经摇摇欲坠时，他感到寂寞、孤单和恐慌，象他所谓的：“天意很——有点古怪。”这正是资产阶级末日到来的预感，使我们看到了他的家庭，以及他所隶属的阶级的必然崩溃的命运。

就是这样一个伪君子、专制凶横的魔王，他能给蘩漪带来幸福吗？不，不能。他用卑鄙的手段把蘩漪骗到他家，十八年的地狱生活，蘩漪被他折磨成“一个石头样的死人”。这种痛苦的生活最后把蘩漪推向毁灭。

蘩漪，“她有火炽的热情，一颗强悍的心，她敢冲破一切的桎梏”。(《雷雨》序)她有理想，渴望着自由和幸福，懂得爱情。但庸俗、空虚的资产阶级生活，专横、冷酷的周朴园，并不能使她得到这些。十几年的地狱生活使她痛苦到了极点。然而她“在阴沟里讨生活，却心偏天样的高；热情原象一片浇不熄的火，而上帝偏偏罚她们枯干地生长在砂上”。(《雷雨》序)在这样的环境中，她不能不盲目地想要寻找到一线光明。于是她就误认为周萍的爱情能把她从苦海中救出来，她把自己整个地献给了周萍，“自从我把我的性命、名誉交给你，我什么都不顾了。”但是周萍，这棵“弱不禁风的草”，这个“情感和矛盾的奴隶”，是没法拯救蘩漪的。当她看到周萍决心要抛弃她时，她敢不顾一切地作了最后一次“困兽的斗”〔以上引文均见(《雷雨》序)〕，甚至在众人面前坦白了自己和周萍的爱情关系。苦闷、抑郁的生活，周氏父子两代的欺侮，把她折磨成疯子，玷辱了她性格中全部美好的东西，造成她走向毁灭的悲剧。蘩漪没有力量摆脱这个悲剧，但她并没有罪过。因为造成这个悲剧的乃是以周朴园为代表的那个社会实质——具有浓厚封建性的中国资产阶级。庸俗、腐朽的资产阶级生活是不允许女人有真正的爱情的，作者通过她的毁灭，控诉了资产阶级社会的罪恶。

作为这个家庭的另外两个成员，自然我们也应当提到。

周萍，实际上他是复走着他父亲的老路。但资产阶级发展到周萍的时代，它的掘墓人——无产阶级已经为他们准备好了葬身地。资产阶级这时已经更加明显地暴露出它在没落前夕的混乱、罪恶和腐朽，变成了社会上的痈疽。在周萍身上我们看不到他在事业上有多少"雄心"、"壮志"，看到更多的还是他那种庸俗、腐化、堕落的生活。他玩弄和遗弃了蘩漪，又企图从另一个少女四凤身上发泄情欲，他不能理解四凤对他的那种纯真的爱情，他又并不真爱四凤，我们可以想象得出，到最后，他同样可以像他父亲对待侍萍那样地把四凤遗弃。从他身上我们可以看出日落西山的资产阶级是如何毒害着他们的下一代，使周萍无力自拔，最后只有趋向灭亡。当然，对于这样一个丑恶灵魂的死亡是不值得我们同情的。

周冲，是用另一种方式在控诉着资产阶级的罪恶。他在周家还是多少具有点民主思想的人，这是在五四运动影响下成长起来的青年。他同情被压迫的人民，渴望自由和幸福，这一切使他不愿重复他父亲的罪恶的道路，而有着一种乌托邦式的近于幻梦的"理想"。但资产阶级的生活、阶级的局限，好像"一重一重的幻念茧似地缚住了他"，使他无法理解这个社会，当然也无法实现自己的那些"理想"。在当时的社会里，像周冲这样的青年，摆在他面前的只有两条路：一是跳出家庭的火坑走向革命；另一条则是不忍看现实的丑恶，但又无力而且也不知道怎样反抗现实，最后走向毁灭。周冲没能走前一条路，结果以自己无辜的生命葬送给这个罪恶的社会。

如果说，蘩漪和周冲以自己无辜的毁灭暴露了资产阶级罪恶的话，那末鲁妈和四凤，则是代表着广大的最下层的被压迫、被污辱和被损害的劳动妇女，向以周朴园为代表的和封建地主阶级有着千丝万缕的联系的中国资产阶级，以及当时整个黑暗的社会提出了最深痛、最有力的控诉。

鲁妈和四凤，都是善良、聪明而又勤劳的妇女；但黑暗的社会，像一头贪婪的狼，时刻准备着吞噬她们。鲁妈三十年来，受尽了生活上的折磨和痛苦，承受了心灵上、精神上的污辱和损害。但痛苦、悲惨的生活遭遇并没有使她屈服，相反地，她变得更加刚毅、坚强。她对有钱的人怀着天然的仇恨和警惕，为怕自己的女儿重走她的覆辙，把四凤像看护婴儿一样地抱在怀里，但黑暗、罪恶社会的血口仍然没有放过四凤。四凤，这个年轻不懂事的姑娘，不只仍然进了阔公馆，而且被阔公馆少爷诱骗，有了三个月的身孕。当鲁妈知道女儿重犯了她的"罪过"时，想起三十年辛酸、痛苦生活的经历，像无数钢刀同时刺入她的心房。然而她忍受着碎心的疼痛，原谅了女儿的无辜，把这一切归结为不可避免的"天命"。三十多年前的鲁妈，她还不能理解这痛苦灾难的阶级根源和社会根源，而只能怨"命"怨

"天"。这是历史条件给她带来的局限，

从她们母女的遭遇，我们看到像这样善良的妇女，却被旧社会逼疯、害死。这个社会该是多么的黑暗和残酷啊！如果说蘩漪和周冲的毁灭曾引起过人们同情的话，那末侍萍和四凤的悲惨命运就更值得我们同情了。

作为一个现实主义作家，曹禺没有把他的剧作仅仅局限在揭露资产阶级和当时社会的罪恶，作家广阔的视野和锐敏的直感，使他把当时蓬勃发展的工人运动带进了作品中来。并且还塑造了鲁大海这个工人形象。鲁大海，作为一个工人阶级的形象来看，是不够典型的。但他在《雷雨》中却是一个思想最先进的人物。他已经比较正确地认识到罢工的作用，资本家破坏罢工的无耻手段，资本家"发的是绝子绝孙的昧心财"。他对社会现实的观察，比起鲁妈和四凤来也是大大地进了一步。比如在对待周萍和四凤的关系上，四凤还不能了解这个问题的实质，鲁妈虽有三十年前痛苦的经历，但也只能归结到命运，而大海则不同，他已经能从阶级上去分析这个问题，尽管这种阶级观点还不够十分明确。①

作品虽然没有正面地描写资本家与工人之间的斗争和当时的工人运动，但通过罢工工人代表鲁大海的口正确说明了"我们这次罢工是有团结的，有组织的"，表现了工人阶级力量的壮大，无产阶级已经走向了政治舞台。虽然周朴园用卑鄙、狠毒的手段收买了工人中的一些不坚定分子，破坏了这次罢工，但这两个敌对阶级之间的矛盾已经成为不可避免的了。这次罢工失败了，但更大规模的工人运动在酝酿着，它将冲击着资产阶级走向彻底的毁灭。

从上面的分析我们可以看出，《雷雨》并不是像某些人认为的"命运的悲剧"、"家庭的悲剧"，而是一出实实在在的社会的悲剧。因为从上面我们所分析的人与人之间的关系以及各个人物的命运，使我们真实地看到了资产阶级吃人的血口，是如何在吞噬着一个又一个善良无辜的人们，而像周朴园这样的家庭在旧中国不知道有多少，作者通过周朴园家庭生活的解剖，淋漓尽致地暴露了资产阶级，以及旧社会的罪恶和黑暗。同时，从作品侧面描写的蓬勃发展的工人运动，也使我们看到了这个阶级和这个黑暗社会末日的到来。这正是这部作品最深刻的思想意义。

当然，由于受时代和作家思想的局限，作品还明显地存在着缺点。但我们认为，《雷雨》的真正的缺点并不在于某些人所说的什么宿命论和神秘主义的色彩，更不是象(像)某些人所说的，作者是站在资产阶级唯心论的立场上。要知道，我们不能把三十年前鲁妈的宿命论的观点硬加在作者头上，也不能把艺术手法处理上的巧合当成是作家世界观的体现。(这个问题很复杂，本文不能详谈)它的缺点却在于：

第一，当时的曹禺还是一个民主主义者，对人物的同情和批判多是站在小资产阶级知识分子的人道主义的立场上，因此对剧中某些人物的批判就显得不够彻底，对周萍就是这

① 见《雷雨》，文化生活出版社1950年版第二八五页。

样。我们知道，资产阶级发展到周萍一代，已经日趋没落，他们政治上更加反动，生活上更加腐化堕落，但作品把周萍写的还不够坏。作者多只是注意到他的生活，而从阶级本质上给予这个人物的批判和鞭打则显得无力。尤其是后来他的自杀，更削弱了这个形象的现实意义。第二，当时作者还只是站在批判现实主义的立场上，在作品中还看不到未来的希望。1923 年后，当时的北方，在党领导之下的铁路工人大罢工正在蓬勃开展，它们已经由自发的经济斗争转向自觉的阶级斗争，已经有了明确的政治目的。但《雷雨》中所表现的矿山罢工被反动资本家破坏、罢工失败后，作为罢工工人代表的鲁大海连矿山都不回，后来也不知跑到何方。这不仅看不出当时的工人运动是在党的领导下有目的、有组织的进行的，而且从大海的不知去向也就使我们看不到时代寄予工人阶级的未来的希望。另方面，作品中的鲁大海也不能算是一个典型的工人阶级，当然更不能说是工人中的领导人物了，他缺乏思想武装，也显得比较粗暴。当然这点与作者的生活有关。当时曹禺对工人还不熟悉，只是凭某些感情的、表面的了解，还没有能真正地发掘他们的精神面貌。因此，这也就影响了对鲁大海这个人物的创造。

第三，作品中描写的周萍和四凤那种血缘和情爱相纠合的关系，削弱了对当时社会本质的揭露。从作品的描写来看，容易使读者和观众误认为周萍不能和四凤结合，造成走向毁灭的悲剧乃是因为他们是同母兄妹。其实，按照周萍性格发展的真实逻辑，即使他和四凤没有这种血缘的关系，四凤悲惨的结局也是必然的。这是因为她所爱的人——周萍的资产阶级本性所决定的。

上面我们提出了《雷雨》存在的不少缺点，但丝毫也不影响在前面我们给予它的那样高的评价。这些缺点的产生说明了：正确的世界观，对现实生活深刻、全面的理解，对于一个艺术家来说是多么的重要。

二

1935 年，作者写出第二部成功的剧作《日出》。

在《雷雨》中，作者描写了一个罪恶的旧家庭的崩溃过程，是从一个点上反映了半封建半殖民地社会的黑暗与腐朽；在《日出》里，作者则直接切下当时社会的一角来，把这个社会里形形色色的人物剖示在读者面前。深刻而且淋漓尽致地描绘了半封建半殖民地社会的横断面。对社会的描写由点到面，从这个进展中，我们看到了作者对于当时社会本质认识的逐步深刻，也看到了作者艺术创作才能的进一步纯熟。

《日出》是描写第二次国内革命战争时期国统区都市的罪恶生活，这个剧里，出现了金八、潘四爷、顾八奶奶、张乔治、黑三、胡四……这一群旧社会的“魑魅魍魉”，也出现了翠喜、小东西、黄省三等这些被凌辱被吞噬的羔羊。对于前者，作者就像一位无情的法官，将他们的丑态罪行一一公布在观众面前，并宣判他们末日的来到；对于后者，作者则寄予满腔同情，用饱蘸泪水的笔描写了他们悲惨的命运，为他们遭受的凌辱和痛苦进行了强烈的控诉。

我们知道，1935 年作者写《日出》之际，正是帝国主义的侵掠和国民党反动派的白色统治最残暴最疯狂的时候，同时也是人民大众革命斗争经过无数艰难的考验，愈来愈深入发展的时候。这是黑暗与光明进行生死搏斗的时代，一个新的革命高潮，就像“东方已见光芒四射喷薄欲出的一轮朝日”[1]，即将在这个时代里出现。任何一个热爱真理具有正义感的作家，面对着当时的现实，都不能不对那种使人窒息得喘不出气来的黑暗势力发出强烈的诅咒，不能不殷切地渴望着革命给人们带来光明。1933 年，中国文坛上曾出现了著名的长篇小说《子夜》，茅盾在谈到自己的这部小说时，便说过它是反映“天亮之前要有一段最黑暗的时光”。曹禺的《日出》，亦同样是把这“一段最黑暗的时光”搬到了舞台上。这出戏并不是写太阳出来，而是把观众带到了太阳出来之前的最黑的午夜。作者在剧中不仅描写了金八、潘四爷之流如何凶残地吸吮人血，而且揭露了这个黑暗世界里最最黑暗的角落——第三幕“宝和下处”。在这里，那些被凌辱被损害的人们翠喜、小东西……，已完全丧失了做为一个人起码的尊严与权利，这个“下处”，便是她们的囚牢。她们生活在伸手不见五指的漆黑的世界里，最后在这个漆黑的世界里默默的死去。作者把这个最黑暗的角落呈现给观众，为的是不忍再把这些受尽折磨的灵魂“锁闭在黑暗里”，而要替他们发出“哀诉”，要使观众们“想想人把人逼到什么田地”[2]。第三幕，是《日出》中最有分量的一幕，因为它不仅把全剧黑暗的色彩涂抹得更深更浓，而且也最有力地表现出全剧的控诉力量与人道精神。

曹禺在《日出》的跋里曾说过：当时黑暗的现实，就像“利刃似的刺了我的心，逼成我按捺不下的愤怒”。他把自己的这种愤怒发泄在剧本《日出》里面，这种愤怒一方面化为对于金八、潘四爷、张乔治等这群黑暗魔鬼们的丑恶面貌的赤裸裸的揭露与鞭笞，一方面则化为替小东西、翠喜、黄省三等人遭受的凌辱和压迫发出的血泪控诉。曹禺对于自己笔下的这些人物是非常熟悉的，他能够十分深刻地描绘出这些人物是怎样在互相倾轧，互相欺骗，互相吞噬中过日子。这些人物之间的关系，便是狼与羊的关系。潘四爷能吞噬工人的血肉，金八又能吞噬潘四爷，当然，像小东西、翠喜、黄省三这样的弱者，就只能以自己的鲜血和肉体供人吞噬了。作者把这个充满血腥的社会淋漓尽致地描绘出来，使观众看到这个黑暗的社会如何在溃烂，如何淤积着层层的鲜血，如何沉闷得使人透不过气来，这就不仅使得当时的观众看了之后，感到现实黑暗得使人难以忍受，迫切渴望推翻这个罪恶、腐烂的社会，同时，对于今天的观众来说，同样能够从这出戏里认识旧社会的黑暗、罪恶和腐朽，因而更激起对于今天光明、幸福生活的无比热爱。这，也便是《日出》这出戏的最深刻的意义，是它能够具有长久的艺术生命的最重要的所在。

---

① 见毛泽东：《星星之火，可以燎原》。

② 以上均见《日出》跋。

下面,便谈谈日出中两个主要的人物:陈白露与方达生。

我们知道,《日出》是描写当时社会的横断面,它的主人公是一群,而不是一个。但是,就全剧中人物的轻重来看,我们认为陈白露与方达生这两个人物是作者作为中心来描写的。

《日出》这出悲剧,是由翠喜、小东西、黄省三等人的鲜血凝成,同时也是由陈白露年轻的生命铸成的。廿三岁的陈白露,以十片烈性的安眠药结束了自己的生命,在这里,作者透过陈白露的毁灭,是从另外一个角落对当时黑暗的社会进行了强烈的控诉。

陈白露在剧中一出场时,我们看到她的灵魂便已趋于崩溃状态了。从她和方达生的短短对话中,我们看到她一方面陷于黑暗社会里不能自拔,另一方面却又多么不甘愿强颜作笑地周旋在这一群"魑魅魍魉"中间。她看到了黑暗过去必有太阳出现,但她自己却没有迎接太阳的决心和勇气。陈白露性格中最根本的矛盾,便在这里。

为什么陈白露陷在黑暗里而不能自拔呢?这固然因为她还不能抛弃旧阶级给她性格中带来的劣根性:虚荣、贪图享乐;但更主要的是由于黑暗的旧社会像一张可怕的罗网紧紧把她缠住。旧社会一方面用什么"校花"、"电影明星"、"红人"……这些纸糊的冠冕装扮她,一方面用金钱、权势、邪恶等来钳制她。结果把她安排在这样的地位,那便是供这群魔鬼玩弄,让她为魔鬼们尽"女子最可怜的义务"。

看吧:任何一个像张乔治这样的男人都可以跑到她的睡床上呕吐,耍酒疯;像潘四爷这样俗不可耐的家伙,她仍然不得不像"猫似的偎过来擦过去"。对于这种可厌的生活和这些可恶的家伙,她真是憎厌极了。陈白露还年轻,黑暗的旧社会尚未全部沾染她的灵魂,她心里的自尊心、正义感和同情心都还没有完全死去。因此,这种生活只要过一天,她的内心便必然要痛苦一天,除非她最后变得麻木了为止。

但是,正当她的内心快要麻木了的时候,方达生却出现在她的身边。这个纯朴、诚挚、正直的青年——她旧日的情人,又给她带来了对于纯洁、美好的某些回忆和对于生活的某些憧憬。但是,她在这黑暗的社会里实在已经"混"得精疲力尽了。她没有力量和勇气跟方达生一起去投奔光明,这些回忆和憧憬,只不过更加深了她对现实生活感到的矛盾,又加上小东西的悲剧、巨额的债款……她终于支持不住了。她的死,同样是被旧社会的血口吞噬掉的。陈白露的悲剧,告诉我们:黑暗的旧社会是怎样残酷地摧毁人的一切,从精神、肉体直到整个生命。

和陈白露相反的,作者创造了另一个知识分子——方达生的形象。很显然,作者并没有把方达生当成理想人物来歌颂,作者只不过通过方达生的口,发出了对当时黑暗社会的疑问和责难,同时又通过方达生的投奔光明,表达了作者对于另一种新的光明生活的渴望。方达生虽然稚气,但他终归还敢于和黑暗现实碰一碰,在那种污秽、腐朽和邪恶的社会里,方达生能坚持正义、慷慨助人,应该说,他是观众所能见到的唯一给全剧带来一些亮色的人物。方达生最后迎着阳光和工人的砸夯声走去,在这里,我们可以看出作者对于这个人物所寄予的无限希望。我们知道，在当时革命斗争剧烈的年代里，许多青年知识分子，正是由于强烈的正义感和追求真理、光明的勇气，把他们引进工人阶级革命斗争的洪流里，并进一步在革命中受到锻炼，改造了自己，成长为坚定的革命战士，我们相信，方达生必然会走上这一条艰巨的然而却是真理的道路。

以上，使是对于《日出》这个剧作的思想内容的简单分析。总的来说，比起《雷雨》来，《日出》在更广阔的面上反映了当时的社会面貌，挖掘了“损不足以奉有余”的剥削社会的实质；并且成功地塑造了陈白露、潘四爷、翠喜等一系列栩栩如生的人物。它生动而深刻地向我们展示了卅年代中国都市生活的形形色色，揭露出当时社会的罪恶与黑暗，应该说，这是一部获得极高成就的现实主义剧作。

当然，从《雷雨》(1933)到《日出》(1935)，这中间仅不过两年时间。作者在写《日出》时，对于现实社会的认识虽已深入一步，但就《日出》整个作品所反映的作者的思想来看，它基本上仍然是属于民主主义和人道主义的范畴，这也就不能不给《日出》这部作品带来一定的局限性。

作者在剧本的前页，曾引用了不少老子的和《圣经》上的话，来标明《日出》的主题，其中最主要的一个意思是：“人之道……损不足以奉有余。”是的，当时的社会一方面是剥削阶级的荒淫奢侈，一方面是人民群众的贫不聊生。作者眼睁睁看到了这种贫富悬殊的现实，他虽然憎恨这个社会，但却不能确切地说出造成这种贫富悬殊的根本原因。虽然，作者曾着力地描绘了在剥削社会里金钱的罪恶，正像马克思所说的：“谁有了钱，谁就有了一切；谁没有它，谁就陷入贫穷、困难、灾难的深渊”。但是，作者自己也感到，单单是金钱，并不能解释半封建半殖民地社会里黑暗的真相。究竟是什么在主宰着这个黑暗的时代呢？作者隐隐约约地在幕后安排了金八这样一个人物。根据剧中介绍，他是“这个地方的大财神，又是钱，又是势，这一帮地痞都是他手下的”。更可怕的是，像这样的金八“多得很”，“到处都是”。金八，在半封建半殖民地的旧中国里，的确“到处都是”，然而，他终归还不是黑暗社会的真正主宰者，还有更大的主宰者，便是那些手里拿着屠刀，口角沾着鲜血，正攫住中国的血肉饕餮的帝国主义者。金八充其量也不过是个高等奴才而已，作者没有能够看到这一层，应该说是受到了思想的局限，未能够进一步深透地捕捉住当时社会的实质。

此外，《日出》中对于光明一面的描写也显得比较薄弱。作者以砸夯劳动的工人象征着光明的未来，这说明作为一个优秀的现实主义作家，曹禺已经从生活里发现了这个新的不可战胜的阶级，看到它正在从奴隶的地位变为世界的主人。但是，作者对于这个新的阶级是不熟悉的，他还不能确切地描绘出这个阶级的面貌。在《日出》里对于工人阶级的描写显得十分朦胧，观众看不出这个强大的阶级是怎样与黑暗势力进行斗争；看到的仅不过是作者对于这个新的阶级所寄予的一种期待和渴望。

当然，我们在谈到作品所存在的这些缺点时，绝不应该忽略这样一个事实，那便是，作品写作的年代，正是国民党白色统治十分残暴的时候，“一些有夜猫子眼睛的怪物无昼无夜，眈眈的守在一旁”①，因而作者对于当时黑暗社会的认识与批判，不得不想尽一切办法通过曲折的或明或暗的方式传达给观众。我们深刻理解作者写作时的这种苦衷，但并没有必要因此而回避在作品中，同时也是在作者思想中实际存在的这些缺点。我们指出这些缺点，并不妨碍我们对这部优秀剧作所给予的高度评价，相反的，只有对这部剧作中存在的缺点给以实事求是的分析，才能使我们对这部优秀的剧作得出更准确的结论。

三

曹禺的剧作所以具有如此的魅力与长久的艺术生命力，这是与作者高度的艺术技巧分不开的。曹禺，一开始便以一个相当成熟的剧作家，跨进了当时的剧坛。《雷雨》、《日出》在艺术技巧上取得的成就，是值得我们认真学习的。

首先应该提出的，这两部剧作在人物塑造上取得了极大的成功。我们知道，人物形象是文学艺术的核心，作品的艺术生命是否长久决定于典型的塑造：《雷雨》、《日出》在这方面的成就是非常卓越的。作者善于捕捉现实生活中的本质特征，凝结成一个个丰富生动的人物性格。又通过这些形形色色的人物的全部活动，极其深刻地揭示了社会生活中的本质矛盾。曹禺剧作中的人物都代表着一定的社会力量，然而个性鲜明，几乎每个人都是一个典型，都有着自己的复杂而多方面的性格。无论周朴园与潘四爷，蘩漪与陈白露，四凤与小东西，鲁贵与王福升……他们有所相似，却又各不相同。他们是充分个性化了的典型性格，他们组成了一幅丰富多采的社会图画，将读者与观众带进深邃的艺术境界。虽然，今天这些人物生活的时代早已过去，剧中这些不同命运的角色今天已难以见到，但这些典型“除开它的和谐、美丽——美学上的价值——以外，对于我们它还具有着一种不可辩驳的历史文献的价值”(高尔基语)。因此，这些人物形象的艺术生命力是永恒的。

曹禺在刻划人物时善于运用多种多样的艺术手法，下面仅举几点：

1. 对于最重要的人物，往往是通过情节的展开，随着戏剧矛盾的深入而逐步揭示这个人物复杂的内心世界。例如：蘩漪与陈白露，我们不可能在第一幕中就了解她们的全部性格，随着剧情的进展，她们的个性是逐步显示出来的，直到全剧终了，她们的性格塑造才算完成，我们才真正认识了这两个悲剧中的主角。《雷雨》中蘩漪刚上场的时候，我们看到的是一个忧郁、阴鸷的女人，尽管作者在舞台指示里对这个角色有全面的分析，但在剧中她的内心线索的展开是比较缓慢的，剧本没有一下子将蘩漪的性格全部暴露出来。蘩漪的性格是逐步发展的，作者并且巧妙的把她的性格的发展和剧中的气氛紧紧结合在一起，象(像)剧中一开始所出现的那种大雷雨前夕沉闷、阴郁的气氛一样，阴郁曾暂时掩盖了她内心火一般的热情。第二幕中通过她与周萍的对话，逐渐显示出她胸中埋藏着的炽烈的爱情与要求过一个正常人的生活愿望。然而当她暴露出这种热情时，客观上(周朴园、周萍

① 见《日出》跋。

与整个封建社会道德力量）立刻压抑她，这时我们已经看出蘩漪胸中的火山爆发的趋势，她对周萍说：“小心，小心！你不要把一个失望的女人逼得太狠了，她是什么事都做得出来的。”果然，随着剧情中的气压越来越低，摧毁性的暴风雨终于倾盆而下时，蘩漪爆发了她对全部资产阶级道德的憎恨与控拆，她在轰雷暴雨中宣告了资产阶级的腐朽与罪恶。在第一幕中她对四凤表现出来的隐隐的敌意，到这时已变为对当时黑暗社会制度的强烈诅咒。这时，这个值得我们深深同情的被压抑被损害的性格，终于最后在观众的心里完成。像这样层层剥竹笋的办法，一步一步的揭示人物性格，最后使人物性格的实质鲜明的表露出来。这样的描写方法，能够给观众留下最深刻的印象，使观众久久不能忘去。

2. 作者善于用白描的，对比的手法来塑造人物性格，着墨不多，却栩栩如生，而且富有戏剧性，适宜于舞台演出。例如：《日出》第二幕中王福升正对软弱可怜的黄省三进行恶毒的嘲骂时，突然接到了金八的电话，在金八的责斥下，他立即必恭必敬地把一堆嘲骂加到了自己的头上。这两段戏连结在一起，鲜明的对比产生了出色的舞台效果。在王福升的前后态度变化中，成功地体现了旧社会中的奴才典型，使我们清楚看到了他那种欺软怕硬、媚上骄下的奴才性格。

3. 作者还善于运用“画龙点睛”的笔法，一语即中地揭示出人物的精神实质。这方面，尤其突出地表现在对次要人物的描绘上，通过短短的几句话或简单的几个动作，就使人物性格的本质暴露无遗。例如《日出》中的胡四，表面上看起来好像是个空虚，轻浮，对任何事情都不在意的不咸不淡的人物，但是，当他在“宝和下处”被小东西溅了满衣服茶水，他那第二生命——衣服受到污损时，就立即破口大骂起“你这个贱骨头”“死货！”通过短短几句话，就把这个人物在一片油滑的外表下所包藏的丑恶、狠毒的性格充分揭露出来了。又如《日出》中的张乔治也是这样，作者通过第四幕中他用打哈哈的办法拒绝借钱给陈白露那有限的几句话，就充分表现了他那种自私自利的卑鄙的灵魂。

其次，紧张的戏剧情节和强烈的悲剧气氛是这两部作品的共同特点。

一部优秀的剧作，必须具有尖锐的戏剧冲突，而且这种冲突是根植于生活的矛盾之中的。《雷雨》《日出》正是以紧张的情节发展紧紧地抓住了观众的心弦，将我们带进一个感情的激流里去。《雷雨》一开始就告诉我们在这外表平静、死水微澜的家庭里潜伏着不可调和的矛盾，鲁妈的突然来到周家，好像投入了一个爆炸性的火药引子，立刻使矛盾尖锐化起来，套在蘩漪，四凤身上的悲剧的绳结抽得更紧了。剧情急转直下，展开了一系列惊心动魄的性格冲突：蘩漪与侍萍之间，周萍与四凤之间，鲁妈与周朴园之间，周朴园与鲁大海之间，鲁大海与周萍兄弟之间……这许多冲突组成了连续不断的波浪冲击着观众的心灵，在第三幕中激起了全剧高潮的开端，鲁妈从外面回来，听大海说四凤和周冲谈得很亲热，卅年的往事立即浮于心头，灾难如晴天霹雳一样降临到她的头上。她要求四凤告诉自己她与周家少爷的关系，并逼着四凤对天发誓。鲁妈心里有说不出的痛苦，这与四凤的内心矛盾、恐惧交织在一起，构成了这一场戏的紧张冲突。而外面的雷声、闪电更增加了紧张恐惧的气氛，推动剧情的迅速发展。这个戏高潮的进一步发展是周萍来到鲁家，隐情终于暴露，四凤在大雷雨中逃出去。到第四幕中，所有的可憎与不幸的人们又集中到周家大厅上，所有的矛盾冲突全部爆发出来，使剧情的高潮一直持续到全剧终了。在这高潮中又涌起几个更高的顶峰——鲁妈的自白；蘩漪的控诉；四凤与周冲的死；蘩漪与鲁妈发疯……。这一切使观众完全被卷进感情的巨浪中，《雷雨》之所以能够许多年来一直强烈地吸引着观众，这种扣人心弦的紧张结构，正是其原因之一。强烈的悲剧气氛，也是这两出戏能感染观众的重要因素。《雷雨》的气氛异常沉闷、压抑；《日出》的气氛除了压抑之外，还夹有一种惶惶不安之感。作者在悲剧气氛中，很成功地运用了若干舞台效果，配合了戏剧情节的进展，而且烘托出了剧本的主题。除了《雷雨》中的雷雨闪电的运用外，《日出》中的效果运用也很成功。例如剧终陈白露在日出的时候自杀，作者是这样安排舞台的变化：由外面射进来满屋的太阳，窗外一切都亮得耀眼。砸夯的工人们高亢而洪壮地唱着《轴歌》："日出东来，满天的大红！要得吃饭，可得做工！……屋内渐渐暗淡，窗外更光明起来。"这个效果处理，说明了陈白露和她所寄生的那个阶级的毁灭，他们是没有太阳的，这个阶级随着黑夜逝去，一个新的世界从东方升了起来，这就给剧本的主题带来更积极的意义，增加了光明的色彩和旭日方升的新生气氛。

最后，语言运用上的成功，也是使剧作具有巨大魅力的因素之一。剧中人物的语言真正达到了个性化的高度。如《日出》第三幕"宝和下处"的许多人物：翠喜、小顺子，甚至唱数来宝的乞丐，他们的语言既符合各人的社会地位，准确地反映出职业上的特点，而且也带有个性化的特点。作者如果对生活没有深刻的观察和分析，是不可能在语言上取得这样高的成就的。上面的一切，都值得我们认真学习。

（原载《山东大学学报》1959 年第 1 期）

是鹰还是金丝鸟

——与陈恭敏同志商榷关于陈白露的悲剧实质问题①

徐闻莺

最近重新看了《日出》，又看了上海人艺的演出，同时参阅了陈恭敏同志写的《什么是陈白露悲剧的实质》（《戏剧报》1957 年第 5 期），和《喜看〈日出〉换新妆》（解放日报 1959 年 10 月 13 日）。陈恭敏同志提出了一个很重要的问题：陈白露这一人物的精神面貌和思想实质是怎样的，以及今天观众对她应采取什么态度。这一系列问题，都需要进一步地解释和分析。因为这不仅仅是对陈白露这一人物的理解问题，也不仅仅是更进一步地揭示《日出》的现实主义，同时也是如何运用历史唯物主义观点，和毛泽东文艺思想，来分析、批判属于过去时代的艺术作品和艺术形象的问题。因此想谈谈个人一些不成熟的意见。

一

陈恭敏同志不同意在历来的演出中把陈白露处理为一个“玩世不恭，自甘堕落的女人”，并以此来“批判小资产阶极知识分子人生观的颓丧和软弱”。他也不同意把陈白露的死当作小市民的“悲剧”来揭示给观众。而感到如果那样处理，陈白露便和顾八奶奶成了“一丘之貉”，因而“今天演出她的一段经历便变得毫无意义”。我认为陈恭敏同志首先不研究在《日出》中的陈白露究竟是什么样的一个人，却单从“如果这样处理便和顾八奶奶有类同之感”，因而就否定了那样的处理，说它们是没有意义的；这一意见的出发点，就存在着主观主义的倾向。因为分析批评一个作品或某一个形象的客观意义时，总是以作品中所提供的具体事实为依据，陈白露既然来自《日出》，分析和解释这个人物的客观意义自然也就应该回到《日出》。如果作品中这个人物的性格面貌不够清楚，演出者和批评者有权利通过演出和批评对她作更深的挖掘，甚至是某些细节上的增删，但它们基本上还是应根据剧本所提供的线索来着手，而不能从“有意义”和“没有意义”去重新创造另一个陈白露。

至于陈恭敏同志对今天演出《日出》把陈白露悲剧的解释和处理，认为是“为了批判小资产阶级知识分子人生观的颓丧和软弱”。“最多也不过是小市民的‘悲剧’”，“如果陈白露真正是这样一种女人，那今天演出她的一段经历就变得毫无意义”。这一论点也存在着

① 关于陈白露的悲剧实质问题，曾引起 1960 年代学术界较多的讨论。除本文外，比较代表性的论文还有甘竞的《也谈陈白露的悲剧实质问题》（《上海戏剧》1960 年第 5 期）、晏学的《陈白露的悲剧》（作于 1962 年，载《戏剧学习》1979 年第 3 期）——编者注。

明显的错误。我们说，即使到社会里已不存在有资产阶级和小资产阶级，但对这些没落阶级所带给人的思想影响，也仍然是一个相当复杂而长期的斗争过程，即使到那时演《日出》，把陈白露处理为批判小资产阶级知识分子的人生观的软弱和颓废，也不会是毫无意义的。更何况今天资本主义制度还没有完全从地球上被彻底消灭掉，而我们国家里仍存在着资产阶级和资产阶级知识分子；旧的制度和资产阶级的意识，小市民的习气所给人的影响仍或多或少地存在，把陈白露处理为对“小资产阶级知识分子人生观的颓废和软弱”的批判，难道就会是“毫无意义”的吗？显然，陈恭敏同志是因为过于希望肯定陈白露，而对阶级斗争在当前生活中仍然存在也置之不顾了。这样的论点是有害的。

二

陈恭敏同志认为，陈白露的矛盾是“白露和竹均”的矛盾，而方达生的来：“带来了竹均时代的一切回忆”，使“她从精神麻痹的状态中苏醒过来，内心经历了巨大的暴风雨”，结果是“金丝鸟有健全的翅膀，但它不想飞，因而它没有悲剧。折断了翅膀的鹰被关在笼子里，想飞而飞不起来，这里才有悲剧”。简单地说，陈恭敏同志把陈白露的死，是当作一个悲剧，而且还是一只“折断了翅膀的鹰，想飞而飞不起来的悲剧”。

为了证实这是一只“折断了翅膀的鹰”的悲剧，为了证实在陈白露心灵中存在的“白露与竹均”的矛盾，陈恭敏同志又进一步把陈白露在剧中的几个比较明显的行为都解释为这是“竹均的复醒”。例如，第一：第一幕和方达生的见面，是“白露之突然看到方达生，应该是惊恐万状的，方达生带来了竹均时代的一切回忆，白露惧怕那一切，不愿意和方达生见面。因而戏剧的开始，方达生应该是主动的，他的内心动作是十分积极的；而白露那一切挑衅、嘲弄、自暴自弃是被动的，内心动作是掩盖、抵抗”。第二：白露留下方达生是为了“对爱情的真实性进行的心理试探”。第三：陈白露救小东西是忘我的，“富有热情和正义感的竹均形象，不是已经站立在我们面前了吗”？总之，按照陈恭敏同志的分析，第一幕中的陈白露是“变得越来越不能忍受这种耻辱的生活”。这种竹均的复醒，终于使她发展到第四幕时，已经准备等方达生把小东西救出来后，就跟方达生一道走，但是“方达生回来了，小东西终于没有找到，白露已经觉醒了的灵魂受到了沉重的打击，良心感到了痛苦的谴责”。最后是当竹均完全复活的时候，当白露终于明白她自己生存价值的时候，“她很自然地感觉到死比活着容易得多，幸福得多了。我们看到她多么宁静地吞服了安眠药片，又多么宁静地死去。从而悲剧的力量又是多么强烈地激荡着我们啊”！

虽然，在文章最后，陈恭敏同志也提到了“对陈白露的小资产阶级人生观的批判也只有在揭示出她灵魂中理想与现实、人性与奴性、尊严与屈辱、同情与麻痹……的复杂矛盾的前提下才是可能的”。仿佛陈恭敏同志又主张对陈白露进行批判了，并且也用了阶级分析的观点。但是只要仔细看一下陈恭敏同志的全篇文章，就不难看出，这实质上是在阶级分析的前提下，抹煞了真正的阶级分析的具体内容，而毫无原则地强调突出了所谓的陈白露的“人性”“尊严”“同情”“理想”。全篇文章中除了看见他激烈反对别人对陈白露的丑恶本质所进行的揭露和批判外，根本没有一点具体分析是真正接触到对陈白露的批判。所以，与其说他主张对陈白露又同情又批判，还不如说他是由同情而发展到欣赏、赞美甚至是陶醉在陈白露那“宁静地吞服了安眠药片”和“宁静地死去”的不健康的情调中。而我最不同意陈恭敏同志的分析也就在此。因为当我一次又一次读《日出》时，我还是看不出陈白露的死究竟有多深多大的悲剧意义。更看不见她内心究竟经历了多少“巨大的暴风雨”。我为小东西、翠喜和黄省三的遭遇哭出声来，感到了压抑和对于旧社会的憎恨，但对于陈白露，我却感到她似乎是应该死了。

三

方达生这形象，作为二十世纪三十年代的旧中国的小资产阶级知识分子来看，他是一个具有进步思想、有正义感、有热情的青年，虽然他思想上还并没有什么明确的阶级观念和革命的思想，但是从他对陈白露的生活的批判，对周围环境的态度，他对小东西、黄省三等人的同情，和对金八、顾八奶奶、张乔治这一群剥削者的厌恶和憎恨来看，这是一个有革命要求的小资产阶级知识分子的典型。可是陈白露对他的态度是怎样的呢？

《日出》第一幕，陈白露和方达生的见面，她非但没有任何惧怕和方达生见面的表现（哪怕是一点点也好），相反，她对方达生的进入自己的生活，从一开始是无所感觉的，在她的眼睛里，方达生不过是个好心的“书呆子”，是个傻里傻气的“好人”。她不但不相信方达生所说的自由，而当方达生直率地指出她目前生活的堕落并要求她和他一同走时，陈白露是因为方达生刺伤了她的虚荣心而向方达生进行了还击，她那一些“你有钱么？”“你养得活我么？”“我要舒服，出门要坐汽车，我要玩，我要花钱”以及那一大段振振有词的辩论：

方达生　（不屑地）你倒象很得意的？

陈白露　为什么不呢？我一个人闯出来，不靠亲戚，不靠朋友，能活就活，不能活就算。到了现在，你看我不是好好活着，我为什么不得意？

方达生　可你以为你这样弄来的钱是名誉的么？

陈白露　可怜，你个书呆子，你以为这些有名誉的人物弄来的钱就名誉么？我这里很有几个场面上的人，你可以瞧瞧，形形色色：银行家，实业家，做小官的都有。假若你认为他们的职业是名誉的，那我这样弄来的钱要比他们还名誉得多。

方达生　我不明白你究竟是什么意思，也许名誉的看法——

陈白露　嗯，也许名誉的看法，你跟我有些不同。我没故意害过人，我没有把人家吃的饭硬抢到自己的碗里。我同他们一样爱钱，想法子弄钱。可我弄来的钱是我牺牲过我最宝贵的东西换来的。我没有费脑子骗过人、我改有变着方法抢过人。我的生活是别人甘心愿意来维持，因为我牺牲过我自己。我对男人尽过女子最可怜的义务，我享着女人应该享的权利！

方达生　（望着陈白露灼灼的眼睛）可怕，可怕——哦，你怎么现在会一点顾忌也没有，一点羞耻的心也没有。你难道不知道金钱一迷了心，人生最可宝贵的爱情，就会象（像）鸟儿似的飞了么？

陈白露　（略带辛酸）爱情？（掸掸烟灰，悠长地）什么是爱情？（一口烟袅袅地把这两个字吹得无影无踪）你是个小孩子！我不跟你谈了。

这是相当能说明陈白露的思想实质的。从表面来看，她似乎是在讽刺和揭露旧社会的道德观，并向它提出了抗议，可是必须注意的是，陈白露这时候并不是站在旧社会的法庭上对着那一群维护这个制度的法官先生们在提出抗议说“我并没有过失，我比你们还高尚得多”。如果是那样，我们承认她这种行为是对旧社会的反抗。问题是她这样振振有词所企图驳倒的对方是方达生——一个怀着满腔热情企图把她从泥坑中拉出来的人。实际上是在看来是否定了旧社会的丑恶的道德观的同时也就否定了方达生对她的指责，和方达生的那一些不属于这个社会的道德观，在这样两个否定下，她为自己的软弱、妥协和堕落找到了合理的掩护。换句话说，也就是承认了自己今天的生活，比之于那些比她更堕落的人来看，她还似乎显得“清高”得多。有人在分析高尔基的《小市民》中的彼得和达吉扬娜这两个经过伪装的小市民的精神实质时说：“彼得和达吉扬娜口头上蔑视资产阶级，哭诉说，他们是在小市民的泥沼里窒息着。——事实上这是他们的骗局，这同样是那批自私的、灵魂龌龊的人，他们借名孤独，灵魂复杂，怨暴和纷乱生活，为自己的自私自利辩护”①。陈白露不也正是和达吉扬娜和彼得一样，一面已经陷在资产阶级的堕落和寄生的泥沼中难以自拔了，而却还在说自己是清高的、名誉的。这不是自欺欺人又是什么呢？

陈白露思想上可怕的东西还不仅于此，她不但自己相信了这种自欺欺人的哲学，而且，她还企图用这种观点来说服和争取方达生，她自以为是一匹识途老马似的，希望她这个过去的朋友和她今天一样地来对待生活，她曾不止一次地企图用自己的生活道路来向方达生证实“生活只能是这样的”。当她把方达生留下，方达生说“可是，这不像话……”，陈白露就很清楚地回答了他：“这个地方不像话的事情多得很，这一次，我要请你多瞧瞧，把你这副古板眼镜打破了，多看看就像话了”。从哪儿可以看出是陈白露为了害怕方达生的到来，和意识到自己生活的堕落而作的掩盖和抵抗呢！如果说方达生这时的内心动作是积极地希望指出陈白露的生活是堕落的，极力说服她离开这里跟他走，那么陈白露的动作就是主动地积极地要说服方达生留下来，承认生活只能是这样的，承认不像话的事多看看也就像话了。这一场戏，从人物关系上来说，是两个老朋友的会见，从思想体系来看，却正是两种人生观两种道德观的斗争。

也许，陈恭敏同志认为我这样分析太简单了些，没有注意到“陈白露灵魂中竹均的复

① 见《高尔基研究年刊》1947 年第 83 页。

醒”，没有看到陈白露是“在对爱情的真实性进行心理的试探”，而我想说的也正是：我的确没有看到。因为陈白露从一开始就没有让人感到她有任何爱方达生的表现，在撕火车票的那一场，她就已经肯定地告诉了方达生她不会跟他走的。即使她后来的留下方达生，也只是基于一种自私而不健康的心理，“想想我们以往的情感，不能叫我们留恋一点么？”

所以从戏的开始，作者就很清楚地写出了这两个人不是一条路的人。在方达生和陈白露谈话进行中，突然出现了醉醺醺的张乔治和满脸奸笑的福升，这就是一个很好的安排，通过这样一些人物的穿插，可以使人感到陈白露和这个堕落的腐朽的资产阶级社会生活的千丝万缕的关系，也使人感到方达生在这儿对陈白露进行劝告，那是他对陈白露今天的堕落究竟到了什么地步还缺乏正确的估价。

四

关于陈白露救小东西，从陈白露在剧中的所有行为看来，这似乎还算是一件可以肯定的好事，这大概也就是陈恭敏同志所指出的陈白露的“人性”和“同情”的具体表现吧！可是不管是“人性”也罢，“同情”也罢，它们都不可能是超阶级的抽象的感情，我们需要进一步了解在这样一个所谓的好事下，究竟是什么样的思想感情？什么样的阶级的同情和人性促使她这样去做的？按剧中陈白露在这一事件的前后表现来看，是达不到像陈恭敏同志所评价的那样“富有热情和正义感的竹均形象，不是已经站在我们面前了吗”？

从小东西出现在陈白露的生活中一直到她失踪，我们所看见的陈白露对她的感情，却并不是一种站在同是被压迫者的相互同情，以及反抗压迫者的那种深厚的阶级感情，而是一种对“可笑而又可怜的动物”的怜悯，救小东西就是基于这种廉价的怜悯和交际花的一时冲动。因此救完以后，给陈白露所带来的也只是一种“好玩得很”的游戏之感。而第二幕中的陈白露，则几乎在忙碌于自己的交际生活中而忘掉了小东西的存在，她把小东西简直就像自己那只心爱的狗一样锁在屋子里而很少过问了。这样的处理是合乎陈白露的性格的，因为她开始救小东西，就并不是出于正义和热情，而只是一种连同情都谈不上的那种廉价的怜悯。

当然，拿这一点怜悯来和顾八奶奶、潘月亭那一群人比较，这也就是陈白露和他们稍有区别的地方，因为在那一群人身上，连这点怜悯心也没有，可是，如果拿翠喜对小东西的态度来比比看呢？

翠喜，只要想一下压在这个女人身上的担子，和她在那“地狱”里所受的凌辱，就不难看出，由于这个不合理的社会制度和生活条件，已经把她践踏和折磨到了多么凄惨的地步，她为了一家老小的生活，求生不得，求死不能，强颜欢笑地以自己的肉体来换取全家的生活。这是一个满身创伤的被侮辱和被损害的灵魂。但也正是她，在那样一个阴暗的角落和那凄冷的黑夜，忍住了自己的悲痛，而企图用自己满是创伤的心来安慰、来温暖另一个比她更弱小的生命。这才是被压迫者对被压迫者的真挚而忘我的阶级同情。谁能不为她的行为所感动啊！也正是通过翠喜对小东西的感情，我们才更加看出了陈白露对小东西的感情是那样地苍白和无力，而且是不平等的。

陈白露的觉醒在哪里呢？

竹均的富有热情和正义形象体现在哪里呢？

她的“越来越不能忍受这种耻辱的生活”的表现又在哪里呢？

一直到第一幕的结尾，她不还蛮有兴趣地对着潘月亭撒娇，并高呼“哦，我喜欢太阳，我喜欢春天，我喜欢年轻，我喜欢我自己（这倒是一句真心话）”。天知道，这是一个多大的讽刺呀！陈白露对方达生倒大声抗议，说我生活得并不比别人差。可是对着潘月亭这样一个吸血鬼，倒唱起“春天和生命”的赞歌来了！小东西为了维护自己的尊严和纯洁不惜一死，这是一个勇敢的具有反抗性的形象，她对这个社会是不妥协也不让步的。翠喜即使沦落在最无人道的地狱里，但她还有着“谁也不是生来就愿意吃这碗老虎嘴里的饭”的被侮辱的委屈之心，可是陈白露呢？却面对着自己堕落的生活而欢呼“春天来了”，也许这就是她的玩世不恭吧！可是这种玩世不恭的作用是什么呢？难道是觉醒的反抗的表现吗？还是依旧故我的自我陶醉？这难道是折断了翅膀的鹰的形象吗？还是一只被关在笼里的金丝鸟，却还在跳跃着欢唱着我多么自由，多么快活的讽刺画？

我们不否认，在社会地位上，陈白露和小东西同是被压迫者，被侮辱与被损害的，但是两人也有不同点；假如陈白露主观上要求反抗和挣脱这种非人的生活，她比小东西要有条件得多，整个剧中，除了她自己的软弱、动摇和自作聪明，找不出有什么更大的客观障碍使她不能像方达生那样站起来，冲出去寻找出路，此其一。其二，不管翠喜也罢，小东西也罢，在剧里，都清楚地写出了她们之所以堕入这种非人生活完全出于被迫，可是陈白露是怎样从一个“书香门第的小姐”走上了交际花的道路？又怎样一度离开了这生活跟一个有理想的诗人结合，最后却仍旧又回来了？除了她自己的那一整套颓废和自欺欺人的生活观以外，我们找不到什么可以原谅和同情她的因素。关于这些，陈恭敏同志是深为遗憾并尽力企图为她补充说明以证实她灵魂中还有“更高贵的一些东西”。而我认为，像上述的情节，完全不用补充，正足以表现出陈白露的自甘堕落和麻痹，她不仅平时如此，即使当和她有同命运的小东西出现在她面前时，也并没能真正激起她的同情和关心。（假如这种“同情”也值得大提而特提又该怎样来解释她在最后临死前对潘月亭、对顾八奶奶这些人所表现出来的同样的同情呢？）所以我认为，即使陈白露的社会地位是被压迫的，但因为她在思想感情上已经和资产阶级同流合污了，因此也就没有什么同情可讲，更不可能把她和小东西和翠喜来相提并论。

五

方达生和小东西的进入陈白露的生活，究竟有没有作用呢？有，但是也不像陈恭敏同志所说的那样是使陈白露完全觉醒过来了。陈白露在主观上是根本不同意也不相信方达生所说的一切的，但是方达生出现在她生活里是一个对比，和这个圈子里的一群鬼是一个对比，这一点陈白露至少是感觉到了。但这个感觉不是从一开始就有的，而是通过一系列事实和方达生的作为才逐渐在她心上积成了印象。她隐隐地感到了目前的生活是有点不对头，人也不是完全和只能像她那样生活着，她的那一套自欺欺人的哲学，在方达生的行为的对照下，感到了动摇和矛盾，她显得有些摇晃不定，从感情上来说，她更多地倾向了方达生，因而对张乔治和顾八奶奶等现出了稍稍的不耐烦。但这也只是一种微微的动摇，而不是完全的觉醒。（要不然在第二幕她也就不会有那么好的兴致来陪顾八奶奶一道叹息“好好地把一个情人变成了自己的丈夫，总觉得怪可惜的”。）

小东西的失踪，这是比方达生闯入陈白露的生活的一个更大更重的打击。这打击不在于小东西失踪这一事件本身，而在于陈白露通过自己救小东西的失败，真正看清了她自己在这群剥削者心目中的价值。她并不像自己所想象的那样生活得比人高，而只不过是这个社会，这一群剥削者的无足轻重的一个玩物而已。不管是顾八奶奶也罢，潘月亭也罢，他们都是不会为了她陈白露而牺牲点什么的。

这一个事实的打击，使陈白露的自欺欺人的生活哲学宣告破产。假如方达生的来到使陈白露完全觉醒的话，这时，她就应该站起来和要求冲出去。但是我们在剧中所看见的陈白露却因此而变得更消极了，再也站不起来了，第四幕一开始，陈白露不是等方达生把小东西救回来和他们一道走，而是已经在考虑着如何结束自己的生活了。这在她对顾八奶奶提出“这个安眠药是很厉害的，你要吃了十片，第二天就会回老家”的警告中，就很清楚地表明了：自杀的念头已经显现在她的心里了。所以我认为，她对福升说的“是啊，谁还能一辈子住旅馆！（摇摇头）我大概是真玩够了，（坐下）够了！（沉思）我也想回家了，回到我的老家去”那一段话，也正是处于感到自己临近于最后的毁灭的那种心神恍惚中，而不是想跟方达生走，所以当方达生回来，告诉她小东西没有找到，方达生奇怪“为什么你们允许金八这么一个禽兽活着”？而陈白露的回答却完全相反：“不是我们允许不允许金八活着的问题，而是金八允许我们活着不允许我们活着的问题。”

小东西的失踪，意味着黑暗的现实生活直接扑向方达生和陈白露的打击，为什么两个人得出了不同的结论，走了两条不同的道路？一个站起来了、迎上去了，而另一个却被压倒了。作者除了在前面对这两个人的不同的人生观和生活态度作了一些具体刻划外，最后，通过陈白露和诗人的那一段生活的回忆，点出了方达生和陈白露根本的分歧点是在于一个是具有理想、有正义感、能够把自己的命运和疾苦跟广大劳动人民结合在一起，敢于和黑暗的现实作斗争的有革命要求的青年！而另一个却是没有理想的只生活在个人狭小圈子里，追求资产阶级个人生活的满足和刺激的具有资产阶级人生观的个人主义者。陈白露和诗人的结合和分离，真正的意义并不是“日子长了，彼此厌倦了”和“孩子死了”。她和诗人破裂的根本原因是在于：一个相信太阳会出来，光明会来到。一个却不相信太阳会出来，光明会来到。一个有理想，而一个没有理想。作者通过这画龙点睛的一笔，像一道分水岭一样把方达生和陈白露这两个不同类型的小资产阶级知识分子划分开来了，也表示了自己的态度，他把方达生送去迎向太阳，而让陈白露在日出前悄悄地结束了自己的生命。同时方达生也通过这一事实，终于明白了陈白露是不可能跟他走一条路的，他最后对陈白露说的“谢谢你，竹均，你是个爽快人（立起来）竹均，我要收拾东西去了”，也不仅意味着他明白了陈白露并不爱他，而是真正清楚了陈白露是已经在这堕落的生活中燃尽了的一堆死灰，再也燃不起来了，他决定和她分手了。

潘月亭的破产，更使陈白露感到触目惊心，一直在她心目中被认为挺有办法的人也垮了，这似乎更证实了她那逃不脱金八魔掌的结论。为了恐惧，为了逃避也为了她毕竟还是把自己划在和潘月亭息息相关的同一阶层，死，对她来说，就变成是很自然而又必然的结果。

陈白露的死，并不意味着对旧社会和旧制度的反抗，而仍然是害怕正视现实逃避更尖锐的现实斗争的软弱和妥协的具体表现。

好了，现在我们可以给陈白露的性格和死作一个简单的归纳。这还是一个具有资产阶级人生观的软弱和颓废的小资产阶级知识分子的典型，她的生活堕落是这个社会制度造成的，但也有着她自己的过失，她对这个社会丝毫没有反抗的行为，相反，她还起了散布承认这个黑暗现实的合法性，和企图使人忍受这黑暗的现实，调和和阻碍斗争的消极作用。她是在宣扬着一种“生活只能是这样”的“忍耐”的哲学。肯定地说这是应被批判和被否定的形象。如果结合当时的具体情况来看，方达生跟当时真正有组织的革命青年来比还有着一段距离，那么陈白露就更成了当时青年知识分子中最落后的代表人物。这样的青年知识分子，在二十世纪三十年代的半封建、半殖民地的中国还具有典型性的。从剧本到当时的时代，这都是一个不值得肯定的人物，难道到了今天，对于人们的道德标准和思想观点有了更高的要求的时候，她反而变成了一个值得同情的人了吗?

我认为今天舞台上对陈白露的处理，不但不应该是揭露她灵魂中什么“竹均和白露的矛盾”，而应该更彻底的剥去她那含情脉脉的外衣，对她那种资产阶级的人生观和自私，对她在生活中所起的阻碍作用狠狠地揭露和鞭打。

陈恭敏同志认为“《日出》的主题，‘损不足以奉有余’的社会概括是通过陈白露的心理概括而深刻化的”，我觉得也是不对的，真正体现了《日出》中的“损不足以奉有余”的主题的是小东西、黄省三和翠喜的遭遇，而不是陈白露。观众没有必要把同情和感动从他们身上转移到那不值得同情的陈白露身上。作者通过金八、潘月亭、顾八奶奶、黑三、张乔治这一些剥削者、压迫者对小东西、对翠喜、对黄省三的摧残而完成了揭露这个社会“损不足以奉有余’的主题。在这个基础上，它又通过方达生和陈白露的矛盾，为我们提出了另一个更积极的思想，那就是面临着这样的黑暗现实，有正义感和有良心的青年，应该站起来，为争取光明的到来而斗争。在这个思想的体现中，陈白露恰恰是一个被否定的消极因素，是一个不值得同情的人物。

陈白露并不是一只折断了翅膀的鹰，而是一只关在笼里尚不自觉的金丝鸟，等她感觉到自己的堕落时，她已经在堕落的生活里耗尽了自己的力气，等待着她的也只有死亡的一条道路。

六

对陈白露究竟采取什么态度？是批判还是同情？是否定还是肯定？这实质上就是一个批评者的阶级立场问题。

毛主席《在延安文艺座谈会上的讲话》中，早就明确地指示了“无产阶级对于过去时代的文学艺术作品，也必须首先检查它们对待人民的态度如何，在历史上有无进步意义，而分别采取不同态度”。这是批评、分析过去时代的文艺作品唯一的政治标准，也是批评、分析一切过去时代的作品中的具体形象的唯一的政治标准。批评、分析陈白露，就应该把她放到剧本所反映的时代和典型环境中来看她的作用，是进步的对革命有利的？还是落后的阻碍革命发展的？这一切也不能仅仅根据人物的社会地位来决定，而要深刻地挖掘一下在她思想感情上究竟是属于什么阶级的？同情和倾向什么？换句话说，也就是要看她站在哪一边的问题。

陈恭敏同志的分析中，一个最根本性的错误是没有站在无产阶级立场，用阶级分析的观点来分析陈白露，而是用的小资产阶级的温情主义和不健康的情调，而孤立地、片面地强调这个人物的“复杂的内心过程”和什么“精神世界之谜”。看起来是在批判她，而实际上却从感情深处在欣赏她，赞美她，把一个小市民和具有资产阶级人生观的小资产阶级知识分子涂脂抹粉，美化成为超脱一切，高于一切的悲剧形象。这是怎么也不能使人同意的。因此提出来与陈恭敏同志商榷和共同研究，以求得到进一步的认识。

（原载《上海戏剧》1960 年第 2 期）

也谈陈白露的悲剧实质问题

甘　竞

陈白露这个具有艺术魅力的人物形象出现在我们舞台上已经有二十多年的历史了。其间我们祖国经历了翻天复(覆)地的巨大变化，陈白露所梦想过的“太阳”不仅已经出来，而且以无比强烈的光芒普照着大地，给人民带来了真正的春天。二十多年来，陈白露的悲剧曾经激起过多少观众和读者的同情和惋惜；她的软弱、动摇和堕落也曾引起人们的反感和厌恶。总的说来，陈白露在观众中唤起的感觉是矛盾的，这因为她本身就是一个充满着矛盾的人物。

那么，陈白露究竟是折断了翅膀的鹰，还是关在笼子里尚不自觉的金丝鸟？我认为这两种说法都不确切。要理解陈白露这个人物的悲剧实质，需要同时抓住三个方面：第一，阶级分析；第二，时代特征；第三，还不能忘记，陈白露是个女人。在当时的社会里，妇女受的压迫和歧视比男子更深，在政治上和经济上被剥夺了最起码的权利，整个社会对她们是残酷的，把她们当成玩物，到处是罗网，遍地是陷阱，广大妇女都无法摆脱悲惨的奴隶命运，知识妇女也同样如此。

为了准确地评价陈白露，我们可以联系文艺作品中一系列妇女形象来进行对比：从易卜生的娜拉，到鲁迅的子君(《伤逝》)，到《青春之歌》里的林道静和白莉萍。在这种对比中，我们可以清楚地看到陈白露身上的弱点和长处，从而在陈白露悲剧的实质的问题上作出正确的论断。

陈恭敏同志说陈白露是一只鹰。可是，她算得了什么鹰呢？鹰应该是林红、林道静……。在三十年代的中国，民族危机是那样的深重，人民生活是那样的困苦，党所领导的革命者前仆后继流血牺牲，广大的知识青年在艰苦地寻求解放的道路，像林道静那样，决不甘心在旧势力面前屈服妥协，“宁为玉碎，不为瓦全”。而陈白露怎么样呢？难道她曾经认真地追求过某种崇高的理想吗？难道她曾经严肃地进行过斗争而被折断了翅膀吗？不，她不过是生活道路上经过了一些风霜，很快地就“气馁了”，悲观颓废起来了，最后正像曹禺所说的“跟着黑夜走了”。显然，她不是一个什么折断了翅膀的鹰。

在我看来，陈白露是堕落了的娜拉或子君。鲁迅早在1923年就曾经提出过：“娜拉走后怎样？”他说：“但从事理上推想起来，娜拉或者也实在只有两条路：不是堕落，就是回来”。[①] 鲁迅自己所写的子君，经过一番挣扎以后，终于经不住旧势力的压迫，回去以后死掉了；而陈白露走上了另一条路——堕落，最后也死掉了。这其中的道理鲁迅说得再透彻不过：“自由固不是钱所能买到的，但能够为钱而卖掉。人类有一个大缺点，就是常常要饥饿。”[②]

然而，我们必须注意到：陈白露所处的时代和娜拉不同，比子君也晚了十年。如果说娜拉走后真的堕落了，或者我们责备子君不该回去，那我们首先不能不考虑到历史条件的限制；而陈白露却是生活在和林道静同时的三十年代，在她面前摆着一条广阔的然而也是十分艰苦的道路。因此我们可以用更严格的要求来看待陈白露的堕落。在这一点上，我们完全同意徐闻莺同志对陈恭敏的批评。在分析陈白露的内心矛盾时，我们无论如何不能离开阶级分析的方法。事实上，陈白露正是一个充满着矛盾的小资产阶级知识分子。她的内心矛盾、性格矛盾并不是什么神秘不可理解的东西，而正是由小资产阶级的阶级地位所决定的。也另有人企图把陈白露的悲剧解释为“追求‘高尚’的精神生活和追求享乐的物质生活的矛盾”。（见《戏剧报》1959 年 23 期覃柯：《漫谈“日出”的新演出》）我认为这样看法也是不够恰当的。因为所谓“高尚的精神生活”未免过于笼统，缺乏明确的阶级观点。在我们看来，陈白露所追求的两个方面都是小资产阶级的东西，并不是什么抽象的“高尚的精神生活”。

陈白露，作为一个破落了的地主官僚家庭出身的小资产阶级知识分子，一开始就走的是一条个人奋斗的道路。她曾经不无自负地对方达生说：“我一个人闯出来，自从离开了家乡，不用亲戚朋友一点帮忙，走了就走，走不了就死去。到了现在，你看我不是好好活着，我为什么不自负？”她所谓的“闯”，在当时就是反抗封建社会的压迫，追求个人的自由、爱情和出路，多少还表现了一定的勇气。但这种个人奋斗和追求的结果必然是幻灭。从此，她就再也不相信有什么真正的自由和爱情，并且感到极大的空虚。在这种情况下，她很快地走上了堕落的道路，寄生于剥削阶级，暴露了小资产阶级那种软弱、颓废、自暴自弃的性格，“活着就是那么回事”。但在这种寄生生活中，她仍然是受欺骗、受压迫的对象，在经济生活上也是没有保障的。小资产阶级的个人自尊心和是非观念，使她对周围的环境表示一定程度的厌恶和不满，精神上感到痛苦。这样，就形成了陈白露的内心矛盾。矛盾的一方面是小资产阶级对于个人自由和独立生活的追求，是对于改变被压迫被侮辱的生活现状的希望，是她的正义感与是非感，是她的模模糊糊的“憎恶黑暗，向往光明”的幻想；而矛盾的另一方面，即主导方面是小资产阶级个人奋斗思想的幻灭，是小资产阶级软弱、颓废、自暴自弃的性格，是面对着强大的黑暗势力所表现出来的惊惧，对于社会前途的悲观失望情绪。在这一点上，陈白露是和鲁迅笔下的子君相似的。但由于时代的不同，陈白露的性格矛盾显得更复杂一些。她比子君更多地懂得了一些东西。这就是她那几句有名的台词：“太阳升起来了，黑暗留在后面，可是太阳不是我们的，我们要睡了。”这就是说，她

① 《鲁迅全集》第 1 卷第 268 页。
② 《鲁迅全集》第 1 卷第 271 页。

模模糊糊地知道什么是黑暗，什么是光明；她知道她从前的那位诗人“决不会回来，他现在工作得一定很高兴”；她也知道方达生有可能走上和诗人相同的革命道路，那是正确的，有意义的；她也承认自己的堕落，将会被他们忘记。这一切也就说明陈白露曾经受到过革命思想的影响。但是，她却始终没有勇气走上这条艰苦的道路。这是因为：第一，陈白露有严重的资产阶级个人主义思想包袱，她生活着就是为了她自己，缺乏明确的远大的生活目标。在《日出》的第四幕里，方达生最后一次劝陈白露跟他走，离开那罪恶的地方，陈白露叹了一口气回答说：“不过你叫我干什么好呢？”她空虚地望着前面：“可是上哪里去呢？”“你叫我到哪里去呢？”……这几句话可以说是比较真实地反映了陈白露的人生观的实质，一个个人主义者所无法避免的空虚无聊。同时，我们还看到，陈白露，作为一个软弱的女性，她已经习惯于寄生生活，沉溺在资产阶级生活方式之中，拼命地花钱、欠债，“刚还了八百，又欠了两千”。对于陈白露来说，要改变这种生活，需要有极大的勇气和毅力，而个人奋斗的思想在这里显然是无能为力的。第二，陈白露是严重地脱离人民群众的，她生活在最黑暗的社会角落里，始终看不到也不相信群众的革命力量，而是相反地震慑于黑暗势力的强大，完全被黑暗所征服，“不是我们允许不允许金八活着的问题，而是金八允许我们活着不允许我们活着的问题”。一句话，她的悲观情绪已经发展到绝望的地步。这正是她和诗人、和方达生的一个重大区别。诗人相信“一切是有希望的”，方达生相信“有许多事可做的”，而陈白露却什么也不相信。小资产阶级性格中软弱、颓废的一面在她身上占着压倒的优势，使她失去了生活的勇气和信心。她看到金八控制着一切，小东西找不回来、潘四的破产，这是促使她自杀的重要因素。

陈白露的悲剧对于中国的小资产阶级是有典型意义的。小资产阶级受到帝国主义、封建主义和官僚资本主义的压迫，政治上毫无权利，经济上也陷于失业失学困苦的状态之中。他们对统治阶级有所不满，希望改变现状，但归根结蒂，他们的基本目的不过是为了寻求个人的出路，进一步还想爬上资产阶级的地位。因此，他们走的总是一条个人奋斗的道路。然而无数的事实证明：在我们的时代里，小资产阶级如果不是投身于人民群众的革命斗争的洪流，如果不接受无产阶级的领导，和工农群众相结合，如果不和自己思想上的资产阶级个人主义作彻底的决裂，那么，他们的思想必然是空虚的和动摇的；个人奋斗的结果必然是趋向没落和灭亡。从陈白露身上，我们便看到了这个真理。她的悲剧的实质就是小资产阶级脱离人民、脱离时代的个人主义者的悲剧。因此，我们决不能同意陈恭敏同志离开了阶级观点，抽象地谈论这个人物“复杂的内心过程”和什么“精神世界之谜”，也不能同意说陈白露所追求的是什么“高尚”的精神生活。

但是，徐闻莺同志认为：“陈白露只有一套颓废和自欺欺人的生活观，思想感情上已经和资产阶级同流合污，因而对她也就没有什么同情可讲”。[①] 这也是片面的看法。在这里，徐闻莺同志正是离开了《日出》所提供的具体事实和线索，凭着主观的爱憎来揭露和批判

① 《上海戏剧》1960 年第 2 期：《是鹰还是金丝鸟》。

陈白露的“丑恶本质”的。

首先，徐闻莺同志没有看到陈白露思想上的矛盾，也没有注意作品中所反复强调的陈白露对自己生活环境的倦怠、厌恶和不满。结果就把她说成是一个灵魂完全腐烂了的交际花。然而《日出》的作者曹禺早就指出过，陈白露和方达生都是所谓“有心人”，“他们痛心疾首地厌恶那腐恶的环境，却想有所反抗”。[①] 1957 年曹禺又说到，“陈白露和一般的交际花是不大相同的。她在悲观和矛盾中活着，她任性，表面上有些玩世不恭、自暴自弃。她说混到什么就算什么时候。但毕竟她还是一个认真的人。因此方达生的来，可能使她燃起一线希望，但她终于又彷徨起来，因为她在生活中失去了勇气。从诗人那里，她可能听到过一些投向光明的道理，她却不能那样做，然而她对自己的生活方式和环境又非常不满。”[②]这些话对于我们理解陈白露的性格是有一定帮助的。但更重要的，我们要根据剧本所描写的陈白露的行动来加以评价。

从陈白露对小东西的态度上，我们可以看到她有着相当强烈的正义感。而徐闻莺同志却把她的这种表现看作是一种廉价的怜悯和交际花的一时冲动。他仅仅抓住陈白露的一句口头禅：“好玩得很”，而不考虑她在这事件中的全部表现。这是不能令人信服的。实际上，陈白露对小东西的同情是真挚深厚的。一开始，她看到小东西被扎坏了的臂膀就流下了眼泪。在最后一幕，当她知道小东西无法找回来的时候，神色忧伤，态度严肃，泪水不断地由眼角流下来，并且因此对潘四感到非常不满。特别值得注意的是，陈白露对小东西的态度和潘四、顾八奶奶、王福升等人有着十分显著的区别。王福升曾劝她不要为小东西的事惹那群流氓，“好汉不吃眼前亏”。她的回答是：“咦，可是他们总不能不讲理呀！把这孩子打成这样……闹急了，我可以告他们。”当她听说小东西打了金八，便严肃地自语道：“你把金八打了，打得好！打得好！打的痛快！”当时，福升表现了极大的恐惧，而陈白露却毅然地表示：“出了事由我担戴(待)。”有钱有势的潘四，由于陈白露的请求，本来已经答应搭救小东西，但一听小东西得罪过金八，就立刻改变了主意，把手缩回来，表示“不能管”，而且为了一个乡下孩子，他劝白露也不必管。但陈白露却甘心冒着很大的危险，义无反顾地和流氓进行了面对面的斗争。在第二幕结束时，陈白露发现小东西被人弄走了，立刻披起大氅，不顾潘四的阻拦，紧追在方达生的后面去寻找小东西。而张乔治、胡四、顾八奶奶却不约而同地揶揄她：“又是一个疯子”。请问，如果仅仅是由于廉价的怜悯和交际花的一时冲动，陈白露会以这种坚决的态度和金八这群流氓作斗争么？难道她不知道在这场斗争中双方力量悬殊，可能因此而引起严重的后果么？我们认为，这不仅是陈白露的一种正义感的表现，而且是她“痛心疾首地厌恶那腐恶的环境，却想有所反抗”的表现。

尽管由于在斗争中遭到了失败，陈白露就表现了极大的灰心失望，感到黑暗势力的无法抗拒，这是她的致命的弱点，但我们不能因此而否定她在小东西事件中所表现出来的正义感，她对弱小者的同情，对压迫者的憎恨。从这里，我们才感到她和一般的交际花有所

---

① 《日出》跋。

② 《文艺报》1957 年第 2 期：《曹禺同志谈剧作》。

不同。譬如她和《青春之歌》里的白莉萍就是不同的。白莉萍在成为电影明星以后，对自己的生活感到非常满足，毫不知羞耻地过着醉生梦死的生活，精神上已经没有一点矛盾和痛苦的感觉，象(像)她这样的人是绝不会自杀的。而陈白露的自杀反映了她思想上的矛盾无法解决，说明她还并不是“一个在心灵上也是老而丑的‘老枪’”(曹禺语)，因此她的死是值得赋予一定的同情的。

徐闻莺同志认为陈白露对小东西并没有激起真正的同情和关心，她对小东西的一点“同情”是不值得提的，因为她在最后临死时对潘月亭、顾八奶奶这些人也表现了同样的同情。这一点，徐闻莺同志的意见是有一面的道理的。的确，陈白露看到潘月亭、李石清也被金八逼得走投无路，而相互之间还象(像)野兽似地在那里厮打，她就表现出一种悲天悯人的哀叹，同时反映出她对以金八为代表的黑暗势力有一种无可奈何的情绪，对于金八手下的失败者，她总是同情的。这里充分的表现了陈白露的小资产阶级的人道主义的思想感情，她没有明确的阶级观点，因而对于象(像)潘月亭这样的剥削者她也给予同情，无疑这是应该批判的。然而我们并不能因此就否定陈白露对小东西的同情也是毫无意义的。

今天，我们在社会主义的舞台上演出《日出》，当然不能象(像)陈白露那样站在小资产阶级立场上去无原则地同情剥削阶级的潘四、顾八奶奶，也不能只强调社会原因去原谅那些依附于剥削阶级的小资产阶级——李石清和陈白露。对于他们身上的资产阶级个人主义人生观必须加以严肃的批判。对于陈白露这类知识分子所走的那条脱离时代、脱离人民的个人奋斗道路，必须予以否定。以便使观众从她的悲剧中吸取应有的教训。另一方面，我们又要通过陈白露、小东西、黄省三、翠喜的悲剧来揭露旧社会制度的罪恶；使人们看到在那个吃人的社会里，不仅翠喜、小东西这些社会底层的被压迫者遭遇着最悲惨的命运，即使象(像)陈白露这样年青、聪明、有一定正义感的知识妇女，由于那罪恶的社会的影响，走上堕落和灭亡的道路。那是一个多么值得诅咒的社会啊！

对陈白露主要的是批判，而又给予一定的同情，这是矛盾的，但又是统一的。因为陈白露的悲剧本身就是小资产阶级性格矛盾的悲剧。我们从阶级观点出发，而又进行具体的分析，便必然会得出这样的结论。

(原载《上海戏剧》1960 年第 5 期)

论《雷雨》和《日出》的结构艺术

陈瘦竹　沈蔚德

在我国现代戏剧史上，曹禺是重要的剧作家之一。他初期的两篇剧作《雷雨》（一九三三年）和《日出》（一九三五年），从出世以来直到现在，一向保持着新鲜活泼的舞台生命，受到国内外观众的欢迎。曹禺的剧作所以经得起时间的考验，首先是因为他憎恨半封建半殖民地的旧中国，揭露封建阶级和资产阶级的罪恶，同情被压迫者和被剥削者，追求光明的未来，并且看到只有工人阶级才是新世界的主人。其次，他所塑造的舞台形象，非常鲜明生动，使人历久不忘，而他所借以表现思想和描写性格的结构和语言，尤其有独特的成就。

在戏剧创作中，结构具有重要意义。戏剧通过动作来反映生活，剧作家就必须从矛盾冲突中来表现思想和描写性格，他要将在时间和空间上有普遍联系的生活现象，集中到在时间和空间上有一定限度的舞台画面里，并且还能显示出矛盾冲突的发展过程，因此他就得在结构、即动作的组织这方面先下一番工夫。

马克思评论拉萨尔的《佛朗茨·封·西金根》，在谈到结构问题时说："首先，我应称赞它的结构和情节，这是比任何现代德国剧本更高明的。"①历来剧作家也都很重视结构。戏剧结构所以重要，是因为它和戏剧的教育作用直接相联系，剧作家就是运用这一艺术手段，将他所概括的生活现象更典型更集中的组织在舞台画面里，以便更鲜明更突出的揭示生活的本质，从而扩大并加深观众对生活的认识的。

曹禺善于运用结构艺术，根据他所表现的生活和思想，精心组织矛盾冲突的发展过程，充分显示人物的性格特征，使得他的创作随处都能引人入胜。同时，他又并不墨守戏剧结构的成规，随着内容的变化而有所发展，从《雷雨》到《日出》，就标志着他在努力探求新的结构来表现新的内容。因此，当我们研究曹禺的《雷雨》和《日出》时，也需要分析这两篇剧作的结构艺术的特点，这样，才能更有助于深刻地认识他所塑造的舞台形象的实质，同时，他的这种艺术经验，对于青年剧作者必然也有不少启发作用。

一

曹禺在《雷雨》中，描写"五四"以后一个带有封建性的资产阶级家庭的黑暗生活，以封

① 《马克思、恩格斯、列宁、斯大林论文艺》第五页。

建家长和资本家的周朴园为中心，通过他（周萍实际上是他的化身）和妇女尤其是劳动妇女（侍萍和四凤）的矛盾，资本家与劳动人民的矛盾，以及错综其间的各种复杂尖锐的矛盾冲突，揭露了旧中国的家庭和社会的罪恶。

曹禺所要表现的这个生活过程，历时三十年，而且关系如此复杂，斗争如此尖锐，那末他怎样将这些内容组织在一篇四幕剧中去，正如狄德罗所说，他怎样“自由主题的中心直入；仔细分辨剧情开始的时机”[①]呢？

从舞台形象的塑造上说，近代话剧在时间和空间上比我国传统戏曲受到更大的限制。例如元代杂剧作家纪君祥在《赵氏孤儿》的楔子和五折戏中，从头至尾表现了历时二十年的屠岸贾迫害赵盾祖孙三代以及赵氏孤儿为家族报仇的故事。曹禺当然不能再用这种结构方法，必须根据新的方法，更紧凑更集中的来组织所要表现的动作了。他在《雷雨》中，将前后三十年的旧中国的家庭和社会的许多矛盾冲突集中在“一个初夏的上午”到“当夜两点的光景”的一天之内以及基本上在周朴园家的客厅来展开，他的这种需要苦心经营的结构艺术，显然主要是从欧洲的一些剧作家那里得到借鉴的。例如易卜生，他在继承并发展了希腊悲剧的结构特征的基础上，形成了他那特殊的“回顾方法”，将过去的情节和现在的情节交织起来，以“过去的戏剧”来推动“现在的戏剧”，甚至在舞台上演出的戏剧只是过去的戏剧的结果。在《玩偶之家》中是如此，而在《群鬼》中尤为突出：集中在从上午到次日黎明的时间内所表现在舞台画面中的戏剧动作，不过是将近二十年前所发生的事件的结果，“父亲造的孽要在儿女身上遭报应”，等到阿尔文太太说明她丈夫生前的许多荒唐行为并且指出正要结婚的欧士华和吕嘉纳原来是同父异母的兄妹之后，悲剧也就立刻发生了。

曹禺的《雷雨》在某些方面曾受到易卜生的《群鬼》的影响。但是我们应该看到：《雷雨》和《群鬼》在结构上的某些相似之处，并不是曹禺任意仿效易卜生，而是取决于他自己的创作意图。曹禺所以要从三十年前的矛盾着眼，而从一天之内的冲突落笔，我们应该从《雷雨》的主题思想来找到解释。在他看来，一切剥削阶级的罪恶，都有历史根源，而且愈来愈严重，因此只有从历史的发展过程中，才能彻底揭露旧中国家庭和社会制度的弊害，才能充分表现受害者的悲惨命运，这对于小说家来说并不算太困难，但是，舞台的容景却有限度，因此对于曹禺来说，什么是《雷雨》“剧情开始的”最好“时机”，从三十年前周朴园勾引和遗弃梅侍萍开始，还是从三年前周萍和蘩漪发生不正当的恋爱开始，或者从现在开始，这是首先必须解决的问题。现在，他以“现在的戏剧”为主，而让“过去的戏剧”穿插其间，发生一定的推动作用，那末我们就得承认这个“剧情开始的时机”是有利于主题思想的表现的。当然这种结构方法也给剧作家带来一些困难，他一方面要揭开现在的矛盾，另一方面又有许多前情必须逐步交代，这就要求他作精心的安排。曹禺先交代三年前的事，到第二幕才揭开三十年前的帷幕，这样不但有条不紊，而且使矛盾冲突得到合理的发展。

① 狄德罗：《论戏剧艺术》，《文艺理论译丛》1958年第1期，第159页。

《雷雨》中的矛盾冲突所以如此尖锐复杂，原因在于剧中人物之间有阶级的对立和思想的分歧。曹禺认识了这些人物的性格特点，并选择最好的时机从矛盾冲突中来表现人物性格。在开幕的那“一个初夏的上午”以前，所有人物像在生活中一样各人都有他的贯串动作。周朴园在三天前刚从矿上回来，正在设法镇压工人罢工运动。像父亲一样自私虚伪的周萍，为了逃避蘩漪，正想离家到矿上去。蘩漪不甘忍受封建压迫，有反抗性，可是找不到出路因而采取个人主义的报复手段，她嫉妒周萍和四凤的恋爱，已通知四凤的母亲到周家来。那个天真幼稚而曾受到“五四”民主思想影响的周冲，正在爱着四凤。四凤两年没有看见母亲，听说她要来很高兴，可是想起自己和周萍的事很着急。她父亲鲁贵是个卑鄙恶俗的奴才，想从女儿身上捞一笔钱。而在周家的门房里，工人代表鲁大海等着要见煤矿公司董事长周朴园。至于那个含垢忍辱三十年的善良正直的侍萍，在济南一个学校里做女工，现在正坐火车赶来，她唯一的人生理想是希望女儿不再蹈她的覆辙。我们从曹禺所设想的各个人物的贯串动作中可以看到，只有当剧作家对于开幕以前的人物的活动、经历等胸有成竹时，那末开幕以后的戏剧动作才能迅速展开。要知道，生活本身就是一个不断发展的过程，剧作家所描写的不过是有着普通联系而又自成首尾的某一片段而已。

开幕之后，我们看到“在周宅的客厅里”，四凤在“滤药”，鲁贵在“擦着矮几上的银烟具”。这一场很长，其中穿插着鲁大海的上场和周冲的过场。作者在这第一场中，并不平铺直叙，而是通过鲁贵用威吓哄骗的手段向四凤要钱这一动作，表现了鲜明的父女两人的不同性格，而从性格的矛盾中，生动的交代了许多幕前情节。他在交代这些幕前情节时，和人物的性格描写结合起来，将叙述和动作结合起来，这就使人不会感到沉闷，而在不知不觉中被逐步引导到戏剧冲突的中心去了。

这一场很容易使我们想起易卜生的《群鬼》的第一幕第一场。但是，曹禺在《雷雨》第一场中就发挥了他的独创精神。四凤所“滤”的“药”一直贯串在第一幕中，到第一幕快要结束时，曹禺通过周朴园强迫蘩漪吃药这一生活细节，揭露了夫妻之间的深刻矛盾，表现了两个互相对立的性格。此外，正当鲁贵恬不知耻的逼着四凤承认她和周萍的关系时，鲁大海突然上场来了，这一穿插在结构上具有重要意义。从另一方面说，鲁大海的上场可以使得父女两人那个场面富于变化因而更加紧张，而更重要的一方面是在于揭露了资本家周朴园和工人之间的阶级矛盾，展现了这个“体面”家庭的阶级实质和周萍的腐朽的精神面貌。至于周冲的过场，给他以后向母亲说明他爱四凤作好了准备。但是鲁贵父女这个场面很长，占第一幕三分之一的篇幅，因此难免露出一些雕琢的痕迹——例如鲁贵过于唠叨，一再拦阻四凤送药上楼，曹禺自己后来甚至嫌它“写得罗嗦，不好”[1]。但是由于其中交代前情相当生动，而各种矛盾的线索已开始交织起来，我们应该承认作者在处理上是颇费匠心的。

① 张葆莘:《曹禺同志谈剧作》,《文艺报》1957 年第 2 期。

曹禺在这以后的几个场面中，一方面迅速发展矛盾冲突，一方面继续交代前情。《雷雨》既以描写这个带有封建性的资产阶级家庭生活为主，作者就首先要着重表现四凤和蘩漪，蘩漪和周萍，以及周朴园和蘩漪之间的矛盾。周萍明天要离家到矿上去做事，这就使得早已存在的复杂矛盾更加尖锐化和表面化，而四凤和蘩漪的命运，也将因此发生新的变化。周萍的这个决定，自然会使我们联想到许多问题：他为什么要走？那末四凤怎么办？蘩漪的态度怎样？

关于周萍明天要走这一情节，是在四凤和蘩漪的场面中结合人物的内心活动交代出来的，这就增强了戏剧的效果。蘩漪是主妇而四凤是使女，但是两人都爱周萍，蘩漪分明怀着敌意可又不便露出声色，因此吞吞吐吐的追问，而四凤却兢兢业业的故意回避；在这一场中，蘩漪的态度已经有几分透露出来了。

蘩漪和周萍过去的乱伦关系，系由周朴园间接所造成，而在现在的家庭生活中，他们之间的矛盾表现得很突出。因此，曹禺在第一幕中有必要来描写这两个人的场面。一般剧作家，可能开门见山直接表现两人相见的场面，但是曹禺先写周冲向蘩漪说明他爱四凤，然后再让周萍上场，因为有周冲在一起，两人谈话表面上装模作样，实际上皮里春秋，而蘩漪所说的"我怕你是胆小吧"和"这屋子里曾经闹过鬼"，已经是锋芒毕露，砭人肌骨。剧作家处理矛盾冲突的发展，应该根据生活逻辑，既要放得开，又能收得住。蘩漪在名义上是周萍的母亲，这种暧昧关系，当然不能随便公开，而她对于周萍的追求和周朴园对她的压迫，在程度上成正比例，只有当她继续受到压迫时，她才会一步紧一步的抓住周萍不放。同时，曹禺在第一幕中所着重表现的是周朴园这个反面典型，蘩漪、周冲和周萍那个场面，从某方面说带有准备的性质。

周朴园以一个封建家长和资本家的姿态，出现在舞台上。曹禺从侧面描写他忙着会客，暗示他正在设法对付工潮，所以等他上场以后，就谈到矿上已经复工，鲁大海已给开除了。他会见家里人，一点没有情感，而且看着表说，"十分钟后我还有一个客来，"催着儿子说话，俨然一副从德国学来的资产阶级讲生意经的神气。他一见蘩漪的面就说她有病，强迫她吃药，很冷峻的说。"当了母亲的人，处处应当替孩子着想，就是自己不保重身体。也应当替孩子做个服从的榜样。"在这里就出现了第一幕的高潮。高潮是矛盾冲突发展的顶点，在每一阶段中都有一个顶点，每一幕的高潮再逐步上升，最后形成全剧的高潮而至解决。曹禺在这一高潮中，从正面和侧面揭露了周朴园对家庭的专制统治和对工人的残酷手段，因而使得戏剧动作更进一步的向前发展了。

戏剧动作在第二幕迅速发展。在侍萍上场以前，作者先写周萍和四凤之间以及周萍和蘩漪之间的关系，这样可以使她在更加紧张的气氛中出现，形成一触即发之势，而侍萍的出现，使矛盾冲突更加尖锐复杂。从而在"现在的戏剧"开幕之后，通过了侍萍而揭开了"过去的戏剧"的帷幕，两者交织起来，戏剧动作于是逐步推向总的高潮。在这过程中，周朴园的罪恶彻底的被揭发，我们还看到了由于他的罪恶，侍萍和四凤无辜的遭受了悲惨的命运。曹禺在穿插侍萍这条线索时，在结构上显然是采用了希腊悲剧家所惯用的形式——“发现”和“陡转”①。

侍萍自从三十年前受到周家“大少爷”的欺侮之后，唯恐女儿再受到周家的不幸，所以一向不肯叫女儿到“大公馆”去当使女。假如她一到周家就听到蘩漪劝她带走四凤的话，按照她的性格，她一定会带走女儿，避之唯恐不及。她这一走、也就无从有所“发现”了。因此，曹禺在她上场之前，事先作了这样安排：鲁贵上来告诉蘩漪“鲁妈来了好半天啦”，同时又传周朴园的话要她去找“老爷的旧雨衣”。作者就这样将蘩漪支出去，让侍萍上场有所“发现”之后，她再拿着雨衣进来，而这雨衣以后又成为侍萍和周朴园相会的一条线索。曹禺的这种安排虽则未免过于纤巧，但是用心之细于此可见一斑。

侍萍来到周家客厅，等候蘩漪下楼，这样她就有余暇来注意那关闭的窗户和古老的家俱(具)，使她由疑心“这屋子我像是在哪儿见过似的”，最后发展到“怎么经过这几十年，偏偏又把我这可怜的孩子，放回到他——他的家里？哦，天哪！”到这里，她已初步有所“发现”了。她想带着女儿就走，蘩漪却叫四凤帮着去找“老爷的雨衣”去了。

蘩漪之所以叫鲁妈来带女儿走，是因为嫉妒四凤，但她却以周冲为借口，说得冠冕堂皇。这位周太太，虽然身受压迫，有反封建的精神，但是在她的资产阶级民主思想中却隐藏着虚伪自私的个人主义因素。曹禺在蘩漪和侍萍这一场中，又以鲁贵屡次上场催她去看病作为穿插。这个穿插，具有多方面的作用，一方面和第一幕中周朴园强迫蘩漪吃药那件事相联系，进一步展开夫妻间的矛盾，一方面又给周朴园的上场和蘩漪的下场作好准备，以便周朴园“发现”侍萍。

侍萍和周朴园相会在情节上很富于传奇性，但是作者却通过这一情节更突出的表现了周朴园的丑恶的灵魂。周朴园认为侍萍早已死去，多年来保存了那些旧家俱(具)和旧习惯，自觉心安理得，足以“弥补我的罪过”。所以他最初曾以主人对待一般“下人”的态度，跟侍萍谈及“雨衣”和“窗户”。

而最后当周朴园一旦“发现”面前的“下人”是侍萍之后，过去为了所谓“弥补我的罪过”而装扮出来的虚伪面貌，在现实面前立刻现出了原形：为了维持他的名誉和地位，他想用钱来封住侍萍的嘴，并且决定立刻辞退鲁贵和四凤。周朴园的卑鄙和狠毒正好和侍萍的高贵和善良成对照。在这一场里，不仅有性格描写，而且戏剧纠葛愈扣愈紧了。

侍萍要求“见见我的萍儿”，周朴园以不准当场认子为条件答应了她。观众自然等着要看侍萍会见周萍，这是一个必不可少的场面。假如曹禺接着就母子相会的情形，比方说周萍见了生母非但当作路人，甚至像他父亲一样将她当“新来的下人”，甚至责难她“你不知道这间房子底下人不准随便进来么？”或者摆出“大少爷”架子骂她一顿，这就是足够显示阶级之间的对立状态了。但是曹禺不以此为满足，为了更深一层的揭露资产阶级凶恶

① 亚里士多德：《诗学》第11章，《文艺理论译丛》1958年第2期。

面貌，和表现侍萍的痛苦心情，为了更进一步的激起观众的强烈的憎恨和同情，他将周朴园和鲁大海的斗争穿插进来，使母子和父子同时相会，这比单写母子或父子相会，就有更高的思想性和艺术性了。鲁大海早在第一幕中就等着要见周朴园，这也是一个必不可少的场面。曹禺写周朴园会见鲁大海时早已知道他就是自己的儿子，但是毫无父子之情，有的只是阶级仇恨，照样将他开除，这就比一般的揭露更加深刻了。更重要的，曹禺将父子之间的阶级斗争放在侍萍面前展开，而且让她亲眼看到打她儿子鲁大海的不是别人而是她所要见的儿子周萍，这就使她终于"大哭"。喊道"这真是一群强盗！"这一场是第二幕的高潮，从这里又引出了新的动作。鲁贵和四凤被辞退，周萍决定当晚去会四凤，并向蘩漪当面承认他爱四凤，蘩漪就警告他，"你不要把一个失望的女人逼得太狠了，她是什么事都做得出来的。"我们在第二幕结尾就预感到，"风暴就要起来了！"

戏剧冲突在第三幕中逐渐发展，而且愈来愈激烈。周冲到鲁大海家来找四凤，一方面是奉母命送钱——其实蘩漪是要他来监视周萍，一方面是来诉说爱情。这就引起侍萍的疑心，逼着四凤在雷声中起誓，永远"不见周家的人"。这位相信命运的善良女人，认为这样就可以逃避不幸的命运，但是接着由于周萍的闯入和蘩漪的阻挠，使她又"发现"了一件比她所想象的更可怕的事情——子女乱伦关系。在这一场中，每个人物都具有强烈的动作，展开了激烈的斗争，自私的周萍追求着四凤的爱情；绝望的蘩漪开始作"困兽之斗"；侍萍发现四凤被勾引以及乱伦关系之后就竭力要挽救这可怕的命运；四凤处在对周萍和对母亲的爱的尖锐矛盾中，由于不能抗拒周萍而违反了自己的誓言，并且终于被母亲所发现，最后只得出走；而鲁大海看到周萍，仇恨当然更深，但是碍于母命，只得暂时放过敌人。第三幕的高潮是以前的高潮尤其是第二幕高潮的发展，每一个人到此已经欲罢不能，悲剧的结局已经是无可避免的了。

曹禺在表现全剧高潮逐步形成的时候，结合人物性格，既是层次分明，而又极尽曲折之能事。而所有一切，又和周朴园直接或间接相联系。

蘩漪从鲁家回来，精神有些变态，周朴园将她看作"疯子"，因此两人的矛盾更加尖锐。这种精神上的迫害，逼着她向周萍作"最后一次"请求："我现在求你，你先不要走……即使你要走，你带我也离开这儿。"当受到周萍的责骂后，她一个人在客厅里，自言自语，"奇怪，我要干什么？"这个遭受周家父子两代欺侮的女人，在遇到最后一次打击之后，正在酝酿最后一次个人主义的反抗报复。

接着鲁家的人先后又都赶到周家。周萍本来打算当夜一个人溜到矿上去，后来经过鲁大海的质问和四凤的要求，最后才勉强决定，"我们现在就走"。（这里应该指出，由于曹禺当时对于工人阶级认识不足，他描写鲁大海对于周萍和四凤的关系所表示的态度，并不能充分提示这个工人的性格。我们从鲁大海以前的表现看来，他在第四幕中的言行并不符合他性格逻辑发展。在解放后，曹禺曾经将这一点进行几次修改。在一九五九年的版本中，指出鲁大海决心要回到矿上去继续斗争，又删去了周萍向鲁大海吐露他和蘩漪的隐情，鲁大海拿出手枪要打周萍，最后又承认周萍和四凤的关系等几段，并增加了他劝母亲“带着四凤先回去”这句话；这次删改虽则较前略胜一筹，然而仍旧不能完全补救原来的缺陷。）四凤跟这个虚伪自私的“大少爷”一起出走，将来未必能够得到幸福，但就目前的情形来看，这似乎是她唯一的出路。戏剧冲突发展到了这个阶段，就以四凤跟周萍走作为问题的关键了。

然而，四凤无论如何无法逃避她的悲剧，正像她的母亲无法逃避她的悲剧一样，因为在周朴园所代表的统治势力没有崩溃以前，当时劳动妇女的悲剧是必然会发生的。

四凤跟着周萍正要出走，她母亲却找来了。曹禺在这一场中深刻细致的描写了侍萍的无可告人的痛苦心情。这个善良的旧时代劳动妇女的灵魂深处的波涛，让我们清楚的看到了旧社会旧家庭的罪恶给予她的伤害。她在当时虽然还不明白是谁犯的罪、谁造的孽，甚至认为“罪孽是我造的，苦也应当我一个人尝”，但是观众因为对于她的同情和悲悯，更加憎恨造成这种苦难的社会根源。

当周萍和四凤第二次准备走的时候，蘩漪带着周冲又来阻挠他们了。这位绝望的女人以前正在怀疑“我要干什么”，现在显然已经决定要干什么了。她毫无顾忌的当众宣布她和周萍的隐情，并且控诉周萍“是你才欺骗了你的弟弟，是你欺骗了我，是你欺骗你的父亲！”她想尽一切办法不让他们出走，她将“大门锁了”，并且喊出了周朴园。

周朴园一上场，高潮就出现了。他喊出侍萍的名字，命令周萍跪下去认他的生母。这个伪君子想再来“弥补”他的罪过，反而促使悲剧立刻发生。四凤就跑出去自己触电而死，使侍萍感到了真正的幻灭。这种结局当然不是出于蘩漪的狠毒，归根到底还是周朴园的“罪孽”所必然产生的恶果。周冲的惨死，也从侧面表现了这个主题思想。侍萍经过又一次事实的教训，不可能没有些新的认识。当仆人提到鲁大海还在周家门口时，周朴园要叫他进来。曹禺在一九五九年戏剧出版社出版的新版本中，接着是这样描写侍萍：

> 鲁侍萍：（阻止）不用了。（立起，向中门走去，至门口，返身，向周朴园）他不会来的，他恨你！（昂首返身走出）

经过这番修改，全剧的结局显得比较有力了，作者这样暗示我们，悲剧虽然已经发生，冲突暂时告一段落，但是由于鲁大海和侍萍对周朴园的仇恨愈来愈深，斗争还将继续发展。

戏剧中的矛盾冲突怎样发展以及怎样解决，这从表面上看似乎是结构的问题，而实际上却是剧作家的世界观问题，就是剧作家对待矛盾冲突的态度和对社会发展规律的认识问题。在当时历史条件下，《雷雨》中的悲剧是无可避免的，我们不能因为曹禺没有写出新的社会力量的胜利而怀疑他的“思想立场和政治立场”的进步性；但在另一方面，我们却应该从他所理解的悲剧之后的结局中，看出他的“哲学”的局限性。由于他当时世界观中的唯心主义因素，他在基本上正确的表现了当时社会生活的悲剧之后，看不出社会的发展规律。他在初稿本的“序幕”和“尾声”中，描写他所设想的结局：十年后，周宅改为教会医院，蘩漪和侍萍却变成了疯子，周朴园在腊月三十去探视她们，而侍萍却在窗口怅望着十年不见踪影的鲁大海。这序幕和尾声虽然从未在舞台上演出，但在这里正表现了作者思想中的某些消极因素。曹禺后来曾对《雷雨》进行如下的自我批评："但在写作中，我把一些离奇的亲子关系纠缠在一道，串上我从书本上得来的命运观念，于是悲天悯人的思想歪曲了真实……《雷雨》的宿命观点，它模糊了周朴园所代表的阶级的必然的毁灭。"①从全剧基本思想倾向来看，我们不能说"命运观念"完全"歪曲了真实"，但是希腊悲剧中的命运观念以及易卜生的《群鬼》中"父亲造的孽要在儿女身上遭报应"的社会定命论对于曹禺却有一定影响，使他看不清楚社会发展前途，因而在性格描写和情节安排上都还有些不够真实的地方。因为他"悲天悯人"，他在鞭笞周家父子时多少带有一些温情，过分偏爱蘩漪而对她的个人主义报复缺乏批判。在情节方面，由于他过分强调亲子关系和乱伦关系，偶然性和必然性的结合有时不够紧密，例如侍萍既然那样爱四凤而且唯恐她再蹈覆辙，为什么不将她带到济南或者早些回来看她？假如这样，那末这悲剧就得在另外一种形式中发生了。

《雷雨》这部悲剧，虽然由于作者当时世界观中的唯心主义因素而有美中不足之处，从整体来看，我们应该认为是一篇现实主义的优秀剧作。曹禺善于从尖锐复杂的矛盾冲突中描写鲜明的人物性格、从而深刻的揭露旧中国的家庭和社会的罪恶。他还善于在舞台画面中组织矛盾冲突的发展过程，因此结构严谨缜密，许多线索彼此交织，互相衔接，几乎牵一发就要动全身，使人物性格和主题思想得到充分表现，这也是《雷雨》的一大成就。

二

继《雷雨》之后，曹禺于一九三五年作《日出》。在那时候，一方面是帝国主义者的侵略日益严重，国民党反动的统治更加黑暗，而工人阶级的革命运动却愈来愈深入和高涨，旧的社会秩序已经开始发生动摇。曹禺在这篇四幕悲剧中，以旧中国大都市为背景，怀着憎恶黑暗渴望光明的热情，揭露资产阶级的荒诞无耻和自私残酷，表现下层社会的悲惨生活，指出社会上的黑暗势力必然就要崩溃，并且隐约地告诉观众只有工人阶级才有光明前途。我们从《日出》的思想倾向来看，应该承认这篇剧作基本上是时代生活的真实反映。

从家庭悲剧《雷雨》到社会悲剧《日出》，曹禺在思想和艺术上都有新的发展。他在写《日出》时，给自己提出了一个新的任务，他在《雷雨》中主要是从家庭关系方面来揭露带有封建性的资产阶级的罪恶，而现在他却在通过更为广阔的社会生活来揭露半殖民地的资产阶级的丑恶和腐朽的本质。并且，他还要通过这幅广阔的社会图画，宣告黑暗王国的消灭，预示一线光明的来临。我们从曹禺所选择的这个新的主题中，可以看到他的视野更加广阔，他的社会理想更加明确。《日出》比《雷雨》要更广阔地表现都市生活，曹禺就非得在某些方面突破以前所掌握的形式不可。他在《雷雨》中所描写的主要是生活的某一侧面，

① 曹禺：《我对今后创作的初步认识》，《文艺报》1950年10月第3卷第1期。

矛盾冲突比较集中，只是时间比较长，前情比较多，因此他在结构上就采用了“过去的戏剧”来促进“现在的戏剧”的方法，从一个带有封建性的资产阶级家庭中来揭露旧中国的罪恶。但是他在《日出》中所要表现的却是生活的许多侧面，矛盾冲突比较分散，基本上只有“现在的戏剧”而没有“过去的戏剧”，所以他在结构方面而不得不另辟蹊径了。

一个艺术家，总是不断地在探求新的艺术形式以表现新的生活内容。曹禺在写《雷雨》之后，逐渐对于其中“太像戏”的情节结构有些“厌倦”。他“很想平铺直叙地写点东西，想敲碎了我从前拾得那一点点浅薄的技巧，老老实实重新学一点较为深刻的”。因此他“想脱开了 Lapièce bien faite（巧凑剧——作者）一类戏所笼罩的范围，试探一次新路”。他还表示，“我想用片断的方法写起《日出》，用多少人生的零碎来阐明一个观念。如若中间有一些我们所谓的‘结构’，那‘结构’的联系正是那个基本观念……‘人之道损不足以奉有余’。”这种方法，他称为“横断面的描写”。①

主张描写所谓“生存的零碎”（Lambeau d’existence）或“人生片断”（Tranche de wié），轻视情节结构，要将人生赤裸裸的般到舞台上去，这在欧洲戏剧史上本是自然主义派的口号。曹禺写《日出》时，提出“用片断的方法……用多少人生的零碎”，当然不是重复左拉那一派剧作家的主张，只是表示要摆脱《雷雨》中的那种多少有些法国“巧凑剧”色彩的奇情而已。在事实上，各种“零碎”的“人生片断”，决不是孤立的现象，都和社会基本矛盾相联系，而且任何戏剧都以矛盾冲突为描写对象，所以一般观念，正像曹禺所说，“他们要故事，要穿插，要紧张的场面。”②因此，从结构上说，《日出》比《雷雨》新颖的地方，主要在于所谓“横断面的描写”，至于他表现在《雷雨》中的那种善于穿插情节和造成紧张场面的才能，在《日出》中也同样发挥出来了。

剧作家要在表现方面比较广而冲突又不集中的社会现象时，经常采用所谓“横断面的描写”方法。在欧洲近代剧中，高尔基的《在底层》就属于这一类。这类剧作所描写的虽是多方面的生活，但其中却并不是没有动作的统一性。曹禺认为《日出》里的动作，统一在“损不足以奉有余”的观念之中。换句话说，《日出》中的动作以资产阶级的内部矛盾以及对于下层人物的迫害为基础。《日出》中的人物，除陈白露和方达生外，可分成两类：一方面是金八、潘月亭、张乔治、李石清、顾八奶奶、胡四以及黑三和福升等，一方面是黄省三、小东西和翠喜等。除描写资产阶级内部矛盾外，曹禺着重描写的是以金八那个封建把头和金融资本家为代表的黑暗势力对小东西的迫害，以及潘月亭和李石清对黄省三的迫害（李石清虽然只是银行职员，并不是资本家，但是他的思想和作风，完全属于反动资产阶级的类型）。曹禺通过陈白露和方达生，表现当时知识分子的不同道路。陈白露有同情心和正义感，不满黑暗的社会，同情小东西的苦难，但又迷恋资产阶级生活方式，所以难逃悲剧

① 曹禺：《日出·跋》，文化生活出版社 1936 年 11 月初版。

② 曹禺：《日出·跋》，文化生活出版社 1936 年 11 月初版。

的命运。方达生是个正直的青年，极端憎恶现实，最初并没有明确的社会理想，但后来在深入生活的过程中，逐步有所认识，准备迎接光明，对黑暗作斗争。

曹禺在写《日出》时，采取了以许多“色点”来构成画面的方法。从结构上说，他曾在《雷雨》中成功的解决了在有限的演出时间之内表现先后三十年的因果关系问题，而他在《日出》中，出色的解决了也胜利的克服了在有限的舞台空间之内表现从上层到下层的各种分散的社会现象的困难。他以“××旅馆一间华丽的休息室”为背景（第三幕除外），时间是在深夜、傍晚以及日出之前，这样便于那些最喜欢在黑暗中活动的鬼魅可以自由出入，任意横行。他以陈白露和方达生为引线，将许多人许多事贯串在一起。当然，陈白露和方达生并不只是所谓陪衬人物，他们各有独特的性格，并且都曾经以不同的方式在不同的程度上向黑暗社会表示过抗议和进行过斗争。

方达生是陈白露的旧情人，现在从乡下赶来，要她嫁给他，改变她那种交际花的放荡生活。在第一幕开始时，我们看见他在深夜里跟着她从舞场回到旅馆里的那一间华丽的休息室里。她当着老朋友的面，不自觉地流露出一个放荡女子还没有给都市生活腐蚀干净的天真纯洁的灵魂，但是等到他向她求婚时，她因为“一辈子卖给这个地方的”就坚决拒绝了。她留他多住几天，“可以看看这里的人怎么过日子”，曹禺就这样一笔交代了两人的关系，并描绘了他们的性格，而将“都是鬼”的那些人的各种丑态逐渐在方达生面前展开了。在这个场面中，像在《雷雨》第一幕第一场里一样，曹禺穿插了两个人物：张乔治和福升。张乔治这个“高等华人”，一副洋奴相，十足市侩气，喝醉了酒从陈白露的卧室里歪歪倒倒的走出来，他那令人作呕的语言和动作，给自己描绘出了一幅讽刺画。我们应该看到，当曹禺将这个醉生梦死、势利浮薄的“高等华人”挂在陈白露和方达生这一根引线上的时候，他精心选择了最能突出这个性格的那种情景，此外还从这个人物身上衬托出了陈白露目前的生活环境和社会关系。福升上场一再提到潘月亭，预先为这位银行家的出现留出地步。

方达生回去睡觉，陈白露熄了灯。我们正在怀疑以后将要发生什么事情的时候。小东西突然出现了。在这一瞬间，我们感到很惊奇。其实，作者的意图并不难以理解。他通过陈白露来联系上层社会，借此揭露资产阶级的荒淫无耻和互相欺诈，另外来通过小东西来控诉资产阶级对工人女儿的迫害，并表现人间地狱的苦难生活，因此，在结构上必须使小东西突然出现在陈白露之前，而将两条线索联接起来。小东西上场之后，戏剧动作立刻向前发展，气氛开始紧张。小东西反抗金八的欺辱逃跑出来，陈白露同情她因而和金八的走狗黑三展开了斗争。潘月亭被陈白露请来参加斗争，但他畏惧金八，退缩不前。陈白露采取以毒攻毒的办法，用巧计吓退那些前来搜索的流氓，在这为保护小东西而进行的波澜起伏的斗争中，就出现了第一幕的高潮。在这紧张的场面之后，曹禺一方面让方达生和小东西发生联系，以便继续展开这条线索，另一方面就抓紧机会讽刺潘月亭，让一向被他所玩弄的陈白露先来玩弄他，出尽了这个荒淫的银行家的洋相，同时作者还以“但是太阳不是我们的，我们要睡了”这句话来预示潘月亭等人的末日。我们看到张乔治的醉态、黑三的丑态以及潘月亭的窘态，禁不住要发出讽刺的笑。严肃和滑稽相结合，这又是《日出》的艺术风格的新的特色。

严肃和滑稽、同情和讽刺、光明和黑暗，构成了第二幕的基本情调和色调。天快黑了，打夯工人在外边唱着夯歌，那华丽的休息室的左边屋里那些“用不着太阳”的鬼魅正在打牌取乐。曹禺选择这个时间和背景，便于造成各方面的对照。继第一幕之后，他要在第二幕中进一步揭露资产阶级的丑恶面目，方面广，头绪多，因此场子繁，穿插难，但他却安排得有条不紊。他开始就通过方达生对夯歌的赞美“唱得真好听”，引起观众对于象征光明的打夯工人的注意，然后再来揭露黑暗世界的罪恶，就显得格外分明了。大丰银行正在盖大楼，而小书记黄省三却被裁掉。潘月亭对于银行职工的压迫和剥削(他不仅裁员，并且还克扣建筑工人的工资)，以及资产阶级的内部矛盾(金八威胁潘月亭、李石清要挟潘月亭)，是这一幕中的主要矛盾，至于金八和黑三对小东西的迫害就暂时放在幕后了。这两条线索，一明一暗，分别在第三幕和第四幕中得到进一步的发展。资产阶级各色人等，如庸俗的寡妇顾八奶奶，无耻的“面首”胡四，阴险的市侩李石清，以及潘月亭和张乔治，都各以其独特的语言动作，先后在第二幕中出现。人物在舞台上川流不息的进进出出，一个带着一个，这就和《雷雨》的第二幕颇不相同了。曹禺在写这一幕中的重要角色如黄省三和李石清时，通过两个甚至三个场面来突出他们，同时又将其头绪穿插进去，使得主要动作更加紧张。黄省三来向潘月亭和李石清哀求，结果反而被福升奚落了一顿，一直等到这几个资产阶级人物正在得意之际(李石清要挟得逞，升任襄理；潘月亭听说公债涨价，眼看就要发财)，他又第二次上场。在这一场中，为了“十块二毛五”而“写”得半死的黄省三的痛苦，李石清所宣传的资产阶级的盗贼哲学和潘月亭所代表的资产阶级的冷酷残忍，都得到了充分的表现。黄省三虽然软弱，终于很愤恨的骂他们“是贼，是强盗，是鬼”，矛盾冲突就从这里进入高潮。在结尾处，方达生大喊小东西已经“叫人弄走”，他“要找她去”，陈白露跟着去找；在这时候，另一股矛盾冲突的暗流突然涌现出来，就形成了与前一高潮表现不同而性质一样的又一小高潮。

曹禺在这一幕中，发挥了他在《雷雨》中还没有充分显露出来的讽刺喜剧的才能。福升的欺软怕硬的奴才相，张乔治的卑鄙浮薄的洋奴气，俗不可耐的顾八奶奶，恬不知耻的胡四，李石清为了要向上爬，不惜当了大氅逼着太太去陪有钱的人打牌，潘月亭本来摆着银行经理的架子，但是一经李石清要挟不得不暂时忍气吞声，马上随风转舵，所有这些丑态都叫人忍俊不住，发出讽刺的笑。

小东西给谁弄走了，并且弄到哪里去了，方达生能否找到她？曹禺在第三幕中就以此为线索，引导我们去看那人间地狱的悲惨生活。以前有人“由于求布局紧凑的原故”，主张删除这第三幕，作者认为这种“挖心”的办法，“确实是残忍的”。[1] 我们觉得作者有充分理由来维护这三幕的生命，并不是因为作者在写第一幕时曾经费尽心血所以不忍割爱，而且删除这一幕就一定会削弱全剧主题思想的力量。妓院是剥削阶级社会的产物，作者描写妓女的悲惨命运正是对于那种黑暗的社会制度的控诉。一般说来，在一篇四幕剧中，如果剧作家没有在第二幕中安下伏线造成悬念，那末在第二幕中大都不再描写新的环境和新的人物，免得观众发生突兀之感。但在另一方面，结构应为内容服务，只要剧作家善于安排，在第三幕中描写新的动作，仍然可以保持全剧的统一性。曹禺在第三幕中描写“宝和下处”的妓女的非人生活时，主要只增加了翠喜这个新的人物，或明或暗的发展了以前许多线索，这从结构上说仍不失其统一性。

第二幕以小东西为中心，曹禺以深刻的同情描写了这一个砸夯工人的女儿的悲剧。她被黑三所毒打，被胡四所污辱，但是她不肯屈服，以前打过金八，现在又给福升两个巴掌，终而宁愿自杀。翠喜就是小东西的前车之鉴，小东西如不自杀将来就像翠喜一样悲惨。曹禺从翠喜的麻木心灵中，看到了她对小东西的同病相怜的关切，她还毫不容情的揭露了黑三的凶恶的嘴脸。作者毫不重复的连写这个流氓两次毒打小东西。而在第二次毒打时，造成了第一幕的高潮。当曹禺着重表现小东西的悲剧时，他并没有丢掉黄省三这条线索，他借用哑巴报童来暗示这个小书记的悲剧，这种表现方法虽然不很自然，但他终究将出于同一社会根源的两个悲剧联系在一起了。这一幕的结尾并没有引起观众的任何期望，从结构上说来未免稍嫌松懈；但既是“横断面的描写”，在第二幕中所描写的银行家和小职员的矛盾，资产阶级的内部矛盾，顾八奶奶和胡四的关系以及陈白露的命运和方达生的活动，都还吸引着观众“且看下回分解”，决不会因为小东西已死而离座散去。

第四幕的时间和第二幕的时间相隔一个星期，但在情节上紧相联系。现在再没有新的登场人物，曹禺所要描写的是那些人物的发展。

第四幕的主要线索，并不是陈白露，而是金八、潘月亭和李石清等资产阶级人物的内部矛盾以及黄省三的悲惨命运。曹禺以他对于各种资产阶级性格的深刻理解，以及他那善于展开矛盾冲突造成紧张场面的艺术技巧，使这主要矛盾发展到了前所未有的高潮。潘月亭听说公债“看涨”，得意非凡，接着就向李石清报复，将他免职。李石清当然也要进行生死的搏斗，丢开病得要死的儿子不管，报复的火燃烧着他，等着反攻的机会。一个电话一封信，透露了金八操纵公债市场以及潘月亭行将破产的消息，李石清因此就以幸灾乐祸的嘲笑和咒骂，回击他的仇敌：“我叫一个流氓耍了，我只是穷，你叫一个更大的流氓耍了，他要你的命。”正当李石清胜利地看到了潘月亭的末路时候，他的小五儿的死耗却证明了他自己并没有得到胜利。巨大的反复，深刻的揭露，在这富于戏剧性的场面中，主题思想和人物性格都充分表现出来了。曹禺在描写资产阶级的内部矛盾时，还将黄省三穿插

① 曹禺：《日出·跋》，文化生活出版社 1936 年 11 月初版。

进来。这个失业的小书记求生不能求死不得，最后一次来控诉潘月亭的罪恶。作者通过黄省三再次重复的“人不能这么待人”这句话，愤怒的抨击了那可诅咒的剥削阶级的社会制度。黄省三的出现，对于刚才失业的李石清来说，又是一个沉重的打击，因为他们的命运相去不过是百步与五十步而已。由此可见，曹禺在情节的安排上，总是刻意经营，在他的笔下，生活中的矛盾冲突显得更加集中尖锐更加鲜明突出了。

在这一高潮的形成过程中，作者还穿插了许多生活片断：张乔治和顾八奶奶的丑态，方达生的新的认识和决心，也许我要跟金八打打交代，也许要为小东西跑跑，也许为小书记那一类人做点事，他还劝陈白露改变生活，她又很痛苦地拒绝了。在高潮以后到结局以前，作者又对顾八奶奶和张乔治进行了双重的讽刺。一方面我们看到胡四是个无耻之徒，而顾八奶奶却拼命想跟他结婚；张乔治以前一再向陈白露献殷勤等到她向他借钱时，他却那样狡猾的拒绝她。另一方面，顾八奶奶和张乔治所以能够这样醉生梦死，都因为在大丰银行里有巨额存款，现在潘月亭破产，他们的一切“美梦”也将完全落空。我们对于上层社会的这些“渣滓”的嘲笑，到现在就有更丰富的内容了。这虽然是一篇“横断面的”作品，但是作者并没有忽略戏剧建筑上的匀称。他在第一幕中，除陈白露和方达生外，喝醉酒的张乔治第一个上场，而在第四幕中，除陈白露和方达生外，做恶梦的张乔治最后一个退场，首尾呼应，互相对照。至于陈白露，依然无路可走，就只好虽然并不甘心却又无可奈何的消灭在黑暗之中。而方达生，却随着工人的壮健的歌声，迎着朝阳的灿烂的光辉，最后出现在我们面前。我们听到他狂喜的欢呼，“太阳就在外面，太阳就在他们（工人）身上，”他勇敢的表示，“要和金八去拼一拼。”至于这位有正义感而又有幻想的青年，怎样走上光明的道路，曹禺没有告诉我们，但是他将那些在黑暗中活动的鬼魅埋葬之后，在闭幕前让方达生向观众指出太阳在什么地方，这显然是一个含意深长的动作。因此，《日出》的结局比《雷雨》的结尾在方向上更明确、在精神上更乐观，这正是作者的思想发展的具体表现。

在《日出》中，金八和打夯工人都没有登场，由于作者善于运用侧面的描写并通过登场人物的反应，这两种幕后人物都还相当生动，仿佛呼之欲出。我们应该承认，从艺术上说，这两种幕后人物尤其是金八这个人物，写得相当成功；但是从思想上说，这两种对立的社会力量始终隐藏在幕后而不露“庐山真面目”，实在令人不能满足。剧作家将那些人和那些事放在台上或藏在幕后，在表面上看来似乎只是情节结构问题，而实际上却是主题思想问题，因为结构只是表现思想的一种艺术手段而已。剧作家必须将主要人物和主要事件放在舞台画面之中，否则就不能充分的发挥戏剧的教育作用。契诃夫的《三姊妹》中的韦希宁的妻子是一个陪衬人物，而普罗托波夫也不是唯一重要的角色。至于《日出》中的打夯工人和金八，却是两种主要的社会力量，从主题思想来看，金八是所谓“损不足以奉有余”的“人之道”的化身。那末，曹禺为什么竟将这两种社会力量隐藏在幕后呢？这个问题，我们只有从他当时世界观的局限性来找到解释。他痛恨黑暗的现实，向往光明的未来，但是因为“和实际斗争保持着距离”，缺乏“历史唯物主义与阶级观点”，所以在写《日出》时，一方面“未曾写当时严肃的革命工作者，他们向敌人作生死斗争的正面力量”，①另一方面只“泛泛的写城市的罪恶，甚至指不出这些罪恶是半殖民地社会的产物”。② 作为“人之道”的象征的大大小小到处都是金八，在《日出》中多少有些神秘色彩，可曹禺所要阐明的“损不足以奉有余”这个观念，实际上就等于俗语的所谓“大鱼吃小鱼，小鱼吃虾米”这种缺乏阶级分析的说法。因为当潘月亭被金八所“吃”的时候，在作者对这个荒淫狠毒的银行家的一贯憎恶之中多少夹杂一些不忍之心。作者描写福升向陈白露转告潘月亭的话，“他说怕这一两天都不能来了。他叫我跟您说，叫您好好保重，多多养自己的病，叫您以后凡事要小心点，爱护自己。”这种爱莫能助的感伤情绪，很自然会使我们想起所谓“人之将死，其言也善”，因而对潘月亭发生一些同情和怜悯之感。非常明显，这种感伤情绪并不是当时潘月亭最本质的表现，作者描写他的“临去秋波”，反而削弱了主题的思想力量。

我们从曹禺的《雷雨》和《日出》的结构艺术中可以看到，他在运用这一艺术手段时，总是从生活出发，煞费苦心的组织戏剧动作的发展过程，从尖锐复杂的矛盾冲突中来表现性格，阐明思想。他根据新的生活内容，探求新的艺术形式；而作为一个剧作家，他深刻理解动作是戏剧的灵魂这一基本规律，因此他总是很深刻的挖掘生活中的那些内在的和外表的矛盾冲突，并且很突出的将那些最能显示性格和思想的矛盾冲突表现在舞台画面之中。从结构上说，他的剧作组织严密；场面灵活，头绪纷繁，互相穿插，前后呼应，自成对照，因而动作鲜明，气氛紧张，随处引人入胜，给人强烈印象。曹禺善于继承古典剧作家的艺术经验，并且努力发展这种经验。在我们从他的剧作中吸取其进步思想的同时，应该学习他在艺术上的这些成就。

（原载《文学评论》1960 年第 5 期）

① 《曹禺选集自序》，开明书店 1951 年初版。

② 曹禺：《我对今后创作的初步认识》，《文艺报》1950 年 10 月第 3 卷第 1 期。

话剧台词的浅见

沈　扬

任何一门艺术，都有它独自的表现手段。文学、美术、音乐、戏曲……无不如此。犹如杂技里“踩钢丝”一样，演员撇开了那一根悬空的钢丝而在宽阔平坦的柏油路上活动，那就不成其为“踩钢丝”，也没有观众要欣赏了；但是一个真正的踩钢丝的演员，他必定而且应该能够充分掌握、运用他脚下那根悬空的钢丝，才能创造出千姿百态的优美惊人的动作来。

话剧是综合艺术。但是作为话剧演员，在某种意义上说，他脚下也有一根钢丝，他主要是通过语言和形体来塑造人物，表达主题思想。因此，一个真正的话剧演员，他就必须而且应该能够充分地掌握、运用语言。唯其如此，他才能创造出完整的艺术形象，才能感染观众。

我们话剧舞台上，有许多卓有成就的演员，出自他们创造的舞台语言，不光是字正腔圆、声音洪亮，而且是那样的准确、鲜明、优美、动人。它既是生活的语言，但又不是生活中那种原封不动的自然状态的语言。它“比普通的实际生活更高、更强烈、更有集中性、更典型、更理想……”，那是一种充满魅力的、“生了翅膀”的性格化语言，这种语言能飞进千万观众的心灵深处，掀起他们的同情和共鸣。

但是并非所有的演员都达到了这样的境地。由于种种原因，在舞台实践上仍然存在语言问题，并且是很突出的问题。

问题在哪里？有人说剧本本身写得就不够高明；也有人说导演的再创造也有关系……等等。当然，问题可能是多方面的。但是这里我们还是先谈谈演员问题吧，我以为这件事情同演员更密切些。

有人认为：话剧演员只要会说话就行。听起来这句话是嫌简单了一些；但是也证明了一个道理：话剧演员一定要很会讲话才能够演戏。

怎样才算是会讲话呢？

我们都知道，语言是人们用以交流思想感情的工具。在日常生活中，人为了达到某种目的，总要想方设法选择适当的语言、口气、腔调来表达自己的思想感情，以打动对方，同情自己的观点、态度。能够做到这一点，他就算是一位“会讲话的人”；反过来说，一个人在日常生活中不能做到这一点，或是不能很好地做到这一点，那当然就是一个“不会讲话”或不善于讲话的人了。因为他的语言没有发挥应有的作用。

一个会讲话的人至少具备这样几条：叫人听得见、听得清、听得懂，然后听得动人。

生活中是这么的，戏剧也是这么的。但是戏剧到底又不等于生活。演员在台上讲话不同于在生活里讲话。那是对成千上百的观众讲的一种经过提炼加工的、性格化的艺术语言。比起日常生活来，条件，要求都有所改变。因此，演员的台词要叫全体观众听得见、听得清、听得懂，而且要使他们听了感到优美动人，就必须进行创造性的艺术处理。

怎样叫做听得见、听得清、听得懂，而又优美动人呢？我觉得这里边包涵的意思很丰富，很深刻。

先说听得见与听不见的问题。在生活里有时碰到这种事情：甲在河东喊着做着手势，要告诉在河西的乙某件事情，可是乙急得直跺脚，回答说："大点声音讲，我一点也听不见！"在剧场里我们也能遇到这样的事：演员在台上念台词、做表情，可是台下的观众，就是侧着耳朵皱着眉头地倾心恭听，仍然是只能看到口形在动而不闻其声。头上急得冒汗，心里直抱怨："你声音放大些好吧，我一点也听不见！"碰到这种情况，观众是很痛苦的。

演员的台词应该叫人听得见，一人能听见，全场也能听见；前排的观众听起来是窃窃私语的情意，后排的观众不至于莫明其妙。当然也不能为了让全场都能听到声音而让前排的观众捂住耳朵，不忍听闻。若是碰到这种情况，观众也会感到痛苦的。

应当承认，没有一个演员会存心使观众听不见台词的。但确实有些演员的台词叫人听不见。所以如此，固然与某些演员的发声训练不够有关系，但这不是唯一的原因，甚至不是主要原因。有的人嗓子本来不错，可是他为了追求"生活化"，就采取像日常说话一般地处理台词，把生活语言和舞台语言等同看待，语调没有做抑扬顿挫的艺术夸张，不能把声音送远，就造成了叫观众听不见，或是一部分听得见，一部分听不见的憾事了。我想这是对生活与艺术的关系在理解上的偏差所造成的吧。前面已经提到过，戏剧不等于生活，它是为观众演出的，因此演员心中必须有观众。为观众着想就需要作适当的艺术的夸张。演员演戏如果不是为了观众，岂不成了"孤芳自赏"嘛？

其次，是听得清与听不清的问题。听得见和听得清不是一回事。听得见是指听见了声音，听得清则是指的念字清楚。我们不是常常向别人打听："他在那儿哇啦哇啦地嚷嚷些什么呀？"这就是说听见了声音，听不清字音。在生活里人们听不清对方的话音，听者可以发问，言者可以重复的解释。可是在剧场里就不允许。观众和演员都没有这样的权利。

怎样叫听得清呢？前辈老艺人白凤鸣同志说的："清晰的口齿沉重的字，动人的声韵醉人的音。"恐怕就是指的这个意思。总之，要求把字"念真、念正、念准、念得干净俐落"。他说："既不要把音念走了，也不能把音念飘了。"念走了音会把"浙江"念成了"资额基昂"，念飘了音则把"来到了银安殿"念成了"来到了烟店"，都是叫人听不清楚的。

光要观众听得清还不行，重要的还要听得懂。要把一字一句念清楚也许还容易，但要做到"咬字千斤重，听者自动容"，就更须下番功夫。譬如说，有的人咬字确实很重，但听起来却不是味儿。一字一句都被分割得支离破碎，如同屋漏水一般，"叭嗒叭嗒"一滴一滴地从屋上落下来，没有轻重缓急，抑扬顿挫，给人一种单调乏味、寂寞厌倦的感觉。古人说："水至清则无鱼"，念台词如果单单地追求一字一句声音的清楚而抛弃语言的完整意义，不顾语言的贯串动作，这不仅是毫无艺术价值，而且是很糟的。所以说："听得懂"不光是指

语言的声音，也是指语言的内容——语言的意义。

有的台词从表面上看，好像很热切，但在内里却很厌恶。例如《日出》第三幕的开场戏，翠喜送客时的那种打情骂俏、难舍难分的话，听起来仿佛她是情深义重，体贴入怀。她说："胖子，明儿见！明儿见，张二爷，明儿见，陈二爷！"又说："胖子，大冷天，穿好衣裳，别冻着。"其实这些话当然是冲着钱、窝窝头说的，冲着"胖子，你明儿来'回头'，准来呀！两位二爷一起陪来玩呀！"这句话的目的要求说的。假如不是这样来处理她的台词，观众就听不懂，不懂得翠喜这些话背后的涵义。如能掌握这样外表似热而骨子里冰冷的性格语言，就愈能有力地显出她对瘸子丈夫、小顺子以及无告的小翠所泄露的那些外表似乎严冷，而实在是热情关切的语言的感人力量。也只有表现出了她那外边热里边冷，以及内里热外边冷的性格特征和语言特征，观众才真正懂了她的为人，和她那颗金子的心。如小顺子告诉翠喜："你老头子又来了。"翠喜说："来了也不是白搭，打死我我也没有钱给他。我要是事由混的好，谁不愿意往家里捎个块儿八角，三块两块的？家里大人孩子，都喜欢！要他一趟一趟地来找我！……"这句话听上去是很冷漠的，但作为妻子、母亲，翠喜何尝不惦着家里的孩子大人，何尝不知道那一群无告的人在张着嘴盼她？可是她没有法子。那么怨谁呢？怨她有什么用，她已经做了能做的一切！你要怨就怨那该天打雷劈的黑暗社会。……这么些丰富的内心感情，全蕴藏在这么冷漠的话里："来了也白搭，打死我我也没有钱给他。"翠喜是那样的性格，也只能那样讲话来表达感情。如果不能认识翠喜的生活情境以及她的为人，就不能体会到她此时此地的内心活动，就不能懂得她这些话背后的意思，甚至吐言出语中流露出对瘸子不独没有同情怜爱，相反的是厌恶、怨恨、鄙弃的情绪。演员要是自己也不懂得她的人物，即便使用再多的外部技巧，也是不能叫观众听懂的。不止于不懂她的语言，更重要的是不能懂得她这个人，她那颗金子的心。

要观众真正听得懂，那就一定要找到台词的贯串动作。什么东西是台词的贯串动作呢？从上面翠喜的两段台词里面就能发现：翠喜是一个恼在心里，喜在面上的人。她恼那些把人不当人的有钱的大爷们，色情的坏男人，她恼黑三、恼那驴打滚的放印子的高利贷者、恼那一天不如一天的日子……但她没有本领去同那些人争，要过日子，要养活瘸子丈夫、瘫痪的婆婆和两个瞎眼的孩子，所以她不能不在这老虎嘴里掏口饭吃。为此，她就不得不强颜欢笑，"喜在面上、甜在嘴上"，讨好她内心憎恶的人。实心实意的说，她对瘸子丈夫、小顺子、小翠，乃至要饭的瞎子，虽然话说得泼辣刺耳，甚至听起来绝情绝义，她却是爱他们，同情他们的。她的那颗"金子的心"总是在为那些比她更无告的人受苦担忧，为他们跳动。翠喜的那种"喜在面上、恼在心里"和"恼在嘴上、爱在心头"的两个方面结合起来，就形成了她的语言贯串动作线。把握住这么一条贯串动作线，人物的语言就有了逻辑根据，就可能叫人听得懂，懂得她语言的真义，懂得她的为人。

再举一个例子。也是《日出》第三幕，当翠喜接待胡四与福升时，开头的那几句对话，很值得推敲的：

翠喜　(非常老练地)侍候哪位？

胡四　(指自己)我。

翠喜　我这妹子呢？（指小东西）

胡四　（指自己）也是我。

翠喜　（笑嘻嘻地）这合适么？

福升　这有什么不合适的。

光从表面上看，这几句话有多少意思呢？至多是描绘窑子里的那种淫秽猥亵的场面和翠喜的故作娇媚的情形。这样就未免肤浅。我认为，翠喜此刻心里惦着的，担忧着的不是什么两个女人对一个男人的猥亵场面。而是为了她自己和小东西今儿都能顺顺利利地也挂上一个客。这样理解就为人物的语言找到了根据，就和前面她对小翠说的那些语重心长的话："……你今天一天又没有好生意，你看黑三那个狗杂种会饶过你？"以及在小顺子面前对瘸子发泄的那些气话，前后融汇贯通了。翠喜的语言、性格就可能叫人听得更懂了，而她那颗金子的心也就更加明亮了。

要叫观众听得懂，演员首先自己必须懂。只有深刻的理解了，才能正确的表达出来。当然，不是说自己理解了，懂得了，就等于表现出来也能使观众懂得。可是自己不懂不理解，却要观众懂得，这肯定是不可能的。因此演员对剧本要有苦心钻研、反复推敲、不厌其烦的劳动精神。演员不能只凭读了三两遍剧本就进入排演过程，不能凭一点点感觉就去塑造人物。毛主席在《实践论》中说："感觉到了的东西，我们不能立刻理解它，只有理解了的东西才更深刻地感觉它。感觉只解决现象问题，理论才解决本质问题。"这对于演员认识角色和创作实践同样是极其重要的理论指示。演员只有深刻地理解了剧本，把握了人物的思想性格，一般的和特殊的，内部和外部的形象、精神状态，才能正确地找到人物语言的贯串动作，从而合理地处理停顿、安排逻辑重音、充分发挥外部技巧的作用。这样，才能发挥台词的表现力，才能道出人物的心声。这时，观众才真正懂得了人物语言的全部涵义：已经说出口的和尚未说出口的，这一面的和另一面的全部内容。

最后我想谈谈台词的美化问题，也就是人们常说的：台词要做到优美动人。

怎样才能叫人听起来觉得优美动人？构成台词的美感因素是多方面的。比如演员的发音准确、咬字清楚、声音洪亮、音色优美，语调有刚有柔、能放能收、点送准确……等等，好比一架钢琴，任何一个音键都是不可少的，如果其中一个音键有了缺陷，都能损坏演奏时的完美和协调的感觉。但是以话剧台词来说，只有首先做到语言性格化，才是最有魅力最动人的语言。最能感染人的语言它才可能成为最美的语言。

《日出》第三幕翠喜有这么几句话："……我告诉你，亲妹子，你到了这个地方来了，你就不用打算再讲脸。妈那个×，四面叫人搂着三面。无论谁来，管他生的熟的，说拉铺就拉铺，就得把裤子拉下来，人家爱怎么样就怎么样，叫她妈的哪儿讲脸去？"这一段话就不能只从表面上理解。仅从表面上理解，那就尽是淫秽肮脏的臭泥。然而透过污泥我们发现的是那"出污泥而不染"的白藕，是她那颗金子的心。由于她恨透了、看穿了那个罪恶滔滔的社会，由于爱惜小翠，她怀着无限怨愤的感情，用诅咒解恨的语言把那些丑恶面貌揭示给小翠看，为的是教她怎么保护自己，怎么去对付那些吃人不吐骨头的恶人、恶势力。这样的语言，也正是揭示人物性格，充分显示人物爱、憎、感情最强烈的语言。我想，假如能把角色感情深处的这种爱、憎动作抓住，并且完善地表现出来，那么以上那些台词字面上的“粗野、淫秽、肮脏”都将消褪，相反的，它会是最有性格、最有感染力、最优美的艺术语言了。

因为人物内心美的情愫被揭示出来了，在这个基础上再加上合适的外部技巧，语言、形象才可能相应地达到美化。这种美的感觉是演员创造的，更是由于观众自己理解了、接受了、再创造了，因而更丰富更优美动人了。

以上所谈的都是关于演员对于剧本、人物、台词理解方面的一些体会。我觉得这些很要紧。最富有表现能力的演员，他只能表达他理解到的东西。要深刻理解，只有反复不断地研读、推敲剧本。而我觉得有些演员在这方面还没有予以足够的重视。匆匆忙忙地背下台词是容易的，然而要深入人心、打动观众，就困难得多了。

因为深感话剧的舞台语言在我们实践中仍是一个突出的课题，所以不怕肤浅和错误，大胆谈谈自己的体会。谈得很杂乱。归根结底我是想说明这样一个意思：演员的字正腔圆、声音洪亮是很要紧的，不可疏忽的。尽管如此，演员若是不能深刻地理解剧本，体会人物的思想感情、性格特点，以及丰富的表现技巧，要把台词说好，叫观众承认是一种语言艺术，那是办不到的。当然，假设演员不具有正确的世界观，以及饱满的政治热情，丰富的生活经验，要做到深刻地理解作品里多种多样的人物，那也是不可能的。同时，没有长期的勤学苦练、坚韧不拔的精神，要成为一个在语言上有作为的话剧演员，也是不可想象的。

繁言累累，错误在所难免。希望得到前辈和专家们的批评指点。

（周牧记录整理）

（载《上海话剧》1962 年第 1 期）

简论曹禺的《日出》

柏　舟

曹禺，原名万家宝。一九三三年间他的第一部剧作《雷雨》一问世，就以它杰出的艺术技巧与独特风格，引起了文艺界的广泛注意。一九三五年发表的《日出》，更显示出作者的思想和艺术都有了显著的进步。剧本发表后的多次演出，都受到观众的热烈欢迎，成为“五四”以来我国最优秀的话剧剧目之一。

在剧本正文的前面，作者用了八段从《老子》、《新旧约》等书中引来的文字。这八段引文的排列顺序，作家自己说是“很费些思考，不容颠倒”的。显然，作家是有用这八段文字的寓意来说明自己创作《日出》这个剧本的主观意图的，这只要看第一段和最后一段就可以知道一个大概：

> “天之道其犹张弓与？高者抑之，下者举之；有余者损之，不足者补之。天之道损有余而补不足；人之道则不然，损不足以奉有余。”
>
> ——老子《道德经》七十七章
>
> “我又看见一片新天地，因为先前的天地已经过去了！”
>
> ——《新约》《启示录》第二十一章

联系《日出·跋》来看，作家创作这个剧本的主观意图就更为清楚了。

他说他在读了几年书，对社会现实有所了解以后，他的心被“一件一件不公平的血腥的事实刺痛了”，产生了“按捺不下的愤怒”。为此，他就去读《老子》、《佛经》、《圣经》和“那被认为洪水猛兽的书籍”，思想慢慢开朗了，一方面赞美那些“怀着悲哀驮负人间的酸辛”的人，一方面更憎恨那些“自命为‘人’的”“动物”，希望有一种力量把“蟠踞在地面上的魑魅魍魉击个糜烂”。他还觉得“已经听见了角声和打仗的喊声了”，相信“腐肉挖去，新的细胞会生起来的”。这些表述说明剧作家对当时社会的尖锐矛盾是有所认识的，对那个时代的脉搏是有所感触的。他写作《日出》，就是为了宣泄一腔愤懑，揭露和控诉那个“损不足以奉有余”的社会，并暗示充满着“阳光和欢笑”的“春日”即将到来。应该指出：在一九三五年，在国民党反动派白色恐怖统治下的那个环境中，剧作家的这个主观意图是有进步意义的，是难能可贵的，是应该得到肯定和称赞的。

那么，剧作家的上述意图在艺术上有没有得到体现呢？我们认为：评价一个作品，主要不是看作家的主观意图，而是看他的艺术实践，看作品本身写得怎样。

作品以红舞女、交际花陈白露为中心展开《日出》的故事，但并没有把情节集中在陈白露身上，而是用“横断面的写法”，描绘出一幅半封建半殖民地的都市生活图景。

陈白露，她从“书香门第”出来又陷入资产阶级腐朽生活的泥坑，过着娼妓不像娼妓、姨太太不像姨太太、小姐不像小姐的生活。她的精神世界是充满矛盾的：她虽然对深受迫害的小东西还有那么一点点同情心，却又安于堕落、放纵、糜烂的生活，周旋在一群“鬼”中间，承欢卖笑，像一块臭肉一样，引来一大群苍蝇；她对自己过去的生活还有一些清醒的回忆，却又无力自拔，也不想自拔，并且她还意识到“太阳”不是她的，重复说着：“太阳升起来了，黑暗留在后面，但是太阳不是我们的，我们要睡了。”这是她对自己前途的预感。所以当她的“靠山”一倒，她也只好服安眠药自杀，了此一生。陈白露是个什么样的人？她的悲剧的实质是什么？有人说她是折断了翅膀的鹰，有人说是笼子里的金丝雀。这两种看法我们都不能同意。是鹰吗？剧本并没有告诉我们她有搏击长空的经历，也没有告诉我们她的翅膀是怎么折断的。她生活在那个华丽的旅馆里，人们根本看不到她有什么想“飞”的念头，人们看到的是，有人要帮助她“飞”，她也不肯呢！“我要玩，我要花钱，要花很多很多的钱”；“能活就活，不能活就算”；“我对男人尽过女子最可怜的义务，我享着女人应该享的权利”。这就是陈白露的人生哲学！这算得上什么“鹰”！是笼子里的金丝雀吗？笼子里的金丝雀固然不想飞，她那美丽的羽毛也只供人欣赏，然而，人们却不能说她的灵魂是丑恶的。陈白露呢？在她那华丽的服饰下却藏着丑恶的灵魂！对小东西的那一点点同情心并不能使她的灵魂变得美好一些。陈白露的悲剧只不过是一个红舞女的悲剧，资产阶级身上的寄生虫的悲剧而已。

方达生，是为了要感化陈白露，要陈白露跟他结婚并离开那个鬼地方，才出现在那个华丽的旅馆里的。但陈白露并没有听他的劝告，没有跟他走，他自己反而被留了下来。在他接触了陈白露周围的那些人物，看到了许许多多的不公平、不合理的事情后，决心去“跟金八打打交道”，“为小东西跑跑”，“为小录事那类人做点事情”，最后是迎着阳光而去。应该承认：方达生在那个环境中生活了几天，思想认识确实起了变化，但也不过是小资产阶级知识分子的同情心和正义感有所增强，剧本并没有写他已成为一个革命者了。凭一点小资产阶级的同情心和正义感，在金八、黑三之流横行的社会里，到底能做出什么事情呢？以后方达生或许会成为一个革命者，但那是另一个问题。在剧本所描写的范围内，他不是一个革命者，不是一个英雄。作者也并没有想把他写成一个英雄，他只不过是一个“空抱着一腔同情和理想，而实际无补于事的‘好心人’。”作者对他的那种书呆子气是有所讽刺的，但并没有嘲笑和挖苦，当然也给予很大的希望。

陈白露和方达生，是《日出》中的两个主要人物。但要全面理解剧本的思想意义，却不能只停留在这两个人物身上，还必须十分重视他们周围的人：一边是潘月亭、李石清、张乔治、顾八奶奶、胡四、黑三等，一边是小东西、翠喜、黄省三等等。

银行经理潘月亭，他的哲学就是金钱万能。他一方面千方百计地弄钱，残酷地剥削他银行里的小职员；用“十块八块穷户头”的钱在公债市场上投机。然而尽管他奸诈狠毒，却逃不脱金八的魔掌。通过这个人物的行动反映了一九三五年前后半封建半殖民地都市里，地皮跌价、公债投机盛行、工厂停工等等经济恐慌景象。地痞流氓头子黑三，满口洋话的假洋鬼子张乔治，把肉麻当有趣的富孀顾八奶奶、面首胡四等等，本质上都是一些行尸走肉，半封建半殖民地社会中的渣滓。李石清这个银行秘书，尽管他背负着生活的重担，但资产阶级思想已经浸透了他的灵魂，狡黠自负，不择手段地向上爬，很快地给他爬了上去，又迅速地跌了下来。黄省三这个银行小录事，带着烂了的肺日以继夜地为资本家抄写，受尽了剥削，失了业，最后被逼得求生不得、求死不能而发了疯。李石清、黄省三这两个身份不同、性格不同的人物的悲剧，表明了旧社会里那些依附于资产阶级的知识分子的悲惨命运。

小东西是建筑工人的女儿，父亲被铁桩子砸死了，还没有成年就受到金八之流的凌辱，被黑三推下了火坑。这个小姑娘看起来很怯弱，在她的心里却燃烧着反抗的烈火。她不甘心被污辱，最后悬梁自尽，是对那个人吃人的社会的血泪控诉。翠喜，在多年的妓女生涯中染上了许多坏习惯，她对已改名小翠的小东西的抚爱和劝告，是为了使小东西在火坑中少受一些苦难。剧本使人们从她身上看到，处在半封建半殖民地都市社会最下层的被侮辱被损害者身上，还有着一颗善良的、真挚的和要求反抗的心。

剧本还写了一些没有出场但却时时都在显示他们的存在并起着影响的人物：一个是金八，另一些是建筑工人。金八虽然没有出场，却是呼之欲出的。他代表了潘月亭所不能抗拒的势力，这就接触到半封建半殖民地都市社会中黑暗势力的根源，可惜剧本对他的经济背景和政治背景没有明确的交代。至于建筑工人，他们迎着太阳，合唱着“日出东来，满天的大红！要得吃饭，可得做工！”的“轴号”，浩浩荡荡地向前进。尽管作家把他们“硬闭在幕后，当做陪衬”，也没有把他们写成自觉的革命力量；“要得吃饭，就得做工”的说法在当时也不见得是完全正确的，小东西的父亲不就是被砸死的吗？但这在“有夜猫子眼睛的怪物无昼无夜，眈眈地守在一旁”的条件下，剧作家无可奈何地采用这一安排，表达出上述观点，应该说也同样是难能可贵的。

剧作家通过对陈白露所住旅馆的华丽休息室与阴暗的“宝和下处”的描写，反映了两种不同的生活：一种是投机家、假洋鬼子、流氓、面首以及资产阶级的寄生虫等等，他们都在金钱的支配下奔忙着，互相欺骗又互相利用，拼命追求肉欲和刺激，挥霍浪费，荒淫无耻；一种是在饥饿与死亡线上挣扎的被侮辱与被损害者，他们被剥夺了正当的做人和生活的权利，但他们的内心却是纯洁的、善良的和互相同情的。这两种生活的对比，实质上就是剥削者及寄生虫与被剥削者这样两个世界的对比。剧本通过这一鲜明的对比展示出：那个“损不足以奉有余”的社会不仅是不合理的、丑恶的和腐朽的，并且是应该加以摧毁的。

综上分析，可见作家创作这个剧本的主观意图，基本上是得到艺术体现的。《日出》是一部出色的现实主义剧本。

《日出》之所以得到读者（观众）欢迎，还因为它有较高的艺术性与独特风格。与《雷雨》比较起来，它在艺术上就更为成熟了。

由于作家视野的扩大和题材的特点，没有再用《雷雨》那种情节剧的写法而改用社会正剧的写法，也就是不是把情节集中在几个人物身上，而是用“横断面的描写”，“用多少人生的零碎来阐明一个观念。”作家匠心独运，把半封建半殖民地都市社会的两极——陈白露所住的华丽旅馆与翠喜所住的三等妓院"宝和下处"搬上了舞台，资产阶级的所谓"上流"社会与都市的黑暗角落形成鲜明的对照。胡四、黑三、王福升、小东西和方达生等不同身份的人又先后出现在这社会的完全不同的两极里，这就说明了这社会的两极虽然是那样的不同，却并不是彼此孤立的，而是互相联系的，这种联系的实质就是"损不足以奉有余"的关系，即压迫者、剥削者与被压迫者、被剥削者的关系。这是《日出》结构上的主要特色。有人认为写"宝和下处"的第三幕是可以删去的，这不仅是不了解剧作家的匠心，也是对剧本的思想性与艺术性缺乏理解所致。

《日出》虽然不是用情节剧的写法，但在剧情的安排上仍然是用了不少心思的。剧本以陈白露、方达生上场开始：方达生要求陈白露和他结婚、跟他走；而陈白露拒绝了他的要求，撕掉了已经买好的火车票，留他多住几天。剧情这样开始，它将怎样发展、怎样结局呢？这就造成了很大的悬念。但剧情并没有直线发展，而是穿插了其它许多纠葛：其中有陈白露与潘月亭的关系、与张乔治的关系、与小东西的关系；潘月亭有与李石清以及与没有出场的金八的关系；潘月亭、李石清又有与黄省三的关系；还有顾八奶奶与胡四的关系，黑三与小东西、翠喜与小东西的关系，等等。这些关系形成错综复杂的纠葛，而这些纠葛在同一个星期中都有十分急剧的、人们意想不到的变化。最后是陈白露服安眠药自杀，而方达生在不知情的情况下迎着朝阳走去。作者这样安排戏剧冲突，不仅使剧本具有巨大的容量，并且使剧情在发展过程中始终具有紧张的气氛，紧紧扣住了读者（观众）的心弦，充分显示了剧作家高超的艺术手法。紧张，是曹禺剧作的一个很重要的特色。

在情节发展过程中，作家还善于巧设伏笔。例如陈白露最后是服安眠药自杀的，关于安眠药，剧本很早就设下了伏笔：第一幕中陈白露和方达生的对话中就点明了她有安眠药，第二幕中潘月亭对顾八奶奶提到陈白露有安眠药，第四幕开幕不久陈白露又警告顾八奶奶，她的安眠药吃了十片"就会回老家"的。因而最后陈白露拿起药瓶时人们就不会感到意外；当她拿出药片，一片、两片、三片……这样慢慢地数下去，人们的心弦就会被拉紧，直到数到"十"的时候，人们就自然会感觉到：陈白露完了。这就收到了很好的舞台效果。

《日出》中的对话是现代口语。但都很简洁洗炼，即使较长的说白，也很干净利落，毫不拖泥带水，并且恰切地表现了人物的性格特征。例如第一幕中陈白露和方达生的对话，方达生说的话是充满热情而又憨直的，陈白露说的话是玩世不恭而又带有某种亲切感的，表明了他们思想上已南辕北辙，可是却还有某种感情上的联系。张乔治的满口洋话、顾八奶奶的半通不通的新名词、胡四的流氓腔等等，都生动地体现了他们的性格特征。其中一些人物还随着剧情的发展而改变语气，具体地反映了他们社会地位的变化和内心活动，如第四幕中潘月亭和李石清的对话，就体现了他们之间我要制服你，你要利用我，勾心斗角，各自玩弄手腕的丑恶灵魂。

《日出》有很强的戏剧性，有很好的演出效果，这与剧本的艺术水平和独特风格是分不开的。

《日出》之所以取得上述成就，是有多方面原因的。

首先，作家写这个剧本的指导思想和目的性是非常明确的，这一点，我们在前面分析作家写作这个剧本的主观意图时已经指出来了。他爱憎分明，痛恨那些魑魅魍魉，同情被侮辱与被损害者，愤怒控诉那个“损不足以奉有余”的社会。在《雷雨》里，主宰剧中人物命运的似乎是一个不可知的“命运之神”，《日出》则不然，作家让“一种可怕的黑暗势力”的代表金八来“操纵场面上的人物”，他虽然无影无踪，没有露面，剧本中对他的“介绍”也还有缺陷，但读者（观众）是感觉到他的存在的。是可信的，并能启发读者（观众）去思考旧社会罪恶的根源。因此，假使说《雷雨》的现实主义是潜藏的、必须拨开一层神秘的纱幕才看得清楚的话，那么，《日出》的现实主义却是十分自觉的，带有鲜明的倾向性了。

其次，作家是积极地去熟悉生活的。他曾有意识地、有目的地深入到贫民窟里去。进行调查研究，和那些被侮辱和被损害的人交朋友，叙衷肠，从而对下层人民的痛苦与不幸，获得了直接的感受。这样，作家才有可能写出第三幕那样真正独创性的场面，使作品的现实主义显得更为充分。

再次，是由于作家具有很高的艺术素养。曹禺青年时代在北方话剧运动的开路先锋天津南开中学读书时，就读了不少外国戏剧，参加过舞台演出，获得了实际的演剧经验。后来在清华大学外文系读书时，又读了不少外国古典文学作品，特别是外国戏剧。就在这样的环境中，他对话剧产生爱好，并获得相当高的戏剧艺术的训练。外国戏剧也不可避免地使他受到一些消极的影响，如《雷雨》就有这一痕迹。但由于他善于批判地吸收外国戏剧艺术中的优良成份，这就有利于提高艺术技巧。在《日出》里，就可以看到小仲马的《茶花女》和契诃夫的《三姐妹》的影响。

《日出》是一部优秀的现实主义作品，在我国新民主主义革命时期，它起了积极的作用。在今天，它可以帮助我们，特别是帮助青年人去认识那个已经一去不复返的“损不足以奉有余”的旧社会；对于发展我国社会主义的戏剧，在艺术上也有不少可以借鉴的地方。

（原载《语文学习》1978 年第 7 期）

《雷雨》《日出》的艺术风格

田本相

曹禺的剧作——《曹禺剧作选》，又和广大读者见面了。其实，在“四人帮”的禁止下，它仍然拥有广泛的读者。人们是喜爱曹禺的剧本的。其原因不仅由于曹禺的剧作“记载和暴露了黑暗、丑恶的旧社会，使今天的读者了解一些过去，从而更加热爱我们的新社会”[①]（《曹禺剧作选·后记》）；而且由于它的杰出艺术成就，它所凝结的戏剧创作的宝贵经验，至今仍能给我们提供可珍惜的启示和借鉴。本文试就《雷雨》《日出》的艺术风格作些初步探讨。

一

曹禺是一位有着巨大热情的作家。他特有的思想、热情的特色，不但决定着他的创作风貌，更使他的作品具有一种格外动人心弦的艺术力量。

在某种意义上说，任何杰出的作品都不是用笔墨写成的，而是作家用他的战斗生命，用他的高尚灵魂，用他全部的感情写成的。曹禺创作《雷雨》《日出》时，不可扼止的“被压抑的愤懑”推动着他，心中汹涌着一股巨大的情感的流，他甚至说：“写《雷雨》是一种情感的需要。”（《雷雨·序》）他写《日出》同样是出于“终于按捺不住”的“一腔愤懑”。光怪陆离的社会黑暗现实，“梦魇一般的可怖的人事”，这些都“化成多少严重的问题，死命突击着我。这些问题灼热我的情绪，增强我的不平之感，有如一个热病患者”。[②]《雷雨》《日出》都是在强烈的责任感支配下，在这灼热的情绪和按捺不住的愤懑中创作出来的。艺术，本来就是对现实生活的一种具有情感的形象反映。对革命的先进的事物的崇敬、赞美，对反动的丑恶的事物的愤怒、仇恨，是艺术创作的强烈推动力。缺乏真情实感，不可能产生动人的艺术，缺乏真情实感的作品，更不可能企望打动读者的感情。曹禺的巨大热情在《雷雨》《日出》中激荡着，使你感到他的作品好像都矗立着巨大的感情支柱，支撑着他戏剧艺术的大厦。这种激越的热情，拨动着读者和观众的心灵

曹禺在总结《雷雨》《日出》创作体会的文章中，一再提到他在创作过程中所产生的“原始的情绪”、“情感的憧憬”以及“情感的发酵”等等。不可否认，在这些文章中或多或少蒙上了一层艺术神秘论的薄雾。但是，只要拨开这层神秘的薄雾，所谓情感的憧憬和发酵，

① 《曹禺剧作选·后记》。
② 《日出·跋》。

都生动地描绘了形象思维的过程总是伴随着感情的激荡而进行的。人物、情节在情感的潮水中浮现着、孕育着、骚动着。“我初次有了《雷雨》一个模糊的影象的时候，逗起我的兴趣的，只是一两段情节，几个人物，一种复杂而又原始的情绪。”①(《雷雨·序》)所谓“情感的发酵”，正是在思想感情的升腾鼓荡中人物形象的诞生过程。可以说，没有沸涌着的热情，就没有真正的形象思维，也就不可能诞生感人的艺术形象。曹禺把自己的热情熔铸于人物塑造、情节提炼和环境氛围的创造之中，无处不流淌着倾注着他的热烈的情感。

作家的思想是有个性的，为作家的思想所支配的热情也是有个性的。作家思想感情的个性不能不决定着他的创作风格。别林斯基曾说：“戏剧就其本质来说，最是充满热情的。”还说：“伟大诗人的作品无论怎样繁多怎样不同，每一篇都有自己的生命，从而有其自己的热情。”(《别林斯基论文学》第五四、五五页)曹禺是有着他“自己的热情”的。他的巨大的热情特色，表现在《雷雨》《日出》中，它好像是在“黑暗的坑”中挣扎的呐喊，是在“残酷的井”中拼命逃脱所爆发出来的呼号。“被压抑的愤懑”，焦灼，痛苦和苦闷都一起注入作品之中。弥漫于《雷雨》《日出》中的是一种暴风雨来临前夕的郁闷和烦躁的情绪，是大地震即将到来时的骚动不安的气氛。这些透露在创作风格上，表现为紧张、热烈而激荡。这种风格特色，使人明确而毫不含糊地分辨出它是曹禺的戏，而决不是另一个人的。

曹禺的热情使得他的作品具有浓郁的抒情特色和诗的意味。可以说，他写出了诗的戏剧，戏剧的诗。他的热情透过人物的台词迸涌而出，每个人物都卷入了感情的旋涡之中，性格自身的矛盾也表现为情感的矛盾，人物性格之间的矛盾冲突也激起飞波的感情浪花。他的热情也注入情节的提炼和组织之中，表现为高度的紧张性，生动而丰富的情节为人物提供着抒其感情展其内心的机遇。他创造着一个情景交融的环境和氛围，无论是《雷雨》和《日出》，都有着一个诗意的境界。

泰纳曾指出，巴尔扎克的“灵魂和行为的每一部分都在他所思考的和写作的东西上留下了印痕。”②曹禺自己的热情、风格等等，无疑也都会打着他世界观的烙印。既然他是写自己对时代和社会的真实感受，那么，在他对社会和时代的独特的理解和感受中，自必有着他的优长和短处，而这些又辩证地统一于曹禺的世界观里。曹禺写《雷雨》《日出》时，不过是个二十多岁的青年。当时，他还没有找到马克思主义。他对黑暗社会的“残忍”和“冷酷”充满义愤，他对一件件“不公平的血腥事实”焦灼不安。《雷雨》《日出》中所表现的雷雨来临前夕的令人窒息的气氛，所透露出来的动荡不安的空气，它确实反映了三十年代暂时处于革命低潮的中国正酝酿着一场大变动的社会气氛。但是，也反映着作家由于对中国革命的任务、对象和动力缺乏正确理解而带来的苦闷。他所塑造的人物，也都有着他自己的热情的标志，在人物身上凝结着他的爱和恨，血和泪，体现着他对人物的思想的感情的评价。但是，无论是《雷雨》中的蘩漪、鲁侍萍、四凤等，还是《日出》中的陈白露、翠喜、小东西、李石清、黄省三等，似乎都有着这样的特征：这些人无论“怎样的呼号也难逃脱这黑暗

① 《雷雨·序》。
② 《巴尔扎克论》。

的坑”，也难跳出“残酷的井”。他们挣扎着，争执着，“而不知千仞的深渊在眼前张着巨大的口”。于是，越是挣扎越是陷在死亡和悲惨的命运里。具有不可摆脱的悲剧命运的人物，组成了曹禺自己的形象画廊。这些人物的命运，的确“暴露大家庭的罪恶”，揭露着那“损不足以奉有余”的社会。但是，人物不可挣脱的命运，反映他“当时思想上的苦闷，徘徊以至犹豫，因此它们就没有，也不可能明确地指出活着的人的生路”。①（《曹禺剧作选·后记》）顺便提到的是，有人把曹禺的剧作说成是批判现实主义的，这并不是十分准确的评价。《雷雨》《日出》所表现出来的彻底反封建主义的精神，对资产阶级的揭露，对“日出”的向往，对工人的热切期望，仍闪耀着为我们党所领导的新民主主义革命的时代亮色，并且继承了“五四”以来文学的战斗传统，都并非批判现实主义所能概括。曹禺创作的独特艺术风格，有着它时代的色彩，战斗的风貌。

二

曹禺的创作风格，透露在人物塑造上则是着意揭示人物的内心世界，赋予人物以浓厚的抒情色彩。

最近，曹禺曾说：“作为一个戏剧创作人员，多年来，我倾心于人物。我总觉得写戏主要是写‘人’；用心思就是用在如何刻划人物这个问题上。而刻划人物，重要的又在于揭示人物的内心世界——思想和感情。人物的动作、发展、结局，都是来源于这一点。”②（《看话剧〈丹心谱〉》）这确是他多年创作实践的总结。人物的思想感情决定着人物的行动，越是把人物的内心世界充分揭示出来，越能刻划出人物性格的特征。曹禺在《雷雨》《日出》的人物塑造中，从揭示人物的内心世界出发，严格遵循着人物的思想感情的发展逻辑，写出人物的行为、发展和结局。周蘩漪是一个内心有着“火炽的热情”，热烈地追求自由的人物。但是周公馆的环境却象（像）铁箍一样把她紧紧地束缚住。尽管她对周朴园的专横和冷酷充满着厌恶愤恨，却又不得摆脱。十八年，她被关闭在令人窒息的生活圈子里，强烈地渴望得到自由的呼吸。于是，她把挣脱的希望寄托在周萍身上。她死死地抓住周萍不放，表现了一种阴鸷性的爱。但是，周萍却是一个懦弱者，偏又拼命地摆脱她。“阴沟里讨着生活却心偏天样高”，这样，不可摆脱的被压抑的愤懑，不可得到的爱情和自由，使得她绝望而疯狂起来，导致了她的悲剧的结局。在这里，人物性格自身的矛盾，也表现为内心深处的巨大的感情冲突，似乎人物也成为某种感情的化身。伴随着人物感情的升沉潮汐，人物的性格得到充分的展现，产生着感人的艺术力量。

让人“在情感的火坑里打着昏迷的滚”，这是曹禺揭示人物内心世界的特色。他既然认为许多人物都有着不可摆脱的悲剧命运，因此，他就充分展现人物的不可摆脱的命运所带来的感情的痛苦性。黑暗的社会制度所强加的重压的残忍和冷酷，都透过人物情感上的折磨和痛苦反映出来。鲁侍萍被周朴园蹂躏的命运已是十分悲惨了，打击也是格外沉

① 《曹禺剧作选选·后记》。

② 曹禺：《看话剧〈丹心谱〉》，《光明日报》1978年4月10日。

重的。谁料到三十年后，不但她自己又由于和周朴园重见而勾起久沉心底的怨恨，而且她的女儿四凤又在重蹈着她的命运，在旧的未解的怨恨上又增添了更沉重的打击和感情上的痛苦。曹禺曾说："在不重要的地方只几笔交代过，在需要大段抒发人物感情的地方抓住不放。"①(《曹禺创作生活片断》)鲁侍萍的几场戏：在周公馆同周朴园旧地重逢；在雷声闪电中要四凤起誓不见周家的人；得知四凤已经怀孕三月，她的惊疑、惧怕、担心、痛苦和怨恨都异常深刻地表现了"在情感的火坑里"受着折磨的残酷性质。正是这样的人物的抒情，控诉着社会制度强加给她的不公平的命运，也控诉着社会的黑暗和冷酷。富有情感的艺术形象感动着读者，蕴藉着深厚的思想力量。

曹禺人物塑造的杰出之处，还在于他善于刻划人物性格的丰富性和多面性。性格的丰富性，同样是通过对人物内心世界的开掘而展现出来的。

陈白露是一个堕入资产阶级生活圈子而不能自拔的人物。但是，曹禺没有把她的性格简单化。作为一个交际花，她出卖着自己，整天同潘月亭这些人物厮混，但是她却同情着小东西的遭遇。她决不同意和方达生结婚，而偏偏叫他留下来，为的是"想想我们以往的感情"。她既认为"我同他们一样爱钱，想法子弄钱"，深受着金钱哲学的支配，但她对可以满足其金钱要求的潘月亭，却总是表现了厌恶、嘲讽甚至戏弄。这一切看来都是矛盾的，但这些又都表现了她不得不向黑暗的残酷的现实妥协，不得不出卖自己的处境；同时，又深刻地揭示了她毕竟是个铜臭浸透了灵魂，堕落了的资产阶级女性。她的悲剧性格的本质是透过多面性的表现而展示出来的，因此，更为真实，更为令人信服。周朴园是作者鞭笞的人物。这个双手沾满了工人鲜血的资本家，在家庭里也是专横独断的暴君。就是这样的一个人物，作者却写了他吃斋念佛。他可以在家里保留着三十年前被他蹂躏后而抛弃的侍女鲁侍萍的种种习惯，并把她的照片摆在案上，似乎是"真诚"地纪念着被他蹂躏而抛弃的女人，当他再次见到鲁侍萍时更慷慨地拿出大笔金钱奉送她。这些，看来也是十分矛盾的。但是，正是这些看来"真诚"、"慈善"、"道德"、"慷慨"、"人情"的地方，都深刻地揭示了周朴园丑恶灵魂的多面性的统一。作者越是表现他的"真诚""道德"的地方，越是无情地揭露出剥削阶级的"真诚"的伪善，这种伪善恰是剥削阶级本性的表现形式。人物性格的丰富性，所以真实，是因为没有把人物搞成概念的化身。人物的典型性通过丰富的个性表现出来，反而更加深刻地表现了性格中本质的东西。

人物性格的丰富性，是在多面的错综复杂的人物关系的描写中完成的。曹禺的创作风格特色，在于写性格的冲突时都着意突出其感情上的巨大冲突。凡是在那些性格的矛盾展开搏斗的地方，都使之各抒其情。因此，在跌宕起伏的性格冲突中，人物的感情潮水也随之激起澎湃的浪涛。李石清的性格丰富性，是在同潘月亭、黄省三、李太太的多面的性格冲突中展现的。没有黄省三，就看不出李石清的狠辣和无情；没有潘月亭，就刻划不出李石清的狡黠、无毒不丈夫的特征；没有李太太就写不出李石清不顾一家老小的铁石心

① 颜振奋：《曹禺创作生活片断》，载《剧本》1957年7月号。

肠，而这些都深刻揭示了他一心向上爬的内心世界。这些写法同脸谱化概念化是绝缘的。性格的多面冲突，着重又揭示其感情的冲突，这就使性格的矛盾有着浓重的感情色彩。周蘩漪同周朴园的性格冲突，着重表现为周朴园的冷酷无情和周蘩漪的被压抑的愤懑之间的感情冲突。周蘩漪同周萍的性格冲突，则更多的表现为周萍的拼命摆脱而产生的厌烦悔恨和周蘩漪死死抓住他的阴鸷爱情之间的感情冲突。这样的戏剧冲突，不但引人入胜，而且动人心魄。在情感的激荡中，人物的内心世界的丰富性得到完美的表现。

只有十分熟悉自己笔下的人物，才能深入内心世界的堂奥。曹禺对他的人物感情脉搏和心理细微的变化，都有着精细的研究。他在《雷雨·序》中曾告诫扮演此剧人物的演员说："一个雕刻师总先摸清他的材料有哪些弱点，才知道用起斧子时哪些该加谨慎。所以演员们也应该明了这几个角色易碎的地方。这几个角色没有一个是一具不漏的网，可以不用气力网起观众的称赞。"曹禺就是一个熟悉自己的人物并善于塑造人物性格的雕刻师。他不但善于用浓重的笔触勾勒人物性格的轮廓，而且精于用工笔把人物的行为举动的理性根据和分寸，感情的波纹，心理的微妙，内在的韵味都准确而细微地加以刻划。失去了这些，就失去了人物性格的特征，破坏了人物性格的完整性。萎缩而贪婪、卑躬而尖利、贪图而胆怯的鲁贵，是很容易被写成一个小丑或是一个"可笑的怪物"的。翠喜的性格也很容易被写成一个打情骂俏的人物，抑或写成一个失去妓女特征的悲剧性格。曹禺对翠喜的性格刻划，是极为精确的。翠喜同小东西谈着她的身世遭遇，控诉着那狗样的生活，小东西以为她说着落泪了，拿出手帕给她。她说："我没有哭，我好些年没有眼泪了。"这种没有眼泪的倾诉，这种哭不出来的痛苦，是受尽了折磨和侮辱的痛苦，是一个求生不得求死不得的人磨平了的痛苦。这些，都为曹禺极为细腻而准确地刻划出来。鲁侍萍的痛苦是几十年积郁起来的，是一种埋藏在内心深处的积怨和痛苦，因此，她有着一种更内在更深沉的表现痛苦的语言和行动。倘是让她"过度的悲痛"，"嘶声喊叫"，"哭起来如倒海"，便破坏了人物性格。曹禺善于用精细的笔法来刻划他的人物的思想感情的韵味和波纹，准确地揭示其内心深处的感情及其表现形式，以致这种细腻的刻划精确到稍稍偏离了人物感情行为的分寸，便损害了人物。应当说，截至《雷雨》《日出》为止，在中国现代戏剧史上，还没有一个剧作家象(像)曹禺这样在一部多幕剧中，塑造出如此众多的栩栩如生，性格鲜明，真实感人的人物形象，他的杰出的人物塑造的艺术，在中国现代话剧史上是有着不可抹煞的地位和意义的。

三

曹禺的创作风格，体现在情节冲突的提炼和组织上，其特点是情节的生动性、丰富性和紧张性的高度结合。

《雷雨》发表之后，曹禺认为它"太象戏"了，技巧上也"用得过分"，一度曾考虑改变一下写法。于是，他沉醉于契柯（诃）①夫的结构平淡、剧情没啥起伏但却又深深抓住人们灵魂的戏剧风格。他试图这样去写《日出》，最后又坚决放弃了这个打算，把已经写出的稿子都烧掉了。他说："即便写得出来，勉强得到半分神味，我们现在的观众是否肯看仍是问题，他们要故事，要穿插，要紧张的场面。"②因此，不仅像《雷雨》这样的情节戏，而以取社会"横断面"见称的《日出》，都表现了曹禺在情节的设计和安排上具有独特的风格：生动的故事情节，紧张而热烈的场面，巧妙的穿插，使他的戏波谲云诡、跌宕多姿。

《雷雨》《日出》的情节场面都是由人物性格自身以及性格之间的矛盾冲突引导出来的。情节的生动性是同人物性格的遭遇、命运分不开的。他所塑造的那些呻吟在"火坑"里的悲剧人物，几乎每个人都有着一部辛酸悲痛的历史，每个人物都有着自己的故事。在《雷雨》中，全部剧情是集中在一天之内发生的，但是它却展现了其中人物长达三十年的悲惨遭遇。鲁侍萍的悲剧命运，就是一个曲折而生动的故事。周蘩漪的故事也是极为生动的。而周、鲁两家的成员之间所展开的错综复杂的纠葛，更使剧情生动多姿。在有限的时间和画面内组织起这样纵横交织的情节线索，显示了曹禺组织情节和场面的巨大才能。

曹禺在描写这些人物的命运中，出色地为人物性格设计了出人预料的情节，大胆地虚构出偶然而巧合的戏剧冲突，诱使读者对人物的命运发生浓厚的兴趣和关切，为人物的命运担忧、懊恼、惊喜、悔恨，这正是情节的生动性。谁能料想，一个人能同自己的后母发生暧昧的关系，而这个后母又是这样狠狠地抓住他不放呢！这已是相当令人吃惊和出乎所料的了。但是谁又能料想，周萍不但要拼命摆脱着周蘩漪，同时，又和家中的侍女发生关系，而这个侍女却是他自己的同母异父的妹妹？中间又巧妙地穿插了周萍的弟弟周冲也偏偏爱上了四凤的戏。每个人物都有每个人的故事，而这些故事又交织起来，连结在剧情发展的主要纽带上，组织在一个严谨而完整的结构之中，形成了情节的丰富性。出人意料的情节，又是合情合理的。偶然的情节，却表现了必然的东西。周萍和周蘩漪的乱伦关系，揭示着掩盖在道德纱罩下周公馆的罪恶，畸形的伦理关系是畸形社会制度的产物。有人曾指出《雷雨》中宿命论的色彩和血缘关系的强调，对主题和人物都有所损弱。的确，如鲁侍萍、四凤、周萍等都吞下了这种思想局限的果子。但是，如果《雷雨》仅仅是这样的，那么人物一系列出人逆料的命运和结局，就不可能产生深刻的思想力量。令人折服的是，在许多充满着巧合的血缘关系的纠葛中，却异常深刻地表现了不可调和的阶级对立。周朴园并不因为知道鲁大海是亲生的儿子而宽恕他的罢工行为。周萍看见鲁大海怒斥着周朴园而大打出手，亲兄弟之间爆发了尖锐冲突，也深刻地表现了阶级的对立和斗争。在这里，阶级的关系撕碎了血缘的亲亲的关系。在这些看来由于血缘关系而巧聚起来所爆发的冲突，都更真实更典型地揭示了阶级的本质。鲁侍萍三十年前被周朴园蹂躏了抛弃了，她最害怕最担心的是她的女儿四凤重蹈其命运的覆辙。但是，三十年后，不但她同周补园旧地重逢，而她最不愿意发生的事发生了，四凤被周家大少爷周萍引诱了，而引诱四凤的

① 一般译为契诃夫——编者注，此后不再作注。

② 《日出·跋》。

又是她亲生的儿子。这确实是太巧合了，太出人逆料了。对于鲁侍萍来说，这种巧合是一种残酷的巧合。巧合的残酷性，正是突出了人物悲剧命运的残酷性质。就其对揭露黑暗社会的冷酷和残忍来说，这种偶然的巧合的情节就体现着必然的东西。情节的丰富性也是一种巧合，不过是在更大规模范围内多条情节线索的精巧的组织和结合，它可以在更广阔更深刻的领域里展示那些必然的东西。《日出》的情节线索虽然不像《雷雨》这样集中，但它围绕着陈白露和小东西两个人物的命运所展开的场景也是热烈而生动的。错综复杂的人物关系，一个连接一个的紧张场面，构成一幅骚动不安的社会生活的图画。在这里仍然有着片断的故事的展开和交代：潘月亭在日益逼临的经济危机中，胆战心惊地利用公债进行投机。公债交易的勾心斗角，竞争的激烈，直到他倾家荡产。也写出人物遭遇的起伏波澜：李石清在鬼蜮世界中顽强地向上爬，凭着狠辣的手段，先是擢为襄理，继而又遭辞退，他同潘月亭的搏斗也如骇浪惊涛。其它如小东西久寻不见到最后悬梁自尽，黄省三的全家服毒，等等，都使得剧情有着引人入胜的起伏，而牵动读者和观众的心弦的，始终是人物的性格，人物的命运。

在《雷雨》《日出》中，情节的生动性、丰富性是同情节、场面的高度紧张性相结合的。它一方面表现为一波未平一波突起的剧情跌宕上，一方面表现为情节本身具有内在的紧张性以及场面的紧张性。它造成某种令人透不过气来的逼迫感重压感。《雷雨》第一幕，周朴园逼着蘩漪喝药的场面，造成着极度的紧张气氛。第三幕，鲁侍萍固执地要四凤答应不再见周家的人，这场戏同样是紧张的，当着四凤在闪电声中起誓的时候，可谓惊心动魄。《日出》第三幕的场面描写，更具内在的紧张性。在喧嚣着叫卖、诟骂、打情卖笑的恶浊声浪中，宝和下处笼罩着地狱似的氛围。在鸽子笼里生活着的翠喜、小顺子、小东西这些"可怜的动物"。她们的血泪、痛苦和悲惨都混杂在这重重的噪喳、龌龊的恶浊空气里。这些被践踏被蹂躏的人物的强颜的欢笑，暗地的叹息、流不出的眼泪都表现了她们命运的紧张性，她们遭遇的悲惨性。在这些交织着人物紧张命运的场面里，是一幅幅黑暗角落里的令人窒息的图景。

情节的紧张性是性格冲突的尖锐性的表现。所谓戏剧性，也是人物按照自己的性格发展逻辑互相撞击互相格斗产生出来的。狄德罗便说过："如果性格能够促使由性格所产生的情况更为复杂和更富有戏剧性，那么，性格便是塑造得很好。"李石清在历经金钱交易的世情中，形成了他狡黠而狠辣的性格，他的人生哲学就是要凭着手段爬到有钱有势的地位上去。为此，他既可以委屈逢迎讨好潘月亨，为他献计献策，克扣工人工资。但他也可以同狠毒的潘月亭较量，偷偷掌握着他的机密进行敲诈，这必不可免地爆发着冲突。他又是这样的毫无同情心，对被开除了的小职员黄省三挖苦斥责。正是在这样由性格冲突而产生的戏剧性，使他的性格跃然纸上。李石清和潘月亭性格冲突的尖锐性，几乎是不可调和的。勾心斗角，互相利用，互相警惕直到展开一场唇枪舌剑的对战。曹禺说："铁烧到最热的时候再锤，而每锤是要用尽了最内在的力量。"冲突的尖锐性的时刻就是"铁烧到最热的时候"；在尖锐紧张的冲突中"用尽了最内在的力量"去"锤"，"锤"出的是性格鲜明的人物。

恩格斯说:“倾向应当是不要特别地说出,而要让它自己从情节和行动中流露出来。”“作者的观点愈隐蔽,对于艺术作品就愈好些。”在《日出》中,没有环绕着陈白露而展开的社会上层生活的生动描绘,没有那些众多的在大旅馆里周旋的人物以及他们之间殊死格斗的场面,没有围绕着小东西而展开的宝和下处的地狱般的生活描写,没有那些“可怜的动物”般的人物命运的刻划,就不可能揭示那“损不足以奉有余”的社会。作者的“倾向”、“观点”正是“流露”、“隐蔽”在生动的情节和场面的描写之中,表现在人物性格的塑造上。其中只就对金钱魔力的抨击来看,也是相当深刻的。陈白露的悲剧,潘月亭的荡产,李石清的失败,黄省三的全家服毒,顾八奶奶的丑恶,都在金钱的魔力所隐蔽的阶级关系中行动着冲突着。这使人突然发现金钱的魔力把一些人鬼使神差地调动起来,做着种种丑恶的行径。那个为金钱统治的世界不知吞噬着多少人的生命。作者越是生动地描绘这些活生生的人物和人物关系,越是产生着对资产阶级,对黑暗社会的抨击力量。曹禺在《日出》中没有把矛头指向帝国主义,没有把金八所代表的黑暗势力同反动的统治联系起来,这确实是不足之处。但是,它的杰出艺术描绘却引起人们对现有制度的怀疑和沉思,宣判那社会末日的来临,启示着人们去追求一个旭日即将升起的“伟大的将来”。

四

话剧主要特点是没有作者的语言,一切都是靠人物自己的台词来创造的,这也是它的困难之处。所以高尔基说它是“最难运用的一种文学形式”。曹禺在《雷雨》《日出》中成功地驾驭着这最难运用的文学形式,创造了他独具一格的戏剧语言。他的人物台词没有那种江海滔滔一泻千里的气势,但是,经他加工了的生活语言,却具有一种格外隽永的内在力量和耐人寻味的艺术感染力。其风格特色是简炼、含蓄、具有高度的戏剧性和浓郁的诗意的抒情色彩。

曹禺说:“舞台上的诗所受的限制是较多的,它既必须通俗易懂而又必须有诗意,既应象(像)诗而又应象(像)日常人们说的话,所以写起来很费力。舞台上所能用的字汇比写散文所能用的字汇少得多,以散文的字汇来写剧本,常常是听不懂的,演员读起来一定象(像)念书,在诗剧里更如此。”[①]这可看作是曹禺锤炼戏剧语言的经验结晶,也是他的剧作语言风格的概括。他不但提炼了“日常人们说的话”,而又有像诗一样的抒情性。他正是运用这种具有诗意的生活化的语言来刻划人物性格,十分细腻地揭示人物的内心活动,抒发人物的丰富感情。

《雷雨》《日出》中的人物绝少长篇大论,语言简炼,具有一种精细的性格雕塑力。几乎每个人物都能收到“闻其声如见其人”的效果。每个人物的用词、语气、分寸、口吻、节奏,都决不是重复的。周朴园专横、冷酷、自强,说出来的话是“向来不能改的,他的意见就是法律”。因此,他的语言都很短促并带着命令的口吻。鲁大海性格倔强,尽管有些口吃,他

① 《曹禺同志漫谈〈家〉的改编》,《剧本》1956年第12期。

的语言总是词锋锐利、干干脆脆，从不拖泥带水。张乔治句句不离洋文，他自己也认为“我简直不习惯中国话”，言谈之间洋奴性格神情毕现。顾八奶奶满嘴都是不伦不类的文明词，什么“伟大的爱情”、“美丽、香艳”、“悲剧”、“痛苦”之类的词汇，同时还夹杂着“王八看绿豆”、“三从四德”等用词。老式的封建闺阁里出来的女人又硬学着十里洋场的时髦话，活生生地勾勒出她把肉麻当有趣的丑陋不堪的性格。同一个人物，由于说话的对象、地点、情势的不同，他的语言也有着变化但同样是个性化的。蘩漪充满了被压抑的痛苦，她的强悍而热烈的追求和反抗埋藏内心深处。因此，她的外表是沉静的，她的语言是含蓄的，一般说来都是克制的。由于她极端矛盾着的心理状态，往往语义双关，话藏锋刃，具有一种尖锐性。但是，单独对着周萍谈话时，就不是十分克制了，句句逼近，似乎在审问着周萍。在第四幕，她的被压抑感情终于冲破了克制的表层，当众对着周萍说：“你不要装！你告诉他们，我并不是你的后母。”这种语言有着惊人的效果，它是蘩漪绝望情绪的表现，也是被压抑痛苦的总爆发。撕破着面皮宣布她和周萍不可告人的关系，也深刻地反映了她的自私。语言的丰富表现力在这里得到绝妙的表达。

《雷雨》《日出》的语言是富于戏剧性的语言，妙趣横生，引人入胜。戏剧性的语言不仅仅是因为对话，其秘诀是于对话中，必须使得一方对另一方发生着影响。它通过一方的暗示、试探、进攻等，使得另一方惊疑、担心、忧虑、欣喜等而产生新的动作。总之，它应调动着对方的情感和动作。这样，就在观众中造成一种紧张的期待，产生着悬念。曹禺善于驾驭这种语言的戏剧性，造成性格冲突的动因和推力。鲁侍萍从外地回来，在周公馆第一次看见四凤，就向她提起老早就嘱咐过她的话：“我不愿意我的女儿叫人家使唤”。在后来的剧情发展中，鲁侍萍屡次提起，生怕女儿因一时糊涂而产生意外。而每一次说起来，都使得四凤惊惧、担心、害怕，引起四凤感情的激荡和新的动作。争吵和对骂的台词并不一定具有戏剧性。曹禺的台词，常是使得一方抓住对方的脆弱的地方，对其心灵的弱点施加压力，对其性格加以损伤。《日出》第四幕，李石清和潘月亭的几段对话，双方都抓住对方曾经说过的话加以重复，抓住对方的弱点加以损害。李石清句句狠辣，于被免职中决不示弱，幸灾乐祸，极尽嘲讽之能事，潘月亭字字刻毒，绝不因倾家荡产而罢休，双方性格都得到充分展现。这正如别林斯基所说：“如果争吵的双方都想争取压倒对方的优势，力图损伤对方性格的某些方面或触痛他脆弱的心弦，如果从这里透露出他们的性格，争吵的结果使他们彼此有了新的关系——这就是一种戏了。”（《别林斯基论文学》第二〇四页）曹禺的戏剧语言，之所以妙趣逗人，就是建立在这种性格冲突的基础上。推动着剧情发展，徐徐入扣，环环相连，引导着读者和观众到他所想引到的地方，跟着他的人物性格前进。

曹禺的台词创造妙语惊人，并不靠着那种警句格言，以及故作惊人的壮词丽语。极普通的日常口语，被他加工提炼，便有着感人的艺术效果。据说，他的《雷雨》《日出》上演后，其中人物的用语成为群众一时流行的口语，可见其影响之大。这种生活化的语言，具有丰富的表现力。如鲁侍萍于第四幕的结局中，听到四凤已经怀孕三个月，犹如晴天霹雳，她最担心最害怕的事还是发生了。她发痴了，接着说：“我是在做梦。我的女儿，我自己生的女儿，三十年工夫，——哦，天哪，（掩面哭，探手），你们走吧，我不认得你们。”这不连贯的，一句一句从心底深处崩出来的话，每一句都有着深厚的感情容量，概括着她生活的全部痛苦。这些，又都是很普通的日常用语，却产生惊人的艺术效果。理性的根据和分寸，感情浓度，韵味的波纹，节奏的适度，在这里也都得到精细而深刻的表现。胡四每逢对着顾八奶奶说话，总是说："你瞧你！"这本是一句很平常的话。但放在他们之间特殊关系中，在不同的情势下，这句口头禅却表现了胡四种种微妙的心理状态。有时则表现一种敷衍的感情，有时则是一种打趣的讨好，有时则是埋怨，有时还带着某种无可奈何的厌恶。

"通俗易懂而又富于诗意"，"既象诗又应象日常人们说过的话"。这种富于诗意抒情的日常话，是曹禺的独到之处。从这种人物语言中，使我们可以谛听到人物心灵的絮语和人生的叹息。陈白露自杀前的一段话，就是这样富于诗意的抒情独白：她对着镜子端详着说："生得不算太难看吧。人不算太老吧。（她不忍再看了，慢慢又踱到中桌前，倒出药片，将空瓶丢在地下。望着前面，哀伤地）这——么——年——轻，这——么——美。"这里毫无雕饰之感。它不但抒发了这个在太阳出来之前要睡去的资产阶级女性的人生悲剧的哀叹，而且具有启人深思的哲理意味，诱发人去思索着她的悲剧的实质。曹禺富于诗意的抒情的人物语言的创造，是因为他深入生活熟悉人物内心世界的缘故。如他为了描写"宝和下处"的生活，他曾亲自历着风险，深入到"鸡毛店"、大烟馆、妓女院，口袋里藏着纸和笔，一字字一句句把那个环境里人们所说的话记录下来。所以，在他那些看来平淡而蕴含深厚的语言创造中都有着他呕心沥血的辛勤劳动。如翠喜的"掏出心窝里的话"，是提炼得格外成功的。在她的性格语言中，使人感受到"一颗金子似的心"在跳动："有钱的大爷们玩够了，取了乐了，走了，可是谁心里委屈谁知道，半夜里想想：哪个不是父母养活的？哪个小的时候不是亲的热的妈妈的小宝贝？哪个大了不是也得生儿育女，在家里当老的？哼，都是人，谁生下就这么贱骨头，愿意吃这碗老虎嘴里的饭？"这是一个生活在人类最黑暗角落的人的人生苦楚的心声，这是饱含着血泪的控诉。这种灼热的语言是从心底迸涌出来的诗，是战栗着被压迫的痛苦的诗。平淡的、日常人说的话有着这样的动人力量，确是曹禺的杰出的创造。

在中国现代话剧史上，曹禺的艺术风格独树一帜，丰采熠熠，决非"四人帮"所能一笔抹杀的。我们珍爱这朵"五四"以来新文艺的戏剧之花，是为了社会主义文艺园地的百花齐放。

（原载《南开大学学报》1978 年 4—5 期）

《日出》的艺术独创性

程中原

文学艺术贵在独创。有出息的文学家、艺术家不屑于因袭，不囿于成法，总是不断探求，不断创新，让植根于现实生活土壤的艺术之树开放出自己独特的花朵。曹禺，就是一个在艺术上富有独创精神的剧作家。一九三三年，他完成了处女作《雷雨》。发表以后，誉满剧坛。但他并未故步自封。他甚至“很讨厌它的结构”，“觉得有些‘太象戏’了。”并决心要“试探一次新路”①。到一九三五年，曹禺就向中国观众奉献了他的又一出话剧，这就是《日出》。《日出》以它别具一格的戏剧结构和丰富多彩的艺术创造，使人耳目一新。在剧作中，作者采用了“横断面的描写”的方法，把平淡与紧张、喜剧性同悲剧性很好地结合起来，同时又有意运用了民族化的表现方法，还发展了在《雷雨》中已经基本形成的具有个人风格的戏剧语言。这种艺术独创性，使《日出》具有跟《雷雨》大不相同的格局，为话剧艺术开辟了又一条新路。《日出》发表以后，立即引起文艺界的广泛重视。对于它的成就和不足，几十年来，人们作了许多分析、评论和探讨。但是，在艺术独创性方面，系统分析似乎不够，品评也欠充分。本文试图对此略加论述，以就教于前辈和读者。

“横断面的描写”

在创作《日出》的时候，曹禺有意将题材从家庭扩展到社会。他要把舞台作为展示都市罪恶的窗口，宣泄胸中的一腔愤懑，把大地震来到之前这鲜血滴滴的社会真实地呈现在观众的面前，向丢弃太阳的人们喊：“你们的末日到了！”为此，他采用了“横断面的描写”的结构，“想用片断的方法写起《日出》，用多少人生的零碎来阐明一个观念”——“人之道损不足以奉有余”。这样的戏剧结构，是同《雷雨》完全不一样的，在中国戏剧史上是一个独辟蹊径的创造。

大家知道，《日出》通过交际花陈白露住的大旅馆和翠喜她们栖身的宝和下处这两个剖面，刻划了有余者的荒淫、贪婪和罪恶，不足者的苦难、酸辛和血泪。高级旅馆和三等妓院，看起来是不搭界的社会两极，但作者匠心独运，用小东西这样一个依从就可以近乎“白露”，违拗将成为“翠喜”的人物，把这两极紧紧地联系了起来。陈白露救助小东西，小东西终究被黑三抢走，这个情节成为把“天堂”和“地狱”这两个横断面紧紧连接起来的纽带。

① 曹禺：《日出·跋》（此文最初以《我怎样写〈日出〉》为题，发表在《月报》第一卷第四期）。下面引用此文不再注出（原文作者注）。

围绕着它,作者有不少有血有肉的描写。书生方达生的寻,面首胡四的逛,进一步将社会底层的阴暗图画展现在观众前面,与上流社会的荒淫无耻构成强烈对照。黑三的跋扈,福升的打诨,这一文一武两个奴才的脸相,当然也是必不可少的穿插。甚至连小录事投河、金八爷挨打,也通过幕后报贩的吆喝或台上福升的报道加入了演出。可以这样说,由于小东西被投入人间地狱,剧中人能来的全都来了。作者这样调度人物的用意何在呢?除了为着刻划人物而外,就是为了有说服力地把不足者与有余者联系起来,就是为了使两个场景上展现的生活图画浑然一体,使这种容易松散的横断面结构严谨紧凑起来。

不仅如此,在分别描绘高级旅馆和三等妓院这两个不同场景的时候,剧作者也一刻没有忘记这个不平社会对立的双方,把它们有机地勾联起来。交际花的休息室,是阔佬、贵妇、官僚、洋奴打情骂俏、寻欢作乐和进行幕后交易的地方,却掩进了小东西,飘来了黄省三,在牌声浪笑、酒气粉香之中,发出了痛苦的呻吟,绝望的呼叫。在宝和下处这个场景里,作者在用各种声浪写出整个下层社会的悲哀和苦难的时候,在展现翠喜黄连般的生活和金子似的良心的时候,也没有忘记让我们看到上流人物淫荡的调笑,听到流氓把头狠毒的鞭声。

如果说"主题思想是一盏照明灯,题材划定照明的范围"①,那么《日出》里众多的人物,纷繁的事件,始终都没有走出"损不足以奉有余"这个主题的光圈之外,而且还以它们各自的光点以及光点之间的比照,使照明灯的光泽显得更加明亮,更加璀璨。

善于把生活画面横向的展示同人物性格纵向的发展结合起来,是《日出》结构艺术的深湛缜密之处。在《日出》里,作者虽采用横断面描写的方法,却并没有平面地展览人物的形象,生活的情态。他仍然竭力向过去探寻,向未来发展,通过为各个重要人物安排的各有主体而相互关联的情节线索,生动地写出人物命运的起伏变化,人物性格的发展历史。这种横断面、多线头的结构方法,使观众不仅在舞台上看到了日出之前这个罪恶社会的种种形相,而且看到了几乎是每一个登场人物个人的性格鲜明的历史。在人物的配置上,曹禺也发展了《雷雨》中基于血缘关系的那种父子、母女之间性格、命运的复迭、映照,从对中国社会现实的理解出发,多角地反映着人物之间的关系和联系。心里头活着而又飞不起来、不甘堕落而又不能自拔的陈白露,同开始思索、准备行动,迎着朝阳走去的方达生,显然是一个对照,暗示着知识分子的道路。从流氓头子爬上来的潘月亭,从封建闺房里走出来的顾八奶奶,从国外镀金跑回来的张乔治,还有那个想靠阴谋和冒险挤进来的李石清,这四个人物正是中国资产阶级的一幅多姿多采的合影,摄下了中国资产阶级的过去、现在和未来。从陈白露、翠喜、小东西三个人物,固然剖析了妇女的种种命运,就是潘月亭、李石清、黄省三这三个人物的结局,也何尝不是在三个不同的台阶上反映了帝国主义侵略下中华民族的悲剧呢!正因为如此,采用横断面描写的《日出》,同样吸引着观众对人物命运的关注。观众也正是从人物关系的变化,从人物命运的发展中,感受到剧作的美感教育和

① 李健吾:《第一幕》,载《人民戏剧》1978年第2期。

社会批判的力量。

不错，曹禺曾经说过，他要用人生的零碎来阐明“人之道损不足以奉有余”这个观念。但是，应该看到，在剧作的具体结构中，人物并没有成为观念的传声筒，作品也没有成为观念的图解。这个观念深藏在剧本的骨子里，并没有跳到台面上。在这个戏里，操纵全剧、笼罩全剧、把剧中人物牵动起来的，是实写的金钱和虚写的太阳。金钱是社会的杠杆，是罪恶的渊薮，金钱是操纵人物命运的恶魔。金八的声威，黑三的凶横，靠的是它。顾八奶奶的浪漫，张乔治的混世，仗的也是它。潘月亭处心积虑攫取它，李石清破釜沉舟追逐它。陈白露身上的锁链，小东西颈上的绳套，黄省三的惨剧，翠喜的屈辱，铸造者也是它。可以说，每一个人都在对金钱的态度上显示出他们各自的社会地位和思想性格，同样地，每一个人也都从他们各自的社会地位和思想性格出发，对“金钱”及其主宰的社会作出了各具个性的评价。这样，用人生零碎阐明的这个“人之道损不足以奉有余”的观念，就成为可闻可见，可以触摸，可以感受的了。生活的片段，人生的零碎，也就被主题的线串连成了一个完整的艺术品。

在《日出》里，作者不仅要鞭挞这腐朽的、即将崩塌的社会，他还要“暗示出一个伟大的未来”，写出“一点光明，一线希望”。所以作者还在剧中极有分寸地描绘了一个并未露出全面的太阳。陈白露的反复吟叹(“太阳升起来了，黑暗留在后面。但是太阳不是我们的，我们要睡了。”)衬托着砸夯工人的雄壮歌声(“日出东来，满天的大红！要想吃饭，可得做工！……”)，给全剧制造了一种光明与黑暗争胜的氛围。在这种氛围中，作者让他的人物在太阳面前决定着自己的不可更易的命运。剧本的末尾，在黑暗里生活的人物一个一个在日出之前随着黑暗逝去。见不到太阳的人们(小东西、黄省三)悲惨地沉没，丢弃太阳的人们(李石清、潘月亭、顾八奶奶、胡四、张乔治)一个个走向毁灭，失去太阳的人们(陈白露)伴着黑暗消失，有了太阳的人们(夯工)在高亢地歌唱、呼号，而见到了太阳的人(方达生)则举步前进了①。

一般说来，采用断面式②的戏剧结构而要做到浑然一致，比起惯常使用的开放式和锁闭式结构来，确实困难得多。曹禺这一次新路的试探，无疑取得了很大的成功。

平淡和紧张的统一

曹禺并不以能够驾驭《雷雨》这样头绪纷繁、生动紧张的情节剧为满足，他很想学习契诃夫“既简朴而又光彩夺目的形式”③。他钦佩《三姊妹》的写法，“戏里没有一点张牙舞爪的穿插，走进走出，是活人，有灵魂的活人，不见一段惊心动魄的场面，结构很平淡，戏情人

① 曹禺认为“太阳不是我们的”中的这个“我们”，“包含了《日出》里所有在场人物”(《日出·跋》)。

② 顾仲彝在《论戏剧的情节结构》(载《戏剧艺术》1978年第2期)中引劳逊的说法称为“人像展览式”(Tablean play)。笔者以为命名为“断面式”较能体现特点，且与“开放式”、“锁闭式”分类的角度与命名的方式相称。

③ 高尔基评契诃夫小说《在峡谷里》用语，转引自叶尔米洛夫《论契诃夫的戏剧创作》(叶尔米洛夫著)第251页。

物也没有什么起伏生展，却那样抓牢了我的心魄。”但是，他终于没有用自己的艺术爱好来代替观众的欣赏习惯。他心中有中国的观众。他熟悉他们，知道他们“要故事，要穿插，要紧张的场面”。但同时他又要引导他们，让他们尝试着领略一点异国优秀剧作的别一种韵味。这样，经过艰苦营造，《日出》这个剧本在情节安排上创造了独特的格调，我们不妨称之为契诃夫式的平淡和莎士比亚式的紧张的统一。

《日出》中没有一个主要事件，戏剧舞台上展现的生活画面就整体来说是平淡的，是几乎天天如此的实生活。但是，由于作者安排了好几个线头，每个剧中人都有迫切需要解决的切身问题，这就在平淡的生活中埋着紧张的因子，所以，就“这一天”的具体情事来说，又充满着性格、意志、感情、利害等种种冲突。作者在《日出》里没有采用在《雷雨》中用得纯熟的巧合、误会等技巧，更没有让自然力和命运来帮忙，却仍然有丰富、生动、紧张、曲折的情节。曹禺在《雷雨》中显示出来的编织故事、激化冲突的才能，在《日出》中以另一种形态得到了发挥。这里有平静生活中突然产生的紧急事态，有让人透不过气来的惊险场面，有一浪高过一浪的感情波涛，有剑拔弩张的性格搏斗。每一幕戏开场时几乎都是谈心说笑，似乎平淡无奇，但是潜流在暗中汇合，岩浆在地下奔突，看着看着，尖锐的冲突，紧张的场面出现了，狂风骤起，浊浪滔天，火山爆发，岩浆奔涌，人物性格也在紧张的冲突中表现得淋漓尽致。

曹禺还善于通过平淡和紧张场面的穿插、转换，制造出一种特殊的效果。例如，小东西给胡四倒茶（第三幕），这个情节看来是平淡而又平淡的，但作者把它放在小东西痛打王福升因而遭了黑三毒打之后，就造成了一种屏息敛声的紧张感。观众禁不住为小东西捏着一把汗：她能迈过这一个坎吗？这是在平淡中显出紧张。再如，第四幕在潘月亭、李石清激烈搏斗的场面之后，接着而来的是：胡四同顾八奶奶说“戏”，张乔治向陈白露说“梦”。这两个平淡的场面，前者像为中国资产阶级的衰亡奏了一支挽歌，后者是为中国资产阶级的末日勾了一幅图画，正好替刚刚当场出彩的潘、李两败俱伤的争斗作了一个形象而又富有哲理的诠解。这就达到了从平淡中道出本质的境界。

喜剧性同悲剧性的结合

《雷雨》是一出规整的悲剧，基本上遵循了三整一律的原则，在观众心中唤起了怜悯、恐惧、憎恨之情，它的悲剧情调还不免带有一点希腊式的古风①，蘩漪的性格甚至还带着美狄亚的淡淡的影子。《日出》所作的新路的试探，在戏剧性质上说，脱出了严整的悲剧的规范。作者在这出社会悲剧中，尝试把喜剧性同悲剧性结合起来，因为不这样，就不足以表现他所要反映的广阔的生活和复杂的情绪。

这种方法的采用是从生活实际出发的。在半封建半殖民地的中国，生活本身就含着两种情状：一方面，是真、善、美的被摧残和毁灭，是被压迫者求生不得，求死无门……这是

① 参见郭沫若：《关于曹禺的〈雷雨〉》，《沫若文集》第十一卷。

阴暗的、悲剧性的；又一方面，是假、恶、丑的专横，是压迫者的愚蠢无聊、虚荣伪善……这是可笑的、喜剧性的。同时，这种艺术方法的采用又是同作者的思想感情相一致的。在中国黎明前最黑暗的年代，曹禺感受到了大地震前夜的焦躁不安，看到了阳光即将冲破乌云而照耀大地，所以他有勇气，写出生活在地狱里的人们的血泪，激起人们对恶魔的憎恶和仇恨。他同时有信心，描出这群恶魔的丑态，用笑声来埋葬旧的生活，激发人们战斗的热情。

《日出》的每一幕戏都交织着眼泪和笑声。但作者也不是平均着力。他根据剧情的发展，人物性格的内在逻辑，作了各有侧重的安排。如第二幕，是上流社会群丑大展览，主要是将无价值的东西撕破给观众看，整个调子是喜剧性的。无论是顾八奶奶扭着肥胖粗恶的身躯卖弄风骚，还是胡四装着不男不女的模样忸怩作态；无论是张乔治摇摇晃晃，酸气十足地求婚，还是李石清同潘月亭不断变着脸相的尔虞我诈的谈话，无不令人发笑，并在笑声中生出一种憎恶和蔑视。但这一幕又并非纯粹的喜剧，作者在这中间穿插了两个悲剧性的因素：一个是正面展现的小录事的血泪控诉，一个是暗场处理的小东西的被劫。这就引导观众在发笑之后转入对于社会问题的思考。再如第三幕，是下层社会悲惨生活的图画，主要是将有价值的东西毁灭给观众看，整个调子是悲剧性的。翠喜的忍辱含垢，小东西的投环自尽，用血和泪控告了这个社会的黑暗与不平，激发起观众同情和反抗的感情。但其间也穿插福升陪伴胡四前来狎妓的喜剧性的场面，表现了这些流氓、奴才的无耻和可笑，更加反衬出生活在地狱里的人们任人践踏的处境。

应该说，人生的零碎、片断的方法，在场面的剪接上是有较大自由的。曹禺善于利用这种方便条件，在他调排之下，悲剧场面和喜剧场面有机地交错、拼合，构成鲜明对比。有时幕与幕之间是喜剧场面与悲剧场面的对比。如紧接着第三幕末小东西自尽的悲剧场面而来的，第四幕开场就是一个喜剧场面：张乔治酒气熏天、馋涎欲滴地廉价吹捧陈白露，高声赞叹夜巴黎。罪恶的天堂与吃人的地狱对比非常鲜明。有时，是把两个不同的情景放在同一个交错点上。如第二幕中，黄省三诉说了每月挣这十元二角五的辛酸，刚被打晕拖下场去，接着这一催人下泪的悲剧场面而来的，是张乔治令人作呕的夸夸其谈，所讲的也是关于钱，关于在今日中国能不能生活下去的问题，不过他所感叹的是他给猎狗 Jacky 吃的每天两元钱的牛肉怎样地不合胃口。看到这样的场面，观众在微微发笑的时候，心中该会生出多少苦味。有时则是在同一个人物事件的不同情势之中，如福升骂黄省三王八蛋，黄省三满腔愤怒，但只有忍辱离去，这是悲剧性的；紧接着福升立即在电话里对金八爷卑躬屈膝，痛骂自己是王八蛋，这又是喜剧性的了。这样巧妙的对照，痛快淋漓地画出了奴才的性格。

民族化表现方法的运用

在中国，话剧是辛亥革命前后学习西方戏剧以后才产生的新品种。五四时期对于中国传统戏曲采取了全盘否定的片面态度，“左联”倡导文艺大众化，重视采用民族的、民间的文艺形式作宣传工具. 但对传统戏曲的利用改造注意不够，很少有人尝试在话剧这种从西方学来的艺术形式中注入民族化的表现方法。曹禺的《日出》整个说来是西方戏剧的格局，在表现方法上也接受了契诃夫、高尔基、欧尼尔以至美国电影《大饭店》的影响。但值得注意的是，在《日出》中，曹禺还着意从传统戏曲和民间文艺中吸取滋养，在话剧的民族化方面作了有益的尝试，取得了可喜的收获。这是文艺大众化运动影响和推动的结果。当然，同曹禺本人从小受到传统艺术的陶冶，十分重视剧场效果，创作时又深入"采风"，也是分不开的。

不难看出，《日出》中有些精采的戏剧情节，是从传统戏曲中批判继承、改造生发而来的。如陈白露救护小东西这一场戏，就借鉴、化用了《空城计》。面对黑三的搜查，陈白露故意大开门，坦然自若，以虚对实，使人想起在城头上焚香弹琴的诸葛亮。但黑三似乎比司马懿聪明些，他没有一下子被蒙住。这样就逼出了那个因怕担干系而缩头的潘月亭，在二道门上煞有介事地演了一出"空房计"。这种以斗智为主，写得波澜迭起，扣人心弦，最终化险为夷的戏剧情节，是中国观众喜闻乐见的。

《日出》第二幕里，胡四初见方达生有一段关于京剧角色行当青衣、花旦的谈论。这似乎并不仅仅是对胡四的性格描写，同时可以看作是作者对观众的一种暗示。因为，在《日出》中，作者确实吸取了传统戏曲用角色行当从造型、身段、功架、唱腔等等区分人物类型的方法。作者的高明之处在于，总的说来，他是用话剧方法刻划出了一个个活生生的人物，但在形相和精神上又同传统戏剧角色行当的特征有若接若离的联系。中国观众会很自然地觉得，顾八奶奶像彩旦，张乔治像文丑，胡四像一个刚卸了妆的花旦，福升则是二丑般的家院，黑三简直就是歪戴英雄帽的打手。这种稍稍漫画化的人物造型，是可以使得中国观众更加乐于接受剧作者的美学评价的。

在探求民族化的路径方面，《日出》还有一个引人瞩目的创造，这就是在话剧中使用了京剧、数来宝、夯歌、小调等民族的、民间的文艺形式。如果说《雷雨》主要通过灰暗、郁热、瓢泼大雨、炸雷闪电等自然现象的描绘来暗示当时的社会环境，烘托和推动剧情的发展，那么《日出》则主要是通过各种各样人物的各种民间、民族形式的歌唱，来描写出富有民族特点和地方色彩的环境，渲染人间地狱复杂的氛围。作者为此付出了艰辛的劳动。在搜集材料时几乎被打瞎了眼睛，在写作剧本时又进行了精心的创造。他注意到这些曲调同道白和各种音响、动作的相关的调和与快慢，让它们"必须有一定的时间、长短、强弱、快慢，各样不同的韵味，远近。每一个声音必须顾到理性的根据，气氛的调和，以及适当的对意义的提醒和着重"。实践证明，这种尝试取得很好的效果。在这篇文章中不可能对精采的第三幕作详细的分析，就拿它的结尾作个例子吧。小东西悬挂在门框下面，烛影晃晃照着她的脚，一只靸着的鞋幽幽地掉下来。这时，外面的声声木梆，敲得人心烦，如在远处的唔唔隐泣，好像在给这小生命哭灵，"硬面饽饽"的荒凉叫唤，使人觉得冷漠的人生同小东西相隔得多么远，而恰恰在这些断续的音响中，从隔壁传来了肉麻的"叫声小亲亲"的淫荡小调，这就使本来阴惨的环境笼罩上了一层凄清、怨愤的氛围。观众从这极不谐和的变奏中，不难体会到，或任人蹂躏，或含冤隐泣，或投环自尽，这就是冰冷的世界给下层妇女安排的命运。全剧的结尾也是有特色的。作者虽然借鉴了契诃夫的《三姊妹》，但赋予了完全不同的内容，采用了民族化的形式。《三姊妹》的结尾是一幅秋天的忧郁的图画，玛莎、伊里娜、奥尔加悲哀地依在一起，静静地听着联队的进行曲愈远愈微。年长的奥尔加喃喃地低诉着，在悒郁的情绪中表示“我们要活下去”的意志。《日出》的结尾大不一样。舞台上，方达生迎着太阳，昂首走去，《轴号》高唱，石硪击节，阳光耀眼，生命浩荡。在这里，砸夯工人们高亢而洪壮地合唱的号子：“日出东来，满天的大红！要想吃饭，可得做工！……”成为表现光明、希望和力量的主调。

鲁迅在评论陶元庆的绘画时曾说过：“他并非‘之乎者也’，因为用的是新的形和新的色而又不是‘Yes’‘No’，因为他究竟是中国人。”①借用这段话来称许曹禺的《日出》，也是非常适合的。

《日出》确是一出富有艺术独创性的优秀剧作。《日出》试探的艺术新路，对我国话剧运动已经产生并将继续产生积极的影响。继《日出》之后，我国一些戏剧家曾在这条新路上继续前进，写出了优秀的作品。夏衍的《上海屋檐下》，老舍的《茶馆》，以及《霓虹灯下的哨兵》等优秀剧作的艺术实践，大大拓宽了这条道路。认真总结这类剧作的创作经验，对促进话剧艺术的百花齐放是大有好处的。

（原载《淮阴师专学报》1979 年第 1 期）

① 鲁迅：《而已集·当陶元庆君的绘画展览时》。

论陈白露的悲剧

晏　学

“娜拉走后怎样？……从事理上推想起来，娜拉或者也实在只有两条路：不是堕落，就是回来。”（鲁迅：《娜拉走后怎样》）

娜拉走后究竟怎样，无从查考。但鲁迅先生对她的前途所作的推断，却成了《伤逝》里的子君和《日出》中的白露的命运的预言：她们一个“回来”了，一个“堕落”了，而且不论“回来”还是“堕落”都是一条死路。

1925年，我们看见了子君的葬式：“……独自负着虚空的重担，在灰白的长路上前行，而又即刻消失在周围的威严和冷酷里……”十年后，我们又看见了陈白露的自杀：她哀怜而凄楚地端详着镜子里的自己，是那么年轻，那么美，但是除了无边的黑暗、更深的堕落，她看不见一条新路，于是在日出之前，断然跟着黑暗走了。

鲁迅先生是基于对资本主义社会和半封建半殖民地中国社会的认识，来推想娜拉们的将来的。这是深刻的预见，也是科学的论断。在那样历史条件下出现的子君和白露，她们的悲剧命运是十分典型的。作者对这两个女人的希望、追求、幻灭的真实描写，以极大的艺术说服力揭示了她们的悲剧命运的社会根源。

陈白露是处于《日出》结构中心的人物。作者截取了这个年轻女人生命最后的几天，通过对她特殊身份所能联系的各个社会领域的描写，表现了阶级之间和统治阶级内部的深刻而尖锐的矛盾和斗争。对“损不足以奉有余”的罪恶的私有制度和维护这一制度的反动统治阶级及依附于它的帮凶、恶奴们，进行了无情的揭露和严峻的审判。

陈白露这一艺术形象的悲剧实质，几十年来，在《日出》的评论和研究中，一直是争论的焦点。有的说：陈白露是折断了翅膀的鹰，是想飞而飞不起来的悲剧。有的则认为：陈白露是一个安于笼子里生活的金丝鸟，是自甘堕落地生，软弱、妥协地死，因而这一个形象没有什么悲剧意义。还有的说：陈白露的悲剧是脱离人民，脱离时代的小资产阶级个人主义者的悲剧。陈白露到底是不是一个悲剧形象？她的悲剧实质究竟是什么？在今天仍然是一个值得我们深入研究和探讨的课题。为了弄清楚这个问题，我们首先要看一看这个年轻女人生命的历程，以及她的道路和命运所反映的生活内容和社会冲突。

陈白露的一生是短促的。在这短促的一生中，她对“自由”和“爱情”作过勇敢的探求；但在现实的打击下，她出现过三次精神危机，而最后一次的打击，使她完全跌入绝望的深渊，她赖以维护生命的精神盔甲被击碎了。在黑暗与幻灭中，她黯然而沉重地结束了自己的生命。

开幕后，出现在我们面前的陈白露，最初给了我们一些相互矛盾的印象。

在早春的黎明，回到一间阴暗而华丽的旅馆休息室是一个盛妆未卸、步履懒散的年轻女人。她一面掩口打着呵欠，一面依偎在沙发上，褪下银色的高跟鞋……这显然是一个过着夜生活的女人，刚刚曲终舞罢归来。可是一转身，她在窗上发现了霜花，却“惊喜地”几乎叫了起来，她喊着方达生：“你看，霜！霜！”“……我小的时候就喜欢霜。你看霜多美，多好看！”这又分明是一个能够感受自然的美，还未褪尽稚气的活泼年轻女人。但是，这种孩子气的欢欣，并没有在她身上停留多久，方达生的一声呼唤：“竹均！”唤醒了她与这个名字一起埋葬了的记忆。她陡然变色，悲凉地慨叹着：“竹均、竹均，多少年没有人这么叫我了。”当方达生爱怜地说她身上“还有从前那点孩子气的时候”，这个只有 23 岁的女人，却对童年几乎有隔世之感的“苍凉地”反问：“我从前有过一个时期，是一个活泼的孩子么？”她无疑有过一个童年，而且可能是快活、自由的童年。看霜花的喜悦，就是那童年的回光一闪。从她的悲凉的慨叹和反问中，看得出她对和“竹均”联系在一起的生活，不无怀念。然而当方达生竭力保证“只要你肯跟我走，就可以还跟从前一样，活泼、自由”，并一再提起“真正的感情，真正的爱”的时候，它们在陈白露的内心引起的不是追求的渴望，而是否定的辛辣。那么她满足眼前这种“舞女不是舞女，娼妓不是娼妓，姨太太又不是姨太太”的旅馆女郎的生活吗？显然也不！这从她对自己生活的自嘲中“发疯，对了！我就天天过的是这样的生活”以及她嘴角永远挂着的那丝嘲讽的微笑和厌倦的眼神里，还有她对围绕着她的那些人的居高临下的戏弄中，我们都可以看出她并不热衷，也不满意这种生活，她所以说“我是一辈子卖给这地方的”，除了包含其他内容而外，也表明她认为这种生活是一种无法摆脱的桎梏。既然不满于眼前的生活，她就该接受方达生赤诚的召唤，远走高飞。但是，当方达生痛苦地提醒她“……一个单身的女人，自己住在旅馆里，交些个不三不四的朋友，这种行为简直是放荡，是堕落”的时候，她不仅没有流着眼泪忏悔和求助，反而是“没有顾忌地”高声宣布她不能过别样的生活，因为：“……我要人养活我，你难道不明白？我要舒服，你不明白？我要玩，我要花钱，要花很多很多的钱……”而且“毫无一点羞耻的”声明，她要把自己作为商品，以公平的交易来换取眼前的生活：“……我弄来的钱是我牺牲我最宝贵的东西换来的。……我对男人尽过女人最可怜的义务，我享受着女人该享的权利！”这种赤裸裸的自白，不仅使方达生感到惊愕和可怕，也使一些评论者以此为据，判定她是“自甘堕落”。

这就是最初展现在我们面前的陈白露。为什么在这个年轻女人的身上，有着令人难于理喻的矛盾？这一切单从陈白露的现实表现，似乎是难于解释的，但它们却真实而有机地统一在陈白露的性格里。要理解眼前的陈白露，我们需要回顾一下她的出身、教养，以及从竹均到白露所走过来的道路。

从陈竹均到陈白露，在时间上并不是一个很长的过程，但是她经历了人生重大的转折和幻灭的悲哀。

陈白露出生在辛亥革命时期的一个书香门第，正当她启蒙之年，爆发了声势浩大的五四运动。这使她逃避了三从四德的训诫，被开明的家长送进了洋学堂。“书香门第”的出身，除了给她一些文化教养，使她自视高贵而外，并没给她留下森严礼教的影响。相反，她似乎还有一个被父亲娇纵着的，任性而快活的童年。

资产阶级女学堂的教育，对陈白露的生活道路，发生了重要的影响。

以陈白露的聪明和伶俐，她不难成为“女校的高材生”。但不论出身和童年生活，都没在她身上培植一种刻苦的毅力。她不是那种埋头读书的勤奋学生，倒可能是一些轻松嬉戏、晚会、演剧活动的积极参加者，因而她博得了“校花”的声誉。正当她开始形成自己的人生观，决定生活道路的时候，也正是“走出厨房”“男女平等”“个性解放”“恋爱至上”等等口号在社会上流行的时候。陈白露无疑接受了这些思潮的影响。二十世纪二三十年代的所谓“新女性”，大都受过这种思潮的影响，但其中先进妇女很快就看出这些口号并不能给妇女带来真正的解放，于是转而参加了真正解放的革命斗争中去。从陈白露的出身和教养来说，她不可能是革命的积极探求者。但是如果席卷一切的革命风暴来到了，也许会把陈白露卷进去，那她就有可能走上另一条道路。但陈白露是不幸的，当大革命高潮在南方掀起的时候，她正在北洋军阀虐杀青年、制造“死之恐怖”的北方。而当她跨出学校的门槛，来到社会上的时候，大革命已经失败，革命已处于低潮了。于是在她那思想营养贫乏的头脑里，“平等”“至上”“解放”等等就成了主要内容。这就是在“父亲死了，家里更穷了”之后，她走向社会时所带来的唯一资本。

陈白露以一个“新女性”的姿态走出了学校的大门。也许她曾朦胧地幻想过明丽的前途，光华的未来。但是社会怎么接待了她？适合她发展的一条康庄大道在哪里？

当她还是学生的时候，她在文艺晚会上的成功，她的“校花”的迷人风度，她在社交场合的潇洒从容，这一切几乎已经决定了，她的道路是通向资产阶级上流社会做社交明星。资产阶级社会，为了点缀它生活方式的“自由”与“美好”，为了标榜妇女的“独立”，它正需要陈白露这样的女人。于是，一出校门她就成了交际场中的红人。当她被数不尽的阔少追逐，被无数赞赏而又充满贪婪的眼光注视；当每天有参加不完的饮宴和舞会，报纸上也常常出现吹捧的文章和她大幅照片的时候……也许正是她得意的时候。因为她正热衷于拍电影、当慈善游艺会的主办人，以一个社交皇后的身份出现在一切繁花似锦的场合。这是一条使许多像陈白露这样年轻、漂亮的妇女走向沉沦的道路。但是它却引起了陈白露内心的矛盾。陈白露不是一个迫于生活不得不“下海”的女人，她是为了追求自由与独立的生活而跨进社会的。于是，当社交界的成功使她的虚荣心得到了满足，而千篇一律的活动已经使她感到厌倦，疯狂的追求使她感到嫌恶的时候，她不由地审视了一下自己的生活。她发现在玫瑰色的社交纱幕后面，隐藏着的是令人作呕的恶俗，而所谓“明星”“皇后”，只不过是受人供养又供人以娱悦的玩偶。这种发现深深刺伤了年轻气盛、自视高贵的陈白露的自尊心。她以被欺骗的激愤，在否定这种生活的同时，也否定了关于“自由”和有意义的生活道路。于是在她生命历程中出现了一次精神危机，她感到在社会上无路

可走。

正当白露厌倦空虚而喧闹的社交生活，又看不见一条新路的时候，诗人在她眼前出现了。

诗人为她描绘了一幅恬淡、宁静、清新的田园图画，同时奉上一颗赤诚的心。这和她身边的虚伪和恶俗形成鲜明的对照，陈白露动情了。于是她接受了诗人的要求，舍弃了："一切这些个化装舞会的烂衣服，一切这些个灿烂，喧哗，乌烟瘴气。"把自己投向了爱情和诗的怀抱。

然而诗的想象不能代替真实的生活。

白露直到死前还爱着这个诗人，那么为什么他们聚也匆匆，散也匆匆呢？白露说出了其中的道理，那就是："……结婚后最可怕的事情不是穷，不是嫉妒，不是打架，而是平淡，无聊，厌烦。"他们的悲剧就是无所事事的悲剧。白露曾经以为爱情会把她对社会失望的心重新充实起来。但爱情是个奇怪的东西，正如鲁迅先生说的："爱情必须时时更新，生长，创造。"而他们婚后的生活简直是一潭死水，怎么能发生出新的爱情内容？他们每天除了迎日出，送昏鸦，就只有相对咀嚼他们之间那种味道愈来愈淡的"爱情"。于是生活由魅人的轻纱变成了浓重的灰雾，使人感到烦闷的窒息。于是，"两个人相互觉着是个累赘"了。但当时白露还没有理解他们的谬误是在于生活没有目的，没有追求。他们以为给生活增加一个新的内容也许会改变令人沉闷的生活调子。于是白露顺从诗人的意愿，生了一个孩子。然而，事实证明，一个新生命的诞生，只能增加他们道义上的责任，却不能充实他们空虚的生活，也不能调整他们之间走了调的爱情。因为他们都还年轻，虽然没有获得明确而有意义的生活目的，但对未来还是有着朦胧的期冀。因而只有 20 岁左右的陈白露，还不能把全部心血都倾注在孩子身上，把母爱作为生命的全部内容。于是孩子就成了维系他们之间关系的一条道义的绳索。孩子死了，"绳子断了"，这个家庭、夫妻关系也就解体了。诗人一个人，也许还带着未完成的诗稿，"去追求他的希望去了"。白露又一次跌在失望的深潭里。前一次是对在社会上寻求自立的生活失望了；而这一次是对恋爱、结婚、家庭生活的幻灭了。

陈白露为什么不跟诗人走，和他一块去追"希望"呢？

有人说，诗人是有革命理想的，白露也受过革命的影响，只是因为革命的路太艰难了，没有勇气跟着走。这个论断不是以剧本为根据，而是从想象出发的。陈白露如果真的受过革命思想的影响，她会不会去革命？这很难说。要看是在什么情况下，革命又是怎样地影响了她。但在《日出》里，我们看不见革命曾经和她发生过机缘，对她发生过影响。因为不论诗人还是方达生，他们自己就不是革命者，更谈不到用革命思想启发陈白露，做她精神上的引路人。诗人在《日出》中没正面出现，但从一直爱着他的白露口中，从她回忆出来的那些行为点滴中，我们仍然可以看见诗人的形象。这并不是一个有明确革命思想的诗人，只是一个 20 年代末期 30 年代的初期，脱离现实，生活在"梦"里的小资产阶级知识分子。他虽然"总是说"："太阳出来了，黑暗就会过去的。"而且写"日出"说"希望"，但这不是革命者的标志。正如鲁迅先生在《听说梦》中说的:"……虽然梦'大家有饭吃'者有人,梦'无阶级社会'者有人……而很少有人梦见建设这样的社会以前的阶级斗争,白色恐怖……电刑……倘不梦见这些,好社会是不会来的,无论怎样写得光明,终究是一个梦,空头的梦……"又说:"然而要实现这梦境的人们是有的,他们不是说,而是做,梦着将来,而致力于达到这一种将来的现在。"诗人是梦着将来"太阳"会出来的,但为这将来,却看不见他如何致力于现在。从他和白露相处的一段看,他除了迎日出,翻跟头,说空话,高兴起来"像个小孩子",恼了之后就和妻子打架、骂人之外,我们看不出他有任何进步的革命思想和有意义的行动。

白露不和他一块"去追求他的希望"并不是因为"太艰难",而实在是看不出那是一条现实的路。白露从恋爱、结婚到生孩子,都一直是接受诗人"指引",按他意图办事的,然而结果,他"指引"的田园牧歌式的生活,却成了无所事事的精神牢笼。而诗人没有一点变革现实生活、充实生活,使他们的爱情有所富丽的实际能力。因此在追随他之后已经经历了一场幻灭的陈白露,是不会再贸然与他同行了。于是他们分手了。

在二十出头的年纪,陈白露不仅经历了两种生活,而且经受了两次幻灭。

她以自己仅有的生活经历,当成了普遍的人生经验,得出了消极的结论:人生没有什么是值得追求的,而且愈是追求,愈会尝到加倍的绝望与痛苦。

所以,当方达生向她提起"爱情""自由""快活的生活"时,她会否定地摇摇头:"哪儿有自由?""爱? 什么是爱?"而且嘲笑相信这一切的人是"傻气",是精神上的"小孩子"。她以"过来人"自居,对生活失去了信心,也停止了追求。

如果她还有家,父亲还活着的话,她也许会像子君一样回去。因为从她的记忆和教养看,她父亲并不是一个礼教森严的卫道者。她在两度幻灭之后,也许会在那儿得到心灵的将息。但是,父亲死了,她无处可去,她要活下去,必须一个人向前走。于是她以"能活就活,不能活就算"的轻率的态度,又一次闯入了社会。诚然,进入社会并不意味着一定要堕落。许多知识妇女,就是以教员、护士、职员等等为职业,艰辛地生活着。但是白露走不了这条路。她的出身、教养,从来没有给她培养出坚毅的性格和吃苦的能力,以及对自立的正确认识。所以刚出校门的白露,就根本没有考虑过这些平凡而艰苦的职业。而现在当她对生活已无所追求的时候,更不肯为了活着,像黄省三一样终日劳累、卖命。从另一方面看,20 年代末 30 年代初,中国正处于资本主义世界经济危机的影响之下,农村破产,工厂倒闭,造成了城市大批失业大军。在这种到处裁员的情况下,获得一个职业并不容易。即使获得了,以白露的年轻、漂亮和过去是"明星"、又生过孩子、离过婚的身世,是难逃雇主的纠缠,或是"花瓶"的命运的。

于是,她公然"下海"当了舞女。当她跨进这种生活圈子的时候,她清醒地知道这是堕落。为了压抑内心的隐痛,为了遗忘过去的创伤,为了填补精神的空虚,她过着"发疯"的日子,让每天疯狂的喧闹,弄昏自己的头脑,企图用外部的刺激,麻痹自己的灵魂,免得在长夜中清醒地咀嚼自己的耻辱和空虚。于是,日夜循环的作乐,川流不息的欢宴贵客,物质上的享受,成了她生活的内容。她仿佛真的遗忘了过去,麻痹了感情,习惯了“被卖在这儿”的生活。就这样,一个曾经是“天真可喜”的陈竹均,变成了“舞女不是舞女,娼妓不是娼妓,姨太太不是姨太太”的陈白露。正在这个时候,方达生从家乡来了,搅乱了她努力寻求的内心的平静。

方达生的到来,小东西的闯入和失踪,在陈白露的内心重新引起了激烈的冲突,导致第三次精神危机的出现,加速了她走向死亡。

方达生的到来,迫使力图麻木自己的陈白露,又产生了精神的震动,失去了以玩世不恭作为心灵的盔甲而暂时保持着的生活平衡。

方达生和陈白露到底是什么关系?为什么方达生的到来会对陈白露的心灵发生震撼作用?

有人曾经这样设想过他们之间的关系:他们是复旦大学的同学,白露学文学,达生学数理。达生爱上了白露的美丽,聪明,天真和活泼;白露也喜欢上了达生的朴素和诚恳。后来,达生对白露出风头、当校花感到失望,白露也嫌达生太古板,于是感情没有发展下去。后来白露因父死退学,他们就断了联系。

这种设想在剧本中没有根据,因而也难于以此来解释剧中人物的行为和关系。

白露是否读过复旦大学,剧本中没有说明。最初的《日出》版本,写她是“爱华女校”的高材生。至于达生,从他对大都市生活的陌生,对生活中居然有金八那样大流氓所表示的惊讶,对黑三那种小流氓的一筹莫展,从他不坐电梯,怕见生人等等表现看来,几乎可以断定,他不像是在上海读过几年大学的人。本来,他们读没读过大学并不是特别重要的问题,问题在于:如果方达生和白露仅仅是有过短时间的大学同学,彼此爱慕过,而后又因为性格不合,彼此都失望了,于是“感情没发展下去”而分道扬镳了的话,那么怎么解释方达生此行的根据呢?方达生不远千里来到这儿,是因为听说白露堕落风尘而来拯救她,感化她的,并且自信“从前那个天真的女孩子”会接受他的召唤,随他而去,因而连“来回车票”都买好了。如果他真的见过校花时代的陈白露,而且因为失望而分手,那么他对做校花的白露已经无能为力,今天对做了“旅馆小姐”的白露怎么却平添了一定要感化她,一定能感化她的勇气和自信?这显然是难于理解的。

从剧本看来,这两个人的谈话,更多涉及的是:“家乡”“小时候”“孩子气”“活泼的孩子”“天真可喜的女孩子”以及“以往的感情”“很爱过”等等。白露在看霜花时,对达生说的就是:“你记得我小的时候就喜欢霜。”这说明在达生的记忆里,就没有过做校花时期的白露的影子。因而相见之下,拿眼前的白露和“天真可喜的女孩子”对比,他才痛苦地叫出:“你现在简直叫我失望,失望极了。”如果他已经失望过做校花的白露,那么今天白露的音容笑貌,虽有别于过去,也不会令他如此痛心和感到意外了。

因此,这两个人的关系,很可能是小同乡。父、祖两代也许还有过世交和其他瓜葛。因而他们是青梅竹马的友伴,有过多次类似看霜花一类的儿时嬉戏。敦厚的达生向以长兄自居,而娇纵任性的竹均则信赖达生的忠诚与保护,当他们到了晓事之年,虽然没有正式的婚约，却可能有过真挚的海誓山盟。后来，竹均到一个大城市进了贵族化的女子学校，而家道寒微的达生可能只在省城进了师专一类的学校。白露父死，她奔丧以后离开了家乡，达生和她错过了相见的机会，而此时的白露已把达生淡忘。20 年代末 30 年代初，正是军阀混战，兵荒马乱，道路阻隔，信息常断的时候，从此达生失去了白露的踪迹。但他内心里一直保有着竹均的神情状貌，深藏着初恋的热情。因此当他偶然得知白露的消息和线索，就毅然来了，信心十足地来召回他少年的友伴，感化他一直深爱着的竹均。他相信一时失足的竹均，会像过去犯了错误的小孩那样，娇嗔而又信赖地请他原谅和宽宥，毫不踌躇地跟他走。

但是，相见之后，大出达生意外。白露不但断然拒绝了跟他回去，连他的率直和深情也没能将白露打动，反而遭到她嘲笑和戏弄。达生“感化”无望了，他决定单身回去，把“死了一半”的竹均，从此埋葬在心里。然而，他没有想到，他的出现打破了陈白露用心灵的麻痹换来的暂时“平静”。

达生对白露精神上的冲击，不在于他“感化”的本身。在身经世故的白露看来，达生的“感化”和用“结婚”来拯救她的办法，是幼稚可笑的。但是，达生的指责刺痛了她。他在这个“鬼”的世界里出现，给了白露精神上很大的压力。同时达生又是白露过去生活的唯一联系人，他唤起了她对过去辛酸的回顾和“被卖在这儿”的刺心的痛楚。因而他的到来震撼了白露的生活。

一向争强好胜，刚愎自用的陈白露，在沦为“旅馆女郎”的时候，她清醒地知道这是可悲的堕落。但无论对人对己她都不能承认这一点，否则她就不能在这种环境中活下去。于是她采取了“能活就活，不能活就算“的玩世不恭的人生态度，并且让人相信，她自认为活得不错，活得“快乐”。她一方面用世事艰难，而自己能够“不靠亲戚，不靠朋友”，“一个人闯出来”还“好好活着”来安慰自己；一方面用“场面上的人”的道德、名誉等等观念行为和自己相对比，以“没有挖空心思骗过人，抢过人”来为自己辩护，以求与生活相安。而在她所置身的这个只有潘四、顾八奶奶、张乔治、胡四等等的环境里，白露无论在智力还是在道德上都是鹤立鸡群的。他们的恶俗，只会叫白露嫌恶，而不会引起对自身的谴责。所以尽管她不满意眼前的生活，还能相安于一时。

但是，方达生出现了，他用纯洁的眼光审视了白露的生活，并且率直地指责她“堕落”和忘了“羞耻”。虽然陈白露为了被刺痛的自尊心，为了不轻易认输和否定自己，为了在探索生活的道路上她所经受的痛苦和幻灭，也为了“报复”一下对丑恶现实毫无所知的方达生，她以挑战的态度，无所顾忌的口吻，不仅否定了方达生所珍视的爱情、道德、名誉……而且声言：她活得“很好”，很“得意”。但是，这只是以玩世不恭作为盔甲来掩盖内心真实的活动轨迹，用以攻为守的办法，把方达生“镇住”，使他不再用无用的说教来“感化”她，不再用结婚的办法来拯救她。而在内心深处，她不仅承认方达生的指责是事实，而且迫使她情不自禁地清醒地看待自己的生活。

她完全理解达生的指责是由于失望和对她堕落的痛惜。他的真挚使她感动，他所唤起的对儿时生活的记忆，对泊于风尘的白露也是十分珍惜的。于是白露留下了达生，这不是为了重温爱情的旧梦，而是为了在这整天鬼混的尘埃中，凭借回忆，能呼吸一下新鲜的空气；在逢场作戏的周旋中，能够在友谊的真情里得到片刻的休息。

但是不挑起对过去的回忆，也许“过去”就会渐渐地淡忘了，仿佛生来就应该承受“旅馆女郎”的命运。然而由达生带来的关于儿时的嬉戏，青春的欢乐，初恋的陶醉，都和眼前的屈辱与丑恶形成鲜明的对照。陈白露虽然认为历尽风霜，不相信生活中还会有“快活”“自由”和青春再现，但她毕竟只有 23 岁的年纪，并不甘心就这样浑浑噩噩地活下去。她内心里是有着朦胧期待的。而达生的到来。虽然没有带给她新的理想和道路，但对眼前的生活她却日益感到难于忍耐了。

在生活中，时常会出现这样的情况：当我们面对着一个情操和道德远比我们高尚的人的时候，内心里会自然而然地产生一种自惭形秽、不满自己的感觉。达生的出现，在白露的心理上，也在一定程度上产生了这样的作用。诚然，达生在白露的眼里，不但不是英雄，而且有时是幼稚可笑的。但是，他在这恶浊的社会里，依然保持着自己的纯洁，对人格、名誉、道德等严格的自爱，对友谊、爱情、责任的无限忠诚，白露知道这是难能可贵的，因而她虽然有时嘲笑达生的“古板”和“傻气”，但她内心却感到无法推移的道德压力，并且不由自主地用达生的眼光来审视自己和周围的世界。只要我们细心观察，就不难发现，自从达生来了之后，白露不论眼神里、口头上，都更频繁地出现对生活的嘲讽，对和周围一伙嫌恶的戏弄和愈来愈严肃的神情。

不论白露怎样企图抵抗达生到来的精神冲击，也不论她怎样以玩世不恭的态度来掩饰内心日益增长的矛盾，连书生气十足的达生也看出白露是：“……嘴头上硬，故意说着谎，叫人相信你快乐；可是你的眼睛瞒不住你的恐慌，你的犹疑、不满”，是“故意装出满不在意的样子，天天自己骗自己”。

是的，达生的到来，使她内心的风暴就要起来了，和这种生活决裂的日子，已经不远了。

当方达生的到来，搅乱了陈白露生活平衡的时候，另一个事件发生了。那就是：小东西的突然出现和石沉海底般的迅速消失。

小东西的出现，看来是偶然的，却紧紧地和白露的命运交织在一起，并且加速了她悲剧的结局。

小东西，可怜无助地闯到了陈白露的身边。她斑斑的伤痕，恐惧的求告，被蹂躏的悲惨命运，引起了白露深切的同情。而当她知道小东西是为了逃避金八的摧残，并且打了金八的时候，她对小东西的救护，就不单是出于同情，其中也隐含着对金八的一种反抗心理。她自己就是个因为不愿屈从金八而“得罪了”金八的，在逃避和反抗金八这一点，把小东西和她拉得更近了。小东西打了金八，她不仅连说“打得好”，而且说“打得痛快”！显然，小东西也替她出了口闷气。但是陈白露当然比小东西更知道打了金八意味着什么。所以她曾悲悯地看着小东西：“……你怎么单碰上这么个阎王。……”她知道小东西如今是命系毫发,也知道黑三那帮流氓“他们手里都有家伙,都是吃卖命饭的”。但是出于对弱小无助的小东西的同情,凭着一股年轻人的正义感,她使出这些年在鬼混中学到和看到的一套应对本领,打发走了黑三地痞们,保护小东西闯过了第一关。

在赶走黑三,自认为保全下了小东西之后,陈白露看见太阳,突然高兴地:“太阳——太阳都出来了。”又满心欢悦地拥抱着自然和生命:“你看,天多蓝! 喂,你听,麻雀! 春天来了。哦! 我喜欢太阳,我喜欢春天,我喜欢年轻,我喜欢我自己。哦! 我喜欢!”这种欢畅的情绪一直延续到了第一幕结束。是什么,使这个一向过夜生活的女人,突然和太阳、春天、青春发生了共鸣? 是什么,使一个很久以来把生命当成负担的女人,突然产生了热爱生命的激情?

有人说:这是金丝鸟在歌唱笼子里的“自由”,是欢呼堕落生活中的春天。不,陈白露还没有堕落到如此万劫不复的地步。如果她已经麻木得如此,恐怕早已做了金八的情妇,还救什么小东西?

如果一定用鸟类来相比,那么此刻的白露却像栖息已久的野雀,在有机会作短暂盘旋之后,欣喜自己的翅膀还有起飞的能力。当一个人长久无所事事,把生命看得毫无意义,而突然有一天做了一件有意义的事情的时候,不论在别人看来是多么微不足道,然而在做的人却体会到一种空虚的心灵被充实起来的喜悦。白露此刻就是如此。她以能打败黑三,能救下小东西,能做潘四也不敢担待的事而满意自己。所以她说:“我第一次做这么一件痛快事!”在这种满意和欢悦中,有一种调皮的孩子气。因为和黑三的对阵,简直是演了一出戏,而她居然胜利了,怎么不得意! 我们不要忘了,白露只有 23 岁。她自认为是“过来人”,其实正因为她涉世未深,才敢向金八挑战,才敢冒险救小东西,而救过之后,又如此天真地相信自己真的胜利了。

但从救护小东西后的精神状态来看,我们不能不承认在白露年轻的躯壳里,还有着无限的生命力。只要她能看到一条为她值得活着的生活道路,她也许能摆脱一切精神上的束缚和物质上的享受,再站起来……

然而,不论达生到来的震动,还是小东西闯入的刺激,都没能使陈白露的生命之火真正强烈地燃烧起来。它闪亮一下的火花,也像回光返照的红晕一样,随着小东西的失踪而迅速消失了,并且永远熄灭了。

陈白露虽然加以防范,但是小东西还是被“轻轻地又送回到金八手里”去了。

小东西的失踪,对陈白露是个打击,而致命的一击,却来自她与达生到处寻找小东西的过程中。

在寻找小东西的过程中,白露和达生在思想上都产生了很大震动。对达生的影响是积极的,他接触了社会现实,他要奋起抗争。而对白露的影响却是消极的,她深感黑暗势力之强大,自己是无力抗衡的,于是陷入深深的绝望之中。这是她短促生命中的第三次精神危机,她也就死于这次无法摆脱的危机之中。

对小东西的寻找,使书生气的方达生看到了除了他要“感化”的白露和要援救的小东西之外，还有许许多多的翠喜、金桂、海棠和黄省三一类更其不幸的人们。他们可怕的遭际，求生不能，求死不得的命运，使方达生震惊，同时也推动他突破了原来狭小的思想天地，使他把自己注视的中心，渐渐由白露身上转移到这更不幸的一群。他虽然仍然很幼稚，对金八所代表的黑暗势力缺乏正确的估量和认识，但他满腔热情地要为这不幸一群的命运而抗争，决心要跟金八“拼一拼”！这还是积极的生活态度。

白露通过对小东西的寻找，却被现实压倒了。

金八是黑社会的首领，是黑暗势力的代表，这一点白露是早有所闻，也略有感受的。但自认为看透了人生和社会的白露，在寻找小东西之前，对黑暗势力的了解并不深透，因而她最初还曾希望潘月亭能够凭借他的地位和社会关系“跟金八说说，给咱们一点面子”，“合法”地救下小东西。但是潘月亭是知道金八“背景复杂，不大讲面子”的，因而他不肯为“一个乡下孩子”，实际上也是不肯为白露去得罪金八。小东西失踪之后，白露那样热切地跟着方达生到处寻找，说明她还是天真地相信她和达生能够把小东西从黑暗中救出来。但在经过一段寻找，小东西像“掉进海里”一样无影无踪，这时她才真正感到黑暗势力之强大，同时也痛苦地意识到：想用自己的力量和金八们所代表的黑暗势力抗衡，想从金八们的口里夺回小东西，只是一个天真的梦。所以当方达生继续寻找，而终于没有找到小东西时，她说：“这是我早料到的。”

正是在这次寻找过程中，她在一处又一处走进人间地狱似的“宝和下处”时，看见了翠喜们在凌辱中生活，在沉没中挣扎。她们的处境和命运，不仅使白露深为惊骇，而且引起了她对自身前途和命运的恐惧。因为她在翠喜们的历史和现状中，仿佛看见了自己的现状和未来。这对白露是致命一击，她感到一下子跌落在黑暗的深渊里。在此之前，她从来没有把自己和翠喜们加以联系过。虽然作为“旅馆女郎”，她也是以卖身而生活，但她自认为这是她出于人生失望后的“玩世”，是自己懒于探索新路而接受的以疯狂求麻木的生活，并非直接受控于人，被迫如此。因而她一向认为自己还是独立自主的，命运是掌握在自己手里的。但是在这些“宝和下处”她却看见：翠喜们虽然和她一样也是牺牲自己以求供养，然而在她们被当做特种工具供人使用之后，却得不到任何被供养的权利。她们作为人的尊严，早已被蹂躏殆尽，就连作为一个女人要为人妻人母的自然权利也被剥夺干净。她们最高的理想只是“熬几年，看上个本分人，从了良，养个大小子”，然而就是她们可怜而卑微的希求，在她们也成了无法实现的梦。她们明明知道自己是“人老珠黄”，前途绝望，等着她们的只是一张芦席和一条野狗，但是为了“家里大的小的”，她们要压下“心里的委屈”和愤懑，依然吃着“这碗老虎嘴里的饭”。这种在耻辱中打滚的绝望生活，她们要年复一年地过下去……而最可怕的是：她们既无生的乐趣，却又没有死的自由。白露那种“能活就活，不能活就算”的“自主”，都是她们不敢奢望的。然而就在这些人中，有的在年轻的时候，也曾经是“班子里数一数二的红唱手，白花花的千儿八百洋钱也见过”，但是，“岁数大了，熬不出去”，依然不能不跌落在这个火坑里。而统治着这个世界的就是金八们。翠喜们的青春和生命早已被他们吸干，如今在他们血盆大口中的已经是嚼了的渣滓。于是他们又开始吞噬小东西一类的新的俘虏。

面对这可怕的现实，陈白露嘴角那丝嘲讽的微笑消失了。在她那因为惊恐而睁大了的眼睛里，我们看见她在不寒而栗。她不是以悲天悯人的心情在看待这不幸的一群，而是以一个也是“下海”人的身份，惊痛着同类的命运。这一次地狱的寻访，迫使白露不得不正视自己的生活，不能不承认，她与翠喜们只有身价高低的不同，而没有本质的区别。这使白露清醒地意识到在她头上也时时笼罩着金八们的阴影。所以当方达生幼稚地发问“为什么，你们允许金八这样一个禽兽活着”的时候，白露绝望地回答：“不是我们允许不允许金八活着的问题，而是金八允许我们活着不允许我们活着的问题。”残酷的现实解除了白露玩世不恭的盔甲，攻下了她以“自主”为防线的最后的栖身堡垒。

“人生最痛苦的是梦醒了无路可以走，做梦的人是幸福的；倘没有看出可走的路，最要紧的是不要去惊醒他。”

白露并不是一直生活在梦里，虽然她做过各种梦。但在这次方达生到来和小东西闯入与失踪之前，她内心还有朦胧的期待，还可以以“玩世不恭”而自得，以麻痹自己而相安。而现在，自身生活的全部丑恶、堕落都明晰地展现在面前的时候，不论理智和感情都不允许她再回到过去的生活里去。

正因为从第二幕结尾白露去找小东西到第四幕开始之前，白露经历了巨大波涛对内心的冲击，所以第四幕中展现在我们面前的白露看去简直是另一个人。

第四幕一开始，陈白露全身穿黑，背立窗前。张乔治闹剧式的求婚，顾八奶奶的肉麻当有趣，她全不理睬，兀自背立着，“一口灌下”一杯酒。当张乔治和顾八奶奶退出后，她才“缓缓回过身来”，轻轻地捶了捶胸，又“绝了望似的把手甩下来”，叹气地仰起头，“泪水由眼角流下来”。这时我们在白露身上，看见了她前所未有的沉思与忧伤……这是卸掉一切盔甲和假面的白露，在浓重的绝望情绪中严肃地思考，她就要迈出人生中决定性的一步。

就在她回顾自己短短的一生，要对未来的道路作出抉择的时候，潘月亭却正在她的房间大宴宾客。麻将的撞击声，歇斯底里的尖笑，令人作呕的求婚，使人无法抬头的打情骂俏……都在白露的眼前耳边旋转着、轰鸣着。这一切曾经是白露司空见惯了的，她也常常带着作弄和嘲讽的微笑参加。就在第一幕她还和福升说“我这里，哪一类的人都欢迎”，并吩咐福升通知一些人“过来玩玩”。但是，当现在福升直白地对她说她住的地方就是人家“玩的地方”的时候，她却觉得无限“悲戚”了：“哦，我这儿是他们玩的地方。”正是在这个“悲戚”里，反映了一个觉醒的灵魂所感到的深切的屈辱。不能再这样生活了！所以当方达生再次劝告她“你应该离开这儿”的时候，她同意地表示：“离开，是的。”离开这儿，又到哪儿去？“干什么好呢？”

于是在白露 23 岁的生命里，她又一次否定了现存的生活，同时也感到无路可走了。

当陈白露决心离开旅馆生活，而又感到无路可走时，人们不禁要问，她为什么不跟方达生走呢？可惜的是，方达生没有能力做白露的精神指导者，他不能指给她一条坚实可行的路。

经过一个星期的观察，方达生明白了陈白露“厌恶”她身边的那“一群禽兽”，并不像她第一幕说的那样“得意”于自己的生活。因此他建议白露离开这儿，而他提供给白露的出路，却是“你应该结婚”。这自然不能打动白露，因为，“结婚，我试过”，除了“平淡无聊”，她没有感受到任何积极的内容。因此她不会再回头去走那条辛酸的路，让同样的生活重演一次。

当陈白露否定了“结婚”之路，方达生又“热烈地”要求白露：“你跟我走，还是跟我走吧！”而他是“要为着小东西跑跑，也许为那小录事那一类人做点事”，甚至还要跟代表黑暗势力的“金八他们拼一拼！”要去做这些事情，当然是积极的。但是白露也没有接受这个召唤。有的同志在解释白露为什么不跟达生去时，认为：此时的方达生，已经“看清了那个社会本质”，“看清了应走的路”，“而方所看到、想到的，白露还没来得及变成自己的信念，更不能有充分力量行动起来”。事实上，不是达生“想到和看到的”超越了白露所能达到的认识和理解水平，致使白露“没来得及”理解它，因而不能和达生共同行动。恰恰相反，正因为达生没有看清那个社会的本质，也没有看清应走的路，他对那个社会现实的认识，还没有白露透彻，所以白露不会把一个空泛的“要和金八他们拼一拼”的想法就幼稚地当成信念，而追随他一路同行。

书生气的方达生，经过一个星期从旅馆到“宝和下处”的走访和观察，虽然比初来时多懂了一些世情，但对社会的认识还处于启蒙阶段。当他从“宝和下处”归来，热切要白露跟他走，并且说：“我很兴奋”，“这两天不断想这个问题”。然而使他如此“兴奋”，以为获得人生真谛似的想到的问题，却是：“人与人之间为什么要这么残忍？”他完全不懂得这个社会是谁统治着一切，谁允许谁活着的问题。居然“奇怪”：“为什么允许金八他们这么一群禽兽活着？”面对如此幼稚的达生，白露不禁“笑”了。不无失望地问：“这就是你所想的问题吗？”达生在白露的眼里，只是一个正直而又“傻气”的大孩子，空有一腔救人于水火的正义感，却没有半点解决实际问题、对付黑暗势力的本领。当他到“宝和下处”寻找小东西时，不是连人都未见，反而叫黑三敲诈个精光吗？对黑三尚且无力应付，那么高喊“要和金八拼一拼”，在白露听来，只是一个空洞的天外的声音。

在既了解黑暗势力之强大，又了解方达生幼稚的陈白露，怎么能指望达生指给她一条坚实的路呢？何况白露不仅需要指引，也需要人推动，而这是单凭“初生牛犊不怕虎”的达生所无力承担的。因而白露虽然祝愿他们“去追”他们的“希望”，自己却不想举步了。

在她短促的一生中，她对生活曾经充满过青春的向往。她对社会生活、恋爱、家庭都探索过追求过！但她深深地失望了。而就在她失望之后，企图用疯狂的刺激来麻痹自己时，她内心里还是深藏着一种自己也说不出来的期望，但她期望的东西一直没有出现，而方达生的到来和由此而联系起来的一切，却给了她一种幻灭之感。在救小东西的整个过程中，她是试图和黑暗势力较量一下，但转瞬就明白自己无力拯救小东西，而且再活下去也不能自救。她无力地垂下了手，从此止步了。

正是因为她经历了失望、幻灭和绝望，她深感在黑暗势力统治之下，一切追求不但无望而且只能加倍的空虚；一切反抗不但不会挣断身上的镣铐，反而会因为强烈的动作更增加镣铐下伤痕的痛楚。她被黑暗慑服了。

她和达生的区别，在于对生活，对黑暗势力的态度。达生看见了黑暗势力想要迎上去“拼一拼”。虽然他的前途未卜，他可能在未来的机遇中找到进步力量和共产党，从而把自己锻炼成为一个真正的革命者；也可能在碰了一些钉子之后，由于失望而消沉下去。白露更了解这个罪恶的社会，也更知道黑暗势力之凶残。也正因为如此，她认为反抗和斗争都无胜利的希望，所以放弃了任何抗衡的想法，自然也就更不会跟达生走。

回到“旅馆小姐”的生活，在感情上已无可能；和方达生出走，她又看不见有什么意义。所以只剩一条路：“玩够了，该回家了。”她在第四幕一开始就作了这个决定，这是从达生出现，小东西事件发生之后，她内心搏斗的最后结论。

玩世不恭的梦醒了，但也真无路可走，于是为了摆脱被玩弄的耻辱，结束“卖在这儿”的生涯，她决定“回老家”了。

但是，死，竟那样快地实现，潘月亭的破产是起了加速的作用的。然而作用不在于有些人常说的：是潘月亭的倒台断绝了陈白露的经济来源。而白露在债逼之下，不得不死。如果单是经济原因，虽然潘月亭破产了，张乔治又“婉言拒绝”借款，然而只要白露愿意，2500 元的卖身钱她还是容易拿到的，因为她还没到人老珠黄不值钱的地步。所以潘四破产的作用不在这里，而是在于：在潘四的破产中，使白露又一次真切地看到金八等人的魔鬼般的可怖力量。

前天，它们吞嚼了翠喜们；昨天是可怜无告的黄省三和小东西。他们都是弱者。但是今天，它们吞吃的却是昨天还能把人也置于死地的潘四；明天，明天……就轮到了，到现在还做着“爱情的伟大”的“美梦”的顾八奶奶和她的面首“第一美男子”胡四。那么，再往下呢？……白露清醒地意识到，如果她还像过去那样不肯和金八“合作”，那么在失去潘四的护持之后，她很快就遭到“毒手”，而要和金八“合作”，投到金八的怀抱，她认为那才是屈从黑暗，是万劫不复的堕落。于是她决定在金八等对她直接下手之前，自己结束自己。

她在镜子面前，不无留恋地望着年轻美丽的自己。虽然她还仅仅只有 23 岁的年纪，然而她觉得在这个世界上，除了自己的躯体以外，她已一无所有。她的年轻和美丽，没有能使她生活得比别人更好，反而招来更多的耻辱。那么，结束了罢！不要让这美丽与青春再遭更凶残的践踏和蹂躏。

一个自以为深悉世故，老于风尘，而实际上还天真又认真的女人，就这样走进了人生的死胡同。

曹禺同志以他的天才敏感，在《日出》里，为我们塑造了几个色彩鲜明、性格各异的悲剧形象。作者在对这些人物悲剧命运的描写中，倾注了自己的浓烈的爱憎之情，从而产生了震撼人心的艺术感染力量。

黄省三的求生不能，求死不得，亲手毒死孩子，自己也陷于疯狂的惨痛，使我们禁不住要剑拔弩张，伸张正义，使世界上再不会有“为什么不让我死——”的凄厉长号。

小东西不堪灵肉的折磨，在悬梁前，对着父亲亡魂的深深叩首，就是铁石心肠也要肝胆欲裂。

至于，那个明知结局是一张破席、一只野狗的翠喜，每当她为了一家大小，在她那涂着胭脂的满是皱纹的脸上，出现强装的欢笑，伸手去接那污秽的卖身钱时，我们真忍不住要大喝一声冲上前去，把那人间最黑暗的地狱，砸它个粉碎，让它片瓦无存……

而陈白露的死，在我们心里引起的却不是任何激烈的冲动，而是一种不由自主的沉思，沉思这个年轻生命的火焰，为什么这么快就熄灭了？

正因为陈白露不是死于贫困，不是死于不堪忍受的折磨，也不是死于强暴的威逼，而是死于她所说的："玩够了！"于是她给自己招来了"软弱妥协""自甘堕落"等等谴责。并且认为她"应该是被否定的人物"，而不是体现《日出》的"损不足以奉有余"这一主题的正面艺术形象。

黄省三、小东西、翠喜等人的命运，无疑是形象而深刻地体现了"损不足以奉有余"的私有制本质。但是一部作品的思想意义是与它反映社会生活的深广联系在一起的。所以曹禺同志不仅在《日出》中写了金八与小东西这两种极端对立阶级的代表人物，而且着重写了处于这两个阶级之间的小资产阶级的三个知识分子，即方达生、陈白露和李石清。所有这一切人的生活、思想和活动以及他们相互间的冲突和联系，构成了 30 年代初期一个在资本主义世界经济危机影响下的城市社会生活的图画。

而陈白露的形象，是作为在那种现存制度下追求个人的独立、自主，而终于幻灭、绝望了的小资产阶级知识分子的一种社会典型出现在舞台上的。这一形象的内涵是丰富的，她代表着五四后走向社会的知识妇女，渴望自立和自由。但是在当时的社会制度之下，摆在她们面前的依旧是"不是堕落，就是回来"的前途。然而，就在这同一历史时期，一条能给妇女带来真正解放的大路已经出现了，那就是把自身的解放和广大人民群众的命运与斗争联系起来，勇敢地投向摧毁现存制度的革命斗争。妇女的许多先驱走上了这条艰难的道路。

但是，陈白露没有能走上这条道路。这有她的过错，也是她的不幸。

她的出身和教养，使这个人物身上淤积着许多她无力摆脱的思想感情、生活情调和对资产阶级生活方式的依恋，这使她虽然厌恶和憎恨那个社会现实，但是，不论对历史提供的"不是堕落，就是回来"这种道路的反抗上，还是对新的现实道路的探求上，她都缺乏必要的韧性，而有过多的轻率和软弱。她是一朵娇柔而脆弱的花，所以一经风雨之后，就失去了再次挺立的力量。

同时，当时又是大革命失败后，蒋介石在军阀混战中打败了他的敌手，初步取得了全国政权，革命处于低潮的时期。这一时代的重压，使许多知识分子感到彷徨，而作为妇女，就更感到自身解放的无望。因为是革命低潮，在白色恐怖之下，革命影响缩小了，这在很大程度上使白露失去了和革命发生关系机缘。如果革命高潮来到了，陈白露并不是不能舍弃现在的生活而投身进去。虽然进去以后，也还有两种前途。

但是，陈白露没有看见光明，看见的只有无边的黑暗。这使她在否定她所置身的那个社会现实的同时，也否定了人生。于是她求诸死的解脱。

死，自然不是一条积极的斗争的路，但陈白露形象的思想意义，不在于她是一种新的社会力量的代表，更不是一个坚强的叛逆者的典型。她的死表明了：她只能以她所能有的表现形式，对那黑暗的社会，提出自己的控诉。

陈白露用死的形式，向我们宣示了：在那种黑暗的社会现实中，被“出卖”的生，远不如阴冷的死。因而她宁愿一死，不愿与黑暗共存。

一个宁愿死，而不愿和黑暗同流合污的行为，使我们看到了觉醒的火花，而这个火花又正是广泛觉醒的信号。

正是这死的行动，促使我们对那个产生一切罪恶的根源——社会制度，发生了强烈的怀疑和否定。

曹禺同志正是通过这样一个有别于黄省三、小东西和翠喜等社会典型的悲剧，从不同的角度对反动统治阶级和罪恶的私有制以及资产阶级的道德、生活方式、统治手段和私有制下所产生的一切丑恶东西，进行了全面而强烈的批判和辛辣的揭露。

陈白露生活的时代过去了。但是这年轻女人哀痛的一生，仍然会引起我们的沉思，沉思在今天之前有多么残酷而黑暗的生活！

1962 年讲稿

1979 年 5 月整理

（原载《戏剧学习》1979 年第 3 期）

谈谈《日出》中的陈白露

钱谷融

曹禺剧作中的人物，是不容易使人忘怀的。人们在闲谈中，常常会提到他们，而且在谈到的时候，总免不了要带上自己特有的感情色彩，因此，也常常要引起友朋之间的争论。譬如《日出》中的陈白露，就是一个谈得颇多而又颇有争议的人物。

这里，我想简单的谈一谈我对陈白露这个人物的看法。

陈白露是个充满着矛盾的人物。她初出场时，作者对她所作的介绍，我觉得最好地说明了她："她爱生活，她又厌恶生活。"她爱生活，是因为生活里充满着欢乐，充满着美好的东西。她又厌恶生活，是因为她所想望的欢乐、她所喜爱的美好的东西，却又是必须通过她所厌恶的方式——出卖自己的色相，必须忍受着最大的屈辱——把色相出卖给自己所瞧不起的人，才能取得的。

对她的生活感到不满、痛苦与厌恶，鄙夷她周围的一切人，这是陈白露坚强、清醒的一面。她在她的生活圈子里，就像臭水池里的一朵莲花，虽是生长在污泥里，却仍保持着她的鲜丽与芳洁。但她终于跳不出这个圈子，尽管向往着自由，但还是没有勇气冲出这已为她所非常厌恶的漂亮的金丝笼，就是她的软弱而麻木的一面。

陈白露的矛盾，陈白露的悲剧，是在于：一方面，她洞悉资产阶级社会的种种丑恶，特别是资产阶级的灵魂的空虚与道德的堕落，对他们极度的憎厌；一方面，她又留恋着资产阶级的生活方式，特别是对资产阶级所能供给的物质享受非常沉迷。再加上她那极端高傲、倔强的性格，她的过分的自怜自爱，自我欣赏，以及象(像)一个旧社会里睥睨一切、飘飘然遗世独立的诗人一样的才分、气质，就使这个矛盾更加尖锐，更加剧烈，更加无法调和，无法克服，最后只有以死亡来解决。

陈白露一上场，我们就立刻为她的年轻、漂亮，为她的华丽的服饰所吸引住。但我们又觉得，在她的神色之间，仿佛又不有某种与她的年龄、相貌、服装，不顶调和的东西流露出来。可能她是在外面玩累了，有些疲倦吧？但似乎又不完全是疲倦，其中像是还夹杂着某种类似烦腻、颓唐，甚至苍老——一种看穿了一切的苍老——的感觉。渐渐的，我们这种感觉愈来愈清晰，而且不久就从她的谈吐中得到了证实。

譬如，她本来很兴奋地在指着窗户上的一块霜，说它很像自己。但当她听到方达生说，她的这一举动，还有点像从前的她，"还有从前那点孩子气"时，她的兴奋就忽然像被一阵风吹散了。她叹了一口气，很苍老地说："达生，我从前有过这么一个时期，是一个快活的孩子么？"看来，不但她早已不再是孩子，就连快活，也久矣夫不属于她了。方达生虽天真得近乎有些傻气，但作为一个爱人，他是很能体会白露的这种感伤的心情的。他鼓励她，只要她肯跟自己走，就可以还跟从前一样的快活、自由。她却摇一摇头，饱经世故地说："哼，哪儿有自由？"后来，听到方达生叫她竹均，又引起了她一阵感慨："竹均，竹均，多少年没有人这么叫我了。"从这些言谈中，我们知道她虽然享受着奢华的物质生活，但精神却是寂寞的、忧伤的。

接下去，我们又看到她为了保护和救助小东西，而表现出了可敬的勇气，和对被压迫被损害的人的深厚真挚的同情。但她只能为小东西的遭遇而义愤于一时，并不能把小东西和广大被压迫者的命运联系起来，不能为一个超出于个别以上的有一般意义的问题而进行斗争，尤其是进行持久的斗争。

翠喜、小东西、黄省三等是多么需要有人能为他们而起来斗争呵！方达生担当起了这个责任。对于这，陈白露是赞赏的，钦佩的。但她自己却不能够做这样的人。她渴望着阳光、春天，也相信着阳光一定会出现，春天终将到来。但她又知道，阳光、春天，是只许诺给那些肯为之而斗争的人们的，于她是无分的，她只合长眠于黑暗之中！

哀莫大于心死，她已失去了一切的希望和理想！

她是喜欢方达生的，看到了方达生，犹如看到了自己的过去，自己的学生时代。在一个熟人面前，故友面前，她可以暂时丢开一切的矜持与戒备，更多的展露一下她的另一个自我。方达生的到来，使她沉浸在过去的回忆里，使她恢复了她的纯真的孩子气的一面。但她却只愿带着诗意的幻想去回忆它，只愿通过回忆去重温她的旧梦，而不愿重新整个地回到过去，不愿跟方达生走。因为，她过不惯方达生式的生活；而且，她知道，她也不能给方达生以幸福。所以，当方达生要她跟他一起离开这里时，她立刻拒绝了他。

但她却把方达生留了下来，要他在这里多看看。不管方达生起初是怎样的不愿意，但他还是留下来了。他们两个，各有各的打算。方达生是想感化陈白露，陈白露则想改造方达生。对方达生想要感化她的这种企图，陈白露付之一笑。她自以为她的眼光、见识，是高出于方达生之上的。方达生呢，对陈白露为他所作的安排，简直不能忍受。他觉得他是无法在这样的氛围里呼吸、生存的。结果呢，两个人的意图都失败了。但他们所作的努力，却又都起了很大的作用，都使对方起了很大的变化，——并非自己始料所及，也不是自己所希望的变化。原来是白露高出于达生：她比达生清醒，懂事，对社会有较深的理解。结果却是达生高出于白露：他比白露有勇气，有毅力，敢于和社会进行斗争。在这两个人所进行的较量——智力的较量、心灵的较量——中，他们各自既是胜利者又是失败者，既是失败者又是胜利者。就陈白露来说，她终于改造了方达生，是一个胜利；但结果却完全超出了她的预期，方达生远远地跑向前面去了，她被抛在后头。两个人的优劣地位，翻了一个身，她又是一个失败者。就方达生来说，他想感化陈白露，挽救陈白露，是失败了；但是，他毕竟使陈白露抛弃了玩世不恭的态度，比较认真地考虑了一下她的生活道路。陈白露之终于走向自杀，也可以看作是方达生的努力的结果。他毕竟挽救了她，使她不致永远堕落下去。从这一点来说，他又是胜利了。

从女学生竹均，到交际花露露，清楚地显示出陈白露的堕落，堕落到甚至丧失了最起码的羞耻心，甚至使方达生“惊吓得说不出话来”。然而，在她的内心深处，她又并不是没有痛苦、没有悲愤的。我们看到，她尽管是在强打起精神跟顾八奶奶、张乔治等人应酬、周旋，但对这些人总止不住要流露出一种轻鄙厌恶的感情。她是正如方达生所说的，故意装出满不在意的样子，天天在自己骗着自己的。她生活在这样一个圈子里，内心其实是说不出的痛苦。她只能够抱着玩世不恭的态度，过一天算一天。她的生活，她自己明白，实际上是一种慢性的自杀。方达生的到来，给她带来了一股新鲜的空气，使得她稍稍振作了一些。小东西的出现，更使她得到了一个能够做一些比较有意义的事情的机会，她的生活就比较的有了些生气。但是不久，小东西又失踪了，方达生也马上就要离去。这两个人一走，她的周围又将尽是些面目可憎、语言无味的人，眼看自己将渐渐的被周围沉重而恶浊的空气窒息以死，一种幻灭的悲哀，绝望的忧伤，绞痛着她的心。第四幕一上场时，她之所以显得那么忧郁，那么悲凉，就是如此。“去吧！你们去吧！我知道我会被你们都忘记的。”这是她在听到方达生告诉她就要离去时说的。在这句话中间，该是有着多少的凄凉落寞之感呵！

她原来只知道社会是庸俗的、丑恶的。最近一星期来的所见所闻，才使她知道这社会竟是这样的残酷、这样的狰狞可怕，才使她知道这光怪陆离的社会，竟是这样的一个人间地狱！这是小东西、黄省三，以至潘月亭、李石清的悲惨下场使她认识到的。认识了这一点以后，她就决不能再抱着玩世不恭的态度混下去了。她既不能走斗争的道路，就自然只能选择自杀的道路了。

她之向张乔治借钱，是临时碰上了偶然提出的，本来并没有存多大的希望，所以在被拒绝后，也并未表现出特别的失望。她自杀虽然决不是为了三千块钱的债务，但这债务终究是她必须面对的一个问题，总需要解决。她已决定自杀了，而又忽然向人借起钱来，表明她又是多么的不甘心就死。剧作者安排这一细节，不但更深地揭示了陈白露的内心世界，突出了她的自杀的悲剧性，而且也进一步揭露了张乔治的卑鄙。而张乔治的卑鄙反过来又更坚定了陈白露自杀的决心。

自杀，一般说来，是弱者的行为，消极的行为，是不值得同情的。但是，对于陈白露来说，她的自杀却又是她战胜了她的享乐主义的人生观的表现。如果她仍屈服于物质享受的诱惑之下，仍做着物质享受的奴隶，她是没有勇气走上自杀之路的。所以，她的自杀表明她还不是个彻底的不可救药的堕落者，在她的心灵里，还有若干美好的东西存留着。她死了，这美好的东西也一同被毁灭了，这是一个悲剧，是丑恶的社会所造成的一个悲剧。我们惋惜她的死亡，同情她的死亡，就必然要憎恨、诅咒促使她死亡的那个黑暗的社会。这两种感情是互相依存，相反相成的。抽去了其中的任何一种，就必然要大大的削弱和影响另外的一种。如果对作者的意图、作品的思想有正确的理解，对陈白露的为人有比较全面、公允的认识，不对她的自杀表示同情、惋惜，是不可能的。对陈白露和她的自杀，要是抱着鄙弃、否定的态度，就无异是对作品的思想性的贬低，对作者的艺术才能的贬低。当然，陈白露采取了自杀的办法，虽然表明她已战胜了自己的享乐主义的人生观，却仍旧没有能改变她对人生的消极态度。她没有能如方达生所希望的，建立起一种新的、积极的人生观来，归根到底，她仍只能算是一个弱者，她的行为虽有值得同情的地方，却决不是值得赞扬的。在同情她的时候，不能不同时看到她的消极的一面，不能不同时对她抱着批判的态度。

她最后自杀的情景，是很令人难以忘怀的。

她从桌上拿起安眠药瓶，一片一片地把药倒出来，忽然，无意中她从衣镜里望见了自己，于是她就站起来，走到了镜子前：

> （端详着镜子里一个美丽的妇人，摇摇头，凄然地）生得不算太难看吧。人不算太老吧。（她不忍再看了，慢慢又踱到中桌前，倒出药片：将空瓶丢在地下。望着前面，哀伤地）这么年轻，这一么一美。（眼泪悄然流下来。拿起茶杯，背过脸，把药很爽快地咽下去。）

看到这里，谁能不为她一掬同情之泪呢？谁能不带着伤悼与惋惜的心情发出“她为什么要自杀”这样的疑问来呢？她为什么要自杀？难道真是为了无力还债吗？不见得。象陈白露这样的人，是决不会为了二三千块钱而竟至于非自杀不可的。她自杀，是因为她真正“玩够了”。她对她的生活，对她周围的那些人，已感到一种无法忍受的厌倦。第四幕头上，当她听到福升说，她的那些客人，如顾八奶奶、张乔治之流，玩够了就各自回家，“各人有各人的家，谁还能一辈子住旅馆？”时，她不是这样说的吗：

> （低声，自语）是啊，谁还能一辈子住旅馆！（摇摇头）我大概是真玩够了，（坐下）够了！（沉思）我也想回家去了。

福升听说她也要回家，惊奇地问她：“小姐，您……有家？”她既不说有，也不说没有，只是重复着说：“嗯，玩够了，该回家了。”她的这个“家”字，究竟是什么意思，恐怕很难说。说不定此时她的头脑里已经有厌世轻生的念头在闪过了。在过去的版本里，在“我也想回家去”后面，她又紧跟着说了一句：“回到我的老家去。”下面的“该回家了”，在过去的版本里，也是说成“该回老家了”的。“回老家”云者，俗话就是“死”的意思。可见这时她已经想到死了。而这时，还在福升向她提到所欠的债务之前哩。

“她难道不能离开她所鄙弃的人，改变她已感到厌倦的生活吗？”这是我们每一个人都忍不住要发出的疑问。方达生不是还在极力鼓励她，要她跟他去吗？然而，对于陈白露来说，这却是不可能的。她不是早说过吗，她是“一辈子卖给这个地方的”，她离不开这个地方。我们也该记得，当方达生要求她嫁给他的时候她所说的那番话：“我要人养活我，……我要舒服，……我出门要坐汽车，应酬要穿些好衣服，我要玩，我要花钱，要花很多很多的钱，……”离开这里，跟方达生走，这些就都办不到。这在陈白露是受不了的。留在这儿既不愿，离开这儿又不能，那她除了自杀还有什么路可走呢？

所以，她的自杀，她的非死不可，既是社会害的，也是她自个儿找的。我们一面固然要对那个容不得正直、善良的人的黑暗社会提出控诉，另一面也应该批判陈白露的享乐主义的人生观。这就是陈白露这一形象的典型意义。

（原载《剧本》1980 年第 5 期）

《日出》论

田本相

曹禺写完《雷雨》,是在一九三三年。一九三五年末,他又完成了新的四幕剧《日出》,一九三六年连载于《文季月刊》第一期至第四期,立即轰动了文坛。

“试探一次新路”

《雷雨》的创作已经表明了曹禺是一个思想和艺术都勇于探索的作家,《日出》更突出地显示了这一特点。如果说写作《雷雨》时,作家还以带有神秘色彩的哲学对现实作着窥视和探索,那么,《日出》则是作家以他达到的对现实的明确认识,力求作出他的答案。这样,就具有自觉的性质和特点。这种自觉性质的探索,使他在创作上提出要“试探一次新路”。他在《日出·跋》中说:

> “我想脱开了 *la Piece bien falte*(即凑巧剧——引者)一类戏所笼罩的范围,试探一次新路,哪怕仅仅是一次呢。于是在我写《日出》的时候,我决心舍弃《雷雨》中所用的结构,不再集中于几个人身上。我想用片断的方法写起《日出》,用多少人生的零碎来阐明一个观念。如若中间有一点我们所谓的‘结构’,那‘结构’的联系正是那个基本观念,即第一段引文内‘人之道损不足以奉有余’。所谓‘结构的统一’也就藏在这一句话里。”

一个作家在艺术上探索新路,探索新的表现形式,总是由于他对新的题材、新的人物、新的主题的探索而引起的。结构的创新归根结底是作家思想探索的艺术产儿。特别是戏剧的结构,不管作家是否自觉到这一点,当他结构他的戏剧大厦时,总是有一个思想出发点,或者说有着思想的支柱,才能把他的人物和事件组织在一个统一体之内。

他用“损不足以奉有余”来概括他对社会的认识。诚如一些评论指出,这个“基本观念”还是不科学的。但是,对于曹禺的思想发展来说却是一次飞跃。写作《雷雨》时,作家的“自己的哲学”主导方面是唯物的,可是却蒙上一层神秘的纱幔。对于充满斗争的冷酷和残忍的现实,他还“没有能力形容它的真实相”。特别是在“主宰”问题上,使他陷入困惑之中。写作《日出》时,情况就不同了。尽管他还没有确立马克思主义的世界观,对社会的认识也还缺少科学的阶级分析,但是,他却借用老子《道德经》中的语言,明确地表述了“自己的哲学”。不再是不可捉摸的“宇宙里的斗争”,而是对人吃人社会的“真实相”的粗略的概括。这正如周扬所说:“写《日出》时,作者对于客观社会已有了进一步的认识,他认清了

'损不足以奉有余'的社会形态——人剥削人的制度。他已开始意识地'诅咒四周的不公平',对荒淫无耻的人们泄着愤懑,把希望寄托在光明的人们身上,而不再有对于隐秘不可知的事物的憧憬和恐惧,那种悲天悯人的思想了。他的创作的视线已从家庭伸展到了社会。他企图把一个半殖民地金融资本主义制度下的脓疮社会描绘在他的画布上。所以《日出》无论是在作者的企图上、在题材的范围上,都是一个进步。"[①]

作家提出"试探一次新路"决不是偶然的,它有着深刻的历史的文学的背景。三十年代中期日益加深的民族矛盾和阶级矛盾,不但使作家对黑暗社会的仇恨更加强烈,同时,对社会现实生活的感受也更加广大和深邃了。革命的力量,反军事"围剿"和反文化"围剿"的力量,象汹涌的怒潮震撼着这黑暗社会的基础,给作家带来光明和希望。他说:"我感觉到大地震来临前那种'烦躁不安'","萦绕于心的,也是一种暴风雨来临之感","我已经听见角声和打仗的喊声"。[②] 显然,这是时代现实中光明和黑暗激烈搏斗的声音在作家心灵上引起的强烈反响。正是在这深刻的背景下,增强了他对黑暗社会进行彻底批判的战斗立场,以致于他要整个推翻那个吃人的社会:"我也愿望我这一生里能看到平地轰起一声巨雷,把这群蟠踞在地面上的魑魅魍魉击个糜烂"。他再不能容忍这个黑暗制度继续统治下去。因此,他写出《日出》也正是达到这样一个目的:"果若读完了《日出》,有人肯愤然地疑问一下:为什么有许多人要过这种'鬼'似的生活呢?难道这世界必须这样维持下去?什么原因造成这不公平的禽兽世界?是不是这局面应该改造或者根本推翻呢?如果真地有人肯这样问两次,那已经是超过了一个作者的奢望了。"[③]对压迫剥削群众,要求"根本推翻"那个不公平的世界,决不是一般民主主义所能概括的,而有了革命民主主义的某些特点。它为新民主主义革命的时代火光所照耀,它体现的是彻底反帝反封建的民主革命精神。这些,是同鲁迅、郭沫若等前期的革命民主主义思想有着某些相似之处的。

同时,三十年代以鲁迅为首的左翼文艺运动有了一个很大的发展,鲁迅和郭沫若都以共产主义者的战斗姿态出现在文坛上。当时,只要是一个要求进步的作家,就会受到他们伟大旗帜的感召和榜样力量的影响。而一九三三年茅盾《子夜》的出版,它对于作家认识那个"损不足以奉有余"的社会,对于作家现实主义创作更直接起到示范的作用。

作家对《雷雨》的创作显然感到不满足了,他在追求一条更深刻地反映现实的道路。"我很想平铺直叙地写点东西,想敲碎了我从前拾得那一点点浅薄的技巧,老老实实重新学一点较为深刻的。"[④]对于《雷雨》结构和技巧的"厌倦",表现了作家在艺术上严于解剖自己的宝贵品质。一个不断创新的作家总是首先从不满足自己的旧作而踏上艺术独创的路。当作家认为过去的结构和技巧不足以帮助他深刻地揭示主题,或者说更充分更深刻

① 周扬:《论〈雷雨〉和〈日出〉》,《光明》1937年2卷8期。
② 曹禺:《日出·跋》,文化生活出版社1936年11月版。
③ 曹禺:《日出·跋》的附注,文化生活出版社1936年11月版。
④ 曹禺:《日出·跋》,文化生活出版社1936年11月版。

地反映现实生活时，那么，过去的结构技巧就成为他的障碍甚至束缚了，而“敲碎”它也就显得十分必要了。曹禺正是在认真总结了《雷雨》的创作经验，提出“试探一次新路”的。而他所追求的“新路”，具体表现在《日出》的创作企图上是“希望献与观众的应是一个鲜血滴滴的印象，深深刻在人心里也应为这‘损不足以奉有余’的社会形态”[①]。透过小小的舞台来深刻反映一个人吃人的“社会形态”，较之《雷雨》来说，无疑是一个艰巨而崇高的美学使命。

总之，“试探一次新路”，就其实质来说是探求一条革命现实主义的道路，是向着革命现实主义积极靠拢和接近的道路。从作家的创作发展来看，“试探一次新路”，标志着他的思想和艺术发展的一个可贵的趋向。当一些评论仍然用批判现实主义标定他的创作时，无疑是忽视了《日出》现实主义的新的特色。而这正是本文所探讨的一个中心课题。

现实主义的新特色之一

就《日出》的现实主义成就来看，无论是反映现实的广阔性和深刻性，还是批判现实的战斗性，较之《雷雨》都大大地向前发展了，而呈现出革命现实主义的某些特点。作家把他的艺术注意力倾注在对那个金融社会机体全部腐烂的描绘上，表明这是一个不可救药的社会，他把它全部否定了。既不存在任何幻想，更没有半点留恋。作家令人信服地揭示出这个社会末日来临的必然趋势。这是《日出》现实主义的一个突出特色。

作家选取陈白露的华丽的休息室和翠喜所在的三等妓院宝和下处来展开那个社会的生活画面，是饶有深意的。这不但因为这些地方最能体现半殖民地半封建都市社会的畸形状态，是这个社会最腐朽最黑暗的角落，还在于作家把“鬼”似的人们生活的“天堂”和“可怜的动物”生活的地狱加以鲜明对照，满腔激愤地揭示出那是一个多么“不公平的禽兽世界”。而更为深刻的地方，是从这上层的糜烂、骚动、混乱和下层的激荡、噪杂、不安中，透露出整个社会崩溃倒塌的消息。请看在交际花陈白露周围萍水相逢凑在一起的人物吧：从银行经理、高级职员、博士、富孀到面首、茶房、流氓、打手。由这些乌七八糟的一群构成那大饭店里上层社会污浊混乱的生活场景。在甜蜜的笑脸下掩盖着卑鄙的阴谋，在卑躬逢迎中深藏着发狂的贪欲，而在“文明”的言行中流露着荒淫的心理。勾心斗角，尔虞吾诈。他们在这人生的舞台上厮混着、角逐着。在夜幕降临下，“只剩下乞怜，讨好，撒谎，骗人，吹牛，捣鬼的夜气”[②]。他们发疯般的生活，犹如一场大难临头，惶惶不可终日。在翠喜的周围，也是一个躁动的环境氛围。这里有乞丐、哑巴、卖糖的、卖报的、瘸子、瞎子、卖皮肉的。打情骂俏中掩着深沉的叹息，强颜欢笑下更是一个个惨绝的悲剧。皮鞭下爆发出不可抑制的愤怒，人肉的交易中潜伏着仇恨和抗议。在这喧嚣嘈杂的地狱中，同样是骚动不安的空气。这个社会机体从上层到下层全部腐烂了，解体了，发散着腐尸的臭气。由

① 曹禺：《日出·跋》，文化生活出版社1936年11月版。
② 鲁迅：《夜颂》，《鲁迅全集》5卷158页。

此，透露出这个堂皇的社会大厦必然倾覆的消息。而这社会的混乱和动荡更是革命高潮到来的征兆。

《日出》现实主义的深刻性，还表现在对造成这不公平社会的根源的紧张探索上，它深入现实的底里探求造成种种悲剧的必然性。《日出》较之《雷雨》的一个突出变化，是作家直接到社会本身去寻找或探索悲剧的根源。他从现实的真实关系描绘中，十分深刻地反映了全部“症结”是“归在整个制度的窳败”①。因之，当他揭露黑暗社会的腐烂时，正是从整个社会制度的腐朽上探求悲剧的必然性。

金八的形象是作家追索造成种种罪恶的根源和探索悲剧必然性的艺术体现。尽管这个人物没有出场，但却是一个具有高度艺术概括的典型形象。就其金融买办的地位来看，他很像《子夜》里的赵伯韬，但较之赵伯韬更带有封建帮派头目的特征。他的性格残忍冷酷，手腕毒辣，流氓成性。他的魔爪伸向各个角落，到处布满他的魔影。他直接或间接地操纵着《日出》的社会，并促成潘月亭的破产，黄省三的失业，陈白露的自杀，小东西的惨死。他是大大小小悲剧的渊薮，是那黑暗制度的化身。这个人物以其象征性概括着三十年代反动统治者的某些特点。三十年代中国社会最突出的政治和经济的现象，是以蒋介石为代表的四大家族寡头统治和垄断资本的形成和集中，他们凭借特权操纵金融，把魔爪伸向各个领域。他们掀起的投机事业，使全国金融界都卷入投机狂潮之中。这不仅使民族资本家身受吞并之灾，更把全国人民推入苦难的深渊。四大家族统治集团的魔影笼罩全国，操纵亿万人民的命运。因此，金八这种人物不但是蒋介石独裁统治的社会支柱，也反映出四大家族金融垄断的某些侧影。作品中还指出，“金八多得很，大的，小的，不大不小的，在这个地方有时像臭虫一样”。这样，作家创作时虽然深感“各种实际符制”，避免使演出“受些无妄之灾”，而实际上他把攻击的笔锋直接指向了反动统治阶级，彻底否定了大大小小的金八及其代表的社会制度。

《日出》在探索造成罪恶的社会根源时，其杰出之处表现在对那个社会金钱制度的批判上。它深入到政治经济学和道德伦理学的领域，暴露出那个金融都市社会的种种罪恶的现象。正是在这些经过作家选择的典型现象的揭露中，深刻揭示出资本主义制度的罪恶本质，也深刻地揭示造成种种悲剧的社会根源。

三十年代，是中国半封建半殖民地社会资本主义畸形发展的阶段，各种畸形的社会现象都更加突出了。它把都市社会的种种社会关系都空前的卷入赤裸裸的利害关系和冷酷无情的“现金交易”之中。发财的贪欲和金钱的欲望把人们驱逐到人生的战场上。它不但成为资产阶级“最心爱的生活原则”，也使“一切热情和一切活动都必须沉没在贪欲之中”②。潘月亭就是这种金钱贪欲的形象。他把金钱作为他生活的哲学。他说：“人不能没有钱，没有钱就不要活着。穷了就是犯罪，不如死。”金钱的贪欲牵动着他每一根生命的神

① 曹禺：《日出·跋》的附注，文化生活出版社 1936 年 11 月版。
② 参看《马克思恩格斯论艺术》236 页，221 页。

经，支配着他每一个行动。他的贪婪、狡诈的性格，也是这种金钱的贪欲铸造出来的。你看他有时可以抑制激怒，表现出高度的忍耐和宽解，即使李石清抓住他的把柄，他也能忍下去高喊“团结”，还把李石清擢升襄理；但是，一旦他觉得胜利在握，便露出刻骨的狠毒，把李石清置之绝境。公债涨落的消息是他情绪的晴雨表；一条不利的消息传来，搅得他像热锅上的蚂蚁，甚至把手枪都准备好了，准备自杀；而一条好消息传来，则使他眉飞色舞，唱着金钱的幻想曲。“现在我真有钱了，我过两天还有很多很多的钱，再过些天，说不定我还要有更多更多的钱。哦，从此以后要做点慈善事业，积积德，弥补弥补。”作家把一个浸透了金钱贪欲的资产阶级，刻划得入木三分。

再没有比李石清更为典型的了。就其阶级地位来说，他并不是资本家，但是发财的欲望却像鬼魂一样附着其身，把他的性格变成冷酷甚至残忍。他丢掉一家老小，连儿子的病也不顾了，拼了生命向着金钱的宝座攀登。这种发财欲望使他失去人类的同情。面对黄省三的悲惨遭遇，他侮辱他耻笑他，他叫他去偷去抢，甚至教他去自杀。他心里恨着有钱的人，但是又恨自己为什么没有一个有钱的父亲。他骂潘月亭，骂陈白露，骂胡四，可是他又不要脸的巴结他们。他看到这个社会没有公理没有平等没有道德全是骗人，但是却要破釜沉舟去拼，爬上去，“翻过身来”。发财的欲望把他折磨得精神矛盾甚至颠狂起来。作家对金钱贪欲的揭露正是揭露了资本主义制度的本质特征。

对卖淫制度的揭露，是作家带给现代文学史上的特殊贡献。我们还没有看到一个作家这样尖锐地提出卖淫问题。作家怀着神圣的道德感情关心被侮辱被损害妇女的地位和命运。作家从这样一个特殊的角度，全面考察了高级交际花的卖淫生活和三等妓院的人肉买卖，同样触及了资本主义制度的罪恶本质。

这是怎样一个令人发指的禽兽世界：小东西还是个没有发育成熟的女孩子，因为金八有钱有势就可以把她作为发泄兽欲的工具。而小东西抵抗了野兽的意志便遭到毒打，被送进火坑，悲惨死亡。小东西的悲惨命运是对这非人世界的血泪控诉。在宝和下处，卖淫制度把人变成了“可怜的动物”，她们被廉价出卖着，把人逼到“求生不得求死不得”的悲惨境地。看来交际花是“自由的”，陈白露似乎也很骄傲自负；但是，她也无法掩盖她是“永远卖给了这个地方”。潘月亭得知陈白露还会找他的，只因为他有钱，他这个脑满肠肥的丑类就可以占有妙龄女子的青春。作家深刻之处在于，他不是一般地揭露了卖淫现象，而是展示出普遍的卖淫正是普遍的“现金交易”的结果，并且指出，自由的卖淫对被侮辱的妇女来说，是最大的不自由，她们被迫捆绑在金钱的屈辱柱上。

在《日出》的现实主义描绘中，深刻地表现出，金钱是一种颠倒黑白的力量，它把一切美丑、善恶、真假都颠倒了。本来顾八奶奶是个“满脸擦着胭脂粉的老东西”，福升却说：“人家有钱，您看，哪个不说她年青，好看”。甚至“中国的第一美男子”胡四也向她求婚达十二次之多了。于是像潘月亭那样的“老混蛋”也变得年青起来，扮演着多情少年的角色。明明是人却有禽兽的习性，而禽兽的东西却变成了人的性格。这不正像马克思经常援引莎士比亚的《雅典人台满》中所指的情形吗！？“黄金这东西，只要一点儿，就可以把一切黑的变成白的，一切丑的变成美的，一切罪过变成正义，一切卑贱变成高贵"，"把求婚者送给满脸皱纹的老寡妇"了。金钱这种颠倒黑白的力量，它腐蚀着人们的灵魂，也扭曲了人们的性格。且不说陈白露在金钱的腐蚀中，使她陷入深刻的心理矛盾之中，翠喜也同样被腐蚀被毒害失去了人的自尊变得麻木。最能显示这种可怕的腐蚀力量的是福升的性格。他的阶级地位是受人驱使的茶房，但是，却看不到他身上有着被奴役者的品德。他的处世哲学是以金钱为标准的。谁有钱就给谁送上笑脸，谁有钱就给谁献上殷勤。他自己本来没钱，却看不起淌着汗的小工，对黄省三极尽挖苦嘲讽。金钱颠倒黑白的力量也使他眼中的世界颠倒了：小东西打了金八，这本是勇敢的反抗行动，在他看来却是"没福气"。他想，如果小东西是他的女儿，把"活财神爷打走了，我就 kay 了她，宰了她，活吃了她！"他多么渴望自己有个女儿能被财神爷瞧中。这种奴才的心理和性格，也都"现代化"了，充满了金钱的铜臭。马克思说：资本主义的炼金术是可以把自"圣骨"都熔化的。无论什么人，沾染着金钱的铜臭，就会变化，直到全部消失了人性。

而在这个金钱社会里，又是怎样制造出人间种种的惨剧。作家十分深刻地揭示出金钱统治的社会就是一个吃人的社会。小东西从黑三那里跑出来了，她明知回去还要遭受毒打，但是为了喝上一碗稀饭，还想回去。为什么？"饿——我实在饿得很。"连陈白露都惊讶了："饿逼得人会到这步田地吗？"岂止如此，金钱统治的社会不但逼得黄省三全家服毒自杀，而且，当他被救出来，依然没有活路，以至想自杀却找不到半文钱去买毒品。这个罪恶的社会竟然把人逼到没有钱求死也不成的悲惨境地。可是，张乔治从美国带回的猎狗，每天四磅牛肉搁在它前面，只是闻闻，连看也不看夹着尾巴就走了。

恩格斯说："人在金钱统治下的完全异化，必然要过渡到如今已经逼近的时刻，那时，人将重新掌握自己。"①《日出》的现实主义的深刻性，就在于它从对一个彻底腐烂的社会形态的揭露中，揭示了向已经逼近的革命时刻过渡的必然性。

现实主义的新特色之二

对于一个现实主义作家来说，总是严肃面对现实生活，并且把真实地反映现实生活作为头等艺术使命的。《日出》确实为我们提供了一幅"漆黑的世界"的图画，这个世界是这样的混乱、污秽，甚至发散着腐尸的恶浊气息，弥满着人间地狱的氛围。但是，《日出》并不使人感到气闷，也不令人沮丧。在"漆黑的世界"里透出满天大红的亮色，在冷酷中蓄着温热，在地狱里也有金子的闪光，在腐尸臭气下却潜藏着牵动人心的诗意力量。显然，《日出》的现实主义注入了新的血液，镕铸着作家动人的理想温热和浪漫的诗情。这样，就使《日出》别具丰采，这是它现实主义的又一新的特色。

曹禺不但是一位敢于正视现实的作家，也是一位对未来充满憧憬的作家。这种憧憬并非虚幻，乃是新的时代曙光照亮了作家的心胸，新的革命阶级的力量鼓舞他追求光明。

---

① 《英国状况十八世纪》，《马克思恩格斯全集》1 卷 664 页。

巨大的热情为朦胧的理想点燃，而理想也催动着他浪漫的诗情。

在《雷雨》中已经表现了这样的特点。于雷雨般的热情里也常常奏出动人的幻想的乐曲，闪烁着希望的光芒。特别是周冲的形象，寄托作家对未来世界的向往。曹禺很喜欢这个人物，他说："周冲是这烦躁多事的夏天里一个春梦，在《雷雨》郁热的氛围里，他是个不调和的谐音，有了他，才衬出《雷雨》的明暗。"①也许有人说作家没有写出更富于理想的人物，他只写了一个充满稚气的梦幻者。但是，在那个令人窒息的牢狱里，能唱出一支幻想曲，岂不牵动人们的情思，去追求一个美好的未来！周冲并不是一个孤立的存在，把周冲对真善美世界的幻想和鲁大海的形象联系一起，便可看到作家的理想尽管朦胧孱弱，但却有着现实的基础，闪烁着时代的亮色。但《雷雨》的结局毕竟是悲惨的，似乎人们怎样挣扎也难逃出那黑暗的坑、残酷的井。

但是，《日出》不同了。对黑暗社会的揭露和对光明未来的期望共同构成了《日出》主旋律。光明的旋律不再是梦幻曲的，而是对光明的积极追求和探索，形成它明朗的基调。

方达生好像是周冲的继续。如果说周冲是一个梦幻者，而方达生则是一个光明的探索者和追求者。虽说他是在"心里头活着"，但是他在《日出》的社会里经历了一个他未曾经历过的观察、探寻和沉思的历程。当我们开始接触这个人物，他确实有书呆子气。他的憨态有时令人发笑，连向陈白露求婚也显得拙笨。可是他却正直、诚实、善良，充满同情心。他本能地厌恶鬼似的人们的生活。他跑来寻找竹均，他的爱情幻想还保持以往的纯真；但是，竹均已经变成了陈白露，拒绝了他的求婚。他要坚决离去，却被陈白露留下看看。于是一连串不可思议的生活课题引起了他的探求追问："竹均怎么你现在会变成这样？""你难道不知道金钱一迷了心，人生最宝贵的爱情，就会像鸟儿似地从窗户飞了吗？"方达生的确戴着一副"古板眼镜"，由他的眼睛也照出《日出》的明暗。他的惊讶、疑问、疑虑、思忖，都在一定程度上引领人们去鉴别去判断去探寻。当他深入了《日出》的社会，这位探求者便表现了一种善于思索的性格特点。他探索、寻找，最后奔向了光明。在游历中，他终于见识了潘月亭、张乔治、顾八奶奶、胡四这些令人厌恶的人物；亲眼目睹了小东西的悲惨遭遇；还亲自观察到宝和下处非人的生活；他也参加了救小东西的行动。他穿过黑暗，既没有被黑暗吓倒，也没有受到黑暗的感染。他的思索更加深化："人与人之间为什么要这么残忍？"同时，光明也投射到他的心上，小工的夯声使他感动。他最后觉醒起来，产生了"做一点事情"的想法，"要跟金八拼一拼"。他看到陈白露那样下去"一定是一条死路"，而他却迎着满天曙光，在高亢而洪壮的夯歌中，向着太阳走去。方达生的确不是"《日出》中的英雄"，但是作为一个普通的正直的知识分子，他穿过"天堂"和"地狱"走上一条向着太阳的路，却概括着在黎明前黑暗的年代憎恨黑暗希求光明的知识分子的普遍觉醒。倘若真让他高呼着革命口号投身革命，反倒背离了人物的真实性，陷于廉价的呼喊了。

① 曹禺：《雷雨·序》，文化生活出版社1936年1月版。

和《雷雨》的创作比较起来，写《日出》时，作家渴望光明的心情更加紧迫了。虽然他说《日出》要“宣泄这一腔愤懑”，对那些荒淫无耻丢弃了太阳的人们，高喊“你们的末日到了”，但是，他却逼问着自己，并不能凭着嘶喊开始创作。他说：“我求的是一点希望，一线光明。人毕竟是要活着的，并且应该幸福地活着。腐肉挖去，新的细胞会生出来。我们要有新的血，新的生命。……我们要的是太阳，是春日，是充满了欢笑的好生活，虽然目前是一片混乱。”[①]这种对“日出”的精神渴望，不但成为进行创作的动力源泉，而且构成《日出》整体构思中的诗意灵魂。

对春天的向往，对阳光的渴望，这种理想情愫和浪漫诗情，汇成诗意的潜流。在主题、结构、背景和人物上都得到体现。“太阳升起了，黑暗留在后面。但是太阳不是我们的，我们要睡了。”这首诗是陈白露的诗，也是《日出》中潜在的诗意。剧中作为光明和黑暗的两个对立方面人物都没有出场，但是那富于象征的背景氛围却形成诗意的对比。这种诗意的主题渗透着制约着，血肉般地镕铸在全部戏剧有机体之中。

一个现实主义作家，并不是现实生活的复制者，即使揭露黑暗，他也决不自然主义地加以描绘。所谓真实性，毕竟是经过作家主观世界过滤了的真实。在真实的描绘中总是渗透着作家的政治观点，思想倾向，审美的评价和道德感情。当曹禺用渴望光明追求光明的诗意眼光去观察这个不公平的世界时，他就表现了一种诗意的真实性；当他去观察一些人物时，也就发现和挖掘了人物的诗意的心灵。

有人说：看过《日出》，觉得“每个人物几乎都发出腐尸的气息”。这是不全面的看法。曹禺的杰出之处在于，他能从腐尸气息中看到生命的跃动，在地狱中发现金子的闪光，在堕落中窥视到善良的灵魂。在普通的眼光看来，交际花，妓女都是为人歧视憎恶的人物，她们总是和污秽龌龊的生活联系在一起。但是，曹禺却从她们身上发现了美的灵魂。陈白露的确陷入堕落生活的罗网，她追求着热闹，同那些鬼似的人们周旋。但是，作家却深刻地看到，陈白露并非甘心堕落，她曾经有过美好的追求，也曾有过纯洁的竹均时代；同时，他更在她玩世不恭的生活态度中，发现了她内心深处依然跃动着热爱生活的希望。

翠喜的形象，无疑是作家一个重要的美学发现。在这个被侮辱被损害的女性身上，他“发现一颗金子似的心”。翠喜在长期的妓女生活中，使她在外观上失去人的尊严，打情骂俏，和“有钱的大老爷”厮混。她甚至还追忆着“红唱手”的时刻，手上有过“白花花千儿百块钱”。但是，在她失去人的尊严的外观下却有着对非人生活的强烈抗议；尽管她自己历经屈辱，仍然担负起沉重的家庭重担；而对小东西，却深挚地表现着她一颗母亲般的圣洁的灵魂。还是听听她心灵中沉重的叹息和抗议吧：“有钱的大爷们玩够了，取了乐了，走了，可是谁心里的委屈谁知道，半夜里想想：哪个不是父母养活的？哪个小的时候不是亲的热的妈妈的小宝贝？哪个大了不是也得生儿育女，在家里当老的？哼，都是人，谁生下

---

① 曹禺：《日出·跋》，文化生活出版社 1936 年 11 月版。

就这么贱骨肉，愿意吃这碗老虎嘴里的饭?”这是对卖淫制度的血泪控诉，也是对罪恶的社会制度的愤怒抗议。在这里，作家便提出了一个“都是人”为什么会堕入非人生活的重大课题。作家对人的价值，人的精神遭到摧残和蹂躏，表现了他高尚的人道主义的道德感情。当他从这些被歧视被践踏的人身上发现了她们金子般的心灵和潜在的愤怒和抗议，就恢复和发现了她们作为人的真正价值。作家把自己的道德感情渗透在这些“可怜的动物”的描写中，就具有格外震撼人心的艺术力量。

有人说，作家把陈白露写得“理想化”了，这种说法恰恰没有把握住《日出》现实主义的特色。其实任何伟大的作家描写现实时，都决不会追逐污秽肮脏的东西；即使揭露黑暗也不醉心黑暗，总是从黑暗现实中有着伟大的发现，从丑恶中看到美的事物。托尔斯泰在《复活》中写卡秋莎被逼得进入妓院生活也只做了概括交代，他仍然着重描写了玛丝洛娃的“复活”。曹禺以“无限的惊异”，发现了“可怜的动物”身上人的精神价值，在“社会的渣滓”中挖出了闪光的东西，他并不是把生活“理想化”了，乃是他揭示出污秽掩盖下的已有的诗意的真实。

契诃夫曾说：“最优秀的作家都是现实主义的，按照生活的本来面目描写生活，不过由于每一行都像浸透汁水似的浸透了目标感，您除了看见目前生活的本来面目以外就还感觉到生活应该是甚么样子，这一点就迷住您了。”[①]在《日出》里渗透着作家的目标感。他对阳光的渴望和追求，他为现实中光明力量的激发起来的纯真愿望都渗透在他的艺术描写之中。就它的理想的温热，浪漫的诗情和反映的诗意的真实来说，都决不是一般现实主义所能概括，而有了它新的特色。

陈白露的形象

尽管作家说“在《日出》里每个角色都应占有相当的轻重”，但是，陈白露的形象仍然是全剧的中心。

从《雷雨》到《日出》，已显示出曹禺是一个特别关心妇女生活命运和地位的作家。尤其是那些曾经受过“五四”个性解放洗礼的知识女性，在他的作品中占据着突出位置。这种情形不是偶然的。这不但因为他“亲眼看见多少蘩漪”和陈白露式的妇女，也是因为这些“解放”出来的知识女性的命运在当时社会中也成为一个突出的问题。鲁迅就曾经深刻提出“娜拉走后怎样”的课题，并在小说《伤逝》中通过子君的形象探索了这些妇女的悲剧命运和道路问题。从蘩漪到陈白露的形象，似乎是作家一个深入探索知识女性命运的过程。如果说，蘩漪是在一个封建买办的家庭中，被逼成乖戾逼成疯狂，使一个渴望自由的妇女陷入悲剧；那么，陈白露则是走进社会，在那个金钱统治的社会逼迫和毒害下堕入悲剧的深渊。当作家把陈白露放到社会中探索她的悲剧命运时，就较之蘩漪提出的问题更加尖锐更加深刻更加广大了。

---

① 契诃夫：《契诃夫论文学》，载《文艺理论译丛》，1958年第2期第176页。

陈白露的性格交织着错综复杂的矛盾。各种因素，各个侧面，有机地连在一起，使她的性格呈现着丰富的内容。这是多么矛盾的性格啊！作为一个交际花，我们看到腐朽的生活给她的性格打上的烙印。她抽烟，打牌，喝酒，嘲弄着男人，以至有人说她是"玩世不恭，自甘堕落的女人"；但是，她的确厌倦了那"发疯了的生活"，嘴角上总挂着嘲讽。她聪明但又糊涂，她骄傲自负但又软弱。有时看来她对生活的态度就是那么一回事；但有时做起事来又格外认真。她虽然陷入了"习惯的桎梏"，但仍然眷恋着青春，心中仍有不熄的诗情……她陷入重重的矛盾之中。这种复杂的性格真是搅得人眼花缭乱，有人就干脆骂她是"灵魂完全堕落的交际花"，也有人说她是"折断了翅膀的鹰"。各种说法，都有各自的根据。但我们认为，复杂的性格的形成是因为有它复杂的现实因素，同时也有它形成的过程。

陈白露，过去叫做竹均。出身在一个书香门第的家庭。她从小和方达生有过青梅竹马的情谊，并且有着一个女孩子的纯洁的心灵。她爱霜的洁癖，很能说明她那时纯真而清高的性格。她聪明、爱美、骄傲、任性。她曾经是爱华女校的高材生，当时便显示了她的才能，当过社交的明星，还做过几个慈善机关游艺会的主办委员。她的美丽、聪明、才能都给了她以自信。突然，她的父亲死去了，家庭的经济来源断绝了，这个挫折，无疑在她人生道路划出了一个阶段。如她说的："我一个人闯出来，自从离开了家乡，不用亲戚朋友的一点帮忙，走了就走，走不了就死。"她当了电影明星，还当了红舞女。这样单枪匹马地一个人闯出来了，获得了成功，无疑使她自负，也使她相信个人奋斗的力量。恰好在这里，使她产生误解。当她相信着个人奋斗的力量，实际上是别人利用了她的美貌和聪明。因此，在她的骄傲中，有着对自己年青美丽的自我陶醉，也有对自己聪明才干的自我欣赏。她有一句格言："我喜欢春天，我喜欢年青，我喜欢我自己。"这三者结合起来，是这位自由的女性心灵的自然流露，是一位小资产阶级女性自我陶醉的诗。她太崇爱她自己了，这里正潜伏着悲剧的危机。

尽管她在影坛上在舞场上曾经风流一时，但她还没有失去一个少女对爱情的天真幻想。她在追求一个幸福的家庭和一位意中的情人。她同诗人的结合和分手，是她人生道路上又一次重大事件。她和诗人结婚后渡过一段"新鲜"的生活，她的确爱过诗人。这位诗人"永远是那么乐观"，"相信一切是有希望的。"诗人对希望的追求对她有过感染和影响。多少年后她把诗人的"日出"诗仍记在心间。但是，他们终于分道扬镖了，诗人"他一个人追他的希望去了"。究其分手的原因，自然孩子死了，使维系的绳子断了。但根本原因乃在于陈白露同诗人的思想、性格乃至爱情观有着分歧。在陈白露看来，"他是个最忠心的朋友，可是个最不体贴的情人"。而她对婚后生活觉得"渐渐不新鲜了"，"结婚最可怕的事情不是穷，不是嫉妒，不是打架，而是平淡，无聊，厌烦"。为什么陈白露会产生这样一种精神状态？这是因为她追求的就是一种"盲目的爱"。如鲁迅在《伤逝》中说的："为了爱，——盲目的爱，——而将别的人生要义全盘疏忽了"。但是，陈白露和子君不同之处，她没有经济的困窘，而更多的是她爱情的幻想破灭造成了她们的分离。陈白露的悲剧具有精神悲剧的特点，在这次离婚中已经露出了端倪。这种“解放”的小资产阶级知识女性的爱情追求，带有幻想性，她们并不了解什么是真正的爱情。既又追求那种海市蜃楼般的爱情，又不懂得爱情的真义。所以，婚后的“平淡、无聊、厌烦”，只能是个性解放思想给她带来的精神悲剧。《子夜》里的林佩瑶，也是在“五四”社会思潮启蒙下成长起来的女性。她从小说里受了影响。她追求的是“俊伟英武的骑士和王子的影像”。当她和吴荪甫结婚后，生活是舒适的，但她同样觉得“缺了些什么似的”，陷于苦闷寥寂忧郁之中。即使她同那位雷参谋结合，也不会有任何真正的爱情。陈白露像林佩瑶一样，她的爱情幻想是永远不得实现的，也不会找到她心目中的“情人”。同诗人的决裂，使她对人生增加了空虚感，减却了热情。

但是，在那个金钱统治的社会，生活的道路是严峻的。她既然没有同诗人去走追求希望的道路，她自然以为凭她的聪明美丽还能“闯”出来。但摆在她面前的“只有两条路：不是堕落，就是回来。因为如果是一只小鸟，则笼子里固然不自由，而一出笼门，外面便又有鹰，有猫，以及别的什么东西之类……”①的确，张着血盆大口等待她的正是一条堕落的道路。当我们看到她时，她已是“顶红顶红”的交际花了。就其出身、教育、性格和追求来说，她是不愿意走这条道路的；但是实际上她又不得不走上这条道路。这正是造成她性格复杂性的现实根据。一旦在这条道路走下去，她就越陷越深，成为她“习惯的桎梏”；同时也就使她越来越深地陷入内心的痛苦之中。

在方达生没有来到之前，她用玩世不恭的态度来掩盖她内心的痛苦，“活着就是那么一回事”。在热闹中解脱寂寞，在享乐中消磨时光。方达生到来，对陈白露说来是她陷入堕落生涯中一件大事，激起她内心的激荡，使她的精神矛盾突出起来，加剧了她灵魂深处的斗争。作者说：“但她毕竟是个认真的人，因此方达生的来，可能使她燃起了一线希望，但她终于又彷徨起来。”②对这个竹均时代的情人流露出不可掩饰的娇态和柔情。她对霜，对春天的赞美，显现着竹均时代的稚气和本真，这是在特定条件下激起的一时的诗意兴奋。

方达生以为轻易地会把她拉回来，他哪里知道，他心目中的竹均已经在堕落的道路上走了很远很远。她早已失去对“真正自由生活”的幻想：“哪儿有自由？”她深知自己已被那腐朽的生活紧紧的拴住。但是，她很厌恶张乔治这些人物，但又不得不和他们厮混，因为他们“口袋里有几个钱”，实际上她已经摆脱不开对钱袋的依赖。这的确叫方达生失望了，当他执拗地要求陈白露嫁给他，她回答说：“我问你养得活我吗？”“我要人养活我，……我要舒服，……我出门要坐汽车，……应酬要穿些好衣服，我要玩，你难道听不明白？”资产阶级生活方式一旦毒害了她，就像怨鬼纠缠住她的心灵。于是方达生便指责她放荡堕落，但是她对这种指责却又激烈的抗辩着。她为自己辩护，似乎“很自负”，很倔强。但是，在她

① 鲁迅：《娜拉走后怎样》，《鲁迅全集》1 卷 269 页。

② 张葆莘：《曹禺同志谈剧作》，《文艺报》1957 年第 2 期。

的辩护词中却又饱含着辛酸和痛苦。下面就是她对于金钱、名誉的答辩：

> 我没故意害过人，我没有把人家吃的饭硬抢到自己的碗里，我同他们一样爱钱，想法子弄钱，但我弄来的钱是我牺牲过我最宝贵的东西换来的。我没有费着脑子骗过人，我没有用着方法抢过人，我的生活是别人甘心愿意来维持，因为我牺牲过我自己。我对男人尽过女子最可怜的义务，我享着女人应该享的权利！

这个答辩，就其实质来说，是一个被污辱被损害的妇女对卖淫制度的控诉。但是，这是一个蒙受着屈辱的答辩，因此，纠集着她复杂而矛盾的心理。她明明是出卖着自己，但又说是"别人甘心愿意来维持"；明明是遭受着男人的蹂躏，却又说"尽过女子最可怜的义务"。用貌似倔强的言词掩盖着痛苦，看来自负其实软弱。陈白露的性格的确是一个矛盾着的性格。她既然要舒服的生活，同时又抗议这种生活，这一切都不能令人理解。但正是在这种性格复杂性中刻划出一个具有深刻社会内容的典型性格。我们认为要深入解剖陈白露性格的复杂性，不能只是从陈白露的内心世界去寻找，应当从她的悲惨的遭遇以及交际花的罪恶生活环境中去探寻这种性格的形成原因。高级的卖淫生活，对她说来既是套在头上的枷锁，又是腐蚀她灵魂的鸦片。她既身受这种卖淫生活的侮辱迫害，使她饱尝被出卖的痛苦；同时，她又受到卖淫生活的毒害，使她陷入腐朽生活的桎梏。被侮辱和被腐蚀的灵魂都是来自一个罪恶的根源，即那个罪恶的卖淫制度。恩格斯曾说，卖淫制度"使妇女中间不幸成为受害者的人堕落"①。在这里，恩格斯深刻指出了卖淫制度使不幸的妇女处于既是受害者又是被腐蚀的堕落者的双重的矛盾地位。正是这种双重的地位在很大程度上造成了陈白露复杂而深刻的精神矛盾。但是，陈白露精神悲剧的复杂性和深刻性还不仅仅是这样。问题还在于她是一个在个性解放道路上经历过一段历程的女性。尽管身陷罗网，她仍然打心里热爱生活，渴望自由，这样就更加深了她的精神悲剧。她不但清醒意识到自己的屈辱地位，从而加深了痛苦；她也清醒地意识到自己的堕落，这就更加剧了她的内心的悲哀。于是，我们看到她是深深地厌恶着这个腐恶的环境又不能从中自拔出来。

最能表现她的精神悲剧的莫过于救小东西这一事件了。在这个事件的发展中，我们看到陈白露精神悲剧的发展直到最后崩溃的过程。有人说，她救小东西是"廉价的怜悯和交际花的一时冲动"，这是不符合实际的。小东西的悲惨遭遇深刻地触动着她的灵魂。开始，她不过是出于一种同情，而随着事件的发展，就使她认真起来。她听说小东西把金八打了，她不禁连声称赞，表现了她对金八的憎恶。当福升告诉她金八厉害得很，她明知金八有钱有势，不但没有退缩，反而挺身而出，公开声言"出了事由我担待"。这样，她救小东西就是有意识地向黑暗势力的挑战，无疑是一次大胆勇敢的反抗行动了。为了救小东西，这个骄傲的女子，第一次去求潘月亭帮忙，并且"第一次谢谢"潘月亭。为了救小东西，她

① 恩格斯：《家庭、私有制和国家的根源》，《马克思恩格斯选集》1卷71页。

还担着风险同黑三展开了当面交锋。的确像她自己说的："我第一次做了这么一件痛快的事"。你看她做完这件事的愉快心情吧！她的诗意兴奋又油然而生了，对着满天的云彩满天的亮是满心的欢悦，又唱起春天的和青春的赞歌。她欢呼着阳光，甚至手舞足蹈起来。但是，现实的处境又是多么冷酷，潘月亭不断地打断她的诗意的兴奋。她愤怒了，她似乎不能容忍了，她的愤怒化为戏谑的嘲讽，她喊潘月亭是"老爸爸"，发泄着她的愤懑。此刻，她陷入更深刻的精神矛盾之中，感受到了更深刻的悲哀。她多么渴望和需要阳光，但阳光不属于自己；她看到太阳升起来，黑暗就会过去，但是她又无力自拔从黑暗中逃出。她又念起了"日出"的诗，这首诗就成为她的挽歌。意识到的痛苦是一种深刻的痛苦，意识到的悲剧就是一种更为惨痛的悲剧。

在第三幕里，陈白露没有出场。但是，陈白露的形象却得到翠喜这个形象的映衬和补充。作家是把陈白露、小东西、翠喜作为一组形象结合起来考察的。围绕着翠喜生活的地狱环境，不但暗示了陈白露和翠喜实际上处于同样的卖淫地位，也隐喻了陈白露悲剧的结局。这样的处理，是曹禺的一个独创。

陈白露的精神矛盾终于陷入了崩溃的境地。她失去以往嘲讽的笑声，她也消失了玩世不恭的态度，她用酒浇着心头的痛苦，她内心充满了忧伤，独自落着眼泪。她绝望了。她对那个久已厌倦的环境极度地厌恶了。那些"鬼"似的人们在她这里吃喝玩乐，使她苦闷到了极点。而重要的一点是她对那个社会彻底绝望了。救小东西的行动彻底失败了，尽管她自己和方达生竭力奔跑寻找，也终于没有找到小东西的影子，而潘月亭更不可能有助于事。她深深地感到处处是金八的黑暗势力。"不是我们允许不允许金八活着的问题，而是金八允许我们不允许我们活着的问题"，"金八多得很，大的、小的、不大不小的"。到处都是黑暗的势力，她感到陷入黑暗的包围之中。她明明知道太阳出来了，黑暗在后面，但是她已经感到黑暗的包围，她也感到自己已经没有可去的道路。她对社会绝望了，她对自己绝望了。她的精神破产了，导致了她的灭亡。当她独白着："这么年青，这么美"而潸然泪下自杀死去时，她还在哀叹着自己的青春和美丽，而同自己的青春和美丽永远地诀别了。

对于陈白露的自杀，从来就有着争论。有的说"她应该死去"，也有的说是"作家把她送上死亡"，这的确涉及如何理解陈白露的悲剧实质问题。

在作家看来，一个美丽、聪明、有着才能的知识女性竟然堕落为一个交际花，这本身就是一个悲剧。但是，作家并没有停留在这一点上。他又认为像方达生、陈白露"都是所谓的'有心人'。他们痛心疾首的厌恶那腐恶的环境，都想有所反抗"①。的确，陈白露曾经接受过"五四"新思潮的影响，她渴望自由和爱情，她特别欣赏自己的青春、美丽和才干，她还曾经一个人去闯过人生。但是，她失去了爱情，失去了自由，却走到一条与自己的愿望和

① 曹禺：《日出·跋》，文化生活出版社1936年11月版。

追求相反的道路上。尽管她的悲剧总的根源是黑暗社会造成的，但是，她单凭个人去闯，去奋斗，去追求个人幸福和盲目的爱，结果却“闯”进堕落的泥潭里。在某种意义上说，她死在她曾信奉的个人奋斗、个性解放的哲学上。她接受了资产阶级的个性解放、个人奋斗的哲学，这既是她的悲剧的结果，又是她的悲剧的原因。正是在这样深刻的描绘中，作家揭示出陈白露的悲剧是一个追求个性解放个性自由的女性的悲剧。客观地表明：脱离开社会的解放去追求个性的解放，脱离开群众的斗争单靠个人去闯是没有出路的。这样，就提出了一个知识女性的道路问题。

但是，黑暗的势力毕竟是强大的。陈白露自恃骄傲，有所奋斗，并有反抗，但她毕竟是个弱者。对于这样的弱者：“我们固然未始不可责以奋斗，但黑暗的吞噬之力，往往胜于孤军。”①曹禺十分深刻地揭示了陈白露被“黑暗的吞噬之力”迫害致死的悲剧。作家虽然描写了经济上的窘逼是导致陈白露悲剧的因素，但是他把主要的篇幅放到对陈白露的精神悲剧的刻划上，展示了那黑暗的金钱统治的社会是怎样在精神上逼迫得她陷入极度的痛苦，怎样腐蚀毒害着她的心灵，使她处于不可解决的精神矛盾之中，最后导致她精神崩溃而绝望地自杀。这种精神的“吞噬之力”是一种可怕的无形杀人力量。作家透过陈白露的悲剧所提出的问题，不但涉及到妇女解放的道路，卖淫制度，更深刻地提出那个罪恶的剥削制度是不可救药了。陈白露的悲剧是社会的悲剧。

陈白露的形象，是曹禺的杰出创造。她是属于曹禺自己的典型形象。可以说要在现代文学史上寻找像蘩漪和陈白露这样的人物，也只有在曹禺作品中才能找到。

悲剧、喜剧、抒情及象征

“试探一次新路”，既是思想上的探索，又是艺术上的创新。

曹禺写《日出》时，最初曾追求契诃夫的艺术风格，他深深地为契诃夫的戏剧艺术所吸引。他提到《三姊妹》说：“在这出伟大的戏里没有一点张牙舞爪的穿插，走进走出，是活人，有灵魂的活人，不见一段惊心动魄的场面。结构很平淡，剧情人物也没有什么起伏发展，却那样抓牢了我的魂魄，我几乎停住了气息，一直昏迷在那悲哀的氛围里。我想再拜一个伟大的老师，低首下气地做个低劣的学徒。”②他没有完全实现这个意图。这毕竟因为风格不是靠模拟而来的。但是，《日出》的戏剧艺术的确渗透着契诃夫的戏剧因素。他摒弃了《雷雨》中过份运用技巧而带来“矫揉造作”的斧凿痕迹，而是努力追求依据现实生活来组织自己的戏剧结构，整个剧情发展也像生活那样自然开展进行。戏剧的场面、气氛也力求具有真实感。这一切都很自然而又有着高度的艺术魅力，色调缤纷，玉石天成。

在《日出》的都市社会中，生活本身就是错综复杂的：庄严和无耻、高尚和卑鄙、美和丑、善和恶、真和假无不纵横交织着。作家把这些错综复杂的生活色彩转化为丰富多彩的

① 鲁迅：《论秦理斋夫人事》，《鲁迅全集》5卷390页。
② 曹禺：《日出・跋》，文化生活出版社1936年11月版。

戏剧色调。在全部的悲剧发展中,喜剧人物接连粉墨登场,喜剧甚至闹剧的场面也穿插其中,悲剧的和喜剧的情势自然地交替转换,隐喻的讽刺和诗意的抒情也结伴而行。这样,就把悲剧同喜剧、讽刺、抒情结合一起,显示了作家卓越的艺术才能。

《日出》同《雷雨》比较起来,突出表现了作家高度的喜剧兴奋。在他的笔下出现了一连串喜剧人物:潘月亭、顾八奶奶、张乔治、胡四以至福升。这种强烈的喜剧兴奋反映了作家精神道德力量的强大,也反映了作家对那些"鬼"似的人们的蔑视和憎恨。在作家看来,既然生活已经变得这样黑白颠倒荒谬绝伦:一方面是那些剥削阶级者寻欢作乐极尽荒淫无耻之能事;一方面却是那些善良无辜的人们惨遭蹂躏和死亡。在这种令人愤慨的现实生活中就有着悲剧和喜剧的内容。关键在于作家对现实生活的审美感受更为锐敏更为丰富也更为深刻了,使他把现实中的悲剧和喜剧加以典型化,并把它们交织起来予以表现。在《日出》中悲喜剧的对比交织不仅出现在幕与幕之间,而且出现在一幕之中的悲喜剧的戏剧场面转换上。如果说第二幕的基调是喜剧的,那么第三幕就是极为浓郁的悲剧色彩。尽管第二幕以喜剧为基调,但是开始便以黄省三的悲剧来对比即将出场的喜剧人物。在整个这一幕中,始终伴随着从外面传来的小工含着愤怒的打夯号子声。忧郁、痛苦和悲哀的气氛作为背景托衬出那些鬼似的人们在暗夜里发疯的生活。这种"朱门酒肉臭、路有冻死骨"的悲喜剧对比,对黑暗的社会发出沉痛的控诉。它把无情的嘲讽的喜剧浪潮和浓重的悲剧激流汇合一起,形成强烈感人的艺术力量。

作家塑造的一组喜剧人物是格外成功的。有的人物着墨不多,但人物的性格活灵活现,显示了作家的喜剧才能。戏剧中喜剧人物的塑造,不能像小说还可借助于客观的描绘,它全靠人物自身的语言和动作。作家善于抓住人物性格的喜剧性的矛盾,以及自身的矛盾,揭露其令人可笑可卑的性格,而收到"无一贬辞,而情伪毕露"[①]的艺术效果。如顾八奶奶这个富孀,本是徐娘半老,但她总是忸怩作态故作多情,原是心广体胖,而又佯装病体娇怜;明明胡四是她的面首,却又要说成是自己的情人。她把肉麻当作有趣,把丑态视为风韵;她既追求着现代资产阶级的摩登款式,又信守着"三从四德"。作家抓住她外表和灵魂,语言和行动之间的矛盾,给予辛辣的嘲讽。作家对这些人物之所以揭露得入木三分,其要点在于嘲讽他们无耻的灵魂。张乔治,这个"高等华人",是留学美国的博士,衣冠楚楚,仪表非凡,而他的灵魂深处却是金钱、地位、猎狗和女人。作家虽然赋予了令人作呕的闹剧动作,但不是为了取得廉价的笑声,而是在笑声中揭露了他灵魂的无耻。胡四尽管美貌,"中国的第一美男子",而其灵魂却是那么粗卑恶浊。《日出》的喜剧不流于庸俗而有着深刻而严肃的内容,主要就体现在对喜剧人物丑恶灵魂的揭示上。

隐喻的讽刺是《日出》戏剧艺术的又一特色。对陈白露的悲剧遭遇,作家是怀着同情的,但是对她精神上的弱点,却给予严峻的批判。因为在作家看来,在她的悲剧的发展过

① 参看《中国小说史略》,《鲁迅全集》8卷184页。

程中，其自身就含有自我讽刺的因素。从充满稚气和纯真的竹均到堕入泥沼的陈白露，在她的这悲剧发展中就有着自我否定的讽刺因素。陈白露由于方达生的到来，流露出诗意的抒情，似乎那竹均时代的性格又闪现出来，她赞美霜赞美着春天；但是竹均时代早已成为过去，而眼下过的却是交际花的卖淫生活。所以竹均时代的生活对陈白露目前的生活就不能不构成一个隐喻的讽刺。她说"甜得很也苦得很"，这里正潜藏着一个不可明言的痛苦的自我嘲讽。这种隐喻的讽刺是含着深刻的悲哀的，作家把它表现出来，就加深了陈白露的悲剧性。隐喻的讽刺也表现在戏剧情势的对接之中。当陈白露要求方达生再叫她一次竹均，她似乎要追忆这逝去的竹均的时代。突然，喝醉了酒的张乔治从陈白露的卧室摇荡着闯了出来，打破了她对逝去梦境的回味。这种忽然插进的喜剧情势，对陈白露又是一个辛辣的讽刺。看！陈白露同这些人鬼混在一起，这怎么还是那个竹均?！这种手法很像电影里蒙太奇。突然插入的喜剧场面看来同上一场面没有必然联系，但是对接一起却产生了隐喻的讽刺意义。如第四幕，在起伏的戏剧场面连接中，先是李石清嘲笑着黄省三，可是很快他自己也陷入被潘月亭恶毒讽刺的境地，紧接着潘月亭又落进被李石清更加恶毒的嘲讽里。潘月亭、李石清既扮演着嘲讽别人又被人嘲讽的角色；同时，又都在自己嘲讽着自己。公然的和隐喻的嘲讽结合起来，这样，使得戏剧冲突跌宕多姿，而且戏味隽永，引人入胜，发人深思。

在《日出》中，戏剧冲突的进行是那么自然的流转，抒情的、喜剧的、悲剧的场面连接，像生活中那样自然交替出现，而讽刺性，悲剧性都深深地藏在里面。这方面，较之《雷雨》的戏剧艺术更加精淳而老成了。第一幕，陈白露刚刚把黑三撵走，心情充满喜欢，此刻太阳出来了，她的诗意兴奋油然而生了。她对潘月亭说："你看，满天的云彩，满天的亮——喂，你听，麻雀！春天来了。哦，我喜欢太阳，我喜欢春天，我喜欢年青，我喜欢我自己。哦，我喜欢。"她太兴奋了，她忘记了在她身边的不是方达生，而是那个用钱占有她青春和美丽的潘月亭。这里面含着讽刺性。紧接着转换为一种喜剧的情势。潘月亭借天冷要关窗户戏弄着陈白露："我对我亲生女儿也没有这样体贴过。"陈白露说："我要是你亲生的女儿，你还会这么体贴我？你说是不?"表面看来似乎是打情装嗔的喜剧，但内里却蕴藏着愤懑。陈白露借此嘲弄潘月亭，喊着他老爸爸，"我真喜欢，你，你真像我的父亲，哦，我可怜的老爸爸！你尽在我这儿受委屈了。"这些本是悲剧的内涵却用了喜剧的形式，痛苦和厌恶都借戏谑的嘲弄发泄出来。而当她嘲弄潘月亭时，她也在嘲讽着自己。以自己的青春和美丽竟和这样一个"老爸爸"混在一起，岂不是一个极度的讽刺，又岂不是一个人生的悲剧。悲剧的冲突透过喜剧的形式表现出来，这正是抓住了生活中内容和形式的辩证统一，他把这些戏剧化了。随后，又出现了诗意抒情的气氛，陈白露背诵着"日出"的诗，透露出她心中的悲哀和痛苦。在这样自然转换的戏剧冲突的起伏中，的确没有张牙舞爪的场面，但却有了深刻隽永的含意。在悲剧同喜剧、讽刺、抒情的错综交织中，深刻而细致地刻划出陈白露复杂而矛盾的内心世界。这些地方，《日出》颇得契诃夫戏剧艺术的神味，但是它比契诃夫的艺术风格更紧张热烈些。作家巨大的热情仍然不可遏止地迸涌而出，燃烧着愤懑和激怒，因此，使得《日出》的戏剧冲突有着契诃夫所少有的“辣味”。

正如作家从现实生活中提炼了戏剧冲突，也按照现实生活的样子提取了它的戏剧结构。《日出》的结构具有独创的艺术特色。

再没有比《日出》的艺术结构引起众说纷纭的争论和评价了。有人说：“割去第三幕，全剧就要变成一篇独幕剧”；也有人说，《日出》的结构是“两个横断面，两个印象”；有的说：“第三幕仅仅是一个插曲”，等等。批评的意见主要集中在第三幕同全剧的关系上。最早为《日出》结构进行辩护的是欧阳凡海的一篇文字。他说：“不管《日出》在外表上看起来如何没有起伏，如何没有故事的发展，然而事与事，人与人之间的结合，依我看来，决不是任意的，或互不相关的。所谓结构，不事张扬造作的结构，才是真正的结构。”①在一片对《日出》结构的异议批评声中，他从整个戏剧的内在联系上把握《日出》结构的特点，这个意见有它的独创之处。

对一部剧作结构的评价，不能脱离开剧作的主题。一个成功的结构必然是充分表达了主题的结构。在这个意义上讲，结构也从来没有固定的格式；只要是富于独创的主题，也必然会带来独特的艺术结构。对《日出》的结构也应作如是观。《日出》结构的卓越之处，在于它用不事张扬的结构深刻地表现了“损不足以奉有余”的社会形态。无论是戏的开头和结尾以及幕与幕之间的互相关联，都紧紧扣住对人吃人社会的揭露和抨击上。他自觉地运用他对社会的认识组织了《日出》的结构，这个结构是他“自己的哲学”的产物。《雷雨》的结构，他借鉴了易卜生和希腊悲剧结构某些因素，他特别想用序幕和尾声的结构形式，叫观众“带着一种哀静的心情”回去，心里留下“水似的悲哀”。“欣赏的距离”说还影响着作家，它在实际上削弱着主题。《日出》的结构明确地服务于作家的战斗企图，叫观众想到“什么原因造成这不公平的禽兽世界？是不是这局面应该改造或者根本推翻呢？”正因此，作家是按照社会现实的对立斗争的图画结构起他的戏剧大厦。有人说《日出》的结构颇象(像)高尔基的《在底层里》，的确《日出》第三幕很像高尔基描写的底层中卷伏争吵的人们，但是《日出》的结构不仅描写了底层更写了上层，在结构的大对比中揭示那个“损不足以奉有余”的吃人的社会。所以，《日出》的结构是现实主义的结构，也是作家独创的结果。

对于《日出》第三幕，从来没有人否定过。争论的症结在于有人认为第三幕是个游离的存在，不能成为全剧的“有机体”。这种意见恰在于它没有从作家的整体构思的内在联系上去认识《日出》结构的独创性。在我们看来，第三幕最鲜明地体现了作家对那个禽兽世界进行激烈抨击的立足点，他是怀着对地狱里生活的人们的深挚同情去评价《日出》的社会的。他的整体构思在很大程度上是以“可怜的动物”的血泪来控诉和暴露那个不公平的社会。失去第三幕，《日出》的抨击力量就失去它深厚的人民性的基础。同时，正如我们

① 欧阳凡海：《论〈日出〉》，《文学》1937 年第 9 卷 1 号。

已经提到的，作家是把陈白露的悲剧同翠喜、小东西的悲剧一起加以考察的。这一形象提出了卖淫制度的问题，从而有了更加内在的联系。从一般的结构方法要求，中心人物和事件应该始终贯穿不断，但是，曹禺作为一个敢于进行艺术探索的作家，为了表现主题的需要突破常规，"用片断的方法"和"用多少人生的零碎来阐明一个观念"，在似断实联，似散实聚的结构艺术中，比较完满的实现了创作意图，这显示了他的独创性。作家说：挖了第三幕"等于挖去《日出》的心脏"。作家竭力为第三幕辩护，不仅因为第三幕使他付出巨大的劳动，也因为第三幕确是能体现作家艺术构思及作家审美立场的核心和关键。在作家看来，那些地狱里的人们最迫切盼望着日出，"最需要阳光"，以此显示"日出"的迫切意义。作家为《日出》结构辩护，显示他的艺术自信心。他坚持的不仅是艺术的创新立场，也坚持了他的战斗的立场。据凤子回忆：当《日出》在日本演出时，国民党驻日使馆强令删去第三幕，认为"暴露了下层人民生活，有碍国体"。[1] 它从反面证明了这一幕的战斗性。

《日出》中值得引起重视的另一艺术特色是象征艺术手段的运用。在曹禺的一部分剧作中，象征的艺术色彩比较浓郁。在我国话剧创作中像他这样频繁地运用象征艺术手段的还是罕见的。他有成功的经验，也有不够成功的教训，这个问题涉及到作家艺术思维的特点，也涉及到作家的世界观和时代的特殊条件。在《雷雨》中，作家运用象征的手段把雷雨的自然形象象征为一种似乎具有摧枯拉朽的破坏力量，但也"象征渺茫不可知的神秘"。它既象征着环境的压抑，也象征着人物郁结的烦闷。我们认为，这是作家摸索戏剧诗的创造的一种大胆尝试，探索戏剧典型环境描写如何同诗意抒情结合起来。曹禺是一个充满巨大热情的戏剧诗人。他说："我写《雷雨》是在写一首诗。"[2]这种激情洋溢的戏剧诗人的特点，使他在戏剧创作中去追求诗意的真实和诗意的境界。在环境创造上，他总是捕捉一个得以抒发其诗意的自然形象。正是在这种情况下，象征的艺术手段被他发现了。

《日出》的诗意主题，体现了他对阳光的渴望，这种渴望被他转化为晨曦旭日、满天大红的日出景象。"日出"既是光明的象征，也是同春天的生机勃勃联系起来的无限生命力的象征。因之，"日出"不但是一个自然的背景，而是诗意主题结晶起来的诗意的象征形象。他让那些背弃阳光的人们在暗夜里活动，他让那些喜欢阳光的人流露出对阳光的温暖诗情，他让那些追求光明的人迎着阳光走去，而让那些生活地狱里的人渴望着阳光，这种诗意的象征形象具有精美的艺术概括力，又显得格外诱人想象。当作家把"日出"同工人的形象结合一起，这种象征性便给人一种现实感，它是一种可以追求到的光明，并非空漠的幻想。的确，作家没有把工人阶级搬上舞台，这不但因为作家对工人的生活不熟悉，也因为他当时思想水平的限制。但是，在那黎明前的黑暗年代，他用日出点燃人们的希望和追求，便具有革命的进步的浪漫主义的因素。有人曾经提出，工人为大丰银行盖大楼，他们的劳动是沉重的雇佣劳动，赞美淌汗的工人劳动便歪曲了光明。这里，正是忽视了象

① 凤子：《在上海》，《文汇报》1957 年 12 月 29 日。

② 曹禺：《简谈〈雷雨〉》，《收获》1979 年第 2 期。

征艺术的虚拟性，只要象征不脱离被象征的本质，就是典型的。把象征当作事实加以苛求，即使最好的诗也会挑出毛病。把“日出”同工人联系一起，最后方达生迎着太阳伴随着那洪壮的夯声走去时，就给以气势磅礴的鼓舞力量。在这里，象征的艺术运用得是十分成功的。

金八的形象塑造，作家同样采用了象征的艺术手段。这个象征性的形象，决不象(像)有人说的是“淡淡的影子”，“未获得形象的力量”。金八具有被人可感触的性格，又象征着黑暗势力和黑暗制度。这个形象的深刻性恰在于象征性上。犹如作家“日出”形象凝结着作家对阳光的渴望，这个象征性形象便聚积着作家对黑暗的憎恨。象征总是具有含蓄的特点，只要不陷入隐晦或神秘，便具有形象的概括力。作家所以采用象征手法塑造金八，使光明和黑暗两个对立的力量没有出场，的确也有它具体的历史条件。在那到处都有枭鸟眼睛的时代，他采取象征性手法，也有不得已而为之的苦衷。如果考虑到这个历史条件，象征的艺术在曹禺那里却成为一种战斗的艺术手段，这点也像鲁迅不得已而使用杂文手法一样。对《日出》的象征艺术，我们应给予充分的肯定评价。

（原载《文学评论》1980 年第 1 期）

关于《日出》的几个问题

辛宪锡

曹禺的《日出》，一九三五年作于天津。一九三六年，剧本在巴金、靳以编辑的《文学季刊》上发表。戏首先由复旦大学剧社演出，导演是欧阳予倩，凤子演陈白露。一九三七年春，这个戏被一群留学生在日本东京演出，如同一九三五年《雷雨》在东京演出时一样，又一次轰动了日本剧坛。日本著名作家秋田雨雀对郭沫若说："中国人的确是天才，象《日出》这样规模宏大的剧本，日本很少见。"①从此，《日出》与《雷雨》一起，像两山对峙，巍然耸立在人们面前。

然而，要领略这座奇峰的风光，发现它的妙处，却不是一件容易的事。

一

首先，陈白露究竟是一个什么形象，她的悲剧的实质及其社会意义何在？

有的说，陈白露是一个"伟大人物"。"她美丽而且活泼，聪明而举止果毅。起初她象是好讥讽而且贪婪，不久我们发现她对不幸者是那样慷慨而且充满了同情心。"②

有的说她是一只"折断了翅膀的鹰"，一个应该"肯定"、值得"同情"的人物，只有深刻地"揭示出她灵魂中理想与现实、人性与奴性、尊严与屈辱、同情与麻痹……的复杂矛盾"，才能理解她的"悲剧的实质"③。

还有说她是一只"关在笼里尚不自觉的金丝鸟"，一个"玩世不恭，自甘堕落的女人"，"这是应被批判和被否定的形象"，"看不出陈白露的死究竟有多深多大的悲剧意义"④。

……

真是众说纷纭，莫衷一是。

这里，有必要听听作者的意见。曹禺这样为陈白露的出场写舞台指示："她爱生活，她又厌恶'生活'。她认定自己习惯的'生活'方式，是残酷的桎梏。她曾试着逃出去，但她像寓言中金丝笼里的鸟，失掉在自由的天空里盘旋的能力，她不得不回到自己的丑恶的生活

① 《沫若文集》第十一卷 356 页。
② 谢迪克：《〈日出〉批评》，《月报》第 1 卷第 1 期，1937 年 1 月。
③ 陈恭敏：《什么是陈白露悲剧的实质》，《戏剧报》1957 年第 5 期。
④ 徐闻莺：《是鹰还是金丝鸟》，《上海戏剧》1960 年第 2 期。

圈子里，却又不甘心这样活下去。”

陈白露就是这样一个矛盾的角色，她的思想性格无不处于复杂的矛盾之中。畸形的社会，产生了畸形的人。同时，我们还要看到，在陈白露身上，理想高于现实，人性多于奴性，尊严战胜屈辱，同情超过了麻痹。总之，身陷魔窟而不甘堕落，是她的矛盾性格的基调。这从她与方达生的“爱情”、救小东西、对“群鬼”的态度以及她的死，都可以看得很清楚。

陈白露为什么不跟方达生走，不愿嫁给她？这有四个原因：

一是她变了。她已从一个“天真可喜的女孩子”，一个“读过书的人”，“书香门第的小姐”，变成一个“演过电影，当过红舞女”的交际花。她的纯真的性格被黑暗的现实扭曲了。她与“永远在心里头活着”的“书呆子”方达生，已经失却了共同的思想感情的基础。

二是她尝过爱情的酸辛。她挨过丈夫（那个诗人）的骂，也挨过打，她忍受不了婚后的“平淡，无聊，厌烦”，终于与丈夫分离。丈夫看不起她，“他会认为我现在简直已经堕落到没有法子挽救的地步”。而她是一个不甘堕落的人，她的高傲性格维护着自己做人的尊严。现在方达生也来责备她，“一个单身的女人，自己住在旅馆里，交些个不三不四的朋友。这种行为简直是放荡、堕落”。她冒了火：“你怎么敢说我堕落！”人与人之间的不平等，加上她的可悲的卖身生活，已使她不敢奢望“真正的感情，真正的爱”。

三是她的现实处境不容。她跳不出恶鬼的魔掌，已经失去了自由。用她的话说：“我是一辈子卖给这个地方的。”

四是她不信跟方达生走，就会得到“自由”。她已经看透，在那个社会里，“自由”只是“金钱”的奴隶。方达生没有钱，到哪儿去获得“自由”？她牺牲了自己“最宝贵的东西”去换钱，正是为的按照自己的意志，“自由”地生活。

可见，陈白露与方达生的爱情纠葛，概括了多么丰富的社会生活内容，反映了这个年轻妇女多么曲折痛苦的心灵历程。一方面是，黑暗的社会在吃人；一方面是，挣扎，反抗，“一个人闯出来，不靠亲戚，不靠朋友，能活就活，不能活就算”。陈白露所追求的，难道不是做人的起码的尊严？

陈白露不甘堕落，还突出地表现在救小东西的过程中。在那个尔虞我诈的社会里，救小东西，可不是一件简单的事。潘经理那样有钱有势，一听小东西是“金八看上的人”，马上吓了回去，他怕得罪金八。然而，陈白露的态度十分坚决，她不怕碰金八那个财神、阎王、地痞头。后来，黑三带着一帮地痞气势汹汹地来搜查，陈白露急中生智，把他们顶了回去，弄得黑三又是赔礼道歉，又是自打嘴巴。接着，她把小东西保护了起来。小东西逃走以后，她还是惦着她，要方达生设法寻找。显然，陈白露救小东西，不仅是她与小东西命运相联，怀着深深的同情与怜悯，而且表现了她对社会罪恶势力的蔑视与反抗。

至于陈白露对潘月亭、张乔治、胡四、顾八奶奶等“群鬼”的态度，也鲜明地表现了她虽落在“丑恶的生活圈子里，却又不甘心这样活下去”。是的，陈白露过着资产阶级的寄生生活，有一定的奴性；但她没有与资产阶级同流合污，堕落为“鬼类”。她是人，她没有失去应有的人性。张乔治向她求婚，炫耀着“房子”、“股票”、“现款”，还有那一堆博士、学士、硕士的头衔，她没听完，就喊了起来，要方达生赶快打开窗户，她说：“这屋子忽然酸得厉害。我要吸一点新鲜空气。”这表明金钱的奴隶也有厌恶铜臭的时候，她并没有完全被金钱所收买。顾八奶奶也是一位有名的阔主，但陈白露并不趋炎附势。在应酬过程中，她一再打着呵欠，不耐烦地敷衍，有时甚至是讥讽。她厌烦顾八奶奶那种肉麻当有趣的庸俗与无聊。所以，无论从陈白露所处的阶级地位看，还是从她的思想感情看，她与资产阶级仍有明显的界限。

正由于陈白露不愿“与资产阶级同流合污”，“不甘心这样活下去”，才导致她最后的自杀。如果不是这样，那么作为一个年轻美貌的交际花，她可以谁有钱跟谁走，那罪恶生活的大门本是向她敞开的，她决不会在二十三岁的时候就结束自己年轻的生命。

关于陈白露之死，作者曹禺有过很好的解释：“她在悲观和矛盾中活着，她任性，她表面上有些玩世不恭，有些自暴自弃。她说混到什么时候就算是什么时候。但毕竟她还是一个认真的人，因此方达生的到来，可能使她燃起一线希望，但她终于又彷徨起来。因为她在生活中失去了勇气。……‘负债’不是陈白露的死的主要原因。陈白露死时是一个二十三岁的女人。认真、热情、年轻、冲动，没有多少人生经历，都使她在一时解不开人生的纽结时，向死亡的道路上撞过去。”①具体说来，促成陈白露之死，有四个原因：

一是救小东西的失败，使她看到了自己的命运。她在那个社会，在那一群吸血鬼心目中，并无多少价值。她的自负、高傲、优越感，受到了打击。她的精神支柱倒塌了。她对自己的存在发生了怀疑：金八他们允许“不允许我们活着”？

二是潘月亭的破产，使她失去了靠山。这不仅切断了她的经济来源，使她那骄纵奢侈的资产阶级生活化为泡影；而且沉重地打击了她的生活信念。潘月亭那样有办法的人，尚在与金八的倾轧中败阵，她又怎能逃脱金八他们的魔掌？

三是随之而来的债务，无法偿还；更要紧的，她“又好个面子”。这既是经济压力，更是难卸的精神负担。

四是希望的破灭。她去找曾向她夸口的张乔治借钱，受到奚落。这是对她精神上的最后一击。

这样，四股绳索，紧紧扭成了一个人生的死结。凭她陈白露弱小者的力量，一时怎能解开？她走投无路，而又不甘堕落，向金八他们屈膝。她陷入了现实与理想的深深矛盾之中。她不满黑暗的现实，又看不到光明的前途，摆在她面前的，只有一个通往“理想”的曲折的去处——死亡。

陈白露如此死去，难道不值得同情！这难道不是对旧社会与恶势力的反抗，纵然是微弱的无力的反抗！

① 张葆莘：《曹禺同志谈剧作》，《文艺报》1957年第2期。

因此可以说，陈白露既不是“关在笼里尚不自觉的金丝鸟”，也不是“堕落了的娜拉”，而是带着世间全部丰富复杂的感情的“有心人”。在她身上，既有值得同情的因素，即她受侮辱、受损害直至被黑暗的现实压垮，也有值得称赞的因素，即她的灵魂有所觉醒，对罪恶势力有所反抗。这两者是主要的。只是她的资产阶级生活方式和享乐主义，散发着毒素，需要人们警惕。我们决不可简单化地看待这个艺术形象，它具有深刻的典型意义和美学价值。

二

与陈白露形象密切相关的，是如何理解《日出》的主题？

人们过去对它的解释，有两种偏向：

一是偏信作者引用的八段引文，使主题抽象化与片面化。认为那“几句话说明了《日出》的主题思想。换一句话说，它的主题思想是暴露那种‘损不足以奉有余’的人吃人的社会制度以及那帮走向崩溃的荒淫无耻之徒”。[1]

二是通过对陈白露形象的否定，从而否定了《日出》的深刻的主题。认为“真正体现了《日出》中的‘损不足以奉有余’的主题的是小东西、黄省三和翠喜的遭遇，而不是陈白露。观众没有必要把同情和感动从他们身上转移到那不值得同情的陈白露身上。作者通过金八、潘月亭、顾八奶奶、黑三、张乔治这一些剥削者、压迫者对小东西、对翠喜、对黄省三的摧残而完成了揭露这个社会‘损不足以奉有余’的主题”。[2]

在理论上，恐怕谁也不能否认，作品的主要人物体现着作品的主题。那么，问题的关键是要搞清楚，《日出》究竟有没有主要人物？主要人物是谁？

作者曹禺说：“《日出》里没有绝对的主要动作，也没有绝对主要的人物。……他们互为宾主，交相陪衬，而共同烘托出一个主要的角色，这‘损不足以奉有余’的社会。这是一个新的企图，但是我怕我的技术表达不出原意，因而又将读者引入有布局紧凑、中心人物、主要动作，这一些观念里，于是毫厘之差，这出戏便在另一种观点下领得它应该受的处分。”[3]

有些人正是只注意作者的前两句话，他的“新的企图”，而忽略了“但是”后面的一句话，没有对作品的实际表现作分析，就断定《日出》没有主要人物与主要事件。但也有一些评论家从对作品的具体分析出发，指出《日出》存在着主要人物与主要事件。如周扬同志就认为《日出》的主人公是陈白露和方达生[4]。北京人民艺术剧院导演欧阳山尊认为，《日出》的主要事件是方达生去找陈白露以及他在陈白露那里的所见所闻。“从上述的全剧主

① 欧阳山尊：《〈日出〉的导演分析》，《戏剧论丛》1957年第1辑。
② 徐闻莺：《是鹰还是金丝鸟》，《上海戏剧》1960年第2期。
③ 曹禺：《怎样写〈日出〉》，《月报》第1卷第4期，1937年4月。
④ 周扬：《论〈雷雨〉和〈日出〉》，《光明》第2卷第8号。

要事件中，可以看出，许许多多事件都是由方达生这一根线索在贯串着，许多事件都通过他来联系起来。"①

我也认为，《日出》的主要人物是陈白露与方达生。因为这两人的纠葛，构成了《日出》的戏剧冲突。《日出》的故事，一句话即能概括：方达生来找陈白露，向她求婚，想把她带走；但陈白露已经变了，终于未能把她带走。全剧的中心，就在写陈白露这个"变"字。她是怎样变的？从一个天真活泼的姑娘变成交际花。促使她变化的原因是什么？她落进了那个环境，由此必然交结的那些丑类的影响，这是客观原因；她的资产阶级享乐主义与资产阶级生活方式，则是主观原因。她又将如何变化？她不满于自己的"生活"，不甘堕落，又看不到光明的前途，结果被黑暗所吞噬，成了牺牲品。方达生留下来所看到的，正是陈白露这个复杂的从心灵到生命的变化历程。这就是《日出》描写的主要事件。如果抽掉这两个主要人物及主要事件，剧中的其他人物与其他事件，就会失去依附，失去存在的意义，这个戏也就不能成立。

所以，我们还是要从剧本实际表现的主要人物与主要事件，来理解它的主题。

从前面对剧中主要人物的分析，可见《日出》的主题至少包含了这样三层意思：

一、对旧社会的罪恶与黑暗的深刻揭露。那个人吃人的剥削制度，不仅吃掉了下层劳动人民的女儿，如小东西、翠喜等人；而且也吃掉了像陈白露这样的"书香门第的小姐"。这是何等触目惊心！潘经理是"群鬼"中的一个代表人物，他为了用钱收买陈白露，显得多么慷慨：陈白露几千元的巨额账单，他都给付了。然而，他的钱以怎样残酷的手段搜刮而来，请听听他银行里的小录事黄省三的控诉：

你们好狠的心哪！你们给我一个月不过十三块来钱，可是你们左扣右扣的，一个月我实在领下的才十块二毛五。我为着这可怜的十块二毛五，我整天写。整天给你们伏在书桌上写；我抬不起头，喘不出一口气地写，我从早到晚地写；我背上出着冷汗，眼睛发着花，还在写；刮风下雨，我也跑到银行来写！（做势）五年哪！我的潘经理！五年的工夫，你看看，这是我！（两手捶着胸）几根骨头，一个快死的人！我告诉你们，我的左肺已经坏了，哦，医生说都烂了！（尖锐的声音，不顾一切地）我跟你说，我是快死的人，我为着我的可怜的孩子，跪着来求你们。叫我还能够给你们写，写，写，——再给我一碗饭吃。把我这个不值钱的命再换几个十块二毛五。可是你们不答应我！你们不答应我！你们自己要弄钱，你们要裁员，你们一定要裁我！（更沉痛地）可是你们要这十块二毛五干什么呀！我不是白拿你们的钱，我是拿命跟你们换哪！并且我也拿不了你们几个十块二毛五，我就会死的。（愤恨地）你们真是没有良心哪，你们这样对待我，——是贼，是强盗，是鬼呀！你们的心简直比禽兽还不如——

这是多么强烈的对比！潘月亭给陈白露付的每一笔钱，都有被压迫、被剥削者的血、

① 欧阳山尊：《〈日出〉的导演分析》，《戏剧论丛》1957年第1辑。

汗、命在里面。而陈白露以及翠喜、小东西这些压在社会底层的交际花、妓女，又何尝不是在卖命。《日出》抨击的就是这样一个血淋淋的社会。

二、对光明的向往与追求。在作者的创作意图里，这一点也很明确。他说："我求的是一点希望，一线光明。人毕竟是要活着的，并且应该幸福地活着。腐肉挖出，新的细胞会生起来。我们要有新的血，新的生命。"在作品中，这个意图主要也是通过陈白露与方达生的形象体现出来的。《日出》的可贵之处，就在于没有把陈白露写成一个"自甘堕落"的荡妇，而写出了她身上的积极因素，即"新的细胞"，她的灵魂的觉醒。陈白露本来就在矛盾之中，方达生给她带来的学生时代的美好回忆，某诗人所说的"太阳出来了，黑暗就会过去的"给予她的启迪，救小东西所激起的正义感，都促使她在残酷的黑暗现实的压迫下，良知渐渐开启，灵魂渐渐觉醒。对这个交际花来说，不愿再过目前这种屈辱的生活，不甘沉沦，就是灵魂的觉醒。革命者可以在烈火中求得永生。陈白露不能与革命者相比，她不可能在与金八这类恶势力的严酷斗争中献身，而只能在死亡中求得新生。这难道不是这位小资产阶级知识分子的矛盾性格发展的必然逻辑？至于方达生，思想的起点要比陈白露高，但一开始，他也不明白真正的出路在哪儿。他以为只要把陈白露带走，"就可以跟从前一样，快活，自由"。只有当方达生留下来看到了种种丑恶事实，他才从在"心里头活着"变为在现实世界中活着，于是感奋起来，觉得"有许多事可做"，"也许为那小东西跑跑，也许为那小录事那一类人做点事"，最后决心"要跟金八他们拼一拼"。

人物卷进了两个阶级的对抗之中，以及他们对于美好未来的向往与追求，就使《日出》的主题带上了时代的若干亮色，在那个沉沉暗夜，给人以"一点希望，一线光明"。

三、朦胧地展示了通往光明的道路。在《日出》戏剧冲突的发展过程中，一再渲染工人打夯的热烈气氛，重复这样两句话："要跟金八他们"如何如何；"太阳升起来了，黑暗留在后面"。人们自然会问：怎么去跟金八他们拼？即"太阳"究竟怎样升起，"黑暗"怎样驱除？作者虽然未作明确回答，但他安排了一个巧妙的结局：陈白露死了，方达生去了。这是一个意味深长的对比。当方达生离开陈白露，听着窗外工人们高亢而洪亮的夯歌，他说"太阳就在外面，太阳就在他们身上"，最后"迎着阳光由中门昂首走出去"，这实际上已经隐约显示出：他必将投身工人的行列，联合他们的力量，去与金八他们斗争；光明灿烂的未来，必将属于这些敢于斗争的人！

作品的形象大于作家的思想。《日出》艺术形象中蕴含的这个寓意，已经超过了作者的主观认识，使它的主题有了相当的思想深度。

可见，《日出》的主题思想是具体的，丰富的，深刻的。它的教育意义，决不能低估。

三

领略《日出》的妙处，还有一个难题是如何把握它的戏剧结构特点？

乍一看，这个戏的结构，用的是"片段的方法"，所谓"横断面的描写"，显得有些松散。无怪它"总是不得已地受着人们的支解"，有被删去第三幕的危险。而作者说："《日出》不演则已，演了，第三幕无论如何应该有的。挖了它，等于挖去《日出》的心脏，任它惨死，如若为着某种原因，必须支解，这个剧本才能把一切罪恶暴露在观众面前，那么就砍掉其余的三幕吧。”[1]其实，这个戏是哪一幕也不能砍的，它的结构相当严谨、完整，是一个有机的统一体。作者企图不要主要人物与主要事件，实际上剧中还是存在“中心人物、主要动作”。这乃是戏剧结构得以严谨、完整的一个重要因素。《日出》的结构，实际上采用了矛盾包矛盾的方式，即在陈白露与方达生的矛盾之中，又包括了两种矛盾：被侮辱、被损害者与剥削、压迫者之间的矛盾，这是“人”与“鬼”的斗争，以及剥削、压迫者本身之间的矛盾，这是他们内部的狗咬狗斗争。方达生来找陈白露，由此看到陈白露的变化以及社会的种种罪恶，他非但没能把陈白露带走，自己反而卷进社会矛盾之中，投入了新的斗争。《日出》这种结构方式，倒有点像果戈理的讽刺喜剧《钦差大臣》。“钦差大臣”赫列斯达可夫来到市长那里，由此引起一系列矛盾，现出了旧沙俄官僚阶层的种种丑态。《钦差大臣》反映了无比丰富的社会生活内容，而它的戏剧结构紧凑、凝炼到一句话便能概括。《日出》也是如此。我们必须仔细体会天才戏剧家的这种艺术匠心。

这里，麻烦的是怎样理解第三幕戏与全剧的关系。作者那样偏爱第三幕，认为“《日出》里面的戏只有第三幕还略具形态。……情感上讲，第三幕确实是贴近我的心的”。而在这一幕中，作为主人公之一的陈白露并没有出场，方达生的戏也很少。这恐怕也是人们要删掉它的一个原因。那末，这幕戏对塑造陈白露与方达生的形象，究竟有什么关系，起了什么作用？

清代戏剧理论家李渔说：“一本戏中，有无数人名，究竟俱属陪宾；原其初心，止为一人而设。即此一人之身，自始至终，离、合、悲、欢中具无限情由，无穷关目，究竟俱属衍文；原其初心，又止为一事而设。此一人一事，即作传奇之主脑也”。[2]

曹禺颇得此作剧之奥秘。他的《日出》，主要是写方达生找陈白露而不得，其他情节，均由此衍生而出。这就使人物有主有宾，事件有主有从，交相陪衬，相辅相成，戏才显得跌宕有致，浑然一体。如果不是这样，全剧都按陈白露一人的遭遇平铺直叙写出来，那就会如李渔所说，“后人作传奇，但知为一人而作，不知为一事而作，尽此一人所行之事，逐节铺陈，有如散金碎玉。以作零出即可，谓之全本，则为断线之珠，无梁之屋，作者茫然无绪，观者寂然无声，无怪乎有识梨园望之而却走也。”[3]《日出》第三幕对陈白露与方达生的性格，对作品的主题，起着重要的烘托作用。如果没有宝和下处低级妓女的卑贱、屈辱、痛苦生活的对照，就显示不出高级交际花陈白露的身价；陈白露身价越高，最后仍逃不脱被黑暗吞噬的命运，对那个罪恶社会的揭露就越有力，主题越深刻。方达生亲自到宝和下处找小东西，也更反衬出他对被侮辱、被损害者的同情与关切。同时，他看到了那污浊生活，也就

① 曹禺：《怎样写〈日出〉》，《月报》第1卷第4期，1937年4月。
② 李渔：《闲情偶寄》中“立主脑”章。
③ 李渔：《闲情偶寄》中“立主脑”章。

更深切地体会到人间的“残忍”，对陈白露目前的生活更加不满，把她带走的心情更加迫切。看来，第三幕戏不仅有助于烘托陈白露与方达生的性格，而且对剧情的发展，也起着有力的推动作用。陈白露在这一幕虽然没有出场，她外在的戏剧动作断了，但她心里惦着小东西，等待着方达生把小东西找回来，她内心的戏剧动作并没有中断。所以，这幕戏同贯串全剧的陈白露与方达生的矛盾线索，还是相联的。再者，这幕戏由作者“身临其境”作过仔细调查，经过多少天的寝食不安，饱和着强烈的感情写出，它那逼真的氛围，独特的情调，浓厚的生活气息，也增加了整个剧作的艺术感染力。

可以说，《日出》的戏剧结构，照目前这样分幕，是无可厚非的。缺点是，作者主观上不要主要人物与主要事件的“新的企图”，同客观上存在主要人物与主要事件的实际表现，产生了矛盾。如能有意识地缩短两者之间的距离，使第三幕与主要人物挂得更紧，那末它与全剧的关系就更和谐。至于作者说，“我以为这个戏应该再写四幕，或者整个推翻，一切重新积极的写过，着重那些有光明的人们”，那是另一个问题了。

（原载《天津师院学报》1980 年第 1 期）

论《日出》与陈白露的悲剧形象

朱栋霖

一

《日出》是曹禺发表的第二部剧作。从《雷雨》到《日出》，曹禺面临着新的问题。对于一个已经有成就的作家来说，重要的是怎样使自己不停留在现有水平，怎样使自己不粘滞于已铸成的模型，他必须苦心孤诣，继续探索，勇于创新。曹禺在自己的新作中明确提出了一个任务："试探一次新路"。他说："我想用片断的方法写起《日出》，用多少人生的零碎来阐明一个观念"，即"人之道损不足以奉有余"[①]。曾有人指出茅盾《子夜》中关于都市资产阶级生活的描写对《日出》创作的启发。同时，我们也不应忽视外国作品特别是美国电影《大饭店》(Grand Hotel)的影响。

电影《大饭店》是根据美籍奥地利小说家维姬巴姆[②](vickci Baum1888—1960)的同名小说改编的。小说作于一九二九年，一九三一年由德文译成英文，立即获得好评。一九三二年由美国米高梅影片公司摄成电影，著名电影明星葛莱泰·嘉宝(Grota Garbo)、华雷斯皮莱(Wallace Boery〉等主演。电影《大饭店》轰动世界影坛，并于一九三二年下半年在中国的上海、北平、天津等城市放映，风行一时，在青年学生中也颇有影响。这部电影与小说对曹禺当然有极大启发。从下面的比较中可以看到曹禺创作《日出》所受的影响与他个人的独创。

《大饭店》演的是，纸醉金迷的柏林城中有一豪华富丽的旅馆"大饭店"，馆中奇闻趣事层出不穷。故事自始至终发生在旅馆内，时间集中在两天。旅馆中云集着形形色色的人物，有纺织业实业大家和他的前任会计，有红舞女和落拓为窃贼的男爵，有该馆一个庸俗的职员，有终日唏嘘感叹的怪医生，还有女速记员等。故事没有主要情节和主要人物，只有各人在旅馆中各自的生活片断，显出大饭店中的生活。这和我们在《日出》中看到的一样：故事基本发生在某都市"××大旅馆三楼陈白露的一间休息室"，因为旅馆最便于集中社会各色人等；时间相对集中在一星期；出现在这旅馆中的有上层与下层社会各色人等，有银行经理、银行秘书、小录事，有红舞女和她过去的情人，还有富孀、面首，地痞流氓和旅

① 曹禺：《日出·跋》，文化生活出版社1936年11月版。

② 维姬·巴姆(1888—1960)：美籍奥地利子说家，著有《大饭店》——编者注。

馆茶房；同时，“《日出》里没有绝对的主要动作，也没有绝对主要的人物”①，他们萍水相逢，凑在一处，通过他们各自的经历显现出一幅社会生活的画面。

《大饭店》中有两个比较重要的事件，一是纺织实业家普雷新面临着个人经济地位岌岌可危的局面，他将在这里举行一个联席会议，把仅有的希望寄托在组织一联合大公司上，以及他与前任会计争风吃醋，最后还打死他人的故事。另一个是名舞女葛鲁新丝加娃的生活。这个单身女人也寓居该馆，但因担心观众将不再继续欣赏自己的艺术，欲图自杀。电影表现的就是这天晚上，葛鲁新丝加娃从剧场归来，发现有人藏身自己室中，不胜惊异。原来，落拓的男爵要来盗取她的珍饰，而男爵因窥见她郁郁不乐似有自杀的打算，就走出来安慰她，并向她表示了爱情。这个颓废、孤单、失望的女子为爱情唤醒，一变而为清醒、热情奔放、陶醉在温暖的爱河里的少女。《日出》开头也有依稀痕迹：陈白露跳了一夜舞，从舞场归来，方达生向她求婚，要感化她、挽救她；陈白露捻开电灯，发现小东西躲在自己房中，她以为是小偷。电影《大饭店》的结尾是，旅馆中人或死，或走，或捕，剩下一座空空的旅馆，这时又见有情侣双双光临，旅馆内外繁华如故，又在搬演另一幕戏剧了。《日出》结尾亦复如此，有人自杀，有人破产，有人迎着太阳走了，只剩下一片空白。早在《日出》发表不久，周扬就在论《日出》的文章中提到：“一个潘经理走掉了，一个白露自杀了，第二个潘经理、第二个白露，就会来占住他们所空下来的房间，如我们在《大饭店》中所看到的一样。”②

特别要指出的是，二三十年代欧美各国盛行一种被称为“group novel”(群像小说)的小说新体裁，这类小说的特点是没有主角，写一群互不相识的人偶然凑在一处，发生各种联系，展现了各自不同的生活片断与命运。维姬巴姆的《大饭店》被公认为这种“群像小说”中最成功、最著名的代表作。电影《大饭店》的这一艺术特征，正是曹禺创作《日出》“试探一次新路”所要寻找的新艺术，这就是“我想用片断的方法写起《日出》，用多少人生的零碎来阐明一个观念”的构思与结构艺术。《日出》这一艺术成就在当时中国舞台上显得来无踪迹、出奇制胜，实际上它是世界文学潮流中一簇得意的浪花。

任何艺术探求都源于作家对生活的发现、对主题的开掘。曹禺善于学习，更富于独创。他笔下的戏剧世界与人物形象是从他自己的生活中“挖”出来的，是他自己的精神世界中真正深思熟虑过的。从《雷雨》到《日出》，曹禺要从描写家庭生活跨到反映都市社会广阔的生活面，剖析社会各种人物的灵魂。表现视野的扩大，向作家的思想、艺术提出了新要求。如果说《大饭店》描写了资本主义社会的人生世相、悲欢离合，那么曹禺《日出》以三十年代旧中国暗无天日的社会现实为背景，以大都市的一个高级旅馆与下等妓院为具体环境，揭露了半殖民地半封建社会的社会罪恶，对被迫害的人民寄予了深深的同情，并且殷切地盼望一个充满阳光的新社会的诞生。通过这个剧本，他向那帮荒淫无耻、丢弃了

① 曹禺：《日出·跋》，文化生活出版社1936年11月版。

② 周扬：《论〈雷雨〉和〈日出〉》，《光明》2卷8号(1937年3月)。

太阳的魑魅魍魉，向那个黑暗糜烂的社会，大声喊道："你们的末日到了！摧毁黑暗社会吧，让人成为人！"这是我们在《雷雨》中听到的主题呼喊，在《日出》中曹禺又一次奏响了人的主题的旋律。

但《日出》不是这个主题的简单重复，而是它的发展与深化。《雷雨》写封建专制主义对人的压迫与虐杀，《日出》则将主题的核心"人"放到金钱统治的社会上来考察，人与金钱化的半殖民地半封建社会的冲突是《日出》动作的基础，是戏剧的基本矛盾，这是扣住了时代社会的特征的。因此所谓"人之道损不足以奉有余"就不是浮面地写写剥削、压迫，而是深入社会的核心"人"，揭露了金钱统治的黑暗社会对人的吞噬、毁灭，对人的精神追求的扼杀。

金钱统治社会对人的腐蚀、吞噬，人的要求遭社会扼杀，黑夜中的人渴望光明、自由的人的世界，《日出》将人的主题这三层折光凝聚到一个焦点，塑造了陈白露的悲剧形象。不仅《日出》的主题诗是陈白露呼喊出来的，而且正是陈白露的内心悲剧冲突搭起了《日出》戏剧冲突的基本骨架，成为这支交响乐的主旋律。陈白露的悲剧形象是剧本的灵魂，探讨这个形象是十分有意义的。

二

《日出》的读者、观众是随着方达生去结识陈白露的。方达生从数千里外的乡下来到这个大都市，找到陈白露，他立即发现："你已经不是从前那样天真可喜的女孩子，你变了但是陈白露为什么变了？她是怎样变的？探讨一个复杂的戏剧形象，首先应该潜入造成这一形象的历史源流中去，回顾剧中人在大幕拉开以前的生活，了解人物心灵的历史来源。舞台上正面展开的某一段生活，仅仅是他过去生活的继续，是他整个人生道路上的一环。因此导演学强调："要有角色的远致和演员的远景，就不能没有相反的远景，即不能没有回顾。"①。为了从剧中人物的具体斗争中揭示出戏剧的贯串动作，我们得走出剧本，沉入创作想象之中，振叶寻根，沿波溯源，看到登场人物在帷幕拉开以前的生活，追溯各种动力的来源。因为推动剧中心灵斗争的动力发条，往往在幕布拉开以前就拧得无法再紧了。

陈白露从一个"天真可喜的女孩子"堕落为交际花，有一段曲折的生活过程。少女时的竹均初次踏上社会，遇合了一位诗人。与诗人的结合又分离，是她人生道路的转折点，是竹均变为白露的关键。可惜过去的评论都忽视了这一点。其实，曹禺在人物出场时作了重点介绍，在剧中好几处对话中埋下伏笔，特别在第四幕中将陈白露回忆往事作为戏剧情节的"必需场面"。作者本人是十分重视这段生活的。

据陈白露事后回忆，最后由于维系关系的绳子断了——孩子死了，两人终于分手了。但是，一个是不断追求希望的诗人，一个是个性解放的女性，双方应该并非格格不入的。推究这次生活突变的原因，应该还有其更深刻的因素。

---

① (苏)阿·波波夫：《演出的艺术完整性》，《外国戏剧资料》，1979年第2期。

首先，她当初爱情的幻梦做得太美了。曹禺指出，少女时的竹均“憧憬着在情爱里伟大的牺牲”，“如小说电影中时常夸张地来叙述的”。这种维特与绿蒂、罗米欧与朱丽叶式的恋爱的神往与热狂，使青年男女为自己创造了一个最美妙、最理想的对象，充满罗曼蒂克的幻想。可现实不如幻梦，婚后带来的现实的物质的生活就显得平庸，终于失去了新鲜感。当初的希望愈大，失望就愈深。

应该看到，竹均爱的心苗是被风行当时社会的个性解放春风吹醒的，因此这种爱的憧憬包含着对精神自由的追求，特别是她最初离开家庭，单枪匹马踏上社会，大约不外是反抗不合理婚姻之类，更说明这是个具有一定反抗性和追求自由的新女性，因此在她眼中，平庸、琐碎的物质生活就变得铅一般沉重、黯淡。物质负荷过重，心灵的翅膀就不能飞翔，平淡、无聊的感觉就暗暗滋生。但仅仅这还不足以导致两人分离。

真正促使她与诗人分手，并且最后走上堕落道路的是另一场潜伏的危机的爆发。她与诗人结合前，曾经有一段社会明星、电影明星之类的生涯。如果说她当初为了自由、独立，失去经济援助，因而开始了这种生活，那么当她偶一为之，凭自己的年轻、美貌，对生活充满希望的时候，她天真、纯洁的灵魂里就被暗暗投进了悲剧的第一粒种子。充塞在金钱社会中的资产阶级物质文明、生活刺激、虚伪捧场是会影响到人的精神生活的，强烈的刺激对于一个单纯的灵魂是有诱惑与腐蚀性的。这就是潜藏在竹均灵魂里的精神危机。爱情生活的甜蜜与新鲜部分地满足了她爱情的欲望与憧憬，但是随着平淡、无聊情绪的产生，那一个潜藏的危机爆发了。这样，她与诗人在精神上的分歧愈来愈大。诗人的形象虽然在剧中比较模糊，但这位子虚先生的面貌有几点可以辨认。这是一个有自己的思想与追求、渴望光明、对前途坚信并能付之行动的青年。因此，造成这场分离的原因，一是她爱情憧憬的幻灭，一是她与诗人精神上的分歧。

应该说这是一个悲剧。悲剧是双方的。对于诗人来说，爱情生活的挫折并不影响他去追求生活中的希望。而对于竹均来说，爱情悲剧上又加了另一重意义。在竹均那样的少女的心目中，爱情是与人生划等号的，因此这一打击具有人生悲剧的性质。这打击太重了。人生道路上的第一次悲剧性打击，直接影响到她在戏剧开幕后的生活：

首先，随着精神追求的落空，转而返回去走上追求资产阶级物质刺激的道路。我们知道，个性解放思想在反对封建主义，青年男女争取爱情自由与婚姻自主的斗争中，表现了巨大的力量。但是，世界上纯粹属于精神的东西是没有的，人性的精神追求也与物质性的欲望分不开。特别是在追求者一旦失去当初奋斗、反抗的具体目标，像竹均那样五四以来第二代新女性，封建主义对妇女在爱情婚姻问题上的精神束缚已不再像鲁迅小说中子君时代那样严酷(竹均离开家庭是比较容易的)，就易于片面地追求物质刺激与享受。应该指出，竹均再次投入金丝笼生活的时候，与第一次不同，过去是怀着新奇与幻想，对未来充满憧憬，现在则是难以自禁地在这种刺激中麻醉自己，并且愈陷愈深。

同时，随着爱情憧憬的幻灭，失去了原先在生活中进取的勇气。她痛定思痛，初次认识到她的幻灭的打击来自腐朽的物质刺激生活的冲击，这桎梏对于她是残酷的，因而对自己的人生看得比较黯淡。堕落愈深，失望的情绪就愈重。

但是正像前面指出的，她毕竟曾是一个追求精神自由的女性，特别不应忽视的是她与诗人共同生活过一段时期，诗人走了，却在她身上留下了影子，使她知道太阳终究会升起来的，加深了对自由、对光明的向往，尽管这种向往是朦胧、模糊的。这也可以解释，何以她与诗人分离了还爱他。她愈是向往，对现状就愈不满，就愈痛苦。

这，就是竹均向白露的转变。如果说，剧中"日出"象征光明自由的人的世界，那么渴望日出，而这日出她明白自己是注定看不到了，这就是陈白露在剧中的贯串动作。

陈白露的生活奏出第一声颤音，就泄漏了她整个悲剧命运的信息。

三

方达生发现陈白露变了，她变得放荡堕落、玩世不恭，并以这种堕落而傲慢、自负。方达生要陈白露跟他走，和他结婚，陈白露拒绝了。有的评论也据此认为放荡堕落、玩世不恭、傲慢自负是陈白露的主要性格。

陈白露究竟是怎样一个典型，这是关系到《日出》整个评价的问题，评论界历来众说纷纭。造成分歧的原因是多方面的，有的评论简单化地抓住人物某些表面言行，满足于用一些"傲慢"、"自负"、"玩世不恭"等词对人物作表面化的性格判断，忽视了人物丰富复杂的内心活动，这也是一个问题。我认为，无论塑造还是评论人物形象，都不能停留于表面化的性格判断，应该深入人物富有独特个性的灵魂。作家对人物灵魂刻划的深度，正是典型形象概括的深度。

从探讨人物灵魂出发，我们发现，当方达生提出要陈白露跟他走，人生道路与命运的抉择突然摆到陈白露面前时，她表面上轻轻拒绝了，但内心世界却剧烈地动荡不安起来。她的灵魂失去平静，由昏沉而苏醒，内心逐渐激荡起双重的悲剧冲突："旧我"与"新我"的冲突，希望与绝望的交战。《日出》所表现的，就是契诃夫所说的"我们在戏剧里主要是展示出一个人从万恶的陋习中解放出来的那一刹那"①。真正的戏剧冲突不是外在的斗争，而是人物之间心灵的交锋，人物内心的自我交战。把握这一点，就能透过纷繁多变的戏剧场面、情节，把握陈白露形象的根本，一些情节可以得到新的、准确的解释，一些表面无关联的事件之间也可发现其内在的联系。

从探讨人物灵魂出发，就会发现，被某些评论者判定最能说明陈白露放荡堕落、玩世不恭、傲慢自负性格的，即她拒绝方达生要求、谈自己生活职业、谈金钱名誉的那段话，恰恰是陈白露内心冲突的发韧期。她对方达生说："我弄来的钱是我牺牲我最宝贵的东西换来的。我没有挖空心思骗过人，抢过人。我的生活是别人甘心情愿来维持，因为我牺牲过我自己。我对男人尽过女子最可怜的义务，我享着女人应该享的权利！"可是，就在这前后，当方达生说到她"还有从前那点孩子气"时，她叹一口气："达生，我从前有过这么一个

① 转引自《戏剧译文集(七)·论剧作家的劳动》，第97页。

时期，是一个快活的孩子么？”当方达生称呼她“竹均”时，她又回忆地：“竹均，竹均，多少年没有人这么叫我了。”

陈白露的一声叹息为自己紧闭的心灵之门打开了一线通道，原来在她玩世不恭、傲慢、自负性格的背后还深藏着一个十分痛苦的内心世界——一个真正的人的世界。她向方达生谈到自己的生活时振振有词，似乎为自己的放荡堕落而傲慢自负。但是要问，她得以傲慢、自负的现状是从哪里来的？是她出卖了自己的美丽与青春换来的。这青春本来应该得到真正的人的幸福，美丽应该为青春与幸福添加动人的光彩，她曾经给予自己的美丽与青春寄托了多少奇妙的幻想和宝贵的期待。她得以自负的，恰恰是“牺牲我最宝贵的东西换来的”，她出卖青春，也断送了人生的希望。而且，这是一种多么轻贱、羞辱的出卖。她把自己的美丽与青春像商品一样拍卖给社会，“对男人尽过女子最可怜的义务”，然后社会又将她的价值如数点付给她，使她“享着女人应该享的权利”。这交换的过程，也是她人格的被侮辱、自尊的遭凌羞。这种生活带来的内心痛苦，又是多么不堪忍受。更何况陈白露毕竟是个清醒者，有过自己的追求，当方达生提到她的少女时代，对现状的厌恶与反感就激起她痛苦。她向方达生振振有词的一席话中，流淌着多少心灵痛苦的泪水。但是，陈白露的本性是自尊的、高傲的，女性的骄傲使她不愿意在人前、在旧情人面前暴露自己的弱点与创伤。她害怕被人道出生活的堕落，遭人轻视，因而也害怕被人看出自己的弱点与隐痛。人类心理活动的一个特点，就是人往往用一个反动作来掩饰自身的虚弱，阻挡对方的进攻。陈白露也就是这样的自欺欺人。所以，面对方达生的诘问，她一连串地“爽性替他说出来有钱自然可以认识我”，“你怎么敢说我堕落！”“我为什么不得意？”但是，在一声长叹中“我曾经有过这么一个孩子时代吗？”又泄漏了她灵魂的颤抖。从这里我们看到她虽然把肉体出卖给金钱社会的资产阶级，却把灵魂留给了自己，在心灵深处保存着自己的“孩子时代”，保存着一个真正的人的精神追求。这颤抖是冻土中的种子，是人性追求即使被扭曲、玷污也没有泯灭的明证。因此当她少女时代的情人突然出现在她的眼前的时候，深藏多年的人的要求就情不自禁地流露出来——只要一个适当的环境、气氛，这些东西就会返回她身上。心理学上把“看到熟悉的人而引起对他的姓名的再现或是引起关于同他联系起来的过去事件的回忆”，称为接近联想①。这种心理发现，使陈白露发现了自己的“孩子时代”。发现了自己的“孩子时代”也就发现了自己的悲剧。与这“孩子时代”相联系的纯洁品性、人性追求就同内心已被金钱社会腐蚀、毒化的一面，在她心灵中发生了冲突——“旧我”与“新我”的冲突，这“旧我”就是一个真正的人。这是构成陈白露悲剧灵魂的第一组内心冲突。一个真正的人要挣扎出卑污、腐丑的生活环境的桎梏，根本在于同这已被腐蚀了的内心“新我”交战，因为“新我”是这生活现状影响造成的，生活的桎梏要通过“新我”才能对陈白露发生作用。这一矛盾，从人生问题的根本上说是主观与客观的矛盾。

① 阿·阿·斯米尔诺夫主编《心理学》，人民教育出版社1957年，第225页。

所谓主观，就是她作为一个人，对自由、光明的内心追求；所谓客观，就是陈白露所生活的丑恶环境，这环境背后是整个金钱统治的黑暗社会，“新我”是这客观现实的折射而已。

“孩子时代”的发现，启开了悲剧的序幕。我们看到了陈白露一系列的活动：她赞美霜花，又惊又喜；她挺身而出，救下小东西；她欢呼太阳，欢呼春天，读起心爱的“日出”诗。

透过这些戏剧事件的表面，我们感受到陈白露心灵的狂跳，“旧我”一个真正的人热烈地活动起来，要突破“新我”的坚硬外壳，表现自己，是她内心人的要求、欲望、意志的自我扩张与流露。如果看霜花是她“孩子时代”的人的复苏，那么，救小东西，难道我们能仅仅看作是表现了陈白露对弱小者的同情和机智、泼辣、富有正义感的性格吗？强加于小东西的，不正是陈白露已经接受的？从小东西的遭遇，她看到自己生活的影子。是金八等人将不堪忍受的待遇强施于小东西，也是这帮家伙将同样的东西施行在自己身上。因此我们不否认救小东西反映了陈白露的同情心与正义感，但更应看到这件事具有陈白露为自身奋斗、挣扎、反抗的性质。她要维护的是人的自由、人的尊严。“我第一次做了一件痛快事”。从陈白露对黑三的怒斥声中，我们感到她积压多年的对金八们愤恨力量的迸发。在这颗女性的柔弱的心灵里奔流着怎样汹涌的向往自由、光明的人性潮水啊。

欢呼太阳，读“日出”诗，是紧张激烈冲突后的抒情场面。陈白露郁积多年的内心情感得到痛快淋漓的舒展后显得如此轻波荡漾、柔云清风，充满诗的幻想、诗意的抒情。“我喜欢太阳，我喜欢春天，我喜欢年青，我喜欢我自己。”这是陈白露的心灵之歌。太阳驱散污浊、昏暗的黑夜和黑夜中一切丑类，它给万物以生命，给生命以青春，给人类以温暖，给社会以光明；春天和年青，是大自然和人类最美妙的青春的象征，同样充满蓬勃清新的生气和旺盛的生命力。在太阳、春天、年青面前，这位刚救下小东西、“旧我”正向“新我”进攻的陈白露一下子感到生命的活力、青春的幻想、生活的希望一个真正的人的精神生活又涌上自己心灵，她所欢呼的四者中核心是“我自己”是“旧我”而不是“新我”，是真正的人（试看她这时的情态不正又一次流露了看霜花时的“那点孩子气”?），她觉得“我自己”占有前三者，与这三者等同，因此唱出了赞美与陶醉的颂诗。这是陈白露人的灵魂的自我表现。

陈白露向往自由、光明的人性追求在以上三个心理浪潮中表现得何等鲜明强烈。人类灵魂的热情迸发与欲望追求，是人的内在力量的来源，是人类生活中应该肯定的东西。想一想陈白露生活的环境吧，这是一块没有自由、光明的黑土，追臭逐肉、黑暗污秽的垃圾圈，这生活在她心灵上投注了可怕的阴影。曹禺把陈白露内心一个真正的人的挣扎、表现，同腐蚀、吞噬、扼杀这种追求的金钱统治的物质社会对立起来，通过人物的内心冲突、人物同环境的矛盾，让她情感与追求的热火更炽烈地燃烧起来，更深刻地揭示了这种追求的性质与悲剧冲突的本质。陈白露内心那真正的人愈是追求、“旧我”愈是进攻，挣扎就愈痛苦。第二幕，她一方面不时关注着小东西的安全，一方面与顾八、张乔治等人应酬交际，又不时投以揶揄讽刺，她与这环境越来越不协调，痛苦更深了。这一幕结尾小东西被劫，她抛弃了对潘月亭的幻想，自己去寻找。虽然这事变对她的打击是沉重的，但“旧我”仍顽强地表现自己，她的悲剧灵魂在发展中。

四

豢养在金丝笼中的鸟望着蔚蓝的天空，生活在灯红酒绿、腐朽丑恶圈子里的陈白露向往着外面的天地。她虽然尝试过又失败了，但生活的希望在任何人都是顽强的，陈白露的心灵深处仍深埋着希望的种子，她心目中的将来还没有被现实完全扼杀。方达生突然出现在她面前，她心中希望的种子立即迅速地膨胀、萌发起来。表现在行动上，她拒绝方达生又留下对方。有人认为这是陈白露对方达生进行爱情真实性的试探。但这就是意味着陈白露也认为爱情可以来挽救自己，其实这是不符合陈白露的内心实际的(她对爱情早就绝望了)，不然为什么后来证明方达生爱情并非虚假，她仍不跟着走呢？跟方达生结婚不能挽救她，这是她心中明白的，因此她拒绝了对方。但又留下对方，这是为什么？她说我不能嫁给你，难道就是我恨了你？你连跟我玩一两天，谈谈从前的事的情分都没有了么？……难道想想我们以往的情感，不能叫我们也留恋一点么？”这是为了寻温旧梦。在方达生面前，她心中的矛盾与犹豫荡漾开了：是否应继续这种昏沉如醉的生活？是否能够过真正的人的生活？现实中是否另有希望的出路？而“孩子时代”温馨的旧梦正是希望生长之巢。从这里，我们开始看到陈白露内心希望的升腾。第一、二幕，从陈白露心灵的狂跳中，知道她眼前朦胧地出现了一片希望的新天地。

但是第四幕开始，陈白露再次出现在我们面前时，已是泪流满面，一声声自语着“要回老家去”，陷入了深深的绝望与哀痛。这种情绪一直继续到全剧最后自杀。

希望与绝望的交战，是活动在陈白露内心的又一矛盾。从人生问题的根本上说，这是理想与现实的矛盾。

是什么使陈白露由希望转为绝望的呢？是对社会、对自身的双重失望。

首先，应该从救小东西说起。这是陈白露内心追求的自我表现，是剧中一贯到底的事件。随着旧我向新我不断进攻，希望同时增长。救小东西，从又一意义上看，是陈白露内心希望的自我尝试。她对这件事的寄托最大。态度之认真、严肃，行为之始终一贯，表明决不是一个无所事事的交际花的一时冲动。希望升腾过程中，造成突然转折的是第二幕结尾：小东西被劫。表现在舞台上，从第二幕尾到第四幕开场，陈白露的精神面貌截然不同，似乎缺少内在联系，缺少一条剧情发展的内在逻辑线。目前有的演出没有回答这一问题。其实，陈白露的心理行动线并未中断。虽然曹禺在表现这事件时不无粗疏，但也有所暗示。“每一出戏是——桩接触面比戏本身更为广泛的故事的戏剧化，剧作家除了必需熟知在舞台上出现的一些为数较少的事件外，还要熟知许多在动作进行时和在幕间在舞台外发生的许多别的事件，以及无数假定在开幕前就已经发生过的其他事件。”[1]在第二、四幕的戏剧行动发展中间，同陈白露直接有关的，有两条互相影响的线索同时进行。一条是小东西被黑三等人抢去后卖至宝和下处这人间地狱受尽折磨直至含悲自尽。另一条是方

① 引自劳逊：《戏剧与电影的剧作理论与技巧》，第237页。

达生、陈白露到处寻找小东西。前一条线索直接表现为第三幕的舞台动作，后一条线索只是让方达生露了露脸，基本上侧面交代，陈白露由于性别、身份不可能出现在第三幕的环境中，被推到幕后。前一条线索影响到后一条线索，方达生因找不到而失望，陈白露的失望当不在方达生之下的。正是在这一意义上，我们说陈白露在第三幕没有出场，但她的戏剧动作仍在发展。到第四幕“开幕时，陈白露一个人站在窗前，背向观众，正撩开帷幕向下望”。这说明她一直在等候方达生带来的希望，结果是她料到的失望。既然救小东西是她心中希望的自我尝试，小东西与她之间仅是五十步与百步之间，难道她能逃出金八们统治的社会？像自己这样一个势孤力弱的女子，在这金钱社会上的命运只能像商品一样出卖，遭人蹂躏。因此她对方达生说：“不是我们允许不允许金八他们活着的问题。而是金八他们允许我们活着不允许我们活着的问题。”自己无法掌握自己的命运，希望的自我尝试落空了。

给予陈白露的希望以另一个致命打击的是她对自身的失望。在方达生面前，她内心希望开始升腾了，因为支持她在昏沉生活中活下去的是心中的等待：“等待着有一天幸运会来叩她的门。”来叩她心灵之门的是方达生。问题不在方达生爱情的真假，而在于陈白露这一方能否通过这爱情获得幸福。结婚，也许在一般为经济所迫的妓女可以得到肯定的回答，但在陈白露却是否定的。第四幕，陈白露终于自己揭开了这个谜：她冒过这个险，却失败得很惨。根据前面分析，导致这次冒险失败的根本原因是资产阶级物质刺激生活在她身上烙下的桎梏般的影响。当我们在肯定她身上的积极的精神追求时，还应看到深深地渗透到她肌体中的资产阶级寄生腐朽生活的腐臭。这是一只迷途的羔羊，一旦失足，在人生的歧路上就愈走愈远。资产阶级物质生活的刺激会像吸毒成瘾似地引诱她。寄生的、豪华的生活使她丧失了自由飞翔的能力，在实际上她已经只能安于金丝笼中鸟的生活，再怎么也难以摆脱。她只能无可奈何地承认我是一辈子卖给这个地方的。跟方达生走，无非是重复过去与诗人的悲剧而已。这使她对希望失望了。她虽然心中有希望，却又不得不在残酷的生活桎梏下挨日子，正象鲁迅所说：“为了这希望，要使人练敏了感觉来更深切地感到自己的苦痛，叫起灵魂来目睹自己腐烂的尸骸。”①这有多深的痛苦和绝望啊。当历史的隐痛被血淋淋地挑出来，异常清醒地目睹了自己的绝路，希望终于化为灰烬，绝望的情绪盘据了整个心灵——这就是陈白露往事回忆完毕的那一刻。如果说第一幕她向方达生告别时，做出“夸张的悲戚”，那么在这时则流露出深深的痛苦。环视尘世茫茫，没有她白露的一丝活路。陈白露最后绝望、下定自杀念头，不在小东西的终于无救时、不在王福升的催帐，也不在潘月亭的破产、张乔治的不肯借钱，而在回忆结束的那一刻，这之前是死的犹豫，这之后是生的留恋罢了。

旧我与新我，希望与绝望，在陈白露内心冲突着，交织着。两组内心冲突各以相反的

① 鲁迅：《坟·娜拉走后怎样》。

运动力的方向发展，前一组是旧我向新我进攻，后一组是绝望战胜了希望。这个女性身上，要承受多少感情的折磨与精神的痛苦啊。这双重悲剧冲突的发展，把陈白露的悲剧推向高潮。对此，陈白露的唯一办法是自杀。当太阳照临着大地时，阳光只能亲吻她冰冷的尸体。就象她的名字，她是黑夜里一颗晶莹的露水，弥漫的夜气给它蒙上一层污垢，但它的内心是纯洁的、透明的，它盼望日出，向往在阳光照耀下一展清亮的光辉，可没等上太阳出来，就倏而消失了。

这生命飞逝的一刻，为陈白露悲剧灵魂的描绘完成了最后的、也是最有力的一笔，使我们凝神屏息，心跳怦然。让我们探索它震动人心的力量。

也许你想到的是人。人，被尊为“宇宙的精华”、“万物的灵长”，是一件“了不得的杰作”。一个人活下去的愿望应当得到社会肯定，陈白露有求生的欲望，却不能活；她不愿死，却不得不死。人的毁灭必然引起我们悲剧的感动。而年青、美丽的生命的毁灭更令人惋惜，人们为青春的夭亡流过多少悲伤的眼泪，又为美的毁灭唱过多少魄动心惊的悲歌。陈白露死前也叹惜过自己“这么年轻，这么美”。应该向毁灭年青、美丽生命的罪恶势力提出严正的申诉。

也许这还仅是外在的、物质的。在悲剧中“只有真正的内容才能感动一个高尚的人的心灵，并一直震撼到它的深处”[1]。

失望，对社会、对生活、对自己的失望，是陈白露自杀的根本原因。别林斯基论悲剧时认为，崇高的精神力量的毁灭是“悲剧中的致命的灾难”，是悲剧思想力量与伟大意义所在[2]。陈白露灵魂深处希望与绝望交战这组冲突中，人的希望被无情地扼杀了。人的希望的毁灭是这个剧中“致命的灾难”。在这悲剧的“致命的灾难”中，陈白露怀着希望、向往光明自由的心苗被残暴、凶恶的罪恶爪子揉碎了。人的精神追求遭毁灭，具有深沉有力的悲剧控诉力量。在探讨陈白露的悲剧根源时，有人寻找出她自身思想上的根源——个性解放思想的弱点。也许在她开始走上堕落道路时，个性解放思想脆弱的一面是有一定影响的。但是想想吧，在那个时代，她一个势孤力单的女子有什么能力凭着纯粹精神支柱去抵挡残暴险恶的社会呢？使她在纸醉金迷的生活中保持灵魂不堕落的，恰恰是个性解放思想。是个性解放思想使她终于最后战胜了金钱社会物质刺激生活的引诱，为人的希望遭毁灭而殉身。悲剧的祭台上已经流了过多的无辜者的鲜血，认为悲剧中的每一个死者本身与罪恶社会势力同样有罪过，“这是一种残酷而不近情理的思想”[3]。应该把批判的锋芒指向那毁灭人、扼杀人的精神追求的黑暗社会。

为了希望的不能实现，终于抛弃了人生的乐趣、毁灭了年轻美丽的生命，这需要多大的勇气呵。力量来源于另一种精神的力量——对自由、光明的向往。人性的追求终于战

① 黑格尔：《美学》第四卷，转引自《西方文论选》下册第310页。
② 别林斯基，《戏剧诗》，《古典文艺理论译丛》第3期。
③ 车尔尼雪夫斯基，《艺术与生活的审美关系》。

胜了资产阶级物质享受的欲望。死，用它的威权击退了资产阶级物质刺激、卑污生活对她的诱惑与腐蚀，赎回了她生前得不到的东西，换来了精神的解放。虽然这解放是悲哀与痛苦的，但在这样的悲剧中，悲剧主人公离开崇高的精神境界，从来没有像它向自己的追求者索取生命的时刻那样近。悲剧的感动力量就在于，在这悲剧中"所毁灭的不是在我们内部最贵重的东西。我们不是在最好的东西的毁灭中，而是相反地在真的东西的胜利中得到提高的"。[1] 毁灭中的新生，是陈白露内心冲突中"旧我"向"新我"进攻的胜利，是真正的人的胜利。这就是悲剧的崇高，是悲剧撼人心灵的又一力量。

陈白露的悲剧是《日出》主题最凝炼深刻的体现。她的内心悲剧冲突搭起《日出》戏剧冲突的基本骨架，剧中其他事件、冲突都与她的冲突发生各种内在联系。翠喜、小东西、黄省三逃脱不了被金钱社会虎口吞噬的结局，这是社会对人的生命价值的否定；陈白露与他们作为人生存下去的物质性要求不同，她遭遇的则是作为人的精神追求被社会虐杀的悲剧。曹禺通过这些，共同表现了揭露、控诉金钱化的半殖民地半封建社会的主题，发出了"让人成为人"的强烈呼喊。

（原载《南京大学学报》1981年第2期）

① 黑格尔，《法哲学原理》，转引自朱光潜《西方美学史》下册第157页。

关于《日出》

李健吾

某某同志：

你来信问我对曹禺同志的《日出》的一些看法，因为人老体弱，记忆差，话说不清，勉强回答如下。

在曹禺同志所有的剧本中，改编方面我顶喜欢他的《家》，因为他在这里敢于创造一些细节，而这些细节是巴金的《家》里所没有的。创作方面，我顶喜欢的就是他的《日出》。这是他第一次，也许是第一个在体验生活后写出来的戏，据说他当时为了写好这出戏，调查天津的娼妓生活达半年之久。

我记得我有一本文化生活出版社出版的《日出》的平装本子，我在书上密密匝匝写了许多眉批，叫作读书笔记也好，说成读书心得也好，反正我把戏里每个人物的对话和通过对话所表达出来的性格，都做了分析。不知道怎么一回事，想写一篇文章谈谈《日出》，却没有写。后来看见吴仞之同志，还有白杨同志，和好几位同志，为了《日出》这出戏争论起来。我现在也想不起这是什么时候的事了，反正我没有写。难道跟“文化大革命”起来有什么关系吗？我现在忘性太大了，什么也记不清楚了。记得清楚的是我确实在我那本《日出》上写了许多笔记。可是这本书哪里去了呢？我怎么找也找不到。这回我却记得非常清楚，书一定是在“十年浩劫”中不知被谁偷着拿走了。反正我丢了，我的工夫白废了。我不心痛我下的工夫，别的你不偷，怎么单单偷我的《日出》呢？

因为书丢了，我也就说不出什么来了，脑子里只留下一团模里模糊的印象，盛情难却，我就说个大概其吧。

陈白露这位交际花，在我看来，性格自始至终没有什么改变，演员演起来最方便，不要怎么揣摩，很容易挖到她的心灵深处。她伤心，她痛苦，她却丢不开那养活她的有钱有势的潘经理，依然在十里洋场鬼混。中间来了个小妓女，她虽然同情，也只是蜻蜓点水，始终没有能打开她的内心之门，所以我说演员演她的戏好演。当然，对现在的演员来说，交际花本身就是一个难题，何况在新社会，娼妓早已渺无踪影，内心交流和体验生活早就成为不可能的事。

不管怎么样，就戏论戏，最难演好的却是方达生。他从一个书生走上了进步的道路，这本身就是一个变化，他的同情是真挚的，可信的，小妓女最能说明问题，记得是他把她带进戏里，要陈白露加以保护的。他的性格在变，而且慢慢的、慢慢的，却又那样正人君子，这个人物实在不好演；我看过好些回公演，都把这个人物演坏了，不是痴呆呆的，就是过分僵化，一点也没有掌握住这个走出书斋的新(就当时而言)性格。他一直关心着这位交际花，不管动机是爱情还是什么，总希望她尽快跳出火坑。最后，没有办法，他只能各人走各人的路，叹了一口气走了，一个人走上了他向往的道路。

而陈白露呐，这时却厌倦生活，在屋子里似乎在自杀(?)。她经不起考验，陷泥坑陷得太深了，拔不出腿来，也懒了，对生活失去了信心，只有一死拉倒。

所以我说她好演，方达生不好演；他有出息，有变化，可是他一个人，单枪匹马，热闹戏似乎和他无关，他本人似乎也没有什么好吸引观众的，一般演员，即使是我们今天的演员，也会把他演成一个书呆子的。

戏里主要人物就是这两个，别的人物嘛，像顾八奶奶、胡四……说出话来，都妙到秋毫，那个小妓女，又那样楚楚动人，十分可怜，这是曹禺同志深入社会生活，扩大社会面的成就，也说明他掌握形形色色的人物的语言的造诣。

因为你来信问起我，我把自己记得起来的眉批写给你知道，书已经丢了，眉批一句也不记得，只能万分潦草地说个大意，请你多多谅解，此复。并祝健康。

李健吾

一九八一年五月四日

(摘自李健吾《李健吾戏剧评论选》，中国戏剧出版社出版 1982 年 9 月)

“新女性”个性解放道路的终结

——论陈白露的悲剧

马俊山

妇女解放，是新文学的一个传统主题。不同思想、流派的作家从不同的角度对这个重大的社会问题进行了持续深入的探索和开掘，创造出一系列神采夺人的女性形象，从而形成了一个完全可以和俄罗斯文学中的妇女形象群或“多余人”人物系列相媲美的时代群像，可以从中窥见中国现代妇女解放的艰难历程。

曹禺《日出》里的陈白露，就是这个人物画廊中具有非常复杂的个性和鲜明的时代、阶级特点的典型形象。她像谜一样吸引着各个时期的批评家，对其做出各种不同的、甚至完全相反的解释和评价，足见其性格和作品主题的多侧面、多层次性。

但是，过去批评家们的眼光，往往集中于发掘作品题材的社会意义，或阐述典型性格的思想内涵，而在一定程度上忽视了陈白露形象的文学史意义。因而，我们有必要把她放到特定的形象系统中，研究她的出现给妇女解放的时代主题增添了哪些新的内容。某种现象，只有当它处于自身完整的体系内的时候，我们才有可能确切地把握其时空位置，理解它存在的意义和价值。“所谓系统方法也是一种综合方法，后者乃是解释现实界诸现象的具体——历史方法的局部情况。”①

妇女解放这一时代主题的深化，是伴随着典型形象的不断出现一步步地进行的。一个典型性格，只有在其所属的主题——人物系统中，才能表现出她的全部内容和文学史价值来。就事论事地评价一个复杂的人物，往往会失之于偏颇。无论把陈白露称作“是这剧中伟大人物的创造”，②或是“玩世不恭，自甘堕落”，“具有资产阶级人生观的软弱和颓废的小资产阶级知识分子的典型”，③都不足以充分揭示包含在这一典型形象里的全部“历史内容”和“较大的思想深度”。④

一

“妇女解放”的口号，是作为新文化运动的一项重要内容提出来的。五四时期“妇女解

① 尼·伊·茹科夫《控制论的哲学原理》，上海译文出版社，1981 年版，第 59 页。

② H·E·谢迪克《一个异邦人的意见》，《大公报》，1936 年 12 月 27 日。

③ 徐闻莺：《是鹰还是金丝鸟》，《上海戏剧》，1960 年第 3 期。

④ 恩格斯：《致斐·拉萨尔》，《马克思恩格斯选集》，第四卷，第 343 页。

放的声浪振得无人不知，新生的杂志一时也出了五六种，在文化运动中实在热闹已极了！"[1]这是因为，"女子解放问题，是新思潮中一个重要问题，是社会改造的一个根本问题，所以国内凡带有新的精神，和新的色彩的出版物，没有不注意研究这个问题的。"[2]

五四前夕的新文化运动，是一场资产阶级性质的政治、思想、文化等方面的启蒙运动。当时胡适等"新青年社"的同人，曾借易卜生的口来宣扬他们"公同信仰的'健全的个人主义'"，[3]即"主张个人须要充分发达自己的天才性，须要充分发展自己的个性"。[4] 而发展个性首先"须使个人有自由意志"。[5] 后来，洪深概括这场所谓"新思潮"的启蒙运动的主要内容说：

"那时新文化运动所提倡的——在政治方面，是主张'解除个人的束缚，使人人能够参加'的德漠克拉西；知识方面，是那'以感觉经验为认识的基础'的赛恩斯的方法；经济方面，是主张放任'听其做去'，'听其过去'，'发挥个人的智力'的自由竞争——是那可以打破封建势力的枷锁与束缚的个人主义，……"[6]

显然，个性解放的核心，是当时在世界上已经日趋衰朽没落的资产阶级个人主义。但它之所以能够那样地深入人心，以至成为一个时代的精神实质，却是由于它为中国人民反抗几千年的封建社会遗留下来的宗法制度和传统道德，提供了有力的斗争武器。这种情况有些近似于鲁迅曾倾向于尼采哲学，沈雁冰提倡过"自然主义"。他们都是按照当时革命的需要，对一些已经过时了的西方资产阶级理论进行取舍加工，然后赋与新义的。这样做并不能弥补或挽救理论本身的缺陷，而且随着历史的发展，这种内部缺陷势将导致理论本身的被否定。

作为个性解放一个重要侧面的妇女解放思想，一开始就显出很大的局限性来。其一，当时绝大多数人，如胡适、黄日葵、田汉、陆秋心、张慰慈等，都把妇女解放理解为在教育、就业、婚姻、家庭等方面的男女平权，忽视了妇女解放的先决条件是社会政治、经济制度的变革；其二，所涉及的问题，大多局限于小资产阶级妇女。陈望道当时即指出过，"专致力于第三阶级的女人运动，将第三阶级女人运动看做女人运动的全体，却也不是一桩可以称许的事"。[7] 王剑虹认为，世界上不仅有男人压迫女人，更有女人"欺凌"女人的阶级差别，提出"女权运动的中心，要移到无产阶级来"。[8] 但是，这在五四时期只能算作一种可贵的

① 沈雁冰：《我们该怎样预备了去谈妇女解放向题》，1920 年 2 月 2 日，原载《妇女杂志》卷三期，转引自《五四时期妇女问题文选》三联书店，1981 年版，第 59 页。

② 向警予：《女子解放与改造的商榷》，1920 年 5 月 26 日，原载《少年中国》二卷二期，转引自同上书第 58 页。

③ 胡适：《中国新文学大系・建设理论集・导言》，《中国新文学大系・建设理论集》第 28 页。

④ 胡适：《易卜生主义》，引自《中国新文学大系・建设理论集》第 189 页。

⑤ 胡适：《易卜生主义》，引自《中国新文学大系・建设理论集》第 190 页。

⑥ 洪深：《中国新文学大系・戏剧集・导言》，引自《中国新文学大系・戏剧集》第 5 页。

⑦ 陈望道：《我想・二》，原载《新妇女》四卷四号。转引自《五四时期妇女问题文选》第 78 页。

⑧ 王剑虹：《女权运动的中心应移到第四阶级》，原载《妇女声》第一期，1921 年 12 月 10 日，转引自《五四时期妇女问题文选》第 24 页。

理论设想，缺少付诸实践的社会历史条件。

沈雁冰的思想比较明朗地表达了当时思想界对妇女解放问题的一般看法。他说：

> “第一第三两等的妇女（即‘阔太太贵小姐’和‘贫苦人家靠劳工糊口的妇女’——引者）既然不能担当妇女运动的重任，有希望的只是第二等妇女了——便是中等人家的太太和小姐。
>
> “这一等妇女在社会中倒也占了半数。他们不须忧生活，有机会可以受教育，骄贵的习气不曾染到，勤劳的本能不曾汩灭，他们是有思想，有道德，有勇气去做事，有胆去耐苦，妇女运动必须有这等妇女做了中坚，那方能有个实在的效果出来”。①

实际上，小资产阶级妇女觉醒、成长、争取独立自主的运动，在二十年代妇女运动中占有重要地位。这是一种以个人主义为出发点，通过个人奋斗的途径，追求个人幸福的、分散无组织的对家庭和社会的反抗活动。上述妇女解放运动在理论上的缺陷和实践中的先天不足，反映到文学中来，就造成了个性解放——新女性这一主题——人物系统的逐步趋于否定的完成。

新文学对妇女解放这一时代主题的反映和探求，几乎与对它的理论思考同时开始。理论思维的水平，又限制了形象思维所能达到的广度和深度。这在较早地出现的那些以新文化运动为背景的作品，如胡适的《终身大事》、沅君的《旅行》以及鲁迅的《伤逝》里都有所表现。

沃罗夫斯基在论及奥斯特罗夫斯基和屠格涅夫笔下的人物，各具某种集团的或阶级的共性时说：

> “现在存在着的某些社会过程或社会现象，就制约着这种或那种‘典型心理’，由于现在存在着这样一些条件，这种心理才会深深地渗透到某些社会集团里去，并在这些集团里起着唯一的和绝对的主宰作用”。②

《终身大事》结束时，田亚梅对她的父母亲宣称，婚姻“是孩儿终身大事。孩儿应该自己决断”。尽管作品在形式上是“娜拉极笨拙的仿本”，但其思想内容却不能不说是新女性“婚姻解放的宣言”。③ 子君在反抗家族的压迫时，态度比田亚梅更加坚决彻底。她说：“我是我自己的，他们谁也没有干涉我的权利！”④当然也有《旅行》里“我”那样“将毅然和传统战斗，而又不敢毅然和传统战斗”⑤的女性。但是，无论她们表现出如何千差万别的个性，却有一种共同的心理特点或性格特征贯串其中，成为她们行动的依据，这就是觉醒了的强烈的自我意识和个人主义。

---

① 沈雁冰：《怎样才能使妇女运动有实力》，原载《妇女杂志》六卷六号。1920年6月5日，转引自《五四时期妇女问题文选》，北京：三联书店1981年版，第66页。

② 沃罗夫斯基：《“黑暗王国”里的分崩离析》，《论文学》，人民出版社1981年版，第29页。

③ 朱自清：《中国新文学研究纲要》遗稿，载《文艺丛刊》第14号。

④ 鲁迅：《伤逝》，收《彷徨》。

⑤ 鲁迅：《中国新文学大系·小说二集·导言》。

他们都出身于中等人家，受过教育，感受到环境的不自由，因而常处于和家庭或世人对立的状态。这些新女性满脑子理想和幻想，否定一切既成道德和宗法戒律，相信依靠自己的努力可以争取到自由与幸福，因而富于行动性和革命性。这种精神状态，正是席卷当时社会的个性解放思想在人物性格中的真实再现。作家对他们冲决封建网罗，追求个人幸福的思想和行为，给予了充分的肯定。只有鲁迅极有预见性地表现了对小资产阶级妇女个性解放道路的怀疑，在《伤逝》末尾留下了一个意味深长的悲剧结局。其它作家作品却很少有这种深刻的历史洞察力。

对妇女解放主题的进一步开拓，有待于社会的变化。新的社会信息的输入，必将引起个性解放——新女性这一主题——人物系统的新的调节和发展变化。二十年代革命形势的高涨和逆转，是其中最重要的时代信息。它刺激作家去进一步思考妇女解放的途径，对“小资产阶级的女子”①做更深入的刻画和揭露。

张慰慈在《女子解放与家庭改组》一文中曾经指出：“女子问题最困难的一部分，就是解放以后（指走出家庭）怎样能够使她们的地位适宜于新式的社会。”②冲破家庭樊篱的田亚梅、子君等新女性，面临着如何在社会中生存和发展——即鲁迅称之为“娜拉走后怎样”的严峻考验。于是我们看到了莎菲女士（丁玲《莎菲女士的日记》）和章秋柳（茅盾《追求》）等这样一些具有更大的思想深度的人物形象。

他们处于大动荡、大分化、大改组、阶级斗争空前尖锐激烈的大革命时期。怀着苦闷而又倔强，不甘寂寞无聊但又有些空虚与颓丧的心情，大胆地寻求着个人在现实生活里的位置。莎菲女士在“游戏式的恋爱”中企求心灵上的满足，得到的却是幻灭与“长远的沉溺在失望的苦恼中”。③ 茅盾指出，“莎菲女士是一位个人主义者，旧礼教的叛逆者，”“是心灵上负着时代苦闷的创伤的青年女性”。④ 章秋柳却去革命中寻找生活的意义和个人的价值。她有极强烈的个性，有时且近于利己主义，个人本位主义；大概就是这样，使得她自己不很愿意刻苦地为别人的幸福而牺牲，虽然明知此即光明大道，……⑤当她发现革命并非她想象中的那种任凭个人主义者飞翔的充满着玫瑰花香的乐园时，她开始背离革命，走向堕落，以自己的肉体做资本，玩弄男性，并把这种行为当做向社会进行“报复”的手段。积极追求变成消极反抗。她比莎菲在堕落的道路上滑得更远。“在她看来，道德的第一要义是尊重自己，她常以为玩弄男性是女性的道德，……一个人为了自己，为了目前的问题解决，不妨用任何手段，……。”⑥她也曾有过痛苦的内心矛盾……章秋柳呀！两条路横在你面前要你去选择！一条路引你到光明，但是艰苦，有许多荆棘，很多陷坑；另一条会引你到堕落，可是她舒服，有物质的享乐，有肉感的狂欢！”“她委决不下……可是感情上她终不肯

① 参见茅盾：《从牯岭到东京》，《茅盾论创作》，上海文艺出版社，1980 年。

② 原载《每周评论》第 34 号，1919 年 8 月 10 日。载引自《五四时期妇女问题文选》第 23 页。

③ 丁玲：《莎菲女士日记》。

④ 茅盾：《女作家丁玲》，《茅盾论创作》，上海文艺出版社，1980 年第 216 页。

⑤ 茅盾：《追求》，《茅盾文集》第一卷，第 323 页。

⑥ 茅盾：《追求》，《茅盾文集》第一卷，第 264 页。

牺牲了后面的那一桩。”[①]在艰苦的革命斗争和堕落的感官享受之间，她犹豫了一下，终于步入沉沦而不可自拔。这是一个怀着个性解放的理想，到大革命的血与火中来寻求个人幸福的新女性的必然归宿。作者用人物的这种结局，在一个新的历史层次上否定了自己在五四时期对小资产阶级妇女解放运动的理论认识（见前引文）。

莎菲的颓废心理和章秋柳的放纵行为，都是在大革命前后巨大的社会压力下形成的。章秋柳的一段心灵独白，说出了她们这一类走向社会的新女性的艰难处境：

> “……我们有热火似的感情，我们又不能在这火与血的包围中，定下心来读书，……我们不配做大人老爷，我们又不配做土匪强盗；在这大变动的时代，我们等于零。”[②]

既无所适从，只好走入颓废和堕落，在那里得到一些卑微的肉体满足。但她们不会轻易去死，而愿挣扎着活。章秋柳认为“在未曾尝遍了生之快乐的时候就死，她是不愿意的”。[③]一个把感官享受放在生活第一位的女人，只有在连堕落也不能的时候，才会去死。陈白露就是在三十年代走入理想和生活末路的这样一个新女性形象。

二

陈白露的文学史意义，首先表现在她的性格是上述从田亚梅到章秋柳等一系列新女性形象的合理发展。

她走过了一条和她们非常相似的人生道路：

> “出身，书香门第，陈小姐，教育，爱华女校的高材生；履历，一阵子的社交明星，几个大慈善游艺会的主办委员；……父亲死了，家里更穷了，做过电影明星，当过红舞女……”[④]

> “我一个人闯出来，自从离开家乡，不用亲戚朋友一点帮忙，走了就走，走不了就死去。”

她也参加过社会活动，也许还很有些人道主义。但家庭衰败，世道险恶，使她同章秋柳一样，只得以女人的姿色作为生存的资本。堕落是再自然不过的事了。

> “我没有费着脑子骗过人，我没有用着方法抢过人，我的生活是别人甘心愿意来维持，因为我牺牲过我自己。我对男人尽过女子最可怜的义务，我享受着女人应该享的权利！”

这是多么苦痛凄惨的心灵告白。她“心里痛苦”，“嘴头上硬故意说着谎”，借以掩饰内心的“恐慌”、“犹疑”和“不满”。她也曾挣扎过，试图改变一下自己的生活。她离开过那个大旅馆，并和一个诗人结了婚，生过小孩。但她从来没有打算为了更加远大的将来而牺牲个人

① 茅盾：《追求》，《茅盾文集》第一卷，第 322 页。
② 茅盾《追求》，《茅盾文集》第一卷，第 271 页。
③ 茅盾：《追求》，《茅盾文集》第一卷，第 323 页。
④ 曹禺：《日出》，文化生活出版社，1936 年版，第 31 页。以下引文不一一注出。

的“幸福”权利，于是两人分手了。诗人去“追他的希望去了”，陈白露却又回到大旅馆的香窠中来，继续满怀恐慌、犹疑与不满，在沦落风尘中延宕。

她有着本质上和章秋柳相同的个人主义的道德感受。她说：“我喜欢太阳，我喜欢春天，我喜欢年青，我喜欢我自己。”当方达生向她求婚，企图使她脱离奢靡肉欲的生活方式时，她反问方达生：

> “(很大方地)你有多少钱?”
>
> “不懂? 我问你养得活我么? ……我要人养活，你难道不明白? 我出门要坐汽车，应酬要穿些好衣服，我要玩，我要跳舞，你难道不明白?”

作者向人们揭示了新女性的个人主义必然是享乐主义，并不可避免地成为社会寄生虫。

但是，一部作品在主题开掘上所达到的历史深度，主要是看作家在人物个性的刻画上提供了哪些新东西。什么是陈白露独具的不同于其它新女性的个性特征呢?

作家在陈白露的舞台提示里说，她的“神色不时地满出倦怠和厌恶；这种倦怠是她那种飘泊人特有的性质。她爱生活，她也厌恶生活。生活对于她是一串习惯的桎梏，……。生活是铁一般的真实，有它自来的残忍！习惯，自己所习惯的种种生活方式，是最狠的桎梏，使你即使怎样羡慕着自由，……也难以飞出自己的生活的狭之笼”。

在《日出》的“跋”里，作家概括方达生和陈白露的性格说：

> “这一男一女，一个傻气，一个聪明，都是所谓的‘有心人’。他们痛心疾首地厌恶那腐恶的环境，都想有所反抗。然而白露气馁了，她一个久经风尘的女人，断然地跟着黑夜走了”。

解放后的第一次谈话中，曹禺同志讲到陈白露时说，她表面上玩世不恭、自暴自弃，内心里“毕竟还是一个认真的人”。诗人和方达生都曾带给过她光明和希望，但她终不免彷徨，“因为她在生活中失去了勇气”，却“对自己的生活方式和环境又非常不满”。[①]

由于生活“习惯”而形成的“倦怠”和“厌恶”，既比较全面地概括了陈白露的个性特征，又揭示了她对待生活的态度，是其所有戏剧行动的内在根据。

“倦怠”是新女性个性解放理想在现实生活中屡屡碰壁的产物。她追求过个人自由和纯洁的爱情，在生活的激流里搏斗过。她发挥过自己“聪明”、“美丽”的“天才性”，干过一些在她看来颇为轰轰烈烈值得自豪的事业。但“真实”、“残忍”的现实无情地撕碎了她的天真的幻想。“自由”赋与她的却是囚笼，“爱情”所得也不过“平淡”、“无聊”。于是，自然而然地产生了对理想的怀疑和对生活的悲观失望，行动由外部转向内心，透迤代替了进取。她更多地亲近起烟、酒、跳舞和赌博，一方面寻求感官刺激，一方面得到精神上的寄托和安慰，仿佛把人世间的一切都看破了似的。除了肉体享乐，她已不相信生活会给她其它东西，人生还有另外的乐趣和意义。她还保持着对生活环境的敏感，知道周围人物的美丑好恶，但她更多地采取了“无所谓”的玩世态度，更好地与潘月亭、顾八奶奶、胡四、张乔治

① 张葆莘：《曹禺同志谈剧作》，《文艺报》，1957 年第 2 期。

等相安共处了。丧失了理想和进取心，是陈白露明显地不同于其它新女性形象的地方。

陈白露的“倦怠”，并非生理上的疲惫，而是意识与意志相矛盾的一种心理状态。“她并不甘心这样生活下去，她很骄傲，她生怕别人刺痛了她的自尊心。但她只有等待，……”正如方达生所说，“一个人可以欺骗别人，但欺骗不了自己”。尽管陈白露口头上不愿承认，但她内心里还是切切实实体会到“卖给这个地方”的不自由和不幸。不是自己驾驭了别人，而是沦为一群恶鬼的玩物和牺牲品。因此，她乐意回顾过去，却不敢瞻望未来，并故意回避生活的真实。因为她明白“已失掉在自由的树林里盘旋的能力和兴趣”。无论她如何不满于自己的生活，结果还是没有改变它的决心和勇气，只得在丑恶的环境里逶迤。失去了行动是她不同于其它新女性人物的第二个特点。

“倦怠”是陈白露对自己的理想失去了自信力的表现。个性解放思想曾激励着子君、章秋柳等人积极进取和追求，不断地行动，在陈白露身上却只剩了几丝春痕，一点若有若无的幻想，再没有了改变生活的意志和力量。等而下之，便如杜勃罗留波夫批判奥勃罗摩夫性格所说，他们“从来不曾达到那种境界，使言语变成工作，使原则跟灵魂的内部要求合在一起，消融在里面，成为推动人的唯一的动力。正因为这样，这些人就不断地说谎，正因为这样，在他们活动的个别场合，就显得这样贫乏无力”。[①] 于是，我们才看到了陈白露性格外面裹着的那层“骄傲”和“自尊”的虚荣假象。

但是，如果陈白露性格单纯是“倦怠”，就不可能是悲剧性质的。她会象（像）奥勃罗摩夫似地苟且偷安，满足于现状；或者像契诃夫剧作中那些末代多余人一样，内心痛苦，精神颓丧，没了信念和生活目标，在人海中像一个影子似地漂浮着，既不知道自己是谁，又不知道该做什么，在无聊懒散和苦闷中生存下去。虽然她已经丧失了行动的勇气，但还未完全与“腐恶的环境”妥协，内心深处仍然保持着对现实的敌对情绪，从而深深地陷入了性格的悲剧性分裂中。

“厌恶”是陈白露对周围的人和事采取的态度。她一方面和潘月亭等上流社会的“精华”周旋应酬，另一方面又深深地厌恶他们。因此，那种“总挂在嘴角”的“嘲讽的笑”就成了她对付敌人的武器。在她的玩笑中总夹带着浓烈的讽刺、挖苦和揶揄的意味。她送给在她面前极力佯装年青的潘月亭一个“老爸爸”的称呼；称赞把肉麻当机智，以无耻为有趣的顾八奶奶“你明白了爱情，就无怪你这么聪明了”；戏称那个沦为禽兽的面首胡四，是“中国第一美男子”。正当张乔治饶有兴致地述说着他有多少财产，得过什么学位，向陈白露求婚的时候，她却大叫方达生“赶快把窗户打开”，因为“这屋子忽然酸得又害”。沉重而尖刻的反感溢于言表。

对生活的厌倦，是正确理解陈白露言行之下丰富的潜台词和强烈的内心动作的关键。

“倦怠”要她安于现状，“厌恶”却使她同“丑恶的生活圈子”对立。她再没勇气去争取自由，但还遗留着对它的追怀。在肉体的堕落里，坚守着某些思想情操上的童贞。她就是

① 《杜勃罗留波夫选集》第一卷第234页。

这样通体充满了矛盾，也浸透了痛苦，终于不能把两个对立的极端协调起来，使两重性格化而为一。

方达生的到来，启发了陈白露对竹均时代的回想，撕下了她那层自欺欺人的伪装，也激起了她更加深重的内心苦痛。环境成了她难以忍受的重担，"厌恶"的因素明显地增加了，甚至干出拯救小东西那样的侠义之举。她在人生道路上向前迈进了一步，但并不准备振奋起来，和过去的享乐生活以及"自我"诀别，所以拒绝了方达生的求婚。

小东西终于失踪了。行动带给她的是更大的失望，于是她说出了这样的话："我大概是真玩够了。玩够了！我想回家去，回到我的老家去"。这是她内心里"倦怠"与"厌恶"失去了平衡的表露，性格发生巨大变化的开始。这里，她一定想到了死。因为第一幕交代过，她在老家里已经没有任何亲人了。

接着，她耳闻目睹了黄省三、李石清、顾八奶奶和潘月亭的遭遇，从中感觉到具有象征意味的金八统治下的社会弱肉强食的本质，彻底对个人奋斗的信条绝望了，对自己也绝望了。这是她在人生道路上大踏步地后退，又是典型性格的迅速发展、完成。最终进退无路，只得以死来否定了自己，也否定了周围的环境。

诚如勃兰兑斯所说，文学人物的自杀"是个人对他所从出身的整个社会秩序进行抵制并从中解脱出来的最彻底最干脆的办法"。[①] 在陈白露的精神崩溃和肉体毁灭里，极其"倦怠"与无比"厌恶"达到了一致，人物与环境的对立取得了"和解"(借用黑格尔语)。因为，三十年代中期官僚买办资产阶级统治的社会，必然要把陈白露一类的新女性置于死地，无论其如何挣扎。这就是作家在陈白露的悲剧上揭示出来的社会规律，即所谓"损不足以奉有余"的"人之道"。

由"倦怠"和"厌恶"最后走入绝望和毁灭，是陈白露的命运不同于其它新女性形象的地方。作家用她的悲剧给所有新女性个性解放道路作了一个历史的终结，宣告了现代妇女解放运动一个历史时期的结束。陈白露之后，新文学中就难以再找到追求个性解放而又有勇气有作为的新女性了。

追求个性解放的新女性，由田亚梅开始到陈白露结束，走过了一条曲曲折折的自我否定的道路。这种否定，是小资产阶级妇女自"五四"到三十年代中期，所遭受的必不可免的历史命运的文学折光。

五四运动前后，小资产阶级，特别是它的妇女，高举个性解放的旗帜，对封建伦理道德和宗法关系进行了英勇搏杀，在几个阶级联合反帝反封建的斗争里扮演了斗士的角色。但时代如流，不息不止。很快统一战线破裂，大资产阶级带领民族资产阶级一起叛变了革命，对无产阶级和革命人民进行疯狂的镇压与屠戮。于是，他们在阶级冲突的腥风血雨中苦闷、彷徨、无所适从甚至颓废，张张皇皇地被推进了三十年代官僚买办资产阶级统治下的社会生活里。

① 勃兰兑斯：《十九世纪文学主流》第1册，人民文学出版社，1980年版，第56页。

在这个时期，无产阶级革命力量，由于内外部的各种原因，屡受挫折和重创，已由城市逐步转入农村。而垄断资产阶级的统治，则由于在某种程度上迎合了城市资本主义畸形发展的需要，暂时趋于稳固，出现了三十年代中期的所谓“黄金时代”。实质上，这种虚假的社会繁荣，是对劳动人民进行疯狂掠夺和洗劫的结果，是用人民的血泪喂养出的一个怪物，根本与人民解放的时代要求相逆而动。它彻底地消除了小资产阶级个性解放的条件，只给其妇女留下一条堕落或者毁灭的道路。陈白露就是被这个以金八为象征的庞然巨怪吞下的无数牺牲中的一个。这是一种不可避免的社会历史现象。

当然，妇女解放还有另外一条道路，但那不是个人主义的，而是极其艰苦的无产阶级斗争生活。陈白露和章秋柳一样，困于小资产阶级妇女的本性（或曰“习惯”），不会选择这条布满荆棘的险径，而又不愿同“丑恶的生活圈子”完全同流合污。她抱着旧的生活习惯不放，成了时代的落伍者。她的一切悲观、颓唐、绝望、堕落以及最后的毁灭，都是小资产阶级在现代社会生活中找不到出路的心理反映和生理反射。“任何一个社会集团，如果由于客观条件而必遭灭亡，那它就再也不能高瞻远瞩，具有远大抱负，提出进步的任务”。“缺乏火光，缺乏指导性的目标，这反过来不能不使旺盛的精力趋于瘫痪，不能不引起意志的完全颓丧”。最终“人彻底地变成了冷漠无情，有理性的生命失去了一切魅力”。[①] 沃罗夫斯基分析契诃夫笔下的“末代多余人”的这些话，正好借来解释陈白露悲剧的社会历史原因。

三

《日出》不仅揭示了陈白露悲剧的精神原因和社会历史原因，而且进一步探索了新女性个性解放和经济解放的关系。后者往往被一些批评家所忽视。

新文化运动时期，少数具有初步马克思主义觉悟的知识分子，在讨论妇女解放问题时，曾论及它与经济的关系。陈独秀说：

> “现代生活，以经济为之命脉，而个人独立主义，乃为经济学生产之大则，其影响遂及于伦理学。故现代伦理学上之个人人格独立，与经济学上个人财产独立，互相证明，其说遂至不可摇动”。[②]

又说：“妇女的痛苦，十件总有九件经济问题。”[③]李达也说：“若男子成了经济的支配人，女子当然成为支配经济的从属人”。“所以女子若想求得一个不卖力不卖淫可谋生活谋真正幸福，惟有发挥自己的经济能力，求经济的独立”。[④]

---

① 沃罗夫斯基：《“多余的人”》，《论文学》第102页。

② 陈独秀：《孔子之道与现代生活》，1916年12月1日。原载《新青年》第二卷四号，转引自《五四时期妇女问题文选》，北京：三联书店1981年版，第101页。

③ 陈独秀：《妇女问题与社会主义》，1921年1月31日。原载《广东群报》，转引自《五四时期妇女问题文选》，北京：三联书店1981年版，第82页。

④ 李达：《女子解放论》，1919年10月。原载《解放与改造》一卷三号，转引自《五四时期妇女问题文选》，北京：三联书店1981年版，第45页。

鲁迅在《娜拉走后怎样》的著名讲演中，告诫听讲的女师学生，娜拉走了以后，“实在只有两条路：不是堕落，就是回来。”若想免于做傀儡，则必须获得经济权。“所以为娜拉计，钱——高雅的说罢，就是经济，是最要紧的了。自由固不是钱所能买到的，但能够为钱而卖掉。”①妇女解放，首先必须是经济上的解放，以政治经济制度的改革为前提和基础。

稍后的《伤逝》里，生计问题给子君和涓生冲破封建束缚的爱情生活，蒙上了一层浓重的阴影。在经济困顿和精神萎缩的压力下，曾经果敢地说出“我是我自己的，他们谁也没有干涉我的权利”的子君，不得不重新回到父亲和胞叔统治的旧家庭里，在抑郁中悄然死去。《伤逝》留给人们一个与其它同类主题的作品不同的发人深思的悲剧结尾。

曹禺在三十年代新的生活现实面前，进一步思索了这个问题。通过对陈白露寄生生活的现实主义刻画，揭示了新女性的不幸命运与社会经济关系之间的联系，从而深化了鲁迅在《伤逝》里提出的问题。

《日出》展现出来的三十年代人与人之间的关系，完全是金钱买卖关系。人在社会上的价值，完全视他所拥有的财产而定。福升看透了这一点，所以能够应付裕如。而李石清却企图利用它，实现自己的野心，结果被潘月亭弃之如弊屣，落得个身败名裂的下场。他在这场吃与被吃的角斗里，毕竟只是一个拉家带口而又几乎一文难名的投机冒险分子。

陈白露出身于破落“书香门第”，孤零零孑然一身在大世界里闯生活。父亲死后，经济来源断绝，她剩下的唯一资本就是漂亮和聪明。以此来谋求个人幸福，除了堕落似乎无其它路可走。因而，她自然而然地走过了由电影明星到红舞女直到风尘生涯的人生道路，过上了既是寄生的又是被践踏与被污辱的双重生活。这是三十年代社会为那些没有独立的经济能力，又要过享乐生活的新女性留下的唯一“生路”。

她从被损害被蹂躏里，也感受到了痛苦和屈辱。一方面，为了享受，她不得不和潘月亭、张乔治之流的有钱人周旋，以便分得一杯残羹。另一方面，她又敌视他们，归根结底她不过是富人的玩物。

她不甘心于后者，又不愿丢掉前者。为了前者，只要来者“口袋里有几个钱”，她“哪一类的人都欢迎”；因为后者，她曾和一个诗人逃出过她生活的圈子，救过小东西。但她最终还是拒绝了方达生的请求，执意跟着黑夜一块消失在黎明前。她清楚，将来“太阳升起来了，黑暗留在后面，但太阳不是我们的，我们要睡了”。自由对于陈白露终不过一个可以依稀记得起来的梦。她可以改变一下依附、寄生的对象，不去死，却不能根本扭转被欺凌污辱的社会地位。正是在这个意义上作者才说，“‘负债’不是陈白露之死的主要原因，……如果，她是一个三十几岁以上的女人，在生活里真‘混’过一阵子的话，她是不会自杀的。”②她会去“弄钱，存钱，保护自己”，成为死去了灵魂的“一具活尸首”。③

陈白露所等待着的“幸运”——“能意外地得着一笔财富，使她能独立地生活”，终究也

① 收入《坟》。

② 张葆莘：《曹禺同志谈剧作》，《文艺报》，1957 年第 2 期。

③ 张葆莘：《曹禺同志谈剧作》，《文艺报》，1957 年第 2 期。

没有“来叩她的门”。“铁一般真实”的残酷社会现实，决不会出现这种梦想中的奇迹，陈白露也就不可能从寄生与被污辱的双重生活的夹缝里解放出来。

作家用陈白露由追求个性解放到沦落风尘，最后“不想死而不得不死”[①]的悲剧命运，从主观——精神、性格，即个性解放在三十年代社会斗争中的局限，和客观——社会关系，突出地表现为围绕“钱”的人与人的关系，两方面揭示了陈白露悲剧的原因：小资产阶级妇女停滞了的进取精神和反抗行为，与三十年代中期极其腐朽黑暗，同时又“烦躁不安”地孕育着“暴风雨”和“大地震”[②]的社会形势不相适应。反证了一个真理：没有政治制度和经济关系的革命性变革，妇女解放是不可能的。要达到人的真正的“个性解放”，就必须彻底改造那个造成一切罪恶和不幸的社会环境，革除小资产阶级的“习惯”。这也许是个性解放一新女性这个文学系统所能够得出的最成熟也最接近生活本质的思想结论。

据作家说，

> 又“如陈白露，引起写这个人物的动机是另一个真实的人物。这个女人，长得漂亮极了，跟我的一个朋友很要好。后来这个女的上了大学，又到美国去留学，回来之后，跟一个有妻子的报社总编辑搞在一起。这样的一个人物，使我想起社会上许多这一类的人，觉得非把她写出来不可。但是真得坐下来写之后，陈白露又不是原来那个女人了，许多情节都不一样。”[③]

《日出》并没有把素材的全部内容搬上舞台，而是截取了主人公一生中最后一周的活动，着力加以刻画，创造出一个走入理想和生活末路的新女性形象。

在对一个极为常见的通奸素材进行加工、提炼，概括出一个具有时代高度的主题的过程中，《日出》明显地受到了契诃夫剧作尤其是《三姊妹》的启发和影响。这种影响与其说主要表现在戏剧结构和抒情风格上，毋宁说首先见之于作家看待人物的态度和主题的开掘里。毕竟“契诃夫的艺术方法是为了反映俄罗斯特定部分资产阶级的生活；他的详尽分析说明了那些大部分已经对生存表示消极的人们可能采取的行动——鬼鬼祟祟的、有始无终的行动”。[④]

沃罗夫斯基认为，契诃夫“在他所有的剧作中描写的只是‘多余人’生活的一个片断——即他们的毁灭”。[⑤]《三姊妹》中的玛莎、爱琳娜、阿尔加就是这样一些人物。她们在父亲死后留下的庄园里，谈论着理想，虚构着未来，向往一种充实、积极的生活，却不了解十九世纪末二十世纪初发生在俄罗斯社会生活中的巨大历史变化。她们的理想终于在新兴资产者的阴谋和逼迫面前撞得粉碎，犹如冰消瓦解一样无可挽救，最后自己也被逐出了那个培养了她们的温情和幻想的家。理想不能化为改造现实的力量，就是容易导人于空

① 白杨：《〈日出〉上演前的一点感受》，《新民晚报》，1959 年 9 月 21 日。
② 曹禺：《日出·跋》，文化生活出版社 1936 年 11 月版。
③ 张绰、张卉中：《老作家谈创作》，《光明日报》，1962 年 4 月 13 日。
④ J·H·劳逊：《戏剧与电影的剧作理论与技巧》中国电影出版社，1979 年版，第 151 页。
⑤ 沃罗夫斯基：《“多余的人”》，《论文学》。

疏的幻想。因而，只好看着积极的生活从身边流逝，她们却陷入了无可奈何的消沉绝望之中。生活是属于俄罗斯社会中的新生力量的。这些多余人的末代子孙与其不切实际的空想，注定要被排挤出生活的轨道。

苏联研究契诃夫的专家叶尔米洛夫指出，理想与行动的意志的矛盾，是《三姊妹》着力刻画的矛盾。“契诃夫一方面赞赏着三姊妹的美，温柔地爱着她们，一方面对她们的荏弱无助，彻底脱离生活的状态，发出了悲哀的嘲笑”。①

同三姊妹一样，陈白露也是曾经在中国现代妇女解放运动中发挥过巨大历史进步作用的田亚梅、子君，以及莎菲女士、章秋柳等这样一些追求个性解放的新女性的“后裔”。随着社会历史的不断更替，她的理想在三十年代的社会生活里，就逐步变得苍白无力、微不足道，演化成脱离实际的一种幻想。因而，主人公必然会失去生活的热情和行动的力量，出现“倦怠”和“厌恶”生活的精神状态。“一切活动还只存于幻象境界，离开真正的实现还是很远”。② 因此，积极进取的姿态蜕化成消极地嘲讽和厌恶生活环境，却终于不能有所作为。加以生计无着，她便完全失去了在现实中生存的意志和位置，“断然地跟着黑夜走了”。

曹禺尽管也肯定了陈白露理想的某些合理成份，但更多地批判了她的空虚，颓废和萎靡不振。以对其悲剧性格及命运的现实主义刻画，揭示了新女性由时代斗士变成历史的“多余人”的必然性，给新女性个性解放道路点上了句号。

契诃夫对待人物的审美态度，和他揭示出来的“末代多余人”身上的时代矛盾，是俄罗斯十九、二十世纪之交的社会矛盾，在一个正直的现实主义作家笔下的真实再现。

契诃夫戏剧创作的背景，是本世纪初俄国社会运动现实大转变的时期。旧的民粹主义思想逐步破产、死亡，马克思主义日益深入人心，工人革命逐渐成熟并准备进行夺取胜利的决战，是它的主要特征。“契诃夫写作《三姊妹》的时候，对他的情绪起着决定性作用的，正是革命前夜俄罗斯国内高涨的环境”和“已经愈发深入地攫住了契诃夫的灵魂”的“旧生活濒临末日的感觉”。③ 这使他“一心想用未来的眼光审视四周围的全部现实以及它的全部正剧和喜剧”。④ 他站在超出同时代大多数作家的思想高度，写出了《三姊妹》这样一部旧事物毁灭的喜剧。但它并未马上为同时代人所认识，而是把它错看成一部不成功的“将人生的有价值的东西毁灭给人看”⑤的悲剧。“首次演出以后三年，观众才逐渐理解到这部惊人作品的全部的美，他们，像作者所希望的那样，在特定的地方放声大笑或哑然无声”。⑥

① 叶尔米洛夫：《契诃夫的戏剧创作》，作家出版社，1957 年版，第 265 页。

② 《什么是奥勃罗摩夫性格?》，《杜勃罗留波夫选集》第 1 卷第 199 页。

③ 叶尔米洛夫：《论契诃夫的戏剧创作》，作家出版社，1957 年版，第 247 页。

④ 叶尔米洛夫：《论契诃夫的戏剧创作》，作家出版社，1957 年版，第 247 页。

⑤ 鲁迅：《再论雷峰塔的倒掉》，收《坟》。

⑥ 康·谢·斯坦尼斯拉斯基：《安·巴·契诃夫在莫斯科艺术剧院》，《回忆契诃夫》，人民出版社，1962 年版，第 443 页。

曹禺写作《日出》的时候(1935—1936),中国的政治形势和人们所面临的时代问题,与契诃夫创作《三姊妹》时俄国的历史背景非常相近:一场新的社会风暴即将来临,1935 年的“一二·九”运动已经为它开了个头:旧的小资产阶级妇女个性解放道路,在现实里已经走入穷途末路;旧的生活和旧的理想都在解体和崩溃,并从中产生出新的东西来。时代要求作家从这样一个历史发展的高度来认识一个习闻常见的通奸故事。因而,曹禺才曾几易其稿,使《日出》不但情节与素材大不一样,而且由于人物身上概括集中了当时“社会上许多这一类人”的共同特点,主人公陈白露也就“不是原来那个女人”了。作家把她塑造成了一个类似“末代多余人”的新女性形象,用《日出》给旧的社会生活和社会理想宣判了死刑:“你们的末日到了!”[1]

因为契诃夫和曹禺所处的时代背景相似,又面临着相近的时代主题,所以《三姊妹》才能够深深地激动了曹禺,使他“沉醉于契诃夫深邃艰深的艺术里,一颗沉重的心怎样为他的戏感动着”,[2]并在创作中寻求一种近似于契诃夫的平淡、抒情的喜剧风格。由于题材的限制,《日出》结果还是写成了一部旧事物毁灭的悲剧,无论其中包含着多少喜剧的因素。

陈白露的悲剧,以否定的形式,完成了由胡适《终身大事》开始的个性解放——新女性这一主题——人物系统,作为社会存在的反映,这种否定正是中国革命不断深入,从而辩证地否定五四时期的妇女解放运动及其理论,使它向更高阶段推进的结果。新的主题和新的人物要在《青春之歌》(杨沫)等作品中才能看到,但那当属别论了。

1983 年 9 月武汉大学

(原载《中国现代文学研究丛刊》1984 年第 4 期)

---

① 曹禺:《日出·跋》,文化生活出版社 1936 年 11 月版。

② 曹禺:《日出·跋》,文化生活出版社 1936 年 11 月版。

角·圆·多面体及其他

——谈曹禺的话剧《日出》

史 实

一九三四年，曹禺把他苦心酝酿五年的话剧《雷雨》奉献给社会，社会立刻报之以热烈的回声。次年，他又高屋建瓴，写出了第二部杰作《日出》。《雷雨》描写了一个具有浓厚封建色彩的资本家家庭的黑暗糜烂，《日出》则登上新的高度，变换视角，调整焦距，对半封建半殖民地大都市的光怪陆离进行了观察，思考和显示。也就是说，较之《雷雨》，《日出》在思想上有了新的探索，新的开拓，在艺术上有了新的突破，新的飞跃。而这探索和开拓，突破和飞跃表现在作者接受了新信息，运用了控制论，构筑了新的艺术系统工程。下面，我们想从三个方面谈谈《日出》的思想认识价值和艺术审美价值。

一、主题——角

文艺创作属于人类的认识思维范畴。人的认识思维无时无刻不游弋于自然界和社会界，而自然界和社会界无时无刻不放射着叫人应接不暇，令人眼花缭乱的信息。从这个意义上讲，文艺作品乃是作家接收了各种信息之后，经过反复分析，判断，筛选，运用的再制造，再提高，再传递。而主题，则是作家再制造，再提高，再传递的动机和目的。

那么，《日出》的主题是什么？长期以来，不少文学研究者认为是："阐明'损不足以奉有余'"。① 他们的根据是，作者本人在剧本前引录了老子《道德经》中的一段话，"天之道，损有余而补不足；人之道则不然，损不足以奉有余。"我们认为，这样归纳不甚妥当。事实证明，不少书刊的扉页题辞未必是主题的揭示。《日出》也是如此。上述的题辞不过是作者向人们展示剧本的题材，也可以说是向人们展示自己获得的素材（信息束）罢了。那么，主题何在？这得先从《日出》的写作背景谈起。《日出》的创作年代，正是中国政治动荡，经济混乱的年代。政治上，为了转嫁自身的致治危机，日本帝国主义的铁蹄踏进了中国。并且，他们正同德、意法西斯勾结起来，密谋发动第二次世界大战。对于这种形势，国民党反动派视而不见，仍然对外屈膝投降，对内疯狂镇压，白色恐怖笼罩全国。经济上，中国也受到当时世界经济危机的殃及，民族资产面临着衰败的危险。于是，可怕的景象出现了：官僚，买办，地主，老财，民族资本家一面拼命竞争，大搞投机，一面变本加厉地盘剥人民。内忧外患，狼奔虎突，人民陷入苦海、火坑，啼饥号寒……在这样的现实面前，在这样目不忍

① 高等师范院校《汉语言文学专业教学大纲》。

睹耳不忍闻的信息频频制激下，作者的中枢神经震颤了，他热血沸腾发出了沉沉的呐喊："一件一件不公平的血腥事实利刃似的刺了我的心，使我按捺不下愤怒！"[①]他对这个使人绝望的世道发出了烈性的诅咒："……冲到我口上的，是我在书房里摇头晃脑啃通本《书经》的时代最使一个小孩子魄动心惊的一句切齿的誓言：'时日曷丧，予及汝偕亡！'"[②]"时日曷丧，予及汝偕亡！"出于《商书·汤誓》，大意是，"现实啊，你什么时候垮掉？我跟你一块儿死也情愿！"请看，作者对当时的社会现状是多么地憎厌！

缩小一点范围，具体一点讲，作者对那些横行霸道，敲骨吸髓的压迫者剥削者早就深恶痛绝了，他认为他们是一群见不得太阳的丑类。出于责任感，他要创作。他激动地叫道，"我要写一点东西，宣泄这一腔愤懑，我要喊：'你们的末日到了！'"[③]这是一种不可扼止的创作冲动。为了这种冲动，作者勇敢地走向社会，敏锐地捕捉信息。在捕捉信息的过程中，他发现了旧世界无可挽回地衰落的倾向和趋势，证实了他宣判旧世界死刑的不谬性。宣判旧世界的死刑，这便是作者创作《日出》的动机。

前面我们已经谈过，创作动机是主题的组成因素，动机和目的的有机结合才是剧本的真正主题。那么，作者创作《日出》的最终目的是什么呢？是宣传他的美好理想——"日出东来，满天的大红，要想吃饭，可得做工！"可以说，作者把《日出》的宗旨一直紧紧地控制在这一主轴上。作者在《日出》中"想求得一线希望，一线光明"。[④] 剧本中作者不厌其烦地引用打夯工人的上述歌声，把这歌声作为贯穿全剧的主旋律，其良苦用心正在于它道出了创作剧本的目的——期待着光明的劳动人民主宰的新世界。说这一思想是剧本的主题重心，我们可以找到最有力的证据：《人民戏剧》一九七九年第三期《曹禺同志谈〈雷雨〉》一文，引证曹禺同志的话说："……《日出》里，我设法写一大批劳动者，所以写了一群幕后的打夯人——黎明的太阳升起的时候，黑暗必将逝去，在黑暗里生活的'动物'，们，也必将随之消灭。而这些打夯工人，却在为建设新的大厦打基础。他们边劳动边唱着夯歌：'日出东来，满天的大红，要想吃饭，可得做工！'——不劳动者不得食，你说它朴素也罢，浅薄也罢，这么一个基本的概念感觉，正是我的主导思想。"主导思想是什么？正是主题！

就是这样，剧本外作者的再三表白，剧本内作者的再三暗示，合在一起清清楚楚地标示出《日出》主题的构成：

1. 诅咒旧世界的灭亡（"时日曷丧，予及汝偕亡！"）。

2. 渴望新生活，寄希望于劳动人民（"日出东来，满天的大红，要想吃饭，可得做工！"）。

值得说明的是，上述两点不是各自独立的，而是互相关联的。非但如此，它们还和"损不足以奉有余"这个题材互相依存，互为因果。它们三者之间遵循着一个严密的逻辑推理，蕴含着作者的清晰的逻辑思维。

---

① 曹禺：《日出·跋》，文化生活出版社 1936 年 11 月版。

② 曹禺：《日出·跋》，文化生活出版社 1936 年 11 月版。

③ 曹禺：《曹禺选集·后记》，1978 年人民文学出版社。

④ 曹禺：《曹禺选集·后记》，1978 年人民文学出版社。

这个逻辑思维可以用下图表示：

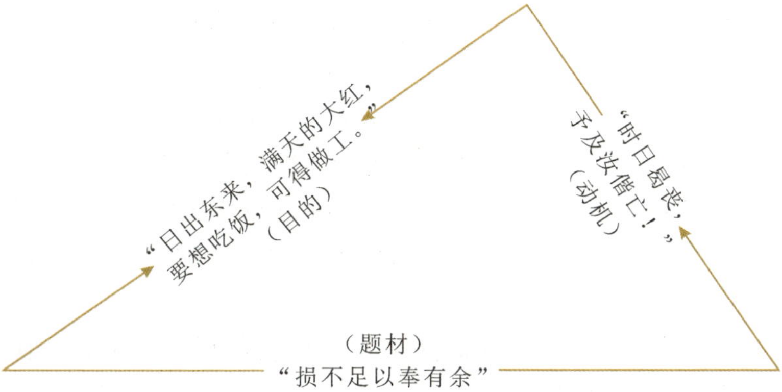

通过上文的分析和上图的示意我们可以看到，《日出》是"世纪儿"，是时代的产物。时代以不同波长不同频率不停地向作者发出信息。这信息五花八门，千变万化，但作者却运用控制论"抽长绪于乱丝"，高度概括出了时代发展的前途和道路。《日出》的思想认识价值是阔大而深远的，这个思想认识价值的载体——主题不是简单肤浅的一点，而是有基点，有放射，有转折，通过控制构成角度。换言之，《日出》是曲折地，委婉地表现主题的。围绕这个主题，作者写了现实，也写了理想：旧社会要灭亡，新中国将诞生；压榨者必没落，劳动人民有希望！作者看到了刚刚崛起的新生力量，看到了他们身上的蓬勃生命力，这在当时，是难能可贵的。

二、结构——圆

如果说《日出》主题的形成牵涉了信息论控制论的话，那么《日出》的艺术结构工程则运用了系统论。

所谓"结构"，就是剧作家对剧本中所容纳的时间、地点、人物、事件以及故事情节和矛盾冲突的安排与设计。所谓"系统"，主要体现在剧本整体结构的组织性，条理性，规律性上。作者创作的时候，自觉或不自觉地运用系统论揭示客观世界的内在联系并把这种内在联系用艺术形象体现在作品中。而我们欣赏者在发现作品中潜藏着系统论的秘密后，跟踪侦查，探究作者是如何运用系统论这把思维钥匙的。作者和欣赏者双方正好相反，不妨打个比方：作者运用系统论构造文艺作品就像化学化合过程，欣赏者运用系统论分析文艺作品则象（像）化学还原过程。

下面，我们就来"还还原"，看看作者是如何把《日出》结构系统化的。

在《日出》中，作者以三十年代初的中国社会为背景（时间）；既写了大都市豪华堂皇的高级旅馆，也写了大都市黑暗肮脏的三等妓院（地点）；既写了荒淫无耻的上流人士，也写了纯朴善良的下层群众（人物）；既写了大资本家的你争我夺、尔虞我诈，也写了劳动人民的遭受摧残和凌辱（事件）。关于这些，不少文学研究者们谈及了，恕不重复。下面，我们仅以人物与矛盾冲突为例谈谈《日出》结构的系统化。《日出》里写了众多的人物，这里有金融寡头，银行经理，高级职员，洋奴博士，恶霸，流氓，富孀，面首（男佼），交际花，妓女，还

有小小录事，小小茶房，更有富于正义感的小资产阶级知识分子和广大的工人阶级……这被诸种文学史评之为：形形色色。那么，这些形形色色的人们是孤立隔离或杂乱无章的吗？经过反复研究，我们发现，这些各据典型的人既不是茕茕孑立，形影相吊，也不是乱哄哄一窝蜂，他们是由作者精心地分了阶级、分了阶层、分了类型、分了境遇的。这些不同阶级，不同阶层，或同一阶级同一阶层中的不同类型不同境遇的人们，或勾心，或斗角；或鲸吞，或蚕食；或反抗，或恼怒；或悲泣，或哀诉……构成了线索细密错综复杂的人事关系网，阶级关系网。这种网便是《日出》结构系统的整体，而上述的阶级、阶层、类型、境遇，便是《日出》结构系统的分支。下面，我们先来看看这些分支。

金八，潘四，黑三同属于压迫阶级剥削阶级，他们是盘踞在市面上的地头蛇。他们每天思考的中心就是如何牟取暴利，大发横财。他们有地产，有股票，有公债，更有手段。他们表面上你拉我扯，你吹我拍，实际上是互相倾轧，互相拼杀。这种倾轧拼杀的惊险度不下于古罗马斗技场上的奴隶较斗和西班牙斗牛场上的人牛格斗，血淋淋，焦头烂额。他们之间你死我活的激烈搏斗既反映了大资产阶级的本质特征又反映了当时跌宕起伏的社会风貌，给读者一种时代感。

一个阶级中并不只是一种典型。这三个人物有共性也有个性。潘四是作者见惯了的那种"大赌棍"。他不惜冒险把他的"大丰银行"的产业全部偷偷押给"友华公司"，然后用这笔巨款又盖大楼又买公债，一时间造成了烈烈轰轰，火上烹油的假象。然而狡猾奸诈的金八没有上他的当，他知道潘四的这套把戏不过是买空卖空，于是他后发制人，不动声色亮出绝招儿一举摧毁了潘四，使潘四倾家荡产，一败涂地。黑三，是金八操纵下的凶恶残暴的打手、流氓。

李石清、黄省三和王福升同属于一个阶层，他们在大资本家手下做事。但由于他们思想、性格的不同，升降浮沉十分悬殊。李石清原来和黄省三一样是小职员，可他善于巴结献媚，终于走陈白露的后门儿爬上了潘四秘书的地位。可他还不满足，为了补缺"襄理"，他不择手段，讹诈要挟。他品质绝差，为了逢迎潘四，竟不顾家里窘困，逼着李太太用借来的钱陪着潘四打牌。小录事黄省三与李石清恰成反比。他曾是一个颇有能量的生产力，他勤恳老诚，"整天地写，写"，"眼睛发花还在写！"可工资才十三块，左扣右扣所剩无几。尽管如此，他还是为当时的生产关系所不容，潘四和李石清解雇了他。黄省三哭泣过，哀求过，反抗过，他骂他们"是贼，是强盗，是鬼！"王福升，最是一个狗仗人势，欺软怕硬的无耻小人。上述这三个人的塑造使人们看到了当时的社会风尚如何刺激着人们的思想感情向异端发展。如果说黄省三被逼成了疯人，那么李石清和王福升早成了疯狗。另外，作者还暗示给我们：李石清以其钻营的本事一度挤进了上层，但最终还是被打了下来，变成一个穷光蛋；黄省三安守本分，仍不免于经济危机的冲击，被甩到了社会的最底层。他们的喜怒荣辱，无不深深地打着时代的印记——到处是跌价，倒闭，破产，失业……

顾八奶奶，胡四，张乔治是同一类型的人。他们是地地道道坐吃山空，醉生梦死的有闲阶级。如果说金八、潘四、黑三是吸血鬼的话，那么这三人则是寄生虫。顾八奶奶生得挺肥，整天在情场上消耗着她的脂肪。她已四十有四，却穿着"颜色鲜艳夺目"的"花旗袍”，眉毛画成“一条线”，耳朵上“悬着珠光宝气的钻石耳环。”她愚蠢透顶，俗不可耐，却动辄“顶悲剧，顶痛苦，顶热烈”，动辄“香艳，美丽，浪漫”。更叫人摇头咋舌的是，她竟以偌大年令（龄）姘上了二十七岁的胡四。而胡四，这个“高高的鼻梁，削薄的嘴唇”“偶尔笑起来是那样的诱惑”的面首为了骗她钱财，那一双眼睛“永远在作着黯然销魂之态”。剧作者所以如此浓墨重彩地描绘二人尊容，其用意无非是向人公开展览金钱世界育出的这对活宝。而张乔治这个怪物，十足地反映着半封建半殖民地社会的特殊色调。他留了几天洋，走了中国味儿，张口英文闭口巴黎。他以一身而兼二任——洋奴加色鬼。他表面上文质彬彬，矜持儒雅，可皮囊里却藏匿着一颗卑鄙狠毒的心，他一脚踢开妻子儿女，四出渔猎异性。作者用漫画笔法勾勒了这三个人的肖像，淋漓尽致地揭露了上流社会的道德沦丧。而这三个人与金八、潘四、黑三合在一起，又完整地体现着当时社会政治，经济，文化，精神生活的崩溃和瓦解。

陈白露，“小东西”，翠喜，她们实质上有着相同的境遇，尽管她们表面上形式不同。她们都是被侮辱被损害的最底层的妇女。陈白露曾是一个书香门第之女，她恋爱过，结过婚，生过孩子。但她不喜欢生活平淡、呆板，她好奇，她要追求新的境界。后来，她果然如愿，不料新境乃是陷阱。她被迫当上了舞女、演员、交际花，过着梦魇一般可怕的生活。但陈白露内心深处固有的正直尚未泯灭净尽，最后，在残酷现实的挤压下，她怀抱着羞耻和悔恨离开了这个她曾编织过浪漫故事的人间。翠喜是妓女，她命运最惨，惨就惨在她权不如猫狗，受着侮辱却还要强作欢容迎接这种侮辱。“小东西”介于陈白露和翠喜之间，她二者都不愿作，终以柔嫩之身怆然投环……作者塑造这三个人，意在昭示：这个世界不但流血，不仅流脓，更多流淌着的是泪。

上面，我们粗略地介绍了《日出》中几组人物。事实上，说几个圈子的人物更确切些。在这些大大小小，里里外外的不同圈子里，不仅在同一圈子内部充满着矛盾冲突（如金八与潘四的拼死竞争；李石清与李太太的家庭纠纷；顾八奶奶与胡四的糖糖醋醋；翠喜与“小东西”的行为不同等等），而且圈子与圈子之间更是充满了矛盾和冲突。这其中，潘四（即潘月亭〉和陈白露是玩弄与被玩弄，利用与被利用的关系。潘四利用陈白露这块金字招牌（美色）为他的大丰银行招揽股东，陈白露则利用潘四的钱财吃喝玩乐；潘四和李石清是上司与下级的关系。李石清要阴谋施诡计，甚至于破釜沉舟，落井下石。而潘四则以同样手段牙眼相报；潘四和顾八奶奶是主顾关系。顾八奶奶同张乔治一样，大笔存款都在潘四的银行里。正因为这层，顾八奶奶才通过潘四把胡四安插进银行因而挤掉了黄省三。而胡四，这个满身妓气的男人，既玩顾八奶奶，又追陈白露，还猥亵“小东西”，甚至连人老珠黄的妓女翠喜也不放过……还有，张乔治垂涎陈白露；金八觊觎陈白露；黑三倒卖“小东西”；王福升调戏“小东西”……真是花花世界乱了套！

值得注意的是，除了上面圈子套圈子，圈子与圈子之间相互勾连扭结之外，我们还看到了一个更大的圈子，这就是包括理想人物方达生在内的广大劳动人民——打夯工人。

方达生是一个外来客，他不隶属于上面的任何一个体系。但他有他的向心力，这便是那些创造世界自食其力的打夯工人。剧本中写道，方达生对工人的夯歌“非常感兴趣”，他赞美工人们"唱得真有劲儿"。方达生为了拯救陈白露千里迢迢赶来，当他看到了大都市中令人头晕目眩的怪现状后，愤慨地喊道："为什么允许金八他们这么一群禽兽活着！"他下决心"跟金八打打交道"，"为'小东西'跑跑"，"为小录事一类人作点事"……方达生的言谈和作者那时的言谈何其相似乃尔。在方达生身上，我们清晰地看到了作者的影子。方达生和陈白露是同乡，和张乔治是同学。他们三人在动荡的社会里分化改组走上了不同的人生道路。在剧中，他们三人是一组鲜明的对比，这是知识分子何去何从的对比。方达生从自发到自觉，走上了正路，他寻找到了真正代表社会进步，代表社会优势的工人阶级。

剧中幕后的打夯工人，是一种象征。"力"与"势"的象征。他们是作者精心设计的旧世界的掘墓人。而他们唱出的直干云霄的打夯歌，则是作者精心设计的旧世界的送葬曲。人和歌一样雄壮，歌和人一样有力，他们使那些吸血鬼寄生虫们心慌意乱，他们使那些魑魅魍魉的聒噪顿然停止。全剧最后，前台沉寂、静场。唯有幕后那激越的夯歌——创造新世界，创造新生活的歌声愈响愈烈。它们，永远没有休止符。

上面一一还原的系统结构可以用下图表示

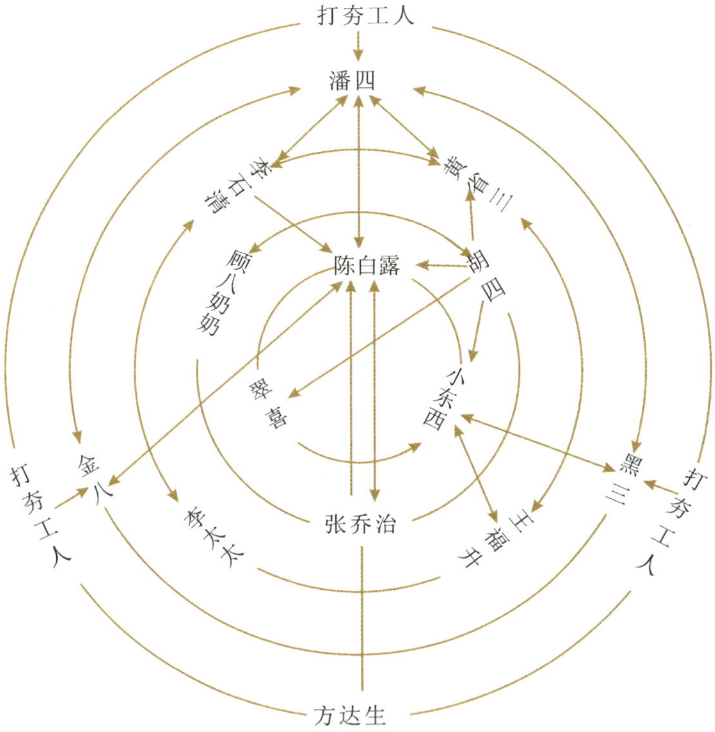

从上图可以看出：圆、圈、网。

1. 圆。同心圆。圆心是钱。

2. 圈。势力圈。中心是生存竞争。

3. 网。人事关系网。阶级关系网。核心是各种形式的矛盾冲突的旋涡。

上述诸端，圆也罢，圈也罢，网也罢，无不处于层层包围又层层被包围之中。压在最底层的陈白露，"小东西"，翠喜不但被金八、潘四，黑三包围，也被顾八奶奶，胡四，张乔治包围，甚至还被野心家李石清，变色龙王福升所包围。但是，这些压迫者剥削者也正受着真正的劳动群众的包围。这种包围才是最有威慑力的，因为他们是广大的，浩浩荡荡的，充满着蓬勃生气的。这种大圈向理想的远方无限制地扩展，这种扩展愈快，被它们所包围的压榨圈们愈显得狭小、可鄙、死气、末路，而压在最里层的陈白露等人，面临着三种选择——反抗（与大圈里应外合），等待（等大圈来解脱他们）、灭亡（自甘报弃）。

通过上文的分析和上图的示意，我们可以窥见作者笃诚而又乖觉的艺术匠心，这就是：他力争把纷繁散漫的社会现象用巧妙精当的艺术形式归纳串通起来，让人们不但看到人类社会肌体的丰腴血肉，而且看到人类社会肌体的历历筋骨，不仅得到艺术欣赏的美的享受，而且得到思想认识的理的提高。这种努力，这种科学的结构技术和方式，就是我们前面提到的系统论的结晶——系统工程。《日出》的成功告诉我们，文艺园地的系统工程如果建筑得法，要比其它领域快速得多，便当得多。它们不受时间和空间的限制，只要一支笔，一叠纸。

系统论在文学上的应用，我国古已有之。从《诗经》首篇《关雎》的三"参差"四"窈窕"，到《红楼梦》的金陵十二钗，莫不蕴含着常用数字系数，这都是从"系统"这个朦胧的观念出发才产生的现象。越是长篇，系统论观念越是不可或缺，系统工程越是显出了它的优越。君不见《红楼梦》的家族亲朋系统何等庞大，君不见《红楼梦》的府邸园林系统何等宏丽，单是一座"大观园"就足以令人留连忘返了。

事实证明，任何文艺作品的系统工程无一不是自然或社会系统工程的投影。维克多·雨果为了创作《巴黎圣母院》，他对巴黎的著名建筑群进行了长期的深入的研究，据说，他的小说对建筑物的描写比工程师的数据还准确。曹禺同志写《日出》时，由于不熟悉妓院生活而不得不去妓院考察，为此，他曾受到人们的误解，辱骂甚至殴打。为了《日出》系统工程的圆满无缺，他付出了惨重的代价。对于这种后果，他并非没有预测，但为了良心，为了使命，他宁愿作出牺牲。对于作家来说，这是一种胆略，一种气魄。

我们所讲的文艺作品的"系统"，同其它科学研究领域中的系统是相似的，既有系，又有统，既有自身的一系列，又被更大的一系列统摄着。让我们姑且称它为小系统大系统罢，我们前边的分析，是从《日出》自身的小系统着眼的，如果从大系统着眼探讨《日出》，它的创作方法则属于跨国性批判现实主义文学系统了。

系统论的前提也是控制论，在此不便细讲。

三、人物——多面体

"如何描写人物？"乍一听，这问题提得笼统，空泛，无法作答。或者觉得问题陈旧，老生常谈，不屑一顾。其实，这问题既不笼统也不陈旧，这是一个具体的，新鲜的问题。说它具体，道理很简单：人物即人物形象，人物形象主要由人物性格体现。人物性格不具体么？说它新鲜，是因为人的性格常因时地更新而更新。作家刻划它们必然要尊重其真实性（更新）。而欣赏者们的审美意识，美学理想也在不断更新着。大家都更新，这不是一个新鲜问题么？因此，我们以为，"如何描写人物"这一命题是文学知识词典中最活跃的元素，它

最喜欢与时代同步。

然而，这个活跃元素被人绑架过。那是在非常时期，有人胁迫它钻了死胡同，钻了牛角尖。请看那时的公式：人物→形象→性格→典型→独特→一种。哗！关门落锁。关了禁闭，闭门造车：英雄人物→一种→神；反面人物→一种→鬼。这不是讲笑话，这是“三突出”金字塔尖儿“一元化”描写法。此法颇风行一阵。后来，才有了“二重性”之说，即真善美，假恶丑两种对立的性格因素在同一个人物身上都存在，只不过百分比不同。我们说，这种论点不过是把“一元化”松了一松绑。按这个原则塑造出的人物充其量不过是韦勒克和沃伦所议论的那种“扁平人物”。①

真善美，假恶丑不能全面概括这个世界，也不能全面概括人类性格。人的性格极其复杂，有肯定性的，有否定性的，还有大量中间状态的，它们是多侧面的。惟其多侧面，才成其为绰约多姿的“立体”；惟其多侧面，才在大自然、大社会中适应能力最强，故尔我们的祖宗才有这么一句话：“君子随遇而安，乐亦在其中矣。”

就从这开始，我们分析一下《日出》中引人注目的形象陈白露。

人之初，无善恶。陈白露曾经是一张白纸。她也有过露珠儿般莹洁透明，新鲜甜美的豆蔻年华。她出生在一个有教养的家庭，自己也知书达礼。由于父母双亡，她不得不走向陌生的社会。在社会上，她也遇到过好人，这便是她的丈夫——一个关心社会的诗人和小说家。可是，仅仅由于社会思潮的鼓动，她盲从起来。她追求所谓的“个性解放”，“个人奋斗”，于是，她投向社会的另一面。不幸得很，她寻求圣境，却找到了一群魔鬼——因此她对生活失望，她追求自由，生活却叫她吃尽了苦头——因此她玩世不恭；她极有自尊，命运却对她百般羞辱——因此她变得冷酷；她想摆脱险恶，却又陷足太深——因此她几近疯狂；方达生引导她去看光明，她却来不及体会——因此她走上了绝路。

陈白露有方方面面美好的品性，无情的现实却扭曲了它们，改变了它们，让它们差不多全部以相反的形态呈现在人们的面前。下面引一段陈白露的言论，以资证明：第一幕，当方达生要领陈白露回老家的时候——

> 陈白露（很大方地）：你有多少钱？
>
> 方达生（没想到）：我不懂你的意思。
>
> 陈白露：不懂？我问你养得活我么？（达生惊得说不出话来）
>
> 陈白露：咦？你不要这样看我！你说我不应该这么说话么？我要人养活我，你难道不明白？我要舒服，你不明白？我出门要坐汽车，应酬要穿些好衣服，我要玩，我要花钱，要花很多很多的钱，你难道听不明白？……

瞧，这哪里是一个正经女人口里说出来的？原来的纯洁朴实在不知不觉中流失着，令人痛心。

这是一种反馈。金钱世界捉弄了她，她必然对金钱世界如此回敬：玩世不恭，冷酷疯

① 韦勒克、沃伦合著《文学原理》，三联书店 1984 年。

狂。丑恶的现实要逗了她，她气恼，她心理变态，她要报复。生活使她看到，美色是资本，人体是商品。潘四供养她，金八纠缠她，张乔治，胡四等人围绕她，这绝不是什么友谊和爱情，而是阴谋和兽欲。她和他们之间的关系完全是赤裸裸的买卖关系，金钱关系。因此，她大肆挥霍，挥金如土；她嘻笑怒骂，真真假假。对于后者，对于陈白露的放荡和权变，我们应当理解。试想，如果她都认真起来，岂不变成了人皆可夫的娼妓？如果都不当作回事，她的生活又如何维持下去？因此，严重一点讲，生活把她逼成了一个“骗子”，欺骗别人，也欺骗自己。我们认为，这个人物的真实性恰在这里。我们不应当过分指责她。席勒说：“最高等的戏剧作品里很少给人苛责和仇恨，它使人认识自己，尊重自己。”[①]陈白露是一个有血有肉，有灵有性的人。人，如果不能随机应变，尚不如一条虫，一棵草，一块石(自然界中有随环境色彩改变而改变自身颜色的虫、草、石)。

有形的金钱兑换成无形的卖身契，铸造成无形的锁链和镣铐。对于这种屈辱生涯，陈白露并不心甘情愿，心安理得，她也曾反抗过。她曾打算“逃出去”，但是，“她像寓言中金丝笼里的鸟，失掉在自由的天空里盘旋的能力，她不得不回到自己丑恶的生活圈子里。”[②]理想的幻灭，反抗的失败，最易使人产生怪异之想，作出怪异之举。这正如作者曾经分析的：“这类的女人许多有着美丽的心灵，然为着不正常的发展和环境的窒息，她们变为乖戾，成为人所不能了解的。”[③]立在我们面前的陈白露就是这样一个形象。

至此，我们已经看到陈白露的诸多性格侧面：自强，自尊，好奇，好胜，个人奋斗，个性解放，独立自由，堕落，反抗，屈从，疯狂，失败，绝望，不能自拔……。但是，上述这如许多的性格侧面仍然不是她的性格的全部。在她心灵深处尚保留着纯朴善良本色的一隅。首先，她防范鹰犬的恶扑：她不为张乔治的花言巧语名利地位所动，她不愿拆散别人的家庭，她敢于用尖酸刻薄的话使对方难堪，以使其人心灵受到谴责和刺痛。其次，她为了不使阶级姐妹重蹈自己的复(覆)辙，不惜担风险救助“小东西”……。这些，是陈白露理性的复苏，所以有人评定说，她“清醒而又糊涂，热情而又冷漠”。[④]

终读全剧我们可以看到，陈白露是一个复杂的多侧面的形象。她的性格不是一种概念的图解，也不是一些特点的正照、呆照，她实在是一个幻化着多种征象的畸形的动态的多面体。

说陈白露性格呈“动态”，不仅仅指她性格本身的横向相对运动，相互转化，同时也是指她的性格由于时间的推移而得到的纵向的发展，裂变。请查看一下她发展裂变的轨迹：在第一幕中，她还理直气壮地反问方达生：“为什么不呢？我一个人闯出来，不靠亲戚不靠朋友，到了现在，你看我不是好好活着，我为什么不得意？”可是后来，她却渐渐失去了这种“得意”劲儿，充斥她内心的是“恐慌”，“忧疑”，“厌倦”。一开始，挂在她咀(嘴)角上的还是

① 席勒：《为诗辩护》。
② 曹禺：《日出舞台提示》。
③ 曹禺：《雷雨·序》。
④ 唐弢主编《中国现代文学史》。

"嘲讽的笑",可后来,挂在她脸上的却是"泪珠儿"了。喧闹的世界与她孤寂的心境不协调,急骤的节奏与她凝滞的感情不合拍,矛盾越来越激化,最后终于大爆发:黄省三疯了,"小东西"死了,她的灵魂受到了致命的撞击!她醒了。

鲁迅说,"人生最苦痛的是梦醒了无路可走。"陈白露尝到了这种苦痛之"最",她在难以忍受的思想苦痛中服毒自杀。与其过着非人的生活,倒不如不生活着,这也算是一种觉醒。所以,我们认为陈白露的死是表示她觉醒的一种形式,是她与自己的堕落生涯诀别的一种行动。她想到了:只有死,才能撕毁无形的卖身契,只有死,才能砸碎无形的锁链和镣铐。

有人说,陈白露活不可取,死不可信,因为她觉醒了就不应当去死,而应当跟随方达生去找新路。这种观点脱离了陈白露的形象特定性。在陈白露身上,起主导作用的否定性性格长期积累、沸扬,它们一旦突遇奇寒,便骤然固化,变成坚硬的结石,这种结石把她残存着的柔弱的肯定性性格牢牢地压在底部。这样,虽经外界猛烈震荡,光明面很难马上夺路而出,扼止她的短见,抢救她的性命。另外,让陈白露自戕,这正是作者别出机杼,不落俗套的艺术处理。对于那种"堕落→觉醒→革命"三部曲,我们还嫌太少吗?陈白露不是玛丝洛娃,作者把她的结局紧紧控制在《复活》之外的一个新境地。

我们看到,陈白露的毁灭,有她自身的原因("空穴来风",没有空隙在,哪有风进来?),但更主要的是社会历史原因。在那个非吞即吐,弱肉强食的黑社会里,一个弱女子只身闯浪,无异于飞蛾扑火。从这个意义上说,陈白露的活,陈白露的死,都是对那个社会的有力指控。陈白露的悲剧不是个人的悲剧,而是社会历史的悲剧,时代的悲剧,我想,作者的深刻寓意也正在于此吧。

下面我们把陈白露的性格多侧面用图展示出来:

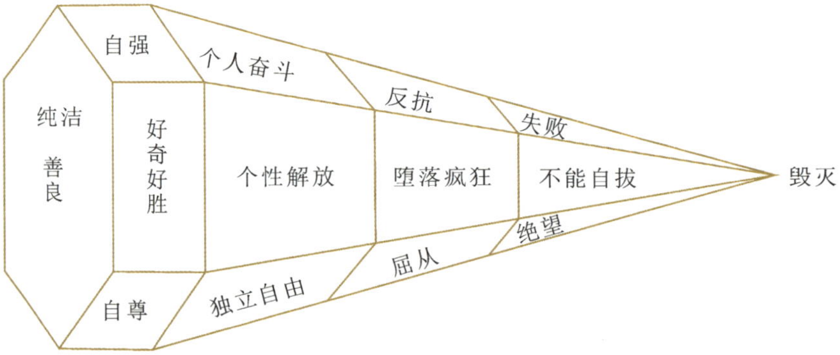

从上图可以看到:

1. 陈白露形象的底色,基础;
2. 陈白露性格的横向联系;
3. 陈白露性格的纵向发展;
4. 陈白露最后的结局。

但是,我们必须指出:陈白露这个多面体形象并不是全部外露的,她还有含蓄隐秘的一面背向读者。那究竟是什么,我们无法臆测。经验证明,在人物形象多面体中,可以储存多种性格因素，有些因素遇到合适的时机便表现了出来，有些因素也许终生没有表现的机会。

另外，上面只不过是图示而已，任何图示比起活体来都是蹩脚的瘸腿的。就如一个球状西瓜，表皮生着天然的花纹，浑圆、美丽、可爱。我们这样欣赏它还不满足，还要知道它的内部。于是，瓜分它。结果如何呢？个中奥妙固然大白，但那平直的切痕却破坏了它固有的内在联系，我们看到的实实在在不能算它的真面目。

人的性格整体也是这样。多种性格集于一身，有肯定性的，有否定性的，有中间状态的，有相似的，有相反的，有变来变去的，这些性格不断运动，不断发展，互相交叉，互相渗透，它们之间往往没有固定的领地和疆界，却常常呈现出一种难解难分的混合状态，辨析不清的模糊状态。所以，我们图示的划线，恐怕担着所谓“分裂”的罪名。

这篇漫谈，我们试图从三个方面(主题、结构、人物)来欣赏《日出》，也不知有言中者未？有人说，“在文艺欣赏的过程中，一个作品的美感效应往往呈现出复杂多变的状态，会因时因地因人的不同而歧义百出。”①此言有理。譬如大海，有人说它兰(蓝)，有人说它绿，有人说它白茫茫，有人说它黑沉沉！孰是孰非？难以审判。文艺作品的美学价值若神话中的弹性魔盒，它有很大的容量。每个欣赏者都有权凭借自己的判断分析作出有理有据的假说。在文艺欣赏过程中，任何自封独裁总统都是可笑的。

以此，就教于同好。

(原载《东疆学刊》1985 年第 1 期)

① 林兴宅:《艺术魅力的动态考察》。

《日出》:现实主义创作的进展

孙庆升

评论家几乎一致认为《雷雨》有了明显的进展。不只是在思想内容方面,也包括艺术形式方面都有所不同。它从带有社会性的"家庭悲剧"进到反映社会两极的"社会悲剧",题材扩大了,反映现实的广度扩大了。它所选择的已不是家庭成员之间的矛盾和纷争,而是旧中国都市社会生活的面貌。《雷雨》中出现的血缘纠葛已不复存在,代之以大鱼吃小鱼的不同阶级阶层之间的生死搏斗,思想上也有很大的进展。如果说《雷雨》对旧家庭、旧社会的罪恶的批判还只是旁敲侧击的话,那么《日出》则对腐败黑暗的资本主义制度作了正面抨击,深刻揭示了以金钱为中心的社会罪恶的实质。如果说《雷雨》对旧家庭旧制度只是愤怒不满的话,那么,《日出》对旧社会给予了彻底的否定,甚至不惜以"予及汝偕亡"的精神,与旧制度同归于尽。作者的这一创作态度使《日出》的战斗性、现实性也明显增强。尤其值得重视的是,在《日出》中,曹禺探寻了社会黑暗的根源,在未出卖(场)的金八身上,让人们感受到旧社会的支配势力。同样,在未出场的打夯工人身上,让人们预想到未来,真正代表光明的有前途的将是那些同太阳一起生活的劳动者。这都是《雨雷》[①]未曾写到过的。比起《雷雨》,《日出》的确已提供了新的思想信息,表明作者在现实主义道路上又迈进了一大步。

从《日出》的构思看,作者意在写光明与黑暗的对比,而重心在结束黑暗上。不公平、不合理的黑暗社会应当被光明的社会所代替,这是作者的理想,也是《日出》的寓意。在《日出》的初版本的扉页上,作者曾引用老子的《道德经》作为题辞之一,"天之道损有余而补不足;人之道则不然,损不足以奉有余",这可以看作是《日出》的主题。这一主题比《雷雨》要明确具体得多。写《雷雨》时作者只感受到了宇宙的"冷酷"和"残忍","写《日出》时,作者对于客观社会已有了进一步的认识,他认清了'损不足以奉有余'的社会形态——人剥削人的制度。"[②]这一主题当然包含着一定的理念的内容。作者在《日出·跋》里也说:"我想用片段的方法写起《日出》,用多少人生的零碎来阐明一个观念"。《日出》虽包含着理念或观念,但从根本上说,并不是一个观念的作品,而是很现实的作品。《日出》的写作以天津、上海两大城市为背景,作品中出现的人物都是城市所特有的阶层,如银行经理、交际花、恶棍、流氓、妓女、富孀、面首、市侩、茶役等。他们投机倒把,腐化堕落,蝇营狗苟,醉

① 应为《雷雨》——编者注。

② 周扬:《论〈雷雨〉和〈日出〉》,载《光明》第2卷第8期。

生梦死，勾心斗角，盲目挣扎，形成了一幅光怪陆离的社会图画。作家很真实地把这一切都摄入自己的作品中，他所提供的是生活实景，是活生生的形象，而不是抽象的观念。有人曾提出，作者把"人之道"与"天之道"对立起来，是一种"二元的观念"，说明作者心目中还是有个"天命"存在的，这实在是一种误解。作者只是借用天人对立的观念，表现人世间的不平等，本意在"人"，并不在"天"，"天之道"实际上是说"应该如此"，一切本应象(像)天道一样的公平、合理，而人世间，"并不如此"，"人之道"却是充满黑暗不平的，具有比喻和象征的意义，不应理解为作者真的相信有一个超现实的彼岸世界。我们还要看到，一个作品有一点观念的东西，或象征性的内容，并不是绝对坏的，它并不会影响现实主义成就。在解放前的曹禺剧作中，没有比《日出》更明确地说到作家意图，或者说作者的观念最鲜明，但《日出》却是最好的作品之一。这说明问题并不在于是否有观念存在，而在于形象的力量是否占优势，观念是否是外加的。黑格尔曾说："艺术表现的价值和意义在于理念和形象两方面的协调和统一，所以艺术在符合艺术概念的实际作品中所达到的高度和优点，就要取决于理念与形象能互相融合为统一体的程度[①]。"《日出》就是这种"理念"与"形象"互相融合为统一体的作品。"损不足以奉有余"的观念是通过"有余者"与"不足者"的形象体现出来的。一方面是剥削者的为所欲为，花天酒地，一方面是被损害者的饥寒交迫，倍受凌辱。围绕在陈白露周围出现的"有余者"形象都是令人憎恶的，像脑满肠肥，荒淫无耻的大丰银行经理潘月亭；故作多情，肉麻笨拙的富孀顾八奶奶；油头粉面，无所事事的市刽(侩)胡四；油腔滑调，招摇撞骗的洋奴张乔治；凶恶残暴，仗势欺人的打手黑三以及媚上压下，欺软怕硬的茶役王福升等，都是属于黑暗的动物，作者以抑制不住的愤怒给予尖锐的讽刺和和有力的鞭笞。作者的可贵在于，不仅写出了这些"有余者"的凶残、腐朽、可憎的本质，而且宣判他们不配有好的下场，他们代表着黑暗，或依附于黑暗，必将随着日出的到来而消亡。

同这个"有余者"的上层社会相对立，还有一个"不足者"的下层社会。这就是以"宝和下处"为代表的妓女们的生活天地。这是一个黑暗、嘈杂、肮脏的角落，是一些不被人当作人的人生活的处所，为养活一家人不得不强颜欢笑出卖自己的翠喜；不堪忍受凌辱而悬梁自尽的"小东西"，就是这些不幸者的代表，她们过着的是非人的地狱般的生活。与此相关的还有一个小录事黄省三，为了十块二毛五的月薪。日夜抄写，积劳成疾，又被裁减，遭受失业打击，逼得全家自杀的生活惨剧，都在说明"不足者"的不幸。

我们还应看到，"有余者"与"不足者"这两方面并不是彼此孤立并存的，而是互相矛盾冲突的力量，后者的不幸正是前者造成的。旧社会的不公平、不合理，就在于要剥削不足者以奉有余者，使不足者更加不足，有余者更加有余。《马太福音》中也写到"凡有的，还要加给他，叫他有余；没有的，连他所有的，也要夺过来"。这样的社会制度难道不应该结束吗？作者的写作意图也正在这里，曹禺说："若果读完了《日出》，有人肯愤然地疑问一下，

① 黑格尔：《美学》第一卷，商务印书馆1984年版，第90页。

为什么有许多人要过这种‘鬼’的生活呢？难道这世界必须这样维持下去么？什么原因造成这不公平的禽兽世界？是不是这局面应该改造或者根本推翻呢？如果真地有人肯这样问两次，那已经是超过了一个作者的奢望了”①。这也正如恩格斯所说：“通过对现实关系的真实描写，来打破关于这些关系的流行的传统幻想，动摇资产阶级世界的乐观主义，不可避免引起对于现存事物的永世长存的怀疑，那末，即使作者没有直接提出任何解决办法，甚至作者有时并没有明确地表明自己的立场，但我认为这个小说也完全完成了自己的使命。”②《日出》正是这样的作品，它虽然没有直接提出解决社会不平的办法，但它已相当明确地表现出对现存制度的永久性的怀疑。1980 年曹禺在谈到《日出》时曾说：“我觉得写《日出》我是尽我的力量写出那时旧社会的各种不合理的、各种黑暗的情况，我的意思，就是说这个社会不能存在，这个社会必须打倒，必须从中国土地上消灭，要有新的社会”。③《日出》已经触及到半封建半殖民地社会的本质，包括社会上层与下层的对立，阶级的压迫，金钱的罪恶，人与人之间关系的你争我夺，尔虞我诈等等，特别是彻底否定黑暗不平的思想已达到了革命民主主义思想高度，使《日出》成为一部革命现实主义的作品，成为解放前曹禺剧作中思想性较高的一部剧作。我们惊异地发现，作者当时并不是马克思主义者，但他对社会，对人与人之间关系的描写，对以金八为代表的支配势力和以打夯工人为代表的未来力量的认识，都相当准确，符合实际。这说明生活本身就蕴藏着真理。但这并不是说作家不需要先进理论的武装，仅仅忠于生活就行了。曹禺不是这样的作家。他之所以能忠于生活，也还由于他具有同人民一致的进步立场和同时代一同前进的革命要求。

《日出》能够在现实主义创作道路上取得重要的进展，这同日益加深的阶级矛盾的现实的(和)左翼文艺运动的影响有密切的关系。三十年代正是光明与黑暗的势力尖锐搏斗的时代，促使作者产生“我也愿望我这一生里能看到平地轰起一声巨雷，把这群蟋(蟠踞)在地面上的魑魅魍魉击个糜烂”④的强烈愿望，并把这种愿望的自然体现在作品中。写作《日出》时，左翼文艺运动正方兴未艾。首先，不能不说到《子夜》的影响，我们不必简单地比附潘月亭与吴荪甫、金八与赵伯韬之间的联系，只从两部作品的总的精神上看，从对资本主义都市生活的表现和对社会的认识上看都有其相似的地方，只是视角有所不同。其次，左翼文艺作品，经常出现的对光明的追求也给他以影响。《雷雨》虽然也发表在三十年代初，但构思较早，故所受的左翼文艺的影响不及《日出》深刻。《日出》表现出作者对现实的认识比《雷雨》更自觉更深刻，态度也更鲜明强烈。鲜明的倾向性同样是现实主义所要求的。我们不赞成这样一种论点：“曹禺曾屡次不能自已，越过了剧作家的责任而变成一个‘品头论足’的评判员。”⑤“剧作家”和“评判员”不应当是对立的，现实主义作家也必须对

---

① 曹禺：《日出跋·附注》。

② 恩格斯：《致敏·考茨基》，见《马恩列斯论文艺》。

③ 据美国华盛顿大学教授时钟雯的访问录音。

④ 曹禺：《日出·跋》。

⑤ 刘绍铭：《从比较文学观点去看〈日出〉》，见《小说与戏剧》，台湾：洪范书店 1980 年版。

生活作出自己的评价，恩格斯曾指出“现代的那些写出优秀小说的俄国人和挪威人全是有倾向的作家”，[①]问题是这种倾向不应当特别把它指点出来，而应当在场面和情节中自然流露出来。曹禺能在《日出》中反映半封建半殖民地都市生活的真实面貌，其中的原因之一，正在于他不是一个无动于衷的作家，而是一个有鲜明倾向的作家。从根本上说，他的爱憎同人民的爱憎是一致的。我们曾说到这种同人民感情的一致，从根本上决定了他的作品的现实主义精神。

《日出》是否有不足？答案应该是肯定的。但不足在哪里？回答是有分歧的。长期以来比较流行的一个观点是“历史舞台上互相冲突的两种主要的力量在《日出》里面没有登场”，而且“这两种隐在幕后的力量，相互之间没有关系。金八还在幕后操纵剧中人物，至于那些小工们，就和旅馆中人毫无关系。他们只被当着一种陪衬，一种背景。……这可以在观众心中引起一种错误的幻想，‘腐烂的自会腐烂，光明自会到来’。”[②]我以为，从一般道理上讲也许是这样，但从具体作品出发，很难作这样的要求。金八虽然没有出场，但作为买办资产阶级势力的代表，这个人物已经获得了成功，应当把他看作是一个暗场处理的人物形象，并且已经是为观众所了解和接受的形象。至于要求打夯工人在《日出》中登场将是十分困难的。我们可以设想，只要登场就要赋于他们以动作，要把他们放在一定的矛盾冲突之中，要使他们有戏可做。但除了向潘月亭要工钱，或者同金八、黑三之流作某些斗争外，很难找到其它有重大意义的戏剧动作，即使这样，也几乎要重新结构剧本，甚至要改变主题。曹禺不是在1951年修改过《日出》，增加了田振洪等工人形象，让他们登场了吗？但实际效果并不好。这应当是用另外作品去解决的问题，而不是《日出》所能承担得了的。我以为《日出》的不足，不在于作为光明力量的人物没有登场，而在于未登场工人所唱的夯歌，就其思想意义来说尚停留在“劳工神圣”、“不劳动不得食”的阶段，没有充分反映出时代的进步。最近作者在改编的《日出》电影剧本中把“要想吃饭，可得做工”的歌词作了修改是完全必要的。另外已登场的人物，表现得不很平衡，有的深厚，有的尚嫌浅露，并且缺乏正面的富有进攻精神的力量（在这一点上似乎略逊于《雷雨》）。方达生由于本身的弱点，连作者本人也认为他不是正面力量，这就使作品带有较多的沉重压抑的气氛，并且由于作者对如何结束黑暗，如何迎来光明，思想上尚不明确，因而作品只能作出朦胧的象征。尽管如此，由于作者对社会黑暗的揭示是深刻的，因而能够帮助人们认识旧世界，仍不愧是成功的现实主义作品。

（选自孙庆升《曹禺论》，北京大学出版社1986年）

① 恩格斯：《致敏·考茨基》，见《马恩列斯论文艺》。

② 周扬：《论〈雷雨〉和〈日出〉》，《光明》1937年2卷8期。

黑夜里向往“日出”[①]

朱栋霖

曹禺写完《雷雨》，就从清华大学毕业，他以优异成绩升入清华研究院，专事戏剧研究。一九三五年，他先后在保定中学、天津的河北女子师范学院从事教学，其间还去了一次上海。

从学校踏上社会，他接触到更多光怪陆离、梦魇般可怖的人事。“十里洋场”的上海，素称“冒险家乐园”；天津是九国租界，情况亦复如此。这两个沿海的大都市最能显示当时中国社会半封建半殖民地化的特征，集中了黑暗社会的丑行与罪恶。暴发户的贪婪，实业家的破产，高楼上的淫笑，地狱里的抽泣，富人酒食喧腾，穷户啼饥号寒，到处是阴谋、倾轧、卑鄙、陷害，到处是失业、流离、卖身、自杀。一件件不公平的血腥事实，利刃般刺进他的心胸，种种黑暗化成多少严重的问题，死命地突击着他，灼热他的情绪，煎熬他的心。他一腔愤懑，热血沸腾，如痴如醉地落在煎灼的火坑里。他思索，他渴望，渴望一线阳光，渴望新的生命。他说：“我们要的是太阳，要的是春日，是充满了欢笑的好生活”，“终久按不住了，怀着一腔愤懑我还是把它写出来”[②]。他献出了第二个艺术生命——交织着黑暗与光明的戏剧世界《日出》。

《日出》（四幕剧）作于一九三五年，一九三六年连载于《文季月刊》第一至第四期，又一次轰动文坛，并与何其芳《画梦录》、芦焚《谷》一起获得《大公报》“文艺奖金”。当时，一位英国学者说：“《日出》在我所见到的现代中国戏剧中是最有力的一部。它可以毫无羞愧地与易卜生和高尔绥华兹的社会剧的杰作并肩而立。”[③]一九三七年二月二日，《日出》由上海戏剧工作社首演于卡尔登大戏院，欧阳予倩导演，凤子饰演陈白露。一九三七年三月，由曹禺、马彦祥组织的“中国戏剧学会”在南京公演《日出》，由曹禺、马彦祥导演，杨思齐、马彦祥、戴涯主演。

描摹出金钱社会的人生世相

从《雷雨》到《日出》，曹禺面临着新的问题。对于一个已经有成就的作家来说，重要的

① 本选文为朱栋霖著《论曹禺的戏剧创作》（人民文学出版社 1986 年版；新版题为《曹禺：心灵的艺术》，北京大学出版社 2010 年版）的“第二章 黑夜里向往‘日出’”的部分内容——编者注。

② 曹禺：《日出·跋》，文化生活出版社 1936 年版。

③ 谢迪克：《一个异邦人的意见》，《大公报》1936 年 12 月 27 日。

是怎样使自己不停留于现有水平，怎样使自己不粘滞于自己铸成的既定模型，他必须苦心孤诣，继续探求，勇于创新。列夫·托尔斯泰谈到创作个性时说："实际上，当我们阅读或者思考一个新作家的一部艺术作品的时候，在我们心里产生的一个主要问题经常是这样：'喂，你是个什么样的人呀？你在哪一点上跟我所认识的人有所区别？关于应当怎样看待我们的生活这一点，你能够对我说出什么新鲜的东西来呢？'……如果这是一位已经熟知的老作家，那么，问题就不在于你是什么样的人，而是：'喂，你还能够对我说出什么新鲜的东西来呢？你现在是从哪一方面向我们阐明生活的呢？'"①曹禺所面临的问题，具体说来，一是如何在发挥自己创作个性与才能的基础上，发展自己的创作个性，探求对生活的新发现；二是如何创造与之相适应的新艺术。

这位勇于探索、勇于创新的艺术家，在自己的新作中明确地提出一个任务："试探一次新路"，他说：

> "在我写《日出》的时候，我决心舍弃《雷雨》中所用的'结构'不再集中于几个人身上。我想用片段的方法写起《日出》，用多少人生的零碎来阐明一个观念。如若中间有一点我们所谓的'结构'，那'结构'的联系正是那个基本观念，即第一段引文内'人之道损不足以奉有余'。所谓'结构的统一'也就藏在这一句话里。《日出》希望献与观众的是一个鲜血滴滴的印象，深刻在人心里也应当为这'损不足以奉有余'的社会形态。"②

任何艺术探求都源于作家对生活的发现、对主题的开掘，并且为之服务的。曹禺在《雷雨》中从家庭生活内部来揭露封建专制主义的罪恶，在《日出》中他以三十年代旧中国暗无天日的社会现实为背景，以大都市的一个高级旅馆和下等妓院为具体环境，深刻地剖析了这个半殖民地半封建社会的社会形态，揭露它的种种罪恶，对被迫害的人民寄予深深的同情，并且殷切地盼望一个充满阳光的新社会的诞生。通过这个剧本，他向那帮荒淫无耻、丢弃了太阳的魑魅魍魉，向那个黑暗糜烂的社会，大声喊道：

> "你们的末日到了！摧毁黑暗社会，让人成为人！"

这是我们在《雷雨》中听到的主题呼喊，在《日出》中曹禺又一次奏响了这个旋律。

但《日出》不是这个主题的简单重复，而是它的发展与深化。作品主题的深化，与作家创作个性有密切关系。创作个性首先表现为对生活现象的深刻感受，对人与社会关系的独特性看法，表现为作家的创作概括所具有的独创性。作家的创作个性决定了他对生活开掘的深度与独特性，影响到主题的发展深化。我们知道，文学反映生活，是通过描写人来进行的，人是一切社会关系的总和，所谓反映生活，就是反映人，反映人与社会生活的关系，从中渗透着作家对生活的评价。因此，文学主题的深化过程，实际上也就是在创作个性影响下，作家对人的认识的不断深化过程，对人与社会生活关系的认识的不断深化过程。如同人本身对事物的认识总是具有横向与纵深两个运动方向一样，文学主题的反映，

① (苏)米·赫拉普科钦:《作家的创作个性和文学的发展》，第 69 页，上海译文出版社 1982 年版。
② 曹禺:《日出·跋》，文化生活出版社 1936 年版。

文学对人、对人与社会生活关系的认识、探索，也有横、纵两个方向。所谓横，是指这些认识包括更为广泛的生活面与社会意义；所谓纵，就是对人、对人与社会关系认识深化的层次上，具有一定跨度的揭示。我们在前面讨论《雷雨》时指出，激起曹禺创作个性燃烧的是对人的深切关注。这在《日出》中有了新的发展。《雷雨》写的是旧家庭生活中人的命运，劳动妇女与个性解放的女性的不幸遭遇，《日出》进一步把对人的考察放到都市社会广阔的社会面上来，写了在旧制度下挣扎的下等妓女和高级交际花这两类妇女；《雷雨》侧重揭露封建主义，《日出》写的是殖民地化都市社会中买办资产阶级，这些都具有横面发展的意义。同时，《雷雨》着力写封建专制主义对人的压迫与虐杀，《日出》则将主题的核心“人”放到金钱统治的社会上来考察，揭示人被金钱统治的半殖民地半封建社会的毒化、吞噬与虐杀，因此，被压迫者与金钱化的半殖民地半封建社会的冲突是《日出》动作的基础，是戏剧的基本矛盾，这就使《日出》主题具有纵的深化价值。三十年代社会的总的特征是，国民党反动派比以前任何反动统治者更加彻底地投靠帝国主义，黑暗腐朽的中国社会进一步半殖民地化，而新生的、进步的、革命的力量正在黑暗中滋长，《日出》主题的深化是体现了这个时代的基本特征的。因此，所谓“人之道损不足以奉有余”就不是浮面地写写剥削、压迫，而是深入社会的核心“人”，揭露了金钱统治的黑暗社会对被压迫者的吞噬、毁灭，对人的精神追求的扼杀，而这个社会又是如何豢养了一批腐朽寄生虫，为了“让人成为人”，敲响这个吃人社会的丧钟吧！

人们曾把《日出》众多的人物分成人与鬼两个阵营。仔细考察就会发现，这两个阵营都被金钱的魔力控制了，金钱是一切痛苦与罪恶的渊薮。

金钱是一根魔棍，盘旋在鬼的阵营的上空，摄去了他们的灵魂。他们在金钱的驱策下，奔忙着，格斗着，疯狂着，想尽一切办法去抓钱。潘月亭要尽手段，笼络异己又翦除心患，裁员扣薪又虚张声势、胆战心惊地加入公债投机，企图逃避银行倒闭的大难。为了钱，他与李石清两人刀枪相向，恨不得你吃了我，我吃了你，可最后也逃不出金八的魔掌。“人不能没有钱，没有钱就不要活着”，这就是他的哲学。他的一切热情都沉浸在金钱的贪欲中，而在他和他周围的世界中，勾心斗角、奸诈毒辣淹没了良心与道德，金钱的贪欲与卑鄙的阴谋拉起手来，肉欲的刺激勾搭上赤裸裸的现金交易。金钱就是资本主义社会的上帝与理想，金钱拜物教是那个社会的哲学，多少人烧红了眼睛贪婪地盯着它，伸长手攫取它。粗俗肥胖的顾八奶奶因为有钱，惹得油头粉面的胡四追着她；张乔治因为有钱，就可以随心所欲地抛掉为他生了三个孩子的妻子，朝三暮四地向一个又一个女人求婚。顾八奶奶说：“爱情是你甘心情愿地拿出钱来叫他花，他怎么胡花，你也不必心痛，——那就是爱情！”这个蠢笨女人的爱情观倒是把这里的一切都揭破了。

金钱逗疯了鬼的阵营，又逼死了另一阵营里的人。小录事黄省三肺烂了，还是一天到晚地抄，抄，为的是十块二毛五，养活三个孩子。潘月亭断了他的最后一条路，他只能一包鸦片毒杀全家，自己落入求生不能、求死无门的惨境。听听他凄厉的呼号吧：“人不能这么待人呀，不能这么待人呀！”这控诉也发自翠喜，发自小东西，发自千千万万被压在社会地狱里的冤魂。在第三幕，曹禺把我们带到人间地狱“宝和下处”，让我们看看黑暗社会如何把人变成“可怜的动物”。没有第三幕的揭露，这“损不足以奉有余”的血淋淋社会形态的剖析就没有如此深刻。但小东西不愿忍受污辱，含恨自杀，翠喜处处流露出对更无告者的温暖的关心。这些所谓“人类的渣滓”满布耻辱的身躯深藏着一颗金子似的心——真正的人的心。听听翠喜的声诉吧：“有钱的大爷们玩够了，取了乐了，走了，可是谁心里委屈谁知道，半夜里想想：哪个不是父母养活的？哪个小的时候不是亲的热的妈妈的小宝贝？哪个大了不是也得生儿育女，在家里当老的？哼，都是人，谁生下就这么贱骨肉，愿意吃这碗老虎嘴里的饭？”这是对非人生活的悲愤的抗议。一个说“都是人”，一个说“人不能这么待人”——“让人成为人！”这就是曹禺为广大被压迫者，向那个“损不足以奉有余”的社会发出的控诉与斥责，又一次奏响了他的一贯主题，《日出》中这个主题的社会意义是更为深刻了。

当曹禺把人放到金钱化的社会上来考察时，就深刻地揭示了这个以金钱为主宰的半殖民地社会对人的毒化、吞噬、虐杀。再没有比李石清形象更典型地反映出人在金钱社会中的异化了。曹禺解剖这个形象，进一步深化戏剧主题。李石清也是一个被金钱热烧疯了灵魂的人。为了发财，他费尽心机，用偷开人家抽屉的办法捏住旁人要害，要挟对方；他帮着潘月亭裁员、扣薪，置小职员于绝境；他到处卑躬屈膝，巴结有钱人；他丢掉一家老小，不顾垂危的儿子，一头钻进潘月亭的投机交易。这样，他向金钱出卖了灵魂，又丧失了人类同情心与本性，而当他被一个流氓击败，仍不知羞耻地接过对方羞辱他人格的二十元“卖脸钱”，他这时的潜台词是：“什么都要，可以买东西。”这是他在剧中最无赖的一着。他真是比贪婪的潘月亭还无耻，比无能的黄省三更卑劣。但是，对于李石清，我们不能仅仅满足于上述评论。深入探讨这个艺术形象，就会发现曹禺深入开掘生活的能力。李石清，与其说是个坏人，无宁说他本来倒是个好人，其实“好人”、“坏人”的字眼都很难简单地安到李石清这样复杂的艺术形象身上。李石清的所作所为无非想出人头地，过好日子。在那个社会中，出人头地的想法本无可厚非，过好日子的愿望人皆有之，何况他还背着一个八口之家的负担，老老小小生老病死，上学出嫁，养家糊口，都要他拿出钱去对付，在这社会上没有钱是不能活的。可是他李石清出身寒微，并不像豪门权贵的子弟生下来社会就给铺下了一条步入高楼华堂的黄金道。他，一个小职员位卑职贱，收入微薄，兢兢业业安分守己，黄省三就是他的下场。长期的生活煎熬，社会的人世风波，多少人的翻云覆雨、升降浮沉，让他识透人情冷暖、世态炎凉，他的本性朝一个变态的、扭曲的方面发展了。他从一个拼命想上去又遭社会挤下来的角度看到：“这个社会没有公理，没有平等。什么道德，服务，那是他们骗人。你按部就班地干，做到老也是穷死。只有大胆地破釜沉舟地跟他们拼，还许有翻身的那一天！”什么都是假的，有钱有势才是真的。他要“拼”，拼着命去抓钱抓势。于是他调动起小市民的狡黠的“聪明劲儿”，耍一个诡计去掌握对方虚实，他果然轻巧地降服了潘月亭，爬上去了。李石清简直有点卑劣。可这个社会到处在偷抢扒拿，穷人为了活命小干，富人出于贪欲大打出手。周旋于这圈子中的另一人物陈白露看得很清楚，她曾经点穿这些有地位的体面人，他们挖空心思骗人、抢人、害人，把人家吃的饭抢到自己碗里，他们搞来的钱比一个卖淫女人得来的“不名誉”的钱还要肮脏。在李石清则认为：

"偷！偷！这有什么做不得，有钱的人可以从人家手里大把地抢，你怎么不能偷？"他一个小小的李石清无非是照着社会上的榜样去干罢了。曹禺在《日出》中刻画李石清复杂形象的一个重要方法，就是把他放在潘月亭和黄省三两人中间，通过李石清与两人的不同戏剧冲突来塑造形象，同时又有意把李、潘两人同时摆在黄省三悲剧面前，通过两人对黄省三的不同态度来测出李石清本人的复杂性。对待黄省三，李石清与潘月亭各人的态度确实是有些不同的。文学作品中这种细微的差别，有时更能清晰地显露各个艺术形象的独特性。在潘月亭眼里，黄省三只是一只小小的臭虫，他潘月亭只消伸一个小指头就可以把它捏死，因此第二幕他一上来就轻轻一拳把黄省三打昏在地。在李石清眼中，黄省三是一根捞不起的烂面条，既可怜又可厌，他厌恶黄省三软弱无能，面对这个不讲良心、不讲道德的社会居然要靠"满肚子的天地良心、仁义道德"生活，"你简直是个大废物"，他瞧不起黄省三不会像他那样干，"这个世界不是替你这样的人准备的"。我们感到，李石清对黄省三的厌恶中，有着更多的对社会的愤慨。当然，这愤慨主要是他从自己身上出发的，因为李石清从黄省三身上会更多地想到自己，他与黄省三难道不是五十步与百步吗？而剧作家也确实饶有意味总是把这两位放到一起描写，特别在最后李石清穷途末路时又一次把同样陷于绝境的黄省三推到他面前，让李石清从这面镜子中惊心动魄地看清自己。剧中，李石清对着黄省三有大段大段的台词，我们完全可以把它们当作李石清的内心独白来听。环境促使李石清这样干，社会教给他这样干，我们要谴责李石清本人，更要谴责金钱统治的社会，要指摘李石清的卑劣，更要抨击社会的肮脏。

李石清还有一点，就是对有钱人卑躬屈膝、阿谀谄媚，他总是无聊地凑趣，逗人家高兴，不顾人格与自尊简直到了令人恶心的地步。但同是逢迎，李石清与王福升的恶俗有点差别，他与胡四、张乔治等人也有点格格不入，而他这样做并非引以为荣，而是迫于无奈，他的内心无宁倒是为此感到痛苦的，到最后不能忍受的时候，他向自己的妻子诉说起来了："素贞，你没有觉出有时我是怎样讨厌我自己，我这么不要脸，连人格都不顾地来巴结他们！我四十多的人，成天鞠着躬跟这帮王八蛋，甚至于胡四这个贱东西混，我一个一个地都要奉承，拉拢。我，李石清，一个男子汉，我——"他不是像胡四等人不识羞耻，而是不得顾及羞耻。在这一刻，我们发现李石清人的灵魂尚未蚀尽，他还有人性，他还是一个人。他是被生活逼得从邪路上去找办法。是罪恶的金钱腐蚀了他，是社会扭曲了这个人。曹禺塑造李石清这个形象，显示出金钱统治的罪恶不仅是一种社会现象，发生在人们的社会生活中，它已经成为一种心理现象，发生在人自身的精神生活中，是人对人的自我意识的否定，是人性为非人性残酷地异化了。这罪恶在于社会。李石清尽管想尽办法，终究被稳操胜券的潘月亭一脚踢开，这个社会是不想容下他的。曹禺这最后一笔，是对社会的又一深刻揭露。有人曾指责作者对剧中人物"过分的护短，即使是鞭打，无意中也是重起轻落，纵放他们躲入无罪中去"，曹禺回答说："《日出》里这些坏蛋，我深深憎恶他们，却又不自主地怜悯他们的那许多聪明（如李石清、潘月亭之类）。奇怪的是两种情绪并行不悖，憎恨的情绪愈高，怜悯他们的心也愈重，究竟他们是玩弄人，还是为人所玩弄呢？写起来，无意中便流露出这种偏袒的态度。目前的社会固然是黑暗，人心却未必今不若古，堕落到若何田地，症结还归在整个制度的窳败”[①]。这里显示出曹禺塑造戏剧人物的美学原则，一是着力于刻画人物精神世界的复杂性，二是旨在抨击社会罪恶。唯其写透了李石清灵魂的复杂性，才能更深刻地揭露社会的罪恶；愈是写出这种复杂性，人物的形象就愈丰满，就愈富典型性。《日出》中李石清形象塑造的艺术成就可以与陈白露相媲美。

综上所述，从鬼的阵营到人的阵营，从大都市高级旅馆到宝和下处这人间地狱，到处是骚动、颠狂、混乱、挣扎、呼号，充满了暴风雨来临、大地震爆发前夕那种窒热、烦躁、紧张、惶惶不安的气氛。曹禺将三十年代社会动荡不安、光明与黑暗紧张搏斗在自己审美主体心灵里的感受，完全灌注到了《日出》的情节、场面和艺术风格中去，预示了这“损不足以奉有余”社会崩溃的日子到了。在这幅画面的背后，曹禺有心安排了一个不出场的人物金八，来探索种种罪恶、悲剧的社会根源。金八始终不露面，但是他的魔爪伸向社会的每一角落，他无影无踪却时时操纵场上人物的命运，全剧笼罩着他的阴影。金八的后台是帝国主义，他是社会恶势力的象征，体现了这半殖民地半封建社会统治的某些特征。曹禺的深刻用意是为了加重对社会的抨击，如果他出场了，鞭打的力量就落在某个具体人身上。正因为这样，金八不是作为一个人物形象，而是作为一个象征，成功地出现在剧中。

《日出》总的气氛里透露出一股光明的力量在潜滋暗长。方达生是光明的探求者，他走进《日出》的环境中来寻找人的本质，就像在这窒热、烦闷的环境中吹来了一股清新的空气。他最后决心做点事情，同金八们拼一拼，朦胧看到希望在工人身上，迎着初升的太阳走去。我们看到，从《雷雨》中的周冲到这里的方达生，曹禺对光明、自由新世界的憧憬越来越充实、明朗，靠近现实。虽然剧中方达生的形象是比较单薄的，窗外工人的群像也仅仅烘托出一种象征性的气氛，但《日出》还是给人以希望。要驱散这鬼蜮横行的黑夜，让人的太阳高高升起，必须寻找新生的力量，而这新生的力量是确确实实存在的，这就是《日出》透给我们的光明。

金钱统治社会对人的腐蚀、异化，人的要求遭社会扼杀，黑夜中的人渴望光明、自由的人的世界，《日出》将人的主题这三层折光凝聚到一个焦点，塑造了陈白露的悲剧形象。不仅《日出》的主题诗是陈白露呼喊出来的，而且正是陈白露的内心悲剧冲突搭起了《日出》戏剧冲突的基本骨架，成为这支交响乐的主旋律。陈白露的悲剧形象是剧本的灵魂。

她是黑夜里企盼日出的清露[②]

（略）

“试探一次新路”的艺术成就

《日出》中，曹禺创作个性所面临的一个新问题是，在他的戏剧视野中如何展开更为广

① 曹禺：《日出·跋》附注，文化生活出版社1936年版。

② 这一部分内容与前面收入朱栋霖的《论〈日出〉与陈白露的悲剧形象》一文中的大部分内容雷同，故略去——编者注。

阔的社会生活面。他必须从这一点突破开始，来丰富和发展自己的创作个性与戏剧艺术。因为《日出》与《雷雨》不同。《雷雨》着眼于从周、鲁两家的家庭关系来展现生活，人物、事件比较集中，还有各种血缘联系，可以将许多冲突集结到几个人身上来展开情节、组织戏剧。它也不像《雷雨》在剧情时间的纵向展开上跨度大，可以采用"回顾式"结构，以"过去的戏剧"来推动"现在的戏剧"。《日出》人物众，头绪繁，冲突多样而事件分散，在生活面的横面展示方面比较广阔，结构上面临的问题是如何在同一个有限的舞台空间表现众多分散的人物、事件，扩大舞台空间的容量。表现视野的扩大，向作家艺术提出了新要求。曹禺在戏剧构思与结构艺术上探求新路，他采用"横断面的描写"，"用片断的方法写起《日出》，用多少人生的零碎来阐明一个观念"。有人指出茅盾《子夜》关于金融资产阶级的描写对《日出》的启发。同时，我们也不应忽视美国电影《大饭店》(Grand Hotel)的影响。

电影《大饭店》是根据美籍奥地利小说家维姬・巴姆(Vicki Baum 1888—1960)的同名小说改编的。小说作于一九二九年，一九三一年由德文译成英文，立即获得好评。一九三二年由美国米高梅影片公司摄成电影，著名电影明星葛莱泰・嘉宝(Grota Garbo)、华雷斯・皮莱(Wallace Boery)等主演。电影《大饭店》轰动世界影坛，并于一九三二年下半年在中国的上海、北平、天津等城市放映，风行一时，在青年学生中也颇有影响。这部电影与小说对曹禺当然有极大启发。从下面的比较中可以看到曹禺创作《日出》所受的影响与他个人的独创。

《大饭店》演的是，纸醉金迷的柏林城中有一豪华富丽的旅馆"大饭店"，馆中奇闻趣事层出不穷。故事自始至终发生在旅馆内，时间集中在两天。旅馆中云集着形形色色的人物，有纺织业实业大家和他的前任会计，有红舞女和落拓为窃贼的男爵，有该馆一个庸俗的职员，有终日唏嘘感叹的怪医生，还有女速记员等。故事没有主要情节和主要人物，只有各人在旅馆中各自的生活片断，显出大饭店中的生活。这和我们在《日出》中看到的一样：故事基本发生在某都市"××大旅馆三楼陈白露的一间休息室"，因为旅馆最便于集中社会各色人等；时间相对集中在一星期；出现在这旅馆中的有上层与下层社会各色人等，有银行经理、银行秘书、小录事，有红舞女和她过去的情人，还有富孀、面首、地痞流氓和旅馆茶房；同时，"《日出》里没有绝对的主要动作，也没有绝对主要的人物"①，他们萍水相逢，凑在一处，通过他们各自的经历显现出一幅社会生活的画面。

《大饭店》中有两个比较重要的事件，一是纺织实业家普雷新面临着个人经济地位岌岌可危的局面，他将在这里举行一个联席会议，把仅有的希望寄托在组织一联合大公司上，以及他与前任会计争风吃醋，最后还打死他人的故事；另一个是名舞女葛鲁新丝加娃的生活。这个单身女人也寓居该馆，但因担心观众将不再继续欣赏自己的艺术，欲图自杀。电影表现的就是这天晚上，葛鲁新丝加娃从剧场归来，发现有人藏身自己室中，不胜惊异。原来，落拓的男爵要来盗取她的珍饰，而男爵因窥见她郁郁不乐似有自杀的打算，

① 曹禺《日出・跋》，文化生活出版社1936年版。

就走出来安慰她，并向她表示了爱情。这个颓废、孤单、失望的女子为爱情唤醒，一变而为清醒、热情奔放、陶醉在爱河里的女性。《日出》开头也有依稀痕迹：陈白露跳了一夜舞，从舞场归来，方达生向她求婚，要感化她、挽救她；陈白露捻开电灯，发现小东西躲在自己房中，她以为是小偷。电影《大饭店》的结尾是，旅馆中人或死，或走，或被捕，剩下一座空空的旅馆，这时又见有情侣双双光临，旅馆内外繁华如故，又在搬演另一幕戏剧了。《日出》结尾亦复如此，有人自杀，有人破产，有人迎着太阳走了，只剩下一片空白。早在《日出》发表不久，周扬就在论《日出》的文章中提到："一个潘经理走掉了，一个白露自杀了，第二个潘经理、第二个白露，就会来占住他们所空下来的房间，如我们在《大饭店》中所看到的一样"①。

特别要指出的是，二三十年代欧美各国盛行一种被称为"Group Novel"（群像小说）的小说新文体，这类小说的特点是没有主角，写一群互不相识的人偶然凑在一处，发生各种联系，展现了各自不同的生活片断与命运。维姬·巴姆的《大饭店》被公认为这种"群像小说"中最成功、最著名的代表作。电影《大饭店》的这一艺术特征，正是曹禺创作《日出》"试探一次新路"所要寻找的新艺术，这就是"我想用片断的方法写起《日出》，用多少人生的零碎来阐明一个观念"的构思与结构艺术。《日出》这一艺术成就在当时中国舞台上显得来无踪迹、出奇制胜，实际上它是世界文学潮流中一簇得意的浪花。

艺术探求源于作家对生活的发现、对主题的开掘。曹禺善于学习，更富于独创。《日出》内容星罗棋布，场面繁复多变而组织严密自然，穿插灵活多样，结构艺术新颖独特又完美圆熟。

《日出》"横断面"式的戏剧结构是有机统一的。这首先取决于主题的统一与戏剧动作的一致，剧中种种人物、事件、冲突、场面都集于一点，即揭露"人之道损不足以奉有余"的社会形态，人与金钱化的半殖民地半封建社会的冲突是《日出》戏剧动作的基础，是戏剧的基本矛盾。同时，剧中人物虽然没有多少直接的生活联系，不象（像）《雷雨》人物有各种血缘关系，也不是围绕同一事件发生关系，但是围绕主题的轴心，这些角色之间存在着内在的对应与关联。曹禺总是喜欢在同一悲剧命运、同一着眼点的人物中，安排两个不同的角色，他们或者出身不同、地位相殊，或者个性有别、思想互异，这些角色在剧中互相对应而又互相补充、映衬，通过同一命运从不同角度丰富与深化主题。我们可以把这称为"对应复合形象"。陈白露之于小东西，陈白露之于翠喜，同样是卖笑生涯与悲剧命运，仅仅在于前者是出入于豪华旅馆的高级交际花，后者则是呻吟于下等妓院的穷苦妓女，一则展示作为人的精神追求遭社会虐杀的悲剧；一则揭露黑暗社会对人的生命价值的粗暴否定。李石清与黄省三这一对之间也仅是五十步与百步而已；陈白露与李石清这一男一女都周旋于"鬼"的阵营，他们灵魂被腐蚀的一面是相似的，只是程度不同，而陈白露与方达生又是对照的一双。种种人物似乎都是由主题的焦点折射出来的明明暗暗的色点，是分散的，又

① 周扬：《论〈雷雨〉》和《日出》，《光明》2卷8号（1937年）。

是明暗对应的，分布在《日出》的画布上显得如此和谐，带来了戏剧结构的统一性。

这样，《日出》主题的三层折光都凝聚到陈白露的形象上。她的悲剧是这支悲剧交响乐的主旋律。没有这支主旋律的奏鸣，《日出》分散的人与事就失去内在的紧密呼应。并且，曹禺结构《日出》，正是以陈白露的内心悲剧冲突搭起了全剧戏剧冲突的内在基本骨架，让这支主旋律高扬低缓，始终悠扬不断，加之发挥剧作家善于穿插与转接场面的才能，使之与剧中其他事件、冲突形成各种隐隐显显的内在联系，从而在这“横断面”式的结构中，出色地完成了一幕惊心动魄的社会悲剧。

《日出》开头，陈白露少女时代的情人方达生突然出现在她面前，就象（像）一阵清凉的风吹进了她昏沉的灵魂，使她内心激荡起深刻的冲突。曹禺在大幕一拉开，就单刀直入地挑出陈白露的内心悲剧性冲突，起着一种统领全剧的作用，这支主旋律一开始就给全部合奏曲定了基调。整整第一幕，曹禺主要用三个戏剧事件来表现陈白露心灵的狂跳。在这过程中，曹禺穿插了张乔治、王福升的上场，把他们挂到陈白露这根线上，张乔治是这畸形社会的产物，王福升是来报告潘月亭这另一个重要人物出场的，这两个人的穿插都使我们了解陈白露的社会关系与《日出》的具体环境。曹禺接着很快推出了小东西。从结构上看，陈白露、小东西是一对对应形象，曹禺在剧中要通过这两个人，联系两个社会，展现上层社会的罪恶与人间地狱的惨景，因此必须较早地把小东西搭到陈白露线上，将两条线索联结起来，为第三幕埋下伏线。

第二幕开端于屋外工人的打夯声，方达生与王福升议论太阳。如果去掉这个场面，第二幕的戏仍然可以进行，但缺少一种光明与黑暗的对比，而向往光明则是象征着主题的另一面的。曹禺在黑暗中群魔出场之前添写这一笔，显出这一幕整体结构上层次分明；并且从戏剧着眼点看，第二幕的群魔乱舞，是由于陈白露要方达生留下观察这生活而引出来的，戏开场于方达生的场面自然十分必要。陈白露的内心冲突在本幕表现得比较含蓄、发展比较缓慢，但她对顾八奶奶等人的揶揄中、对小东西的关怀中，仍然有这支主旋律的鸣响。在此，曹禺放开笔墨写陈白露周围众多的人和事，他以潘月亭、李石清的勾心斗角为重要事件，又发挥自己善于穿插与剪接场面、交织冲突线的艺术才能。各种人物出出进进，形形色色丑态应有尽有，而在剥削者角逐争斗、寄生虫寻欢作乐的笑声中，又传来了弱小者黄省三痛苦的呻吟，小东西绝望的呼救，悲剧性场面与喜剧性场面自然地交替转换、拼合，构成巧妙鲜明的对比。这一幕末尾，小东西被劫，陈白露毅然去寻找，这支主旋律又由低缓转为高昂。

围绕小东西这条线，再现了宝和下处这人间地狱的惨景。这是第三幕的主要剧情，与上一幕寄生虫的荒淫无耻形成鲜明对比。由于小东西被劫，引出方达生、胡四、王福升、黑三（还有黄省三）等一干人物，上两幕中许多人都来了，这就取得布局的均称。这一幕的暗线是陈白露的寻与盼，由于陈白露与小东西、与翠喜的互相对应性，这两个下等妓女的遭遇与陈白露的悲剧遥相呼应。没有第三幕，《日出》对旧社会的揭露就不会如此有力，人们对太阳的向往就不显得如此深切，而陈白露的悲剧必然性就没有如此强烈。

因此第四幕开始，陈白露已是泪流满面，陷入了深深的绝望与痛苦。曹禺连用好几个场面来推进陈白露的又一内心冲突：希望与绝望的交战。她大口喝着苦酒，她向王福升喷发着无处发泄的忿懑与绝望，她等候小东西的消息而落空，她痛苦地忆起昔日的悲剧。悲剧的主旋律弹奏得如此令人哀绝。在这基础上，曹禺再来写整个资产阶级、寄生虫的末日来临与黑暗社会的崩溃趋势，使这支交响乐合奏得层次分明、和谐深沉。在这大段戏中，曹禺刻画潘、李矛盾波澜迭起，而且他又一次挂上了黄省三这条线，这既是对比，又使戏剧冲突交织得十分紧密，两条线索互相促进、推动。李石清在遭到潘月亭打击报复后，本已走投无路，惊魂未定，这时飘来了黄省三。黄自杀未成、神经失常，将李石清误当潘月亭求情，诉说自己一堆儿女与求生不能、求死不得的绝境，而实际上李石清此时心境、地位与黄省三无二，这无异是在李石清极度烦乱、绝望的内心再绞上几刀。曹禺这一笔穿插写透了两个人物。《日出》结尾于张乔治、陈白露、方达生三个人物的小片断，这与全剧开幕时人物的出场呼应，取得戏剧建筑上的匀称。陈白露内心冲突的主旋律至此奏出尾声，而另一支暗伏的光明旋律鸣响了，方达生迎着太阳走出去，屋外是满天大红的曙色。《日出》闭幕前的这个动作意味深长。

《日出》戏剧结构中，生活面的横向展示是同人物形象的纵深发展结合在一起的。不仅陈白露的灵魂发展过程贯串始终，方达生、李石清、小东西的命运、思想发展也是如此。在一幅幅生活横面的描写中，有登场人物灵魂发展、命运变化的历史。这种结合的好处是：人物命运连续不断的变化过程，从纵向的联系上把一幅幅零碎的画面连缀成一气，加强了横断面结构的有机统一性；人物灵魂的演变、命运的起伏是在不断发展着的，这就使整个戏剧处于不断流动中，避免了横断面结构容易导致的静态与平面化，赋予戏剧结构以深度与层次；一个个人物命运、灵魂的发展就是一条条线索，犹如结构网中的经线，使整个戏剧结构脉络分明、线条清晰。这些，都使《日出》艺术结构成为“人像展览式”戏剧类型中的一个典范。

诗意的抒情是曹禺在《日出》中展露的个人审美主体的新因素。曹禺是个富有诗人气质的艺术家。《雷雨》中周冲形象富有诗意，但整个戏剧冲突紧张激烈，人物感情过于浓烈，未免影响了艺术家独特诗情的完美流露。他的缪斯倾向于清俊、缠绵。《日出》中曹禺创作个性中的诗人气质得以展露，使我们能够感受到艺术家“最最亲切的内心生活”的另一侧面，他对生活的审美感受伴随着独特的诗意敏感。他将这审美主体“对象化”——灌注到戏剧世界上，以诗人的审美心灵去感受生活，发现平凡生活中富有诗意的闪光，将诗意熔铸在戏剧的整体构思中，将诗意的抒情糅合进人物形象的塑造中。因此，《日出》的诗意抒情就不是零星的、片断的，而是浑然一体，流溢在全剧中。《日出》有一个令人深思处，剧名是“日出”，而戏剧正面展开的却是日出之前黑夜里的生活。这是曹禺运用一个象征来对他的主题作诗意的、哲理的体现。他从翠喜、小东西、陈白露和方达生等人身上，看到地狱里的闪光、冻土中的种子，堕落者的人性追求、腐尸下的生命跳动和探索者对光明的追求。在《日出》的生活中，表面混沌的浊流下潜动着一股追求光明的激流，一股诗意的热流。诗意就是在平凡的事件中寓有新颖独到的见解，开掘出深一层的境界，以优美新鲜的思想闪光照亮题材、照亮生活。这位剧作家心灵中充满了理想憧憬，而生活的力量、美与

光明的因素又鼓荡起他的诗情。他以“日出”作为寄寓理想情愫与诗意象征，通过陈白露的嘴呼唤出戏剧的诗意主题：“太阳升起来了，黑夜留在后面……”，而在戏的结尾让所有人物都在日出之前决定自己的命运。与这相伴随的，是戏剧人物本身所具有的诗意抒情性。陈白露渴望自由而满腹忧思，方达生不倦地追寻光明，翠喜充满人类的同情，其本身就是一个个满贮诗意的灵魂和有着浓郁抒情个性的形象，从这些心灵中产生的语言、行动怎不充盈着动人的诗意抒情味。陈白露看着霜花、欢呼太阳的场面，她后来回忆往事的独白，黄省三的控诉，翠喜的肺腑之言，流动着清新愉悦的、哀怨的、悲愤的、凄凉的声情。有人说《日出》总的气氛是紧张、躁杂、骚乱不安，实际上《日出》以心灵的激荡、诗意的抒情、人性的温热和光明的呼唤而扣动人们的心弦。

曹禺写《日出》时有心学习契诃夫戏剧。俄国戏剧大师绝妙深邃的艺术使曹禺艳羡赞叹不已，他沉醉于那“深邃艰深”的艺术里，一颗心为之感动着。契诃夫戏剧为他打开了一片新天地，他感到：“在这出伟大的戏里没有一点张牙舞爪的穿插，走进走出是活人，有灵魂的活人，不见一段惊心动魄的场面，结构很平淡，剧情人物也没有什么起伏生展，却那样抓牢了我的魂魄”①。这显然与他当时对《雷雨》技巧的不满有关，同时也反映了曹禺当时对契诃夫戏剧的个人理解。契诃夫戏剧的卓越艺术是多方面的，曹禺当最感兴趣因而给他创作《日出》以一定影响的，一是情节、结构的平淡无奇，二是刻画人物灵魂的高度艺术。

《日出》中关于潘月亭、李石清、黄省三冲突的描写保留了《雷雨》紧张激荡的艺术特色。在第二幕、第四幕中潘、李两人的格斗已是难解难分、欲罢不能，极尽翻云覆雨、起伏跌宕之能事，而曹禺还不断穿插进黄省三的挣扎、控诉，从这颗哀愤的心灵同李石清、潘月亭的交锋中，把戏剧冲突交织得更为复杂、紧张、激荡。但是从整体看，《日出》中张牙舞爪的穿插与曲折变幻的情节减少了，结构上不用一个主要情节、主要冲突来组织全剧，戏也不集中于一个主要人物而相应分散在许多角色身上。《日出》横断面的结构当然受到美国电影《大饭店》启发，也与契诃夫戏剧艺术的影响有关。契诃夫戏剧情节结构表面平淡、松散，他描写一个个平凡的日常生活场景，例如《三姐妹》、《樱桃园》。《三姐妹》第一幕是伊里娜命名日，它不用主人公的生日活动构成主要情节，只是藉此让各种人物登场，他们出出进进，谈天、打牌、吃饭，以此来刻画剧中人的内心世界。《日出》第二幕、第四幕，在陈白露休息室里集中了资产阶级上流社会形形色色的人物，他们出出进进，扯皮调笑，打牌唱戏，这样的场面描写比较接近契诃夫，也形成了《日出》平淡与紧张相融合的戏剧风格。

契诃夫戏剧不重表面情节而深入探索人物的精神世界，为了达到这个目的，他还有一个独特的方法。《三姐妹》第二幕，安德列感到孤独烦闷，需要跟一个人谈谈，他知道太太不了解他，妹妹们会嘲笑他，因而无处诉说，这时地方自治会议的公务员费拉彭特前来送公文，安德列就和他攀谈起来。费拉彭特又聋又老，安德列自个儿地诉说起个人的苦闷，两人对话答非所问，各说各的。同样，在他的小说《苦恼》中，老马车夫姚纳失去了最后的

① 曹禺：《日出·跋》文化生活出版社1936年版。

亲人，满腹苦痛要找个人谈谈，他送走了一批又一批客人，却没有一个人和他谈上一句，最后孤独到极点的老人只能在昏黄的路灯下向自己的一匹老马喃喃倾诉起自己的苦恼来。契诃夫用这个手法把人物无处排解的痛苦刻画得十分深刻。曹禺表现陈白露最后的绝望心理也颇富契诃夫风味。那是第四幕，陈白露对生活已是十分悲观，这时王福升来了：

陈白露　（失神地）那些人们没有走？

王福升　（望左面的房间）客人们在这儿又是吃，又是喝，有的是玩的，谁肯走？

陈白露　（悲戚地点头）哦，我这儿是他们玩的地方。

王福升　（不懂）怎么？

陈白露　可是他们玩够了呢？

王福升　呃！……呃！自然是回家去。各人有各人的家，谁还能一辈子住旅馆？

陈白露　那他们为什么不走？

王福升　小姐，您说……呃……呃……那自然是因为他们没有玩够。

陈白露　（还是不动声色地）那么他们为什么没有玩够？

王福升　（莫名其妙，不得已地笑）那……那……他们是没有玩够嘿，没有玩够嘿。

陈白露　（忽然走到福升面前迸发）我问你，他们为什么没有玩够？（高声）他们为什么不玩够？（更高声）他们为什么不玩够了走，回自己的家里去。滚！滚！滚！（愤怨）他们为什么不——

……

陈白露　……（摇摇头）我大概是真玩够了。（坐下）玩够了！（沉思）我想回家去，回到我的老家去。

王福升　（惊奇）小姐，您这儿也有家？

陈白露　嗯，你的话对的。（叹一口气）各人有各人的家，谁还一辈子住旅馆？

王福升　小姐，您真有这个意思？

陈白露　嗯，我常常这么想。

王福升　（赶紧）小姐，您要是真想回老家，那您在这儿欠的那些账，那您——

陈白露　对了，我还欠了许多债。（有意义地）不过这些年难道我还没有还清？

王福升　（很事实地）小姐，您刚还了八百，您又欠了两千，您这样花法，一辈子也是还不清的。今天下午他们又来了，您看，这些账单，（又从自己口袋往外拿）这一共是——

陈白露　不，不用拿，我不要看，我不要看。

王福升嘴里的“玩”、“回家”、“住旅馆”是一种意思，在陈白露那里却是另一种意思。王福升所说的“玩”就是“吃喝玩耍、寻欢作乐”；可旁人的玩耍取乐正是她陈白露青春的白白糟蹋，“玩”的是他人，被“玩”的是自己，“我这儿是他们玩的地方”，潜台词是：“难道我就该这么让人糟蹋”，包含着她半世辛酸、一身耻辱，这一切王福升是不能理解的，他当然更回答不上来。王福升说的“回家”是指有妻子儿女的家，“住旅馆”也是实指；可是对于陈白露这位旅馆小姐来说，“住旅馆”就意味着卖笑生涯，而且是注定“一辈子”跳不出去的。她沉思着：“我大概是真玩够了。玩够了！”她对这生活厌烦了，疲倦了，也看透了，是的，“谁还一辈子住旅馆”，她想到自己：“我是该快结束这生活了！”王福升不是说“各人有各人的家”吗？自己呢？那个温馨的家是没有了，可人生在世总得有个“家”——归宿。“回老家”的另一个意思就是回到当初赤条条来的去处，那是了结痛苦的彼岸。要结束这厌烦的生活，只有死。当陈白露说到“回老家”，已经萌发了自杀的念头。可是在王福升这个茶房听来，立即本能地想到陈白露欠下的那些账，他提醒对方，意思是：“您要走，可别逃赖了那些账。”回答是愤懑的：“这些年难道我还没有还清？”她指的是青春的代价、断送的幸福、被蹂躏的肉体，那是无法用金钱偿还的。这些，王福升当然又是不能理解的。从这段台词中，我们看到，当陈白露看清了自己的现状，她正在寻找人生归宿。人到了感情最痛苦时，需要找个地方发泄，周围的人都是寻欢作乐之徒，她就同不相干的王福升、一个根本不理解自己的人交谈起来，就象(像)《苦恼》中老马车夫一样。她与卑俗的王福升实在无从真正交谈，各人按照自己的内心逻辑在说话，一对一答的内在意思并不一致，形成台词的交叉与互不交流。在陈白露，她与王福升的交谈只是内心矛盾痛苦的发泄，借以不断叩问自己的心灵，倾泻自己的感情。我们无妨把这段台词看作陈白露一人的内心独白。契诃夫正是用这手法来刻画安德列的烦恼与孤独感的，《日出》这段契诃夫式的台词成功地刻画了陈白露的悲剧灵魂。

但是曹禺初次接触契诃夫戏剧，对于契诃夫“深邃艰深”的艺术尚不能完全心领神会，得心应手地运用。契诃夫戏剧只是部分地影响了《日出》，还没有被融合进这位中国剧作家的整个创作个性中，没有引起曹禺审美主体心理的明显变化。就人物论，顾八奶奶与《樱桃园》中朗涅夫斯卡雅形象有相似之处，两人都是富孀，饱食终日，精神空虚，寄生生活使她们都十分无能、可笑，对自己毫无认识，甚至于扭(忸)怩作态，装出一副过了时的“童稚天真”的“娇憨”还自以为美。两位剧作家对于这两个人物都有不同程度的谴责。但是契诃夫细致地处理了他的主人公而没有流于粗率。朗涅夫斯卡雅寄生无能，但是品性并不凶恶，还有着别样的不自私与善良，富有丰富的感情，当最后舞台上只剩下他们兄妹两人时，我们感觉到她内心令人同情的痛苦。契诃夫并没有肆意嘲笑她，尖刻地捉弄她，而是把她作为一个“人”来刻画。写到朗涅夫斯卡雅追求的不值钱的爱情时，契诃夫处理她三次接到那个骗子情夫从巴黎打来的电报，有三次不同的反应，成功地表现出她对这“爱情”的复杂心理。这些都体现出契诃夫对人的复杂心理的细腻而深入的把握，因而他写出了一个个活生生的灵魂。《日出》处理顾八奶奶形象有成功之处，但毕竟没有达到这种深沉圆熟的程度。剧本写她只是“一个俗不可耐的胖女人”，“心广体胖，结实得像一条小牛”,“走起路来,小鲸鱼似的”。这种漫画式的笔法体现在整个形象处理上。这个经常出入于上流社会的妇女,毫无教养,不识廉耻,极为粗俗,尽说些“王八看绿豆”等不三不四的胡话,连一点起码的虚假体面都不懂,她在剧中的言与行只是不断地供人们嘲笑,但她居然永远分不清周围人对她的讪笑与轻蔑,而总要自己寻出些笑料来出出丑。在写她与胡四关系时,顾八奶奶也完全象(像)一条狗似地不识羞耻盯着胡四,甚至让她说出这样的话:“这个没良心的东西,他情愿拉一条狗也不带我。”这与契诃夫处理三次电报的细致风格相去太远。剧中只要顾八奶奶一上场就能产生吸引人的喜剧效果,但是所有的笑都集中于一点:这个胖丑女人的故作多情。作者似乎老是对她开同一个玩笑,不断地摆弄她。在笑过、闹过之后,没有引起多少思索与回味,感到缺少点更深沉的东西。这种单纯出乖露丑的语言,只是增加闹剧成分与漫画化,而没有同契诃夫戏剧一样,达到现实主义艺术的深沉圆熟的境界。这只要比较一下潘月亭与罗巴辛形象也能看出来。契诃夫笔下的罗巴辛是商人暴发户,一个商人成见的奴隶,有着资产阶级的市侩庸俗气,但剧作家在给罗巴辛的扮演者的信中说:“不错,陆伯兴(即罗巴辛——引者)是商人,然而在一切意义上都要算是正派人,他的举动应该十分有礼貌,文雅,不俗气,不滑头”①。他有善良的愿望,对旧主人有着很深的同情,这又是一个有活生生灵魂的人。《日出》中潘月亭也是一个富有的资本家,但他只是在陈白露面前老而好色,对金钱贪欲如狂,手段狠毒。当然,曹禺对这两个人物的刻画有自己的设想,也并不全然失败,例如顾八奶奶讲到经济情况的话:“四爷,你怎么说来着?市面一不怎么样,经济一怎么样,就应该怎么样?”语言十分传神。潘月亭破产时托王福升转告陈白露:“他自己不能再来看你了,他叫我跟您说,叫您好好保重,叫您以后凡事要小心点,多多爱护自己。”这“临去一瞥”的台词多少丰富了一点这个形象。《日出》中顾八奶奶、张乔治、胡四等都是喜剧形象,契诃夫的喜剧形象富有幽默感,喜剧性混和着悲剧因素,喜剧艺术同悲剧艺术一样深沉,而曹禺的喜剧艺术这时还停留于讽刺与闹剧,没有达到他的悲剧艺术同样的深度。他在《雷雨》中对周朴园复杂的内心世界所作的深入把握与精细处理,没有在《日出》中同样反面人物身上获得再现。这主要决定于这位青年艺术家刚踏上社会后对生活的认识,他当时对契诃夫“深邃艰深”的艺术还没有透彻地领悟。六年后,在创作《北京人》时,这位在艺术上孜孜不倦地追求的剧作家终于攀登上了他所企求的美学境界。

(节选自朱栋霖《论曹禺的戏剧创作》,人民文学出版社 1986 年版)

① 《契诃夫论文学》,第 379 页,人民文学出版社 1958 年版。

《日出》的结构艺术

陈　坚

在戏剧创作上，剧作家不能以现成的方式反映现成的对象，而必须以自身独特的感受、理解、表现的方式建筑独特的艺术世界。一个真正的艺术家不但不能重复别人，甚至不允许重复自己，他的每一部作品都打着鲜明的创新印记，提供着新的美感信息。正如别林斯基所说，“一个艺术家的作品尽管如何多种多样，他在任何一部作品或任何一条线上都不会重复自己”。①

《日出》在曹禺戏剧创作中最富于创新意味的，是它的艺术结构。拿《日出》和《雷雨》相比较，可以清楚地看在谋篇布局的构思上，曹禺是在“试探一条新路”。我们知道，在五四以后的话剧中间，大多数采取的是西洋戏剧史上所谓锁闭型的结构模式，其主要特点是具有严格选择的、最低限度的登场人物，极其节省的活动地点和时间，以及直线发展的题材。诚如顾仲彝在《编剧理论与技巧》中所指出的，这样的结构的戏总是从危机中开始，一下就跳到最紧张的战斗中去，而把过去有关的情节用回顾式的叙述方式在剧情开展中逐步透露出来。像《雷雨》就是一个比较典型的例子。它将前后三十年间周鲁两家许多矛盾冲突集中在一天之内，八个人物之间，人物错综复杂的关系纳入一个完整的悲剧故事中。“过去的戏剧”和“现在的戏剧”相互交织，彼此衔接，使剧情迅速地发展到最后大爆发大毁灭的高潮。《日出》则不同。整个剧本不再集中在几个人身上，而是以饭店为中心，采用如同后期印象派用色点点成图画似的结构，截取一个社会横断面，展现一群人各自不同的性格和命运。这样的结构方式在当时中国的话剧界是前所未有的，不能不说是曹禺独特的创造。

一般说来，采用锁闭式的传统结构来写，冲突易于把握，情节也相应集中，而采用横断面似乎难以掌握，稍不注意，就会情节散漫松弛，冲突缺乏力度，人物也显得苍白无力。《日出》不依靠完整的故事情节来支撑，写的是一些看起来零零散散的场面和事件，那么，它是如何构成一个生气贯注的艺术整体的呢？

一、以点成线，形散神聚

众所周知，后期印象派的画是全用点子集成的。而《日出》就正是这样一幅用色点点

① 《别林斯基论文学》第六页。

成的光影明朗的广阔社会画卷。

在《日出》跋中，曹禺说过，他希望献于观众的，深深刻在人心里的是一个鲜血滴滴的印象，一个“损不足以奉有余”的社会形态，他觉得，“无数的砂粒积成一座山丘，每粒砂都有同等造山的功绩。在《日出》里每个角色都应占有相等的轻重，合起来他们造成了印象的一致。”如果说，在《日出》里，“多少人生的零碎”是点，那么“损不足以奉有余”就是一根线。线串连所有的点，才构成这幅画面。作者所要反映的“损不足以奉有余”这一社会形态。就统一在这根线里，形形色色的各类人物及他们多种多样的生活状貌和性格特征的“色点”，互为宾主，交相陪衬，从上至下地显示了当时都市社会的真实面目。

在四幕话剧中出现的人物各有各的一本经在念，却又牵丝攀藤，缺一不可。陈白露由秋霜一般纯洁到看着别人的钱袋而生活，十四五岁的小东西本该在父母身边享受亲人爱抚，而社会却逼迫着她沦为出卖肉体的妓女；被生活所迫杀死亲生孩子，自杀未成而成了疯子的黄省三，含辱忍垢，“狗似的效忠于她的老幼”的翠喜，挥霍无度而又贪残凶狠的潘月亭，被买办思想浸透灵魂的小官僚张乔治、庸俗妖冶，搔首弄姿的富孀顾八奶奶及她的游手好闲、忸怩作态的情人胡四……这一个个人物，一个个生活断面都明白无误地告诉人们：是这个“损不足”的社会造成像黄省三、小东西、翠喜这些下层人物的痛苦和灾难；又是这个“奉有余”的社会造成诸如潘月亭，张乔治，顾八奶奶这些上层人物的糜烂和荒淫。从这幅纷然杂沓的画面中，鬼似的人们的天堂和可怜的动物生活的地狱形成鲜明对照，揭示了那个禽兽世界的不公，观众从这些生活断面了解到那个黑暗社会的全部腐朽和没落，感受到它的狰狞面目和必将崩溃倒坍的信息。

爱森斯坦在《结构问题》中指出：结构“不是出于形式上的需要而是表现主题和作者对主题的态度上的那种构思中产生的”；“任何一种仿佛是抽象的结构变化和结构手法，都表现出作者对结构材料的思想和政治观点”①。剧作的主题是一种内聚力，能使一些看来互不相干的故事和人物，在更高的层次上得到了统一。

《日出》采取色点型结构，便是从作者揭露某种社会真相这一特定需要出发的。陈白露的客厅和三等妓院——宝和下处是戏剧的舞台，也是生活的舞台，各种人都在这个舞台上演出自己的悲喜剧。仅仅从情节出发，不少人物如顾八奶奶、胡四以及小顺子、卖报人、乞丐等似乎是可有可无的，但这些人却是表现这脓疮社会整幅画面所必需的“色点”，构成全剧社会真实感的“因子”。就以张乔治这个似乎多余的人物来说，他的出现，不该看作只是社交界的点缀，也不只是舞台上的穿插，而是有其独立存在的意义：通过这条拴在绳索头上的洋猎狗可以追究到那掌握牵线的人——那个半殖民地半封建的罪恶社会制度，像小东西家的破产，黄省三一家的毁灭，不正是像他这些走狗奴才们为主子卖力嘶(厮)咬的结果么？表面看，他没有参加吞食小东西的行列，但这只不过像他从美国带来的猎狗不愿吃五毛钱一磅的中国“脏”的“没有养分”的牛肉一样，终归还是要吃“加工过”的中国牛肉。

① 《电影创作问题论文集》第1集。

因为他生在中国，而且也常常要“饥饿”。

曾经有人以为《日出》第三幕是全剧的累赘，如要求得布局紧凑，可以将其删去。剧作家表示不能赞同这种“残忍”的主张和办法。因为这一幕戏是直接描写畸形社会里下层人民食不果腹，卖身卖命的不幸生涯的，为了生活，人做着动物的营生，小东西最终还是被逼到了宝和下处，和翠喜等妓女一起在地狱里受尽了煎熬，以至最后投环自尽。“一个老，一个小，一个偷偷走上死的路，一个如大多数这类女人，不得已必须活下去”。她们在这里的萍水相逢是多么悲痛惨酷的一幕！这些“不足者”呼天不应，入地无门的惨景怎不令人动魄惊心。无怪作者要认为，要求删掉这一幕，这无异于肢解了全剧的结构，失去社会冲突的另一面，犹如一个人体只剩下上半边了。

二、主次有度，彼此关联

在《日出》这样的色点似的结构中，是以写人为主的，剧中人一般都无须从属于或导向某一两个集中的冲突，每个人都有自己独立存在的价值。但这不等于说，人物之间彼此毫不相干，对全剧结构的作用轩轾不分。在《日出》中，大交际花陈白露和小妓女小东西，这两个人物对于形成全剧总的效果，我以为是举足轻重的。

古人在谈到绘画时强调以主峰、主树为中心布置全局的意义：“写山水家，万壑千岩，经营满幅，其中要先立主峰，主峰立定，其峦迭嶂、旁见侧出，皆血脉相通。”①。《日出》整个戏的情节并不集中在一二人物身上，而是分散在许多人物的日常生活和事变之中，陈白露的悲剧命运，仍应看作是贯串全剧的一条主要情节线索，正是以她与周围人的关系，尤其是她与方达生心灵交战搭起了全剧戏剧冲突的基本骨架，这也是毋庸置疑的。笔者以为，剧作者曾一再表白，《日出》“每个角色都应占有相等的轻重”，是就这些人物对表现主题构成全剧“印象的一致”的整体感而言的，而就结构来说，就未必恰切。

方达生是一个有好心肠的青年知识分子。他富有正义感，看到学生时代的恋人陈白露的沉沦，感到痛心疾首，希望陈白露跟他走，嫁给他，企图把人与“鬼”的世界分开。而陈白露却不愿离开，反要他留下来看一看，“多学学”。剧情就这样通过他们两个人的矛盾冲突展开了。陈白露作为一个破落世家出身的小资产阶级女性，曾对黑暗社会有所反抗，追求过个人的自由，爱情和出路，然而她在投入社会的陷阱，一切追求与希望幻灭之后，便凭着任性堕入“用一个女人最可怜的本钱”去换取生活的歧路，她越来越看到了人与人的关系就是金钱关系，有了钱就有了一切。她胡乱地花钱，沉溺于享乐的物质生活，这种堕落的生活无异于慢性自杀。然而，她毕竟还很年青，也懂得一些光明与黑暗的道理，因此对周围环境又有着不满与厌恶，在精神上时时感到痛苦。方达生的到来，给她带来了“竹均”时代的回忆，使她被腐蚀得近于麻木的心灵受到一股激流的冲击。在她心里，追求“人道”的精神开始苏醒了。我们从她对方达生的挽留和对潘月亭的戏弄里，可以发觉她思想的

① 朱和羹：《临池心解》

变化:“白露”看惯了的生活,“竹均”开始厌恶起来,而且越来越不能忍受。这一变化更突出地表现在,她虽然明知金八不好惹,却还是不顾一切地挺身出来保护小东西。然而,对于穷困艰苦生活的畏惧,金八一伙黑暗势力的强大,终使她对前途感到渺茫和绝望,在堕落的泥淖中无法自拔,因此最终她还是听凭命运的摆布,留在了黑暗之中。方、陈二人之间的矛盾是贯串始终的。剧中许多事件,通过这一线索而联系起来。作者高明的地方就在于将陈白露心灵的演变历程和展示金八、潘月亭、顾八奶奶之流那个吃人社会天衣无缝地揉合在一起,我们从生活在陈白露身边的两层人物中看到了那个社会是怎样损不足,又是怎样奉有余,同时也就看到一个年轻的生命如何被丑恶的世界所吞噬和毁灭的过程。整个剧情由此而化复杂为单纯,化分散为集中。剧中所有事件由方、陈相逢开始,最终以他们分手而告结束,全剧联缀成首尾相映,通体浑成的有机整体。

小东西身份卑微,性格显得怯弱,但她在剧中的存在却异常重要、在戏剧发展中起着特殊的作用。在第一幕,小东西一上场,就与贯串全剧的主要角色陈白露发生联系,使戏剧动作立刻向前发展,气氛趋于紧张。小东西为反抗金八蹂躏而逃脱出来。陈白露藏起了她。黑三追踪而至,陈把潘月亭请了出来,用“空城计”吓退了那些流氓。作者在关键时刻安排小东西上场,起到了把冲突推向高潮的妙用,可谓“一石激起千层浪”。第二幕由陈白露叫唤方达生而引出小东西,小东西上场后虽然对话动作不多,但并不是多余的,也不是偶尔作作陪衬,它起了两个作用:一、是告诉观众小东西仍在陈卧室内,这为接下去从这里掳走小东西作了铺垫;二,暗示黑三对小东西的迫害,并不因她脱逃而善罢甘休,而是在幕后继续进行。第三幕以小东西被谁弄走了,弄到哪里去了,方达生能否找到她为线索,引导我们去看妓女的非人生活,这一幕戏中,小东西几乎成了中心人物,而陈白露并未露面。但其间有着内在的联系:小东西不愿出卖肉体苟且偷生,将麻绳拴在横梁上,薄命黄泉;陈白露救不了小东西,她也救不了自己。尽管住在高级宾馆,聪明漂亮,可她最终结局不会与小东西有什么两样!在《日出》中,如果说,陈白露所侧重联系的是上流社会,更侧重于揭露鬼魅的荒淫无耻和相互倾轧;而小东西则更侧重于用来联结下层社会,突出地控诉资产阶级对下层平民的迫害。在结构上,作者让小东西突然出现在陈白露面前,在尖锐的戏剧冲突中将两条线自然地衔接起来,使两个方面紧密交织在一起。假如没有小东西,作品就会像一支没有过门的曲调一样、成为两个独立的部份。从这个意义上说,小东西起了联结两条线索,两个层面的纽带作用。

三、有显有隐,明暗相衬

人们重视结构,不能光看到结构的可视部分,结构的暗部也是不应忽视的。明暗烘托,恰恰是《日出》在结构上一个独特的创造,而这一特点又往往与象征手法同时运用,更显得独具匠心。

金八,是剧本中一个地位特殊的人物,他始终没有出场,却又无处不在。其巨大的阴影贯串于整个四幕剧之中。如果我们说在《日出》中“金钱”是轴,所有的人都围绕在轴的周围,那金八就是带动这个轴转动的枢纽。金八是金融买办和封建帮派的结合体。从剧中人之口，我们完全能够感受到这是一个毒辣残忍，卑鄙狡猾的铁腕人物。潘月亭四处小心，不敢开罪金八，然而对方并没放过他。首先金八要提出银行的存款；接着故意在公债上放空气，向外抛出，使潘月亭大感恐慌；以后又大量买进，引诱潘破釜沉舟地买进四百五十万，以为一定可以发大财，这样一操纵，潘月亭虽然狡黠，也上了圈套，被金八“吃掉了”。可以说，金八就像一颗毒蜘蛛一样坐在旧社会这张黑网的中心，潘月亭的破产，陈白露的绝境，黄省三的失业，小东西的横死，全成了这张黑网上劫数难逃的蠕动，正如陈白露所说：“不是我们允许不允许金八活着的问题，而是金八允许不允许我们活着的问题”；“金八多得很，大的，小的，不大不小的”，这既反映了被压迫者被侮辱者对黑暗势力的极端憎恨，也反映了金八之类正是整个黑暗社会的织网者和操纵者。金八没有以具体的人物嘴脸出现在舞台上，但同时又是幕幕出场，在生活每一个角落和每一个进程中都烙有他的印记，推动了整个剧情的发展。

在《日出》中作为暗场处理的，还有一群打夯工人。剧作者把黑暗社会一个腐朽角落充分地揭露在观众面前，无情地勾划出极其丑陋的一群，通过他们疯狂而绝望的生活，表现出他们所寄生的那个社会必然崩溃的趋势。这个半封建半殖民地畸形社会的倾复(覆)，最终靠谁来摧枯拉朽呢？谁是旧世界的可能的掘墓人呢？作者没有明确回答，但却含蓄地在第四幕结尾处安排了窗外工人们的活动情景。“这时外面打地基的小工们早聚集在一起，迎着晨光由远外‘哼哼唷，哼哼唷’地以整齐的步伐迈到楼前。木夯一排一排地砸在土里。沉重的石硪落下来。”而在最后，随着陈白露的郁郁死去，工人们的音响更其强烈起来，“砸夯的工人们高亢而洪壮地合唱着‘轴号’，‘日出东来，满天的大红’！”在这里，我们可以明显地感受到，这洋溢地充塞了宇宙的“轴号”是有所寄托的。夯声作为一种富有象征意义的征兆，预示着旧世界墓场的开工，而掘墓者不可能是其他什么力量，只能是充满生气的“迈着整齐严肃的步伐”的工人们。正如方达生那句兴奋的台词所表明的：“太阳就在他们身上”。

《日出》采用上述暗场处理的方法，自然是出于特定的历史条件和作者思想水平的限制，但也应看到。这种能引起联想的含蓄的表现手法，自有其独特的效用。弗莱塔克在《论戏剧情节》中指出：“也有一系列巨大效果的产生，并不是因为我们亲眼看见行为，而是由于行为被这样掩盖起来了，于是伴随行为的情况激起了我们的想象力……现有的最强烈的戏剧效果当中，有几个就该归于这种掩盖手法。”这段话对我们理解《日出》不无启发。剧作家曹禺并不愿意为观众摆一道直落的“1＋2＝3”的算术题那样，而是让观众在一种作者给予的情绪、感受和形象中去思考，比如，从后台人物金八思考整个无可救药的制度的腐败，从工人夯歌思考引导人们走出黑暗的力量，总之，让观众在某一种不确定性之中，寻觅全剧矛盾冲突确切的答案。正如作者在《跋》的附注中所说：“果若读完了《日出》，有人肯愤然地疑问一下：为什么有许多人要过这样鬼似的生活呢？难道这个世界必须这样维持下去？什么原因造成这不公平的禽兽世界？是不是这局面应该改造或者根本推翻呢？如果真地肯这样问两次，那已经是超过了一个作者的奢望了。”

四、穿插有致,波澜起伏

《雷雨》的特色是一个“戏”字,“太象(像)戏”了,两家子,八口人,有数不清的巧合,集三十年恩恩怨怨于一昼夜之间,作家运用精湛的技巧,使观众以为一切仿佛都在情理之中,从而成为人们百看不厌的好戏;自然这也多少有“招数用得太多”之嫌,有些地方留下了斧凿的痕迹,多少损害了生活的自然真实的风貌。而《日出》不同,它的特色可说是一个“真”字,不很像戏,两个场面,上来了数不清的形形色色人物,他们萍水相逢,互不相干,在做那些可想可知的事情,剧情发展像真实生活那样自然,合理,这种真实生活流程的再现,给观众以类似亲身经历的感觉,世态犹如我生,人情犹如我语,因而给人以一种特有的吸引力。然而,这样说,并不意味着剧本是平铺直叙,缺乏戏剧性的,只不过是作者摆脱了戏剧常用的招数,使之在技巧中展示了更高一级的技巧。狄德罗就说过:“布局就是按照戏剧体裁的规则而分布在剧中的一段令人惊奇的历史”①。曹禺说过,“对一般观众来说他们要故事,要穿插,要紧张的场面。”因此,剧作家尽管采用了散文式的结构方式,却并没有削弱曹禺所固有的戏剧风格。《日出》摆脱了《雷雨》那种多少带些法国“巧凑剧”色彩的奇情,更加符合生活的逻辑。在剧作上,头绪纷繁,但经过巧妙安排,使之结构既严,场面又活,互相穿插,前后呼应,回旋起伏,引人入胜,达到了完美的境地。

在《日出》中,情节的发展是在一起一伏,一张一驰(弛)的状态下进行的。第一幕中,方达生与陈白露从舞场回来,一种不安的心情正促使方责备陈不应该那么堕落时,张乔治醉得一塌糊涂从陈的内室走了出来,就给剧情的发展增加了新的因素。乔治走后,方刚要诉说自己内心的痛苦去感化陈,福升又出现了,把潘月亭等人在等她的消息一报告,使方的幻想破灭了。这既给后面情节的发展,人物的出现安排了线索,又给方与陈的谈话,逐渐改变气氛,并增加着新的内容,终至使方抛弃感化方式,而正面对陈的堕落加以指责。第三幕中,小东西如何煞过那痛苦的夜,更是在起伏不平的状态下展开的。那时,她看着十二点,“再熬一会就完了”,但是随着小顺子的“有客”的叫声,一下子便把她的希望撵跑了。被黑三毒打后,无可奈何去侍候胡四时,情节的发展好像平静下来了,但忽然一杯热茶倒在胡四最考究的衣服上,祸事就又起来了。情节一起一伏进展,把宝和下处的黑暗地狱生活充分地展示了出来,同时又强烈地刺激着观众的心灵,激荡着观众的感情。

最能显示剧本结构波澜跌宕的,是潘月亭与李石清之间的倾轧。李石清靠巴结逢迎,由银行的小职员升到秘书,然而他并不满足,不甘心作潘月亭手下的“不足者”。但是凭他的出身,地位、如何能同财大气粗的潘经理较量呢?剧本在这里穿插了这样一个情节:李石清私开了潘的抽屉,获知了大丰银行已将最后一片房产抵押给友华公司作为银行准备金的秘密。这一事件改变了他们之间的关系,李由于手里捏有潘的把柄,因此转弯抹角地进行要挟,而一向不把下属看在眼里的潘月亭,这时不得不按捺一腔怒火,假惺惺地把李

① (法)狄德罗:《论戏剧艺术》第10章,《西方文论选》,伍蠡甫主编,上海译文出版社1979年。

当作自己"一个船上的人"，马上提升他为襄理。但是，一旦危机一过，潘后来确实知道公债要大涨特涨，眼看就要大发横财时，他便翻脸不认人，对李十分刻薄地数落嘲笑，狠狠地予以报复，他骂李是"自作聪明""不学无术""是坏蛋""是三等货"，在泄愤后立即将他赶出银行，并且连李为了行里公事奔波应酬而预支了薪金也全数扣除，弄得李一贫如洗，狼狈不堪。然而，就在李悲愤交集中，一个电话，一封信，报告了公债大落，宣告潘月亭进了金八的圈套而走上绝路。这又把李心中的报复之火点燃了。他又"拍屁股"又"拍桌子"，幸灾乐祸，咄咄逼人地向潘挑衅。这两个恶狗在经过三个回合的火拼之后终于同归于尽。作品在这里淋漓尽致地暴露了一群魔鬼们尔虞我诈、虚伪残忍的本性，同时在结构上则形成了一波三折的戏剧场面和扣人心弦的紧张气氛。

五、悲喜交错、多姿多彩

马丁·艾思林说："现代的非常奥妙的一类悲喜剧，常由于突然失望和改变期待目标的手法而产生极大的戏剧效果，一个头脑简单的观众，势必被它甩在一边，弄得惊慌失措，因为从一种形式变到另一种形式，他的头脑不可能转换得那么快。另一方面，对于比较老练的观众来说，这些突然的震动和意外的重新调整是乐趣和洞察力的源泉"①。《雷雨》是一出震撼人心的大悲剧，而从《日出》开始，曹禺为了更真实更深刻地反映生活真实有意识地学习契诃夫剧作的技巧，在剧本的色调处上并不一味写悲，而在剧情发展中使悲剧因素与喜剧有机地相交融，悲喜的剧情势巧妙地转换，以造成"突然的震动和意外的重新调整"，这样既增加剧情的生动性和丰富性，同时使美和丑、善和恶、真和假得到了鲜明的对照、更加发人深醒。

《日出》第一幕开始，方达生劝说旧时恋人离开吞噬人的灵魂的魔窟，而陈白露内心十分清楚眼前的生活会带给她什么，可又不能自拔。这是个呈现着悲剧氛围的开端，而到了这一幕的结束。却又让陈白露叫潘月亭"好爸爸"，将这位年老的"多情公子"用红绸绿缎包裹起来，使场面显示出浓重的喜剧色调。第二幕展出的是一幅虚伪客套，交际应酬的场景，将各色各样的魑魅魍魉的嘴脸陈列出来。福升对黄省三和电话中的金八两种截然不同的态度，顾八奶奶卖弄风情的丑态，张乔治的"见面熟"以及方达生和胡四、张乔治在一起的那种"话不投机半句多"的尴尬场面，都充满了讽刺幽默，很多地方是引人发笑的。但这一幕并非纯粹喜剧。在承接第一幕的转换上，作者让黄省三找上门来苦苦哀求，不要裁减他。让他用那已被剥削所剩无几的十二块二毛五维持一家人的生命，最后终于被福升打昏后拖了下去，小录事的一番恳求实质是一场含血带泪的控诉。在这一幕中，从窗外传来含冤衔恨的小工夯号子声，又与室内那伙行尸走肉、放浪形骸相映衬，造成沉重、凄凉的环境气氛，第三幕在作者重墨浓抹下，全部剧情呈现着浓厚的悲剧色彩，翠喜强伴人笑，小东西悬梁自尽，激发起观众强热(烈)的同情和反抗的感情；同时又穿插着福升陪胡四逛妓

① 马丁·艾思林：《戏剧剖析》，中国戏剧出版社 1981 年，第 71 页

院的喜剧场面，使人对这伙流氓奴才的无耻行径不能不产生极大轻蔑和憎恶。第四幕，李石清与潘月亭唇枪舌剑，显露着剧作者炽烈的讽刺锋芒，张乔治等几个寄生虫上台表演一番，更带有讽刺的喜剧色彩；而黄省三上场交代了他的悲惨结局，陈白露终于由于现实的冷酷和缺乏生的勇气吞下安眠药，在伤感中永远地“睡”去。曹禺就是这样，把现实中的悲剧和喜剧交织起来，让无情的讽刺和悲痛的呼告交替出现，使得剧情的发展富于变化和节奏感，富有多样的戏剧情趣，比之传统的悲剧或喜剧更具有艺术的魅力。

近百年来，话剧经历了几次重大的革新，使人们对戏剧结构的认识发生了自亚里士多德以来两千多年的戏剧史上所没有过的质的飞跃。既然是质的飞跃，就必然是对传统戏剧结构的突破，使戏剧获得了更多的时空自由，更多的内心动作，更灵活的结构形态。《日出》打破了传统的话剧结构——封闭式的一人一事，因果关系为基础的戏剧结构，采用以人物性格行为为主线的新的格局，这种新的尝试和探索，表现了剧作家曹禺勇于进取和创造的精神。《日出》结构上有所突破，同时又保持了个人剧作的独特风格，这是难能可贵的。随着话剧创作的不断深入和探索，适应现代生活的需要，当今话剧所采用的结构更加富于变化和多种层次。然而，《日出》的结构艺术，对于我们今天如何在话剧创作结构上进行富有成效的革新，不是还有着不少新鲜的启示和教益么？

1985 年夏于杭州大学

（原载《中国现代文学研究丛刊》1986 年第 2 期）

论曹禺创作个性在《日出》结构方法中的体现

陆葆泰

话剧《日出》是曹禺先生继《雷雨》之后的第二部多幕剧。它以其卓越独到的思想内容，精湛娴熟的艺术技巧，几十年来，一直赢得人们的赞誉。它和《雷雨》一样，是我国现代话剧史上最有代表性的作品。《日出》问世以后，人们就对它进行研究，当年《大公报》和《文艺副刊》等报刊，还专门辟专栏。对于它的结构方法，不少学者认为它较接近契诃夫的风格，但它们之间毕竟在哪些方面相契合呢？直到近年，才出现了详尽探讨的专论。这些文章，对于人们在《日出》艺术特征方面的认识，带来了不少的裨益。可是就在这同时，又冒出了一个新的问题，《日出》是否跟契柯（诃）夫的剧作在方法上只有共同之处呢？它们是否存在着差异？从认识作品的个性要求来说，这是更为重要和不可少的一步。

本文，企图在这方面进行一些尝试。

一、《日出》的基本结构方法浅析

多幕剧，一般都有数对矛盾冲突，其中往往有一对是最为基本的，它与该剧的其它冲突有所不同的特殊性为：它决定着整个戏剧动作的总进程，它向前发展，整个戏剧动作亦向前，它一俟解决，全剧也就结束。在剧本当中，它宛如骨骼存在于人体似的，有着一种支撑全剧的作用，整个戏剧的基本构架，就是由它组成。例如易卜生的名剧《娜拉》无情地揭露了资产阶级的婚姻虚伪，热情地颂扬了妇女为争取独立人格而进行的斗争。它具有多对矛盾，温良贤淑、天真纯洁的妇女娜拉和她的丈夫、银行家海尔茂为一对矛盾；被海尔茂辞退而又握有娜拉留名签字的把柄的银行职员柯罗克斯泰与海、娜为一对矛盾；林丹太太与她的旧情人柯罗克斯泰也为一对矛盾……。在众多的矛盾中，到底哪一对决定着全剧情节的起、承、转、合呢？熟悉《娜拉》的人们，应该是会作出一个相同回答的，那就是娜拉和海尔茂的矛盾。我们可以设想一下，当娜拉和海尔茂的矛盾解决以后，该剧能够不进入结尾部分么？倘若我们细心地加以体会的话，我们就会感受到，戏剧的基本情节的核心内容，主要就是这种戏剧的基本构架。

如果我们的这种认识是不无道理的话，那么《日出》的基本构架是什么呢？我们认为是由陈白露的义举挑起的半殖民地社会的政治和经济巨魁金八与民族资本家潘月亭之间的矛盾。《日出》的主要戏剧动作就是它，它发展变化，主要情节就发展变化，其它各种矛盾冲突也发展变化；当它转化了，整个戏剧动作也告结束，其它各种矛盾冲突均归于解决。这里，我们且具体看看这对矛盾与其它矛盾的关系吧。例如潘月亭和他的怀有野心的秘书李石清的矛盾，就是在潘月亭与金八的矛盾的制约下推进的。当金八的打手黑三等人前来搜索小东西时，在陈白露的催促下，潘月亭巧妙地阻止了他们的行动，由此，导致潘月亭与金八之间的矛盾的激化和迅速发展。以后，由于金八的作祟，潘月亭经营的大丰银行谣言风起，金八又提出提款，这样潘只能孤注一掷，用大量吃进公债的方法来打肿脸充胖，借以稳定市面。而对于公债，据说这时金八“一点也没有买”，这样，潘就完全处于风雨飘摇之中。在这种危急的情况下，潘“面前顶红的人——其秘书李石清对其要挟，以捞取襄理的空缺。潘为了维护住大局，只得忍气吞声地接受李的条件。后来听说金八这次真是向里收，自己的公债投机似乎成功在望时，潘一反旧态，十分盛气凌人地对李说：“有这点富余再加我潘四这点活动劲儿，你想我还怕不怕人跟我捣乱？”李被辞职，变成了一只丧家之犬。事实上，金八“他一点也没有买”“这一星期看涨完全是他在造谣”“他从昨日起完全已经把早存的货向外甩了”，按着，又通过秘书告知潘，他坚决要求提款，潘的破产已势在必然。就在这当口，为了发泄内心的怨恨，李对之反唇相讥。潘月亭和金八的这对矛盾冲突，对潘、李以外的冲突亦同样有制约作用。试想，在潘月亭垂头丧气地瘫痪在沙发上的时候，陈白露、顾八奶奶能逃脱绝望的命运吗？张乔治对陈白露的疏远能不油然而生么？

这里需要特别说明一下的是，尽管《日出》和《娜拉》都与一般的剧本一样，存在着基本冲突或曰基本构架，但是由于两剧基本冲突的特性不同，因而它们具有明显的区别。这种区别主要为：作为戏剧的内容因素，它们在全剧的表现地位上的差别。《娜拉》的基本冲突——娜拉和海尔茂的冲突，与其它冲突在该剧中的地位显然不同，它是作为主要表现对象出现的。关于这一点，我们从它在《娜拉》中占用的篇幅可见，从《娜拉》主题思想的体现与其关系也可见。在《娜拉》一剧中，它是主要内容，主题思想亦依赖它展示。《日出》的基本冲突，就不是这样的了。它和剧中的其它冲突处于并列的地位。曹禺在早年的《日出》单行本扉页上曾题写道“时日曷丧，予及汝偕亡”。他写该剧的主要目的，是暴露旧中国都市社会的阴暗的一层，显现它们必然灭亡的命运，同时用暗示的方式，将人类的希望寄予以高亢而洪壮的嗓音唱出了“日出东来，满天的大红！要想吃饭，可得做工！……”的工人群众。该剧的主要内容是前者，而前者不只是由基本冲突构成，而是以几条冲突线共同构成，因而《日出》的主题思想亦是由它所包含的冲突线共同反映的。阅读或者观看过《日出》的人就了解，它的矛盾冲突除了基本冲突外，还有潘月亭与李石清的勾心斗角，胡四与顾八奶奶的调情，金八与小东西，潘、李等人与黄省三的弱肉强食关系，张乔治与陈白露的相互逢场作戏，陈白露与方达生的难以名状的思想矛盾……，以上每一对关系，都反映了主题思想的一个部分，它们的总和，即是主题思想。

从实质上认识，《日出》与《娜拉》基本冲突在戏剧表现上的差异，是由其自身的性质决定的。《娜拉》里娜拉、海尔茂的冲突，由于娜拉不断地需要海尔茂的明确表态，所以这对冲突双方相互关系显得十分紧凑，因而其发展节奏也就十分强烈而迅速，这样的矛盾性质，决定其在戏剧中必处主要表现对象的地位，因为它不可能露出空隙以让其它冲突亦占用与之相同的篇幅。《日出》中潘月亭与金八的矛盾，就其本质而言也异常尖锐，但在发展过程中，由于双方不直接相遇，又由于公债投机事件不会迫使双方人物接连拿出行动，所以，这个戏剧动作的节奏必然呈现出和平缓弱的状态，这样，它不需要、剧本也不可能连续地表现它，因而腾出了大量的篇幅让其它冲突充分地展开。

二、《日出》与《娜拉》、《樱桃园》在基本结构方法上的异同

长期以来，不少学者认为，《日出》的结构方法属于契诃夫戏剧的类型而迥然不同于《娜拉》一类作品，他们往往以曹禺先生《日出·跋》里的几句话为依据。曹禺先生曾经说过：写完《雷雨》，渐渐生出一种对于《雷雨》的厌倦。我很讨厌它的结构，我觉得有些太像戏了。技巧上我用得过分。"[①]他明确表示，其力求完全脱开 La Piece bien Paite（按：佳构剧式巧凑剧）一类剧所笼罩的范围，试探一次新路。[②] 他回忆道：自己"从小就读他（按：契诃夫）的剧本"，以后"沉醉于契诃夫深邃艰深的艺术里，一颗沉重的心怎样为他的戏感动着……，我想再拜一个伟大的老师，低声下气地做一个低劣的学徒。"[③]实际上，这是一个彻头彻尾的误解，这与人们在研究曹禺先生创作思想时，带有强烈的片面性有关。如果我们仅仅认真地阅读一下《日出·跋》的话，我们也能发现，《日出》结构方法的运用，绝不是只以这样的一方面的思想为指导的。就是在"再拜一个伟大的老师"的一段话的后面，曹禺先生接着说道：他也"曾经发愤，照猫画虎描摹几张丑陋的鬼影，但是这企图不但是个显然的失败，更使我忸怩不安的是自命学徒的我摹出那些奇形怪状的文章简直是沾污了超卓的心灵。我举起火，一字不留地烧成灰烬。我安慰自己，这样也好。即便写得出来，勉强得到半分神味，我们现在的观众是否肯看仍是问题。他们要故事，要穿插，要紧张的场面，这些在我烧掉了的几篇东西里是没有的。"[④]很显然，曹禺先生曾经力图严格地仿照契柯（诃）夫的方法，但是失败了。特别值得我们注意的是，这种失败，是跟这些剧本缺乏中国舞台演出所需要的"要故事，要穿插，要紧张的场面"有关，而这种"三要"又正是《娜拉》等一类作品几乎所共有的。人们经常将《北京人》归于运用契诃夫方法的《日出》一类的作品，曹禺先生曾经明确地指出："《日出》和《雷雨》写法不一样，《北京人》又力求从写法、结构、人物种种，有所不同，有所创造。"[⑤]曹禺先生的这段话，是否可以作为《日出》不只是因循契柯（诃）夫的方法的一个佐证呢？

人们认为，契柯（诃）夫剧作和易卜生剧作属于两大类型，它们在结构方法上的不同点在于：一、有无中心冲突，或曰有无贯串全剧的中心戏剧动作；二、戏剧冲突主要是表现人物之间的外部交锋呢，还是主要表现人物内心世界。《日出》的不少研究者们认为，正是在这两点上，它接近了契柯（诃）夫的剧作。《日出》有无中心冲突呢？倘若像人们一般的认识那样，将统领全剧的那一对冲突称为中心冲突的话，那么，陈白露、潘月亭与金八的一对

① 曹禺：《日出·跋》文化生活出版社 1936 年版。
② 曹禺：《日出·跋》文化生活出版社 1936 年版。
③ 曹禺：《日出·跋》文化生活出版社 1936 年版。
④ 曹禺：《日出·跋》文化生活出版社 1936 年版。
⑤ 曹禺：《谈〈雷雨〉》，《人民戏剧》1979 年第 3 期。

冲突，据其在全剧中的地位认识，应不应该称为中心冲突呢？《日出》中确实存在着不少人物内心的矛盾斗争，就以陈白露为例，她曾是一个朴实无瑕的青年女子，同时又是现实生活中一个实实在在地已经堕落了的交际花，她曾酷爱光明，却又热恋奢侈腐化的生活。正是残剩的纯真的品质，使她不顾一切地搭救小东西，因为她是一个灵魂已被腐蚀的人，所以她又不想脱离卑下肮脏的眼前的享乐生活，旧时的竹均（均）和现时的白露不断地在她的胸中搏斗着，她的内心时时激起矛盾的浪花。关于这一点，可以从她经常念颂那句“太阳升起来了，黑暗留在后面……但是太阳不是我们的……”中可见。在勇敢地保护了小东西后，她欣快地呼叫着：“我喜欢太阳……”但是在她感受到自己不过是人家手中的一个玩物时，她又充满惆怅之感地下意识地低吟起旧时丈夫的诗句：“太阳升起来了……”就此，它是不是亦像契诃夫的剧作一样，能被认定是以人物的内心矛盾为主呢？我们感到是不能这么说的。《日出》中人物间的正面交锋还嫌少么？就以陈、潘与金八的那对矛盾来说，不是经常异锋突起，浪花四溅么？例如在第一幕的末尾部分，当黑三等人追踪小东西至陈白露客厅时，黑三与陈白露双方不是发生了正面的交锋么？这是全剧中的一个大的戏剧动作。从较小一点的戏剧动作来看，陈白露与张乔治的一系列的纠葛，难道不也是正面交锋么？美国留学回来的博士张乔治，一个将陈看作是他“所最崇拜的红人”的人，一个准备抛弃妻儿而向陈求婚的人，在陈白露经济拮据、以“有一个人要跟我借三千元钱”为假托开口向他借款时，他开始推说“你的朋友我不能借，不过要是你借这么几个钱花花，那自然是不成问题的”，当陈白露说，“你就当是我向你借的呢”时，他又佯装不相信似地说：“No！No！这我是绝不相信的（大笑），你真会开玩笑，露露会跟我借钱，而且借这么一点钱，啊！小露露，你真聪明，真会说笑话……”，然后迅速拿起帽子告别了。这到底称为外部冲突妥当呢，还是算作内心冲突合适？不言而喻，答案应属前者。所以我们认为，假若从以上两个特征上来区分《日出》与《娜拉》在结构上的差别的话，那么，结论应该恰恰相反，正是在这两点上，《日出》与《娜拉》出现了共同之处。事实上，《日出》不仅注意了让冲突得以有力的表现，并且还十分重视这种交锋内涵上的丰满性和发展上的曲折性，因而使冲突的过程显得十分跌宕有致。还是以陈、潘与金八的矛盾为例，在陈白露决意保护小东西、潘挡架阻拦搜索后，他们与金八的矛盾以十分尖锐的性质公开爆发，接着，出现了股票严重的波动风浪，剧中的潘等人物以为，观众们也以为，金八就此将一下子致潘于死地了。可是不，为了让冲突充分地展开，为了让情节不至于简单而平直，曹禺先生又掉转笔锋，让情节这样发展：公债下跌，潘大量收进，照理，控制经济命脉的金八可借此来一个杀手锏，可是不，他又偏让公债上涨。这时剧中人物以为风浪已平，观众也为之掉以轻心，殊不知，曾几何时情况又发生突变，情节急转直下，以迅速的态势往结束全剧的方向猛冲。

仿佛曹禺先生有意识地进行了巧妙的设计和刻意的追求似的，在异同点上，《日出》与契诃夫的剧作恰巧显示了相反的情况。这里，我们谨以《樱桃园》为例，来作一比较分析吧。

《樱桃园》是契柯（诃）夫的多幕剧中创作得最晚，也是最成熟的一个作品，它描写的主要事件是日暮途穷的女地主郎涅夫斯卡雅的庄园转入新兴资产阶级陆伯兴之手。在这个作品中，作为戏剧主要冲突和基本构架的，就是郎涅夫斯卡雅和陆伯兴的冲突。这对冲突与该作品的其它冲突和纠葛相比，似乎并不显得更为突出。这就是《日出》使我们明晰地感觉到与之相似的地方。可是《樱桃园》的人物关系主要有女地主郎涅夫斯卡雅和新的一代人特罗费莫夫、安尼雅的矛盾，陆伯兴与特、安的矛盾……。在这些关系和冲突中，情节均以平直的态势推进，很少出现波澜性。就以郎涅夫斯卡雅与陆伯兴的冲突为例，在幽美而宽广的樱桃园的属主问题上，世代贵族郎涅夫斯卡雅为她家农奴的后裔陆伯兴所战胜。这是新兴阶级对于没落阶级的历史性的取代。按照传统戏剧的写法，人物之间会出现奇谲变幻的斗争，但是契柯(诃)夫的剧作都没有这么做，他几乎是用了平铺直叙的方法将这种变化记录了下来。在第一幕中，我们了解到，倘若抵押借款的利息不及时偿付，地产两三个月后将被拍卖，陆伯兴认为，附近正在修建铁路，因而建议将樱桃园划为小块租人建宅，郎涅夫斯卡雅不予采纳。第二幕，陆伯兴劝说有点焦急了，他说："我一辈子没有遇到你们这样不切实际的人，你们的地产不久就要抵押拍卖了，我说的全是清清楚楚的俄国话呀，可你们仿佛一句也听不懂。"郎涅夫斯卡雅等人也有点着急，不过未拿出一点切实的办法。第三幕，郎涅夫斯卡雅也关心"地产到底卖出去了没有哇"，结果被拍卖了，买入者即是陆伯兴。他在买入前并没有采取任何积极的动作，买时，亦是以一个普通买入者的身份出现的。第四幕郎涅夫斯卡雅等人告别他们的樱桃园，她的女儿安尼雅说，"非常满意，我们开始一个新生活了，妈妈！"她安慰妈妈道，等自己大学毕业后，就可以养活她了。正因为《樱桃园》的情节十分平淡无奇，它的故事性也几乎到了一点没有的程度，所以著名戏剧大师斯坦尼斯拉夫斯基在《我的艺术生活》一书里，对于契柯(诃)夫剧作给人的初步印象有这样的描述："第一次读到这类的剧本，常常是令人失望的。甚至觉得在读过之后，对它没有什么可谈的。情节和主题可以用两句话就说完。"①有的契诃夫研究者称这些作品的结构具有"生活化的散文诗"的性质，而这一点，又正是《日出》与之不同的。

《日出》的结构方法有它的独特性，这个独特性就表现在它与《娜拉》及《樱桃园》等作品均为同中有异，异中有同的状况，而这种状况，正是曹禺先生的理想境界。在《雷雨·序》中，曹禺先生开宗明义地指出："在国内这次公演之后，更时有人论断我是易卜生的信徒，或者臆测剧中某些部分是承袭了 Euripiedes 的 Hippoly tus Racinephèdre 灵感。认真讲，这多少对我是个惊讶。……，我是一个忘恩的仆隶一缕一缕地抽取主人家的金线，织好了自己丑陋的衣服，而否认这些退了色，(因为到了我的手里)的金丝也还是主人家的。"②这段话应该说对我们是有启发意义的。曹禺先生是位艺术表现方式的勤恳的探索者。他的剧作的某一篇，可能是以某种创作流派的手法为主，但是由于他是一位技艺卓越的写剧大师，而不是一个只会鹦鹉学舌的写作匠，所以最后都不是简单地因循旧法，而是以融化诸法、自成一家的独特面貌出现的。曹禺先生在这篇序言中开诚布公地庄严宣布

① 斯坦尼斯拉夫斯基：《我的艺术生活》。

② 曹禺：《雷雨·序》，文化生活出版社 1937 年 5 月版。

道:“我是我自己。”①他的这句话,可以作为我们研究他的创作方法的个性特征的一个着手点。

三、《日出》结构方法上的个性化的形成

显而易见,首先,是我国观众的欣赏兴趣对戏剧创作制约的结果。在《日出·跋》里,曹禺先生曾较为详尽透彻地阐述了这个问题,他说:“孟实先生仿佛提到获得观众的同情对于一个写戏的人是很大的引诱。其实,岂止是个引诱,简直是迫切的需要。天才的作家,自然一面拥有大众,一面又把真实犀利地显示个清楚,次一等的人便会捉襟见肘,招架不来,写得经得起演,经不起读的东西。不过,万一因才有限,二者不得兼顾,我希望还是想想中国目前的话剧事业,写一些经得起演的东西,先造出普遍酷爱戏剧的空气。”②这里,曹禺先生将他的思想表达得再明晰不过的了。话剧剧本,是以创造视觉形象为其最高目的的,而要使这些视觉形象在舞台上站住脚跟,观众态度的向背是一个极重要的因素,顺之者昌,逆之者亡。所以一切“经不起演”的剧本,其最后的出路只能是被付之一炬。

一个戏要逗引得起观众的欣赏兴趣,与它和该民族的欣赏习惯的近疏程度休戚相关。符合民族欣赏习惯,是文学创作的一个基本要求。斯大林同志说文学应当在“各个不同的民族当中,依照不同的语言、生活方式等等,而采取不同的表现和方式”。③ 陆定一同志将这个问题阐述得更为透畅,他指出:“反动的文艺,因为它有‘民族形式’,虽然内容反动极了,但在人民之中据有地盘,毒害人民。革命的文艺如果不学会自己的民族形式,即劳动人民所喜闻乐见的形式,哪怕内容很好,就不可能在几万万人民的头脑里把旧文艺的影响打倒、肃清。”④这是文艺欣赏领域内客观状况的真实反映。那么,我们中华民族的欣赏习惯主要有哪一些呢?在戏剧方面,古人曾提出了“去矫饰,出真情”的基本要求,这个要求,近似于小说领域中的“寥寥几笔、神情必现”的白描方法。以后,人们虽对这个问题进行过一些探讨,但进展不大。在小说创作中,对于这个问题,名家们有较为详备的论述。例如当代著名作家赵树理说:“群众爱听故事,咱就增强故事性,爱听连贯的,咱就不要因为讲求裁剪而常把故事割断了。”⑤群众在小说方面的这些欣赏习惯,转移到舞台上,就是曹禺先生所总结的“三要”——要故事”、“要穿插”、“要紧张场面”等等。

自然,一个冀求在写剧领域内作出卓著成就的人,是绝不会以仅仅满足观众的欣赏要求或者甚至以招徕观众为自己的最高目的的,他们必然力求完美地再现生活,而要达此目标,他们又必然认真地博采众长。我们都知道,自古希腊以来至于易卜生以后的近、现代的传统戏剧,大都能对广阔无垠的现实生活进行高度集中和概括,然后造出一幅冲突紧张激烈、情节复杂诈异的图画。在漫长的历史进程中,它曾出色地发挥了再现生活的艺术功

① 曹禺:《雷雨·序》,文化生活出版社 1937 年 5 月版。
② 曹禺:《日出·跋》,文化生活出版社 1936 年版。
③ 《斯大林全集》第 7 卷第 117 页,人民出版社 1958 年版。
④ 见《论王贵与李香香》第 6 页,上海杂志公司 1950 年版。
⑤ 见《中国现代作家谈创作经验》第 584 页,山东人民出版社 1980 年版。

能。但是，正如契诃夫所指出的：“要知道在现实生活里，并不是每分钟都发生自杀、上吊和恋爱的，也不是每分钟人们都能说聪明话的。”很显然，传统戏剧在反映生活广度方面，暴露出了它的无法克服的弱点。为了弥补这个缺陷，契诃夫创造出了一种既能展现生活中大量存在着的平静状况，又能揭示出它的内部蕴藏着发人深思的本质的戏剧形式，在这种形式中，“一切都是那么复杂，同时又是那么简单，正如在生活里一样。人们吃饭，就是在吃饭，然而就在这当儿，有人走运了，有人倒霉了”。① 为了更为全面而生动地反映中国的现实生活，曹禺先生对于上情自然不会置若罔闻。所以在《日出·跋》中，他反复地强调道：在“能叫观众感到愉快”之前，应注意“怎样一面会真实不歪曲”，“怎样拥有广大的观众而揭示出来的又不失‘人生世相的本来面目’。”从这种认识出发，在话剧《日出》的结构方法上根据客观内容表现的需要，曹禺先生以契柯（诃）夫戏剧的结构方法为主，同时又为了适应我国观众的欣赏习惯，恰到好处地吸收并运用了传统戏剧的某些手法，从而形成了自己的独特的个性。

（原载《徐州师范学院学报》1986 年第 2 期）

① 转引自《契诃夫与莫斯科艺术剧院》第 10 页。

曹禺在《日出》上的主客观矛盾

陆葆泰

一、作家在《日出》上主客观矛盾的种种表现

对于《日出》，作者的主观认识和作品的客观表现之间的矛盾，是各种各样的，其一，围绕于“陈白露”的死因。

陈白露为何而死？曹禺先生曾说：“陈白露死的时候，年轻、漂亮，在那个社会有这点‘本钱’还是能苟活的。所以她不是被债逼死的，她是在极度的矛盾中不能自拔，她追求着她的理想的生活，这就是她的生命支撑。她的死并不表示她是懦弱的”①。由此可见，曹禺先生认为，陈白露之死，不是死于债务，而是由理想的破灭引起的。曹禺先生的观点是十分明确的。但却很难再找到他的这方面的阐述。为了便于人们理解这种观点，有的研究者解释说，陈白露“她陷入了现实与理想的深深矛盾之中。她不满黑暗的现实，又看不到光明和前途，摆在她面前的，只有一个通往‘理想’的曲折的去处——死亡”，“具体说来，促成陈白露之死，有四个原因：一是救小东西的失败，……她对自己的存在发生了怀疑：金八他们允许不允许我们活着？二是潘月亭的破产，……潘月亭那样有办法的人，尚在与金八的倾轧中败阵，她又怎能逃脱金八他们的魔掌？三是随之而来的债务，无法偿还；更要紧的，她‘又好个面子’。这既是经济压力，更是难卸的精神负担。四是希望的破灭。她去找曾向她夸口的张乔治借钱，受到奚落。这是对她精神上的最后一击。”②实际上，从这四个原因中，我们哪里找得出“理想因素”呢？相反，它倒引导我们想到其中经济因素的力量。第三条原因，核心的东西是什么？不是经济么？第二条原因，“破产”两字，不又直接与经济连接的么？而潘月亭的破产对陈白露的影响，主要的，不又是经济问题么？在第一幕中，上千元的债务，潘月亭这个“好爸爸”不是易如反掌地替她偿清了么？在第四幕中，茶房王福升一再提醒陈白露，她还有两千五百元债务积压于身，在丧失了潘月亭这位“老爸爸”以后，还债务终究是她必须面对的一个问题，总需要解决，结合第三条原因，从以后张乔治的奚落上来看，偿债，尤其是立即偿还逼得如此凶猛的欠债，将困难重重，基本上是不可实现的，这不是明摆着的事实么？

① 曹禺：《人民戏剧》1986 年第 6 期。

② 辛宪锡：《关于〈日出〉的几个问题》，《天津师院学报》1980 年第 1 期。

陈白露是在怎样的处境下伸手相借的呢？茶房王福升不是对她说，“今天的帐是非还不可的。他们说闹到天，也得还”，而财源呢，据他这样的熟悉内情的人所知，“您说，这钱不从四爷身子想法子，难道会从天上掉下来？”最后他特别着重地提醒道，“那就看您这几个钟头的本事吧”，尔后，陈白露即“冥想”着说，“也许是从天上掉下来的”，随后就紧握住了安眠药瓶。从这些话语中可见，归还债务已迫在眉睫、刻不容缓，而要完成它，除非她变卖一切，即刻一贫如洗——这，仅从心理上就不能为其所接受，大抵是该研究者亦觉察到其立论的作品内容依据不足吧，所以他才会感到：“第四幕的后半部，剧本一再强调白露借不到钱，还不起帐，已经很难找到她的内心动作究竟是什么”。[①] 综合诸情，我们也许可以得出这么一个明晰的结论了：陈白露之死，并不是在于理想之失落，如果我们立足于剧作实际发言的话，那么，主要致因，它确确实实是在于债务的。

其二为对于方达生的认识。在当年的《〈日出〉·跋》，曹禺先生说：“方达生不能代表《日出》中的理想人物，正如陈白露不是《日出》中健全的女性。”可是当祖国大地果真日出东来、阳光明媚的时候，曹禺先生曾经在实践中将其改为一地下党员，以后，在谈话中又认为“他确实是个书呆子，但不能仅表现他的呆气。结尾，他说要跟金八斗一斗，要为那些受欺侮的人做点事情。他还在摸索走向光明的道路，开始有点觉悟。作者确是希望他终究会找到出路”。如果将地下党员的那种修改否定，那么，前后两种观点相比，前者强调了人物的“空泛”的幻想性，后者则着重指出人物理想的可行性，到底哪一种较为合理呢？

我们都知道，在《日出》中，“诗人”，是个“追他的希望”、“现在一定工作得高兴”的人，对于陈白露，“他会认为我现在简直已经堕落到没有法子挽救的地步”，曹禺先生在《〈日出〉·跋》中说，“写《日出》，我不能使那象征着光明的人们中出来，却因为一些有夜猫子眼睛的怪物无昼无夜眈眈地守在一旁，是事实上的不可能，”结合这些论述，诗人好象（像）可以算作或近于“象征光明的人们”吧，而方达生呢，他明确地表示，“我不会成诗人”，他留下来到底要干什么呢？其以自己的言论否定了“他将投身工人的行列，联合他们的力量，去与金八他们斗争”的行动趋势，同时，“跟金八打打交道”也好，“为小东西跑跑”或“为那小录事那一类人做点事”也罢，依靠他这么孤军奋战，在群魔翩舞的条件下，向隅而泣岂能不是必然的结局么？所以将方达生视为带有可行性理想的人物，依据似嫌不足，倘将其作为一个具“空泛”的幻想性的形象看待，仿佛未尝不妥。

事实上，按照曹禺先生当时的思想水平，活跃于舞台上的栩栩如生的形象，也只能至于这样的一个水平。《日出》创作于一九三五年，直至一九四〇年创作《蜕变》时还是“对于延安，我们知道的是很少很少的”。一个数年后对延安尚欠了解的作家，塑造不出在白区即要“投身工人的行列，联合他们”的知识分子形象，亦自属必然。曹禺先生说：“太阳会出来，我知道，他是怎样出来，我却不知道”。“太阳”毕竟“怎样出来”内心一无所知，笔下的

① 辛宪锡：《关于〈日出〉的几个问题》，《天津师院学报》1980年第1期。

形象的理想，如何会可行呢？正由于此，所以有的研究者尽管肯定了作家的以后的说法，却亦认识到，剧中的方达生是作家根据二十年前剧作家的意思创作的，换句话说，方达生形象与作家前一种认识，是基本一致的。

也是那位研究者，用其认识尺度衡量该形象，觉得“剧本对于这个正面人物显然描写得比较单薄”，所以提出了应该“弥补作者由于受历史条件的限制对方达生描写不足”的设想。[①] 这类“弥补”工作，有成功的例子，但对于方达生来讲，笔者感到，它既不必要，也不可能。综观现实生活中知识分子实现革命的转化过程，我们可以发现。它存在着一个转变的系列；感触——愤恨——诅咒——沉思——争斗——多维发展趋向，其中有的消沉，有的落荒，有的一个转身屈服于黑暗势力投靠反革命阵营，自然也有不少人，经过沉思，义无反顾地奔向革命队伍。如果说诗人可能已接近系列的尾声的话，那么，方达生则属于处在愤恨和诅咒阶段的那样的人。生活中既然存在着那一样的一类人，文艺作品为什么不可真实地反映它们呢？况且从文艺的认识功能来说，这是一种引起思索的形象，空泛的叫喊博取的，只能是人们的漠然置之，它将使同病者见到了自己的身影，从而悬崖勒马；它亦将使其它的人们引以为戒。倘若我们一定要从某种观念出发，对它进行牵强附会的“弥补”的话，将会出现什么情状呢？改成概念化的共产党人形象的尝试，不就是一个发人深思的反面教训么？

实际上，具有戏剧知识的人都应该懂得，剧作中的形象之间，存在着相互制约性，任何一个形象，均是不能孤立随意变动的。时势造英雄，环境出人物。用句理论化的语言来说，就是个别形象不能游离于其生存的环境，就以《日出》中的方达生为例吧，其可行性理想，不可能由那爿高级旅馆的一周之居促成。原先，在踏入该旅馆前，他就应有一定的认识水平，倘若如此，他就不会对已堕为交际花的陈白露这样地倾心，不会直至最后一幕，还声嘶力竭地呼唤道：“不过，竹均，你为什么不跟我走？（拉起她的手，热烈地）你跟我走！还是跟我走吧。”假如方、陈的这种关系发生了变化，那么，《日出》的故事立框将跟着变化，原先的故事的十分独特的意趣将消失殆尽。若要对这项变化进行必要的补救，陈白露形象必动无疑，而陈白露形象如果大动，故事原有的趣味能否挽回，作者也定将仍然心中无底。大抵正是对这类问题有一个显然的觉察吧，曹禺先生才在《重印〈日出〉后记》中，以一生少有的严厉态度义正辞严地指出：“有一点请求，演出这个戏，还是不要乱动。（不是说不大加删节）。如果添上些不相干的东西，或硬加上与原作者原意相违背的布局，结构和台词等，这就是‘乱动’，一个剧总有所‘本’。剧本，如你连‘本’都改掉了，那何必要演这个剧本呢？”

综上所述，在方达生的认识上，亦出现了主客观的矛盾，不过，这对矛盾有其特殊性，它在青年曹禺时期是不存在的，是在曹禺先生步入中年和晚年后，方才产生的。

---

① 《戏剧报》

其三，潘月亭的评价问题，曹禺先生曾指出："潘经理是个搞投机的金融资本家。这些人对发展国计民生毫无好处，不是我们所指的民族资本家。这些人很坏。"这种认识是否恰当呢？笔者的体会是否定的。

我们都知道，在民主革命时期，我国并不存在一个独立的、投机性质的金融资产阶级，中国的资产阶级只分为两部分，一部分为官僚资产阶级，一部分为民族资产阶级，这是两个性质有所不同的阶级，从这一理论出发，我们对潘月亭进行分析，那么，显而易见，它应归在民族资产阶级中，为了检核这种判断，我曾经问过一些在旧中国担任银行襄理等职位的金融界人士，他们的反映均能作为有力的佐证。他们说，过去，在金融界参予(与)股票投机是很普遍的事情。资方卷入，职工亦卷入；但他们皆未遇到过纯粹从事股票投机的银行。一般银行的收入主要有三：一存、放款利率之差额；二进行工商业投资或囤积居奇活动；三搞些股票公债投机，他们不约而同地介绍说，进行股票投机，一般都是十分谨慎的，因为其中的风险太大，《日出》里潘月亭那么地孤注一掷的状况，是极罕见的，只能在逐步陷入以至于不能自拔的条件下才会发生。如果再研究一下作品中潘月亭的经济实情，我们就可以从另一方面获得启发。大丰银行的资金，主要取源于金八、顾八奶奶以及大大小小存户；潘熟悉金融业务，他不是有这些台词么：盖大楼是为了"繁荣市面，叫钱多活动活动的意思"；通常盖楼，"最低总可以打一分五的利息，市面要略微好一点，两分多三分利也说不定"等等。他在剥削职工时有时采用极残忍的手段；小职员黄省三带病整天苦干，一个月仅十五元的薪水，他还要七折八扣地挖去一元多；修房小工的工钱，每人身上虽然仅能多扣除一毛钱，他却极当作一回事地对待之；职工可以任意裁除，黄省三如此，李石清亦然，他甚至能够亲自动手将黄省三这样的裁员恶打致昏厥——凶狠的时候他如一只豺狼。但在与"财神爷"、"背景复杂"的金八打交道，他又显得唯唯诺诺、战战兢兢，仿佛是一头驯服的绵羊，金八是他的命运之神，最后在金八的操纵下，他终于被耍弄得破产……。这些，就构成了一幅民族资本家的活画象。

其四，对潘月亭评价的变化，令人联想到《日出》的主题及其体现问题。

《日出》的主题是什么？曹禺先生曾经说过："我想用片断的方法写起《日出》，用多少人生的零碎来阐明一个观念，如若中间有一点我们所谓的'结构'，那'结构'的联系正是那个基本观念，即第一段引文内'人之道损不足以奉有余'。"①什么是主题？文学理论书上曾这样表述："对于成功的创作来说，其思想内容不论多么丰富复杂，必然有一个贯串全书的基本思想，对其他因素起着统率和制约作用，……所谓主题，就是指这一贯串整部作品的基本思想。"假若从主题的主要内涵上察看，那么'人之道损不足以奉余'好象(像)正是曹禺先生自定的《日出》主题，但是近年曹禺先生又特别关照道："我对社会的新生力量寄予很大希望，这表现在全剧最后的'夯歌'中，这个夯歌要非常响亮。非常乐观，非常有劲，充

① 曹禺：《〈日出〉·跋》，文化生活出版社1936年11月。

满着向前的力量，不把夯歌的意境和内容在含义表达出来，这个戏等于白演。”①如果夯歌也是《日出》的重要思想内容之一的话，那么上述的那个主题的概括就存有顾此失彼，以偏概全之嫌了。曹禺先生说：“我有一个总的想法，就是对那个社会非起来造反，非把它推倒不可，一切都要重新重来”，②个人觉得，它似可作为把握《日出》主题的楔子。《日出》的内容应该说，包括两方面：让死去的死去，曙光在前。让死去的死去，指的就是那个社会制度，该剧揭开了一串生动的图画：翠喜、小东西、黄省三……，这些不幸者有的被残害致死，有的在凄苦地苟延残喘；陈白露，这个曾充满着青春活力的年轻人，亦从消沉走至堕落，以致自尽殒命；潘月亭，这个对于金八来说是“不足者”，对于黄省三等人来说，又是个“有余者”，从历史唯物的角度辨析。他的遭到吞噬，好象（像）应博得人们的一声同情的叹息……。不该死的人们，都依照现实社会给他们安排的道路或死去或将要死去，唯独该死的金八不死，它不是迫使人们想到，到底是什么东西最该死呢？所以意在言外，主题非在画面之内矣！曙光在前，主要以夯声的响亮性去象征工人群众在社会前进中的作用，因而对于主题的认识曹禺先生前后两种观点，后边的似较正确，如果我们对之作进一步的概括的话，那么只要用“日出”两字即可，《日出》的主题即“日出”矣。“日出”者，黑暗将逝，曙光已经露出其眉梢也。

二、《日出》主客观矛盾产生之缘由

曹禺，杰出的作剧大师。在例举中国现代戏剧的代表作品时，人们一般都会不加（假）思索地指出他的《日出》和《雷雨》，如果将作品置放在世界文学和戏剧史上考察的话，那么，正如国内外一些研究者所说，他是中国现代文学史中少有的达到世界领先水平的作家，这样一位成就显赫的编剧家，为什么对自己的作品发生主客观的矛盾呢？对于这个问题，笔者感到，应从四个角度理解：第一，它与作家的形象思维特点有关。曹禺先生说，“一个作家进行创作，他反映真实的生活，主要运用形象思维，在他所描绘的社会生活中，他的世界观人生观就渗透在里边。作家反映真实的生活也就反映了他的政治观点、艺术观点。不是先有某种预定的观念，按照这种观念去塑造和修改许多形象，让那些形象同政治观念去“合槽”，这样的作品搞出来也是不真实的。”他又说：“如果作家创作时就想得那么有条有理，那么，他就可能创作不出来了。③ 形象思维，是作家创作《日出》等一类作品时运用的思维方式。形象思维的特点，主要的就是从生活形象发展到作品形象的创作全过程中，作家自始到终不脱离生动可感的形象材料，作家对生活规律的认识和指示，均是直接通过形象材料的琢磨和挑选而得以完成的。正因为这样，曹禺先生说“我时常自足于‘大致不差’的道理”。④ 这样，久而久之就养成了如下的习惯：“我不惯于在思想上做工夫，我写戏很用

① 《人民戏剧》，1986 年第 6 期

② 《论戏剧》451 页

③ 《论戏剧》，460 页

④ 《论戏剧》，425 页

心，而追求思想的意义就不恳切。”[①]所以曹禺先生曾反复地指出，“很多评论家常有符合实际的独到见地。事实上，评论家挖掘得深，我们的见地与剖析，经常说得透切（彻），正确，比作家自以为是的思路，高明得多。”[②]“一个批评家评论作家的创作时，有时可以说出作家在创作时都没有想到的东西，这是批评家的好处，他运用逻辑思维，应当而且可以看到作家创作时所未曾意识到的东西。”形象思维，从形象到形象，能使作品生动可感，但亦有其不足之处，它不能像逻辑思维那样，有一个缜密的理论推导历程，从而使条件与结尾之间的内在联系经常十分紧密，所以用形象思维创作的作品，其表现出来的内容与作家的主观认识，有时就不能取得统一。《日出》中陈白露的死因，作者脑海中尽管感受众多、真切。但作品的客观反映却不能尽如人意，难道不是由此而产生的么？第二，它与形象所蕴含的思想的多维性有关，形象的东西总是具体的、丰满的。因而它经常从四面八方透发其思想意义，而作者或我们对其进行理论分析时，总是只能从一个侧面着手，所以，理论的抽象总不能等于形象，在大多数的情况下，形象总是大于思维的，但在创作中作者的认识“偏题”时，思维可能偏于形象，在作者的认识“离题”时，形象又可能小于思维——不过这是作者绝不希望出现而又客观存在的现象，思维与形象的这种复杂关系，经常使得那些不惯于在思想上用“工夫”的作家在谈论自己的作品时，或以偏概全，或粘附他意——将形象本不具备的内涵，从外面贴糊了上去。作家只注目于潘月亭一个方面的特性，不就是前一点上的典型例子么？其实，潘月亭又何止两面性呢，据了解，过去的狎客在泄发了性欲、情欲之后，往往即显得冷淡无情，只有在打算娶其为偏室之类时例外，潘月亭在这方面不有点与人不同么？在破产后，他不是还通过王福升向陈白露告别，并且还含情脉脉地叮咛陈白露要好自保重么？潘月亭的这一类性格，不是亦长期为作者在自论中所忽视了么？作家对“陈白露死因”的辩（辨）认，又确是后一点的典型例子。在这里，作家感受到的东西在作品中均未有条不紊地表现出来，以致于形象大大地小于了思想。第三，与人们的时期性的认识对作家的影响有关，同一个剧作的同一个形象，在不同的历史时期，观众对它会有不同的反映。例如对于方达生这一类形象的认识，民主革命时期，由于不少人，尤其年轻人想改变现状，但因尚未找到正确的道路而感到迷惘惆怅、茫然无向，所以他们设想或判断这类形象时常常会突出其“空泛”的幻想性一面。民主革命胜利后，我国曾多次掀起政治热潮，在解放初期重点宣传革命的意义和共产党的作用时，人们又希望方达生这个可爱的人物能够有所作为，因而就自然而然地将它与共产党人的形象挂起了钩来；随着认识水平的提高，从这类形象本身的许多特性上观察，感到其与共产党人存有不小距离，但从文艺应当“高于”生活、形象应力图具有教育作用的原则精神出发，以为幻想型的方达生决无理想型的方达生思想意义来得大，所以又将后者作为该类形象的基调。曹禺先生对方达生形象的三种观点，与各时期人们的有关观念正好相楔，它能仅被视为一个巧合么？如果这种

① 《论戏剧》，423 页

② 《人民戏剧》，1986 年第 6 期

观念只在个别人身上存在。那我们可以极其肯定地说，它首先应是作品对人们的作用，问题在于，它是社会中的普遍性认识，作家作为社会的一员被包围于这种时期性观念的汪洋大海之中，难道在创作及自论中，能不接受其潜移默化的影响么？这种现象，也许就是接受美学从广义角度所阐述的观众或读者对作家的信息反馈吧。第四，与观众或者学者一味崇拜有关。曹禺剧作作为艺术上的精品，和其它的代表作品一样，其中含有丰富的思想和艺术内蕴，本来就令人们难以捉摸住其各方面的特性，再加上观众和后学者的衷心钦佩和热烈崇拜，这样，人们就经常想当然地认为，曹禺剧作的权威发言人首先是曹禺先生，于是曹禺先生怎么讲，人们——包括不少研究者也就怎么理解，从而不能产生一种作者——研究者的合理关系。即：作家的创作过程介绍、经验体会、个人感受为研究者提供多品种的材料，研究者的科研成果又可资作家反省时参考，由此，使作家的自论基本上局限于个人的努力上，因而影响了其向纵深及精确化方向推进。

（原载《上海师范大学学报》1987 年第 2 期）

关于《日出》初版本出版时间的质疑

潘克明

曹禺《日出》的初版本(文化生活出版社版)注明系出版于一九三六年十一月,关于曹禺研究资料的各种本子和《曹禺年谱》(田本相、张靖编著)也都一致这样认定。《日出》初版本收有曹禺自己写的《跋》。按这篇《跋》和曹禺的《我怎样写〈日出〉》属同一篇文章。后者的来由是这样的:《日出》于一九三六年六月至九月在《文季月刊》上连载以后,天津《大公报》的《文艺》副刊即于同年十二月二十七日和一九三七年一月一日分两次刊出对该剧的"集体批评"。鉴于"集体批评"的有些文章在充分肯定和赞赏《日出》的新成就的同时,也提出了一些批评意见,曹禺专门撰写了《我怎样写〈日出〉》一文作为答复,发表于一九三七年二月二十八日的《大公报》。《日出》出初版本时,曹禺又将这篇答辩文章作为《跋》收入书中。这就产生了一个问题:既然《日出·跋》是答复《大公报》的"集体批评"的,怎么可能在它之前一个多月就面世了呢?由此可以肯定,《日出》初版本所注一九三六年十一月的出版时间是不确的,而只能出版于一九三七年三月以后。但具体确凿的月份,似已难以查实了。

(原载《中国现代文学研究丛刊》1988 年第 1 期)

《日出》的结构和人物

王富仁

继《雷雨》之后，曹禺创作了他的第二个戏剧杰作《日出》。从《雷雨》到《日出》，如果仅从戏剧艺术的探索来说，曹禺首先重视的是戏剧结构的问题。他说："写完《雷雨》，渐渐生出一种对于《雷雨》的厌倦。我很讨厌它的结构，我觉出有些'太像戏了'。技巧上，我用得过分。仿佛我只顾贪婪地使用着那简陋的'招数'，不想胃里有点装不下，过后我每读一遍《雷雨》便有点要作呕的感觉。我很想平铺直叙地写点东西，想敲碎了我从前拾得的那一点点浅薄的技巧，老老实实重新学一点较为深刻的。"①我认为，这与其被认为是曹禺对自己第一个戏剧创作《雷雨》的评价，不如说是他对自己的新剧作《日出》提出的艺术探索的目标。

我们不能跟在曹禺后面否认《雷雨》的结构艺术，因为对于《雷雨》来说，《雷雨》的结构几乎是唯一可以选择的结构方式。在写作《雷雨》的时候，曹禺注重的是人，是人的命运，"我念起人类是怎样可怜的动物，带着踌躇满志的心情，仿佛自己来主宰自己的命运，而时常不能自己来主宰着。"②《雷雨》中的那些人物，挣扎着，追求着，希冀着，甚至像周朴园那样一个阴鸷伪善的地主资本家，年轻的时候也曾渴望过自己的幸福，也曾真挚的爱过鲁侍萍，并且至今仍然留着昔日幻梦的一点点淡淡的影像，一种朦胧恍惚的哀愁。但是，他们的希冀一个个地落了空，他们的挣扎失败了，命运之神给予他们的是悲惨的结局，他们过于充盈的情感终于涨破了禁锢着他们的伦理道德的硬壳，爆炸了，双双毁灭，玉石俱焚。对于这样一个戏剧的主题，需要从内到外都十分尖锐的戏剧冲突，需要集中，需要"戏"，需要压缩，压缩得使它能够储足最后发生连锁爆炸的巨大势能。这种集中，这种压缩，需要的是技巧，是作者精心设计的技巧，是连读者和观众都能明确觉察到的技巧。因为要把实际生活中各有因果联系的人生悲剧集中在有限的舞台人物上，就必须使他们互为因果，构成彼此紧密联系的复杂网络。《雷雨》结构的高超处就在于此。但是，当《日出》的题材激动着曹禺的心的时候，《雷雨》的技巧马上使他感到不足甚至厌恶了。在这时，他仍然关心的是人，但却不仅仅是各个人物的命运，而是由这一个个人物构成的一种社会状态，一个完整的社会。要把一种社会状态在有限的时间和空间展现出来，也需要压缩，也需要集中，但这种压缩和集中却不能让读者和观众明确地感觉出来。《日出》着眼的是社会世态的展现，因而它需要的不是每个人人生命运的纵向发展过程，而主要是社会世态的横向展

① 曹禺《日出·跋》，《曹禺论戏剧》，四川文艺出版社1985年版，第381页。

② 曹禺《〈雷雨〉序》，《曹禺论戏剧》，四川文艺出版社1985年版，第355页。

览过程。如果说在《雷雨》中的横向铺排也是为了表现人生命运的纵向变化过程的话，那么，在《日出》中的纵向推进过程也是为了横向铺排的。不难看出，正是《日出》的这种艺术需要，决定了曹禺对戏剧结构的新的尝试和探索。他说："于是在我写《日出》的时候，我决心舍弃《雷雨》中所用的结构，不再集中于几个人身上。我想用片段的方法写起《日出》，用多少人生的零碎来阐明一个观念。如若中间有一点我们所谓的'结构'，那结构的联系正是那个基本观念，即第一段引文内'人之道损不足以奉有余'。所谓'结构的统一'也就藏在这一句话里。《日出》希望献于观众的应是一个鲜血滴滴的印象，深深刻在人心里也应为这'损不足以奉有余'的社会形态。因为挑选的材料比较庞大，用几件故事做线索，一两个人物为中心也自然比较烦难。无数的沙砾积成一座山丘，每粒沙都有同等造山的功绩。在《日出》里每个角色都应占有相当的轻重，合起来他们造成了印象的一致。这里正是用着所谓'横断面的描写'……"①这种"横断面的描写"，就是《日出》戏剧结构的总体特征，但这种"横断面的描写"又是与曹禺要把"'损不足以奉有余'的社会形态""深深刻在人心里"的写作目的分不开的，因而我们要更清醒地认识这个"横断面"及这个"横断面"上的一切，就要更清醒、更细致地分析《日出》的总体思想意识结构。

《日出》的思想意识结构在整体轮廓上是十分清晰的，它由下列三个层次组成：

金　八

（隐在幕后的一个冥冥的黑暗势力）

↓

台前的演出

（现象世界或现实社会的缩影）

↓

打夯歌

（想象中被唤起的一个理想世界）

现在我们所要着重指出的，是这三个思想层面不是也不应是彼此并立的，它们互相渗透着，各自把自己的影像投射到另外两个层面上，并且由另外两个层面的存在而取得自己的独立意义。

谁是金八？现在几乎所有人，包括曹禺在内，都把金八当成像茅盾《子夜》中的赵伯韬那样的人物，甚至把它当作帝国主义势力的代表人物。但我认为，在曹禺创作《日出》的当时，是并不这样认为的。茅盾《子夜》中的赵伯韬完全是一个现实的人物典型，但金八不是，至少不完全是。作为在左右公债交易、挤垮潘月亭、企图霸占"小东西"等等具体事件中幕后活着的人物，他是一个现实的人物。但他的主要作用却不应在此，在其更重要的意义上，他是一个抽象的象征性力量。

达：我不相信金八有这么大的势力。他不过是一个人。

① 曹禺：《日出·跋》，《曹禺论戏剧》，四川文艺出版社1985年版，第382页。

露：你怎么知道他是一个人？

达：（沉思）嗯……（忽然）你见过金八么？

露：我没有那么大福气。你想见他么？

达：（有意义地）嗯，我想见见他。

露：那还不容易，金八多得很，大的，小的，不大不小的，在这个地方有时像臭虫一样，到处都是。

达：（沉思）对了，臭虫！金八！这两个东西都是一样的，不过臭虫的可厌，外面看得见，而金八的可怕外面是看不见的，所以他更凶更狠。①

解放后，曹禺对这一段做了很大的修改，已经面目全非了，但它却异常清晰地说明，在他进行《日出》的创作的时候，是不把金八仅仅当做一个现实的人物形象的。金八存在着，但又不是一个具体的存在；他在"外面是看不见的"，但他又"多得很"、"到处都是"。

金八这个抽象的象征力量的存在，改变了剧中每个人的具体的面貌。自然他是操纵一切的，那么剧中人物就无一不是被他操纵的对象；自然他是吞噬一切的"恶魔"、"野兽"，那么剧中人物就无一不是被他吞噬的生灵和人类。也就是说，曹禺的同情绝不仅仅是施于作品中哪一个人或哪几个人的，而同时是施于他们全体的，正像冥冥的命运之神使《雷雨》中的周朴园不仅仅是一个吃人的封建家长一样，金八这个抽象的象征力量也使潘月亭、李石清、顾八奶奶、张乔治、胡四、王福升这诸多丑恶的人物不再仅仅是被无情鞭挞的人物，同时还是作为人的整体存在被默默地同情着的东西。在全剧结束的时候，他们统统被毁灭了，被金八这个无形的怪物毁灭了：在现象世界上最接近金八的潘月亭面临着彻底破产的命运，李石清被解雇、儿子惨死在去医院的途中，顾八奶奶的全部存款都将因潘月亭的破产而烟消火灭，胡四随之将失去顾八奶奶这棵摇钱树，"皮之不存，毛将焉附"，王福升这个有经验的奴才也将因主子的破产而失其用武之地，黄省三早已发疯，欲死不能，张乔治也将活在永久的梦魇中，……他们都是被金八所玩弄着的可怜虫，曹禺憎恶他们，但又可怜着他们。这是曹禺之所以为曹禺的所在，是曹禺区别于茅盾的地方，是他的最优秀的戏剧创作《雷雨》、《日出》、《原野》、《北京人》的一贯的特色。不了解这一点，我们便无法理解曹禺，人道主义在这里取得了最广大的形式。曹禺一再告诫演员"对潘经理、张乔治、胡四等人，都要注意，不可在表面的丑化上下功夫，而要准确地演出人物来"②，"要把人物的灵魂挖掘出来"③，就是因为他从来不仅仅把他们当作吃人的魔鬼同时还把他们当作被吃的人。

但是，他们都不是金八，同时又都是金八；他们都是被吃者，同时又都是吃人者，幕后那个金八像鬼魂一样附着在他们每一个人身上，并通过他们而显示着自己的存在，施展着自己的至高无上的威权。在这个意义上我们又可以说，他们害怕金八，实际上也就是害怕

① 曹禺：《日出》，引自文化生活出版社1936年版第262页。

② 曹禺：《自己费力找到真理》，《曹禺论戏剧》，四川文艺出版社1985年版，第403页。

③ 曹禺：《自己费力找到真理》，《曹禺论戏剧》，四川文艺出版社1985年版，第403页。

他们自己；他们被金八所吃，实际上也就是被自己所吃。他们的身上有两个自我：一个是作为吃人的恶魔的自我，一个是作为被吃的人的自我。即使那个可怜的黄省三，不是也亲口吃了自己的孩子吗？“那钱是潘经理给我的三块钱，两块钱还了房钱，我拿一块钱买的鸦片烟。法官，我自己买的红糖掺上的，叫孩子们喝的，我亲手把他们毒死的。”①他吃了他的孩子，同时也是吃了他自己，他是把自己的孩子当作自己的一部分吃掉的，假若切实思考下去，其他人又何尝不如此呢？李石清在自己的儿子将死之际，还得意洋洋地向自己的主子献媚取宠，钻营拍马，胁肩谄笑，他吃了自己的儿子、出卖自己的妻子，谁又能说他实际不是在自己吃自己呢？甚至他给黄省三指出的那四条路，实际也是给他自己准备的路，因为他就是第二个黄省三，候补的黄省三；潘月亭之与李石清，也正如李石清之与黄省三。李石清是潘月亭的影子，是第二号的潘月亭，同时也是他的唯一够资格的奴才、走狗和帮凶，他扼杀了李石清，接着就是自己被金八所扼死，因为在曹禺的艺术直感中，这两个家伙就是一而二、二而一的东西，是狼狈为奸的整体……这一个个金八都吃人，而一个个吃人的人都自吃，他们组成了一个整体，而这个整体就是一个自蚕自食的整体。

> 白露，我做了一个可怕的梦。哦，可怕，可怕极了，啊，*Terrible Terrible* 啊，我梦见这一楼满是鬼，乱跳乱蹦，楼梯，饭厅，床，沙发底下，桌子上面，一个个啃着活人的脑袋，活人的胳臂，活人的大腿，又笑又闹，拿着人的脑袋毂丢过来，扔过去，戛戛地乱叫。忽然哄地一声，大楼塌了，你压在底下，我压在底下，许多许多人都压在底下……②

张乔治这个可怕的梦，就是这些人共同组合成的这个社会的写照。

这一个个的人物组成了一个整体，同时这一个个人物彼此也就是相通的。我认为，过去我们更多地注意了他们之间的差别，而没有更多地看到，他们中的每一个其他的人物，又都是其中一个人物的必要的补充。黄省三是落魄后的潘月亭和李石清，潘月亭同时也是发迹后的黄省三和李石清，处在李石清的地位上，黄省三和潘月亭也将是现在的李石清。谁能说被陈白露戏称之为“老爸爸”的潘月亭没有顾八奶奶那种卖弄风情的矫饰风骚的灵魂呢？谁能说他在年轻的时候不就是像胡四那样的花花公子呢？谁能说他要只是个茶房不就是现在那个善于察颜观色的王福升呢？同样，王福升的灵魂中不也有潘月亭的成分吗？他的老仆的精明也就是潘月亭进行商业投机、处理上下关系的那点精明；张乔治那点酸气里既有顾八奶奶的风骚、胡四的轻浮，同时也有潘月亭的铜臭气和骄横气、王福升的奴才气、黄省三的穷气、李石清的巧猾气，他宣扬着自己的博士、硕士的头衔和几个外文名词就像顾八奶奶宣扬着自己的“爱情”、胡四宣扬着自己的“新衣服”、王福升卖弄着自己察颜观色的本领、李石清卖弄着自己的聪明，潘月亭矜持着自己的财产一样。……总之，曹禺笔下的这些人物，不像茅盾《子夜》中的人物那样各自分立。在《子夜》中，吴荪甫当不成赵伯韬，也不会是“红头火柴”，他只能是他，连他的老子吴老太爷也不能取代他的

① 《曹禺选集》，人民文学出版社 1965 年版第 254 页。

② 《曹禺选集》，人民文学出版社 1965 年版，第 266 页。

独立性。而在曹禺的《日出》里，这些人物都是可以过渡的，严格说来，他们现在的自我已经包容着其他任何人的任何种表现，只是他们在自己特定的地位上，一些“才能”得到了表现，另外一些“才能”则受到了条件的限制，受到了环境的压抑，不得发挥罢了。不难看出，在曹禺这里，一个个具体的人物远不如茅盾《子夜》中那一个个人物有绝对独立的地位，更重要的是他们的整体的形象。这个形象是当时社会的形象，同时也是其中每一个具体的人物的完整的思想精神的形象，是金八这个抽象的象征性的形象。

了解了在剧中这个“横断面”上出现的各个人物之间关系的状况和性质，我们便会发现《日出》在具体结构方式上的一系列特征。首先，它在情节的纵向推进过程中有自然相续性的特征。它在幕与幕之间基本上保持着彼此渗透、没有转折性变化的状况，不但在地点上没有很大变化(第三幕作为一个特例我们在下文还要作专门论述)，在人物上也彼此没有很大差别，这样，作者有效地消除了读者和观众把各幕视作块状体的、彼此断裂的感觉，这同时也与作者不想在每幕特别突出某部分人物而抑制另一部分人物的印象相联系。例如第一幕出场的七个主要人物(陈白露、方达生、张乔治、王福升、小东西、潘月亭、黑三)，都全部出现在第二幕里，第二幕新出场的五个人物(黄省三、顾八奶奶、李石清、胡四、李太太)没有任何两个同时上场，他们都是一个一个陆陆续续进的。也就是说，任何一个陌生面孔出现的时候，台上的其他所有人物都已是观众或读者早已熟悉了的，因而这个陌生人物的出现并引不起整个剧情的全新变化，人们的感觉没有受到很大的刺激。第一幕最后退场的是方达生和潘月亭，而第二幕最初上场的则是王福升和方达生，不但两个都是在第一幕中早已出现过的人物，而且通过方达生把第一幕结尾和第二幕开头联系在了一起，使第二幕好像只是第一幕的未曾间断的连续过程。这个特点，在每幕之中表现得更加突出。在《日出》中，几乎没有几个人物同时上场或同时出场的情况，也很少一个出场和一个上场同时进行的情况，一般都是一个人物上了场，后来又有一个人物退出了场，上场和出场都引不起读者和观众多么明显的感觉。这样，场面在变换着，人物在变化着，但却没有断裂性的变化，每幕都是一个不间断的流动过程，各个人物和各个场面的人物对话都没有造成完全孤立于整幕的特殊强烈印象，而整体的印象却在各个零碎的印象中被积聚起来，成了压倒各个单个人物的更强烈得多的印象。

其次，矛盾斗争的随起随落、随开随合，没有渐次积聚起来而最后突然发生爆炸的具体矛盾斗争，是《日出》具体结构方法的又一个突出的特征。在《雷雨》中，每一个具体的矛盾斗争都是逐渐积累着并在最后才尖锐到发生爆炸的，而在《日出》中，最典型的外部矛盾斗争都是随起随落、迅速得到了弥合的。李石清对潘月亭的威力，以潘月亭答应升任他为襄理而随时平息了下去，潘月亭解雇李石清引起的李石清的愤懑，很快由于潘月亭濒临破产使李石清得到了发泄。其中也有积聚着的东西，但那多不是具体的矛盾斗争，而是一种只作用于观众或读者情感或情绪性的东西。例如黄省三的命运，在剧中一直发展着，向悲剧性的结局推进，但这里却没有人与人之间具体矛盾斗争的渐次强化；黄省三不想向潘月亭或李石清做出报复性的举动，而陈白露的自杀在整个剧情发展中几乎没有任何痕迹，当她自杀时人们才知道她要自杀，而这时却已自杀身死了，没有悬念，没有紧张的等待，好像轻而易举地便发生了。至于顾八奶奶的"爱情",更是既"悲"又"喜",亦"悲"亦"喜",引不起读者和观众的任何紧张情绪的情节。这样,剧中所有的矛盾斗争,都好像一滴一滴地滴入水中的墨汁,很快就消溶在了整体中,整体的颜色变得越来越浓,可一滴滴的墨汁却很快消失了。

没有阔大嘈杂场面的铺排,同时出场的人物数量较少,涨落幅度不大,是《日出》具体结构方法的第三个突出特征。整个《日出》所要展示的是当时社会人生的全貌,但它却与老舍的《茶馆》不同,没有任何较为阔大的场面,没有喧闹嘈杂的人众,同时在台上的人物经常只有二三人或三四人。几乎没有静到死寂、乱到心焦的两极性场面。这说明曹禺要给我们造成的社会人生的整体印象只在感受中,而不在耳目前,亦即是它的精神,而不是它的外观。

在上一节,我们已经指出,《日出》中的金八绝不仅仅是像茅盾《子夜》中赵伯韬那样的一个具体的现实人物,他是一个更为抽象的象征性的力量,我们还从现象上描述了它在剧本的具体人物身上的投影以及因此而产生的《日出》戏剧结构方式上的几个特征。在这一节里,我们必须进一步探讨金八到底是怎样的一种抽象的象征性的力量,因为不解决这个问题,我们依然不能更清晰地认识潘月亭、李石清、顾八奶奶这样一些现实世界中的人物,而不能更清醒地认识他们,也便根本不可能更准确地理解陈白露和方达生以及二人之间的关系。

在过去,我们除了把金八作为像赵伯韬这样的一个具体的现实人物之外,还更多地把他作为资本主义金钱势力的象征。我认为,这比前者更接近了问题的本质,因为曹禺所具体描写的这个世界确实是中国资本主义统治下的世界,引起他的创作感奋的现实,也正是这样一个现实。但假若更细致地思考下去,这样的概括也仍然是略显笼统的,因为事实已经证明,并非在任何情况下的资本主义的工商业的发展,都会产生《日出》中所具体展现的那种社会人生现象的,而似乎当时的曹禺也并不认为,他所描绘的现实人生仅仅是资本主义历史阶段的特定现象。他作为《日出》总体观念的"天之道损有余而补不足;人之道则不然,损不足以奉有余"便引自老子的《道德经》。在剧前的引文中,紧接老子的这段语录之后,接着是《新约》和《旧约》中的两段:

> 上帝就任凭他们存邪僻之心,行那些不合理的事。装满了各样不义,邪恶,贪婪,恶毒。满心是嫉妒,凶杀,争竞,诡诈,毒恨。……行这样事的人,是当死的。然而他们不但自己去行,还喜欢别人去行。
>
> ——《新约·罗马书》第二章
>
> ……我的肺腑啊,我心疼痛。我心在我里面烦躁不安,我不能静默不言。因为我已经听见角声和打仗的喊声。毁坏的信息连络不绝,因为全地荒废。我观看地,不料地是空虚混沌;我观看天,天也无光;我观看大山,不料,尽都震动,小山也都摇来摇去;我观看,不料,无人,空中的飞鸟也都躲避。我观看,不料,肥田变为荒地。一切城邑——都被拆毁。
>
> ——《旧约·耶利米书》第五章[①]

① 引自曹禺《日出》:1936年文化生活出版社,第1—2页。

这至少说明，曹禺不仅仅是把自己感受到的社会历史现象当作特定时代的特定历史现象的，他将之纳入到了一种更普遍的人类现象中作了更多的形而上的思考。如果说茅盾的《子夜》只能作为当时的特定历史现象的典型概括来阅读，那末，曹禺的《日出》同他的《雷雨》、《原野》、《北京人》一样，则同时应当作为时代的与超时代的、特定的与普遍的两种艺术概括来阅读。在这里，我们必须弄清这种超越于具体历史时代的思想精神内容是什么。

金八不是完全独立于剧中人之外的另一个人物，它就表现在剧中人物的身上。在这里我们需要问的是：到底是什么把潘月亭、李石清、黄省三、顾八奶奶、胡四、张乔治、王福升、黑三这些地位不同、身份不同、职业不同、性别不同、贫富不同、气质性格不同、年龄不同的人物连在了一起，使我们感到他们极不一致而又极为一致、极为相像的呢？我认为使他们在精神上极为相像、在形式上可以彼此过渡的主要特征是他们都是一些充满着单纯物质欲望的干渴而对人、对人的整体存在缺乏任何真挚情感和热切关心的家伙。在他们之间，没有情感的粘合剂，甚至连任何种类的“情感的表现”都被用来作为争取个人物质欲望满足的工具，他们的哭和笑都是根据需要被随时调遣到脸上来的东西。他们平时便准备下了各种面部表情、各种语调和手势，预备好了打拱和作揖，预备好了微笑和痴呆，非常熟练地根据不同的对象和情景变换着；他们对人没有情感，单纯的物质欲望的干渴使他们像饿狼一样追逐着自己的捕获物，而在同一个捕获物之前，他们都发着唁唁的叫声，相互挤撞、厮扭、扑打、咬啮、残杀，并且极力把这一切放在微笑里和道德中；任何高尚的旗帜、道德的信条、时髦的词语、进步的口号都在这些满脑子“实践理性”的家伙这里变酸了，变臭了，成了他们达到自己卑琐庸俗、狭隘物质实利目的的工具或武器；在这里，权力和金钱、金钱和肉欲实行着直接的婚配，没有领取过任何一张精神的和情感的结婚证书，获得了其中任何一个也便同时获得了其他两个。获得者以主子自居，骄横跋扈，穷奢极欲，为所欲为，肆行无忌；未获得者便甘当奴才，卑躬屈节，溜须拍马，谄媚求荣。但不论外在如何表现，他们却都把周围的人当作自己的潜在的敌人，提防着，恐惧着，嫉妒着，讪谤着，在谄媚中怀着杀机，在吹捧时藏着嫉恨、一有时机便猛地扑过去扼住别人的喉头，恨不得把别人连骨头加肉都嚼烂吞下；他们从不考虑人类的存在，只有自己的存在，任何别人都是他借以达到自己目的的桥梁，有利可图便甜言蜜语，无利可图便叱来咤去，他们从来不尊重人，不知道人的尊严，在狼面前他是羊，在羊面前他是狼，做狼做羊都是为个人；只要自己的物质欲望得到满足，他们便不会去创造任何有益于人和人类的任何财富，他们总是先设法去掏别人的腰包，以邻为壑，残害同类，剥夺弱者，去抢那些最易抢到的东西，对上用欺，对下用压，对同类软硬兼施，目的却只有一个——为己。……这就是曹禺具体描写的现实世界的状态，而这千变万化、错综复杂的现象界却只用一根绳牵着，这就是缺乏任何真诚的感情联系而只被物质实利的焦渴烧灼着的人的欲望。谁是金八？它，就是金八！

不难看出，潘月亭、李石清、黄省三、顾八奶奶、胡四、张乔治、王福升、黑三这些人物，不过都是这样一个金八的变形表现罢了。他们个个都是这样一个金八，但同时又都受着这样一个金八的控制和左右；他们害怕金八，害怕别个冷酷无情的物质欲望的大口把自己吞噬掉，但同时又离不开金八，因为他自己也是充满着饕餮物质欲望的人，也对人没有，甚至也不能有真诚的感情。潘月亭是这个世界上的权力、金钱和肉欲的总化身，他有了金钱，也就有了决定黄省三、李石清、顾八奶奶、陈白露以及由他们连类在一起的所有人的命运的权力，有了占有陈白露的资本，但其他所有人的物质欲望也时刻威胁着他，李石清偷开他的抽屉，掌握他的经济情报，随时可以出卖他，把他从权力、金钱、肉欲的皇位上掀翻下来。他暂时获得了这个世界，但却无法获得这个世界的爱，因为他自己就从来没有爱过这个世界，爱过人，爱过人类。在这种情况下，他一面穷奢极欲地享受以填补自己永难充实的心灵，一面则不能不时刻提防着周围的任何人，包括自己的奴才。当他被李石清扼住了喉咙的时候，他愤怒，他憎恨，他恐惧，他软弱，但他却不敢发怒，不敢反抗，不敢流露自己的恐怖、失望和颓唐，他必须笑脸相迎，像一个最下贱的奴才一样忍气吞声，步步退让，谄媚讨好。而一旦他摆脱了李石清的实际威胁，他便不管李石清给他卖了多少力，赚了多少钱，冷不防地就扑过去，紧紧扼住李石清的喉咙，绝不手软，毫不留情，一定要把他往死里掐，往死里咬。他和李石清的这两场戏，是《日出》中最惊心动魄的两场戏，但即使在这里，你死我活的斗争也是在彬彬有礼的形式下展开的，彼此用的是暗示，是隐语，是语调的微妙变化，是称呼的看来无意的更换，是一切一切最细微、最不易为人觉察的表情或动作。李石清也是一条狼，是并不比潘月亭善良的一条狼，但却不是一条老练的狼。他以为他已经懂得了狼的手段、做狼的理论便可以成为一条狼，这是他幼稚的地方。因为真正的狼不是那些一看就像狼的狼，真正的金八是让人看不出是金八或让人看出了也对之无可奈何的人。李石清的失败是由于他的地位的不稳固，由于在这种情况下他对妻子和儿子的关心便成了他不易摆脱的负累。必须指出，潘月亭一类人也并非不疼爱自己的子女，但即使这种疼爱也表现为尽量满足其物质实利的欲望，因而这种被视为人类天性或人类感情的东西，更无限地煽旺了他们的物质欲望的烈火。李石清的冷酷与他对孩子的爱几乎是成正比例增长的，但他的地位的不稳固性、物质上的匮乏使他难以像潘月亭对待他那样从容地对付潘月亭，当他急不可待地以饿狼的面目出现在潘月亭面前的时候，他却还没有潘月亭的膂力。他过早地让潘月亭注意上了他，而一旦潘月亭留意地对付他，他的失败也就几乎是难免的了。在一个没有人类爱而只有物质欲望的干涸的世界上，人不能成为弱者，因为只有弱者才更依靠感情的救助，他没有与别人可以交换的物质力量。一旦失去了感情的救助，人们总是首先把攫取的眼光对向弱者的，因为在这里他们最易获得成功，而受到的反抗又是最微弱的。李石清了解这一点，所以他可以卑躬屈节，可以阿谀奉承，可以摇尾乞怜，但却绝不把自己真实的弱点暴露给别人。他隐瞒着自己的贫穷，隐瞒着自己内心的软弱，甚至连自己的真实感情也极力隐瞒着。可黄省三连这一点也无法做到了，他只剩下了实实在在的哀求和乞怜。顾八奶奶向胡四的乞怜有金钱作后盾，李石清向潘月亭的乞怜有他掌握的经济情报作后盾，而黄省三却是任何后盾都没有的，因而这种乞怜根本不可能有任何效果，他只有一步步迈向更深的悲剧深渊。但也正因为如此，他也不可能真诚地爱上这个世界，不可能爱他绝望地哀求着的一个个冷酷的主子。连王福升这个奴才也随意侮辱他，他必须忍耐这种侮辱，他又怎能爱上人类，爱上人类社会，爱上他周围的人呢？因而埋藏在他内心的依然是对人的憎恨；王福升永远挂着一副谄媚卑怯的面孔，但他对人的憎恨并不下于任何其他人，是他出卖了小东西，他对弱者的歹毒有时是甚于他的主子们的。他的主子们有更多的对象可以掠取，他却只能在极少的比他更弱小的人身上捞回他希望得到的一切，以补偿他在主子们面前长期感到卑怯的心灵。黑三的残酷更是有目共睹的，残酷就是他的职业，可以说他是用对人类的憎恨心为其主子服务的。

脱离开情感联系的物质实利追求使人变得冷酷无情，脱离开真诚爱情的物质肉欲追求则使人变得虚矫无聊。在顾八奶奶这里，“爱情”成了“肉感”的同义词，因为她从来未曾真正爱过别的人，她只爱自己，胡四只是她满足自己的虚荣心和肉感欲望的物质实体而已。她对陈白露的艳羡，艳羡的只是陈白露的物质性存在，这反映着她自己的最高“理想”：“你真是个杰作！又香艳，又美丽，又浪漫，又肉感。”①胡四同样是一个精神空壳，他依靠物质性的存在在顾八奶奶那里领取俸禄，又用这俸禄去满足他的物质肉欲，他同样是一个未曾体验过爱人感情的人；张乔治的心灵同样也是一个空洞。

《日出》发表之后，周扬曾这样批评这个剧作：“《日出》里的人物……没有被某一主题的事件或一个主题的线索紧密地联系着。他们在金钱支配的世界里，七零八落，互相冲突，各自管着各自的生活。作者并没有照着社会层的斗争去描写他们。如果作者的兴味不只是‘一两段情节，几个人物’，而要企图写一个整个的社会形态的话，那他的这个企图不能不说是并没有很好地完成。他关于这个社会形态，并没有给与一幅统一的图画，只绘成了一些鲜明的斑点。”②对于这个观点，我是极难赞成的，《日出》的优点同《雷雨》、《原野》、《北京人》一样，恰恰在于它们的统一性，它统一在金八手里，统一在不存在人与人的感情联系的焦灼的物质欲望的烈火中。

当我们更具体地阐明了金八这个抽象的象征性力量的较为具体的思想内涵之后，我们有必要再一次返回《日出》现实意义的层面上来作些考察。曹禺是从全人类的普遍意义的角度思考过他的剧本创作的，但他的具体感受又是面对十分具体的中国社会的。在这里，它便不能不带有民族生活的特定内容。部分中外曹禺研究者常因曹禺对外国剧作家的借鉴而低估了曹禺的创造性和他的剧作的民族性，我认为这是一个甚大的谬误。实际上，曹禺的四部戏剧杰作无一不具有十分独特的民族内容和鲜明的民族性特征，他从来没有简单重复过任何一个外国作家，他的《〈雷雨〉序》和《日出·跋》是现代文学史上少有的杰出的创作论论文，它们说明曹禺的《雷雨》和《日出》是在真正的创作心境下诞生的，一个简单模仿外国剧作的作者是不可能写出如此深刻和具体的创作体验的。曹禺或许始终没有精确地说明过《日出》的独特民族性的内容，但这绝不能说明《日出》便是对资本主义金钱势力的一般性揭露。它不同于契诃夫的《樱桃园》，不同于莎士比亚的《雅典的泰门》，也不同于巴尔扎克、左拉、狄更斯对资本主义金钱势力的描写，这不是异常明显的吗？我认

① 《曹禺选集》，人民文学出版社1965年版第175页。

② 周扬：《论〈雷雨〉和〈日出〉》，《中国当代文学研究资料·曹禺研究专集》(上)，海峡文艺出版社1985年版，第573—574页。

为任何一个读者或观众都会实际地感受到它们之间的这样一个总体性的差别:在西方的同类作品中,资本主义的金钱势力是在无情冲击着传统封建道德的过程中迅猛发展起来的,资产阶级的伦理道德夹带着它的一切的复杂特征;它的优点和缺点,它的进步性和局限性,它的破坏性和建设性,它的兽性和人性,它的恶和善,一同浑然发展起来,这曾引起过西方现实主义作家的忧虑,但却没有令他们感到恐怖。老葛朗台(《欧也妮·葛朗台》)、拉斯蒂涅(《高老头》)、萨加尔(《金钱》)乃至于连(《红与黑》)、"俊友"(《俊友》)、渥沦斯基(《安娜·卡列尼娜》)这样一些人物,也与曹禺笔下的潘月亭、李石清、王福升等截然不同,曹禺笔下的资本主义的金钱势力是被直接植入中国传统封建伦理道德关系中的金钱势力,这种势力使传统封建关系发了酵,膨胀起来。曹禺在这样一个现实面前感到了恐怖,并且是真正的恐怖。

实际上,《日出》中的金八仅仅作为现实人物的金八才是全新的,而作为抽象的象征性力量的金八则是中国固有的。鲁迅曾经指出,中国大小丈夫们的最高理想便是"纯粹兽性方面的欲望的满足——威福,子女,玉帛"。在这种理想支配下,他们必然是"单有'我',单想'取彼',单要由我喝尽了一切空间时间的酒"。[①] 鲁迅便曾在这"无爱的人间"感到过真诚的恐怖,创作出了中国第一篇现代白话小说《狂人日记》。而到了曹禺这里,资本主义的物质文化涌进了中国都市,但它却更多地被传统的威福、子女、玉帛的理想接纳了下来,现代的掠夺方式与传统的封建理想相结合,撕下了传统社会伦理道德的温情脉脉的面纱;但里面的内容却发了酵,于是青年曹禺继鲁迅之后又重新感到了大恐怖。——我认为,这就是《日出》,这就是《日出》展现的那个现实世界的真实意义。

真正懂得了金八,我们才会真正懂得陈白露。

金八是纯粹物质欲望的象征,是"无爱的人间"的统治力量,而陈白露则是"爱"的象征,是"人类爱"的追求者。

我认为,迄今为止,我们并没有真正理解陈白露,我们往往是从方达生的立场上来理解陈白露的,而方达生恰恰并不理解她。

我们总说方达生的到来,唤醒了陈白露的良知,使她产生了从堕落中走出的新的力量。我认为这恰恰把问题弄颠倒了。方达生的到来并没有赋予陈白露任何新的思想力量,事实是陈白露一直期待着某种东西,方达生到来了,但直至最后,方达生使她感到失望,她平日的梦境破灭了,于是她再也无所期待,自杀了。

请看《日出》初版一开始曹禺写的关于陈白露的舞台提示:

> 陈白露走进来。她穿着极薄的晚礼服,颜色鲜艳刺激,多褶的裙裾和上面两条粉飘带,拖在地面如一层云彩。她发际插一朵红花,乌黑的头发烫成小姑娘似的鬈髻,垂在耳际。她的眼明媚动人,举动机警,一种嘲讽的笑总挂在嘴角。神色不时地露出倦怠和厌恶;这种生活的倦怠是她那种飘泊人特有的性质。她爱

① 鲁迅:《热风·"圣武"》。

生活，她也厌恶生活，生活对于她是一串习惯的桎梏，她不再想真实的感情的慰藉。这些年的飘泊教聪明了她，世上并没有她在女孩儿时代所幻梦的爱情。生活是铁一般的真实，有它自来的残忍！习惯，自己所习惯的种种生活的方式，是最狠心的桎梏，使你即使怎样羡慕着自由，怎样憧憬着在情爱里伟大的牺牲（如小说电影中时常夸张地来叙述的），也难以飞出自己的生活的狭之笼。因为她试验过，她曾经如一个未经世故的傻女孩子，带着如望万花筒那样的惊奇，和一个画儿似的男人飞出这笼；终于，像寓言中那习惯于金丝笼的鸟，已失掉在自由的树林里盘旋的能力和兴趣，又回到自己丑恶的生活圈子里。当然她并不甘心这样生活下去，她很骄傲，她生怕旁人刺痛她的自尊心。但她只有等待，等待着有一天幸运会来叩她的门，她能意外地得一笔财富，使她能独立地生活着。然而也许有一天她所等待的叩门声突然在深夜响了，她走去打开门，发现那来客，是那穿着黑衣服的，不做一声地走进来。她也会毫无留恋地和他同去，为着他知道生活中意外的幸福或快乐毕竟总是意外，而平庸，痛苦，死亡永不会放开人的。（着重号为引者所加）①

在这时，方达生来了，她内心是喜悦的，关于“霜”的那段对话使我们看到了她内心那泓春水般的明净、澄彻的心灵，这是一个还未被她所处的社会环境污染了的纯真心灵，相形之下，方达生心灵则是闭塞的、混浊的，他已没有童年的天真，没有青春的想象力。接着，陈白露悲哀地发现，方达生并不理解她，也并不真正地爱她，因为他并不知道爱情是什么。方达生是怀着居高临下的怜悯态度来向陈白露求婚的，说到底只是牧师救渡众生的那种恩赐的态度。严格说来，这不但不是心灵平等融合的那种真正的爱、真正的感情，而且在本质上也是自私的，是为了自身的道德心的平静。首先，方达生并不认为现在的陈白露是可爱的，反而认为她的行为是堕落的，他向她求婚并非因为爱这样一个陈白露，而是为了拯救她。他没有考虑到，在这样的一种结合中，他将陈白露置于了怎样一种卑怯的地位，而又把他自己怎样放在了施恩者的高度上。其次，方达生从来也没有试图真正理解陈白露，真正从同情陈白露的立场上思考她的处境、她的选择和她的心灵状况，他始终把自己当成完全道德的，用自己的标准衡量陈白露的行为，这是一种狭隘自私心理的表现。在这种情况下，他是不会真正理解陈白露、爱上陈白露的。即使在这时，方达生对陈白露的态度不是已经是十分武断的了吗？似乎陈白露的一切都已不必由陈白露个人安排，似乎陈白露只能无条件地服从他为她做出的选择，正像陈白露后来对他说的“你一进门就斜眼看着我，东不是，西不是的。你说我这个不对，那个不对。你说了我，骂了我，你简直是瞧不起我，你还要我立刻嫁给你。还要我二十四小时内答复你，哦，还要我立刻跟你走。你想一个女子就是顺从得该像一只羊，也不至于可怜到这步田地啊”。②

在这里，我们绝对不能站在方达生的立场上看待陈白露的道德和心灵。在方达生这

① 曹禺：《日出》，文化生活出版社 1936 年版，第 8—9 页。

② 曹禺：《日出》，文化生活出版社 1936 年版第 39 页。

样的人生旁观者看来，任何一个处在污浊环境中的人必然都是下贱的，不荣誉、不道德、不体面的，是精神堕落的表现，因而在他们的眼中，甚至连舞女、女电影明星、裸体模特儿、时装模特儿、女演员等等职业，就已说明了一个人的不道德、卑贱和堕落。正是这种观念，使方达生怀着拯救陈白露的目的前来向她求婚，也正是这种观念，使他在没有了解陈白露的内心感情之前、只看到她的生活方式和接交的人员便本能地表示了对她的蔑视和厌恶。但我们却必须理解陈白露人生选择的意义和她做出这种选择后的内心情感，然后我们才有权利对她的道德和行为做出判断。站在岸边的评论是冷酷的，因为它不想理解人的具体命运和生存条件。

陈白露的家里穷下来，她独立走到社会上来谋生。她曾和一个诗人结婚，至今她还爱着他，但他却抛下了她。在那样一个没有爱而只有物质欲望的干渴的社会上，她陷入了一个怪圈：没有经济的独立，她便没有自己的独立地位；而要取得自己的生存权利和独立地位，她便必须以那个社会环境可以购买的东西去换取金钱，她慨然地对方达生说，对于名誉的看法，他们两个人是不相同的："我没有故意害过人，我没有把人家吃的饭硬抢到自己的碗里，我同他们一样爱钱，想法子弄钱，但我弄来的钱是我牺牲过我最宝贵的东西换来的。我没有费过脑子骗过人，我没有用着方法抢过人，我的生活是别人甘心愿意来维持，因为我牺牲过我自己。我对男人尽过女子最可怜的义务，我享着女人应该享的权利！"①更重要的是，她始终厌恶着她赖以生存的这样一个社会环境，她希求着人与人之间的真挚的感情，她得不到别人的爱，但她对人却始终怀着真诚的并且是平等的爱。在小东西撞入她的屋子之后，她从未因担心自己的安全而心悸，她这时完全沉浸在了对别人的关心和爱护之中了。她不因关心别人而自豪，但却在爱人中感到喜悦，说明她对人的爱是从自我的心灵中发出的。《日出》发表的当时便有一个外国学者说："露露是一个美丽的完全的创造。"②我完全赞同他的观点。

方达生对她到底太重要了，她留下了他，希望他能够通过理解这个客观环境而理解她。但方达生最终也难以真正理解她，他关心的始终只是她的"道德"，而不是她这个"人"，她这个人的希望和追求，所以当他知道她不满这个环境，心里很痛苦而她还在爱着那个诗人之后，他便没有什么心事了，"我可以不必时常惦念你了"③。在这时候，陈白露的一切幻想都破灭了，"去吧！你们去吧！我知道我会被你们都忘记的。"④这是何等哀切的话啊！有的同志认为她向张乔治借钱没有借到是她自杀的一个重要原因，但我认为这是陈白露在绝望中向这个世界作的最后一个试探。张乔治是一直追求着她的，通过借钱最后证明了他也是没有实在的爱情的，他只是把她视作一个玩物。这样，她在这个世界上已

① 曹禺：《日出》，文化生活出版社 1936 年版第 32 页。

② 谢迪克：《一个异邦人的意见》，《中国当代文学研究资料·曹禺研究专集》(上)，海峡文艺出版社 1985 年版，第 4 页。

③ 曹禺：《日出》，文化生活出版社 1936 年版，第 271 页。

④ 曹禺：《日出》，文化生活出版社 1936 年版，第 272 页。

经没有了任何生存的必要，她始终没有在人间找到过自己的“家”，这只是她的“旅馆”，现在她离开了这个“旅馆”，回“老家”去了。

爱，感情，不能作为单方面的个体而存在，它需要不同个体间的呼应和交流。没有呼应和交流的单方面个体的爱只能成为“死火”（见鲁迅《野草》）。陈白露自杀了，她的死实际是爱之死，是感情的冷寂。

在陈白露自杀的时候，外面响起了打夯歌。在曹禺，是赋予了它以强烈的政治现实意义的。但我们却不能仅仅从现实政治意义来理解它，因为它在剧本中只是一种旋律，一种节奏，一种氛围。它没有告诉我们更多的现实内容，而主要诉诸于我们的想象，而这个想象，我们是从剧作的实际演出中被唤起的。再者，《日出》的整体描写都必须将现实的与象征的统一在一起来理解，落得太实便会扼杀这个剧本的生命。假若从完全现实的角度，剧中那些人物的个个毁灭，整体垮落是根本不可能的，因为即使是一个完全由兽性欲望组成的世界，它也会产生自组功能，潘月亭的破产将会有另一个准潘月亭的发迹而替补，黄省三的发疯将会有另一个黄省三代替他去当最低级的职员。陈白露死了，剩下的这个世界变得更统一了；“爱”毁灭了，物质欲望的权力更大了。仅就这个意义，《日出》中旧世界的灭亡由何而来呢？但我们不能这样理解它，我们只能说，物质欲望在没有爱的情感相生相济的情况下，将会毁灭每一个人的幸福，让每一个人都生活在恐怖之中，到那时，人们就会重新思考自己的存在，去寻找失去了的爱，去寻找逝去了的陈白露。由此可见，打夯歌与其被作为物质世界的存在，不如说是陈白露内心情绪的声响化，其中震荡着的是她至死未泯的憧憬和理想。这个世界不毁灭掉最后一点爱，是不会最终毁灭自己的；不毁灭陈白露，人们是不会感到陈白露的宝贵的，但既经毁灭，便有痛苦；既有痛苦，便有追求；既有追求，便有希望。“太阳升起来了，黑暗留在后面。但是太阳不是我们的，我们要睡了。”只有在这个意义上，陈白露的悲剧才是真正的悲剧；打夯歌所暗示出的希望才是真正的希望。

那么，打夯歌暗示着的理想世界是怎样一个世界呢？它实际便是陈白露憧憬着的那样一个世界，是与剧中现存的世界从性质上完全不同的一个世界，它是一个充满爱的世界。

曹禺在创作《日出》时。考虑最多的是结构问题，但我认为，它的最显著的缺点也恰恰发生在结构问题上。

在《日出》发表之后，谢迪克便曾说：“它主要的缺憾是结构的欠统一。第三幕本身是一段极美妙的写实，作者可以不必担心会为观众视为淫荡。但这幕仅是一个插曲，一个穿插，如果删掉，与全剧的一贯毫无损失裂痕。”①对于这个批评，曹禺当时表示了反对的意见。对于曹禺的反对，我们完全可以理解：一、为写这一幕曹禺花费了很大精力，付出了很多牺牲；二、从当时演出效果，这一幕最易引起观众的呼应；三、对其中描写的人物，曹禺怀着极深厚的感情；四、这一幕暗示了曹禺的政治倾向性，表现了他对最下层人民群众生活

---

① 谢迪克：《一个异邦人的意见》，《曹禺研究专集》（下），《中国当代文学研究资料·曹禺研究专集》，海峡文艺出版社 1985 年版，第 5 页。

疾苦的关心和同情，在言论不自由的当时，曹禺更感到用这种形式表现自我内心倾向的宝贵；五、当时便有人从维护所谓社会道德的角度反对演出这幕戏，从这个角度，曹禺完全有维护这幕戏的必要。但我认为，上述原因在现在已经不复存在，我们已有可能更冷静地思考一下第三幕在整个剧作中的作用了。我觉得，谢迪克的意见到现在看来仍然是正确的。

我们先从纯形式的角度看一下它给全剧造成的美学效果。第一、二、四幕的地点、场景和人物都是大致相同的，第三幕不论在地点、场景、情调上都与其它三幕有了较大的差异。可以说，这种组合是在诸种组合中最不美的两种形式之一。如果我们把观众、读者直感的顺序变成一种有形的图形，它实际有类于下图：

1.

它与下列一种结构形式的效果是相同的：

2.

这两种组合形式都使其中的一幕造成游离感，并且在整体上是一种不规则的、令人产生失重感和畸形感的形式。在四言诗中，有一二对应、三四对应形式，一四对应、二三对应的形式，四句排比的形式，第一句总领、二三四句并列的形式，一二三句并列、四句收束的形式，或四句递增、递减，皆不两两相同的形式，但只把第二或第三句孤立出来，就会造成全诗的不协调、不和谐，这与四幕剧之间的组合关系在本质上没有什么差别。我们不妨具体看一下它们的组合关系：

3.

4.

5.

6.
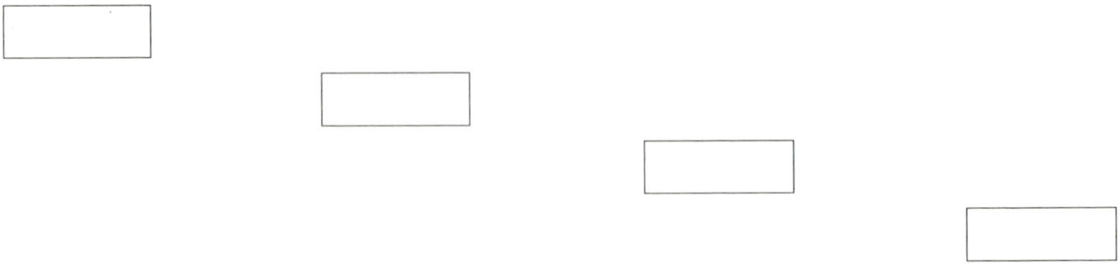

这些组合形式尽管各自的美学效果不同，但却都不给人产生不规则的、不协调的感觉。

具体到《日出》中来说，第三幕的插入直接破坏了我们上面所说的各幕之间的自然相续的特征，它使一二四原本自然流淌着的过程发生了两次断痕：二三幕之间与三四幕之间，这是断痕最多的一种插入方式。阿·尼柯尔说："在戏剧中，基本的整一性就是印象整一性。不言而喻，印象整一性是和古老的行动整一性紧密地联系在一起的，但是它的基本着重点却不是放在构思剧本时的创作过程中，而是放在整个剧本对一般观众的印象（即效果）上。"①曹禺创作《日出》时注重的便是剧本的整体印象，但必须指出，第三幕与第一二四幕给观众造成的整体印象是截然相反的。这里有反复响起的乞丐的数来宝，有小孩的哭声，有对小东西的殴打，有脏话粗话，这里的刺激是外部的，肉体的，物质的，精神的刺激通过外部的强刺激而发生，而在其它三幕里外部的刺激几乎淡到无有，所有的刺激都是内在的，它破坏了整个剧作的印象的整一性。

有的同志可能认为我在这里陷入了纯形式主义的分析，我的意图恰恰相反，我认为这里的问题恰恰发生在曹禺创作思想的不统一上，他将自己思想上两个不完全相同的热点机械地统一在一起了。他对第三幕所描写的对象印象是强烈的，但这个印象与一二四幕所关心的重心是不同的。第三幕写的是劳动群众和低层群众的生活命运问题，而一二四幕写的则是中国社会的思想命运问题，这两个问题在剧中的关系并没有得到统一，曹禺简单用"损不足以奉有余"连在一起，但在一二四幕中的"损不足以奉有余"是因为一个统一的思想原因，即彼此都没有情感追求，都没有人间爱。而第三幕突出的则是有爱而无幸福的关系。这又具体表现在陈白露与翠喜这两个人物的关系上。假若认为翠喜为家庭、为孩子而忍耐一切的人间是《日出》的人生理想，那么陈白露的悲剧意义便将极大地被削弱了；如果认为陈白露必须追求真正的人类爱，人们不能再用所有的遁词而承认这无爱的人间的合理性，那么作者理应看到翠喜那金子似的心里是包含着他极难忍受的东西的。《日出》结构上的不统一，恰恰反映着曹禺当时人生观念上的不统一。

1988 年 11 月 5 日于北京师范大学中文系

（载《北京师范大学学报〈增刊〉》（学术之声 6））1989 年）

① 阿·尼柯尔：《西欧戏剧理论》，中国戏剧出版社 1985 年版，第 63 页。

《日出》题辞考析

高 杰

一

《日出》是曹禺创作的第二个剧本，最初由巴金等主编的《文季月刊》连载，后由文化生活出版社出版。在解放前的版本中，剧本前面赘附着八段引文作为本书的题辞。第一段引自老子《道德经》，后七段均见《新旧约全书》。据曹禺自己说："那引文编排的次序都很费些思虑，不容颠倒。偏爱的读者如肯多读两遍，略略体会里面的含义，也许可以发现多少欲说不能的话藏蓄在那几段引文里。"[①]这段话明显地表白了两个意思：一是引文的次序不容颠倒；二是里面藏蓄着作者用心极深的含义。那么，究竟为什么引文的次序不容颠倒？里面欲说不能的含义又是什么呢？对于后一个问题，曹禺自己曾有所披露，不过，那只是画龙点睛式的提示，至于前一个问题几乎无人问津。所以这些问题直到现在还是作为问题存在着，其真相未能大白于世。我认为对于上述问题的考证辨析，不仅有利于加深我们对《日出》的进一步理解，而且对了解曹禺的全人也有一定的历史意义和现实意义，甚而或许可以在曹禺研究中开辟出新的"天地"来。鉴于此，本文试着作一些探讨。

二

下面我们先将引文的原义和曹禺引用引文的本意作些对比。

第一段：

> "天之道其犹张弓舆！高者抑之，下者举之；有余者损之，不足者补之。天之道损有余而补不足；人之道则不然，损不足以奉有余"。

这段引文的下面，原文中还有两句话："孰能以有余奉天下，惟有道者。是以圣人为而不恃，功而不居，其不欲见贤邪"。[②] 通观《道德经》全篇，其章法结构往往是先比兴，后用"是以"结论，这段当不例外，先将"天道"和"人道"对比，后赞美能得天道之圣人，重心在后面。如果说老子有教化的意图，应该说这是正面启迪。曹禺引用这段文字，删去后面的内容，仅将"天道"和"人道"对比，把重心移在"人道"不公的揭示上。老子赞美圣人，对"天道"和"人道"规律的揭示显示出一种超然世外的神态。曹禺渴望公正的"天道"，然而又身处人

① 《日出·跋》，文化生活出版社 1948 年版。

② 《诸子百书·道德真经》第 63 章。

世之中，其愤慨情绪不言自明。

第二段：

> “上帝就任凭他们存邪僻之心，行那些不合理的事。装满了各样不义，邪恶，贪婪，恶毒。满心是嫉妒，凶杀，争竞，诡诈，毒恨。……行这样事的人是当死的，然而他们不但自己去行，还喜欢别人去行。”

从新版《新旧约全书》看，这段话出自《新约全书·罗马书》第一章，《日出》题辞中曹禺记的是《新约·罗马书》第二章，但内容却完全一样。本文着重对引文意义和作用的考辩，所以引文出处的差异是无关紧要的。题辞选的是这章里的一段，并在这一段里还作了删节。《新约全书》中这一章的原意是这样的：耶稣基督的仆人保罗奉召为使徒，被派去罗马传上帝的福音，要人们用心灵去信奉上帝，只有信奉上帝才能得救、得生。然而他却看到外邦人（即非以色列人）虽也信上帝，但他们却将上帝作为偶象（像）来崇拜，仍然干着各种不义的事情。按照基督教的观点，人和上帝的联系是用灵性勾通起来的，信奉上帝就不去作恶，作恶的人，上帝也不收他们为信徒，任凭他们放纵情欲，作恶多端，然后用真理、律法给以审判，判他们当死！原文的中心是上帝的真理、法律不容人们作恶，作恶必受审判。然而曹禺引用这段文字却删去了保罗的使命和上帝的惩罚，集中突现了人们作恶的种种现象。当然他也引了“行这样事的人是当死的”一句，但这一句一方面表现了他愤激的心情，另一方面主要是为了行文上的必要。如删去这一句，语法就显得不很通畅了。

第三段：

> “……我的肺腑啊，我的肺腑啊，我心疼痛，我心在我里面烦燥（躁）不安，我不能静默不言。因为我已经听见角声和打仗的喊声。毁坏的信息连络不绝。因为全地荒废。我观看地，不料地是空虚混沌；我观天，天也无光；我观看大山，不料，尽都震动，小山也都摇来摇去；我观看，不料，无人；空中的飞鸟也都躲避。我观看，不料，肥田变成荒地。一切城邑……都被拆毁。”

这段话在新版《圣经》中的出处与题辞所标出处，又有点小出入。题辞标的是《旧约·耶利米书》第五章，现行版本的出处是《新旧约全书·耶利米书》第四章。这究竟是作者的失误，还是新旧版本的差异？我觉得没必要去纠缠这些，因为话句完全一样。要考辩的倒是曹禺为什么在这一章里要选录这一节。整篇《耶利米书》叙述的是耶利米奉召投胎，被耶和华派作列国的先知，一方面传达耶和华的神谕，一方面预言不听劝诫者将来必受的惩罚和必遭的灾难。第四章分两部分：前一部分耶和华藉着先知劝诫犹大悔罪归诚，诚罪向善；后一部分写了耶和华所预见的犹大的灾难。曹禺的题辞主要挑选了后一部分的中心内容，即他预感到人世社会必将遭受天翻地覆的大灾大难。这段中省略号指示的地方，删去了几句。

第四段：

> “……弟兄们……凡有弟兄不按规矩而行，不遵守从我们所受的教训，就当远离他。……我们在你们中间未尝不按规矩而行，未尝白吃人的饭。倒是辛苦劳碌，昼夜作工。……我们在你们那里的时候，曾吩咐你们说，若有人不肯工作，

就不可吃饭。”

这段话引自《新约全书·帖撒罗尼迦后书》。《帖撒罗尼迦书》分前后书两部分，都是保罗在帖撒罗尼迦传道后不久，给该城教会的信。据英国人罗伯逊考证，前书是保罗的真手迹，后书则属后人伪造。[①] 不管真伪，后来的信徒们把它们都作为典籍对待，曹禺大概也未考究其真伪，至少我们在曹禺的言论文章中没有看到这方面的文字。总的来说《帖撒罗尼迦书》前后两部分的中心意思是神子耶稣基督在最近的将来，将从天上降临，让信他的死者复活，连同活者也都提到云里的一个极好世界去。在那个时日到来之前，人们必须纯洁、稳重、勤勉、守法。要主的道快快开行。并具体指示人们不作工的不可吃饭，行善不可丧志。曹禺在引用原文时，只选取了“不作工的不可吃饭”这一节。可以看出，他强调的是人们都要作工，以都作工为规矩。这一方面体现了曹禺作为一个正直的知识分子的公道感，另一方面也表明了他由于初步涉略马列主义所形成的劳动者光荣，劳者得、不劳者不得的浅显观念。

第五段：

“……弟兄们，我……劝你们都说一样的话，你们中间也不可分党。是要一心一意，彼此相合……”

这段话引自《新约全书·哥林多前书》第一章。从这章的内容看，似乎当时信教的人有分派的迹向（象），因而也有架空耶稣的势头。保罗向他们说明各地传教的人都是藉着主耶稣的名，所以不能说“属保罗”、“属亚波罗”、“属矶法”等，而应该说“我们都是属基督的”。[②] 上面的引文是保罗论述这种关系时说的。曹禺引用这段话目的在于启示人们不应当互相争竞、嫉妒，谋杀，而应当互相理解、勾通、一心一意，团结起来。

第六、七段：

“……我是世界的光，跟从我的，就不在黑暗里走，必要得着生命的光……”

“……复活在我，生命也在我，信我的人虽然死，也必复活……”

这两段同引自《新约全书·约翰福音》，前者在第八章，后者在第十一章。整篇《约翰福音》实际上是一首长篇基督赞美诗：开头象征性地抒写了基督的价值，他是“道”的化身，是照耀黑暗世界的光明；接着抒写了他所行的种种奇迹，并叙述了他因“以自己为上帝的儿子”、“犹太人的王”，不合“律法”而被钉死在十字架上；最后说明了他三日后的复活。弄清楚这两段引文原义的关键是理解“光”和“生命”这两个概念。关于“光”，《约翰福音》中说：“那光是真的光，照亮一切生在世上的人。他在世界，世界也是藉着他造的，世界却不认识他。……律法本是藉着摩西传的，恩典和真理，都是由耶稣基督来的。从来没有人看见上帝。只有在父的怀里的独生子将他表明出来。”[③]从中可看出，所谓“光”，就是上帝赋予圣

① 罗伯逊：《基督教的起源》138页，三联书店1984年版。

② 《新约全书·哥林多前书》第1章。本文所引《新旧约全书》中文字，均出自中国基督教协会，中国基督教三自爱国运动委员会1985年印，上帝版。

③ 《新约全书·约翰福音》第11章。

子的生命和圣子所显示的上帝的恩典和真理。关于“生命”，并不是人们一般意义上所说的生命，而是“属灵”的生命。“耶稣说，我实实在在告诉你，人若不是从水和圣灵生的，就不能进上帝的国。从肉身生的，就是肉身，从灵生的就是灵。我说，你们必须重生，你不要以为希奇。风随着意思吹，你听见风的响声，却不晓得从那里来，往那里去。凡从圣灵生的，也是如此。”[①]这里说的有些玄乎，实际上是说人只要信仰基督，“复活”、“重生”是自然的，也是必然的。那时人的生命就不是肉体的生命，而是属灵的生命，因为是从圣灵生的，所以会得到永生。曹禺用这两段话作引文，自然也有他的象征意义。据我的理解，他心目中的“光”，其具体含义指的应该是“劳动作工”和“团结”。在曹禺看来，只要“团结”、“劳动”，不要过寄生生活，就不至于“死”，反而过寄生生活，即使你活着，也意谓着“死”。总之，只有劳动、团结，才能使这腐烂的世界复活。

第八段：

“我又看见一片新天地，因为先前的天地已经过去了！”

这一段引自《新约全书·启示录》第二十一章。其原义是预示耶稣基督的福音普降世界之时，黑暗的天地就成了过去，人们秉承上帝的公义，人人相爱，那是一片新天地。曹禺引文的本意也基本和这一样，即人们通过团结劳作，必将埋葬过去的黑暗天地，创造出一个新天地来。

三

将引文的原义和作者的本意相对照，可以明显地看出曹禺进行了很大的改造，或者说作了再创造。这主要表现在下面两个方面：

其一，通过选择、删削割裂原文的整体意思，灌注自己的思想感情，包括认识、态度、情感、愿望等。《日出》是曹禺刚步入社会不久创作的。步入社会之前，曹禺就深切地体验和目睹过旧中国家庭的窒闷空气和腐烂景象。他同情周萍、蘩漪这些在大家庭里找不到出路的人，更为四凤、鲁妈、周冲在这个社会上的遭遇而感奋、不平。或许《雷雨》的创作能使他在那种环境中的感奋、不平心理缓解一下，然而大学毕业后，在“光怪陆离的社会上”流荡了几年，“许多梦魇一般的可怖的人事”使他“至死不会忘却，他们化成多少严重的问题，死命地突击着”他，[②]促成了他原来单一的思维慢慢趋于复杂化、多层次化。

这首先表现在对整个社会的不公平的认识上。对社会不公平的认识既是作者创作《日出》时的基本观念，也是《日出》所要表现的中心思想，正象(像)曹禺自己说的：“《日出》希望献于观众的，应是一个鲜血滴滴的印象，深深刻在人心里也应该为这‘损不足以奉有余’的社会形态。”[③]第一段题辞其所以选择老子原文中作比的成份，突出表现人道不公的思想，用意就在于以此来统领全文的所有材料，表达他对社会的总体认识。不过，文学作

① 《新约全书·约翰福音》第3章。
② 曹禺：《日出·跋》，文化生活出版社1948年版。
③ 曹禺：《日出·跋》，文化生活出版社1948年版。

品绝不能等同思想观念，它要用形象——具体的、活生生的生活形象来反映、揭示主题思想。曹禺在社会上流荡的那几年，主要接触的是都市生活。中国三十年代的都市，受外国资产阶级生活方式的冲击、侵蚀，人们基本上抛弃了传统的伦理道德和价值观念。为了在生活中争一席地位，不少人都肆无忌惮，甚至专心一意地用不合公义的手段去谋生。这样，“不义，邪恶，贪婪，恶毒”、“嫉妒，凶杀，争竞，诡诈，毒恨”、大鱼吃小鱼等等丑恶行径，不分昼夜，充斥于人际市场。曹禺最强烈地感受到体现人道不公平的生活现象正是这些，至于体现传统价值标准的生活，早已成了隔世之音，直接违背传统价值标准的行为似乎还不值得提，够不上都市的真正不公。所以在第二段引文中作者作了些删节，(即题辞中间用省略号代替的)删去的正是述说直接违背传统价值标准的行为：“谗毁的，背后说人的，怨恨上帝的，侮慢人的，狂傲的，自夸的，捏造恶事的，违背父母的，无知的，背约的，无亲情的，不怜悯人的。”[①]第二段实际上是第一段题辞的补充说明，它揭示的是人道不公的具体事相。第一段、第二段表达了一个共同的思想：即中国的社会形态，是以损不足来奉有余的。

其次表现在对这种不公平的社会的愤懑、绝望、甘于同归于尽的情绪上。曹禺是一个很富于生活热情的人，也是一个很“执拗”的人。面对“一件一件不公平的血腥的事实”，他那愤怒的心，很难按捺得住，然而又无可奈何，于是，那种神经质的正义感便凝聚为极端愤懑、绝望的情绪。他深深地体验到：“窗外昏黑的天空，四周漆黑的世界，一切都似乎埋进了坟墓，没有一丝动静”。[②] 过度的压抑，实际上是猛烈爆炸的导火索，他冥思苦想，读好多好多的书，想寻找一条引人们走向光明的路，同时也能排解自己被压抑的愤懑绝望情绪，但他发现这路早有人指出，那些在腐烂世界过惯了寄生生活的人们“偏若充耳无闻，不肯听旷野里那伟大凄厉的唤声”。[③] 他的情绪爆炸了，犹如平地轰起一声巨雷，喊出了那使人惊心动魄的誓言：“时日曷丧，予及汝偕亡”。[④] 此时，他的心情正像先知耶利米奉召向犹大罪民传达耶和华上帝的神谕一样：一方面是痛切的，“我心疼痛……”；一方面又是狠毒的，愿意同归于尽。他说：“我恶毒地诅咒四周的不公平，除了去掉这群腐烂的人们，我看不出眼前有多少光明。诚如《旧约》那热情的耶利米所呼号的，‘我观看地，地是空虚混浊；我观看天，天也无光。’我感觉到大地震来临前那种‘烦燥不安’，我眼看着要地崩山惊，‘肥田变为荒地，城邑要被拆毁，’在这种心情下，‘我已经听见角声和打仗的喊声’。我要写一点东西，渲泄这一腔愤懑，我要喊‘你们的末日到了！’对这帮荒淫无耻，丢弃了太阳的人们”。[⑤] 由此看，《旧约》中耶利米对犹大不听劝诫者的预言，正好表达了曹禺当时对生活在都市中的人们的情感态度。

---

① 《新约全书·约翰福音》第11章。
② 曹禺《日出·跋》，文化生活出版社1948年版。
③ 曹禺《日出·跋》，文化生活出版社1948年版。
④ 见《商书·汤誓》，转引自曹禺《日出·跋》，文化生活出版社1948年版。
⑤ 曹禺《日出·跋》，文化生活出版社1948年版。

再次表现在对变革社会的设想上，这实际上就是曹禺“欲说不能的话”的含义。可以说，曹禺当时对变革社会的总体认识并不很精当。青少年时期，曹禺读的书很多，据他自己说，他读过宗教方面的书，读过马克思的书，还读过西方资产阶级具有民主思想倾向的书。① 但他“欲说不能的话”的具体含义包括两方面的内容：一是马克思主义的“团结”、“劳动”思想；一是基督教的公平意识。曹禺说：“那时，我已懂得劳动是光荣的，劳动者是伟大的，受了左派的影响，也受了点马克思主义的影响，就说，不劳动者不得食，‘若有人不肯工作，就不可吃饭’。接着，我呼唤团结，还说‘我’就是世界的‘光’，跟着‘我’就是光明，跟着‘我’就能得救。”②同时，曹禺当时还深深地感受着社会的不公，贫富的不公，人与人之间的不公。而最能体现这些不公的事实便是不劳动者过着寄生的糜烂生活，劳动者却受着不劳动者的剥削、欺压，处于社会的最底层。这样，曹禺理解的马克思主义关于劳动者得食、不劳动者不得食的思想，无形中与基督教的公义、公平意识结合起来了。这里，应该指出的是马克思主义也讲公平，但马克思主义的平等观念是建立在阶级分析的基础上的；而曹禺当时的阶级观念并不很明确，他首先是从基督教的教义中获得“公义”的概念（《新旧约全书》中谈到这个问题时不用“平等”一词，而用的是“公平”、“公义”等词语，曹禺习惯上也常用“公平”，“公义”等词语，而一般不用“平等”一词。），然后站在人类普遍要求公平的人道立场上，表现自己的公平意识的。所以说他的公平意识更接近于基督教的公平思想。不过，我们也可以这样说，曹禺在这里将马克思主义关于“劳动”、“团结”的思想内核与基督教关于“公平”、“劳作”的概念外壳巧妙地融合起来了，这也正达到了他蒙混代表三十年代国民党文化专制的“夜猫子眼”的主观愿望。在剧本中具体体现这一思想的是对砸夯工人生活的抒写和赞美。这些抒写和赞美，实际上不仅暗示了曹禺对变革社会的设想，而且还表现了曹禺对变革后的新社会的渴望。

其二，通过对题辞先后顺序的精心安排，暗示他较为系统的社会政治思想。曹禺在讲到《日出》题辞的次序不容颠倒时还说：“我讲过《日出》没有写全，确实需要许多展开。我若有一支萧伯纳的锋芒的笔，我该写一篇长序，痛快淋漓地发挥一次，或者在戏里卖弄自己独到的见地，……但我为人向来暗涩，又不大会议论，而最奇怪的，这块‘自由土’又仿佛是不准人有舌头的，……惟一的补救方案就是我在《日出》前面赘附着的八段引文。”③这无疑在说明，那八段引文暗示了他“独到的见地”，我以为这独到的见地就是指“不容颠倒的次序”的逻辑结构，所包含的作者当时的社会政治思想。其所以不能在剧本中表现，原因有二：一是篇幅所限；二是当时中国这块“自由土”“不准人有舌头”。那么，引文次序的内在逻辑结构暗示的是怎样一种社会政治思想呢？

① 参见曹禺与田本相同志的谈话：《我的思想与创作道路》，原载《戏剧论丛》1981 年第 2 期，后收入曹禺《论戏剧》，四川人民出版社版。

② 见曹禺与田本相同志的谈话：《我的思想与创作道路》，原载《戏剧论丛》1981 年第 2 期，后收入曹禺《论戏剧》，四川人民出版社版。

③ 曹禺：《日出·跋》，文化生活出版社 1948 年版。

曹禺写作《雷雨》的动机是“一种复杂而又原始的情绪”，这种情绪包括宣泄一种被压抑的情感的需要，也蕴含着“对宇宙间许多神秘的事物不可言喻的憧憬”。[①] 当时他并没有明确地要针贬（砭）社会的目的，只是写到后来才隐约感觉到他在“毁谤着中国的家庭和社会”。[②] 但是时隔两年，当他写作《日出》的时候，他便明确地意识到这个“损不足以奉有余”的社会已经腐烂到不能自拔的地步。因此，他不仅大声地疾呼要埋葬这个社会，愿与这个社会同归于尽，而且还强烈地要求一线光明，要创造一个伟大的未来。另外，他还意识到一种新生的力量，即承担埋葬这个社会、创造伟大未来这一历史使命的劳动者。他后来追述当时安排题辞的用意时说：“全部引语放在前面，是想起到代替‘序’的作用，……我的一个总的想法，就是对那个社会非起来造反，非把它推倒不可，一切都要重新重来”，这要有人，“这批人就是劳动者。”[③]

根据前面的分析看，引文的内在逻辑结构所暗示的社会政治思想，应该包括五个有机组成部分。第一，对当时社会的总体认识，即“损不足以奉有余”的社会形态。引文第一段是整体概括，第二段是具体说明。第二，对当时社会发展的必然趋势的揭示，即它的发展必然要引起造反和革命，促使它趋于灭亡。引文第三段就是暗示这层意思的。第三，点明推翻旧社会，创造伟大未来的力量所在和方式方法，力量是劳动者，方式方法是团结劳作。这包括引文的第三段和第四段。第四，借用基督教“因信取义”，必将复活再生的信条，象征性地召示人们建立对团结劳作的真诚信仰，去创造一个伟大的未来，这包括第六、第七两段引文。第五，引文的最后一段设想出一个更新后的社会，表达了作者对创造伟大的未来的热切渴望和坚定信念。

这样看来，引文次序的精心安排，的确体现出一种内在的逻辑联系，一层紧承一层，层层相因，表达了作者较为完整、系统的（是否科学暂且不论）社会政治思想，最终弥补了他在剧本中不说不行，而又欲说不能的缺憾。

四

尽管曹禺说它的引文题辞只想起到“序”的作用，但实际上已经超出了序的范围。按照一般情况来看，序与作品从内容上讲是有一定联系的，但从作品的本体构成上讲，它不应该是作品的有机组成部分，从上面的分析看，《日出》的这几段引文以其含蓄象征的方式，与作品中明暗两条结构线索互相映照，不仅概括了作品的主题思想，而且直接渗透到了作品的内容和结构中，成了作品的有机组成部分，从而使得《日出》被构置在一个广阔的社会背景和历史发展势态中，以有限的篇幅展示了宏大的社会生活容量；在艺术上也实现了言有尽而意无穷的审美价值。

---

① 曹禺：《〈雷雨〉序》文化生活出版社 1948 年版。

② 曹禺：《〈雷雨〉序》文化生活出版社 1948 年版。

③ 参见曹禺与田本相同志的谈话：《我的思想与创作道路》，原载《戏剧论丛》1981 年第 2 期，后收入曹禺《论戏剧》，四川人民出版社版。

另外，我们从引文与剧本互相辉映的整体结构中，隐隐约约可以看出作者与宗教的暧昧关系，这里仅用“外壳”等概念来概括其本来面貌，似乎不足以说明全部问题。也许是作者整个创作过程中思想方法与思维方式方面的问题，限于篇幅，这里就不多赘述，笔者另有专文探讨。

但是，我们不能不指出，引文题辞所暗示的作者的社会政治思想是有其局限性的。曹禺是一个有政治热情，而没有政治理论思维耐力的作家，他的作品往往情感浓烈充沛，但理论思维却显得有些浅薄而不明确。这对于一个纯粹的艺术家来说并不是一件坏事，但对曹禺来说却引来了说不完的话题。中国的三十年代是一个政治斗争界限极端分明的时代，敌我斗争形势发展到几乎没有中间立场可寻的地步。时代不允许艺术家们躲进象牙之塔，曹禺也不甘于去过隐居的文士生活。这样，人的政治热情驱使下的行为，就成了一个极为敏感的问题。客观地说，曹禺当时是一个处于敌对双方之间的“中间物”，他既不满于在反动统治驾下苟安生活，又对马克思主义无产阶级革命没有明确认识，这样他那充沛的政治热情就显得有些无所适从。好在他对黑暗社会的基本态度与无产阶级有暗中吻合的趋向，但在斗争方式，建立新社会的目标上却与无产阶级不能同日而语，他是本着小资产阶级知识分子的正义感来构筑自己的政治天堂的，况且他的政治天堂始终被飘忽不定的情感所笼罩、左右，不能落在坚厚的土地上，他充其量只能作一个幼稚的政治家，因而，他的社会政治思想的局限性也就不言自明了。这也便是他的作品其所以在当时及后来相当一段时间内引来许多话题的根本原因。

无疑，他那充沛浓烈的情感促成了他的艺术天才，但理论思维的不足又浪费了他的政治热情。人往往是在一种两难困境中摸索前进的，对复杂如曹禺者的作家们用划一的尺度去衡量、评价，那将会把时间和精力全部葬送到无聊的争执之中。

（原载《延安大学学报》1989 年第 4 期）

灵魂的毁灭与再生——《日出》新论

宋剑华

在艺术作品里表现得最晶莹透彻的，生命的创作层面，远超越一切以理性来理解它的努力。

——C·荣格:《现代灵魂的自我拯救》

一、在绝对现实物象的背后

《雷雨》的问世，使曹禺获得了艺术上的巨大成功。但是，尽管社会上的赞誉之声四起，他本人却对这部作品渐渐产生了一种厌倦的情绪："我很讨厌它的结构，我觉出有些'太像戏'了。技巧上，我用的过分。"所以在创作《日出》的时候，他试图打破情节结构上的高度巧合，换一种表现方式，"想平铺直叙地写点东西"，"用多少人生的零碎来阐明一个观念。"[①]这样一来，我们有不少批评家便欢呼雀跃地断言：曹禺终于走出了象征表现主义的迷谷，开始踏上革命现实主义的创作道路。他们只注意到了《日出》的层面意义，并没有真正深入下去，从作品的情感表达方式中感悟到作家思想状态的征候。实事求是地讲，《日出》原则上摆脱了《雷雨》神奇的血缘命运色彩和浓郁的象征表现氛围，使作品的基本格调比较自然地贴近了社会现实生活——无论是题材的选取、环境的布局、情节的设计以及人物性格的充分展开，都更加通俗化与平民化了。读者或观众很容易通过剧本的本文或舞台的表演，直接观照社会生活的某一侧面，并产生相应的情绪反应和心理共鸣。然而，我认为这种相对于《雷雨》而言的所谓绝对现实化了的物象体系，并非标志着曹禺创作方法的根本转向，以及他完全丢弃了宗教伦理道德意识的批判武器，自觉地获得了无产阶级的整体意识。因为艺术欣赏的本身并不是对艺术对象层面意义的直观扫瞄(描)或静态分解，而是对艺术对象生命价值的内在体验。倘若我们以主动参与的积极态度去介入本文或舞台动作，去追求情感的真实效果，那么我们的思维势必会超越艺术对象的本身(亦即艺术符号的本体意义)而在一个更高远的境界和更宽泛的领域中，获取同作者一样的生命体验或审美快感。由此而言，我们对《日出》所提供的各种现实物象不厌其烦地进行对比分析以及将其直接与现实生活的各种表象互相印证，似乎已经变得并不重要了，重要的是我们的视线透过这些现实物象究竟从中领会感悟到了什么。这里需要申明一下，我并不

① 曹禺:《日出·跋》，中国戏剧出版社1957年版。

否认《日出》对“上流社会的堕落”与“下层社会的不幸”这一阶级对立、阶级矛盾关系真实的高度概括。但是，当作者将这些关系作为宇宙的主体——即“人”的异化与自我分裂时，问题也就变得复杂多了。我总觉得，对于《日出》的主题，单凭抽象的理性思维是很难具体把握的，其中蕴含着极为丰富的感性东西，也就是对于人的生命价值与意义的积极探索和暗示，几乎经常被人们所忽视。这里涉及到《日出》所要阐明的“观念”到底是指什么，对于它理解正确与否，决定着我们进入曹禺内心世界的广度与深度。

本来，《日出》提供的艺术符号是再清晰不过了，层面的意义我们凭直观便能理出这样的逻辑程序：上流社会（具体化为高等旅馆里面的有钱人）与下层社会（具体化为三等妓院中的“渣滓”及各种不幸的小人物）之间的贫富对立，拜金主义对人格的肆意歪曲，夯歌所表现出的平民主义思想，以及黎明日出所寓含着的作者对光明的渴望。然而，曹禺似乎早有先见之明地看到了理论界对它主观意向的曲解，反复告诫人们说，若要真正读懂或看懂《日出》，首先应该特别留意体会他在这部作品扉页上所引用的一段老子的《道德经》和七段《圣经》原文：“那引文编排的次序很费些思虑，不容颠倒。偏爱的读者如肯多读两遍，略略体会里面的含义，也许可以发现多少欲说不能的话藏蓄在那几段引文里。”[①]的确，这八段引文潜藏着巨大的主观暗示（即作者对社会人生的主观见解）。据我个人的理解，八段引文的本身具有逻辑严密的四层含义：一、作者以《道德经》中“天之道损有余而补不足；人之道则不然，损不足以奉有余”的辩证论述，向人们表明《日出》的主旨是要揭示人类原本符合自然秩序的失衡与紊乱；二、作者以《新约・罗马书》、《旧约・耶利米书》中的咒语，来说明人类自然秩序的失衡与紊乱的原因，是由邪恶、贪婪、诡诈、掠夺等不义行为所造成的，整个世界已被人类自身的罪恶推向了崩溃毁灭的边缘；三、作者以《新约・帖撒罗尼迦后书》、《新约・哥林多前书》中的忏语，向全社会阐明了世界的安宁与人类关系的和谐，有待于人类对劳动所表现出的高度自觉和劳动成果的公平分配；四、作者以《新约・约翰福音》《新约・启示录》中的警言，反复强调只有彻底摆脱对金钱与物质永无休止的贪婪欲望，人类才能走出黑暗的歧途，获得生命的真实意义与灵魂的再生。如果我们把引文的四层含义与《日出》的创作实践联系起来加以考察，那么曹禺所要“阐明一个观念”的真实内含，实际上也就超越了以往评论界的思维模式，从基督教人道主义的高度向读者或观众发出了劝世行善的忠告：人类必须克制无限膨胀的欲望，这种克制的目的就在于约束自身的狭隘利益，广泛扩延平等博爱的普遍性质。用《圣经》上的话来说：“人若赚得全世界，赔上自己的生命，有什么益处呢？他还能拿什么换回生命呢？”（《新约・马太福音》）从这里，我们再一次强烈地感受到基督教人文意识对曹剧的深刻影响。

长期以来，许多曹禺研究者总是有意无意地回避了曹禺受基督教文明影响这一客观事实，其实是把八段引文的整体含义只概括为“损不足以奉有余”一句话，对于前一点，曹禺在许多文章及答复笔者的信中都作过明确的表示；对于后一点，曹禺本人也是持否定态

① 曹禺：《日出・跋》，中国戏剧出版社1957年版。

度的。他指出:"《日出》引的老子那段话只是借用来概括主题,但不是全部概括,因为后边还引了一大堆《圣经》上的话,全部引语放在前面,是想起代替序的作用,那时我不想写序。"①仅就这一段颇为含蓄的陈述而言,曹禺的主观意图,在于引导读书或观念超越对《日出》现实物象体系的认识,把视野伸展到这些物色背后深邃高远的世界,去体验生存的价值与生命的意义,个体与整体的内在协调关系。总而言之就是一句话:人类必须在伦理道德的天秤上,寻求人格的自我完善。毫无疑问,这种基督教共产主义色彩颇浓的道德理念,在黑暗邪恶的现实面前显得有些苍白无力;然而它一旦经过作者的艺术实践使其凝聚成一种艺术审美的理想,它就会产生超越现实超越时空的更普遍更广泛的社会意义。《日出》即是如此。

二、夜色笼罩下的现世罪恶

与《雷雨》的"原罪"思想遥相呼应,《日出》所要表达的主要概念则是对现世罪恶的无情否定。

基督教教义对于现世罪恶的诅咒,要远甚于对"原罪"的诅咒。因为在这一宗教创始人的眼中看来,"原罪"是与生俱来的,谁也无法回避;而"现世罪恶"却是"原罪"因子的恶性发展,它是人类不求反省忏悔进而在罪恶深渊中继续滑落的必然结果。所以,几乎所有的《圣经》经典(包括《旧约》《新约》《圣经后典》等)都把现世罪恶的承担者,放在最黑暗的地狱里面,让死亡的气息与罪恶的灵魂交织在一起,接受光明与正义的审判。诚如《圣经后典》所强调指出的那样:"在光天化日之下,世上的其他人,正在安居乐业,无忧无虑。唯有这些人,笼罩在沉沉的夜幕里,预先尝试着死亡的黑暗,死亡正在等待着他们。"(《所罗门智训》)细心的读者倘若稍加留意的话,便会发现这样一个事实:《日出》的基本色调是黑暗与死亡,全部的罪恶与悲剧都是在夜幕的掩盖下所发生的,黎明与日出只不过是一种理想的象征。在第一幕中陈白露曾说过这样一句不容忽视的台词,"真奇怪,他们盖房子(指大丰银行新盖的大楼,引者)就得了,偏要半夜到这个地方来谈。"对于陈白露来说,这句话只不过是一种不满情绪的发泄,没有什么非常特别之处;然而,对于作者而言,却蕴藉着一种主观意念的强烈暗示,即为《日出》"黑暗——邪恶——毁灭——光明"的主题展开,预先设计了巧妙的伏笔。我们决不应该将其看作是与《圣经》教义的偶然契合,实际上,当作者在熟读《圣经》并赞美那些圣贤先哲的自我献身精神时,自己的灵魂早已同他们的信念化为了一体,勇敢地承担起拯救人类的崇高职责。

《日出》对现世罪恶的否定与批判,主要表现在以下三个方面:

首先,是金钱与物质的欲望对人性的肆意歪曲。三十年代初期,由于西方资本主义经济的不断侵入,表面繁荣的中国都市社会,到处都充溢着铜臭气味。作为世界的主宰,人正逐渐地失去其主体价值并沦为商品的奴隶,被拜金主义的狂潮裹挟着卷入了消费的流

① 曹禺:《日出·跋》,中国戏剧出版社1957年版。

通过程。这样一来，社会上日益凸现出来的贫富悬殊的矛盾，直接导致了阶级对立的强烈情绪，因而引起了人们的普遍关注与忧虑。《日出》正是以高度浓缩的艺术画面，生动地再现了这一历史的真实。从作品文本所提供场面来分析，出入高等旅馆的各种人物，都是靠残忍掠夺手段发家致富的“上层人物”，或正在靠奉承巴结出卖肉体乃至出卖人格试图挤入“上层人物”圈的一些可怜虫（应该说明的是，方达生、小东西及黄省三被作者安排在高等旅馆中亮相，主要是剧情设计的需要，同时也是偶然的涉足，故不应将他们计算在内）。金八、潘月亭、顾八奶奶、张乔治聚财的方式，是依凭权势与地位对全社会进行大规模的掠夺；陈白露、李石清、王福升之类的聚财方式，则是依附在吸血者的身上进行利益的分成。虽然他们的手段不同，但对金钱与物质的欲望却表现出惊人的一致——强烈的拜金主义念头使他们丧失了清醒的理智，什么伦理道德尊严荣誉统统贬值失去了往昔的魅力。在这些人的思维程序中，金钱无疑是统摄整个世界最神圣的权威，陈白露、翠喜的肉体与李石清、王福升的人格乃至黄省三、小东西的生命，只不过是他主宰役使的物化对象；与此相反，因为富有，潘月亭一面陶醉于干女儿亲昵的呼唤之中，一面违背人伦疯狂地对其施行肉体的占有；由于阔绰，体态臃肿半老徐娘的顾八奶奶，在一些人的眼里突然变得年轻好看起来，成为情场追逐的热点对象。就连最愚蠢最笨拙的顾八奶奶，似乎也从中悟出个中的道理，她不无感慨地对陈白露说：“我告诉你，爱情是你甘心情愿地拿出钱来叫他花，他怎么胡花，你也不心痛，——那就是爱情！——爱情！”

仅就金钱对于人物命运的左右这一意义而言，我认为金八、潘月亭、顾八奶奶等“上层人物”全部美学意义的总和也不足以代表《日出》的性格，最能代表《日出》性格的人物当首推李石清。尽管这一艺术形象出场的次数不算很多，但却血肉丰满个性鲜明，他的人生信条就是对金钱的强烈渴望；为了达到这一目的，他不仅自己强装笑脸拍马奉承小心谨慎一副媚态，而且把自己的老婆也拖出来陪着有钱人家的太太小姐打牌应酬讨取别人的欢心。正如他灵魂深处情感爆发时对他老婆所讲的那样：

> 我恨，我恨我自己为什么没有一个好父亲，生来就有钱，叫我少低头，少受气。我不比你们坏，这帮东西，你是知道的，并不比我好，没有脑筋，没有胆量，没有一点心肝。他们跟我不同的地方是他们生来有钱，有地位，我生来没钱没地位就是了。我告诉你，这个社会没有公理，没有平等。什么道德，服务，那是他们骗人。你按部就班地干，做到老也是穷死。只有大胆地破釜沉舟地跟他们拼，还许有翻身的那一天！

凭借着顽强的韧性和超人的毅力，李石清总算勉强挤入了“上流社会”；当他乐观地估计自己的现状后，奴才的媚态立刻就变成一副主子的吊脸，对待更弱者显现出凶狠的恶相。然而，他机关算尽太聪明，不仅最终自己被潘月亭耍了并丢了饭碗，同时也因为他的失业而葬送了儿子的性命。李石清的所作所为，固然应该受到社会的唾弃与鄙视，但是，这一悲剧形象的真实意义，更在于作者运用强烈的反弹效应向人们发出了行善抑恶的忠告：对金钱财物的无限贪欲，乃是万恶之源；只有彻底抛弃这种邪念，才能走出死亡的深渊而获得道德上完美的生命意义。

其次，是金钱的升值与贞操的堕落。与《雷雨》相同，《日出》对于淫乱的问题也十分敏感。不过，《雷雨》中乱伦的悲剧作为上帝惩罚原罪的一种手段，其本身仍具有个性解放的合理因素能够获取作者的谅解。《日出》则直接抨击了旧社会的卖淫制度，表现了作者对贞操堕落乃至人类廉耻观念淡化的深切忧虑。虽然身份有所不同，但实际上陈白露与翠喜两人完全将自己的肉体当做了商品，与金钱构成了等价交换的原则。当方达生提出要带陈白露远走高飞去开创新的生活时，陈白露却讥笑他，“我问你养得活我么?”这种绝妙的回答包含着她不可改变的人生信念。她并不为自己人性的泯灭而感到可耻，公然宣称“我同他们一样爱钱，想法子弄钱”，甚至认为自己独身一人闯天下混到眼下这种地步是值得夸耀与自豪的。与陈白露的受宠走红相对应，翠喜失去了往日的魅力，只能在“人老珠黄”的现实面前痛惜辉煌青春的飘逝。作为女人，她们出卖贞操换取生存的条件和物质的享受，有意无意之中把自己投入到了社会的犯罪过程之中；作为被压迫者，她们畸型的性格中偶尔也会发出振聋发聩的痛苦呼声，向人们显示着弱者的不幸与悲哀。翠喜说得好，“哪个不是父母养活的？哪个小时候不是亲的热的妈妈的小宝贝？哪个大了不是也得生儿育女，在家里当老的？哼，都是人，谁生下来就这么贱骨肉，愿意吃这碗老虎嘴里的饭?”这何尝不也是陈白露的心灵哭诉。

作者对于这两个女性形象的态度，是既同情，又否定，同情不过是否定成份中的一个侧面。因为陈白露“断然地跟着黑夜走了”，翠喜也“没有希望，希望早死了”。作者为她们所安排的这种悲惨的结局，完全是出于人物性格自然延伸的合理需要，但我们决不能因此而忽略了作者本人鲜明的主观意向。众所周知，在基督教的伦理规范中，贞操的纯洁被视为是最完美的道德象征：“贞操提供了一个为人遵循的典范；世上一旦没有贞操，人们便会无所遵循。……贞操是一个人所具有的一切美德中最高尚的美德。”(《圣经后典・所罗门智训》)儒家的伦理纲常在这一问题上，也表现出了极大的热情。由此我们不难看出，深受基督教文化熏陶且又生存在儒学环境中的曹禺之所以对贞操观念高度重视，是有着深刻的思想渊源的。那么，他把陈白露与翠喜全都推向了死亡的绝路，便有了新的解释：她们置身于社会的浊流。一方面对现世罪恶具有清醒的认识，另一方面又是这种罪恶的参与者，她们的苦难并不能做(作)为她们自身堕落的理由，最终只有在黑暗中走向阴森恐怖的地狱！所以，该两个艺术形象的内在含义，仍旧属于劝世行善的道德范畴，它向人们表明，人类应该珍惜自己的贞操和感情，不为金钱与肉体的欲念所蛊惑，洁身自好，时时内省，背负起精神上的十字架，去追求完美的天国意识与生命的真实价值。仅就这一意义来讲，陈白露应该说是《日出》性格的第二个侧面的极好体现。

再者，是邪恶对于善良的肆意蹂躏与无情的摧残。作为现世罪恶最重要的一个组成部分，黄省三、小东西这两个人物极其悲惨的结局，不仅集中体现了《日出》性格的第三个侧面，而且也是作者悲天怜人主观情绪最为真实的发泄。这两个人物我们完全可以将其视为人类最善良的弱者，他们没有更高的生存欲望，只想凭借自己的劳动来换取卑微低下的生命延续的条件。黄省三拖着病态的躯体，早出晚归，天天伏案抄写，每月用卖命换来的十块二毛五养活一家四口；他没有企望未来的勇气，同时也没有伤害他人的邪念，只求把他“这个不值钱的命再换几个十块二毛五”，让他继续去当奴隶而为主子效劳。但是，最终还是被那些上层社会的冷血动物推向了地狱的边缘——不仅为了解脱现实的痛苦亲手毒死了三个活泼可爱的孩子，自己也因精神的分裂而失去了正常的思维感觉。小东西还只是个未成年的孩子，父母的早逝使她失去了生命应有的庇护，在没有任何生存自治能力的前提下，幼小的灵魂与单薄的身子便像沙漠上的一棵孤独的小草，任凭狂风暴雨对自己命运的主宰。她本来应该沐浴着爱的阳光，心中充满着童稚特有的欢乐与希望，但最终却带着恨世的怨怒在黎明前悄悄地死去。这种残酷的结局使作者本人再也无法平静下去，“我更执拗地恨恶起来，我总是悻悻地念着我这样情意殷殷、妇人般地爱恋着热望着人们，而所得的是无尽残酷的失望。一件一件不公平的血腥的事实，利刃似地刺了我的心，使我按捺不下愤怒。……我失望地嘶嘎着，那时我愿意一切都毁灭了吧，我如一只负伤的兽扑在地上，啮着咸丝丝的涩口的土壤。我觉得宇宙似乎缩成昏黑的一团，压得我喘不出一口气。”①

邪恶对于善良的摧残，所产生的客观效果，是催发人们斥恶向善的同情心，这与作者的主观意图是完全一致的。曹禺曾多次呼吁那些“有余暇能看戏的先生们”能“睁开自己昏聩的眼，想想人把人逼到什么田地”。② 这种伟大的人道主义胸怀，使他不仅成了社会上弱小者的代言人，同时也成了上帝意志的化身：

> 我恶毒地诅咒四周的不公平，除了去掉这群腐烂的人们，我看不出眼前有多少光明。诚如《旧约》那热情的耶利米所呼号的，“我观看地，地是空虚混沌；我观看天，天也无光。”我感觉到大地震来临前那种“烦躁不安”，我眼看着要地崩山惊，“肥田变为荒地，城邑要被拆毁。”在这种心情下，“我已经听见角声和打仗的喊声。”我要写一点东西，渲(宣)泄这一腔愤懑，我要喊“你们的末日到了”！③

毫无疑问，《日出》中各种现世罪恶的总体构成，使我们深深地体验了世界末日情绪的漫延。我觉得剧中有一个微小的细节应该引起读者的重视，那就是第四幕中张乔治所做的可怕的梦：“我梦见这一楼满是鬼，乱跳乱蹦，楼梯，饭厅，床，沙发底下，桌子上面，一个个啃着活人的脑袋，活人的胳膊，活人的大腿，又笑又闹，拿着人的脑袋骨丢了过来，扔过去，戛戛地乱叫。忽然哄地一声，大楼塌了，你压在底下，我压在底下，许多许多人都压在底下。……”这个梦包含有两层意思，一是现世罪恶的象征，二是世界末日的暗示。它的本义与基督教教义的有关训示完全是一致的：“恶人本是怯懦的，并且受着良心的自我谴责”；(《圣经后典·所罗门智训》)他们预感事情以正义的审判即将来临，所以恍惚若离、精神崩溃，产生了种种怪诞的幻觉。《日出》的结局表明：产生于黑暗的罪孽必然随同黑暗一同消亡，邪恶不可能与善良共同拥有太阳，也不敢正视光明的到来。这一主观的设计，深刻地反映了基督教人文主义的道德理想。

---

① 曹禺：《日出·跋》，中国戏剧出版社 1957 年版。

② 曹禺：《日出·跋》，中国戏剧出版社 1957 年版。

③ 曹禺：《日出·跋》，中国戏剧出版社 1957 年版。

三、现代人与现代文明的困惑

在对现世罪恶给予大胆的揭露和彻底否定的同时，作为曹禺探索宇宙人生苦闷的象征的一个重要组成部分，《日出》的潜在意义还在于它向人们传达了一种极端困惑的时代情绪，即现代人与现代文明之间的隔阂。

现代文明是以现代科学技术的进步为主导的，而现代科学技术的进步又是对所有传统的信念、规范、风俗的无情挑战。高度发达的物质文明，既为人类的生存提供了极大的方便，同时又促使人类对于物质要求欲望的无限膨胀；都市生活的迅速繁荣，既重新规范了人与人之间的社会关系，同时也破坏了传统道德秩序的固有和谐。然而，最令人感到忧虑的是，依照科学技术发展起来的现代文明，其结果使独占巨大权力的少数人、智能优秀者，跟被他们统治的群众间的隔阂越来越深。人与人之间的这种对立矛盾，增加了人性的脆弱性，对物质的贪欲最终导致罪恶的发生。如果要使人类恢复其固有文明（指精神上的而非物质上的），其首要条件便是解除人类自身物质欲念的抑制与束缚，同时需要开发爱的根源，增强人类对生命意义的深刻理解。于是，必不可免地要造成物质与精神的二元对立；尽管人类总是想方设法调解两者间的矛盾，但我认为在到达共产主义社会之前，很难使其趋于完美的统一。

这就是现代人对于现代文明产生极大困惑的主要焦点。

我国近、现代社会受西方资本主义经济侵入的影响，使都市生活在物质文明方面得以畸形的快速发展，从而使以“中和”为本的儒家伦理思想受到了猛烈的冲击。但西方的理论界一直抱有这样一种错觉印象：他们认为中国过去的落后是一件值得庆幸的事，“因为落后，中国在过去的一个世纪里，国运衰微，受尽屈辱，但也因此避免了极端的城市化和工业化”，使古老的东方文明得以保持和延续。[①] 这种理论几乎从根本上否定了西方资本主义的影响给中国现代化生活所带来的巨大变化，以及传统的价值观念与道德体系正在逐渐解体的历史事实。实际上，聪明的中国人从本世纪初便开始对于悄悄潜入的现代物质文明，进行了多角度、多层次的内心反省，《日出》只不过是形象化的一个例子罢了。

方达生由乡下来到城市，对于现实中所发生的一切都困惑不解，以及陈白露堕落与纯真双重人格的交替出现，从某种意义上讲正是曹禺本人内心矛盾的天机泄露。方达生一出场，便对周围的环境感到由衷的厌恶。对于方达生来说，乡村的宁静与城市的喧闹，直接体现着纯朴与堕落的现实矛盾。所以他毫不掩饰地告诉陈白露自己的感觉：“我看着你这些朋友一个个发疯似的”，“这种行为简直是放荡、堕落”。他痛心自己的女友从一个有抱负有理想的天真纯洁的小女孩，变成了眼前丧失廉耻放浪形骸的淫妇；他痛恨有钱人那种花天酒地纸醉金迷的腐化生活，对于人格的践踏与良心的玷污。他讨厌这陌生的环境，却又没有能力改变这黑暗的现实，他像一个虔诚善良的牧师一样想用自己的热情去感化

① 汤因比、池田大作：《展望二十一世纪》第50、51页，国际文化出版公司1985年版。

周围的冷酷，并默默地尽力去拯救那些弱小者的生命，但最终得到的只是无限的惆怅和失望。在绝对“现实功利化”了的人们看来，方达生很迂腐傻气不合时宜，这种强烈的市俗眼光，几乎完全动摇了作者对于方达生这一艺术形象意义的信心。针对一些人的批评，曹禺连忙声称“方达生不能代表《日出》中的理想人物”：但是当他冷静下来一想，“方达生究竟与我有些休戚相关，再我也知道有许多勇敢有为的青年，他们确实也与方达生有同样的好心肠，”[①]为什么作者会与方达生休戚相关呢？我的理解是：在黑暗的现实面前，他虽然没有回天之力，但却“永远在心里头活着”，这与曹禺在现代物质文明所引起的社会燥（躁）动中，始终保持着“出污泥而不染”的灵魂高洁，是完全相同的。所以，《日出》的结局，只有方达生一个人获得了太阳，获得了希望！因为只有他一个人抵御住了现世生活中金钱物质的诱惑，保持了人格的完美。这样的结局，构成了《日出》性格的第四个侧面。

与此相佐，陈白露双重人格的矛盾运动，也是曹禺有感于现代文明的一种精心的设计。他没有将这一人物简单地当做一个妓女来写，而是将其当做一个有血有肉有感情且又变态堕落不可救药的复杂的“人”加以塑造。在第一幕的出场提示中，作者对于陈白露的场上形象是这样交待的：

> 她发际插一朵红花，乌黑的头发烫成小姑娘的鬈髻，垂在耳际。她的眼明媚动人，举动伶俐而机警，一种嘲讽的笑总挂在嘴角上。但是她的神色时常露出倦怠和烦厌；这种生活的倦怠是她那种飘泊人特有的性质。她爱生活，她又厌恶生活。她认定自己所习惯的种种生活的方式，是最残酷的桎梏，使她即使怎样羡慕着自由，也难以逃出自己的环境的网罗。她曾几次试着逃出，但象寓言中那种习惯于束缚在金丝笼里的鸟，已失掉在自由的树株里盘旋的能力和兴趣，她终于回到自己的丑恶的生活圈子里，而她又不甘心这样活下去。

这种人物性格的主观设计，在剧本的实践中得到了充分的体现。当舞台的帏幕刚一拉开，诉诸观众感官的第一直觉印象便是陈白露在与方达生的人生信念冲突中，情绪与人格的复杂变化：她讥讽方达生的迂腐与不通世故，但又感激他的真诚；她不想也不可能同方达生结婚，却又希望他多住几日以便“想想我们以往的感情”；她时而像一个世故的老人谆谆开导着方达生领略人生的秘诀，时而又像一个顽皮的小姑娘显示出童稚的天真。在她的灵魂中，恶的一面诱导着她在堕落的道路上继续滑向死亡的深渊，善的一面又启迪了她的良知而去保护小东西不被别人欺凌。然而，她无法摆脱金钱与物质的诱惑，只有死亡才是她唯一的解脱。

陈白露的死，无疑是作者对于现代物质文明恶向发展的一种抗议，同时也应验了汤因比博士所做的“人类力量所创造的文明背叛了人类自己，也正被这种文明送进坟墓”的预言。[②] 实际上，曹禺本人所表现出的对于现代文明的困惑，从《雷雨》“对于宇宙这一方面的

---

① 曹禺：《日出·跋》，中国戏剧出版社 1957 年版。

② 汤因比、池田大作：《展望二十一世纪》50、51 页，国际文化出版公司 1985 年版。

憧憬”①开始，就已经有所流露，在《日出》与后来的《北京人》中又得到了加强。这里需要说明的是，作者的目的并不是主张恢复人类的原始状态或固有秩序，而是通过《日出》中各类形象的内在意义，启迪人们去探索在现代物质文明高度发达的社会生活中，如何保持自我人格的完美以便获取灵魂的自我拯救。

可以说，这是一个超越时空界限且具有永恒价值的命题，由于它的存在，不仅大大强化了《日出》的主题意义，同时也增加了这部作品持久不衰的艺术魅力。

四、生命复活再生的希望之光

《日出》决不是一部令人感到悲观失望的作品。当人们的灵魂体验了剧中恐惧与怜悯的情感时，并没有因心理的平衡被扰乱而产生不安，而是随着剧情的结束而进入到一种平静安宁的状态，获得了一种令人感奋的道德力量和重新正视现实的勇气。因为“凡是健全的生气勃勃的艺术，总是教人相信自己的力量，对现实采取积极的态度”。②

曹禺写《日出》的主观目的，是“希望献与观众一个鲜血滴滴的印象，”“也愿望我这一生里能看到平地轰起一声巨雷，把这群蟠据在地面上的魑魅魍魉击个糜烂，那怕因而大陆便沉为海。”在毁灭这旧世界的同时，“我们要有新的血、新的生命。刚刚冬天过去了，金光射着田野里每一棵临风抖擞的小草，死了的人们为什么不再生起来！我们要的是太阳，是春日，是充满了欢笑的好生活，虽然目前是一片混乱。于是我决定写《日出》。”因此，作者引导着善良的人们走出阴森的地狱，终于为他们“写出了希望，一种令人兴奋的希望”，这个希望的本身，又“暗示出一个伟大的未来”。③ 这一大段充满诗一样激情的语言，非常明确地指出了《日出》的最终导向，是要引导读者或观众摆脱现实的困顿，去寻求一条生命复活再生的光明坦途。在剧中，这种人生理想，直接表现为“夯歌”的两次出现（第二幕的开场与第四幕的终场）。尤是是剧终时的舞台设计，最能给人以回味无穷的感受。这种寓意深远的结局，到底在暗示什么？有些评论家仅仅凭借“夯歌”的字面意义，便断然宣称这是表现了曹禺对无产阶级和劳动人民的理解和向往，真是令人哭笑不得。“夯歌”作为《日出》的灵魂之光，它是曹禺独特文化心态的真实反映。在《日出》扉页上的八段引言中，有一条就是对“夯歌”的最好解释：“……弟兄们……凡有弟兄不按规矩而行，不遵守从我们所受的教训，就当远离他……我们在你们中间未尝不按规矩而行，未尝白吃人的饭。倒是辛苦劳碌，昼夜作工……我们在你们那里的时候，曾吩咐你们说，若有人不肯工作，就不可吃饭。”（《新约·帖撒罗尼迦后书》，重点号系引者所加）可以说，这段《圣经》的教义与“夯歌”的本义完全是一致的，它清楚地告诉我们，作者正是在运用基督教共产主义的大同理想，昭示社会的未来希望，启迪人类还未泯灭的天性良知。

另外，还有那千呼万唤始出来的“日出”，实际上也与扉页上的《圣经》引言构成协调对

---

① 曹禺：《雷雨·序》，文化出版社 1936 年版。
② 乌格里诺维奇：《艺术与宗教》第 212 页，三联出版社 1984 年。
③ 曹禺：《日出·跋》，中国戏剧出版社 1957 年版。

称的照应关系。这个“光”作为普天下一切善良人的美好愿望，作为上帝意志的体现，它集中反映了人类劝世行善的道德理想。诚如《圣经》所言：“我是世界的光，跟从我的，就不在黑暗里走，必要得着生命的光”；“复活在我，生命也在我，信我的人虽然死，也必复活”。(《新约·约翰福音》)这是一种崇高的信念，它需要人类实现灵魂对肉体的超越，信仰对功利主义的超越，在这样的基础上，才能扼制各种邪念的产生，重新确立理性的尊严以及重建新的社会秩序。尽管曹禺本人并非基督教徒，然而他所受基督教文明影响的事实，必不可免地使他的人道主义思想在面对黑暗邪恶的现实问题上，同基督教的世俗道德思想自觉地汇合为一体，并且尝试着运用这种人生信念去改变现实生活中一切被扭曲了的形态——他获得了成功，但最终却不被人们所理解。为此，他感到十分的沮丧，他鄙视那些不负责任的评论家乱用政治的标准去随意给作品贴标签的作法，认为：“写作应该对生活真知道，真正有感才能写”，而不是“主题先行”。《日出》正是一部曹禺对于社会人生“真知道，真正有所感”而创作的优秀作品，它以形象化的艺术手段，对人性的本质作了深刻的开拓，且达到了他所希望的效果——即感化功能。

如果想用一个最简捷的方式对《日出》做一个最符合理性的解释的话，我觉得下面这一图表也许有助于研究者思维的展开：

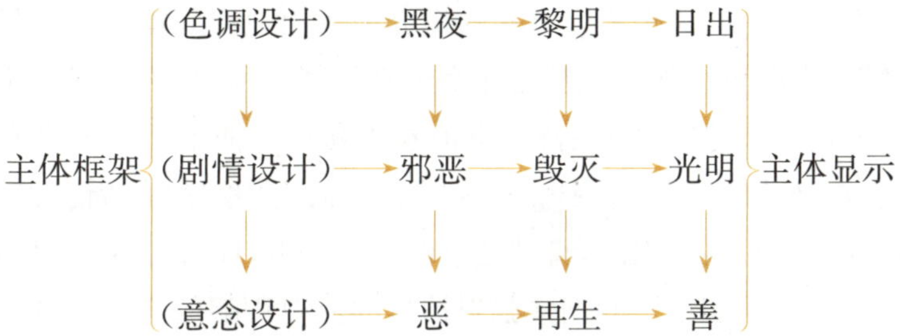

从上面图表所标示的《日出》创作模式来分析，无论我们从哪个角度切入，获得的感觉印象都不可能超出伦理道德意识的规范；同时它也清晰地表明，《日出》的信念是对光明的渴望与对善的追求。

(原载《中国文学研究》1991年第3期)

《日出》喜剧中的悲剧

胡叔和

《日出》问世后，就有人指出它在庄谐情绪的平衡上，取得了比《雷雨》更大的成功。

曹禺是位具有喜剧情愫的悲剧诗人。他的举止言谈，有一种喜剧性的幽默感。他对社会生活撕肝裂肺的悲剧发现，同时就包含着破涕为笑的喜剧体验。而这种体验，不但没有冲破反而加深了悲剧发现的底蕴与色彩，以更大的震幅震荡着人的灵魂。他在《雷雨》八个人物中特意塑造周冲、鲁贵这两个作用不同的喜剧人物，便最早地体现了这一点。

周冲的喜剧性在于他是“夏天里的一个春梦”。他的“梦”做得越执着，他同冷酷残忍的现实越是处在不调和的喜剧性的悲剧冲突中。他模糊地感到他生活的“这个世界是不该存在的”，他又没有能力同这个不该存在的世界面对面地展开搏斗。他只能扬起“梦”的白帆，飘荡在“梦”的大海里。他的“梦”是那么天真稚气，又是那么缥缈无力。冷酷残忍的现实风暴一下子就扯碎了他“梦”的白帆，将他卷入死亡。他十七岁的青春年华就这样结束了，他万万没有想到他的“家”，这个被誉为“圆满”而有“秩序”的周公馆，本身就是最不该存在的丑恶世界。这种由喜引悲，喜就是悲的审美创造，催人猛省、发人深思。

鲁贵则是曹禺用鄙视和憎恶的钢鞭狠狠抽打的灵魂龌龊的喜剧人物。曹禺之所以要刻划这么一个“见钱就忘了命”的丑类，让他成为整部《雷雨》悲剧冲突的喜剧性的润滑油和催化剂，首先是因为鲁贵的存在对侍萍的悲剧命运是一种最可怕的深化。自尊自爱而又自忍的侍萍，被周朴园遗弃后，吃了那么多苦，最后不得不带着大海，投向鲁贵这个不是人的家伙，并且生了四凤。这中间，她承受了多少难以忍受的喜剧性的精神折磨啊！由此人们当会看到，周朴园将侍萍究竟抛入了怎样悲惨的境地！其次，作为周萍同蘩漪“闹鬼”的知情者，鲁贵又是怎样以其刁奴恶仆特有的喜剧心理，算计着如何利用“闹鬼”的秘密，不时向蘩漪那颗遭到周朴园、周萍两代人伤透的心，喜剧性地捅上一刀，弄得心比天高的蘩漪不能申言地隐忍着。最后，四凤进入周公馆，与周萍这个同母异父的哥哥发生那样的关系，鲁贵更是不可忽视的喜剧因素。他是喜剧性地把四凤作为摇钱树看待的。遇上这样一个不讲人格没有人格的父亲，四凤悲剧命运真是悲到了哭笑不得的地步。

尽管如此，尽管周冲、鲁贵这两个喜剧人物的塑造，深化了《雷雨》的悲剧意蕴，加浓了《雷雨》的悲剧色调，但他们在《雷雨》悲剧中毕竟只是一种喜剧性的“间色”。只是到了创作《日出》的时候，曹禺才有意为剧中悲剧人物，设置了一种喜剧情境，以便更加真实、更加深刻、更加典型地揭示他或他们那种含泪的笑、带笑的泪的更为复杂的悲剧命运。

仅就此而论，《日出》的创作，确实“试探”了“一次新路”，一次将喜剧性和悲剧性融合起来。在更高的意义上显示悲剧的悲这样一条新路。这条新路，不是《雷雨》所走过的那条悲剧化的现实主义之路的简单否定，而是它的深化，深化到了用不着着眼于情节结构的“巧”，而倾注全力于生活描绘的“真”、思想揭示的“深”。

不同于新潮派的标新立异，完全出自观念和技巧的花样翻新，曹禺的“试探”，是他从生活的直接体验中，费力寻找真理的审美结果。写《雷雨》，曹禺从生活的直接体验中发现，人对人的冷酷和残忍，是那样的一本正经，那样的道貌岸然，那样的高唱“秩序”的“圆满”即使是周萍在感情上对蘩漪的欺侮，也是以伦理上承认“我是我父亲的儿子”为武器的。他由此展开的“悔恨”，是刺入蘩漪心窝的软刀子，使蘩漪无法忍受以致疯狂。比之于蘩漪，鲁侍萍所受的悲剧折磨是更加悲剧化的。她是遭受周朴园遗弃的大海和周萍的生母。现在，周朴园从矿上开除了大海，周萍以周家少爷的身份在家里打了大海，又同四凤——侍萍同鲁贵生的女儿发生了那样的关系。她咒骂周朴园和周萍是畜生，又不愿大海报复周家的人，更不愿人知道她自己同周家的关系。她怨命而又认命，自尊而又自忍。她知道谁使她母女遭这样的罪，她明白“人心太一，世界太一”，但她不忍说出这一切，她只有向苍天呼喊：“要罚就罚在我一个人的身上！”她完完全全生活在彻头彻尾、彻里彻外的悲剧世界里，直至精神失常。

可是，到了写《日出》的时候，曹禺却从生活的直接体验中进一步发现，随着时间的推移，随着中国的都市社会愈来愈殖民地化，过去维系人们之间那些道貌岸然、虚情假意的人伦道德被撕得粉碎，代之而出现的则是赤裸裸的现金交易。不择手段地捞钱，不择手段地玩钱，成了金钱拥有者和崇拜者生活的至高无上的信条。从本质上说，这种信条无任何价值可言，其本身就是充满喜剧性的。所以，那些金钱拥有者和崇拜者，为了捞钱，彼此展开了喜剧性的大算计，大拼杀；为了玩钱，彼此进行着喜剧性的大竞赛，大角逐。一身洋奴气的张乔治，就因为手中有几个钱玩玩，便离掉了已经替他生了几个儿子的妻子，喜剧性地捧着鲜花向陈白露酸溜溜地求爱来了；那个满身肥肉的富孀，也因为手中有较多的钱供她玩，她就喜剧性地紧紧抓住面首胡四，当着众人演出了那么多喜剧性的钱呀爱呀的场面，并恬不知耻地发挥着她那充满铜臭的金钱就是爱情的宏论：“我告诉你，爱情是你心甘情愿的拿出钱来叫他花，他怎么胡花你也不必心痛——那就是爱情！——爱情！”

在捞钱玩钱方面，潘四爷更是富有喜剧性的。为此，他一会儿喜剧性地同顾八奶奶作那样的调侃；一会儿喜剧性地提升李石清又喜剧性开除李石清，并给予那样喜剧性的挖苦嘲弄。他受人巴结，他更需巴结别人；他耍李石清，却遭到金八更大的耍弄。“潘经理，你可怜可怜你自己吧。你还不及一个穷光蛋呢，我叫一个流氓耍了，我只是穷，你叫一个更大的流氓耍了，他要你的命。”那些有钱的“鬼”们，就是按照这种喜剧准则组成拼命吃人又彼此互吃的社会网络的。

曹禺把陈白露的悲剧性格放在这样的喜剧情境中来刻划，悲剧命运放在这样的喜剧情境中来展现，确实表明曹禺观察生活的入微，表现生活的深切。反复体味，这里面含有多少残酷的真实，多少痛苦的哲理，多少愤懑的诗情呵！须知，陈白露本来是“书香门第”的“陈小姐”，“爱华女校的高材生”，她的人生哲学又是四个“喜欢”——“我喜欢太阳，我喜欢春天，我喜欢年青，我喜欢我自己。”可是，当她在这种生活哲学的驱使下，进行以自我为中心的人生追求的时候，便身不由己地一步一步地丢弃了太阳，丢弃了春天，丢弃了年青，丢弃了自我，成了那些有钱的“鬼”们玩钱的喜剧对象，捞钱的喜剧招牌。她不甘心处于这样的地位，又不能不处于这样的地位。为了表示在内心深处还保持着一块属于自己的圣土，她对来到她身边玩钱取乐的那些“鬼”们，给予了喜剧性揶揄。她由此求得了“我”的短暂存在，并为之而感到十分畅快。就像她借金八和潘四爷的名义，斗败了金八手下的地痞流氓黑三，保护了小东西那样；就像她把潘四爷用各式各样、红红绿绿的衣物围起来，使之变成一个名符其实的小丑，一口一声“爸爸”，乐得他哈哈大笑那样。然而，紧接着这些喜剧表演之后，陈白露又不得不承认她也和那些“鬼”们一样爱钱，她“所习惯的种种生活方式，是最狠心的桎梏”，——她“是一辈子卖给这个地方的”。而且不是一般的卖，而是像顾八奶奶赞扬的那样一种卖：“白露，我真佩服你！我不知道怎么夸你好。你真是个杰作，又香艳，又美丽，又浪漫，又肉感。一个人在这么个地方，到处都是朋友。就说潘四爷吧，他谁都不赞成，他说他就是赞成你。潘四爷是顶能干的好人，用个文明的词，那简直是空前绝后的头等出品：地产，股票，公债哪一样不数他第一？我的钱就交给他调派，可是你看，你一眼就看中了他，抓着他，你说个‘是’，他不敢说个‘不’字，所以我说你是中国顶有希望的女人。”顾八奶奶“夸”陈白露的这些话，既肉麻地显现了她追求肉欲的极端丑陋的喜剧心理，又赤裸裸地道出了陈白露以最不忍的方式，喜剧性地卖给了这个地方的笑中含泪的可悲的事实。同蘩漪相比，陈白露这种以笑代哭、笑就是哭的悲剧，是更为悲惨的。蘩漪尚且能进行困兽似的争斗，陈白露呢，她只能吞下安眠药，一面念着“太阳出来了，黑暗留在后面。但是太阳不是我们的，我们要睡了”这样悲怆的诗句，一面哀叹自己这么年青，这么美就死去。这又是一种悲剧，一种在嘻嘻哈哈的捞钱玩钱的喜剧过程中，被有钱的“鬼”们喜剧性地扭曲灵魂，喜剧性地制以死命的悲剧。

在“宝和下处”“混事由”的翠喜，这个“为人欺凌蹂躏到几乎完全麻木的动物”，更加懂得这种喜剧化的折磨人“损”到了怎样的程度。请听她向小东西所作的痛苦倾诉吧：“男人没有一个是好东西。到这儿来的，哪个不是色催的？打打闹闹说说笑笑，有钱的大爷玩够了，取了乐了，走了，可是谁心里委屈谁知道，半夜里想想，哪个不是父母养活的？哪个小的时候不是亲的热的妈妈的小宝贝？哪个大了不是也生儿育女，在家里当老的？哼，都是人，谁生下就这么贱骨头，愿意吃这碗老虎嘴里的饭？”翠喜的这种倾诉，是曹禺对生活有了独特的发现而进行的独特的审美创造。它以极其尖锐的形式告诉人们，在饥饿线上挣扎的翠喜，“与其他瘪着肚皮的人们不同的地方是，别的可以苦眉愁眼地空着肚子”，她“必须笑着的”。尽管她在这样笑的时候，心在流泪乃至流血，而又恰恰表明，那些在“打打闹闹说说笑笑”中来取乐的有钱的大爷们，他们的灵魂糜烂到了不能再糜烂的喜剧化程度，若不对他们赖以生存的社会制度从根本上加以改造，喜剧性地受屈辱遭欺凌的翠喜们是不会有出头之日的。正是为了突出这一点，曹禺以其难得的勇气和胆识，进一步写出了这样可怕的真实：在如此喜剧化的情境中遭受喜剧凌辱的那些“人类的渣滓”，他们的悲剧性格在相当大的程度上经受着喜剧性的扭曲，扭曲到了有时几乎忘掉了自己的悲剧命运，甚至夸耀自己的悲剧命运这样的可悲地步。

还是让我们先来看看陈白露吧。当方达生以一颗真挚的心挑明她弄来的钱是不名誉的时候，陈白露居然作了这样喜剧性的辩解："你以为这些名誉的人物弄来的钱就名誉么？""假若你认为他们的职业是名誉的，那我这样弄来的钱要比他们名誉得多。""我没故意害过人，我没有把人家吃的饭硬抢到自己的碗里，我同他们一样爱钱，想法子弄钱，但我弄来的钱是牺牲过我最宝贵的东西换来的。我没有费着脑子骗人，我没有用着法子抢过人，我的生活是别人甘心愿意来维持，因为我牺牲过我自己。我对男人尽过女子最可怜的义务，我享着女人应享受的权利！"陈白露的辩解是化哭为笑的自我嘲讽，更是笑中含泪的社会控诉。她控诉以金钱为轴心的社会准则——不名誉是最大的名誉，无道德是最大的道德。她的社会控诉如同她的自我嘲讽一样，在喜剧性的自我发泄中，实现着悲剧心境的喜剧平衡。这就是曹禺笔下的陈白露，她的性格，她的灵魂，她的命运，是悲剧的，又是喜剧的，具有极大的复杂性和深刻性。

曹禺对有着一颗金子似的心的翠喜的形象塑造又何尝不是这样呢？他按照翠喜性格内在的矛盾性，让她一面倾诉这个"在打打闹闹说说笑笑"中供人玩钱取乐的"罪没个够"，一面又"白贷""从前在班子的时候也是数一数二的红唱手，白花花的千儿八百的洋钱也见过"；一面说"都是人，谁生下就是这么贱骨头"，一面又说："亲妹子，你到这个地方来了，你就不用打算再讲脸""咱们娘儿们'恼在心里，喜在面上'，心里分就得了。"所以翠喜到头来不仅劝小东西要"挂客"，而且还为她拉不着客而着急，动心，伤神。在曹禺的笔下，翠喜便是悲悲喜喜地看待自己的营生，喜喜悲悲地同情小东西的遭际的。翠喜命运的悲剧性，同她的生活方式乃至心理活动的某种喜剧性如此真实地融合着。"她认为那买卖是当然的，她老老实实地做她的营生，'一分钱买一分货'，即便在她那种生涯里，她也有她的公平。"然而，这种现金交易的"喜在面上"的"公平"，恰恰掩盖着在"打打闹闹说说笑笑"之中，将肉体卖给有钱的"鬼"们玩钱取乐的"悲在心里"的不公平。就这样，曹禺透过对翠喜形象的塑造，为我们活脱脱地展现了"人之道，损不足以奉有余"的悲剧性和喜剧性交织在一起的鲜血淋漓的社会形态，并为此而发出了从根本上推翻这个万恶的社会制度的正义呼喊！

斯泰恩说过："二十世纪的大部分现实主义喜剧猛烈地摇摆于严肃与轻浮之间。"[《现代戏剧的理论与实践》(一)]曹禺在《日出》中"试探"悲剧性与喜剧性相结合的"新路"时，则是反对"轻浮"，坚守"严肃"的。他在《日出·第三幕附记》中说明，绝不是"只想打趣，单看出妓院材料的新奇，可以号召观众，便拿来乱炮乱制"，"绝不甘心把一个有严肃正义的材料很轻佻地做成太太小姐们的玩意。"他还说："那演翠喜的演员，如果有一天……，遇见一位有演技天才有真切同情的人来扮演她，我现在预先对她致以无限的敬意。"可见，曹禺对那些有钱的"鬼"们在"打打闹闹说说笑笑"之中喜剧性地制造的人生悲剧，作了如此严肃的现实主义思考。他那颗真诚的艺术之心，较为贴近契诃夫，与契诃夫的"通俗喜剧"一样"具有痛苦回味的喜剧""将悲哀与荒谬的事件并列在一起，将闹剧成份插入感情强烈的场面当中"为的是忠实于客观存在的社会矛盾，严肃地揭示这种矛盾所包含的关于人与社会的深刻主题。但与契诃夫的"通俗喜剧"又有所不同，《日出》是一部有中国特色的戏剧精品，显示了师承契诃夫又完全不同于契诃夫的曹禺自己的创作个性。第一，契诃夫的“通俗喜剧”着力表现的是“梦想的美好与气魄跟梦想者的荏弱之间的矛盾”，《日出》反映的则是“有余”者喜剧性“损”“不足”者，不足者对这种被“损”有时是悲剧性有时又是喜剧性的感受之间的矛盾；第二，契诃夫的“通俗喜剧”，把具有喜剧内容的矛盾包藏在深沉的悲剧形式里，曹禺的《日出》则相反，将具有悲剧内容的矛盾放在喜剧情境中来表现；第三，契诃夫的“通俗喜剧”“不写动人的情节和惊人的事件，而把重点放在人物的动机上面”，有其心理冲突的浓重的抒情性和深刻的社会性，曹禺的《日出》既把重点放在人物动机上面，又写了动人的情节和惊人的事件。正如曹禺自己所说的那样，“多少事情如潘月亭公债交易的起落，李石清擢为襄理，小东西久寻不见”以及“黄省三毒杀全家，自杀遇救后的疯狂”，“处处都必需经过适当的时间才能显现这些片断故事的展开。”而这种“展开”又恰恰显示着学习契诃夫的曹禺，不同于契诃夫的独特创造——熔心理冲突的抒情性、故事情节的动人性和事件发生的惊人性于一炉，从而深刻揭示出“损不足以奉有余”的尖锐性。

人们会从这不同中发现：曹禺立志要拜契诃夫为“伟大的老师”，“试探”使悲剧喜剧化这条“新路”的时候，所探的恰恰既是一条高度中国化的属于他自己的独创之路，又是通向更加广阔更加深刻的现实主义之路。

（载《江淮论坛》1993 年第 2 期）

重读《日出》、《啼笑因缘》和《第一炉香》

许子东

一

曹禺的《日出》、张恨水的《啼笑因缘》和张爱玲的《沉香屑·第一炉香》，是三部文学史意义很不相同的作品。但这三部作品的基本情节却颇为相似：都描写了一个女人如何贪图金钱虚荣而沉沦堕落的故事。女主人公（陈白露、沈凤喜、葛薇龙）都是年轻貌美，都有学生背景，她们都放弃和背叛了自己的情感原则，或成为交际花，或嫁给年老的军阀。当然，三部作品对这同一个故事有着不同的写法。如果我们把这女学生的堕落视为一个过程，那么其中的转折点便是她初次为了金钱而屈从一个她所不喜爱的男人的那个时刻。从这个转折点着眼来考察三部作品，我们不难发现其间叙述结构上的差异：《日出》是“略前详后”，《啼笑因缘》是“详前详后”，而《第一炉香》则是“详前略后”。同一个情节模式，因叙述重点和角度不同，其主旨和意义也相去甚远。

陈白露在《日出》里一出场，已是交际花身份住在豪华的酒店里。“她穿着极薄的晚礼服……一种嘲讽的笑总挂在嘴角。神色不时地露出倦怠和厌恶。”[①]总之，我们初次见到陈白露，她已处在堕落日久，日渐步向最后毁灭的阶段。整出戏（第一、二、四幕）都在写她不甘心堕落但又无力自拔。但是堕落以前的陈白露呢？《日出》交代得异常简略。我们只知道她原来叫竹均，“出身，书香门第……教育，爱华女校的高材生，……父亲死了，家里更穷了，做过电影明星，当过红舞女……一个人闯出来，自从离开了家乡，不用亲戚朋友一点帮忙……”[②]除了这段跳跃式的身世概括以外，陈白露在第四幕里还告诉方达生她以前有过一次因平淡而失败的婚姻。丈夫是个诗人，后来似乎追求革命去了。但这种《伤逝》式的婚姻悲剧还是不能解释陈白露最初的堕落。她当初是怎么“离开了家乡”，“一个人闯出来”，怎样从竹均变成白露的过程细节，《日出》是完全淡写了，这样“略前详后”的效果便是，第一，读者（观众）不知道女主人公当初失足时是否曾有，以及有多少选择的余地；第二，读者（观众）只看见女主人公今日堕落之苦且依然纯真，天良未泯，可以假设她身处污泥当是被迫无辜；第三，既然女主人公只是受害者，那么谁应对这美女自杀的悲剧负责呢？

① 《日出》，上海：文化生活出版社，1936年11月初版。《中国新文学大系1927—1937·戏剧集二》，上海文艺出版社，1985年12月，第160页。

② 《日出》，《中国新文学大系1927—1937·戏剧集二》，第174页。

显然就是那“损不足以奉有余”[①]的社会。虽然这意识形态的观点(Vision)其实是从茅盾等左倾主流作家那里传来的,但具体在《日出》里,这观念必须构筑在“略前详后”的叙述中。

《啼笑因缘》中女人堕落的故事是平铺直叙“详前详后”的,第十三回凤喜接受刘将军存折的那一瞬间,不仅是这个女人一生的转折点,也是整部小说情节上的支点。作家花了几乎相等的篇幅,分别叙述“堕落”之前的种种预兆、准备,以及“堕落”之后的种种后果与不幸:沈凤喜原是贫家女,一家人在北平天桥卖唱为生。后被一个南方书生樊家树看中,开始入学堂。不久樊回杭州探望病中的母亲,凤喜却因为一个现已嫁给军官做姨太太的前歌女的介绍,遇到了军阀刘将军,刘将军先是请凤喜打麻将并故意让她赢钱,然后又用汽车接送请她听戏并赠以项链再塞给她钱。所有这些细节都有详尽铺陈。《啼笑因缘》当时在全中国最大的报纸之一上海《新闻报》上连载,[②]张恨水当然要尽量延长小市民读者对富贵梦的期待,同时又时刻提醒人们:此乃“不道德的交易”。凤喜当时也是既惊喜又慌张既惶恐又内疚。她的家太穷,枕下的几百块钱又太烫人了,叫她怎能入睡? 梦中却见到恩人和情人樊家树,于是次日决定退礼还钱。不想刘将军接着便出硬牌,派大兵和警察到沈家骚扰,并将凤喜抢进刘府唱大鼓书。在刘府,将军先是发怒,强迫凤喜为妾。在凤喜昏厥又醒来后,他又安排女仆伺候,并提出要娶凤喜为太太——

> 刘将军笑道:“……这两本账簿,还有账簿上摆着的银行折子和图章,是我送你小小的一份人情,请你亲手收下。”凤喜向后退了一退,用手推着道:“我没有这大的福气。”刘将军向下一跪,将账簿高举起来道:“你若今天不接过去,我就跪一宿不起来。”凤喜靠了沙发的圆靠,倒愣住了。停了一停,因道:“有话你只管起来说,你一个将军,这成什么样子?”刘将军道:“你不接过去,我是不起来的。”凤喜道:“唉:真是腻死我了,我就接过来。”说着不觉嫣然一笑……[③]

在这女主人公“堕落”的关键时刻,张恨水特意安排几个樊家树的侠义朋友在窗外观察动静准备随时救凤喜,这个过份戏剧化的细节意在说明即使在最危急时刻,凤喜仍可说“不”字且有路可逃(虽然她自己当时并不知道)。换言之,作者怎么也不给堕落的女人一个“别无选择”“完全被迫”的理由。于是在小说的后半部分,不管凤喜如何在将军府挨骂被打受虐待乃至羞愧成疾疯疯癫癫,人们始终不会毫无保留地同情她。社会固然害了她,但她也不是完全无辜。小市民读者在满足了金钱虚荣冒险梦后,是一定要惩罚梦中的“失足者”以让醒者(自己)安心的:亏得我没有去做……所以张恨水后来说:“……至于凤喜,自以把她写死了干净;然而她不过是一个绝顶聪明,而又意志薄弱的女子,何必置之死地而后快! 可是要把她写得和樊家树坠欢重拾,我作书的,又未免‘教人以偷’了。总之,她

① 曹禺后来解释过:“日出希望献与观众的应是一个鲜血滴滴的印象,深深刻在人心里也应为这‘损不足以奉有余’的社会形态。”(《日出·跋》,见《日出》,香港东亚书局。)

② 张恨水是当时唯一能同时在《新闻报》和《申报》上开专栏连载小说的作家。《啼笑因缘》和鲁迅《申报·自由谈》的稿酬是当时最高的(千字拾元银洋),参见袁进《鸳鸯蝴蝶派》,上海书店,1994年8月。

③ 《啼笑因缘》,太原:北岳文艺出版社,1994年1月。第209页。

有了这样的打击，疯魔是免不了的。”①

《第一炉香》葛薇龙的故事是“详前略后”的，堕落前的每个环节步骤每次犹疑选择都有详述细描。张爱玲似乎也像她所喜欢的张恨水一样，认真追究女主人公对自己的沉沦该付(负)多少责任。但葛薇龙其实更似陈白露：她们都是知识分子家庭出身的真正的女学生(而非刚套上学生服的街头卖唱少女)。《第一炉香》好象(像)正结束在《日出》的第一幕上，是否葛薇龙的故事正在补述陈白露那空白的“过去”？当然，补述的结果会使人们对陈白露这个女人及其与社会之关系有不同的理解。

薇龙也是因为“家里穷”而不得不向生活腐化的姑母求助的。她第一次踏足梁太太在香港半山的豪宅后，惊羡之余便有恐惧之感：“回头看姑妈的家，依稀还见那黄地红边的窗棂，绿玻璃窗里映着海色。那巍巍的白房子，盖着绿色的琉璃瓦，很有点像古代的皇陵……②但薇龙到底年轻自信，“只要我行得正，立得正，不怕她不以礼相待。”③这是薇龙进梁家前的第一次选择。

姑母原是香港富豪梁季腾的四姨太，好不容易熬成富孀却已徐娘半老。收留薇龙是为了用这女孩吸引男人。薇龙住进梁家当晚便在卧房里发现一大橱“金翠辉煌”的衣服，“她到底不脱孩子气，忍不住锁上了房门，偷偷的一件一件试穿着，却都合身，她突然省悟……一个女学生哪里用得了这么多？”这个省悟使薇龙“膝盖一软”，低声道：“‘这跟长三堂子里买进一个人，有什么分别’？”④显然薇龙在那个时刻，已预感到她日后在梁家的角色。是夜她和凤喜一样昏沉不能入睡，梦中也有音乐伴着试衣。“柔滑的软缎，像‘蓝色多瑙河’，凉阴阴地匝着人，流遍了全身。”⑤于是，薇龙入睡前对自己说了两遍“看看也好！”这是她的第二次选择。⑥

凤喜贪钱其实是理性的——贫穷的家人一直在教她钱的重要性，她还理智地计划嫁军阀后熬十年再出头的前景。但在睡梦中她会良心发现，在情感上愧对书生情人。而薇龙在理智上一直清醒地看到堕落的危险，反而在梦中，绸缎可以变成音乐匝着她。相比之下，理性的堕落较难原谅，情感的迷失较难逃避。

“看看也好”的结果就是薇龙生活方式的改变。她小心翼翼地看着姑母的眼色应酬男人，被姑母抢去追求者时又心有不甘。不过这些都还只是堕落的准备阶段。最难堪的选择是在被姑母的老相好，汕头搪瓷大王司徒协突然套上一只手镯以后。这个细节张爱玲写得惊心动魄，暴风狂雨之夜，三人同坐一车，梁太笑着给她看司徒协刚送的一只三寸来

① 《作完〈啼笑因缘〉后的说话》，写于1930年，见《啼笑因缘》，第12页。

② 《沉香屑·第一炉香》，《回顾展Ⅱ》香港：皇冠出版社，1991年9月，第272页。

③ 《沉香屑·第一炉香》，《回顾展Ⅱ》香港：皇冠出版社，1991年9月，第272页。

④ 《沉香屑·第一炉香》，《回顾展Ⅱ》香港：皇冠出版社，1991年9月，第276页。

⑤ 《沉香屑·第一炉香》，《回顾展Ⅱ》，皇冠出版社，1991年9月，第277页。

⑥ 陈炳良教授十年前在他的《〈第一炉香〉的主题与主角》一文早就特别注意并反复引用“看看也好”这句独白，因为它说明薇龙“对诱惑没有加以抗拒”。《张爱玲短篇小说论集》，台北：远景出版公司，1983年，第81页。

阔的金刚石手镯——

车厢里没有点灯，可是那镯子的灿烁精光，却把梁太太的红指甲都照亮了……薇龙托着梁太太的手，只管啧啧称赏，不想咯拉一声，司徒协已经探过手来给她戴上了同样的一只金刚石镯子。那过程的迅疾便和侦探出其不意地给犯人套上手铐一般，薇龙吓了一跳，一时说不出话，只管把手去解那镯子，偏偏黑暗中摸不到那门笋的机括。她急了，便使劲去抹那镯子……①

在梁太劝说下，薇龙一时无法退回这镯子。她当然清楚这镯子的意义："一晃就是三个月，穿也穿了，吃也吃了，玩也玩了，交际场中，也小小的有了点名了。普通一般女孩子们所憧憬着的一切，都尝试到了。天下有这么便宜的事么？"②薇龙知道，"惟一的推却的方法是离开了这儿。"薇龙也知道，"三个月的功夫，她对于这里的生活已经上了瘾。她要离开这儿，只能找一个阔人，嫁了他。"③从薇龙开始，后来张爱玲笔下有过很多这样的女人，将嫁人作为"职业"和"事业"。作家不仅加以嘲讽，也试图给予理解。要嫁人，"找一个有钱的，同时又合意的丈夫，几乎是不可能的事。单找一个有钱的罢，梁太太就是个榜样。"④不能说薇龙没作挣扎，她至少拒绝了梁太（也是凤喜）的道路，她宁可在"爱"字上冒险，正是司徒协那副手镯，逼得薇龙迅速改变了对乔琪的态度，从谨慎暗恋，到期待婚嫁。这是第三次，也是非常关键的一次选择。

但薇龙很快（约会当晚）发现了乔琪的为人。爱的理想虽崩溃，征服欲却仍在延续膨胀。她想回上海，又生了场病。梁太已将她的生活要求提得那么高，乔琪又已将她的情感自信心压到那么低。回去？还是留下？这是第四次，也是最后一次选择。为了抓住（嫁给）乔琪，薇龙最终还是需要（而且不断需要）司徒协的"手镯"。从此以后，"薇龙就等于卖给了梁太太和乔琪乔，……不是替乔琪乔弄钱，就是替梁太太弄人。"⑤小说到此为止，再没有继续写交际花薇龙的生活之苦及可能有的悲惨结局。⑥

陈白露堕落的前因不明，凤喜则只是贪钱，而张爱玲却为葛薇龙的沉沦设计了如此充足的理由，四次选择，前三个都不无合理之处，自然而然，却导向了第四步的荒唐。同一个故事，《日出》着重写纯洁女人的无辜与厄运，所以符合（而且代表了）要求社会变革的三十年代主流意识形态。《啼笑因缘》突出下层女子的道德缺点，所以既满足也劝诫了小市民的虚荣梦（作品里的绝大多数人，都有资格关心、帮助、拯救和评判凤喜）。《第一炉香》解

① 《沉香屑·第一炉香》，《回顾展Ⅱ》，香港：皇冠出版社，1991 年 9 月，第 292 页。
② 《沉香屑·第一炉香》，《回顾展Ⅱ》，香港：皇冠出版社，1991 年 9 月，第 294 页。
③ 《沉香屑·第一炉香》，《回顾展Ⅱ》，香港：皇冠出版社，1991 年 9 月，第 294—295 页。
④ 《沉香屑·第一炉香》，《回顾展Ⅱ》，香港：皇冠出版社，1991 年 9 月，第 294—295 页。
⑤ 《沉香屑·第一炉香》，《回顾展Ⅱ》，香港：皇冠出版社，1991 年 9 月，第 310 页。
⑥ 女人为了金钱而跟随男人，其结局在张爱玲笔下并不总是悲剧。张爱玲后来写了《倾城之恋》式的"庸俗的幸福"。也写了《留情》那样的"千疮百孔"的"爱"。当然，也有《金锁记》式的彻底的疯狂。傅雷（化名迅雨）的《论张爱玲的小说》，从五四反礼教的主流意识形态和传统士大夫道德准则出发，只欣赏《金锁记》的悲剧，而不能接受一个"堕落"女人所可能有的其他结局。

析的是女人(乃至人性中)更普遍的弱点,所以在抽象层面,显示了人受虚荣、情感支配无法解脱,在历史层面,则表达了对都会小市民(尤其是女人)生态心态的理解和同情。薇龙的前三次选择,是否也可能是一般人的选择呢?小说不是多次强调葛薇龙是个"普通"的女孩子吗?而且,值得特别留意,她是"一个极普通的上海女孩子"。

二

三部作品都和三、四十年代的上海有关,但又都不完全在写上海。

《日出》通常会给人一个描写三十年代上海十里洋场的印象。这里有两个原因,一是因为《日出》第一幕最初(1936年6月)在上海《文季月刊》[①]上发表时,方达生提到过要离开上海"这个地方"。第二是因为这出戏最早(1937年2月)是由欧阳予倩执导在上海卡尔登大戏院公演的[②],戏中布置与戏院外南京路(公共租界"大马路")街景颇相似,然而实际上,《日出》并非写于上海,曹禺以前也没有在上海长期住过,只在1934年夏来上海作过一次短暂旅行。(他花了很多时间流连往返"大世界"和四马路、观察、同情街边的妓女,临离沪时对女友说:"我要写一部戏,抒发一下。")[③]曹禺晚年追忆说:当时在上海自杀的"阮玲玉是触发写《日出》的一个因素"。[④]《日出》在《文季月刊》连载后,于同年十一月由上海文化生活出版社出单行本。可是单行本里已无"上海"字样,《日出》成了一出可以在任何中国沿海商埠发生的故事。我们当然可以从技术原因上去解释这一改动,据田本相和俞健萌、曹树钧的两本《曹禺传》,《日出》是一九三六年夏曹禺在靳以的不断催稿声中赶写而成的。写一幕发表一幕。所以很有可能在写第一幕时,曹禺为揭露那"损不足以奉有余"的社会形态,选择了十里洋场——他认为是当时中国最黑暗腐化的地方下笔。可是他对上海了解有限,写作过程中不得不用一些北方的细节(比如窗外工人唱的北方调子,第三幕里的北方窑子等),因此全剧完成后,作者要把背景弄"虚"一点,象(像)上海,又不一定是。

欧阳予倩等人在初排《日出》时,大概也感到了第三幕的北方风味与全剧的气氛背景不协调,所以就索性删去了第三幕。为此曹禺十分激动和不满,不惜"顶撞"中国话剧运动的前辈,在北京的《大公报》上刊出万字长文《我如何写〈日出〉》(即《日出·跋》),强调第三幕的重要性——

> 《日出》不演则已,演了,第三幕无论如何应该有。挖了它,等于挖去《日出》的心脏,任它惨亡……

言重至此,原因何在?细读《日出》,我们看到大凡与都市生活有关的道具布景台词动

---

① 《中国新文学大系·戏剧集二》在收录《日出》时注明作品原载《文学季刊》一九三六年六、七、八、九月号,即第一卷第一、二、三、四期。其实这时《文学季刊》已改名《文季月刊》,由巴金、靳以主编。《文学季刊》在北京出版时曾发表过曹禺的《雷雨》。

② 卡尔登大戏院后改名为长江剧院,现已拆除。

③ 见俞健萌、曹树钧《曹禺》,北京:中国青年出版社。1990年初版,第119页。

④ "曹禺与田本相谈话记录",1982年5月26日,见田本相《曹禺传》,北京十月文艺出版社,1988年8月,第176页。

作，都是腐化堕落和丑恶的象征。比如第一幕介绍陈白露所住的旅馆休息厅，“屋内一切陈设俱是畸形的……墙上挂着几张很荒唐的裸体画片……圆形小几嵌着一层一层玻璃，放些……西洋人形、米老鼠之类。”而且这一切均见不得阳光：“窗前的黄幔幕垂下来，屋内的陈设看不十分清晰，一切丑恶和凌乱还藏在黑暗里。”①这一个背景，贯穿了第一、二、四幕（即上海初演《日出》的全场）。这洋场背景，便是陈白露堕落的原因。倘要表现主人公善良可爱依然纯真呢？那就只有靠自然的霜花，以及窗外清凉的风或隐隐存在的“日出”。作品反复强调“这个地方”堕落，并美化乡村和自然作为反衬，虽然曹禺揭示“社会悲剧”的意识形态框架颇似《子夜》，但这种以乡村、大自然为“武器”批判现代西化都市文明的态度却很合沈从文的口味（难怪《日出》在《大公报》得奖时能同时得到茅盾和沈从文的欣赏）。②批判十里洋场需要支点，单靠霜花空气等毕竟太抽象空洞，这就是为什么曹禺一定要第三幕的原因。第三幕写的是一个北方妓院，嵌在《日出》的洋场背景，在情节上直观展示了陈白露生活的恐怖性，在气氛上更构成了一种北方朴素道德（“翠喜有一颗金子般的心”——曹禺）与南方世（市）风淫靡沦丧的对照。不仅在道具、布景、色彩上是个对比，甚至台词语言上，翠喜的北方俚语也构成对张乔治潘月亭洋腔洋调的一种平衡。同样是舞女美酒香水摩天楼，同时代的刘呐鸥、穆时英是欣赏玩味，甚至茅盾，在批判中亦不无迷恋。曹禺到底不是“海派”，所以他一定需要翠喜、小东西才能完成《日出》的内在平衡。

倘说《日出》是京派文人写上海又批判上海，那么《啼笑因缘》便是鸳鸯蝴蝶派大师为了上海读者而写北平了。《啼笑因缘》在某种意义上是由作家、编辑、评论家和读者“共创”的——这是一个通俗文学如何尊重读者的典型例子。一九二九年五月，上海《新闻报》主编严独鹤赴京认识了张恨水，当场约稿，第一个要求便是“上海市民要看武侠”。这便是小说中三个女主角之一关秀姑的来由。而作为情节主线的凤喜的故事，其实来自当时一段社会新闻。一位张恨水所喜欢的地方戏演员高翠兰被当地一个军阀旅长抢走了。社会舆论纷纷谴责该旅长横蛮，但张恨水私下却表示：如果高翠兰一点都看不上旅长，旅长何以用动念抢她，不久人们果然看到俩人愉快地拍结婚照。③ 显然这段素材的人性和社会意义太曲折复杂，所以张恨水将它改造成常见的“逼良为娼”模式。不过其中凤喜堕落的最关键处，如前所引，是已经渗入了高翠兰（准确地说，是张恨水所理解的高翠兰）的影子。正是这稍稍超出读者期待的微妙改动，使《啼笑因缘》中凤喜的遭遇，有别于“贞女不屈维系世风”和“女人无辜社会有罪”的新旧俗套。不过，严独鹤再三叮嘱说“上海人要看噱头”，单是侠女加“逼良为娼”还是不够。在与上海来的朋友左笑鸿反复商量后，张恨水设计了何丽娜这第三个女主角。何乃富家小姐，擅长交际喜欢跳舞自己开车每天需要昂贵的鲜

① 《日出》，《中国新文学大系·戏剧集二》，第 161 页。

② 其实他们欣赏《日出》的理由是不同的。茅盾最注意作品的“中心轴——就是金钱的势力……这是半殖民地金融资本的缩影。将这样的社会题材搬上舞台，以我所见，《日出》是第一回”。言下之意，在小说里已有人写过。沈从文关心的是技巧：称道“全部剧本的组织，与人物各如其份的刻画”。特引自田本相《曹禺传》，第 200 页。

③ 见张明明：《回忆我的父亲》，香港：广角镜出版社，1979 年 4 月，第 23 页。

花，但又知书达礼、人情练达、性格温和。在痴情于樊家树后更愿意戒虚荣耐清苦。小说描写何丽娜与沈凤喜相貌酷似，这一特意安排的细节构成了不少情节上的巧合和误会，更象征着小市民女人的两面性格：同样是美丽和虚荣，可以走向贪财进而道德迷失，也可以有节制地享受都市物质生活和现代男欢女爱而不失道德分寸。在惩罚了沈凤喜的金钱梦后，何丽娜的生活方式及风度便不失为上海市民读者的一种理想了。《啼笑因缘》也是边连载边创作的，从严独鹤那里反馈而来的上海读者的意见，也"参预（与）"着张恨水的写作过程，等到 1930 年秋他去上海和三友出版社及明星电影公司签合同时，市民仍每天排队买《新闻报》以期望先睹小说情节的发展，看樊家树到底在三个女子之间如何作选择。最后，侠女虽忠勇却被敬而远之；凤喜虽娇美终因失足而发疯；惟有漂亮富有又善解人意的何丽娜，与男主人公越来越接近……我有时想，假如《啼笑因缘》当初是在北京的报上连载，结局是否会有所不同？

同《啼笑因缘》为了上海读者而写北平的情况相似，《第一炉香》也是为了上海人而写香港。她自己说过："我为上海人写了一本香港传奇……写它的时候，无时无刻不想到上海人，因为我是试着用上海人的观点来察看香港的。只有上海人能够懂得我的文不达意的地方。"①

我理解这里所谓"上海人的观点"，至少包括道德口味、异国情调和都市意象三个层次。

《第一炉香》的"上海人的"道德口味，是比较灵活通达但又不失原则的。一方面，女人喜欢好衣服顺理成章，为了求学费也不妨小做牺牲，但另一方面，"上海"在《第一炉香》里又是道德尺度和"家"的象征。葛薇龙一觉得有堕落的危险，便立刻想到回上海，"在老家生了病，房里不会像这么堆满了朋友送的花，可是在她的回忆中，比花还美丽的，有一种玻璃球，是父亲书桌上用来镇纸的，家里人给她捏着，冰那火烫的手。……那球抓在手里很沉。想起它，便使她想起人生中一切厚实的，靠得住的东西……"②在这个时刻，上海成了厚实、可靠和温暖的象征——中国现代文学作品里，像这样的时刻并不多见。

"上海人的观点"的第二层意义便是异国情调。由于当时的上海是比香港更发达更现代化的大都市，所以读者寻找的"异国情调"，首先并不是西洋景摩天楼和现代氛围，而是奇特的中西文化混杂，具体地说，便是殖民地里的东方情调。在上海女孩子薇龙眼里，梁家豪宅的客厅"里面是立体化的西式布置，"可"炉台上陈列着翡翠鼻烟壶与象牙观音像，沙发前围着斑竹小屏风……"③小说还特别描写女主人公身上那"别致的校服翠蓝竹布衫，长齐膝盖，下面是窄窄挎脚管，还是满清末年的款式"，言下之意，颇有不满："把女学生打扮得像赛金花模样，那也是香港当局取悦于欧美游客的种种设施之一。"④更明显的找寻

① 《到底是上海人》，《杂志》月刊，第 11 卷第 5 期，上海，1943 年 8 月。
② 《沉香屑·第一炉香》，《回顾展Ⅱ》，香港：皇冠出版社，1991 年 9 月，第 306—307 页。
③ 《沉香屑·第一炉香》，《回顾展Ⅱ》，香港：皇冠出版社，1991 年 9 月，第 261 页。
④ 《沉香屑·第一炉香》，《回顾展Ⅱ》，香港：皇冠出版社，1991 年 9 月，第 261 页。

“异国情调”的例子是梁太的园会。虽然一派英国作风，《夏日最后的玫瑰》伴唱，草地上却“遍植五尺来高福字大灯笼，黄昏时点上了火，影影绰绰的，正像好莱坞拍摄《清宫秘史》时不可少的道具”。[1] 这里的“异国情调”至少是双重的：西方人在香港找到“伪东方”，上海人在香港看到“伪西方”。

“上海人的观点”背后是都市文化，在《第一炉香》里表现为一种混淆人工与自然界线、将生活戏剧化的“都市意象”。我在一篇讨论当代华文散文的论文里曾引用过张爱玲关于都市文化的一个观点：“像我们这样生长在都市文化中的人，总是先看海的图画，后看见海；先读到爱情小说，后知道爱；我们对于生活的体验往往是第二轮的，借助于人为的戏剧，因此在生活与生活的戏剧化之间很难划界。”[2]这种“生活的戏剧化”正是张爱玲小说意象的重要特点之一。在《第一炉香》里，上海眼光看香港，当然注意山水景色。但葛薇龙也是先看惯了海的图画，现在才看到海。当她面对山水风景情绪激动时，大自然就会扭曲成人工制品：

> (太阳偏西后的半山)，大红大紫，金丝交错，热闹非凡，倒象(像)雪茄烟盒上的商标画(重点号系引者所加——下同)。[3]
>
> 梁家那白屋子黏黏地融化在白雾里，只看见绿玻璃窗里晃动着灯光，绿幽幽地，一方一方，象(像)薄荷酒里的冰块[4]。

通常的文学比喻，都是从人的主体方位出发，由我及他，由近及远，由室内到室外，由人工到自然。简单如“女人象(像)花(一样美丽)”，繁复如“丁香空结雨中愁”(李后主)。可是在葛薇龙(张爱玲)眼里——

> 月亮才上来，黄黄的，象(像)玉色缎子上，刺绣时弹落了一点香灰，烧糊了一小片。[5]
>
> 中午的太阳辉煌地照着，天却是金属品的冷冷的白色，象(像)刀子一般割痛了眼睛。[6]
>
> 天完全黑了，整个世界象(像)一张灰色的圣诞卡片，一切都是影影绰绰的……[7]

所有这些意象都是“逆向”营造的：半山、白雾、月亮、天空及世界成了本体，雪茄烟盒商标、薄荷酒里的冰块、缎子上的香灰、金属品以及圣诞卡成了喻体。从《第一炉香》开始，《传奇》里到处都是这类将自然人工化，将环境物品化，将世界装饰化的绝妙意象。精致如

① 《沉香屑·第一炉香》，《回顾展Ⅱ》，香港：皇冠出版社，1991年9月，第282页。
② 《童言无忌》，《天地》月刊第7—8期，上海，1944年5月。
③ 《沉香屑·第一炉香》，《回顾展Ⅱ》，香港：皇冠出版社，1991年9月，第271页。
④ 《沉香屑·第一炉香》，《回顾展Ⅱ》，香港：皇冠出版社，1991年9月，第273页。
⑤ 《沉香屑·第一炉香》，《回顾展Ⅱ》，香港：皇冠出版社，1991年9月，第287页。
⑥ 《沉香屑·第一炉香》，《回顾展Ⅱ》，香港：皇冠出版社，1991年9月，第307页。
⑦ 《沉香屑·第一炉香》，《回顾展Ⅱ》，香港：皇冠出版社，1991年9月，第308页。

《金锁记》开篇,“三十年前的月亮……像朵云轩信笺上落了一滴泪珠,陈旧而迷糊。”①尖刻如七巧形容其媳妇的厚嘴唇:“切切倒有一大碟子。”②传神如佟振保迷惘地看街景:“风吹着的两片落叶踏拉踏拉仿佛没人穿的破鞋,自己走上一程子……”③隽永如《茉莉香片》里的核心意象:“她是绣在屏风上的鸟——悒郁的紫色缎子屏风上,织金云朵里的一只白鸟。”④“女人”像“鸟”——看上去回到了常见的普通的象征秩序,然而这“鸟”,又是人造的,张爱玲这么喜欢用人工世界形容自然世界且刻意混淆两者界线,既体现她本人对室内物品的细致持久的特别兴趣,也显示了她对都市环境城市情调的美学理解,更渗透了“归根究底,什么是真的? 什么是假的?”⑤的哲理疑惑。所有这些张爱玲式的独特意象,不仅要在灯红酒绿的背景里才能创造,而且也要在嘈杂市声的氛围里才能欣赏。这是否可以说明为什么张爱玲一离开四十年代的上海,其作品就失却了那令人压抑的魅力? 同时也可能解释为什么在比较物化的都市,如上海、香港、台北,她的作品特别流行。而且——幸与不幸——随着中国越来越都市化,环境越来越“物化”,张爱玲早期的小说,也许会有更多的读者。

三

把三个女人故事中的男主角放在一起考察,更能见出张爱玲创作与五四文学主流之间的复杂关系。

五四文学中的爱情故事主要有三个模式。一是“书生拯救风尘女子(郁达夫《迷羊》、曹禺《日出》);二是“书生‘创造’新女性”(鲁迅《伤逝》、叶圣陶《倪焕之》、茅盾《创造》);三是“书生在纯洁女人面前欲情净化(为女人所救)”(郁达夫《春风沉醉的晚上》、《迟桂花》,施蛰存《梅雨之夕》)。

书生与风尘女子的模式在中国文学中有悠久历史,在当代文学中仍有可观的发展。但在二三十年代,这些书生男主角的拯救努力均以失败告终。实际上这些男主人公并不能改变风尘女子的处境,反而加重(提醒)了她们的痛苦,因为见证了她们命运的悲惨。譬如方达生,这个角色的功能是整部《日出》里唯一的“五四”知识份(分)子视角,在《雷雨》和《家》里,也有类似的想救下层女子(四凤、鸣凤)而不成的血气方刚的青年。不过周冲、觉慧见证的是旧传统的崩溃,方达生批判的是现代的西化的城市的腐化。当真作为爱情故事来读,这些男主人公们其实都不太理解他们所要救的女人。

上述第二种模式中的男主人公们,其实与第一种类似。他们都是自上而下俯视他们所爱的女人——区别是,第一种女人已沦落风尘,第二种女人可从旧家庭或不自主婚姻中逃脱出来。女人在这里,主要不是“性对象”,而是启蒙、教育和感化的对象。子君在热恋

① 《金锁记》,香港:皇冠出版社,1993 年 3 月,第 140 页。
② 《金锁记》,香港:皇冠出版社,1993 年 3 月,第 169 页。
③ 《红玫瑰与白玫瑰》,第 79 页。
④ 《茉莉香片》,《回顾展Ⅱ》,香港:皇冠出版社,1991 年 9 月,第 244 页。
⑤ 《金锁记》,第 164 页。

中听涓生讲易卜生，君实(《创造》)给娴娴安排了各种应读的西方学说课程，倪焕之所爱的女人则是他的学生。这种启蒙式的“爱”，颇能象征五四知识分子想象中的他们与民众的关系。然而，以《伤逝》为转折点，这类书生“创造”新女性的故事也都以失败告终。经济的困惑，生活的平淡，使子君醉心于油鸡和阿随，使倪焕之的女学生在婚后变得平庸俗气。而陈白露从前那段失败的婚姻，不过是“伤逝”意念的一次文本移植。

在郁达夫、施蛰存等作家笔下有另一类书生，他们陷在自身的精神苦闷中，突然遇上一个玉洁冰清的女人。这类男主人公的苦闷，可以是忧国忧民不得后的抑郁，可以是怀才不遇或家庭烦恼，也可以是自己都不觉察的情欲苦闷。他们也会以同情、帮助的姿态去接近那女人(了解女工工作情况、借伞遮雨过街……)，接近时他们也会有冲动，但最后，也许那女人太纯洁太自然或太有分寸，他们都能够克制乃至净化自己的情欲苦闷，达到一种新的心理平衡。显然，女人在这种偶遇中心里想些什么全不重要，是否她在期待？是否她很害怕？读者并不清楚。小说的中心始终是男主人公的情欲、感觉与潜意识之间的波澜。这时书生面对女人，犹如文人面对山水，一切都是主观情绪的对象化。

在回顾五四爱情小说的这一背景后，我们才会看到张爱玲笔下的女性世界的文学史意义。葛薇龙的故事，有意无意地改写了陈白露的“前半生”，这会使所有的方达生们感到困惑和扫兴：难道竹均当年变成白露，在某种程度上可能是自愿的选择？难道她除了自杀或回乡下以外，还可能有别的很多出路，比如找到平庸的幸福(如白流苏)或挽留那“千疮百孔的感情”(如《留情》里的敦凤)？难道五四知识份子所要拯救所要创造的玉洁冰清的女人，心里想的却是那么现实的问题：衣服上的花边、毕业后的工资、嫁什么样的人、如何找女佣……更重要的是，难道白露、薇龙的堕落，不仅仅是由于社会制度的罪恶，也不仅仅是因为主人公一时的道德错误，而是基于某种更普遍的人性弱点？这么说来，即使社会制度天翻地覆，白露与薇龙的故事仍会延续?!

五四爱情小说中的女性形象，或是被拯救被启蒙的对象，或是协助男主人公平衡精神危机的媒介，她们自身的心理欲望反而很少得到重视。在这个意义上，张爱玲改写女人堕落的故事，可以说是对四十年代已成为文坛主流的五四意识形态的一种挑战。在回答傅雷的批评时，张爱玲表白过何以她不能和当时大多数的作家保持一致：“我发现弄文学的人向来是注重人生飞扬的一面，而忽视人生安稳的一面。其实，后者正是前者的底子。又如，他们多是注重人生的斗争，而忽略和谐的一面。其实，人是为了要求和谐的一面才斗争的。强调人生飞扬的一面，多少有点超人的气质。超人是生在一个时代里的。而人生安稳的一面则有着永恒的意味，虽然这种安稳常是不安全的，而且每隔多少时候就要破坏一次，但仍然是永恒的。主存在于一切时代。主是人的神性，也可以说是妇人性。”[①]在张爱玲看来，“五四”文学主流是歌颂超人的，而她则更关心常人。不同于“五四”小说表现“飞扬”而美化、虚化女性形象，也有别于莎菲女士式的表现女性的飞扬，张爱玲把她们女

① 《自己的文章》,《流言》,上海:中国科学公司 1944 年 12 月初版。

主人公放回更现实的日常生活层次，同时也将笔触探至“妇人性”与人性的普遍弱点：情欲、嫉妒、虚荣、疯狂……用余斌的一句话概括就是：“在《传奇》中，普遍的人性凝定在普通人的身上。”①

关于张爱玲的作品涉及“人性的普遍弱点”，海内外学者已有不少研究②。但对于张爱玲笔下这“普通人”的身分，论者不多。其实张爱玲所写的就是“大都市里的小市民”。大概没有哪个严肃的现代作家（甚至张恨水）会像张爱玲这样主动站出来“标榜”自己是“小市民”：“眠思梦想地计划着一件衣裳，临到买的时候还得再三考虑着，那考虑的过程，于痛苦中也有着喜悦。钱太多了，就用不着考虑了；完全没有钱，也用不着考虑了。我这种拘拘束束的苦乐是属于小资产阶级的。每一次看到‘小市民’的字样我就局促地想到自己，仿佛胸前佩着这样的红字字条。”③这里的“红绸字条”，是个反讽的象征。局促感则来自主流意识形态的压力。“小资产阶级”是个外来的政治概念。整个社会都在忙于看“完全没有钱”的人与“钱太多了”的人作斗争，张爱玲却注意到了介乎于两者之间的人们的重要性。五四文学写得最多最出色的，是知识分子（革命先锋）和农民（革命主力）。小市民们向来只有张恨水等才会念及。可张爱玲却觉得“张恨水的理想可以代表一般人的理想”。④张爱玲执着于写小市民，不仅是批判他们的虚荣软弱，更是认同肯定她（他）们的日常生活欲望的合理性（背后是否还有社会、国家的发展趋势？不妨读：《传奇》最后一篇《中国的日夜》）。张爱玲对五四运动及其启蒙后果一直颇有微辞⑤。她的风格并非如夏志清所言，是在“不受左派理论的影响”的特殊环境下“安心培养”出来的。⑥ 其实张爱玲的作品，处处都必须与五四意识形态对话。在这对话中，她是批战多于承袭。就像本文所讨论的《第一炉香》与《日出》的关系，重写之中已有关键性的改动。

与她的女性角色比，张爱玲笔下的男主人公倒似乎更多一些“五四”的血缘。不过她写男性形象，质量不太稳定，诚如余斌所言：“张爱玲笔下的男性形象，只要他在旧文化的

① 《张爱玲传》，海口：海南国际新闻出版中心、海南出版社，1993年12月，第110页。余斌不同意赵园关于《传奇》是开向沪、港洋场社会的窗口的说法。

② 如陈炳良曾指出：“表面看来，《第一炉香》是个贪图享受，自甘堕落的故事。但作者似乎还隐藏有一个更有意义的主题在故事后面，那就是道德主题。……作者就是要指出人的道德力量始终有限，同时，是相当脆弱的。”（见《张爱玲短篇小说论集》第91页。）又如余斌也认为：“人的不能掌握自己的命运是张爱玲小说的潜在主题。”（见《张爱玲传》，第112页。）

③ 《童言无忌》，这个题目说明张爱玲在表达自己的人文见解时有所顾忌，有一种在与“大人们”（左倾主流意识形态）辩论的姿态。

④ 《童言无忌》。这个题目说明张爱玲在表达自己的人文见解时有所顾忌，有一种在与“大人们”（左倾主流意识形态）辩论的姿态。

⑤ 在散文《谈音乐》里，张爱玲以五四运动来形容她所不喜欢的、敬而远之的交响音乐，轻描淡写地道出了林毓生、李泽厚几十年后所讨论的五四启蒙运动的缺陷问题：“大规模的交响乐……是浩浩荡荡五四运动一般地冲了来，把每一个人的声音都变了它的声音，前后左右呼啸嘁嚓的都是自己的声音，人一开口就震惊于自己的声音的深宏远大，又象（像）在初睡醒的时候听见人向你说话，不大知道是自己说的还是人家说的，感到模糊的恐怖。”（见《谈音乐》，《苦竹》月刊，第1期，上海，1944年11月。）

⑥ 《中国现代小说史》，刘绍铭等编译，台北：传记文学出版社，1979年9月。第400页。

背景下出现，只要他在某种程度上负荷着所谓传统的份量，张爱玲的笔触立时就显得沉稳有力，不浮不乱，只要将佟振保、米晶尧与乔琪乔、范柳原作比较，就可以证明上面的判断。”乔琪和范柳原“在各自的故事中都是所谓男主人公，出现的机会也不少，但作者始终不能……进入他们的内心世界。当她希望在浪子的特点以外从他们身上找到一点更为结实的东西以丰富人物形象时，人物形象反而模糊了——他们始终是影影绰绰的影子。”①

乔琪是张爱玲小说中的第一个男主角。在他之后，我们再三看到有华侨身分留学归来的男人与中国旧式家庭的小姐谈恋爱。范柳原、童世舫(《金锁记》)还都认真地试图感化、启蒙他们所爱的女人。这种有钱的“五四”书生与美丽的小市民女人之间常常不能沟通却又十分融洽的对话缠绵场面，是张爱玲非常乐意描写且驾轻就熟的。在象征层面上，这种对话更是意味深长：这是经受西方文化洗礼后的留学生在帮助、拯救困于中式传统束缚的弱女子呢？还是佯装的花花公子趁火打劫在欺负中国的老处女(长安)或寡妇(流苏)？这是人道主义的(性)启蒙呢？还是殖民主义的(性)侵略？

本文第一部分，由叙述结构入手，讨论的是同一故事所传达的不同道德主题与意识形态内涵。第二部分从作品制作，流通和接收过程，牵涉到京、沪、港不同地域文化在现代文学中的不同色彩。而这第三个话题是谈性别，男女之争，却迅速转入关于“五四”的讨论。“五四书生”，既是启蒙者，又有着男人的驱(躯)体，大概性别问题，从来就是文化政治问题？

范柳原也喜欢读诗(不是华尔华兹，而是《诗经》)，也渴望自然山水，破垣断壁，“地老天荒”，也想通过女人寻找中国梦。童世舫也不无“五四书生气”，满心期望能帮助长安离开旧式家庭。不过张爱玲的男主人公们通常不象(像)郁达夫的书生们那样“穷”——这是一个很关键的改动。书生不穷。所以范柳原等就不再传有激进革命的政治立场(丁玲笔下的莎菲，在二十年代末就因凌吉士喜欢打网球、辩论会、留学吟佛等中产阶级趣味，而唾弃了这位曾引起她情欲的南洋华侨)，书生不穷，他的“反常”的情欲苦闷(出入风月场，偷窥、婚外情、变态趣味等)也就较难被解释成“反叛社会的畸形方式”或“忧国忧民的曲折表现”，五四主流文学倘描写男人的性进攻姿态，一般是负面处理且视乎身分。如是下层民众，行为多愚笨可笑，如阿Q向吴妈求爱、《春蚕》里多多头捏女人大腿，或《萧萧》里花狗的行径。如是富绅老板，则多是淫荡罪恶，如吴荪甫强奸女佣、赵伯韬玩弄冯眉卿之女，又如克安克定，潘月亭胡四张乔治……但如果主人公是穷书生且又忧国忧民，他的性苦闷就值得同情渲染了。男性对女性的进攻姿态，需要借助民族、国家的语汇和启蒙、救人的使命，才能“理直气壮”起来——这并不是郁达夫等少数作家作品里的罕见情况。觉慧对鸣凤、倪焕之对他的女学生、萧涧秋(《早春二月》)对寡妇、涓生对子君……《日出》其实就是最好的例子：全剧中几乎所有的男人，如果进攻白露都是一种淫荡，只有方达生是个例外。在这个背景下，我们看到张爱玲写男人时，也在男性的情欲追求与使命感责任感之间作过多

① 《张爱玲传》，第108页。

层次的解析。一类是“浪子”型，如《金锁记》里的季泽和《第一炉香》的乔琪，进攻女性技巧高超不乏温情但缺乏责任鲜有廉耻。没有任何民族、国家语言的托词，乔琪只许诺给薇龙“纯粹的快乐”。薇龙被吸引，既非怜爱书生亦非贪图富贵，而只是纯粹“想去吻他的脑后的短头发”。这“一种近于母性爱的反应”，非文化、政治、经济理由所能解释，这才真正无可救药，倘若薇龙抑制、消灭自己的欲望呢？像七巧拒绝季泽一样，后来终生身心失调，结局可能更糟。第二类男主人公是“好人”型的，如《红玫瑰与白玫瑰》里的佟振保、《封锁》里的吕宗祯等，他们较有世俗道德顾忌和家庭责任感，虽然一有机会就会进攻女性且行为浪漫，但终于念及“朋友妻不可欺”便放弃做“真人”，或在“封锁’期间与同车少女谈婚论嫁，解禁后却只是用报纸包着包子回家。第三类的男人是“才子”加“公子”型的，范柳原最能代表这个“才子”与“公子”双重身份的重叠、并置和矛盾。范自上海舞会对白流苏一见钟情起，就一直扮演五四书生的角色：把流苏想象成纯洁、朴素的中国女人；理解同情流苏在旧式家庭和传统礼教下的困境，企图救流苏离开上海；希望流苏再去马来亚丛林，再走向自然；一再领流苏到浅水湾破垣断壁前，背诵《诗经》……然而与所有这些书生梦才子气无关，流苏看中的是范公子的钱，提防的是范公子的风流，最后由于战争的契机两人结婚，但这是否意味着白流苏已被范柳原的启蒙改造成他梦想的朴素、自然的中国女人呢？很成疑问。范柳原最后还在浪漫地“执子之手”，他不想想假如某天他真的成了穷极潦倒的书生，上海美女白流苏是否还会继续在断墙前听他读《诗经》。在某种象征意义上，范白之恶，是否也有些象(像)启蒙者与市民之间的关系？

从男主人公的功能看，在《日出》里读者(观众)是可以通过方达生的目光爱憎来观察陈白露及其他人物；在《啼笑因缘》里读者也可以追随樊家树的品味(位)去了解、选择三个不同的女人。但在《第一炉香》(以及《倾城之恋》或张爱玲的其他小说里)，读者是无法通过男主人公的视角去认识女人及把握世界的——因为这些男人，哪怕颇有五四书生气留学归来懂得新潮见多识广，却并不如我们读者般了解和他们“执手”、接吻乃至做爱的女人。男人在张爱玲小说里，最终只是被解析对象，而非解析者主体。

这就是为什么在炎樱设计张爱玲激赏的《传奇》增订本封面上，居高临下倚窗观望室内中国旧式家庭风景及仕女图的那个外来者，并非小说里屡屡出现的留洋归来的男主人公，而是一个不成比例线条奇特面目空白的女性。

(原载《文艺理论研究》1995 年第 6 期)

陈白露：由生活原型到艺术典型

陈留生　贡　献

众所周知，曹禺塑造陈白露形象确实受到一系列生活原型的触发：艾霞自尽、阮玲玉自杀……特别是那位王小姐，曹禺自白："她这个人一下子就把我写陈白露的形象点燃起来"。[①] 然而，生活原型犹如火种，火种只有落在一堆干柴上才能燃起熊熊大火，曹禺在接触到王小姐等原型之前，心灵内就已蓄满了急欲表达的激情；而且，作品中的陈白露形象与诸多原型之间还存在着本质差别，压根儿不是生活原型的复制品。这里的问题是：曹禺在创作《日出》时，内心里郁积了怎样的激情？他又是在自己心灵状态基点上如何把生活原型转化成艺术典型的？

一

曹禺创作《日出》时，内心里已积存了太多的痛苦，那时，他"如痴如醉地陷在煎灼的火炕里，这种苦闷日深一日"。他"不知不觉纠缠在失望的铁网中，解不开，丢不下"。他曾经常失眠——

这些失眠的夜晚困兽似地在一间笼子大的屋子里踱过来，拖过去，睁着一双布满了红丝的眼睛绝望地愣着神，看看低压着头上黑的屋顶，窗外昏黑的天空，四周漆黑的世界，一切都似乎进了坟墓，没有一丝动静。我按捺不住了，在情绪的爆发当中，我曾经摔碎了许多可纪念的东西……我绝望地嘶嘎着，那时我愿意一切都毁灭了吧，我如一只负伤的狗扑在地上，啮着咸丝丝的涩口的土壤，我觉得宇宙似乎缩成黑的一团，压得我喘不出一口气……[②]曹禺何以会产生这样的痛苦？这里既有外在诱因，更是内心矛盾的产物。从外在诱因看，当时社会一片污浊，作为一个有良知、富有同情心、具有正义感的知识分子，当然会痛心疾首。诚如他自己所言："这些年在光怪陆离的社会里流荡着，我看见多少梦魇一般的可怖的人事，这些印象我至死也不会忘却；它们化成多少严重的问题，死命的突击着我，这些问题灼热我的情绪，增强我的不平之感，有如一个热病患者，使我得不到片刻的宁贴"。[③] 这段自白道尽了他对外在世界的痛苦感受，这自然是触发构思《日出》的重要动因。

但是，曹禺创作《日出》更是内在矛盾的物化表现。具体地说，当时他内心里正因爱情

① 田本相：《曹禺传》，第 176 页，195 页，北京十月文艺出版社，1994 年版。
② 曹禺：《日出・跋》，文化生活出版社 1936 年 11 月版。
③ 曹禺：《日出・跋》，文化生活出版社 1936 年 11 月版。

不如意而忍受着痛苦的煎熬。他是1933年认识郑秀的，他对郑秀一见倾心，被她那娇美容颜及高贵气质所吸引，于是，他以独有的执著与韧劲，去拼力追求心目中的女神，郑秀也终于成了他情感的俘虏。然而，到了创作《日出》时，他们已相恋好几年，两个人感情的危机已极其明显。著名曹禺研究专家田本相就对他俩1936年10月在南京订婚时的状况作了介绍与剖析，当时场面虽很热闹，可是：

> 在热闹中也正孕育着痛苦的种子。曹禺对郑秀的追求充满了幻想，那种热烈的劲头，随着时间的推移，不是更加深沉而是逐渐冷却。性格的歧异已经显示出来，订婚后，连剧校的一些同曹禺接近的同事和同学都有所察觉。石蕴华就看出这门婚事所蕴藏的危机。一个同学回忆说："当时我们觉得曹禺有一种内心的痛苦，是因为已经恋爱好久了，就不好再改变，就不得不订婚。"①

这段话道出了曹禺爱情危机的根由：第一，两人性格差距较大，又不能相互包容至少是容忍。第二，曹禺是一位浪漫气息相当浓烈的诗人，他像周冲一样，总是生活在梦中，他的爱情憧憬与追求必然打上浓重的幻想色彩，这种爱往往十分热烈曼妙，并把对方想象成完美的理想形象。但一经与个体对象相处日久，其浪漫色彩就极易褪色，失望也在所难免。一如心理学家所揭示的："结婚以后，朝夕相处，一切都落空后，往往把原先那股充满浪漫情调的爱情一扫而空。过去她曾是你魂牵梦萦，但又似遥不可及的一颗星，曾几何时，等你摘下这颗星，星星原本神秘的光彩顿时尽失，原来它只不过是一块石头而已。"②当初的激情无可挽回地消逝了，可迫于种种顾虑，又不能痛快地斩断情丝。这段恋情犹如骨鲠在喉，咽不下去又吐不出来，岂不痛苦！

并且，曹禺是一位多愁善感的诗人，他远比一般人敏感，一些极细微的不如意也会在心灵内扩散开去，最后酿成巨大的焦虑，因此，人们称诗人都是痛苦的夜莺。曹禺遭逢的又是情爱的痛苦，王国维认定，男女之欲"强于饮食之欲。何则？前者无尽的，后者有限的也；前者形而上的，后者形而下的也。""是故前者之苦痛，尤倍蓰于后者之苦痛。"③曹禺正遭逢了这男女之欲的痛苦。外在的焦虑与内在的苦痛形成一股强大合力，撞击着他那颗敏感而脆弱的心灵，使他陷入了一种特别强烈的痛苦之中。过去，多数论述曹禺创作《日出》时心态的文章或论著，往往较多地关注曹禺所见所闻的各种令他忧郁痛苦的外在因素，而对其自身情感失意而导致的内心焦灼却相对漠视，这是曹禺研究中的一个疏漏。曹禺正是基于内外痛苦的夹击，才悲悯人类都是可怜的动物，并认定大家都是一群飞不出"狭之笼"的鸟儿。在这里，内在的痛切感受起到了决定作用，诚如叔本华所言："一种极高超的人物性格总带有几分沉默伤感的色彩，而这种伤感决不是什么对于日常不如意的事常有的厌恶之心，而是从认识中产生的一种意识，意识着一切身外之物的空虚，意识着一切生命的痛苦，不只是意识着自己的痛苦。但是，必须由于自己本人经历的痛苦，尤其是

① 田本相：《曹禺传》，第176页，195页，北京十月文艺出版社，1994年版。

② 梅尔勃·赛恩：《男人的感情世界》，第23页。

③ 夏中义：《世纪初的苦魂》，第60页，上海文艺出版社，1995年版。

一次巨大的痛苦,才能唤起这种认识。"[1]曹禺的心态正与这段论述相吻合。

一己的焦虑就足够熬煞一颗敏感而脆弱的心灵了,可偏偏在其间还承载了整个人类的痛苦,心灵郁积太多、太重,是要把人压垮的。地火在运行、奔突,郁积的火山随时都将爆发。就在这时,著名电影明星阮玲玉自杀身亡,王小姐的风流艳事到处流传……这些生活原型点燃了他的创作激情,诸多人生遭逢凝聚了起来,终于在头脑中清晰地现出了陈白露这一人物的影像。创作的火花是在主、客体的碰撞、契合中迸发的,一系列生活原型所以能激扬起他的想象和感情,成为创作的"导火索",是因为它们在如下方面契合了他的心灵积郁:

第一,诸多原型都受到外界的巨大压力,是当时污浊的社会迫使她们走投无路的,这与曹禺对当时社会的愤懑心情相吻合。

第二,诸多原型所经受的风风雨雨,都起源于男女关系,这对于正深陷于情爱之中而不能自拔的曹禺,无疑会发生心灵共振。

正是存有着两方面的契合点,曹禺才情不自禁地拿起笔,没经长时间构思,不作精心雕饰,几乎是一口气完成了四幕话剧的创作。之所以这样的急就章能成为曹禺创作生涯乃至整个现代话剧史又一里程碑式力作,正是由于厚积薄发,动用了心灵中最扣人心弦的库存,《日出》实乃"十月怀胎,一朝分娩"之作。

二

当然,陈白露形象绝非诸多生活原型的复制品,也不是她们有关特质的简单拼凑,更不是她们人格、命运的总和,而是基于曹禺主体心灵的再创造。

就一般创作规律而言,艺术作品绝不是对外在客观物象的简单复制,而是客观物象与主体心灵的奇妙遇合,感人心魄的艺术形象往往应是客观世界与主体心灵的契然融合,是你中有我,我中有你,不分彼此的。因为,社会人生是极其广袤繁复的,当它们与作者的感官发生碰撞时,首先就会受到作家审美感知结构的过滤,只有被作者的内在感知结构同化了的生活,才能升华为艺术形象的胚胎。因此,黑格尔认定,艺术的本质就在于"使外在的现象符合心灵,成为心灵的表现"。[2] 有学者甚至断定从一个作家的著作可以追溯到他一生外在与内心的事变,并揭露他的潜意识,也就是他自己也不曾觉察的心灵生活,"他的现在与过去,快乐与痛苦,都进入了创作的过程,而这个过程也记录他秘密的渴望和最隐私的情感;是他挣扎与失望的表露,是他情绪的出口,虽然他努力压抑,仍然畅流不止"。[3] 从曹禺塑造陈白露形象的具体情形看,他虽然受到阮玲玉等生活原型的触发,创作激情由那位王小姐"点燃",并借用了她们的外貌和一些人生经历,但的确是曹禺崭新的创造。

(一)诸多原型都不具备陈白露那种深厚的文化底蕴、浓郁的浪漫气息以及明显的忧

① 叔本华:《作为意志和表象的世界》,第 543 页。
② 余秋雨:《艺术创造工程》,第 4 页。
③ 莫达尔:《爱与文学》,第 1 页,湖南文艺出版社 1987 年版。

郁气质。陈白露出身于书香门第，孩提时代就读过很多书，心灵内蕴藏着诗的激情，并幻想着浪漫的恋情；后来成为交际花，但并不心甘情愿，在外表的热闹之中充满着深深的忧郁和无奈。诸多原型更没有陈白露式的对光明未来的憧憬以及不能迎来这一光明而产生的深深失望情绪。这一切特性与曹禺本人相融通，他显然自觉不自觉地把自我也注入笔下的形象之中了。

(二)诸多原型都缺乏陈白露式的心灵痛苦。王小姐风流、聪明、玩世不恭，但没有任何材料证明她内心充溢着痛苦；阮玲玉虽是因痛苦难耐自尽，可她的痛苦主要源于他人别有用心的中伤、诽谤，而非陈白露那种偏于形而上的焦虑。陈白露的心灵冲突源自于既因过去的人生憧憬、幻想使她跌了大跟头，并陷入了混浊的滚打，而希冀从中腾身而出，遗憾的是，她又没有这样做的勇气与力量。不仅如此，她的痛苦还来源于内心与外表的截然相背。在内心里，她十分空虚，期冀摆脱目前的无聊生活，远离身边种种可鄙可笑的人物，去追寻热烈曼妙的人生。可在外表上，她仍要强颜欢笑，以此来麻痹那焦灼的心灵。特别是为了生存与虚荣，她还不得不与自己憎厌的人物虚与委蛇，投之以热情，甚至还要以青春相许。这种严重的心灵对峙是任何人都难以承受的。因此，她终于支持不住而永远的“睡了”。她的自杀正是焦虑太过而采取的无可奈何的解脱方式，以此来逃避难以负荷的心灵重压，潘月亭的破产只是为这种解脱提供了契机。陈白露的这种痛苦心态也正是曹禺心态苦痛的投影，他当时正处于进退维谷的焦灼状态。而且，陈白露痛苦的根由也是起因于情爱失意，在她出场之前，剧作文本作了详尽交待，下面这段介绍至关重要：

她爱生活，她也厌恶生活。生活对于她是一串习惯的桎梏，她不再想真实的感情的慰藉。这些年的飘泊教聪明了她，世上并没有她在女孩儿时代所幻梦的爱情。生活是铁一般的真实，有它自来的残忍！习惯，自己所习惯的种种生活的方式，是最狠心的桎梏，使你即使怎样羡慕着自由，怎样憧憬着在情爱里伟大的牺牲(如小说电影中时常夸张地来叙述的)，也难以飞出自己的生活的狭之笼。

以上这段话至少有两点不可漠视：一是由具体的痛切感受联想到“狭之笼”这一在曹禺剧作中的重要意象，这非曹禺莫属，诸多原型没有这一情思。二是陈白露的焦虑正是由恋爱失意引发的，她与诗人的恋爱也曾十分美妙，可结果却终因新鲜感的消逝，忍不住平淡、无聊、厌烦而分道扬镳，这与曹禺的心路历程相仿佛，虽然在当时他并未与郑秀分手，但这种凑合显然更为叫人焦心。而诸多原型虽也为男女关系所困，但起因却跟陈白露与曹禺本人不一样，她们多半受外力压抑，只有陈白露与曹禺一样，都深陷在情感本身的悲剧性矛盾所编织的网络里难以自拔。

三

被痛苦所折磨，并深陷在进退维谷境地里的曹禺，内心处于异常激烈的交战状态：一个声音呼唤自己走出困境，再去尝试自由飞翔的人生；另一个却告诉他，你已驮负过多、过重，已毫无力量振翼奋飞，并且，从根本上看他所期冀的自由生活只是子虚乌有的幻想，这两种思想经常处于拉锯状态，一会儿心灵天平倾向这一边，一会儿又偏向那一面，连他自己也不知如何是好。但有一点很明确，若沿着现实的了无生趣的路滑行下去，在那污浊的环境中只有死路一条，自己将在情爱痛苦中不堪忍受它的煎熬；如果再去幻想天空中翱翔，虽然必定会从空中坠落下来而摔死，但兴许还有了点希望。正是基于这种心态，才有了陈白露与方达生的相逢、交锋直至最后诀别，这也是原型遭逢中没有的。

自《日出》诞生以来，人们都把陈白露与方达生当作独立的人物形象来看待，这当然可以；但若从曹禺创作时候心态来推测，这两人的交锋也正是作者内心两种情感的冲突，即两个自我的交战。上文我们已经论证了陈白露与曹禺的关系——曹禺把自己的部分心灵遭逢注入了陈白露心态之中，她成了作者宣泄心灵积郁的一个窗口。方达生形象也是揉合了许多人物原型之后创造出的人物形象，但在性格、气质、心态诸方面，方达生与曹禺都有近似之处，譬如：热情、善良、单纯、执著、内向、好幻想等均与青年曹禺相仿佛。《日出》的结尾方达生说："我们要做一点事，要同金八拼一拼！"曹禺坦言这原是对方达生的讽刺。并且，"讽刺的对象是我自己，是与我有同样书呆子性格，空抱着一腔同情和理想，而实际无补于事的好人。"[①]这其间有自谦因子，但却也道出了实情，以至于本想"把方达生夸张一下，写成一个比较可笑的人物"而不忍心，因为"方达生究竟与我有些休戚相关"。[②] 这样，方达生与陈白露的交锋就完全可以看成曹禺内心两个自我的激战了。

因此，对方达生曾与陈白露的相恋，我们不宜理解得太实，这正说明起初曹禺的人格是完整的，没有产生分裂，他那时就像方达生一样充溢了幻想、善良、正直。但是，当他触及到实际，尤其是当时那黑暗的现实，就必然要被碰得头破血流。具体来说，曹禺当时刚刚步入社会，就遇到诸多不顺心事情，而恋爱的失意更促使他对原先的人生信念产生了怀疑。他痛切地感到，自己压根儿左右不了自己的命运，就像陈白露那样，只是任人摆布、供人玩耍的角色，甚至连自己的家也没有，这也是曹禺能与始终处于飘泊状态的交际花陈白露发生共鸣的原因之一。因此，一方面，他像陈白露那样自甘沉沦，可内心又十分痛苦，不甘心就此沉沦下去，而期冀"有一天幸运会来叩她的门"。另一方面，正由于她的心并未完全沉沦，另一自我才以方达生的面目来叩门，呼吁自己回到过去那热烈纯洁的生活状态中去。方达生历数陈白露童年生活，其实也是曹禺追忆过去的自己。作品中方达生从乡下来，在乡下住了很久，这说明曹禺对城市文明已十分厌倦，他隐隐约约地憧憬着自己并不熟稔的乡下生活。方达生时时处处都与陈白露现今生活格格不入，正是曹禺对自己处境的不满意。然而，种种人生挫折与矛盾焦虑使曹禺清醒地知道方达生的路走不通。他认定：

方达生，那么一个永在"心里头"活的书呆子，怀着一肚子的不合时宜，整日地思索斟酌，长吁短叹，末尾听见大众严肃的工作声音，忽然欢呼起来，空泛地嚷着要做些事情，以为自己得了救星，又是多么可笑又复可怜的举动！我记得他说过他要"感化"白露，白露笑了笑，没有理他。现在他的想象又燃烧起来，他要做点事业，要改造世界，独立把太阳唤出

① 曹禺：《日出·跋》，文化生活出版社 1936 年 11 月版。

② 曹禺：《日出·跋》，文化生活出版社 1936 年 11 月版。

来，难道我们就轻易相信这个呆子么？倒是白露看得穿，她知道太阳会升起来的，黑暗也会留在后面，然而她清楚："太阳不是我们的"，长叹一声便"睡"了。[①]

看来，尽管在内心里非常期望走出困境，但实际上却毫无办法，他对方达生的讽刺也是对那不切实际自我的嘲弄。从最后方达生走了可以看出，曹禺正力图弃绝充满幻想的那个自我，但同时，又让方达生怀揣一丝曹禺式的希望，尽管这是十分渺茫的。而让陈白露"睡"了，则说明，若沿着实在状态滑行下去，还不如死了干净。

所以，两个自我的交战正是曹禺心灵痛苦的表现。自然，曹禺没有走上自杀的人生绝路。但曹禺显然有同感，他老早就思虑过死的问题，在 18 岁时，就写过《不久长、不久长》的诗，其间的情绪十分消极悲观，在诗中，他寻找一个深邃暗涧作为自己的坟墓，向往一个静谧的有着鬼魂相伴的境界，让自己的灵魂永远睡在衰草里。随着人生苦痛的增多，他自然会想到这一对身处痛苦中人来说具有十分诱惑力的去处。只是陈白露真的永远"睡"了，一切都得以解脱，而曹禺则仍在痛苦的泥潭里滚打。好在通过陈白露形象的塑造，他的积郁有所发泄，在一定程度上缓释了焦虑，他又不会被痛苦彻底压垮而走上自尽之路，这也是文学作品的奇妙功能之一。

总之，陈白露形象是在诸多原型基点上，揉进了曹禺本人的人生感受、矛盾心态之后的崭新创造。方达生与陈白露的交锋也正是作者内心矛盾的外在表现。但是，陈白露并不等于曹禺，方达生也不就是曹禺，甚至他们的特质之和也不能说就是曹禺特性的全部面目，他们只代表作者在特定时空内人格的两个侧面。实际上，那位与陈白露相恋继而又分手的诗人，也可以看成是曹禺的另一侧影，陈白露说他与方达生一样也是书呆子，所不同的是，他充溢了诗情画意，而方达生则没有多少诗意，这也符合曹禺的心态历程：随着生活的磨损，曹禺痛切地感到诗人那种浪漫的人生态度、生存方式更为社会所不容，更难在生活中得到安宁。为此，就力图告别诗情，消解诗意了。当然，若真让他过毫无诗意、毫无幻想，特别与世俗同流合污的生活，又于心不甘，因而心灵冲突不可避免。正因如此，即便像陈白露这样有明确的生活原型，作者也把本人的内心挣扎注入其心灵的形象，我们都既不能把她与生活原型对号入座，又不可以与作者本人同日而语。诚如余秋雨所概括的那样，艺术（当然包括艺术形象）"一旦诞生，便离逸了滋润过它的客观素材，也离逸了艺术家的内心天地，以一个有机整体的身份站在世界上"了[②]。

（原载《南通师专学报》（社会科学版）1997 年 3 月刊）

① 曹禺：《日出・跋》，文化生活出版社 1936 年 11 月版。

② 余秋雨：《艺术创造工程》，上海文艺出版社 1987 年版，第 23 页

《日出》与英雄原型

刘家思

神话——原型批评理论告诉我们，作为集体无意识的结构形式的原始意象或原型，在神话和宗教中得到最明显的表现，为艺术和文学创作提供了基本的主题。《日出》是一出宗教色彩十分浓厚的四幕悲剧，在它的前面，曹禺从《道德经》等著作中引用了八段文字，渲染和制造了浓厚的宗教气氛。这就为我们从神话—原型批评的视角去解构《日出》奠定了已然的前提。在《日出》之前创作的处女作《雷雨》中，曹禺将"雷雨"好汉的个性赋予给蘩漪，摧毁了罪恶的周公馆，完成了一个"英雄"①形象的塑造，实现了远古神话英雄原型心态的现代性的转换；在《日出》之后创作的《原野》，曹禺又赋予仇虎一种英雄的本色，让罪大恶极的阴森如地狱的焦家断子绝孙，又表述着一种英雄心态。如果我们从阐释学的角度来考察，夹在二者之间的《日出》，无疑也会与英雄原型心态有联系。那么，它是否真的也承载着《雷雨》中的英雄原型心态呢？笔者认为，《日出》展示的的确是英雄原型心态。不同的是，《雷雨》和《原野》展现的是英雄复仇原型形态，而《日出》表现的却是另一种英雄原型表现形态，即英雄涅槃复活原型形态。

一

当我斗胆提出这个命题的时候，也许有人会质疑：《日出》中有英雄吗？《日出》中的建筑工人始终没有出场，仅仅是作为一种气氛的烘托与陪衬，《日出》怎么跟英雄原型会有关系呢？的确，表面看来，《日出》与英雄原型似乎无关。曹禺说："我写时并不是说我思想上有很高的觉悟，我只是恨那个社会，那怕跟它一起死亡也心甘情愿。"②"当时只有一个直觉：就是不平等的社会不能再存在下去了。我想在《日出》中求得一线光明和希望，但那里是太阳，太阳又怎样出来，我不知道。"③这恰恰说明《日出》的问世是受了集体无意识的支配。《日出》的故事以黑暗起始，以方达生的到来和陈白露渴望自由幸福而又缺乏信心的心理表现为开端，以陈白露的自救、救人和方达生的因想救人而对社会逐步深入的理解为主要情节，以陈白露告别现实自我，以死抗争，和方达生出走，要与金八拼一拼而共同迎来太阳而结束。作品描绘的是一幅光怪陆离的社会图景。曹禺说："这些年在这光怪陆离的

① 曹禺：转引自邹红《蛮性的遗留与悲剧的生成》，《海南师院学报》1992年第2期。
② 曹禺：《曹禺谈繁荣戏剧》，《曹禺全集》第7卷，第431页，花山文艺出版社，1996年7月第1版。
③ 曹禺：《访曹禺谈〈日出〉》，《曹禺全集》第7卷第419页，花山文艺出版社，1996年7月第1版。

社会里流荡着，我看见过多少梦魇一般的可怖的人事”，“它们化成多少严重的问题，死命地突击着我”，“灼热我的情绪”，“一件一件不公平的血腥的事实，利刃似地刺进了我的心”，“我按捺不下愤怒。”[①]《日出》就是在这种情绪的爆发中诞生的一个英雄涅槃复活的神话故事，是远古英雄神话原型心态的独特表现。因为，原型“自文明之初，就已经潜伏在人的无意识之中；每当时代混乱，人类出现一系列危厄，它便复苏过来。”[②]在这幅图画中，形形色色的人物组成了黑暗而无序、丑恶而混乱的世界，“装满了各种不义、邪恶、贪婪、恶毒。满心是嫉妒、凶杀、争竞、诡诈、毒恨。”[③]一方面是剥削者贪得无厌，为所欲为，残酷摧残、欺压人民；另一方面是被损者饥寒交迫，倍受欺凌。在这个世界，有的只是凶残腐配的有余者施加给不足者的悲惨和不幸。“我观看地，不料地是空虚混沌；我观看天，天也无光；我观看大山，不料，尽都震动，小山也都摇来摇去；我观看，不料，无人；空中的飞鸟也都躲避。我观看，不料肥田变为荒地。一切城邑……都被拆毁。”[④]这是宇宙世界开化之前的混沌、混乱与无序在现代社会中的重现的象征。正如作者所说：“我觉得宇宙似乎缩成昏黑的一团”。[⑤] 面对这样一个世界，“冲到我的口上，是我在书房里摇头晃脑背通本《书经》的时代，最使一个小孩子魄动心惊的一句切齿的誓言：‘时日曷丧，予及汝偕亡！’我希望看到“平地轰起一声巨雷，把这群盘踞在地面上的魑魅魍魉，击个糜烂，哪怕因而大陆便成为海”。在这样一个世界中，人被异化了，灵魂被扭曲了，英雄也迷惑了，失去了往日的理智与清醒，英雄的人格发生了异化和裂变。既然如此，要推翻这个混乱和无序的世界，必须告别现实的人格，必须复活英雄本质。

二

这种英雄神话原型心态首先表现在陈白露身上。曹禺说：“刚刚冬天过去了，金光射着田野里每一棵临风抖擞的小草，死了的人们为什么不再生起来！”[⑥]陈白露就是英雄死而复活的神话承继。李蕤说：“在《日出》里，作者最关心的自然是那个敢说敢做双脚站在泥污里但又喜欢站在窗前冷玻璃冰脸的女人陈白露”，“以陈白露为中心牵出引出可能是附庸在她身边的人物”。[⑦] 可以说，《日出》中陈白露的戏剧生命历程就是神话英雄涅槃复活的过程。

陈白露原本是一个“有硬脊梁骨的女人”，品性纯洁，思想单纯，追求精神自由，追求人格的独立与尊严，富有同情心，富有正义感，具有反抗和叛逆精神。由于金钱统治一切的

① 曹禺：《日出·跋》，《曹禺全集》第1卷，第381页，第384页，第385页，花山文艺出版社，1996年7月第1版。

② 荣格：《心理学与文学》，冯川、苏克译，生活·读书·新知三联书店，1987年版，第142页。

③ 曹禺：《日出》扉页。

④ 曹禺：《日出》扉页。

⑤ 曹禺《日出·跋》，《曹禺全集》第1卷，花山文艺出版社，1996年7月第1版，第382页，第383页。

⑥ 曹禺《日出·跋》，《曹禺全集》第1卷，花山文艺出版社，1996年7月第1版，第382页，第383页。

⑦ 朱栋霖：《论〈日出〉与陈白露的悲剧形象》，《南京大学学报》1981年第12期。

黑暗社会对人的灵魂与尊严的吞噬与毁灭，对人的物欲的放纵和对精神的扼杀，削（销）蚀了理想与追求，陈白露由一个“天真可喜的女孩子”堕落为一名交际花，迈进了卑污、腐丑的生活环境，人格被侮辱、自尊遭凌羞，变得似乎玩世不恭，自欺欺人，傲慢自负，空虚无聊，但她那种纯洁善良的品性，强烈的同情心和正义感，对自由对光明的理想追求并没有泯灭，只要有合适的机会就会立即苏醒和恢复。《日出》展示的就是陈白露梦醒时刻的内心剧烈冲突的外在反映。方达生从几千里外的家乡来找她，刺激活了她的心灵，使她回到了“孩子时代”，那种深藏着多年的人的要求便立马跳动起来。于是，她赞美霜花，又惊又喜；她高唱着：“我喜欢太阳，我喜欢春天，我喜欢年轻，我喜欢我自己”的心灵之歌。在太阳、春天、年轻面前，她一下子感受到自己生命的活力，青春的幻想，生活的希望。一个真正的人的精神被刺醒了。正是这种内心人的要求、欲望和意志的流露与扩张，使她试图维护人的自由和尊严，勇毅地挺身而出，竭力去营救小东西，“第一次做了一件痛快事”，试探着为自身作为真正的人而“奋斗、挣扎、反抗”，[①]为生活，为生命奔涌着自由、光明的幻想，升腾着内心的希望。因此“窗外很整齐地传进来小工们打地基的桩歌，由近渐远，渐低，多少人的步伐和沉重的硪落地闷塞的声音……，这声音，几乎一直在这一幕从头到尾，如一群含着愤怒的复仇神，抑郁暗塞地哼着，充满了警戒和恐吓”。然而，资产阶级寄生腐朽生活的腐臭已经深深地侵人她的肌体，她已很难摆脱这种残酷的生活桎梏。尤其是小东西被劫，使内心希望的自我尝试遭到失败，使她对一个真正的人的精神追求幻灭，生命的意志垮塌。她说：“不是我们允许不允许金八他们活着的问题，而是金八他们允许不允许我们活着的问题。”她原先怒斥黑三的勇气和力量始终不能元气式地恢复，内心也陷于极度的困苦之中。英雄已遭受深深的内伤，要战胜黑暗和腐朽，首先就必须脱胎换骨。换体收魂，与现实的自我告别，才能重现英雄的本色，才能重现真正人的追求与生机。因此，陈白露自杀了，彻底战胜了现实的自我，也战胜了黑暗的社会。文学人物自杀，“是个人对他所以出身的整个社会秩序进行抵制并从中解脱出来的最彻底最干脆的办法”[②]，是有所求而没有所得，是希望满足而得不到满足的抗争方式，是强烈地肯定生命意志的一种现象。这是希望绝望之后所寄予的希望，是英雄涅槃后复活的远古英雄神话的现代性置换。英雄涅槃后复活了，产生了一种蓬勃的生命活力和强大的英雄气概与威力，陈白露自杀后，“外面是太阳，是春天”。“太阳驱散污浊、昏暗的黑夜和黑夜中一切丑类，它给万物以生命，给生命以青春，给人类以温暖，给社会以光明；春天和年轻，是大自然和人类最美妙的青春的象征，同样充满蓬勃清新的生气和旺盛的生命力。”[③]这时“天空非常明亮，外面打地基的小工们早聚集在一起，迎着阳光由远处‘哼哼唷，哼哼唷’地以整齐严肃的步伐迈到楼

① 李蕤：《从〈雷雨〉到〈日出〉》，《中国现代文学史资料汇编（乙种）·曹禺研究资料》，中国戏剧出版社，1991 年 12 月版，第 719 页。

② 叔本华：《爱与生的苦恼》第 42 页，转引自向宝云《略论曹禺悲剧意识的文化特质与审美指向》，《曲靖师专学报》1991 年第 4 期。

③ 李蕤：《从〈雷雨〉到〈日出〉》，《中国现代文学史资料汇编（乙种）·曹禺研究资料》，中国戏剧出版社，1991 年 12 月版，第 719 页。

前……”“砸夯的人们高亢而洪壮地合唱着轴歌，‘日出东来……’沉重的石硪一下一下落在土里，那声音传到观众的耳里，是一个大生命浩浩荡荡地向前推，向前进，洋洋溢溢地充塞了宇宙”。

陈白露喜太阳，喜欢春天，期望新的生命，获取更大的反抗力量。她最后说的“太阳升起来了，黑暗留在后面。但是太阳不是我们的，我们要睡了”，与黑暗势力的怕太阳是不一样的。这里的“我们”是指遭受伤害、已失去力量的现实自我，并不是有着无限生命活力和强大行动力量的英雄旧我，不是那原有的英雄本质。她追求太阳，就必须与现实自我告别。因此，当她死后，外面就是太阳，是春天，是生机是活力。有人认为，陈白露是“和蘩漪同一秉赋的女人”。[①] 但蘩漪是一个自我肯定的复仇英雄，而陈白露是一只自我否定的凤凰。她勇毅地选择死亡，源于她对光明、自由的向往，是英雄对于希望的搏击。陈白露用死的权威战胜了资产阶级的物质刺激、卑污生活的诱惑与腐蚀，赋回了英雄的精神与力量，这是英雄对于凡俗平庸卑怯者的胜利。正如朱栋霖先生指出：“毁灭中的新生，是陈白露内心冲突的‘旧我’向‘新我’进攻的胜利。”[②]《日出》“所毁灭的不是在我们内部最贵重的东西。我们不是在最好的东西的毁灭中，而是相反地在真的东西的胜利中得到提高的”。[③]

三

曹禺说：“方达生诚然是一个心有余而力不足的书生。”[④]在他身上也体现了这种英雄神话原型心态。曹禺说：“我倒也想过，把方达生夸张一下，写成一个比较可笑的人物，使这讽刺明显些。但我又不忍，因为一则方达生究竟与我有些休戚相关，再，我也知道许多勇敢有为的青年，与方达生有同样的好心肠。”[⑤]这说明，曹禺并不是要把他作为一个讽刺形象来塑造的，是把他作为与邪恶势力相对立的英雄人物、正义力量来描写的。这也正是远古神话英雄涅槃复活原型释放出的强大裹挟力量对他的左右。“方的出场代表光明与黑暗、公义与横暴、善良与邪恶的冲突。”[⑥]如果他是一个英雄，那么，他目前也还没有恢复英雄的胆识与力量。他不了解社会，不知世事，对现实缺乏认识，所以，他并不是一个开始就有很高觉悟的人。”[⑦]有的是“一肚子的不合时宜”，是“一个永远在‘心里头’活的书呆

① 朱栋霖：《论〈日出〉与陈白露的悲剧形象》，《南京大学学报》1981 年第 12 期。

② 朱栋霖：《论〈日出〉与陈白露的悲剧形象》，《南京大学学报》1981 年第 12 期。

③ 黑格尔：《法哲学原理》转引自朱光潜《西方美学史》（下），第 157 页。

④ 曹禺：《日出·跋》，《曹禺全集》第 1 卷，第 381 页，第 384 页，第 385 页，花山文艺出版社，1996 年 7 月第 1 版。

⑤ 曹禺：《日出·跋》，《曹禺全集》第 1 卷，第 381 页，第 384 页，第 385 页，花山文艺出版社，1996 年 7 月第 1 版。

⑥ H·E·谢迪克：《一个异邦人的意见》，《中国现代文学史资料汇编（乙种）·曹禺研究资料》，中国戏剧出版社，1991 年 12 月版，第 728 页。

⑦ 欧阳山尊：《〈日出〉的导演分析》，同上，第 153 页。

子”，有的是不现实的“可笑又复可怜的举动”。① 他想要做点事，想要改革世界，与金八等人拼一拼，但他把事情看得过于简单，实际上是心有余而力不足。这样，他必须加深对社会的理解，增进对现实的认识，改正自己的想法和做法，从而获得一种超人的英雄力量。这也就是曹禺英雄涅槃复活原型心态的又一表现。在作品中，曹禺就是在这样一种心态下去描写他的。方达生在戏剧中的行动，就是一个英雄逐渐克服缺点，告别现实中的自我主体的不足的过程。第一幕，方达生像罗米欧一样，要陈白露嫁给他，遭到拒绝。但被留下来观察着那个畸形的都市及其周围的人，使他对社会有所认识。第二幕，他见到丑恶的王福升、潘月亭、胡四、李石清、顾八奶奶等人后，非常厌恶和痛恨他们，进一步认识了这个社会；看到被污辱被损害的小东西却非常喜欢，准备认为妹妹，带她走，当她被抢走后，他就一个一个地方去找，便加深了对这个社会的认识。第三幕，他来到“宝和下处”找小东西，看到了最黑暗的地狱生活，对社会的认识更清楚了。第四幕，他回来一见到陈白露就说出实际得多的想法：“人与人之间为什么要这么残忍呢?”，“为什么要允许金八这么一个禽兽活着?”并肯定陈白露留他看看是对的，且说：“我应该多观察这一帮东西，现在看清楚他们了”，“我在这里要做一点事情”，“也许跟金八打打交道，也许要为着小东西跑跑，也许要为小书记那一类人做点事。都难说，我只想有许多事可做的。”最后，听到工人的庄严的劳动声音，他说：“你听，太阳就在外面，太阳就在他们身上。你跟我来，我们要一齐做点事，跟金八拼一拼！”这样，他就不断加深了对现实的认识和理解，逐渐克服了自己的不足。“腐肉挖去，新的细胞会生起来”，这就有了“新的血，新的生命”。② 因而，他终于实现了走向英雄的蜕变。曹禺在书前引用的文字对这种原型心态作了最好的注脚：“……我是世界的光，跟从我的，就不在黑暗里走，必要得着生命的光。”“……复活在我，生命也在我，信我的人虽然死，必也复活。”“我又看见一片新天新地，因为先前的天地已经过去了。”

在《日出》中，作者无疑对“心有余而力不足”的方达生寄予着希望。尽管曹禺曾这样表白：“方达生不能代表《日出》中的理想人物”，“哪一个能相信他能够担当日出以后的重大的责任？谁能承认他是《日出》中的英雄?”并预言这个吉诃德将会碰到大钉子③，但这里隐藏着一个意味深长的矛盾：五四及其以后的知识分子无一不是这样的“吉诃德”，他们不顾别人的讽刺与嘲笑，与“风车”进行殊死搏斗，这难道不是英雄？而曹禺又以吉诃德去讽刺方达生，难道不是无形中肯定着方达生身上拥有的希望吗？而且，方达生一出场以后，就被胡四、王福升、张乔治、顾八奶奶等看成是疯子，这不恰恰赋予了方达生以鲁迅《狂人日记》中的狂人的内质吗？这不正是一个清醒的反抗黑暗的英雄和斗士吗？其实，曹禺在他身上寄寓希望是以英雄的精神内质为依据的，是建立在英雄回归的基础之上的。《日

① 曹禺：《日出·跋》，《曹禺全集》第1卷，第381页，第384页，第385页，花山文艺出版社，1996年7月第1版。

② 曹禺：《日出·跋》，《曹禺全集》第1卷，花山文艺出版社，1996年7月第1版，第382页，第383页。

③ 曹禺：《日出·跋》，《曹禺全集》第1卷，第381页，第384页，第385页，花山文艺出版社，1996年7月第1版。

出》充分表述了这种内蕴。方达生逐渐克服了他的弱点，也就告别了现实自我，超越了现实自我，恢复了原有的英雄本色、英雄气概、英雄的勇毅与威力。从而也就昭示出一种希望。作品的最后是这样结束的："你——（他回转身，叹一口气）你太聪明，你不肯做我这样的傻事。（陡然振作起来）好了，我只好先走了，竹均，我们再见。"于是他迎着阳光昂首走出去。这时，外面射进来满屋的太阳，窗外一切都亮得耀眼。这不正是英雄复活后所拥有的力量、气势与希望的象征吗？

在远古神话体系中，中国的精卫和刑天神话、希腊的阿基里斯神话、印度的黑天神话、伊斯兰的"菲尼克司"（Phoenix）神话，其共同的精神内质就是英雄涅槃复活。因而，英雄涅槃复活是远古英雄神话遗留下来的原型心态之一。这是英雄精神力量与行动强力回归与加大的象征与梦幻，是贯注在文学作品中的集体无意识潜流。郭沫若的新诗《凤凰涅槃》即是这种集体无意识在新文学中的突出表现。在戏剧中，曹禺用高亢而洪壮的音乐《轴歌》显示出一种英雄的巨人的气势与威力，对去掉这些腐烂和黑暗作出了一种明确的理想性的象征和暗示。[①] 曹禺说："我写《日出》时，对革命的认识还很模糊。当时只有一个直觉，就是不平等的社会，再也不能存在下去了。我想在《日出》中求得一线光明与希望，但哪里是太阳，太阳又怎样出来，我不知道。"[②]由此可见，那打夯工人并不是工人阶级的指代和象征，而只是一种原型意象，象征开天辟地、重振河山的英雄，打夯工人的磅礴气势则象征一种英雄力量，一种英雄气概，这是英雄苏醒和觉悟的表现，是英雄复活的标志。英雄复活之时，便是太阳升起之时，英雄所在，乃太阳所在。

（原载《宜春师专学报》2000 年第 4 期）

① 欧阳凡海：《论〈日出〉》，《曹禺全集》，花山文艺出版社，1996 年第 1 版，第 737 页。

② 曹禺：王嫣、一木《访曹禺谈〈日出〉》，《曹禺全集》第 7 卷，花山文艺出版社，1996 年第 1 版，第 419—420 页。

关于《日出》的论辩

田本相

一[①]

1936年《日出》问世后，随即引起文学界的关注。萧乾在主持《大公报》文艺副刊，以其独到的编辑识见，组织知名的作家、评论家笔谈《日出》。从1936年底到1937年初，连续三天用三个整版，发表关于《日出》的"集体批评"和曹禺的答辩。茅盾、叶圣陶、沈从文、巴金、李广田、朱光潜等人都写来文章。这些文章，对《日出》给予高度的赞扬，充分肯定《日出》的思想和艺术的成就，茅盾认为《日出》"是半殖民地地金融资本的缩影"[②]。叶圣陶说它的体裁虽是戏剧，其实也是诗"，"雕刻成功的群像"。[③] 沈从文认为"就全个剧本的组织，与人物各如其分的刻画，尤其是剧本所孕育的观念来看，依然是近年来一宗伟大的收获"。[④] 巴金说，"它和《阿Q正传》《子夜》一样是中国新文学运动中的最好的收获"[⑤]。而燕京大学外文系主任美国教授谢迪克说："《日出》在我所见到的现代中国戏剧中是最有力的一部。它可以毫无羞愧地与易卜生和高尔绥华兹的社会剧的杰作并肩而立。"[⑥]

但是，也有批评。孟实(朱光潜)的批评最为突出，他认为作者的创作态度欠冷静和含蓄，带有"'打鼓骂曹'式的意气"。他说，只要如实地把人生世相揭开给人看就够了，不必"显出一点报应昭彰的道理"。他还认为，第三幕与全剧缺乏有机联系，主张把第一幕后半部和第三幕"全部删去"[⑦]。荒煤说，《日出》只"突出了现象"而忘了应该突出的"现实"，所以印象模糊，读完之后还有些茫然。[⑧]

曹禺读了这些文字十分感动，但是在答辩中他也直率地大胆地表达他的见解。环绕第三幕是否应该删去，还有欧阳予倩在导演此剧时"将第三幕割爱"，曹禺回应说："如果承认我所试用的写法"，即"用片段的方法写起《日出》，用多少人生的零碎来阐明一个观念"，

---

① 这部分属于建国前关于《日出》的讨论——编者注。

② 茅盾：《渴望早早排演》，《大公报》1936年12月27日。

③ 叶圣陶：《成功的群像》，《大公报》1936年12月27日。

④ 沈从文：《伟大的收获》，《大公报》1936年12月27日。

⑤ 巴金：《雄壮的景象》，《大公报》1937年1月1日。

⑥ 谢迪克：《一个异邦人的意见》，《大公报》1936年12月27日。

⑦ 孟实(朱光潜)：《舍不得分手》，《大公报》1936年12月27日。

⑧ 荒煤：《"磅礴的气魄"和"熟练的技巧"》，《大公报》1937年1月1日。

那么,“我就有权利要求《日出》的第三幕还须保留在戏里”。他认为“《日出》里面的戏只有第三幕还略具形态”,“情感上讲,第三幕确已最贴近我的心”。他说,删去第三幕“这种‘挖心’的办法,较之斩头截尾还令人难堪”。①

不久,便出现了黄芝冈的《从〈雷雨〉到〈日出〉》,它对于《日出》的批评,依然认为是在宣扬“正式结婚至上主义”,他说剧中人物和情节都缺乏“真实性”:一是陈白露的自杀“来得突兀”。他认为,“白露绝不是‘死了屠夫便吃连毛猪’的,她决不因潘经理坍台了,便没有其他找钱的路……因此,白露自杀真好像是作者故意谋死她的”。二是认为流氓资本不能操纵金融资本。“像大亨会逼死银行经理,金八会‘收拾’潘月亭的事情是不会有的”。三是认为“日出不等于日落”,因此,“《日出》没有工人上场……砸木夯的小工们在幕外哼唷着,替银行经理盖大丰大楼,也不能代表‘日出’”。只要是黄芝冈认为在生活中看不见的或是不存在的,就是不真实的。显然,他把生活真实等同于艺术真实了。

周扬在《论〈雷雨〉和〈日出〉——并对黄芝冈先生的批评的批评》中,针对黄芝冈的批评观点,对于《日出》也给予比较全面的论评。他说:“如果说在《雷雨》中作者对于现实还抱着宿命论的观点,那么到写《日出》时,作者对于客观社会已有了进一步的认识,他认清了‘损不足以奉有余’的社会形态——人剥削人的制度。他已开始有意识地‘诅咒四周的不公平’,对荒淫无耻的人在泄着愤懑,把希望寄托在象征光明的人们身上,而不再有对于隐秘不可知的事物的憧憬和恐惧,那种悲天悯人的思想了。他的创作的视线已从家庭伸展到了社会。他企图把一个半殖民地金融资本主义制度下的脓疮社会描绘在他的画布上。所以《日出》无论是在作者的企图上,在题材的范围上,都是一个进步。这进步决不如黄芝冈先生所说,只是比《雷雨》少了许多偶然的地方。”“如果和作者的企图相比,《日出》的成功是还不能使我们十分满足的。”

周扬认为《日出》中一些人物写的是成功的,他说:“在《雷雨》中所表现的对人物描写的独特的手法在《日出》里也保持着。这里的人物是更多样的,复杂的,每个人物有他们各自不同的独特的容貌。但除了方达生在外,他们都有一个共同点:他们都是沦落在都市腐烂生活的旋涡里的人,这种生活使他们堕落,使他们污恶,使他们服服帖帖做金钱的奴隶。较之主人公的陈白露和方达生,给了我更难忘的印象的是李石清,顾八奶奶,胡四,王福升,这几个人物的形象。尤其是李石清,他是一个在金钱社会里拼死不顾往上爬的典型人物。他的话语说出了关于有钱人所支配的世界的赤裸的真实。”

周扬认为《日出》的结构,是不成功的。曹禺认为他在创作上正在试探一次新路,并且这样地解释着说:“我决心舍弃《雷雨》中所用的结构,不再集中于几个人身上。我想用片段的方法写起《日出》,用多少人生的零碎来阐明一个观念。如若中间有一点我们所谓的结构的联系正是那个基本的观念,即第一段引文内人之道损不足以奉有余。所谓‘结构统一’也就藏在这一句话里。”但是,周扬却说:“我疑心这是一条新路。作者不满意自己在

① 曹禺:《怎样写〈日出〉》,《大公报》1937年1月2日。

《雷雨》中所用的'太像戏'的结构，这点我也同感；但是我总觉得《雷雨》是以家庭为题材，它的人物又是作者极所熟悉的，所以他处理起来比较容易，在《日出》就不同了，这是写一个整个社会，包罗了多样的人物和事件，对于它们，作者还有些隔膜，所以在处理它们的时候，他还不能够操纵自如。作者说，他为《日出》全部材料的收集，受了不少的苦难，这努力是值得尊重的。但是我恐怕他还只是收集了这些材料，整理了，剪接了它们，还没有能够把它们综合构成一个有机的整体。所以他现在还只能用片段的方法，人生零碎去阐明一个观念，而这个方法决不是艺术的大路。艺术作品的主题是人物和事件的综合，如果这个综合是偶然的或是勉强的，如果艺术作品分裂成各个单独的插话，如果里面没有一种浑然一致，那艺术作品的价值就会遇到损失。因为真正的精练的艺术总是有明确的主题的。要把结构的统一藏在'损不足以奉有余'那个基本的观念里，作者就必须使观众觉得出那个观念，要达到这个目的，对于那个观念，作者自己就不但要觉出过，而且还要仔细思索过，研究过，有艺术地去处理它的能力。这不只'写一篇长序'，或'在戏里卖弄自己独到的见地'而已。"

周扬还批评《日出》，没有写出历史舞台上两种对立的力量。他说："历史舞台上互相冲突的两种主要的力量在《日出》里面没有登场。代表可怕的黑暗势力的金八，作者故意叫他不露面，令他无影无踪，却时时操纵场面上的人物，至于那些劳作的人们，那拥有光明和生机的，作者告诉我们是因为环境上的不允许，只好忍痛将他们硬塞在背后，当做陪衬。因此作者给我们的就只是幕外打地基的小工们的'哼哼'声，和为补救这缺陷而附在前面的八段引文。""对于隐在幕后的这两种社会势力，作者的理解和表现它们的能力，还没有到使人相信的程度。金八留在我们脑子里的只是一个淡淡的影子，我们看不出他的作为操纵市场的金融资本家的特色，而且他的后面似乎还缺少一件东西——帝国主义。对于劳作的人们，作者虽然把希望放在他们身上，但当我听了方达生听了外面小工唱歌时，说：'他们真快活！你看他们满脸的汗，唱的那么高兴'的时候，我真担心这也是作者自己的态度。""这两种隐在幕后的力量，相互之间没有关系，金八还在幕后操纵剧中人物；至于那些小工们，就和旅馆中人毫无关系。他们只被当着一种陪衬，一种背景。在旅馆内是互相倾轧，互相残杀，腐烂和死亡。外面是广大生命浩浩荡荡向前推进，洋洋溢溢地充塞了宇宙的声音。两者中间没有有机的关联，没有新陈代谢的辩证法。这可以在观众心中引起一种错误的幻想：'腐烂的自会腐烂，光明自会到来。'实际上，当作一个社会群的腐烂的人们，不管腐烂到怎样程度，假如不遭到外力的打击，是永远不会自己死亡。一个潘经理走掉了，一个白露自杀了，第二个潘经理、第二个白露，就会来占住他们所空下来的房间，如我们在《大饭店》中所看到的一样。同时，象征光明的人们，现在还在黑暗中，不经过对黑暗的艰难的斗争，光明便永远也不能实现。要正确地表现这'损不足以奉有余'的社会形态，对于这社会中的两种主要力量的冲突之历史的解决，至少也要有一个不致使观众模糊的明确的暗示。这里并不需要褴褛的小工跑到这富丽的旅馆。孟实先生说作者当把方达生的性格写得比较聪明活泼些，比较伟大些，他对福升所鄙弃的提夯杵唱夯歌的劳动阶级不仅只有一种书生的同情，应该还有一种有组织有计划的关联，这就是一个很可宝贵的意见。”

“《日出》的结尾，虽是乐观的，但却是一个廉价的乐观。他关于‘损不足以奉有余’的社会，只说出了部分的真实，他向黑暗势力叫出了：‘你们的末日到了’。而对于象征光明的人们的希望也还只是一种漠然的希望，他还没有充分地把握：只有站在历史法则上而经过革命，这个‘损不足以奉有余’的社会才能根本改变。”①

周扬这些社会学的批评，的确有其独到和精彩之处，但是，一旦社会学的批评成为一种框子，成为一种无所不能的公式和教条，那么这种批评也会走向自身的反面。如认为鲁大海写得失败了，没有写出两种社会对立的力量，没有写出帝国主义，认为只写了一种廉价的乐观，等等，这些批评都过分了，简单化了。周扬对于《雷雨》和《日出》的批评，在新中国建立后，果然见到了效果。曹禺几乎是根据周扬的这些批评修改了《雷雨》和《日出》，这就是著名的开明书店1954年版本，它成为公认的修改失败的典型，受到一些理论家的批评。有时看来振振有词的理论，一旦被实践所检验，不但显示出它过分的张扬和武断，也显示了它的苍白无力。

继周扬对黄芝冈的批评之后，欧阳凡海继续对黄芝冈的文章展开批评。他认为“《日出》比起《雷雨》来，在全体上说，是一个不容否认的进步”。“到了写《日出》的时候，作者已经不再是从那种‘心情’式的冲动出发，而是有意识地要暴露黑暗，提示光明了。”他批评黄芝冈认为“流氓资本决不能操纵金融资本”的看法，他认为“流氓资本”“是中国历史赐与帝国主义的在野的先天的凶手，所以在《日出》中描写出流氓资本是十分正当，只可惜甚至没有暗示流氓资本的主人”。他不赞成那种认为应去掉《日出》第三幕的看法：“所以我宁是赞成《日出》写成四幕剧。以为把第三幕割去了，已成为一个独幕剧，实在是因为对《日出》的结构无理解的缘故。”似乎他不赞成给《日出》提出过分的它所不能承载的要求：“我们没有权利要求不是《日出》所能容纳不下的过量的东西。我也并不希望金八出台，不过另一方面倘是还有一个不出台的金八后面的东西，帝国主义，那多少也应该有些补益吧。”②这里，他对周扬的批评意见是有所保留的。

二③

关于《日出》的争论，在30年代就十分热烈。而在新中国建立后，更有了新的进展。主要争论的问题有：如何评价《日出》的现实主义成就？如何评价陈白露的形象？如何看待第三幕？等等。

(一)如何评估《日出》的现实主义？

自20世纪30年代以来，多数论者认为曹禺的《日出》是一部批判现实主义的剧作。进入新时期以来，对这个问题的研究有了新的见解和新的进展。

① 周扬：《论〈雷雨〉和〈日出〉——并对黄芝冈先生的批评的批评》，《光明》1937年第2卷第8号。

② 欧阳凡海：《论〈日出〉》，《文学》第9卷第1期，1937年7月。

③ 这部分属于建国后关于《日出》的争论——编者注。

田本相的《〈日出〉论》[①]提出了一些新的见解。他认为曹禺自己说《日出》是在“试探一次新路”的实质，在于探求一条革命现实主义的道路。

以往的评论都把“试探一次新路”仅仅看做是个戏剧结构问题。周扬就认为曹禺的“试探一次新路”，就是曹禺所指的“用片段的方法，人生的零碎去阐明一个观念”。但是周扬认为“这个方法决不是艺术的大路”。显然，周扬把试探新路看成是戏剧结构的问题。新中国建立后陈瘦竹、沈蔚德也仍然是从结构上来看待曹禺所说“新路”的。

田本相认为应“联系时代的政治的文学的背景，从作家思想和艺术的发展变化上给予全面的深入的历史考察”。指出作家写《日出》时“试探一次新路”，是由于“对新的题材、新的人物、新的主题的探索”而引起的。在30年代革命斗争和革命文学运动的影响下，曹禺对社会有了新的认识。从作品中反映出来的“反对压迫剥削群众，要求‘根本推翻’那个不公平世界”[②]的思想已具有了革命民主主义的特征。这一思想的特点，决定了作家的创作方法必然要有一个深刻的变动。“这种现实主义不但要求作家能具有广阔的视野，还要求具有高度的艺术概括，更要求对社会现实具有深度的透视力”。这就是写《日出》时之所以要“敲碎”《雷雨》的结构技巧，追求一条更深刻地反映现实的新路子的根本原因。因此认为，曹禺这一“试探”不能看做仅仅是个结构问题，“就其实质来说是探求一条革命现实主义的道路，是向着革命现实主义积极靠拢和接近的道路”。

田本相认为《日出》的现实主义“呈现出革命现实主义的某些特点”，不仅体现于作品“令人信服地揭示出那个金融社会末日来临的必然趋势”，体现于“深入现实的底里探求造成种种悲剧的必然性”，而且体现于对光明的热烈追求上。“光明的旋律不再是梦幻曲的”，而是“对光明的积极追求和探索，它贯串在整个《日出》之中，形成它明朗的格调”。《日出》的革命现实主义特色更在于“用渴望阳光、追求光明的立场来观察现实，反映现实”。对春天的向往，对阳光的渴望，这种“诗意的主题”血肉般地依附于整个戏剧有机体之中。那象征光明的力量，作为典型环境的主要因素，成为了全剧的有机组成部分，而决不是如周扬说的硬塞的‘陪衬’”。在描写一些人物时，作家还着力去发掘陷身腐恶污秽中的人物的诗意的灵魂。翠喜这一形象的美学价值就在于此。

(二)关于陈白露形象

20世纪60年代围绕陈白露的形象，曾经有所争论。陈恭敏认为陈白露形象是悲剧性形象，不赞成把陈白露说成是“一个玩世不恭、自甘堕落的女人”。他认为陈白露灵魂中存在着“理想与现实、人性与奴性、尊严与屈辱、同情与麻痹”等的复杂矛盾。她的悲剧是“折断了翅膀的鹰”，“不想死而不得不死”的悲剧。她的死“具有真正悲剧的性质”，是对“旧制度道德的人性的抗议”[③]。徐闻莺认为陈白露是一个“应被批判和被否定的形象”。他批评了陈恭敏的看法：“一个最根本性的错误是没有站在无产阶级立场，用阶级分析的观点来

① 田本相：《〈日出〉论》，《文学评论》1980年第1期。

② 曹禺：《日出·跋》，《日出》文化生活出版社1936年。

③ 陈恭敏：《什么是陈白露悲剧的实质》，《戏剧报》1957年第5期。

分析陈白露，而是用小资产阶级的温情主义和不健康的情调，而孤立地、片面地强调这个人物的‘复杂的内心过程’和什么‘精神世界之谜’。”徐闻莺认为陈白露是“一个具有资产阶级人生观的软弱和颓废的小资产阶级知识分子的典型”，“她对这个社会丝毫没有反抗的行为，相反，她还起了散布承认这黑暗现实的合法性，和企图使人忍受这黑暗现实，调和和阻碍斗争的消极作用”。她救小东西不过是“一种连同情都说不上的那种廉价的怜悯”和“交际花的一时冲动”。因此，她是“一个不值得同情的人物”，也是毫无悲剧性可言的。[①]

新时期对于陈白露形象的探讨，显然是更为深化了。晏学认为陈白露在其短促一生中“对‘自由’和‘爱情’作过勇敢的探求，但在现实的打击下，她出现过三次精神危机”。第一次是在她从学校跨进社会，当上“社交明星”之后；第二次是她和诗人分了手，重新当上了交际花；第三次，则是方达生的到来，以及小东西的出现和失踪。方达生到来，“唤起了她对过去辛酸的回顾和‘被卖在这儿’的刺心的痛楚”。晏学认为陈白露救小东西的行动“不单是出于同情，其中也隐含着对金八的一种反抗心理”，也“像栖息已久的野雀，在有机会作短暂盘旋之后，欣喜自己的翅膀还有起飞的能力”。但是，她终于发现自己救不了小东西，这又使她“深感黑暗势力之强大，自己是无力抗衡的。于是陷入深深的绝望之中”。于是，她得出结论说，如果过去陈白露还可以以玩世不恭来麻痹自己，而现在，“自身生活的全部丑恶、堕落都明晰地展现在面前的时候，不论理智和感情都不允许她再回到过去的生活里去”。这最后一次精神危机就必然导致她自己结束年轻的生命。陈白露的死，潘月亭的破产无疑是起了加速的作用的，然而，这作用不在于有些人常说的断了陈白露的经济来源，而是在于从中“使白露又一次真切地看到金八等人魔鬼般的可怖力量”。[②]

田本相认为，“陈白露的性格交织着错综复杂的矛盾。各种因素，各个侧面，有机的联系在一起，使她的性格呈现着丰富的内容。”他试图解开这个复杂性格的秘密，不但要揭示她的复杂的性格内涵及其形成的原因，而且要探索这个复杂性格所概括的社会内涵及其悲剧的根由和意义。他在分析了陈白露作为一个年轻的学生，由家庭出来，一个人到社会上闯荡的经历，由当红的歌手、电影明星到沦落为交际花的人生历程，得出一个重要的结论，认为陈白露的悲剧“具有精神悲剧的特点”，指出“要深入解剖陈白露性格的复杂性，不能只是从陈白露的内心世界去寻找，应当从她的悲惨的遭遇以及交际花的罪恶生活环境中去探寻这种性格的形成原因”。他引述恩格斯的一个重要论断：卖淫制度“使妇女中间不幸成为受害者的人堕落”。也就是说，“卖淫制度使不幸的妇女处于既是受害者又是被腐蚀的堕落者的双重的矛盾地位。正是这种双重地位，在很大程度上造成了陈白露复杂而深刻的精神矛盾”。据此，田本相认为交际花这种高级的卖淫生活，对陈白露来说，“既是套在头上的枷锁，又是腐蚀她灵魂的鸦片”。前者使她身受侮辱的痛苦，后者却又使她深受腐朽生活的腐蚀。罪恶的卖淫制度使她处于“既是受害者又是被腐蚀的堕落者的双重的矛盾地位”。正是这种双重地位，在很大程度上造成了陈白露复杂而深刻的精神矛

① 徐闻莺：《是鹰还是金丝鸟》，《上海戏剧》1960 年第 2 期。
② 晏学：《论陈白露的悲剧》，《戏剧学习》1979 年第 3 期。

盾。田本相还进一步指出，陈白露精神悲剧的复杂性和深刻性，还在于“她是一个在个性解放道路上经历过一段历程的女性”。尽管身陷罗网，她仍然打从心底里热爱生活，渴望自由，这样就更加深了她的精神悲剧。她清醒地意识到自己的屈辱地位，从而加深了痛苦；她也清醒地意识到自己的堕落，这就更加剧了她内心的悲哀。于是我们看到她是深深厌恶这个腐恶的环境，但又不能从中自拔出来。田本相还提出了一个独到的看法，认为曹禺“是把陈白露、小东西、翠喜作为一组形象结合起来加以考察的。她们的血泪、痛苦和悲剧具有内在的联系”。他说，“围绕着翠喜生活的地狱环境，不但暗示了陈白露和翠喜实际上处于同样的卖淫地位，也隐喻了陈白露悲剧的结局。”在这里，翠喜的形象正“丰富着、渗透着”陈白露的形象。“这样的处理，是曹禺的一个独创”。田本相还认为，造成陈白露悲剧的总根源自然是黑暗的社会，但是她“单凭个人去闯，去奋斗，去追求个人幸福和盲目的爱”，不能不说也是一方面的原因。“在某种意义上说，她死在她曾信奉的个人奋斗、个性解放的哲学上。她接受了资产阶级的个性解放、个人奋斗的哲学，这既是她的悲剧的结果，又是她的悲剧的原因”。①

朱栋霖认为在陈白露开始走上堕落道路时，“个性解放思想脆弱的一面是有一定影响的”。但是“使她在纸醉金迷的生活中保持灵魂不堕落的，恰恰是个性解放思想。是个性解放思想使她终于最后战胜了金钱社会物质刺激生活的引诱，为人的希望遭毁灭而殉身”。他不赞成“个性解放思想是悲剧根源之一”。②

对陈白露悲剧形象的思想意义和美学价值，田本相指出，《日出》通过对陈白露的精神悲剧的刻画，“展示了那黑暗的金钱统治的社会，是怎样在精神上逼迫得她陷入极度的痛苦，怎样腐蚀毒害着她的心灵，使她处于不可解决的精神矛盾之中，最后导致她精神崩溃而绝望地自杀”。深刻地揭示了黑暗社会的这种精神的“吞噬之力”是一种何等可怕的无形杀人力量：“它尽绝人们生活的希望，摧残人们的灵魂，腐蚀人们的意志，把人的美好的心灵扼杀掉。”陈白露的悲剧还表明：“脱离社会的解放去追求个性的解放，脱离开群众的斗争单靠个人去闯，是没有出路的。”③这就又发人深思地提出了一个知识女性解放的道路问题。晏学也指出曹禺正是透过陈白露这一个有别于黄省三、小东西和翠喜形象的社会典型的悲剧，“从不同的角度对反动统治阶级和罪恶的私有制以及资产阶级的道德、生活方式、统治手段和私有制下所产生的一切丑恶东西，进行了全面而强烈地批判和辛辣的揭露”。④

（田本相主编《中国戏剧论辩》，百花洲文艺出版社 2004 年）

① 田本相：《〈日出〉论》，《文学评论》1980 年第 1 期。
② 朱栋霖：《论〈日出〉与陈白露的悲剧形象》，《南京大学学报》1981 年第 2 期。
③ 田本相：《〈日出〉论》，《文学评论》1980 年第 1 期。
④ 晏学：《论陈白露的悲剧》，《戏剧学习》1979 年第 3 期。

《日出》的版本与修改[①]

金宏宇　吕丽娜

《日出》于1936年6月至1936年9月发表在《文季月刊》上，每期一幕。其后由上海文化生活出版社在1936年11月出初版本。一直到解放前，《日出》数次再版重印，但基本上没有变化。只是在再版里收入曹禺为回应《大公报》（天津）对《日出》的集体批评写的一篇文章《我怎样写〈日出〉》，作为跋。解放后，《日出》却有几次重大的修改。1951年8月，开明书店印行《曹禺选集》，收入《日出》，这一版本改动很大，未收跋，可称之为开明本。1954年，人民文学出版社出《曹禺剧本选》，内收《日出》，可称之为"剧本选"本，它大致恢复初版面貌，也吸收开明本的某些合理修改，并在文字和内容上做了少量删节。此一版本，后又由中国戏剧出版社出单行本。1959年5月，中国戏剧出版社又出版《日出》，但内容上则做了大量的删节，一般称之为戏剧二版。这一版本，其后又于同年12月改由人民文学出版社出版，也是单行本。1961年5月，人民文学出版社将此单行本连同《雷雨》、《北京人》收入《曹禺选集》，并在1978年后陆续再版重印，是一个影响很大，流布极广的本子。1985年5月，四川人民出版社出单行本《日出》，再次恢复初版面貌，只是在第四幕里略有改动，前收扉页引言，后附跋，并收作者所写《重印〈日出〉后记》。这次修改应该是曹禺本人对《日出》的最后一次修改，我们称之为四川本。此后，中国戏剧出版社1988年所出的《曹禺文集》，花山文艺出版社1996年出的《曹禺全集》均没有采用这个版本，而是采用初版本。《日出》的版本变迁体现为一种修改过程，但其重大修改只有3次：一是从初版本到开明本的改动（再版本只在初版本基础上加跋，故仍以初版本和开明本比较），二是从"剧本选"本到戏剧二版的改动，三是从初版本到四川本的改动。本文将重点讨论这3次重大修改。

一

开明本《日出》是曹禺对新的历史语境做出回应的结果。"曹禺是从国统区来的作家中，最早的一个反省自我的作家，没有任何外界的压力，也没有任何外力的督促，是他主动地对旧作进行自我批判。"[②]1950年10月，在《我对今后创作的初步认识》一文中，曹禺这样反躬自问："我的作品对群众有好影响吗？真能引起若干进步的作用么？这是不尽然的。"

① 关于《日出》版本问题，还可参考谢国冰《〈日出〉两种版本的比较》（《湖北师范学院学报》2006年第5期）等文——编者注。

② 田本相：《曹禺传》，北京十月文艺出版社1981年版，第342页。

他认为自己的旧作不但没有起到进步作用，反而给读者和观众带来不良的影响。他甚至说："没有历史唯物论的基础，不明了祖国的革命动力，不分析社会的阶级性质，而冒（贸）然以所谓'正义感'当做自己的思想支柱，这当然是非常幼稚，非常荒谬的。"①在这篇自我检讨的文字中，他还叙述了自己的作品对罪恶旧社会暴露不够。在他看来，《日出》只是粗枝大叶地罗列了大鱼吃小鱼的现象，而并没有具体指出造成这些现象的原因。在开明选集的"序言"中他也说到"我终于是凭一种激动的情绪去写，我没有在写作的时候追根究底，把造成这些罪恶的基本根源说清楚。譬如《日出》这部戏，应该是对半殖民地半封建的中国的社会的控诉，可是当时却将帝国主义这个罪大恶极的元凶放过，看起来倒好像是当时忧时之士所赞许的洋洋洒洒一篇都市罪恶论。又如我很着力写了一些反动统治者所豢养的爪牙，他们如何荒淫残暴，却未曾写出当时严肃的革命工作者。他们是向敌人作生死斗争的正面力量。以我今日所达到的理解，来衡量过去的劳作，对这些地方就觉得不够妥当"。② 曹禺正是按照这种新的认知来修改《日出》的。

因此，在开明本中，环绕着小东西的命运，增加了几个人物：小东西的父亲、田振洪和郭玉山，他们都是仁丰纱厂的工人。而在初版本中面貌有些模糊的金)八则很明确地定位为仁丰纱厂的总经理，方达生则变成一个地下革命工作者。剧情也有很大改变：金八的后台是日本帝国主义，小东西的父亲被金八杀害，为此，纱厂展开罢工斗争，反对金八和日本帝国主义。金八把小东西送到宝和下处，方达生就到处寻访小东西的下落。最后方达生和仁丰纱厂工人一起，把小东西救出来。这实际为剧本新增了一条革命斗争的情节线。这条情节线的设置使得先前的情节结构、人物面貌等发生了重大改变，使剧本故事的重心由陈白露这个高级交际花的如何一步步走向死亡转到方达生作为革命者形象的英勇和如何营救小东西上来。

初版本里，陈白露这个人物交织着错综复杂的矛盾，其性格有着丰富的内涵。而开明本里，白露性格的丰富性却因为相关人物的改变和一些重要细节、场景及对话的删改而减弱许多。开明本对陈白露身世、经历的交待语焉不详，其一是关于她成为交际花之前的一些经历，开明本只说明她是因为家穷，父亲死得早，不得已做了交际花。而对于陈白露出身书香门第，受过良好教育，有着很好的才能等都删去不述。其二是关于她的那次失败的婚姻，在初版本里，陈白露对此有很长一段叙述。叙述中交织着白露复杂的情感状态，一方面她对于过去的美好回忆历历在目，一方面她又不无嘲讽和遗憾地对于她和诗人那段爱情加以质疑。而在开明本中，陈白露只是淡淡交待了她曾经有过一次失败的婚姻，并且那个人的身份由"诗人"变成了"商人"。再则，在初版本里，陈白露和方达生的话语交锋是颇能显示出她性格中温柔与固执并存的特点的，而在开明本里，陈白露则俨然成了方达生的被启蒙者。开明本删除了陈方二人的情感纠葛，只保留了方达生对于陈白露目前生活的质询与不满，而陈白露对此只是一味地应对。陈白露的激烈抗辩，性格中倔强的成分也

① 曹禺：《我对今后创作的初步认识》，《文艺报》1950 年 10 月 3 日第 1 期。
② 曹禺：《曹禺选集·序言》，开明书店 1951 年 1 月版。

消失了。甚至最后连她的死亡也处理得极为匆匆。初版本里，曹禺用了大量的篇幅来渲染陈白露当时的状态，包括舞台设置，她的心理活动，她的照镜子，一颗一颗倒安眠药的动作，以及贯穿整部戏的那句“太阳升起来了，黑暗留在后面。但是太阳不是我们的，我们要睡了”。最后写她拉窗帘，躺下去。场面写得极为凄楚而苍凉。然而在开明本里，却把这些全部删去，只说她关上窗帘，拿起安眠药，走入卧室。使得陈白露最后的形象模糊不清。

开明本中，另一改动最大的人物是方达生，相当于一次重写。首先是身份上的改变，由乡下书生变成一个坚定、英勇的革命者。他以反对帝国主义、支持劳工大众为己任。其语言表述是宣道式的，如“单单是穷么？不是的，小姐，你的情形正是在这种半殖民地半封建社会下的现象，我们应该认清，在帝国主义压迫下……”除了让他熟知新民主主义理论外，曹禺对方达生形象的另一种处理就是淡化他和陈白露的情感关系。陈白露之于方达生只是过去的一个朋友，他到白露处，是为了躲避日本特务的追查。为了使方达生革命者形象更可信，曹禺加了他不喜欢吸烟，没时间谈感情等细节。初版本里方达生是懦弱书生，在每次和陈白露的话语交锋里，方达生单纯的理想总显得苍白无力，但这一懦弱的形象是整体的。他讨厌世故，不喜欢应酬，同情弱者的性格都得到了相应的展开。而开明本中，方达生却是混沌的。曹禺甚至为了突出方达生高大全的革命者形象，将他对陈白露的那份单纯美好的感情都割舍了。方达生在开明本里新生的形象塑造得并不成功，原因之一是作者缺乏对革命者形象的完整认识，对他们的生活细节不熟悉。第二，新写的方达生的对话没有丰富的潜台词，概念化的语言使得这一形象苍白、干瘪。

还有金八的形象。在初版本里只有几个地方提到他，并不确定他的身份，他一直是个未有出场的人物。曹禺以抽象的方式将他确立为黑暗势力的代表，突出他的无处不在，这样能够收到更为深刻的批判效果。而在开明本里，曹禺却回应了周扬在 30 年代对《日出》的批评。周扬说：“对于隐藏在幕后的这两种社会势力，作者的理解和表现它们的能力，还没有到使人相信的程度。金八留在我们脑子里的只是一个淡淡的影子，我们看不出他的作为操纵市场的金融资本家的特色，而他的后面似乎还缺少一件东西——帝国主义。”[①]这里，周扬是用革命现实主义的要求来看待曹禺在戏剧中对于象征手法的运用的。曹禺在开明本里将金八处理成一个具体的买办，当然使得金八的面目更为清楚，却没有初版本的象征效果了。

从剧本整体而言，开明本比初版本逊色许多，虽然大致的结构没有发生变化，但是因为新增的一条情节线没有很好地融入剧本的结构中，使得诸多场面显得生硬。比如说关于“太阳升起来了，黑暗留在后面。但是太阳不是我们的，我们要睡了”这句话，在全剧中提纲挈领。而在开明本，却只在第一幕末尾陈白露念书给潘月亭听才出现，不具有特别的意义。这些情节上的重大改动使得开明本《日出》的修改更像是一次重写。开明本是《日出》剧本多次修改中改动最大的一次，牵涉到情节、人物、台词、舞台提示各个方面。然而

① 周扬：《论〈雷雨〉和〈日出〉》，《光明》1937 年第 2 期。

却是一次不成功的修改，改动后的情节生硬，人物形象干瘪，对话则更毫无动作性、抒情性可言，方达生的言谈像理论宣传，其他人物的对话，也因为不适当的删减而丧失了个性和话语交锋的力量。开明本是曹禺解放后真诚地回应时代变化所作的一次修改，是他求“真”的结果。而这个“真”用他自己的话来说是要有阶级观念，符合革命历史，符合历史唯物论。为求这个“真”，他不惜丧失《日出》的艺术真实性。

二

如果说从初版本到开明本的修改是一次不成功修改，那么接下来的几个版本的变动，则主要体现为剧本艺术的完善和精益求精了。早在1936年《日出》在《大公报》刊载完毕时，英国人谢迪克就曾指出《日出》“还有一个缺憾那就是行文的冗长。这部剧太长了。读者的兴趣时常为那些段极长的对话抹淡了。人们出场次数嫌太繁。同时作者还犯了重描的毛病。如黄省三出场太多了，而且也说的太多，这反而削减了作者原来的用意”。[①] “剧本选”本一方面恢复《日出》本来面貌，一方面又注意到《日出》的缺憾而在艺术上进行了新的改进。其实开明本在人物对话、舞台指示、台词提示、人物上下场的问题上已经有所修改，但那些艺术上的修改在开明本中却被情节、人物方面生硬的改动给掩盖了。而这样的改动在“剧本选”本得到保留并发挥，如对人物介绍的删改就是主要承续开明本的删改。而对话方面，“剧本选”本的一些修改则非常精彩。如，关于陈白露出身的一段对话，“剧本选”本比初版本更能体现话剧的特色。初版本是：

达　（冷酷地）竹均，你听着，你已经忘了你自己是谁了。

露　你要问我自己是谁么？你听着：出身，书香门第，陈小姐；教育，爱华女校的高材生；履历，一阵子的社交明星，几个大慈善游艺会的主办委员……父亲死了，家里更穷了，做过电影明星，当过红舞女。怎么这么一套好身世。难道我不知道自己是谁？

“剧本选”本删改为：

达　（冷酷地）竹均，你已经忘了自己是个读过书的人，还是个书香门第的小姐。

露　你知道么？我还是个社交明星，演过电影，当过红舞女呢！

“剧本选”本让两个人物分开来交代白露的身世，但二者强调的点不同，方达生强调她的过去，潜台词是对现在她的生活感到失望。而陈白露则强调自己的改变，潜台词是并不认为自己做过社交明星，演过电影，当过舞女的生活是堕落。为后面的话语交锋留下引子。在这里“剧本选”本用对话来交代白露身世，而不用自我介绍的方式，显得更为简练而且耐人寻味。正是因为依照话剧剧本演出的要求作了修改，所以，曹禺在“剧本选”本《前言》中说：“如果日后还有人上演这几个戏。我希望采用这个本子。”

---

① 谢迪克：《一个异邦人的意见》，《大公报·文艺》（天津）1936年1月1日。

在经过“剧本选”本的删节后，《日出》仍然显得过长和不精练，于是曹禺在戏剧二版中对《日出》剧本又做了一次系统的删减和修改。一是精练人物对话。这主要是对不具有引发性、冲突性、交待性的对话进行删减和修改。在第一幕中就有多处这样的修改，如，方达生不同意白露现在的舞女生活方式，陈白露自做辩解：

达　我不明白你究竟是什么意思，也许名誉的看法——

露　嗯，也许名誉的看法，你跟我有些不同。我没故意害过人，我没有把人家吃的饭硬抢到自己的碗里。我同他们一样爱钱，想法子弄钱。可我弄来的钱是我牺牲过我最宝贵的东西换来的。我没有费脑子骗过人，我没有变着方法抢过人。我的生活是别人甘心愿意来维持的，因为我牺牲过我自己。我对男人尽过女子最可怜的义务，我享着女人应该享的权利！

戏剧二版将白露自我辩解的第一句话改为“我怎么样？”用抢白和反问的语调代替“剧本选”中商量的口吻。一方面使得语气更通畅，和接下来的言之凿凿相呼应。另一方面也能更加充分反应(映)陈白露性格中的烈性。二是减少人物出场。在话剧演出时，过多的人物出场会打断戏剧冲突的发展，使得戏剧冲突不够集中。如，在第四幕李石清和潘月亭的对话中，“剧本选”本安排了几次白露的出场，一次是在开始，李石清和陈白露打招呼，一次是中间，陈白露过来询问发生了什么事情。戏剧二版删除这两次出场。陈白露在这段极具动作性的对话中，几次上下场，不但没有起到任何戏剧效果，反而妨碍了李与潘之间对话的展开。三是洁化叙述，这尤其体现在第三幕中。比如在第三幕开头翠喜和胖子的打情骂俏中就删除了一些与性有关的对话。开明本就曾做过这方面的删改，戏剧二版做得最彻底，成了一个洁本。

戏剧二版的修改，基本上没有改变原来的情节和人物，是对“剧本选”本修改的一个延续。这使得剧本显得更为集中，更加精练，更加适合于演出。然而这些修改却并非全部都是成功的。戏剧二版的这次修改，去除旁枝，只留主干，使得戏剧冲突更加紧凑，强调了动作性。但在抒情性的体现上，显得有些不足。戏剧二版更适合舞台演出，但在剧本的可读性、文本意义的丰富性方面比之初版本要逊色许多。

1985年的四川本再次恢复了初版原貌。这一次对初版的恢复一方面是为了保存史料，一方面则是曹禺希望剧本不仅仅是为演出而写，而且能够吸引读者来读。关于此，他说：“我写剧本，经常希望它像小说一样吸引读者坐下来读读，有点兴味。这自然是我的妄想，也许今后我改掉这毛病，也许我改不掉。我不赞同书斋剧本，即只为了读，不为演的剧本。剧本还是为了演出写的。但如果它能吸引读者翻翻，岂不是更好么？[①] 四川本对初版本的恢复比起“剧本选”本的那次恢复显得更加彻底。然而这个本子还是做了较少的修改。除了错字的更正，就是着重描述一下陈白露的性格。如，第四幕的开头对陈白露的描写增加两个重要的道具，一是火油钻耳环，二是茶花。火油钻意味着陈白露是外表冷静、

① 曹禺：《日出·后记》，四川人民出版社1985年版，第114页。

内心热情的人。而茶花的设置则显然透露出曹禺在最初写这一人物时曾经参考过《茶花女》中那个高级交际花的形象。这些细节上的修改显示出曹禺本人对陈白露形象的理解。同时在四川本新写的《后记》中他再次强调关于号歌所意味着的光明。作为一个特别的单行本，四川本在《日出》的版本变迁中占有着非常重要的地位，一方面它是曹禺本人最后的改定本，另一方面他在其《后记》中提到了自己对《日出》这个剧本的一些看法，这对丰富作家作品研究无疑具有重要意义。

三

《日出》的版本变迁有复杂的动因，与国家意识形态引起作家思想的变化有关，也涉及到剧本这一特殊文体在文本意义与舞台演出之间的矛盾，更牵涉到作家自己如何重新看待其早期作品的问题，还有剧本艺术上精益求精的考虑，等等。通过对校和比较，我们会看到《日出》的诸多版本具有不同的版本本性。初刊本是报刊连载本，尚须完善；初版本是较完备的版本；而再版本更完备，既有正文本，也有副文本《跋》；开明本是一个改写本，充满国家意识形态修辞；“剧本选”本是初版本与开明本的合成本，但又有新的改动；戏剧二版承续了“剧本选”本的修改，是一个更适合演出的本子；四川本是曹禺最后的改定本，却不及初版本那样完备。在所有的版本中，初版本是适合于阅读的“书斋剧本”，其它版本也可以说都是适应不同历史时段需要的演出本。从一个版本到另一个版本之间的修改虽然是局部的修改，但经过“阐释的循环”，会改变文本的语义系统和艺术系统。所以，《日出》的每一个版本其实就是不同的文本，是独立的文本。但是另一方面，《日出》的不同版本又相互联系、相互参照、相互生发。它们是《日出》不同时期的变体，是作家不同时期对《日出》的不同阐释。因此，《日出》是现代文学经典作品版本变迁的典型个案。

《日出》的版本如此复杂，我们应该如何从它的几个不同版本中确立善本呢？我们又能否确立善本呢？这恐怕是一个很难断定的问题。在中国古籍版本学中，所谓“善本”是指所有版本中的优者，必须符合“旧”（旧刻、旧抄）、“足”（无缺卷）、“精”（精校本、精注本）的原则。依此标准，《日出》的初刊本是最“旧”的，可作善本；《日出》的再版本是“足”本，可作善本；《日出》的定本和解放后的所有版本都是“精”本，亦可作善本。《日出》的几种版本各有优长，让我们难以择善而从。所以，我们还须提出所谓“新善本”的概念，其内涵指向文本内容的历史真实性和美学价值。新文学名著的“新善本”要依据其版本变迁的实际而定。具体到《日出》，这个“新善本”应该是其再版本。《曹禺文集》《曹禺全集》都采用初版本，只不过是坚信“初版本主义”，并未对其不同的版本作细致的比较。

与此相关，我们又应该如何对它进行文学史的叙述呢？一般认为写文学史应以初版本为依据，但《日出》其他的版本就应该忽略吗？只提《日出》的初版本，看似具有史的意识，却无视了它的前史。因为它还有初刊本，这部名著诞生的历史时刻应是它初刊之时。不提解放后的各种修改本，不写《日出》的成长和文本定型，这又阉割了作品的后史。任选它的一个版本去评说，这种文学史写作显示出的是随意性，有违史的严谨。选用建国初的修改本去叙述，又会表现出一种反历史倾向和浓厚的意识形态色彩。所以，这其中的任何一种文学史叙述都是不全面的。笔者以为对于《日出》这样的优秀作品,应让后人清楚地看到其版本演进轨迹和历程。《日出》既然有版本变迁史,文学史就应该叙述这种史,而不能阉割或掩埋这种史。目前,许多文学史都不叙述《日出》之史。文学史不写作品之史,是一种很吊诡的现象。这是《日出》带给文学史写作的一种警示,这也是关乎 20 世纪中国新文学史写作的科学性的重要问题。当老一代的作家纷纷作古,当那些优秀作品不再有作家本人的改动,当我们站在 21 世纪或将来的某一时点返观 20 世纪中国新文学,我们的文学史家该如何叙述那些隔世之作呢? 严格说来,没有作品版本变迁史的文学史叙述,是不完整不严谨的文学史叙述。真正的科学的文学史应该有一种版本兼容原则,应该对《日出》这样的新文学经典作品的版本作精确的具体的动态的叙述。

(原载《湛江师范学院学报》2005 年 4 月刊)

漫谈陈白露的模特儿

焦尚志

对于曹禺经典剧作《日出》中陈白露的形象，观众是十分熟悉的。她既是全剧结构的中心人物，又是震撼人心的悲剧形象。可以说，《日出》的永恒魅力主要来自陈白露这个复杂、独特、光芒四射的艺术形象。然而，陈白露这个形象的生活根据是什么，或者说，是生活中的哪些人物触发了剧作家的创作冲动，她的模特儿到底是谁？笔者试着解读一下它的谜底。

文学作品中的艺术形象，从根本上讲，是一种审美创造。主要依靠作家丰富的想像力与艺术虚构，但也不能轻视作家对生活、对社会人生的体验、感受与探索。曹禺作为一位天才的剧作家，他的卓越的想像力与艺术虚构能力是不容置疑的，同时他也十分重视对社会人生的体验、感受与探索。这在《日出》中陈白露形象的创造中，充分反映出来。

陈白露的艺术形象是有深厚的生活根基与人生体验的。还在上个世纪30年代中期，中国旅行剧团在天津演出《雷雨》期间，曹禺曾去当年颇为豪华的惠中饭店看望团长唐槐秋和其他演职员，使他得以目睹麇集在这大饭店里的人群，自然也看见像陈白露那样的交际花及围绕着她们的形形色色的人物。饭店的老板正是靠着这些交际花来招引“大人物”的。据说，当时有一个交际花，因为她的靠山破产无法还债而服毒自杀了，这给曹禺留下了深刻的印象。在此期间，著名电影演员艾霞和阮玲玉在谣言和诽谤中相继服毒自杀的事件，也深深触动了曹禺的正义情怀，成为他创作《日出》的重要诱因。他回忆说：“艾霞的自杀，阮玲玉的自杀，这些事却往往触动着我，陈白露之死，就同这些有着关联。”

然而，真正燃起剧作家创作陈白露这个艺术形象的激情之火的，还是曹禺十分熟悉的王又佳小姐。她出身于天津一个官僚家庭，漂亮、聪明但没文化，生活、交际颇为浪漫。王小姐的父亲同曹禺的父亲是好朋友，因此曹禺与她交往比较密切。曹禺的好友，黄佐临先生谈起当年王小姐和他与曹禺的关系，记忆犹新。黄说，陈白露的模特儿他见过，她是罗隆基的情人，人们叫她王小姐，长得很漂亮。她是官僚的女儿，家里有钱，她不是陈白露那种交际花。北京、上海都没有看到像她那样漂亮的。他说：“曹禺跟这个王小姐是有交往的，相当熟悉，他自己就是那个方达生了。”后来到了重庆，曹禺还“常提起这个王小姐，他还陶醉那段生活”。黄非常肯定地说：“王小姐在曹禺创作生活中是很关键的人物。”至少在《日出》陈白露的创作中是如此。

曹禺当然也不讳言这段历史。他说：“点燃陈白露形象的王小姐，她的父亲和我的父亲要好，是朋友，我就是这样同她认识的。她不是陈白露，也不是交际花，但她长得确实非常聪明，非常漂亮，极有魅力……她不是那么堕落，她也胡闹，却不是那么乱七八糟，不是低级的，而是高级的。”又说，“我同她家不十分熟，但这个人呢，却一下把我写陈白露的形象点燃起来了。就像陆以洪(注：曹禺清华时代的同学)的嫂子，使我点燃了蘩漪的形象。”这是曹禺晚年的追忆，当年的有些具体事件和情节也许记得不那么准确了，但曹禺对王小姐这个人物的印象却是鲜活、深刻、历久难忘的。无疑的，曹禺对王小姐的这种非常的美好的印象早已深深地熔铸在陈白露的生命与灵魂之中了。

艺术创作毕竟不等于实际生活，王小姐、艾霞、阮玲玉、大饭店的“交际花”当然也不就是陈白露。但是，正是王小姐、艾霞、阮玲玉、大饭店的“交际花”这些现实人生中追求自由、美好生活却又往往遭遇不幸的女性人物命运，她们的美好人性与丰富的情感世界，才是触发剧作家创作陈白露艺术形象的激情、想象与灵感的深刻源泉，才是形成陈白露的复杂性格、深刻意蕴与丰富审美内涵的坚实根基。

（贾长华编《曹禺与天津》，天津社会科学出版社 2006 年）

《日出》两种版本的比较

谢国冰

《日出》于1935年在《文学季刊》发表以后，曹禺对它作过多次或大或小的修改，因而有几种版本。其中有两个版本特别值得注意：一是1936年11月由文化生活出版社印行的单行本，可称之为“文化版”；另一个是在新中国成立以后，收入开明书店1951年8月印行的《曹禺选集》者，可叫做“开明版”。后者是对前者大加修改的结果。《日出》“开明版”比之于“文化版”，作了哪些修改？曹禺为何要如此大改？这种修改为何很快就被否定？这些问题都是有待于进一步加以研究的。

《曹禺选集·序》写道：1951年8月“这次重印，我就借机会在剧本上做了一些更动……根据原有的人物、结构，再描了一遍（有些地方简直不是描，是另写）。”[①]曹禺“再描”甚至“另写”的就有《日出》。文字上的大量增删变更，姑且不论，这里仅就涉及整体调度、人物设置、人物关系、人物性格、情节发展、剧情结局与全剧底蕴等方面者，列举出如下若干最重要的。

1.《日出》“文化版”扉页上引录了出自《老子》与《圣经》的八段（或条）引文[②]。《日出》“开明版”将它们全删除了[③]。

2. 在“文化版”中，陈白露出身书香门第，是爱华女校的高材生，几个大慈善游艺会的主办委员。父亲死了，家里穷了。她曾与一个诗人结过婚，过了几个月“天堂似的日子”，并生了孩子，没有很久，双方都觉得“平淡、无聊、厌烦”，加上孩子死了，于是分道扬镳。她做过电影明星，当过红舞女，后来成为长期住在某大旅馆靠出卖自己换取阔人豢养的交际花。她既有正义感、同情心，又贪安逸图享受，终至吞安眠药自尽，时年才23岁。在“开明版”中，陈白露被改为：出身贫寒，“爸爸被洋行辞退了，弟弟妹妹都一点大，在乡下的哥哥不知被保甲长弄到哪儿去了。”她结过婚，丈夫到“他的满洲国做他的生意，爱上了另外一个人”，把她抛弃了。她当年没能听取方达生的意见，作了错误的选择，以致沦落风尘。虽良心未泯，却不能自拔，吞安眠药自尽，时年26岁。

3.“文化版”中的方达生，是个倾向进步的、颇有书呆子气的、25岁的青年知识分子。他以前与陈白露曾经相爱，他对陈白露说：“你应该记得你是很爱过我。”他这次远道而来，是特地专程寻找陈白露的。其目的他对陈白露说得很明白：“我要你跟我回去……回到我

① 曹禺：《曹禺选集序》，选自《曹禺论戏剧》，四川文艺出版1985年版。

② 曹禺：《日出》，文化生活出版社1936年版。

③ 曹禺：《日出》，开明书店1951年版。

那里，我要你，我要你嫁给我……我做你的丈夫。”他非常同情“小东西”，得知她被骗到三等妓院去了，毅然前往搭救，却一筹莫展。他常说要做有益于社会的事，但往往停留于口头上。在“开明版”中，方达生被改写成一个为国民党特务注目的、没有固定住址的、多次改名换姓的、近乎职业革命家的二十七八岁的青年知识分子。他和陈白露仅只“曾经有过比较深刻的友谊”，他“这次（是）在路上碰巧遇见”她，之所以到旅馆找她，只是希望她“离开这种地方”，“替她找个事情做”。他得知“小东西”被骗到三等妓院，很快与当地革命的工人（即“小东西”爸爸的同志们）取得联系，相互配合，把“小东西”搭救了出来。然后，他又避开国民党特务，和这个城市的工人同志们一起，走向新的斗争。

4.“小东西”在“文化版”中，是“一个刚到城里不久的女孩子”，妈早死了，父亲前月在建筑工地被铁桩砸死了。她被骗到三等妓院，不堪凌辱折磨，上吊惨死。她在剧中就叫“小东西”，连个名字也没有。在“开明版”中则不然，她是“一个工人的女儿”，十五六岁，学名连珍。父亲傅荣生，日资仁丰纱厂工人，烈士，为日本人走狗、纱厂总经理金八指使特务所害死。她因为不谙世事，没听父亲朋友的嘱咐，“偷着出门买东西”，被金八的爪牙劫持到某大旅馆，落到金八手里，金八想玩弄她。她坚决拒绝，打了金八，并逃到陈白露房子里，得到陈白露的帮助。方达生与她交谈后，得知她的身世，打算与她父亲的朋友联系，接她回家。她父亲的朋友尚未到来，她又遭旅馆茶房与金八爪牙的暗算，被送进三等妓院。工人们四下寻找，与方达生配合，好不容易把她救了出来。她的结局不是悲剧，而是喜剧。再者，“开明版”还更加突出了“小东西”的反抗勇气与斗争精神。如：她立定志向，要报父仇；她坚信能冲出人间地狱，回到自己的家；她担心陈白露受连累，曾主动提出要离开她那里，等等。

5. 在“文化版”中，只有作为背景的、从侧面展现的、具有象征意义的一阵又一阵的劳动者的夯歌，而没有工人直接上场。“开明版”则大不相同，它表现了工人，表现了工人的觉醒，表现了工人同帝国主义的斗争。直接上场的工人有两个，也就是说，增加了两个人物，“田振洪，一个四十八九岁的老工人，坚强、老练。郭玉山，一个青年工人。”他们和方达生一起，把“小东西”（连珍）从火坑里搭救了出来。田振洪在那个三等妓院寻找连珍时，满腔悲愤地对方达生说：“这里的女人哪一个不是劳苦大众的女儿，早晚我们要把她们都救出来。”这显然旨在表现工人阶级要解放全人类的心怀。

6.“文化版”没有明显地表现反对帝国主义的内容。“开明版”虽未正面表现却尽一切可能从侧面强调了这一点：“小东西”的父亲是日本人的走狗害死的；这事引发了工人学生的游行示威；日本帝国主义出面干涉甚至武力镇压；方达生对陈白露说了许多关于反帝的道理；田振洪也一再愤然揭露帝国主义的罪恶。《日出》“开明版”与“文化版”相比，差别还很不少，但最重要的则是如上所述。

曹禺对 1936 年以来好评如潮，广为流传 15 年之久的《日出》“文化版”，为何要如此大加修改呢？这是既有客观原因，也有主观原因的。

就客观原因来说，五十年代初期大力倡导文艺为工农兵服务，为无产阶级政治服务。为工农兵服务是应该的，为政治服务的提法则不准确。三十年以后的 1980 年 2 月，邓小平明确指出：我们党不再提文艺为政治服务的口号，而改提“文艺为人民服务，为社会主义服务”。但是，在上世纪的三四十年代，特别是新中国成立以后的五十、六十、七十年代，文艺为政治服务却一直是一种强大的思潮，而且在许多人的心目中，文艺为工农兵服务只有通过为政治服务才能实现。这对作家对文艺无疑产生了相当大的负面影响。

就主观原因即就曹禺本人来说，可能牵涉到多方面的因素，但有一点恐怕是不争的事实：他十分迫切地要让自己过去的作品，更有力地为政治服务，在认识上产生了某种偏颇。他说：“在我的这些作品里，却没有一个无产阶级的人物，甚至连象征光明的人也没有在舞台上露过面……观众（读者）看到的只有残暴的、丑恶的、虚伪的金八、潘四、周朴园、曾皓……和腐朽的、寄生的周萍、曾文清、陈白露……之类的人物。对另一些人像方达生、愫芳、瑞贞等我是寄予了同情，我希望他们能逃出快要压上盖子的棺材。但是，路在哪里？我非常渺茫。”“这些剧本，只是让人感到腐朽的恶势力必将死去，而且非埋葬不可。它们自然也反映了我当时思想上的苦闷、徘徊以至犹豫，因此它们就没有，也不可能明确地指出活着的人的生路。”①怎么办呢？曹禺就对这些剧本大动手术，大加删改。其目的是要“删改”出本来没有的“无产阶级的人物”来，“删改”出这样的人物带领群众对帝国主义、封建主义与洋奴买办的坚决的斗争来，“删改”出“活着的人的生路”来。《日出》“开明版”就是这么制作出来的。“智者千虑，难免一失”，戏剧大师曹禺的大改旧作，即属于这种情况。他当时没有想到或者忘记了两点：一是《日出》既然充分揭示了“旧社会的灭亡是不可避免的”的真理，那么，这真理之中在某种程度上必然蕴蓄着“新社会的诞生同样是不可避免的”的意思，这对新时代的观众（读者）也是具有审美作用、教育作用与认识作用的。二是《日出》是三十年代特定创作主体曹禺与作为客体的特定社会生活相融合的特定话剧艺术的产儿，它一经诞生，特别是经过相当长时期公演的检验，已是具有高度的旺盛的艺术生命力的社会存在。即令是创造它的作家本人，沿着它已经具有的审美价值取向，进一步稍作加工则可，背离这种审美价值取向，逆向而行，大动手术，势必扼杀至少损伤它的艺术生命。

戏剧大师毕竟是戏剧大师，当然还得力于戏剧界同行的提醒与帮助，两年以后，曹禺就想到了上述两点，就否定了对《日出》“文化版”的大改，也就是否定了“开明版”。《日出》在 1954 年收入人民文学出版社出的《曹禺剧本选》时，作家特别申明道：在这里，“除了一些文字的整理以外，没有什么大改动。现在看看，还是保持原来的面貌好一些。”②为什么大加修改以后印行的《日出》“开明版”，不如“文化版”那“原来的面貌”好呢？这里试说三点肤浅的想法。

其一，新增的成分偏于观念化。曹禺在 1951 年时，曾认为《日出》“文化版”存在两个显然的缺点：没有控诉“帝国主义这个罪大恶极的元凶”；“未曾写出当时严肃的革命工作者……向敌人做生死斗争的正面力量”。大改以后印行的“文化版”着重强化了这两个方面，也就是新增加了这些成分。但既是对《日出》“开明版”的修改，不管变更有多大，也不可能如同另写一个剧本那样，放开手脚，任情挥洒，而只能通过有关的人物——包括新增

① 曹禺：《曹禺选集后记》，选自《曹禺论戏剧》，四川文艺出版社 1985 年版。

② 《曹禺剧本选前言》，人民文学出版社 1954 年版。

加的两个工人，或从侧面叙述一点这两个方面斗争的人与事，或讲一点这两个方面斗争的道理，而根本不可能正面描写对帝国主义与国民党反动派的斗争。而转述过多，讲理过多，势必带来抽象观念损害艺术形象，弱化审美效应的负面影响。

其二，陷入"太像戏"的模式。曹禺在《日出·跋》中说："写完《雷雨》，渐渐生出一种对于《雷雨》的厌倦。我很讨厌它的结构，我觉出有些'太像戏'了……于是在我写《日出》的时候，我决心舍弃《雷雨》中所用的结构，不再集中于几个人身上。我想用片段的方法写起《日出》，用多少人生的零碎来阐明一个观念……即第一段引文内'人之道，损不足以奉有余'"，"这里正是用着所谓'横断面的描写'，尽可能的，减少些故事的起伏与夫'起承转合'的手法。"①如此一来，《日出》的结构艺术自然超过了《雷雨》。但曹禺将它大改之后印行的"开明版"就很不相同了。在"开明版"中，方达生成为了职业革命家、地下工作者，他因看望与帮助曾有深厚友谊的陈白露，而巧遇"小东西"（即连珍），为了搭救连珍，了解到她的父亲是被日本人勾结金八害死的工人傅荣生，并找到了她父亲的朋友田振洪与郭玉山等人，他们一起去把连珍救了出来。陈白露一方面同情方达生、傅连珍们，尽一切可能向他们伸出了援助的手；另一方面，仍然以投靠潘月亭们并向他们出卖自己为生，日夜与他们相周旋。于是，通过陈白露而将各方面——主要是两方面——的形形色色的人物联系到一起。这岂不又改得与《雷雨》一样，陷入了"太像戏"的同一模式了吗？

其三，陈白露性格的发展有违情理。"文化版"里的陈白露沦落风尘，最终自尽，是有其必然性的。"开明版"中的陈白露则大为不然。在这个版本里，陈白露的"父亲被洋行辞退了"；"哥哥不知被国民党弄到哪儿去了"；丈夫到"他的满洲国做他的生意，爱上了另一个人"，把她遗弃了。在这种情况下，她毫无疑问会要痛恨帝国主义特别是日本帝国主义，痛恨国民党反动派。她的身上确有太多的"阶级仇、民族恨"。再加上如方达生所说，她有一定的能力，可找个职业，做点事。既然如此，那么，按照生活的逻辑，她势必愤然崛起，何至于堕落，然而她却还是堕落了。于是，"开明版"中的这个陈白露的性格，就不免背离生活的逻辑，太不合情理了。

只一心想着如何让"文艺为政治服务"，而不顾艺术创作的固有规律，大改早已为广大读者与观众所认可、所接受的著名话剧，结果事与愿违，是必然的。

（原载《湖北师范学院学报》2006 年第 5 期）

① 曹禺：《〈日出〉·跋》，选自《曹禺论戏剧》，四川文艺出版社，1985。

第二个生命:《日出》

钱理群

一、"残忍":从"挣扎"到"被捉弄"

1935 年秋,中国旅行剧团在天津演出《雷雨》时,曹禺即开始酝酿《日出》的创造。这年冬天,他还跟着中国旅行剧团的人去三等妓院调查,搜集创作素材;从 1935 年 5 月起,曹禺在巴金等人鼓励、督促下,着手写《日出》,并从是年 6 月出版的《文季月刊》开始连载,至 9 月第 4 期载毕。

这是曹禺第二个生命创造。这就是说,曹禺在创造《日出》时,已经有了《雷雨》的创造,以及社会接受者对于《雷雨》生命的再创造,这些生命创造的体验,对于曹禺新的创造,必然产生直接与间接、自觉与不自觉、外在与潜在的种种影响,以至制约。总之,这已经不再是单个的独立的创造,而是有了历史的存在,处于一定的生命流程、历史链条中的创造。

首先,面对着对于他的第一个生命创造物《雷雨》的种种批评、指责,曹禺仍然顽强地固守着自己,坚持着他从《雷雨》开始的探索,从而保持着《日出》和《雷雨》内在的一致性。——他依然保存着他的"蛮性的遗留","如原始的祖先们对那些不可理解的现象睁大了惊奇的眼",尽管面对的已是更加光怪陆离的现代都市社会生活。在这年 1 月所写的《雷雨・序》里的一段话,几乎可以作为已经呼之欲出的他的《日出》的注解:

> 我念起人类是怎样可怜的动物,带着踌躇满志的心情,仿佛自己来主宰自己的运命,而时常不能自己来主宰着。受着自己——情感的或理解的——捉弄,一种不可知的力量的——机遇的,或者环境的——捉弄;生活在狭的笼里而洋洋地骄傲着,以为是徜徉在自由的天地里,称为万物之灵的人物不是做着最愚蠢的事么?我用一种悲悯的心情来写剧中人物的争执。我诚恳地祈望着看戏的人们也以一种悲悯的眼来俯视这群地上的人们……

这类"生活在狭的笼里面洋洋地骄傲着"的"可怜的动物",如果说在《雷雨》里仅有周朴园与鲁贵,在《日出》里就可以数出一大串:从潘月亭、张乔治到顾八奶奶、胡四,乃至王福升都是,也许还应加上李石清。他们自认为有钱有势[1],有本事,有手腕,在这个社会上混得不错,自我感觉极端的良好,于是就处处忸怩作态:或作娇小可喜之态(顾八奶奶),或

① 潘月亭口口声声"我现在真正有钱了,我过两天要有很多很多的钱,再过些天,说不定我还有更多更多的钱",胡四干脆说:"大爷有的是钱!"

作黯然消魂之态(胡四),或故作聪明之态(李石清),等等,显出活得过分的有劲,仿佛主宰着自己命运似的。但这都只是幻影:他们实际上是被一种更大的连自己也弄不清楚的力量所支配着;用李石清的话说,他们是被"耍了"。剧作家对此了然于心,也竭力让他的接受者明白这一点,只有这些剧中人还生活在幻影中,于是,他们越是作态,就越让人感到他们毫无自知之明的愚蠢和"被捉弄"的可悲,而这悲悯感最后又是必然引向包括自己在内的人自身的。当人陷入不自知的盲目状态时,他都实际处于被捉弄的地位。这仍然是一种残忍,在某种意义上,比之每一次挣扎都遭到无情摧残的残忍,更要可怕;因为这里连对于自己不幸地位的自觉意识与挣扎的欲望都没有,有的人(只)是莫名其妙的自我满足(所谓"踌躇满志"),因而也就不配享受哪怕是垂死挣扎的悲壮之美,而只让人感到人的愚蠢与卑琐。剧作家后来在《日出·跋》里,这样谈到他对这类人的复杂情感:"我深深地憎恨他们,却又不由自主地怜悯他们的那许多聪明(如李石清、潘月亭),奇怪的是这两种情绪并行不悖:憎恨的情绪愈高,怜悯他们的心也愈重,究竟他们玩弄人,还是为人所玩弄呢?"《日出》里对于人的被捉弄的生存状态的发现,与《雷雨》中人的挣扎状态的发现一样,丰富与发展了作者所说的宇宙的残忍的观念;但所产生的美学效应却不同:由挣扎的悲壮美转向被捉弄的喜剧性①;从挣扎到被捉弄,剧作家对于人自身的批判、否定意识显然是大大加强了的。

作为宇宙中支配人的命运的不可知的力量的一种象征,如同《雷雨》里有不出场的"那个叫做'雷雨'的好汉"一样,在《日出》里也有不出场的"金八",作者故意"令他无影无踪,却时时操纵场面上的人物,他代表一种可怕的黑暗势力"。当然,比之《雷雨》里"操纵其余八个傀儡"的"叫做'雷雨'的好汉","金八"似乎具有某种实体性,但仍然摆脱不了神秘的气息,仍然表现了剧作家"对于宇宙间许多神秘的事物"的困惑与"不可言喻的憧憬",和《雷雨》有着一脉相承之处。

在《日出》里,真正具有挣扎意识,并认真实行着挣扎的,恐怕还是前面我们已经提到的李石清。我们在李石清身上,也发现了对于压抑他的周围的人与环境的刻骨铭心的仇恨与变态的复仇心理。听听他的内心独白:"哼,我要起来,我要翻过身来。我要硬得像一块石头,我要不讲一点人情。我以后不可怜人,不同情人;我只要自私,我要复仇",真是够吓人的。他为了使自己从没钱没地位的生存状态中挣扎出来,付出了过于惨重的代价:他不惜扭曲自己的人性,把灵魂彻底地出卖给了魔鬼——他所获得的,绝不是人应该有的生命的魔力,而恰恰是它的异化物:与人的本质相背离的狡黠,狠毒,卑猥与萎缩。唯其如此,他挣扎的失败,就特别使人感到冥冥中支配着他的命运的不可知的力量的残忍,而他

① 因此,在《日出》演出过程中有过"《日出》究竟是悲剧还是喜剧"的争论。据说,曹禺亲自导演的、1937年4月由国立剧校演出的《日出》即是作为"喜剧"处理的;有人当即写文章批评,以为是一个"最大的缺点",并认为这是剧校演出"不曾得到任何优良的效果"的主要原因。而1937年6月由怒潮剧社演出的《日出》(王瑞麟导演)则努力追求"悲剧的效果",认为"陈白露的死表现了这悲剧中一切人物的命运"(朱冰泽:《评怒潮演出的日出》,载1937年6月2日《武汉日报》)。

曾经有过的胜利的幻觉，又大大加强了前述被捉弄感。这些，都使读者在讨厌他的人格的卑劣的同时，又不能不悲悯于他的命运。塑造出这样一个可厌又可悯的性格，强化了剧作家曹禺所特有的残忍主题，应该说是《日出》的一个成功的创造。

二、另一种“残忍”：“习惯的桎梏”

当然，《日出》中最重要的创造，还是陈白露。

关于陈白露，曹禺有一个十分重要的舞台提示，却长期为人们所忽视：“这种生活的倦怠是她那种漂泊人特有的性质。”剧作家显然要我们注意陈白露“飘泊人”的地位与气质，也许我们正可以从这里切入，去把握曹禺创造这个人物的原初意图。

我们首先注意到，当剧作家强调陈白露是一个“漂泊人”时，他的《日出》创造，就大大接近了1930年代时代文学的关注中心：传统农村与畸形现代化的都市之间政治、经济，文化的撞击，与流动于其间的人的命运。我们从陈白露与方达生的谈话中得知，陈白露原来在乡下有个家，她后来一个人闯出来，离开了家乡，流落到大都市。这样，尽管舞台上展示的是漂泊于大都市之后的陈白露的生存方式、生命形态，但人们仍然关心：在此以前陈白露的生命形态，以及在此之间陈白露经历了怎样的心灵的历程。这就是说，尽管《日出》的戏剧结构，并不像《雷雨》那样，明显存在着过去的故事与现在的故事的交织，但对于《日出》的主人公陈白露，仍然有一个过去的故事：这“过去”，是通过幼年时的朋友方达生从乡下来，唤起了陈白露的回忆而展现的。我们看到了：陈白露“如一只鸟，她轻快地飞到窗前。她悄悄地在窗上的霜屑划着痕路。……她索性擦掉窗子上叶子大的一块霜迹，眯着一只眼由缝隙窥出。……”剧作家曹禺按捺不住，竟然用小说家的笔调抒写着陈白露仿佛回到了：家乡，童年……①

而且，我们又听到了这样的对话：

陈　（动了好奇心）怎么，春天来了，还有霜呢。

方　（对她没有办法，对小孩似地）嗯，奇怪吧？

陈　（兴高采烈地）我顶喜欢霜啦！你记得我小时候就喜欢霜。……这一块，（男人偏看错了地方）不，这一块，你看。这不是一对眼睛！这高的是鼻子，凹的是嘴，这一块是头发。（拍着手）你看，这头发，这头发简直就是我！

方　（着意地比较，寻找那相似之点，但是——）我看，嗯——（很老实地）并不大像。

陈　（没想到）谁说不像？（孩子似的执拗着，撒着娇）像！像！像！我说像，它就像！

方　（逆来顺受）好，像，像，像得很。

陈　（得意）啊，你说像呢。（又发现了新大陆）喂，你看，这个人头像你，这个

① 以上这一段“小说家笔调”的描写在1954年人民文学出版社版《曹禺剧本选》中被删去，“如一只鸟，她轻快地飞到窗前”也被改为“轻快地走到窗前”。

像你。

方　(指自己)像我?

陈　(奇怪他会这样地问)[①]嗯(嗯),自然啦。就是这个。

方　(如同一个瞎子)哪儿?

陈　这块!这块!就是这一块。

方　(看了一会,摸了自己的脸,实在觉不出一点相似处,简单地)我,我看不出来。

陈　(败兴地)你这个人!还是跟从前一样的别扭,简直是没有办法。

请注意我们加上着重号的剧作家的舞台提示,这在某种程度上是显示了剧作家的创作意愿的。此时的陈白露,无论是语言、动作,以至心态、思维方式、性格,都是孩子式的,她的整个身心仿佛回到了过去式的时空,这是一次名副其实的心灵的回归。[②] 更有意思的是,当陈白露心灵回归到家乡时,她就回到童年时代;而这里的童年不仅意味着人的个体生命的初期阶段,而且也意味着人类生存的原生状态:在文化人类学上,儿童是被视为"小野蛮"的,而我们在陈白露这里所看到的好奇心、发现新大陆的冲动与喜悦、直线的思维("没想到"会有另一种思维,"奇怪他会这样地问")、直率的性格、"说笑就笑,说生气就生气"的自由无羁的心态和表达方式等等,既是儿童形态,又是人类的原生形态。这里,家乡、童年与原始蛮性的世界是三者合而为一的。这就是说,在《日出》里,也和《雷雨》一样,有一个剧作家曹禺所醉心的"原始蛮性的世界"("原始蛮性世界"对于曹禺是意味着一种比较健全的人的生命形态)。陈白露"飞"的动作,那一番表白,都让我们联想起《雷雨》中的周冲,陈白露对自由无羁的精神世界的向往、追求,也让我们想起《雷雨》中的蘩漪,这都不是偶然的。只不过在《日出》里,曹禺把这"原始的蛮性世界"推到幕后,成为过去式了。

于是,我们又听到了陈白露与方达生之间这样的对话:

方　(忽然微笑)今天我看了你一夜晚,就刚才这一点还像从前的你。

陈　怎么?

方　(露出愉快的颜色)还有从前那点孩子气。

陈　你……你说从前?(低声地)还有从前那点孩子气?(她仿佛回忆着,蹙起眉头,她打一个寒战,现实又像一只铁掌把她抓回来)

方　嗯,怎么?你怎么?

陈　(方才那一阵的兴奋如一阵风吹过去,她突然地显着老了许多。我们看见她额上隐隐有些皱纹,看不见几秒钟前那种娇痴可喜的神态,叹一口气,很苍老地)达生,我从前有过这么一个时期,是一个孩子么?

---

① 在1954年6月人民文学出版社版《曹禺剧本选》中这一场戏被大大压缩,"动了好奇心","孩子似的执拗着,撒着娇"、"得意"、"又发现了新大陆"、"奇怪他会这样问"这类舞台提示均删去。

② 而此时的方达生,却依然处于现在式的时空内,因此,他的语言、动作、思维、心态,都是成年人的。这就在心灵的层次上形成了一个有趣的时空错位,因此,这场戏是内含着一种喜剧性的。

方　（明白她的心情，鼓励地）只要你肯跟我走，你现在还是孩子，过真正的自由的生活。

陈　（摇头，久经世故地）哼，哪儿有自由？①

是的，仅仅几秒钟的时间，又从过去式的时空回到了现在式的时空。陈白露的全部悲剧就在于，那充满发现的欲望、追求的，自由无羁的生命形态对于她仅仅是过去式的存在。尽管，她也曾经挣扎过，比如她之救护“小东西”，不仅仅是出于人道主义的同情（即所谓良知仍存），而是对自己失去了的童年（请注意，童年对于陈白露始终是意味着一种生存方式）的追寻，带有明显的自我挣扎的性质。因此，她在使出全身解数，骗走了黑三以后，才感到那么痛快，并且立刻发现“太阳出来了”，以至于满心欢悦，手舞足蹈地高呼：“哦！我喜欢太阳，我喜欢春天，我喜欢年青，我喜欢我自己。哦，我喜欢！在这一瞬间，仿佛陈白露的生命又焕发出了新的活力。然而，这不过是一个幻影，而且很快为事实所击碎。唯其有了这一次幻影，以后的破灭才真正显得悲凉。于是，在剧作家曹禺的笔下，又出现了这样一场对话——奇怪的是，这场对话往往为人们所忽略；也许是因为对话是在陈白露与王福升之间进行的，很容易被看做是一个偶尔涉笔的小插曲。其实，向粗俗不堪、地位卑下的王福升倾诉内心深处的苦闷，这个事实本身是更深刻地揭示了陈白露的孤独感的，作者如此设置这场对话，显然大有深意：

陈　（失神地）那些人们还没有走。

王　（望左面的房门）客人们在这儿又是吃，又是喝，有的是玩的，谁肯走？

陈　（悲戚地点头）哦，我这儿是他们玩的地方。

王　（不懂）怎么？

陈　可是他们玩够了呢？

王　呃！……呃！……自然是回家去。各人有各人的家，谁还能一辈子住旅馆？

……

陈　（摇摇头低声）我大概是真玩够了。（坐下）玩够了！（沉思）我想回家去，回到我的老家去。

王　（惊奇）小姐，您这儿也有家？

陈　嗯，你的话是对的。（叹一口气）各人有各人的家，谁还一辈子住旅馆？

……

王　（赶紧）小姐，您要是真想回老家，那您在这儿欠的那些账，那您——

陈　对了，我还欠了许多债。（有意义地）不过这些年难道我还没有还清？

在这场各谈各的的对话（陈白露谈的是形而上层次的人的生存方式与归宿，王福升考虑的是现实的世俗生活；两人尽管使用着同一语码，解读完全不同，形成了一种蕴涵着悲凉的

---

①　在1954年6月人民文学出版社《曹禺剧本选》中这一场对话也被简化，“只要你肯跟我走，你现在还是孩子，过真正的自由的生活”被改为“只要你肯跟我走，就可以还跟从前一样，快活，自由”。

戏剧性)中,引人注目地出现了"家"与"旅馆"两个意象,其内涵自然十分丰富。而在此时此刻,陈白露的心目中,"家"的意象意味着:熟悉的充满原始活力的农村、家园、故土,生命的起源与归宿:(;)"旅馆"的意象则意味着:陌生的城市,生命的无可着落。这里,原本包含着一个复杂的心理过程:若干年前,当陈白露怀着飞的欲念、冲动,走出家,独身闯入这个现代化大都市时,未尝不曾将这陌生的异地看做是自我生命能够得以更自由的飞翔的理想的乐园,但她很快就发现,淹没在"大旅馆"熙熙攘攘的人群中,突然失去了自己,而且,□为了生存,她终于套上金钱的枷锁,成为大旅馆里公众的玩物,更彻底地(从肉体到灵魂)出卖了自己。当她猛然意识到,自己已经很久不知道"春天为何物"时,她终于发现了另一种形态的生命的枯萎,产生了幻灭感。于是,她的心灵深处,响起了"归去"的呼唤……然而,无情的事实却是,她已经"卖给这个地方"(见第四幕陈白露与方达生的对话),她注定要永远在这"旅馆"里飘泊,飞不回去了。更准确地说,除了死亡,她再也没有别的归家之路:实际上,就在谈话的这一刻,陈白露的最后结局已经无可更改地决定了。

问题是,陈白露为什么再也飞不回去?剧作家的深刻之处正在于,他没有简单地归之于外在环境了事,而是径直深入到陈白露的内心世界里去寻找原因。陈白露在与方达生最后一次谈话(第四幕)里,回顾她与那位诗人的不幸婚姻(这也是陈白露自我生命的一次挣扎)谈到"最可怕的事情,不是嫉妒,不是打架,而是平淡,无聊,厌烦",这其实正是陈白露对于自我现存生命形态的一个清醒的体验与审视:她正是生活在"平淡,无聊,厌烦"也即"平庸"之中——更可怕的,不是平庸本身,而是对这种平庸的习惯,以及随之产生的倦怠与平静,也即生命的凝滞:这正是现代化的大都市生活对于人的精神的最大损害。剧作家在陈白露一出场时,就是这样分析他的主人公的:"神色不时地露出倦怠与厌恶;这种生活的倦怠是她那种飘泊人特有的性质。她爱生活,她也厌倦生活。生活对于她是一串习惯的桎梏,她不再想真实的感情的慰藉。……生活是铁一般的真实,有它自来的残忍!习惯,自己所习惯的种种生活的方式,是最狠心的桎梏,使你即使怎样羡慕着自由,怎样憧憬着在情爱里伟大的牺牲(如小说电影中时常夸张地来叙述的),也难以飞出自己的生活的狭之笼。"①这是人的基本物质欲望得到满足,甚至是较为充分的满足以后,生活本身所具有的惰性力量(即所谓"习惯")对于人自身的桎梏:自由的失落不是外在力量压制所致,而是自己所习惯的生活方式将自我凝固、束缚起来,这是一种人的自由生命的自我剥夺。曹禺把他对现代大都市上层生活圈的人的生存方式、生命形态的这一发现,纳入他个人话语系统中,称之为生活"自来的残忍"。比之他在《雷雨》蘩漪、周冲、周萍、侍萍们身上发现的无望的"挣扎",在《日出》潘月亭们身上□发现的"被捉弄",同样是惊心动魄的——我们可以说,这是剧作家对于人(特别是中国人)的生存状态、生存方式的三大发现,构成了曹禺戏剧"残忍"主题的深刻内涵。

① 曹禺:《日出》,《曹禺文集》第1卷,第234—235页,中国戏剧出版社1988年版。1954年6月人民文学出版社版将这一段说明作了压缩,特别是删去了"生活是铁一般的真实,有它自来的残忍"这关键性的一句。

我们已经说过，陈白露的过去式在精神上与蘩漪、周冲有某些相通；而陈白露的现在式，却已经失去了蘩漪、周冲以至周萍那样的内心骚动：这是一个倦怠的，而非不安定的灵魂。她的悲剧正在于，再也没有那不可遏止的生命的欲望与冲动，更没有那彻底的大爱与大恨，以至复仇。如果说，曹禺在中国大家庭的牢笼里，居然发现了、发掘出了蘩漪这样的被压抑着、却又压不住的原始的雷雨的性格，那么，他在现代化大都市的旅馆里，却发现了这原始的雷雨的性格的失落。他于是毫不犹豫地埋葬了陈白露："太阳升起来了，黑暗留在后面。但是太阳不是我们的，我们要睡了。""我们"首先指的就是陈白露，甚至包括方达生在内（至于那些人间的丑类，他们本是黑暗中的动物，不在讨论之列）；作出这样的判断，自然含有几分沉痛，更是一种清醒，是生活本身对于剧作家的启示——据说，曹禺是"心中早已有了这几句话"，"以后才逐渐酝酿演化出《日出》剧中的许多人物"的。①

三、渴望"毁灭"与呼唤"生命的光"

事实上，从《雷雨》到《日出》，曹禺自身内心的骚动、郁热，是有增无减的，甚至可以说达到了白热化的程度。于是，我们在《日出·跋》里读到了这样的心灵的倾诉——

> 这些失眠的夜晚，困兽式地在一间笼子大的屋子里踱过来，拖过去，……我绝望地嘶嘎着，那时我愿意一切都毁灭了吧，我如一只负伤的狗扑在地上，啮着咸丝丝的涩口的土壤。我觉得宇宙似乎缩成昏黑的一团，压得我喘不出一口气，湿漉漉的，粘腻腻的，是我紧紧抓着一把泥土的黑手，我划起洋火，我惊愣地看见了血。污黑的拇指被那瓷像的碎片割成一道沟。血，一滴一滴快意的血缓缓地流出来。
>
> ……我忍耐不住了，我渴望着一线阳光。我想太阳我多半不及见了，但我也愿望我这一生里能看到平地轰起一声巨响，把这群盘踞在地上的魑魅魍魉击个糜烂，哪怕因而大陆便沉为海。……冲到我的口上，是我在书房里摇头晃脑背通本《书经》的时代，最使一个小孩子魄动心惊的一句切齿的誓言："时日曷丧，予及汝偕亡！"（见《商书·汤誓》）萦绕于心的也是一种暴风雨来临之感。……我感觉到大地震来临前的那种"烦躁不安"，我眼看着要地崩山惊……"我已经听见角声和打仗的喊声"。我要写一点东西，宣泄（泄）这一腔愤懑，我要喊："你们的末日到了！"对这帮荒淫无耻，丢弃了太阳的人们。

也许这里会有一些文学家的夸张，但是，从中透露出的曹禺浓重的诗人气质却是十分真切的。重要的是，曹禺对于现实的反应如此的情绪化，而且是这样的激烈，充满了破坏、毁灭，以至流血的渴望。这些，都与20世纪30年代的时代情绪、时代气氛相接近，而且，与他的剧作的主要接受者——城市青年知识分子的心理、情绪贴近，他们也是越来越与现实不相容，渴望着地崩山惊的大变革。尽管此时的曹禺和现实的革命政治尚有一定的距离，

① 曹禺：《我的生活和创作道路》，《曹禺研究专集》上册，第109页。

但至少在情绪倾向以及部分的思想倾向上，已经有了一种内在的契合：这对于曹禺以后的发展及命运都有深远的影响，现在仍然只是一个开始。它的现实影响是使《日出》显出了不同于《雷雨》的一些新的特色：

第一，曹禺在关注人在茫茫宇宙中的生存状态、生命形态的同时，越来越关注现实的社会问题。我们已经说过，《日出》的选材本身就已经向20世纪30年代时代艺术的关注中心靠拢；而在他的具体描写中，他展现的是"不足者"与"有余者"两者对立的世界（他们之间不复有《雷雨》部（那）样的犬牙交错的复杂关系，仅有简单的二元对立，如黄省三与潘月亭、小东西与金八爷：这样的模式已接近于左翼文艺作品），而要控诉的正是"损不足以奉有余"的"人之道"的不公。尽管这一时期作者并没有明确的阶级观念，他在具体地描写有余者的某些人（如潘月亭、张乔治、顾八奶奶、胡四）时，如前所述，在暴露他们的丑恶的同时，还对他们被捉弄的命运表示悲悯[①]；但是，他剧本中二元对立的人物关系的总体设置，以及强烈、明确的否定性倾向，都显然与20世纪30年代的左翼文学有着相通之处。如果说，在《雷雨》写作时，作家"没有显明地意识着""要匡正、讽刺或攻击些什么"[②]，对大家庭的罪恶的暴露与否定尚是剧作家潜意识中的倾向，那么，从《日出》题辞中可以看出，曹禺对于损不足以奉有余的不合理的社会的暴露与攻击，已经是他的自觉意识，并成为他写作《日出》的原初动力之一。如果说曹禺在写作《雷雨》时，仅仅出于感情的内在冲动，一种原始的生命之感，并没有明确的理性指向与目的，那么，这个理性指向与目的在《日出》中是明确的。曹禺在《日出·跋》注里说得很明白："果若读完了《日出》，有人肯愤然地疑问一下：为什么有许多人要过这种'鬼'似的生活呢？难道这世界必须这样维持下去么？什么原因造成这不公平的禽兽世界？是不是这局面应该改造或者根本推翻呢？如果真的有人肯这样问两次，那已经是超过了一个作者的奢望了。"[③]几乎呼之欲出的革命结论确实已经十分接近于同一时期田汉、洪深、夏衍的创作了。正在这个意义上，我们可以说《日出》向他的接受者所期待的社会问题剧跨进了一大步（尽管我们仍不能把《日出》简单地视为社会问题剧）。

第二，支配着曹禺的不仅是极其强烈的否定、破坏、毁灭情绪，同样强烈的是他对于光明的渴望。这典型地表现了曹禺和他那一代知识分子的理想主义气质。曹禺的理论似乎也很简单："人毕竟是要活的，并且应该幸福地活着"，因此，人必须有超越现实的理想的追

① 曹禺自己对此有过一个解释："目前的社会固然是黑暗，人心却未必今不若古，堕落到若何田地，症结还归在整个制度的窳败，想到这一点，不知不觉又为他们做一些曲宥，轻轻地描淡了他们的责咎。"（《日出·跋》）

② 曹禺：《雷雨·序》《曹禺文集》第1卷，第211页。

③ 有趣的是，曹禺的这一段表明创作意图的话，与恩格斯的下述观点十分接近："如果一个具有社会主义倾向的小说，通过对现实关系的真实描写，来打破关于这些关系的流行的传统幻想，动摇资产阶级世界的乐观主义，不可避免地引起对现存事物的永世长存的幻想，那末，即使作者没有提出任何解决办法，甚至作者有时并没有明确地表明自己的立场，但我认为这部小说也完全完成了自己的使命。"（恩格斯致敏·考茨基，1885年11月26日）曹禺及其剧作的命运与共产主义运动和知识分子关系问题纠缠在一起，大概不是偶然。

求，这也是构成人的生命本质的基本要素。曹禺更由此而形成一个戏剧观念："单单在台上举手顿足地嘶喊了一顿是疯狂，我求的是一点希望，一线光明"，[①]即戏剧、文学必须给读者、观众以光明与希望。这几乎成了曹禺终生执拗的追求，对他以后的创作关系甚大，不可不予注意。重要的是，曹禺这一朴素的戏剧观念竟然与中国的马克思主义者对于文艺的要求不谋而合，读者也许记得张庚在刚刚发表的《悲剧的发展》里还对剧作家提出摆脱悲观主义、"握牢了乐观的、勇敢的"人生态度的期望。我们自然不能简单地断言，张庚的文章对曹禺的创作会有怎样的直接影响，但要求指明理想、出路的时代文艺思潮对于剧作家的压力、影响是显然存在的。曹禺说"单单在台上举手顿足的嘶喊了一顿是疯狂"这话，也许还包含了对《雷雨》的反思；《雷雨》过分浓重的压抑感也是为当时的接受者感到不满足的。于是，在曹禺第二个生命创造物中出现了"日出"的意象，剧作家并且精心设置了打夯的小工和他们的歌声，以他们作为"日出"的象征，或者创造"日出"、拥有"日出"的力量的象征。曹禺这样的作家以工人作为希望的象征，这是十分引人注目，并曾经引起广泛、持久的讨论。从剧本的描写、提示看，曹禺当时对于工人的认识也是相当朦胧，以至混乱的：一方面，他在题辞中引用了《新约》的话，所谓"若有人不肯工作，就不可吃饭"，"弟兄们，……要一心一意，彼此相合"，这还是五四时期"不劳动者不得食"的"劳工神圣"的观念，以及对于"弟兄们"的团结力量的朦胧向往。另一方面，在舞台提示中，他又强调，工人的打夯歌声，"如一群含有愤怒的冤魂，抑郁暗塞地哼着，充满了警戒和恐吓，他们用一种原始的语言来唱出他们的忧郁，痛苦，悲哀和奋斗中的严肃"，"传到观众的耳里是一个大生命浩浩荡荡地向前推，向前进，洋洋溢溢地充塞了宇宙"。这使我们想起，剧作家是怎样地失望于陈白露身上原始的生命活力的失落；对剧本中的知识分子方达生，剧作家也不满意于他身上的堂吉诃德气，对于包括自己在内的"这帮'无组织无计划'，满心向善，而充满着一脑子幻想的呆子"，只感到"一种落漠的悲哀"。在此时曹禺的心目中，也许在下层人民身上仍然保存着"蓬蓬勃勃的生命"的活力，他们因此而必然地拥有将来。剧作家仍然是用自己的个人话语传达着"人民神圣""人民本位"的时代观念的。[②] 他借助于小工的打夯歌声把他所向往的原始蛮性世界推到前台。因此，他在《日出》题辞的最后，把一切归结于"不在黑暗里走，必要得着生命的光"，"复活在我，生命也在我……"[③]他仍然是相信人（包括自我）的生命力的。[④]

第三，剧作家创作主体的日趋情绪化与急进化。他越是迫不及待地要宣泄这一腔愤

① 曹禺：《日出·跋》，《曹禺文集》第1卷，第450页。

② 因此，《日出》对于翠喜这样的：处于社会最下层的卑贱者金子般的灵魂"的着意开掘，也是与20世纪30年代的时代文艺思潮相一致的。

③ 曹禺曾强调，题辞引文"编排的次序却很费些思虑，不容颠倒"，因此，他最后归结于此，显然是有考虑的。

④ 曹禺在《日出·跋》里一再强调与暗示，他在《日出》中未能正面表现工人力量是因为反动当局的压制，这固然是真实的。但同时还应看到，曹禺真要正面表现"确实有了太阳的人们"仍是有困难的，这些力量更多的是他的一种追求、向往，是只能象征而难以写实的。

懑，对着他所憎恶的黑暗中的人们高喊“你们的末日到了”，并且呼唤光明的到来，他的戏剧观就越倾斜于戏剧的宣泄情绪的移情功能的发挥，而《雷雨》的演出效果已经证明，这也正是1930年代他的戏剧的接受者所注重的；这里再一次显示了接受者对于创造主体的反作用。自然，这种反作用是以剧作家主体情绪的内在要求为前提的。事实上，《日出》的创造者已经不再期待他的读者、观众有上帝般的冷静、超脱，相反，如前文所引述，他简直是在期望着读者、观众读完了《日出》，肯愤然地发出“根本推翻”“这不公平的禽兽世界”的疑问。因此，曹禺在《日出·跋》里再也不向演员、读者、观众——他的接受者们提出保持“欣赏的距离”的要求。在《雷雨》的“序幕”与“尾声”里，他试图用巴赫的“B小调弥撒曲”将观众与剧中人隔开；但在《日出》的结尾处，剧作家却着意安排了砸夯工人高亢而洪壮的“日出东来，满天大红”的大合唱，并要“那声音传到观众的耳里”，用“大生命的浩浩荡荡”的力量将观众淹没与征服。从要求欣赏的距离到追求征服，《日出》确实是在向时代戏剧观念与规范靠拢。[①] 这种靠拢，无论是出自自己内在情绪的要求，还是受到接受者有形无形的影响，对于曹禺，都是自然的，并无任何强制的成分。

四、“试探一次新路”

曹禺仍然保持着他的创造个性与创造活力。正像他在《雷雨·序》中所表白的那样，他“纵然在人面前我有时也显露出欢悦，在孤独时却如许多精神总不甘于凝固的人，自己不断地来苦恼自己，这些年我不晓得‘宁静’是什么……”他仍在苦苦地寻找《雷雨》的真正价值被淹没的症结所在，引出了深刻的反思。他在《日出·跋》里，这样说道：

> 写完《雷雨》，渐渐生出一种对于《雷雨》的厌倦。我很讨厌它的结构，我觉得有些“太像戏”了。技巧上，我用的过分。仿佛我只顾贪婪地使用那简陋的“招数”，不想胃里有点装不下，过后我每读一遍《雷雨》，便有点要作呕的感觉。

这表现了曹禺作为一个真正艺术家的清醒与独立性：他没有为一时的表面的哄动效应而产生任何艺术的迷乱，而是牢牢地把握住自己对于艺术完美性的严格追求，不断地发现自己的不足，调整着、开拓着自己。此刻，他所面临的正是戏剧观念与相应的艺术手段、艺术风格上的重大调整与开拓。以后的事实证明，这样的调整与开拓将是一个过程，不可能一次调试成功。

他于是有了这样的设想与追求：

> 我很想平铺直叙地写点东西，想敲碎了我从前拾得的那一点点浅薄的技巧，老老实实重新学一点较为深刻的。我记起几年前着了迷，沉醉于契诃夫深邃艰

① 也有些评论者认为，《日出》仍然追求一定的“距离感”。一篇题为《从〈雷雨〉说到〈日出〉》的文章（作者徐运元，载1937年5月1日出版的《文艺月刊》第10卷第4、5期合刊）指出：“《雷雨》里有序幕，有尾声，《日出》也有类似序幕和尾声的场面。开场时，台上是空的，让观众去猜一个这般陈设的房间，最初进来的应该是个什么样的人；终场时，台上也是空的，让观众看见悲剧悲哀的情绪，再感到和台上一样的空虚。作者真狡狯，他要人家心甘情愿难过地看他的戏；同时‘难过’，却不让你难过得落实。”

> 深的艺术里读毕了《三姐妹》，我阖上眼，眼前展开那一幅秋天的忧郁，玛夏、哀林娜、阿尔加那三个有大眼睛的姐妹悲哀地倚在一起，眼里浮起湿润的忧愁，静静地听着窗外远远奏着欢乐的进行曲，那充满了欢欣的生命的愉快的军乐渐远渐微，也消失在空虚里。……然而在这出伟大的戏里没有一点张牙舞爪的穿插，走进走出，是活人，有灵魂的活人，不见一段惊心动魄的场面。结构很平淡，剧情人物也没有什么起伏生展，却那样抓牢了我的魂魄。……我想再拜一个伟大的老师，低首下气地做个低劣的学徒。

在这里，我们首先注意到的是剧作家曹禺对于另一种氛围、另一种心态的向往：不是《雷雨》式的郁热，而是生命的沉静；不是《雷雨》式的大爱与大恨，而是渐远渐微的忧郁与喜悦的调和——这也是一种内心的呼唤，是创造主体另一种内在气质的苏醒。与这样的主体生命相应和，或者说作为这样的主体生命的外化，出现了另一种戏剧生命、戏剧样式的追求，即曹禺这里所说的，“没有张牙舞爪的穿插”，“不见一段惊心动魄的场面”，“剧情人物也没有什么起伏生展”，更没有“浅薄的技巧”，一切“平铺直叙”，“结构很平淡”，“有灵魂的活人”随意地“走出走进”，有如普通人的日常生活，平凡、自然中蕴涵着内在的深邃——完全不同于人为的“太像戏”的戏剧（即戏剧化的戏剧），我们可以把它叫做由生命中自然流出的生活化的戏剧（或散文化的戏剧）。两种戏剧生命样式不仅反映了两种不同的戏剧观，同时也表现了不同的创作氛围、不同的创作心态与审美态度，即是体现了创作活动中的不同的主客体关系。换句话说，剧作者并不能绝对自由地选择他的戏剧生命样式，而必须要受到特定的主客体关系的制约。因此，当1936年春、夏，曹禺着手于他的第二个戏剧生命的创造时，尽管他主观上已经有了由戏剧化的戏剧转向散文化的戏剧的自觉追求，但他的这种追求又不能不受到极大的限制：首先是1936年的时代气氛充满了外在与内在的紧张，更重要的是，如前所述，曹禺自身的主观心态、情绪，比之《雷雨》时代的郁热更加炽热，几至于崩裂，而他的接受者观众如曹禺所说，仍然在那里固执地“要故事，要穿插，要紧张的场面”。① 这样，当曹禺按照他的也许有些超前的追求冒险写出了一部分初稿时，他终于感到了失败的痛苦与不安；有如忠实于爱情般忠实于艺术的他，终于举起火，将他称之为“奇形怪状的文章”（这确实是一个早熟的产儿），一字不留地烧成灰烬。②

曹禺于是另辟蹊径，写出了《日出》。这依然是酷夏的戏剧——曹禺要创造出秋天的忧郁的戏剧生命，需要另一个环境与条件。但曹禺仍然没有完全放弃他的生活化、散文化戏剧的追求——即使不能在整体上实现期待中的转变，也要在局部（比如戏剧结构）上“试探一条新路”：

> 我想完全脱开了佳构剧一类戏所笼罩的范围，……决心舍弃《雷雨》中所用的结构，不再集中于几个人身上。我想用片段的方法写起《日出》，用多少人生的

① 曹禺：《日出·跋》，《曹禺文集》第1卷，花山出版社1997年，第457页。

② 曹禺：《日出·跋》，《曹禺文集》第1卷，花山出版社1997年，第457页。

零碎来阐明一个观念。[1]

《日出》希望献与观众的应是一个鲜血滴滴的印象,深深刻在人心里也应为这“损不足以奉有余”的社会形态。因为挑选的题材比较庞大,用几件故事做线索,一两个人物为中心也自然比较烦难。……这里正用着所谓“横断面的描写”,尽可能的,减少些故事的起伏,与夫“起承转合”的手法……[2]

我想起一种用色点点成光影明亮的后期印象派图画。[3]

这仍然首先意味着戏剧观念的变化:从来被视为戏剧这类叙事体文学主要因素的情节被淡化了,人们所习惯的围绕一两个中心人物展开故事的模式被打破了;戏剧的功能不是展现精心构制的故事,而是展现日常生活,借以展示某一社会形态、社会众生相。对生活的关注、观照点由传奇转向平凡,从变态转向常态,由少数英雄转向大多数普通人。相应于这样的戏剧观念,戏剧结构的变化也是显著的:《日出》的散点结构虽然并未从根本上打破传统的三一律,又确实包含着扩大戏剧时空的要求。陈白露们的大旅馆世界与翠喜、小东西们三等妓院世界,以及在这两个世界里演出的陈白露的悲剧,李石清的悲喜剧,潘月亭们的悲喜剧,黄省三的悲剧,翠喜、小东西的悲剧……以及剧作家暗示给我们的,隐没在舞台背后的金八爷们,打夯工人们……无数庄严的、荒诞的……戏剧,构成了两声部以至多声部的结构。在戏剧动作上于传统结构中的连续性动作之外,又出现了动作的中断与暗续(如陈白露的动作到了第三场似乎中断,但实际却通过方达生的出场而暗续),其意图显然在于使戏剧结构逻辑更接近于生活发展的逻辑。

应该说《日出》的艺术创新是大胆的;在《雷雨》刚刚获得巨大成功之后,曹禺就这样敢于突破自己,这是显示了他的特殊胆识,和无羁的创造活力的。但曹禺也不想使自己走得过远,他不愿意失去自己的观众;他更知道,相对的稳定是形成鲜明个性的必要条件。因此,在《日出》里,他仍然保持了他对于动作(特别是内在动作)紧张性,对于人物性格复杂性、鲜明性的追求。因此,尽管《日出》已经没有了《雷雨》那样曲折的、引人入胜的情节,剑拔弩张的场面,但仍然以其内在的紧张(如李石清与黄省三的对话,潘月亭与李石清的唇枪舌剑)扣人心弦,对到剧场来寻找刺激的观众产生巨大的吸引力。既牢牢地把握着自己,又不断地发展着自己:这确实是一种成熟。——这时候的曹禺还没有发生失去自己的悲剧。

(选自钱理群著《大小舞台之间——曹禺戏剧新论》,北京大学出版社 2007 年版)

① 曹禺:《日出·跋》,《曹禺文集》第 1 卷,花山出版社 1997 年,第 457 页。
② 曹禺:《日出·跋》,《曹禺文集》第 1 卷,花山出版社 1997 年,第 457 页。
③ 曹禺:《日出·跋》,《曹禺文集》第 1 卷,花山出版社 1997 年,第 458 页。

《大公报·文艺》对《日出》主题思想的集体评论

李　群

《日出》是现代著名剧作家曹禺先生的经典名著。《日出·跋》是解读其作品的一把钥匙，这篇跋正是曹禺先生为回应《大公报》组织的集体评论而作。目前，学界对于《大公报》组织的那次重要的文学批评的关注明显不够，大都将其作为《日出》引起重大反响的一个标志而一笔带过，没有将其对《日出·跋》以及作品本身结合起来进行深入细致的比较分析。萧乾主持的《大公报·文艺》(以下简称《文艺》)，从展开集体批评到刊登曹禺的《我如何写〈日出〉》，为我们提供了一个研究曹禺戏剧的真实的历史语境与可资借鉴的研究视角。

一、超攻讦、超捧场的集体评论

《文艺》主编萧乾曾说："三十年代编《大公报·文艺》时，我曾利用编辑职权，花了好大力气，想提倡一下书评。"他充分利用报纸出刊快捷、读者面广泛的优势，把文学和新闻结合起来编辑这个栏目，他自己也称书评是"介乎新闻和文学之间"①的一种文体。萧乾曾组织了多次关于文学问题的集体评论，对于《日出》的集体评论就是其中之一。

以往文学史上提到《日出》诞生后所引起的社会反响时，都会提到这次评论，将众多名家的评论作为当时文艺界对作品给予充分肯定的标志而作简单介绍。实际上，这些评论客观而中肯，勉励赞扬中也指出了其不足与缺憾。李健吾指出："有的书评家只是一种寄生虫，有的只是一种应声虫。有的更坏，只是一种空口白嚼的木头虫。"这样的批评家显而易见不是真正的批评家。"批评是一个独立的存在，有他自己的宇宙，有他自己深厚的人性做根据。"②这次评论正是在这种独立、客观的原则下进行的。

萧乾邀请了茅盾、巴金、叶圣陶、沈从文、靳以、李广田、朱光潜、杨刚、荒煤和燕京大学西洋文学系主任"中国通"谢迪克等当时文坛上众多知名作家、评论家，对《日出》进行集体评论，可谓盛况空前。此次集体评论在1937年元旦前后分两次刊出。而关于作品的主题思想与艺术手法是评论者探讨最多的话题。

关于《日出》的主题思想，曹禺在剧本开头引用了老子《道德经》的话："天之道损有余而补不足；人之道则不然，损不足以奉有余。"黎烈文据此认为《日出》就是一个描写"损不

---

① 萧乾：《萧乾文集(卷七)》，浙江文艺出版社，1998年版，第160页。

② 刘西渭：《答巴金自白书》，《大公报》(天津)，1936年1月5日第13版。

足以奉有余"的这种"人之道"的剧本[1]。然而,大部分的评论者却从作品题目出发,将"太阳出来了,黑暗留在后面,但太阳是不属于我们的,我们要睡了"作为作品的主题,认为《日出》在揭露社会黑暗的同时,还预示着太阳升起,光明来临。基于这一判断,评论者在痛恨各种罪恶与丑陋的同时,也在思考造成这一切的原因是什么,试图寻求一条出路,期待太阳和光明出现。

在探究《日出》这一悲剧的原因时,陈荒煤认为曹禺给我们画出了那些罪恶的表面,而没有给我们把那些罪恶的"根"掘出来,换句话说,曹禺仅仅突击了一些"现象"而没有突击"现实"[2]。

孟实也提出了这样的疑问,《日出》的命题显然有一种象征的意义,黑暗过去了,光明来了,以后的事情究竟怎样呢?方达生在最后一幕所给我们的希望是"我们要一齐做点事,跟金八拼一拼"。这不能不使我们觉得这是一种"倒降顶点","偌大的来势就落到这样一个收场么?"[3]方达生作为一个心有余而力不足的书呆子实在不能担当《日出》以后的重大责任。作者所暗示的一线光明总是在后台,始终是一种隐喻,不能使它较好地表现主题。

在表现手法上《日出》被公认为是对《雷雨》的一次超越,一次尝试。叶圣陶盛赞《日出》的艺术性堪与诗媲美。他认为"太阳升出来了,黑暗留在后面。但是太阳不是我们的,我们要睡了",这句话是剧本的主题。当时有许多小说诗歌,说的也都是这个意思,只因具体表达不充分,对于读者也就没有多大影响。此剧却能从具体的"事像"中透露出这意思来,仿佛作者自己并没有主张,然而读者从第一幕读到第四幕,自然会悟出"潜蔽"在文字背后的意思。故而,它的题材虽是戏剧,而其实也是诗。[4]

与此同时,谢迪克指出了剧中行文冗赘的毛病。读者的兴趣经常被那些极长的对话抹淡了,人物出场次数也显太繁。同时,作者似还犯了"重描"的毛病。如黄省三出场太多了,而且也说的太多了,这反而消减了作者原来的用意。其原型应是作品中代表薪奴和他们冷酷待遇的一个最有力的形象,结果却变成一个讨厌的舞台上的"狂言"了。[5]

对于剧中场景的交替、人物的频繁登场等设计,沈从文认为,虽然有创新之处,但未免有些极端。将这种表现手法,用在中国话剧上做实验,虽说是"新"的,但是话剧的观众,到底还是社会中知识分子居多,"减少场面的复杂,而集中人物行为语言增加剧情分量的方法,似乎同样值得有人来努力"。[6]

此外,孟实还提出了一个重大命题,就是如何处理观众欣赏趣味与作品现实性的关系:"……陈露露堕落失望,自杀;'小东西'不堪妓院的虐待,自杀。人反正不过是一条命,

① 黎烈文:《大胆的手法》,《大公报》(天津),1937 年 1 月 1 日第 13 版。
② 荒煤:《还有些茫然》,《大公报》(天津),1937 年 1 月 1 日第 13 版。
③ 孟实:《舍不得分手》,《大公报》(天津),1937 年 1 月 1 日第 13 版。
④ 叶圣陶:《成功的群像》,《大公报》(天津),1937 年 1 月 1 日第 13 版。
⑤ 谢迪克:《一个异邦人的意见》,《大公报》(天津),1936 年 12 月 27 日第 11 版。
⑥ 沈从文:《伟大的收获》,《大公报》(天津),1937 年 1 月 1 日第 13 版。

到了绝路便能够自杀毕竟也还是一件痛快事。但是这究竟还是小说，是电影。实际上在这个悲惨世界里这条命究竟不是可以这样轻易抛弃得去，有许多陈露露在很厌倦地挨她们的罪孽的生命，有许多‘小东西’很忠于职守地卖她们的皮肉，……这就是我们时代的最大的悲剧。在第三幕附注中曹禺先生告诉我们，他不肯因为叫‘太太小姐们’看着舒服些而救‘小东西’的命，……可是在实际上，叫‘太太小姐们’看着舒服些，对于剧作家是一个很大的引诱，而曹禺先生也恐怕在无意之中受了这种引诱的迷惑。”[①]

这里，实际上是在批评曹禺为了迎合观众的欣赏趣味而脱离了现实。

作品主题及艺术手法是评论者关注较多的问题。实际上，这次集体评论涉及的问题要广得多，包括《日出》人物形象的塑造、剧情结构的设置、舞台表演的处理等方方面面。当然还有更多对于《日出》的赞扬。此外，在以上评论中还始终贯穿着一个《雷雨》与《日出》的比较这个见仁见智的话题。

二、《我如何写〈日出〉》——作者的应答

《文艺》于1937年2月28日刊登了曹禺的《我如何写〈日出〉》，对以上评论进行了回应。

对于光明、出路究竟在哪里这个问题，曹禺谈到：“《日出》写成了，然而太阳并没有能够露出全面。我描摹的只是日出以前的事情，有了阳光的人们始终藏在背景后，没有显明地走到面前。”虽然写出了希望，一种令人兴奋的希望，暗示出一个伟大的未来，但也只是暗示着。那么，为什么曹禺想写光明、出路却又欲言又止呢？

原因是国民党的审查。曹禺后来回忆道：“写《日出》的时候，我苦恼极了，不敢讲得那么清楚，国民党的统治很厉害，如果写国民党完蛋了，就通不过。审查老爷‘枭鸟’的眼睛总在盯住你的。”[②]所以，在这个戏里，方达生不能代表《日出》中的理想人物。算上方达生，包含了《日出》里所有的在场人物，都是一个腐烂阶层的崩溃，他们将沉沉地“睡”下去，随着黑夜消逝，这是不可避免的必然推演。曹禺真正寄予一点希望的还是那浩浩荡荡向前推进的呼声，它象征着伟大的将来蓬蓬勃勃的生命。正如第四幕中的描写：“砸夯的人们高亢而洪壮地合唱着轴歌‘日出东来……’沉重的石硪一下一下落在土里，那声音传到观众的耳里是一个大生命浩浩荡荡地向前推进，向前进，洋洋溢溢地充塞了宇宙。”“屋内渐渐暗淡，窗外更光明起来。”但这毕竟仅仅是象征，而不是真正的“光明”的展示。曹禺承认这只是个“无可奈何”的收场，也承认犯了“倒降顶点”的毛病。

原来评论者一再追问、探求的光明、太阳、出路，在曹禺那里就根本没想在剧中表现出来。因为，那些有“枭鸟”眼睛的国民党审查官守在一旁。所以，曹禺始终不能让那象征着光明的人们在作品中显露。那么，真正表现作品主题思想的，不是“日出”这个标题，也不是“太阳出来了……”这句话，而应该是曹禺开篇那几段引文，尤其是“人之道，损不足以奉

① 孟实：《舍不得分手》，《大公报》（天津），1937年1月1日第13版。

② 刘勇、刘春雨编，《曹禺评说七十年》，文化艺术出版社2007年版。

有余”那句话。看来评论者除了黎烈文之外，在探寻作品主题思想时都存在一定的偏差。后来，曹禺在回忆自己的作品时，认为“太阳出来了……”这句话，也是作品的一个主题。这样看来，应当是两句话概括了整个作品的主题，而当时的曹禺由于种种限制没有明示“太阳出来了……”这一主题。

正因为曹禺将所要说的话，藏在了不显眼的地方，荒煤感到该剧只“突击了现象”而忘了应该突击的“现实”，所以，印象模糊，读完之后还有些茫然。曹禺对此作出了自己的解释，荒煤所指的“现实”也许可以用“损不足以奉有余”这句话点出，因为，这戏里一切现象都归根于这句话。如果说“现实”是造成这一悲剧的原因，那么《日出》这种悲剧的原因果若能由一个剧作者找出来，说出究竟，那未免视一个写戏的人的本领太高了。而在各种实际情况的钳制下，曹禺也只能描摹由于某种原因推演下来的“现象”。假如读完了《日出》，有人肯愤然地提出疑问：什么原因造成这不公平的禽兽世界？是不是这局面应该改造或根本推翻呢？如果真有人肯这样问两次，那已经是超过了作者的奢望了。

在艺术手法上。对于谢迪克指出的剧本中犯的“重描”的毛病，曹禺认为“是怕我们的观众在锣鼓喧天的旧戏场里，吃瓜子，喝龙井，谈闲天的习性还没有大改。注意力浮散，忘性太大”，[①]于是不得已地在《日出》中涂而又涂，犯这个毛病也是有其苦衷的。

在应答孟实时，曹禺认为，他提出了一个剧作者对于人生世相应该持有的态度问题。写戏的人是否要来一些善恶报应的玩意，还是像自然主义的小说家们那样让许多恶人吃到脑满肥肠，白头到老，令许多好心人流浪一生，转于沟壑呢？还是全凭机遇，有的恶人就被责罚，有的就泰然跳过，幸福一辈子呢？曹禺对这一问题的解答，即使在今天也颇具启发意义：“怎样一面会歪曲不真实，一面又能叫观众感到愉快，愿意下次再来买票看戏，常是使一个从事于戏剧的人最头痛的问题。……做戏的人确实也有许多明知其不可，而又不得已为五斗米折腰的。……如果无意中我已受了这种引诱的迷惑，得到万一营业上的不失败，令目前几个亏本的职业剧团，……再维持下去，这也是一个作者所期望的。中国的话剧运动，方兴未艾，怎样拥有广大的观众，而揭示出来的又不失‘人生世相的本来面目’是颇值得内行的先生们严重讨论的问题，无疑地天才的作家，自然一面拥有大众，一面又把真实犀利地显示个清楚。次一等的人便有些捉襟见肘，招架不来，写成经得演经不得读的东西。不过，万一因才有所限，二者不得兼顾，我希望还是想想中国目前的话剧事业，写一些经得起演的东西，先造出普遍酷爱戏剧的空气，我们虽然愚昧，但我相信我们的子孙会生出天才的。”[②]

曹禺正面回答了孟实的批评，现实与趣味二者不能兼顾时，站在大众文艺的角度来说，应当首先重视观众的欣赏趣味，先把观众留在剧院中，然后，再谈论如何提高作品现实性的问题。

---

① 曹禺：《我如何写〈日出〉》，《大公报》（天津），1937年2月28日第13版。

② 沈从文：《伟大的收获》，《大公报》（天津），1937年1月1日第13版。

三、还原历史语境，感悟曹禺的艺术创作

这次集体评论在现代文学史上是一个经典的个案。萧乾在解释这次评论的意义时说："这样讨论的出发点是避免由一位权威对作品一锤定音"，使评论"立体化"。[①]《我如何写〈日出〉》作为"跋"永远留在了曹禺的作品里，但不应忘记的是，它的最初问世却来自《文艺》的一次集体评论。把评论家和作家的自述一起推出，是《文艺》"书评"的一大特色，不仅使读者随着评论家进入作品的艺术世界，而且还能在此基础上又随着作家的自述进入作者的内心世界，作品、作家、评论家和读者就构成了立体的交融与对话，形成了一个独特的历史语境，使作品的艺术价值得到多方面的展示。

通过以上对于评论家和曹禺之间一"评"一"答"的介绍，我们也能够感受到曹禺的内心世界。

首先，曹禺对于主题的虚化表现。评论家们本来是希望在剧中看到希望和光明的，但是始终没有看到一个明确的"光明"和"希望"的代表。曹禺只是在开篇的引文中用"人之道，损不足以奉有余"来揭示剧本的主题，而工人的"筑夯"和"号子"虽然也寄托了作者对光明的期待，但毕竟是一个下策。究其原因是国民党的检查不允许这一"光明"和"希望"的出现。于是，"砸夯"和"号子"成为了剧中两个"虚化形象"。然而，这些虚化形象倒是在某种程度上继承了我国传统艺术写意、抒情的美学传统。"以形写神""虚实相生"以虚代实"是中国传统艺术的重要表现方式。清初画家笪重光曾说："虚实相生，无画处皆成妙境。"宗白华也说："中国画上画家用心所在，正在无笔墨处却是飘渺天倪，化工的境界。这种画面的构造是根植于中国心灵里蓬勃生发的宇宙意识。"明代戏曲家王骥德说：'戏剧之道，出之贵实，而用之贵虚。"李渔指出："即不如离，近不如远，和盘托出，不若使人想象于无穷耳。"因此，有研究者认为："曹禺剧作中虚化形象的创造，正是对我国传统艺术这种独特的表现方法的创造性借鉴与发挥，从而达到以少胜多、空灵深邃的特殊艺术效果。"[②]这样看来，剧中这种隐晦暗藏的表现方式，通过作者的艺术加工，反而成就了曹禺剧作中极具审美价值的虚化形象创造。

其次，曹禺戏剧创作的大众意识。在曹禺与孟实关于现实性与趣味性关系的探讨中，体现了作者戏剧创作成熟的大众意识。曹禺认为中国的"观众是非常聪明的"，"中国的观众十分善感"。因此，他要写出既能读更能演的剧本来。当时的话剧演出大多是业余的，演出团体经营的困难要比今天严重得多。因此，他说："写戏的人最感觉苦闷而又最容易逗起兴味的就是一个戏由写作到演出中的各种各样的限制，而最可怕的限制便是普通观众的兴味……"[③]他的《日出》等作品，正是考虑到了"普通观众"的审美情趣，写得既真实又

① 萧乾：《萧乾文集（卷四）》，浙江文艺出版社1998年版，第132页。

② 焦尚志：《论曹禺剧作中虚化形象及其审美价值》，见田本相、刘家鸣编《中外学者论曹禺》，南开大学出版社1992年版，第313页。

③ 刘勇、刘春雨编，《曹禺评说七十年》，文化艺术出版社2007年版。

让观众感到审美的愉悦。《日出》既赢得了普通的观众，也使得一个职业剧团的票房收入得以维持并能够再生产。当时的剧团，遇到经营困难时便会出演《日出》等经典剧目，每每都有不错的票房收入，成为扭转经营局面的法宝。可以说曹禺的大众意识，使其话剧取得了巨大成就。在现代戏剧史上，曹禺戏剧成为艺术性与娱乐性结合的典范。

最后，通过曹禺先生与评论者之间的一"评"一"答"，彰显了作者强烈的创作热情。曹禺在《杂感》中说："假若生命力犹存在躯壳里，动脉还不止地跳跃着的时候，种种社会的漏洞，我们将不平庸地让它过去。我们将避去凝固和停滞，放弃妥协和降伏，且在疲敝困惫中要为社会夺得自由和解放。怀着这样同一的思路，文学的天才绚烂地造出他们的武器，以诗、剧、小说向一切因袭的心灵攻击。"[①]曹禺创作《日出》就是向那个"不公平的禽兽世界"发起的无情攻击。戏剧评论家童道明提出了"回到曹禺"的口号，"回到曹禺"意味着什么？既要学习他艺术的技巧，同时还要学习他深刻的思想和做"人和社会"这篇大文章的经验。

当时报刊所记载的一系列原始资料为我们打开了一个感受曹禺内心世界的窗户。它们在呈现经典作品的同时，也让我们了解了经典作品是如何经过时代的淘汰和洗礼，而存在于历史长河中的。

（原载《天津大学学报》2010 年第 5 期）

① 曹禺：《杂感》，《南开周刊》，1927 年第 2 期。

曹禺《日出》中的“有余”与“不足”

张耀杰

《日出》的剧情并不复杂。剧中的女主人公陈白露是一位聪明美丽的女学生，父亲去世之后没有了经济保障，只好依附于大丰银行经理潘月亭，被包养在某大都市的大旅馆里过着见不得阳光的“放荡，堕落”的“发疯的生活”。她从前的“朋友”或者说是初恋情人方达生，从乡下老家前来英雄救美，却在与她相处的几天里，逐渐认识到整个社会的不公与黑暗，最后一个人昂首走向由砸夯的工人们，以及他们高亢而宏壮地合唱着的“日出东来，满天大红！要想得吃饭，可得做工！”的《轴歌》所象征的“天之道损有余而补不足”的阳光天堂。不愿意追随方达生离开大旅馆的陈白露，只好吟唱着她的诗人前夫的天堂神曲——“太阳升起来了，黑暗留在后面；但是太阳不是我们的，我们要睡了”——而喝药自杀。剧中其他的出场人物，也面临着既是绝对专制的“阎王”又是绝对有余的“财神”的金八，主宰操纵的一场替天行道、天诛地灭的天谴天罚。

一、既“奉有余”也“补不足”的陈白露

第一幕中，方达生从遥远的乡下乘火车来到某大都市的大旅馆，想通过求婚的方式把已经改名为陈白露的旧情人竹均，从见不得阳光的“放荡，堕落”的“发疯的生活”中拯救出来，去和他一起过“真正的自由的生活”，却遭到陈白露的坚决拒绝。在与方达生争吵的过程中，陈白露有这样一段“自报家门”：

> “你要问我自己是谁么？你听着：出身，书香门第，陈小姐；教育，爱华女校的高材生；履历，一阵子的社交明星，几个大慈善游艺会的主办委员；……父亲死了，家里更穷了，做过电影明星，当过红舞女。”①

到了第四幕，陈白露又向方达生介绍了自己曾经有过的一段“平淡无聊，并且想起来很可笑”的婚姻生活。她的前任丈夫是一位诗人，而且是与方达生一样的“傻子”：

> “我爱他！他叫我离开这儿跟他结婚，我就离开这儿跟他结婚。他要我到乡下去，我就陪他到乡下去。他说‘你应该生个小孩！’我就为他生个小孩。结婚以后几个月，我们过的是天堂似的日子。他最喜欢看日出，每天早上他一天亮就爬起来，叫我陪他看太阳。他真像个小孩子，那么天真！那么高兴！有时候乐得在

---

① 本文所依据的《日出》剧本及《〈日出〉跋》，是田本相（编《曹禺文集》第1卷，上海文化生活出版社1936年。（作者注）。

我面前直翻跟头，他总是说‘太阳出来了，黑暗就会过去的’，他永远是那么乐观，他写一本小说也叫《日出》，因为他相信一切是有希望的。”

对于陈白露来说，这种看似阳光天堂般神圣美好，实际上却“平淡，无聊，厌烦”的婚姻家庭生活，无论如何也不能令她满意。用曹禺写在舞台提示里面的话说，陈白露所憧憬的是“在情爱里伟大的牺牲（如小说电影中时常夸张地来叙述的）”。孩子的夭折宣告了婚姻家庭的彻底破裂，再一次从家庭束缚中解放出来回到大都市的陈白露，依靠被她昵称为“我可怜的老爸爸”的潘月亭，在大旅馆里安置了一个被包养的家外之“家”。住在大旅馆里纵情纵欲的“放荡，堕落”生活，依然不能令她心满意足。潘月亭的破产又使她陷入债台高筑、走投无路的生活绝境。最后，她仿佛当真又仿佛演戏般从诗人前夫苍白空洞的天堂神曲——“太阳升起来了，黑暗留在后面，但是太阳不是我们的，我们要睡了”——中，参透了自己“在情爱里伟大的牺牲”的人生宿命：

“可……可……可上哪里去呢？我这个人在热闹的时候总想着寂寞，寂寞了又常想起热闹。整天不知道自己怎么样才好。你叫我到哪里去呢？”

既为相对有余者潘月亭奉献过美丽的肉体，又对完全不足者小东西实施过救助的陈白露，最后怀着对于美丽青春和美好情爱的无限留恋，尤其是对于诗人前夫以及“朋友”方达生所歌颂的“天之道损有余而补不足”的阳光天堂的无限神往，吞下了过量的安眠药，从而彻底实现了“在情爱里伟大的牺牲”。换句话说，曹禺所谓“在情爱里伟大的牺牲”，其实就是以“存天理，灭人欲”的自裁自赎，把陈白露美好的肉体和善良的灵魂，全部奉献给中国传统文化中形而下的天谴天罚加形而上的阳光天堂的神道祭坛。

被曹禺称之为“《日出》的心脏”的第三幕，是专门为下等妓院“宝和下处”的花翠喜、小东西这两个“可怜的动物”树牌坊、唱挽歌的。小东西是陈白露和方达生为一个“约莫有十五六岁的样子”的“瘦弱胆怯的小女孩子”起的代号；小翠是下等妓院“宝和下处”给她起的花名。她早年丧母，她的农民工父亲不久前在为潘月亭的银行大楼砸夯奠基时，被大铁桩子活活砸死，她自己流落到黑社会流氓头子黑三手里，被黑三奉献给了金八。小东西因为“实在是怕他”，就在金八施暴时“狠狠地在他那肥脸上打了一巴掌”。作为惩罚，黑三等人把小东西痛打一顿，还饿了她一天多不给饭吃。小东西从黑三那里逃出来之后躲进陈白露的房间，进而跪倒在陈白露面前乞求拯救。被陈白露认作干女儿又被方达生认作“小妹妹”之后，小东西一时间大为改观，变成一个“涂彩的泥娃娃”。不曾想转眼之间，她就被黑三一伙人抓走送到了“宝和下处”。

“大约有三十岁左右”，“已经为人欺凌蹂躏到几乎完全麻木”的老妓女花翠喜，与陈白露一样是既要把肉体奉献给有余者，同时也会对不足者实施一部分的救济补助的善良女性。只是陈白露美丽的肉体，相对固定地奉献给潘月亭一个人；花翠喜的肉体却要出卖给众多的男嫖客。陈白露补助的不足者是与她完全没有血亲关系的小东西；花翠喜通过卖淫换来的金钱，却全部补助给了自己家里染上性病的丈夫、瞎了眼睛的两个儿子和瘫在床上的婆婆。耐人寻味的是，曹禺通过自传性人物方达生，给予陈白露的是“放荡，堕落”、“一个钱也不值”的天谴诅咒；他自己在《日出·跋》中，却为老妓女花翠喜歌唱起了神圣礼赞：

“在这堆‘人类的渣滓’里，我怀着无限的惊异，发现一颗金子似的心，那就是叫做翠喜的妇人。她有一副好心肠，同时染有在那地狱下生活各种坏习惯。她认为那些买卖的勾当是当然的，她老老实实地做她的营生‘一分钱买一分货’，即便在她那种生涯里，她也有她的公平。令人感动的是她那样狗似地效忠于她的老幼，和无意中流露出来对那更无告者的温暖的关心。……而落在地狱的小东西，如果活下去，也就成为‘人老珠黄不值钱’的翠喜，正如现在的翠喜也有过小东西一样的青春。”

由此可知，在曹禺的心目之中，是从来没有人人平等、公平公正的现代文明意识的。他所有的价值判断，几乎都随着自己喜怒哀乐的情绪变化而不断变化。这种随心所欲、为所欲为的戏剧处理，本身就是前文明时代的专制表现。

二、黄省三：“奉有余”而不可得的不足者

黄省三是大丰银行的“书记”也就是抄写员。作为工商契约社会中依照用工合同上岗就业的现代职工，他做人的道德信条，依然是中国传统农耕社会中“上天不负苦心人”之类的“天地良心”。第二幕中，他刚一上场，就被旅馆茶房王福升揭穿了真实身份和本来面目：

“我知道，你从前是书记，你姓黄，你叫黄省三，你找李先生，潘经理，大丰银行的人你都找。你到处装孙子，要找事。你当我不知道，不认识你？”

“我在这旅馆看见你三次，你都不认识我，就凭你这点王八记性，你还找事呢！去你个蛋吧！”

面对王福升的揭发诅咒，黄省三既恼羞成怒又自欺欺人地呐喊出了反抗之声：“你为什么骂人？我，我知道我穷，可是你不能骂我是王八，我不是王八，我跟你讲，我不是。你，你为什么——”

然而，“活脱脱一个流氓”的王福升，仅仅以一句威胁话语——“你要敢骂我一句，敢动一下子手，我就打死你”——就轻松解除了黄省三的精神武装。泄了底气的黄省三，只好从王福升身边悄悄走开。

在大丰银行秘书李石清面前，“实在没有路走”的黄省三，终于说出了自己确实充当“王八”的家庭隐私：

“我没有家，我拉下脸跟你说吧，我的女人都跟我散了，没有饭吃，她一个人受不了这样的苦，她跟人跑了。家里有三个孩子，等着我要饭吃。我现在口袋里只有两毛钱，我身上又有病，（咳嗽）我整天地咳嗽！李先生，您叫我回到哪儿去？您叫我回到哪儿去？”

面对黄省三的乞怜求救，李石清冷酷无情地回答说：“怎么你连偷的胆量都没有，那你叫我怎么办？……我告诉你，这个世界不是替你这样的人预备的。（指窗外）你看见窗户外面那所高楼么？那是新华百货公司，十三层高楼我看你走这一条路是最稳当的。”

黄省三并没有接受李石清的跳楼建议，而是在大丰银行经理潘月亭面前下跪乞求道："(走到潘面前，哀痛地)经理，您行行好，您要裁人也不能裁我，我有三个小孩子，我不能没有事。经理，我跟您跪下，您得叫我活下去。"

像黄省三这样的下跪乞求，是从来都不可能感天动地的，当然也不大可能感动照章办事的潘月亭，以及他的秘书李石清。绝望之中的黄省三干脆摆出拼命架势，呐喊出了"人命关天关地"的天谴诅咒：

"我不是白拿你们的钱，我是拿命跟你们换哪！(苦笑)并且我就会死的。(愤恨地)你们真是没有良心哪，你们这样对待我，——是贼，是强盗，是鬼呀！你们的心简直比禽兽还不如——"

黄省三一边哭诉一边开始动手："(哭着)我现在不怕你们啦！我不怕你们啦！(抓着潘经理的衣服)我太冤了，我非要杀了——"但是，不等他把话说完，潘月亭当胸一拳就把他打倒在地。李石清更是以传统戏曲舞台所常见的旁白点评，揭穿了黄省三阴柔胆怯的人性底蕴：

"经理，他是说他要杀他自己——他这样的人是不会动手害人的。"

到了第三幕，曹禺借下等妓院"宝和下处"的哑巴报贩与方达生之间的读报交流，介绍了黄省三的家庭惨剧：

"一个书记怎么没有饭吃，怎样走头(投)无路，只得买鸦片烟，把一家的小孩子自己亲手毒死。小孩子不肯吃，怎样买红糖搅在一起，逼小孩子喝下去。全家都死了，但是鸦片烟没有了，他自己就跑出去跳大河，但是不幸被警察捉住，把他带到局子里去，说他有罪，谋杀罪，不知是死是活……"

到了第四幕，曹禺是用阴间地狱里的"鬼"来形容"非常神经质而胆小"的黄省三的："他幽然地进来，如同吹来了一阵阴风。他叫人想起鬼，想起从坟墓里夜半爬出来的僵尸。"关于三个孩子被活活毒死以及自己的无罪释放，黄省三在李石清面前精神错乱地回忆说：

"庭长，您不要信我这些邻居的话，他们是胡说八道，我那时候很明白，我没有犯神经病。国家有法律，你们不能放我。庭长！(抓住李的手)庭长，我亲手毒死了人，毒死我的儿子，我的望望，我的小云，我的……(抱着李)我的庭长，您得要杀死我呀！"

对于这种没头没脑的大肆渲染，戏曲舞台上有一句专业行话叫做"洒狗血"。《日出》中最擅长"洒狗血"的，就是这个连自己的亲生儿女都养不活的黄省三。他正是在淋漓尽致"洒狗血"的变态表演中，呐喊出了奴性反抗的最强音：

"潘，潘经理，人不能这么待人呀，人不能这么待人呀！前些日子我孩子们在，我要活着，我求你们叫我活着，可是你们偏不要我活着。现在(涕哭)他们死了，我要死了，我要死，我求你们叫我死，可是你们又偏不要我死。潘经理，我们都是人，人不能这么待人呀！(衰弱地哭了起来)"

最为惨绝也最为难堪的是，黄省三除了扯开嗓子空喊天谴咒诅的道德高调之外，连寻死自杀的勇气都不具备，于是他只能一次又一次地求助于已经被他毒骂为“是贼，是强盗，是鬼”的阶级敌人潘月亭：

“不，我求您，潘经理，您行行好吧。我再也活不下去了，我跟您跪下，您可怜可怜我吧，您别再逼我了（跪下）您让我走一条痛快的路吧。”

对于这样一个“鬼”一般的空洞人物，曹禺再一次借着李石清的戏曲式旁白，给出了“哀其不幸，怒其不争”的鞭尸式评点：“天啊！这个傻王八蛋，你为什么疯了？你为什么疯？你太便宜他了！”

三、李石清：“损不足以奉有余”的不足者

积极主动地为潘月亭充当“损不足以奉有余”的帮凶打手的李石清，相对于黄省三等人来说是有余者；相对于潘月亭、陈白露、顾八奶奶等人来说，又是一个不足者。他为了讨好陈白露和潘月亭，不惜把典当皮大氅换来的钱款，交给妻子去打牌应酬。面对妻子“孩子生了病，没有钱找好医生治，还得应酬”的抱怨，他呐喊出的是对于整个社会的满腔仇恨：

“你看不出我自己总觉得我是个穷汉子吗？我恨，我恨我自己为什么没有一个好父亲，生来就有钱，叫我少低头，少受气吗？……我告诉你，这个社会没有公理，没有平等。什么道德服务，那是他们骗人。你按部就班地干，做到老也是穷死。只有大胆地破釜沉舟地跟他们拼，还许有翻身的那一天。”

李石清通过讨好巴结被他贬斥为“舞女不是舞女，娼妓不是娼妓，姨太太又不是姨太太，这么一个贱货”的陈白露，被潘月亭破格提拔为秘书。然后又通过偷开潘月亭的抽屉窃取商业机密之类的违法行为而当上襄理。接下来，他一方面在弱势者面前炫耀自己高人一等的身份等级；另一方面以奴性的忠诚死心塌地替潘月亭出力卖命，以至于连重病住院的小儿子的死活都置之度外。令他意想不到的是，潘月亭根本不理会他的耿耿忠心，银行刚刚出现转机，就把他斥骂为“不学无术的三等货”一脚踢开。被解除职务的李石清只好像黄省三一样，在“洒狗血”式的呐喊抗议中彻底暴露自己甘受奴役的精神空虚：

“我为着你这点公债，我连家都忘了，孩子的病我都没有理，我花费自己的薪水做排场，打听消息。现在你成了功赚了，忽然地不要我了。（狞笑）不要我了……”

接下来，李石清接到报馆张先生打来的电话，获悉潘月亭的大丰银行并没有赚钱，而是在金八的主宰操纵之下面临着破产倒闭的命运。他的情绪因此亢奋起来，反过来抢占道德精神的制高点，向潘月亭发起天诛地灭的天谴诅咒：

“潘经理，你可怜可怜你自己吧。你还不及一个穷光蛋呢。我叫一个流氓要了，我只是穷，你叫一个更大的流氓要了，他要你的命。……明天早上我要亲眼看你的行里要挤兑，我亲眼看着付不出款来，我还亲眼看着那些十块八块的穷户头，（低声恶意地）也瞧不起你，侮辱你，挖苦你，骂你，咒你，——哦，他们要宰了你，吃了你呀！你害了他们！你害了他们！他们要剥你的皮，要挖你的眼睛！你

现在只有死，只有死你才对得起他们，只有死，你才逃得了！”

正是在这种“洒狗血”式的情感爆发和煽情表演中，李石清充分暴露了自己的心理黑暗和精神空虚。剧作者曹禺先让潘月亭揪住李石清的脖子，逼迫他呐喊出黄省三式的丧气话——“你杀了我吧！你宰了我吧。可是金八不会饶了你……”——随后又让他接到妻子为小儿子报丧的电话，进一步堵住他的心窝，泄掉他的底气。泄了气的李石清只能像被他骂为“傻王八蛋”的黄省三一样，灰溜溜地不辞而别。

四、潘月亭：“损不足以奉有余”的有余者

大丰银行经理、人称“四爷”的潘月亭，是一个“短发已经斑白，行动很迟缓”的“庞然大物”；一个见到陈白露“他的年纪、举动态度就突然来得如他自己的儿子一般年青”的性情中人。在《日出》所有的出场人物中，他是唯一可以与金八进行不平等谈判的重量级人物；同时也是最为直接地遭受金八的主宰操纵的一个傀儡。在第四幕中，像赌徒一样把大丰银行的命运抵押给金八的潘月亭，与陈白露之间有这样一番推心置腹的真情表白：

> “我告诉你，公债到底还要涨，涨，大涨特涨。这一下子真把我救了！你知道，我今天早上忽然听说公债涨是金八在市面故意放空气，闹玄虚，故意造出谣言说他买了不少，叫大家也好买，其实他是自己在向外抛，造出好行市向外甩。那时候我真急了！我眼看我上了他的当，我买的公债眼看着要大落特落，我整个的钱都叫他这一下子弄得简直没有法子周转，你看我这一大堆事业，我一大家子的人，你看我这么大年纪，我要破产，我怎么不急？我告诉你，露露，我连手枪都预备好了，我放在身上，我——（咳嗽）”

潘月亭尽管在应对金融危机时夺走了黄省三等人的职业饭碗，同时又安插了像胡四那样拿干薪不做事的闲人，从而制造了《日出》中最为典型的“损不足以奉有余”的实证个案；基于现代工商契约社会所通行的文明规则和价值标准，他并没有像黄省三、李石清、金八、黑三等人那样，明显触犯相关的法律法规。潘月亭与陈白露之间年龄悬殊的男女关系，尽管没有履行合法的婚姻手续，却是建立在甲、乙双方两情相悦、两厢情愿的契约信用之上的。用陈白露的话说，“我没故意害过人，我没有把人家吃的饭硬抢到自己的碗里。我同他们一样爱钱，想法子弄钱，但我弄来的钱是我牺牲过我最宝贵的东西换来的。我没有费着脑子骗过人，我没有用着方法抢过人，我的生活是别人甘心愿意来维持，因为我牺牲过我自己。我对男人尽过女子最可怜的义务，我享着女人应该享的权利！”

在金八暗箱操纵的公债交易中，潘月亭像傀儡一样陷入一场金融骗局，以致于债台高筑、彻底破产，从而与黄省三、小东西等人一样，变成了被掠夺、被损害的完全不足者。难能可贵的是，即使在大难临头的情况下，他依然没有忘记让王福升给陈白露捎去一句贴心话：

> “叫您好好保重，多多养自己的病，叫您以后凡事要小心点，爱护自己……”

随着潘月亭经营的大丰银行负债破产，包括顾八奶奶、胡四、张乔治、陈白露在内的依靠大丰银行讨生活的相对有余者，全部变成了赤贫如洗的完全不足者。该剧中唯一战无

不胜、攻无不克的绝对胜利者，就是一直躲藏在幕后从事暗箱操作的神秘人物、既是绝对专制的“阎王”又是绝对有余的“财神”的金八。

五、金八：绝对专制的“阎王”与绝对有余的“财神”

在《日出》第一幕中，由于“代表一种可怕的黑暗势力”的金八，一直躲藏在幕后为非作歹，曹禺只好通过陈白露与私自躲藏到她的房间里避难的小东西，以及旅馆茶房王福升之间的对话来予以介绍。

据王福升介绍：“金八爷！这个地方的大财神。又是钱，又是势，这一帮地痞都是他手下的，您难道没听说过？”

陈白露听了，开始担心起小东西的命运：“（低声）金八，金八。（向小东西）你的命真苦，你怎么碰上这么个阎王。——小东西，你是打了他一巴掌？”

长期把陈白露包养在大旅馆里的潘月亭，对于金八的评价是：“这个家伙不大讲面子，这个东西有点太霸道。”

李石清在第二幕中对于金八化公为私、官商一体的特殊身份另有介绍：“本来公债等于金八自己家里的东西，操纵完全在他手里……”

在中国传统的儒、释、道三教合流的民间宗教信仰里面，自古就有十地阎罗的观念。在每个俗称“阎王”的“黑脸的阎罗（地藏王）”手下，又有“活无常”“死有分”，以及牛头、马面等许多鬼卒供它驱使、为它效劳。作为在阴间地狱里面专门负责替天行道、天谴天罚的地狱之王，“阎王”身上最为可贵的美德，就是铁面无私的公正严明。关于这一点，鲁迅在《无常》中介绍说：

> “人是大抵自以为衔些冤抑的；活的‘正人君子’们只能骗鸟，若问愚民，他就可以不假思索地回答你，公正的裁判是在阴间！……无论贵贱，无论贫富，其时都是‘一双空手见阎王’，有冤的得伸，有罪的就得罚。”①

比起《原野》中的“阎王”和《雷雨》中既是自然现象又是人格化的宗教神祇的“雷雨（雷公）”；《日出》中既是绝对专制的“阎王”又是绝对有余的“财神”的金八，因为在政教合一的替天行道、天谴天罚的神圣法权之外，又多了一份政商合一的主宰经济命脉的神奇魔力，就越发显得战无不胜、攻无不克。他以见不得阳光的暗箱操作方式所实现的，既不是老子《道德经》中“损有余而补不足”的“天之道”；也不是“损不足以奉有余”的“人之道”；而是阴间地狱中更加公平均等也更加黑暗专制的既要损有余也要损不足的天谴天罚。

作为地狱之王金八的帮凶打手，以黑三为首的“穿黑衣服，歪戴着毡帽”的“一帮地痞们”，所扮演的正是鲁迅在《无常》中介绍的以勾魂摄魄、夺人性命为专职专责的“黑脸，黑衣”的“死有分”的角色。进一步说，也就是中国明朝的锦衣卫和东厂、西厂，以及清朝雍正皇帝的血滴子和蒋介石的蓝衣社之类的角色。

① 《鲁迅全集》第2卷，人民文学出版社1981年，第270页。

六、方达生：既没有“补不足”也不能“损有余”的局外超人

第一幕中，方达生刚一上场，就对在陈白露面前大发酒疯的张乔治发出天谴诅咒：“这简直是鬼！”

紧接着，他又对“放荡、堕落”、“一个钱也不值”的陈白露，展开“存天理，灭人欲”的道德感化：“你难道不知道金钱一迷了心，人生最可宝贵的爱情，就会像鸟儿似地从窗户飞了么？”

小东西的出现给方达生提供了新一轮作秀表演的机会，致使他高调承诺要带着小东西一起离开。小东西被黑三等人抓走之后，方达生一度找到下等妓院“宝和下处”，并且意外得到一份精神收获：他从卖报的哑巴那里，得知银行小职员黄省三的家庭惨剧，使他对于整个社会有了较为全面的了解，从而萌发了普度众生的神圣觉悟。但是，拥有这份精神收获的方达生，并没有与近在咫尺的小东西见上一面，反而在“魔鬼般”的黑三的威胁敲诈之下，乖乖交钱后空手离去。

这是既没有“补不足”也不能“损有余”的方达生，在替陈白露预订过一张和自己一同离开的火车票之后，第二次也是最后一次奉献钱财。被西方戏剧视之为艺术生命的动作冲突和意志冲突，却因为方达生委曲求全地乖乖交钱而轻松化解。留在“宝和下处”的未成年妓女小东西，反而表现出坚决拒绝“奉有余”的斗争精神，从而通过上吊自杀的方式，把自己仅有的处女贞节，奉献给了中国传统文化中形而下的天谴天罚加形而上的阳光天堂的神道祭坛；尤其是“存天理，灭人欲”的“饿死事小，失节事大”的天谴天罚。

从“宝和下处”回到大旅馆，方达生再一次以替天行道、天谴诅咒的神圣姿态，向陈白露表白自己刚刚获得的新一轮的道德觉悟：

> “现在我看清楚他们了，不过我还没有看清楚你，我不明白你为什么要跟他们混，你难道看不出他们是鬼，是一群禽兽。”

为了把自己从所谓“人生最可宝贵的爱情”中解脱出来，已经被陈白露拒婚的方达生，十分多情地为陈白露设计了另一种人生出路：由他替陈白露包办一位“一定很结实，很傻，整天地苦干，像这两天那些打夯的人一样”的“真正的男人”。“聪明”的陈白露当然不肯接受方达生的这种包办婚姻。方达生在自己的新方案遭到拒绝之后，像在“宝和下处”放弃被他称呼为“小妹妹”的小东西一样，丢下已经喝药自杀的初恋情人陈白露，迫不及待地以局外超人的神圣姿态，到窗外砸夯的工人身上去寻找“天之道损有余而补不足”的阳光天堂：

> “（敲门）你听！你听（狂喜地）太阳就在外面，太阳就在他们身上。你跟我来，我们要一齐做点事，跟金八拼一拼，我们还可以——（觉得里面不肯理他）竹均，你为什么不理我？（低低敲着门）你为什么不说话？你——（他回转身，叹一口气）你太聪明，你不肯做我这样的傻事。（陡然振作起来）好了，我只好先走了，竹均，我们再见。”

既没有“补不足”也不能“损有余”的局外超人方达生，是《日出》中调子最高却又奉献

最少的出场人物。对于方达生见死不救的临阵脱逃，最为经典的解释是鲁迅写在《娜拉走后怎样》中的一段话：

“天下事尽有小作为比大作为更烦难的。譬如现在似的冬天，我们只有这一件棉袄，然而必须救助一个将要冻死的苦人，否则便须坐在菩提树下冥想普度一切人类的方法去。普度一切人类和救活一人，大小实在相去太远了，然而倘叫我挑选，我就立刻到菩提树下去坐着，因为免得脱下唯一的棉袄来冻杀自己。”①

七、耶稣基督的自我健全与现代文明

就整个人类历史来看，第一个自我健全的现代个人，应该是基督教“新约”《圣经》中的耶稣基督。他的自我健全的个人选择与个人作为，主要表现在相辅相成的三个方面。

一是自我担当的救赎意识和牺牲精神。也就是不惜以牺牲自己的肉体生命为代价，为全人类承担罪责，从而在上帝与人类之间缔结了新一轮的契约关系。《圣经》中的所谓“新约”，就是这样得名的。

二是上帝面前人人平等的契约规则。也就是以上帝的名义，突破了游牧农耕社会里面等级森严的身份歧视和身份奴役，从而在人类历史上第一次呐喊出了人与人之间平等博爱的文明意识和契约规则。随着基督教作为世界性宗教的广泛普及，工商契约文明社会最为基本的甲、乙双方平等自愿的诚实信用，以及法律面前人人平等的普适公理，才得以确立奠定。

三是公共领域内形而下的政府权力和国家权威，与形而上的信仰教育、道德精神以及灵魂追求之间政教分离的契约规则。也就是耶稣在《马太福音》第 22 章中所说的“凯撒的物当归给凯撒，上帝的物当归给上帝”。

继耶稣基督之后，正是基于人人平等与政教分离的契约规则，拥有足够多的健全个人的西方社会，逐步制订完善了立法、行政、司法三权分立的宪政民主制度，从而为每一个人最为基本的人身自由权、精神自由权和私有财产权提供了制度保障。

在《〈雷雨〉序》中公开以神道设教、替天行道的先知及诗人自居的曹禺，显然是不愿意像基督耶稣那样自我健全、承担罪责的一个人。关于《日出》中的戏剧人物，他在《日出·跋》中解释说：

“在《日出》，也是一个最重要的角色我反而将他疏忽了，他原是《日出》唯一的生机，然而这却怪我，我不得已地故意把他漏了网。写《雷雨》，我不能如旧戏里用一个一手执蛛钉，一手举着巨锤，青面红发的雷公，象征《雷雨》中渺茫不可知的神秘。那是技巧上的不允许。写《日出》，我不能使那象征着光明的人们出来，却因为一些有夜猫子眼睛的怪物无昼无夜，眈眈地守在一旁，是事实上的不可能。我曾经故意叫金八不露面，令他无影无踪，却时时操纵场面的人物，他代

① 《鲁迅全集》第 1 卷，人民文学出版社 1981 年，第 161 页。

表一种可怕的黑暗势力，但把那些劳作的人们，那拥有光明和生机的，也硬闭在背后，当做陪衬，确实是最令人痛心的，一桩无可奈何的安排。”

由此可知，在曹禺的心目之中，《日出》里面是存在着三个层面的戏剧角色及社会形态的。其中“最重要的角色”，指的是“硬闭在背后”不能出场的、既“象征着光明”又自相矛盾地“拥有光明和生机”的“那些劳作的人们”。也就是只能合唱着“日出东来，满天大红！要想得吃饭，可得做工！”的《轴歌》“当做陪衬”的砸夯工人。他们所对应和象征的，是老子《道德经》中所谓的“天之道损有余而补不足”的阳光天堂。

第二个层面的次等重要的角色，是“无影无踪，却时时操纵场面”的既是绝对专制的“阎王”又是绝对有余的“财神”的金八。他所代表的是一种“可怕的黑暗势力”，他所主宰操纵的，是把剧中所有的有余者和不足者一网打尽、天诛地灭的阴间地狱。

第三个层面的最不重要、最为低等的“傀儡”角色，是剧中一个个活生生的出场人物，以及由他们构成的“损不足以奉有余”的社会形态。用曹禺《日出·跋》中的话说：“《日出》希望献与观众的，应是一个鲜血滴滴的印象，深深刻在人心里，也应为这‘损不足以奉有余’的社会形态。”

曹禺创作《日出》时的职业身份，是天津河北女子师范学院的英文教师。基督教的《圣经》，恰好是他给女学生讲课时采用的英文教材。熟读《圣经》的曹禺，在《日出》中展现了“损不足以奉有余”的社会现实，以及由金八主宰的既损有余又损不足的阴间地狱，进而把自己的最高理想，寄托在从来都没有实现过而且也永远不可能真正实现的“天之道损有余而补不足”的阳光天堂。对于欧美国家已经存在数百年的第四种社会形态，也就是既要“奉有余”也要“补不足”的宪政民主社会，曹禺的表现却是完全盲目和彻底无知。

在人类社会迄今为止最不坏也最文明的宪政民主社会里，除了无法验证的超世俗的宗教上帝之外，是不承认任何世俗性质的绝对真理、绝对价值、绝对权威和绝对主宰的。在这样的社会里，解决贫富差别以及阶级斗争的最为有效的办法，首先是通过“奉有余”的方式，依法鼓励资本家进行扩大再生产，从而为最广大的不足者提供就业机会，以便最大限度地实现既要“奉有余”也要“补不足”的共同富裕。与此同时，各级政府还可以通过依法征税建立公开透明的公共财政和公共服务体系，从而为尽可能多的社会成员尤其是生存在贫困之下的不足者，提供最低限度的社会救济和福利保障。

八、“时日曷丧，予及汝偕亡”的天谴诅咒

《日出》剧本之前的八段引文，除了第一段出自中国本土的老子《道德经》之外，其余七段全部出自基督教的《圣经》。但是，贯穿于这七段《圣经》语录中的核心思想，并不是耶稣基督所展现出来的承担罪责、遵守契约、政教分离、平等博爱的高贵精神，而是老子《道德经》中所传达的最具中国特色的替天行道、天诛地灭的天谴天罚。关于这一点，曹禺在《日出·跋》中介绍说：

“我想不出一条智慧的路，顾虑得万分周全。冲到我的口上，是我在书房里摇头晃脑背通本《书经》的时代，最使一个小孩子魄动心惊的一句切齿的誓言：

'时日曷丧，予及汝偕亡！'(《商书·汤誓》)索绕于心的，也是一种暴风雨来临之感。我恶毒地诅咒四周的不公平。除了去掉这群腐烂的人们，我看不出眼前有多少光明。诚如《旧约》那热情的耶利米所呼号的，'我观看地，地是空虚混沌；我观看天，天也无光。'我感觉到大地震来临前那种'烦躁不安'，我眼看着要地崩山惊'肥田变为荒地，城邑要被拆毁。'在这种心情下，'我已经听见角声和打仗的喊声。'我要写一点东西，宣泄这一腔愤懑。我要喊'你们的末日到了！'对这帮荒淫无耻，丢弃了太阳的人们。"

前面已经谈到过，当黄省三呐喊着要杀人时，李石清给出的旁白点评是："他这样的人是不会动手害人的。"对于曹禺写在《日出·跋》里面的这种天谴诅咒式的神道高调，鲁迅在1925年的《灯下漫笔》中，也给出过同样性质的泄气评论：

"'时日曷丧，予及汝偕亡！'愤言而已，决心实行的不多见。实际上大概是群盗如麻，纷乱至极之后，就有一个较强，或较聪明，或较狡滑，或是外族的人物出来，较有秩序地收拾了天下。厘定规则：怎样服役，怎样纳粮，怎样磕头，怎样颂圣。而且这规则是不像现在那样朝三暮四的。于是便'万姓胪欢'了；用成语来说，就叫作'天下太平'。"①

鲁迅所说的"较强，或较聪明，或较狡滑，或是外族的人物"，指的就是商汤王、周武王以及金八式的打着奉天承运、替天行道、天下为公、人类大同之类最为神圣美好的旗号，从事公天下、救天下、打天下、坐天下、治天下、私天下、家天下的改朝换代、暴力革命的政教合一加政商合一的真命天子和独裁皇帝。

特别值得一提的是，在曹禺最为著名的三部经典作品《雷雨》、《日出》、《原野》中，竟然没有出现一名身份明确的现职政府官员的影子。他在《日出·跋》中谈到当年的文艺审查制度时，表现出的更是对于政府强权及政府官员的恐惧逃避：

"有一位好心的朋友责问我：'你写得这么啰唆，日头究竟怎么出来，你并没有提。'我只好用一副无赦的口吻告诉他：'你来，一个人到我家里来，我将告诉你在这本戏里太阳是怎么出来的。'"

正是出于对政府强权的恐惧逃避，曹禺不仅没有勇气明确界定金八既政教合一又政商合一的官方身份，而且不敢明确界定《日出》剧情的发生地点。他在发表于《文季月刊》1936年第5期的《〈日出〉第三幕附记》中声明说：

"第一幕在方达生的口里有'上海'字样，那是一时的笔误，忘记改掉，因为整个这一本戏并没有限定发生在中国某一处商埠里。"

用阶级论的观点来加以衡量，《日出》中的相对有余者潘月亭，属于大资产阶级的资本家。完全不足者黄省三和相对不足者李石清，属于无产阶级和小资产阶级的知识分子。单就黄省三来说，这样一个犯下人命大案并且已经进入法律程序的刑事犯，与他此前曾经

① 《鲁迅全集》第1卷，人民文学出版社1981年，第212页。

就业的大丰银行之间，已经不存在人身依附式的经济债务关系，应该对他承担依法管制或依法救济的社会责任的，是掌握并且行使公共权力的政府司法机关及政府民政部门。被法庭释放的“鬼”一般、“傀儡”一般的黄省三，完全没有理由撇开政府强权去欺软怕硬地向潘月亭表现自己的奴性反抗。曹禺在剧中把黄省三的个人及家庭悲剧完全归罪于阶级敌人潘月亭，显然是对于最应该承担社会责任的政府强权及政府官员欺软怕硬的偏袒开脱。这与其说是怕官仇富的戏剧人物黄省三的人生失败，不如说是比黄省三更加怕官仇富的剧作者曹禺的创作败笔。

比起西方社会的阶级斗争学说，真正能够解释《日出》中的“有余”与“不足”的，是鲁迅的《灯下漫笔》。剧中的完全不足者黄省三、小东西，显然是属于鲁迅所说的“想做奴隶而不得”的一类人；剧中的相对不足者潘月亭、陈白露、李石清、花翠喜等人，则属于“暂时做稳了奴隶”的一类人。曹禺自己在《日出·跋》中所展现的精神面貌，其实是与黄省三和李石清如出一辙的比女人还要阴柔胆怯的可怜相：

“我总是悻悻地念着我这样情意殷殷，妇人般地爱恋着热望着人，而所得的是无尽的残酷的失望……我如一只负伤的狗扑在地上，啮着咸丝丝的涩口的土壤，我觉得宇宙似乎缩成昏黑的一团，压得我喘不出一口气……”

对于像曹禺这样把自己的爱恨甚至于自己的命运全部寄托在别人身上的一类人，恩格斯在《反杜林论》中解释说：

“无论自愿的形式是受到保护，还是遭受践踏，奴役依旧是奴役。甘受奴役的现象发生于整个中世纪，在德国直到三十年战争后还可以看到。普鲁式在1806年战败之后，废除了依附关系，同时还取消了慈悲的领主们照顾贫、病和衰老的依附农的义务，当时农民曾向国王请愿，请求让他们继续处于受奴役的地位——否则在他们遭受不幸的时候谁来照顾他们呢？……无论如何，我们必须认定，平等是有例外的。对于缺乏自我规定的意志来说，平等是无效的。”①

应该说，剧作者曹禺与他笔下几乎所有的戏剧人物一样，属于鲁迅所说的或者“暂时做稳了奴隶”或者“想做奴隶而不得”的既大同又小异的一类人；也就是恩格斯所形容的因为“缺乏自我规定的意志”而“甘受奴役”的一类人。

九、怕官仇富祭善人的天谴天罚

纵观《日出》全剧，最不把别人当人对待的，既不是绝对专制的“阎王”加绝对有余的“财神”的神秘人物金八；也不是被黄省三控诉为“是贼，是强盗，是鬼”的大丰银行经理潘月亭；反而是一再把自己笔下的戏剧人物贬斥为“鬼”“傀儡”“可怜的动物”的剧作者曹禺，以及他在剧中的第一代言人、一再诅咒别人是“鬼”和“禽兽”的方达生。

在收入《准风月谈》的《“抄靶子”》一文中，鲁迅专门介绍过像曹禺、方达生这样的中国

① 恩格斯《反杜林论》，《马克思恩格斯选集》第3卷，人民出版社1972年版，第138、139页。

人，从来不把本国人当人的历史传统：

“中国究竟是文明最古的地方，也是素重人道的国度，对于人，一向是非常重视的。至于偶有凌辱诛戮，那是因为这些东西不是人的缘故。皇帝所诛者，‘逆’也，官军所剿者‘匪’也，刽子手所杀者‘犯’也，满州人‘入主中原’不久也就染就了这样的淳风，雍正皇帝要除掉他的弟兄，就先行御赐改称为‘阿其那’与‘塞思黑’，我不懂满州话，译不明白，大约是‘猪’和‘狗’罢。黄巢造反，以人为粮，但若说他吃人，是不对的，他所吃的物事，叫作‘两脚羊’。”①

在曹禺的刻意安排下，《日出》中遭受天谴天罚的第一目标，既不是相对有余者潘月亭，也不是早已挣扎在死亡线上的完全不足者黄省三、小东西；而是被方达生诅咒为“放荡，堕落”的初恋情人陈白露。早在第一幕的舞台提示中，曹禺已经为生活在所谓“狭之笼”的“桎梏”之中的陈白露，撒下了一个天诛地灭、在劫难逃的天罗地网：

“她只有等待，等待着有一天幸运会来叩她的门，她能意外地得一笔财富，使她能独立地生活着。然而也许有一天她所等待的叩门声突然在深夜响了，她走去打开门，发现那来客，是那穿着黑衣服的，不做一声地走进来。她也会毫无留恋地和他同去，为着她知道生活中意外的幸福或快乐毕竟总是意外，而平庸，痛苦，死亡永不会放开人的。”

与这段舞台提示相印证，第四幕在介绍“穿黑衣服，歪戴着毡帽”的黑三，奉金八之命守候在门口监视潘月亭的同时，还在王福升与陈白露之间安排了这样的对话：

“可是，小姐，今天的账是非还不可的，他们说闹到天也得还！一共两千五百元，少一个铜子也不行！您自己又好面子，不愿跟人家吵啊闹啊地打官司上堂。您说这钱现在不从四爷身上想法子，难道会从天上掉下来？”

紧接着跑上场的是刚刚从醉梦中醒来的张乔治，他对于陈白露的痴人说梦，所预示的正是由金八主宰操纵的天谴天罚和地狱审判：

“（摸着心）白露，我做了一个梦，*I dreamed a dream*。哦，可怕极了，啊，*Terrible*！*Terrible*！啊，我梦见这一楼满是鬼，乱跳乱蹦，楼梯，饭厅，床，沙发底下，桌子上面，一个个啃着活人的脑袋，活人的胳臂，活人的大腿，又笑又闹，拿着人的脑袋壳丢过来，扔过去，戛戛地乱叫。忽然轰的一声，地下起了一个雷，这个大楼塌了，你压在底下，我压在底下，许多许多人都压在底下……”

曹禺之所以要刻意对陈白露实施与其说是“损有余”，不如说是“存天理，灭人欲”的天谴天罚，最为根本的原因就在于他以神道设教、替天行道的先知及诗人自居，却偏偏怕官仇富祭善人尤其是善良美好的女性人物的男权自私和特权专制。早在南开中学时期的《今宵酒醒何处》《杂感》《中国人，你听着》等小说和杂文中，自称“呆子”的曹禺已经把“聪明人”尤其是女性“聪明人”，划定为天谴诅咒的首选对象。对于呐喊出“我对男人尽过女

① 《鲁迅全集》第5卷，人民文学出版社1981年，第205页

子最可怜的义务，我享着女人应该享的权利！”的女权人物陈白露，坚守自己的男权特权身份的曹禺，无论如何是不能容忍的。同样是出于这种怕官仇富祭善人尤其是善良美好的女性人物的男权特权意识，在既是绝对专制的“阎王”又是绝对有余的“财神”的金八都没有出手杀人的情况下，曹禺却让未成年的小东西为了捍卫她仅有的处女贞节而上吊自杀。

关于自传性人物方达生，曹禺在《日出·跋》中解释说：“倒是白露看得穿，她知道太阳会升起来，黑暗也会留在后面，然而她清楚：‘太阳不是我们的’，长叹一声便‘睡’了。这个‘我们’有白露，算上方达生，包含了《日出》里所有在场人物。这是一个腐烂的阶层的崩溃，他们——不幸的黄省三、小东西、翠喜一类的人也做了无辜的牺牲——将沉沉地‘睡’下去，随着黑夜消逝，这是不可避免的必然的推演。”

单从这段话来看，方达生是应该与剧中像“鬼”“傀儡”“可怜的动物”一样的所有出场人物一起，遭受金八主宰操纵的替天行道、天诛地灭、一网打尽、同归于尽的天谴天罚的；而不是像剧中所展现的那样，仅仅对方达生网开一面，让他一个人独自走向“天之道损有余而补不足”的阳光天堂。但是，曹禺在《日出·跋》中刚刚表示过的“必然”，转眼之间就变成自相矛盾、自食其言的“茫茫然”：

> “说老实话，《日出》末尾方达生说：‘我们要做一点事，要同金八拼一拼！’原是个讽刺，这讽刺藏在里面，（自然我也许根本没有把它弄显明，不过如果这个吉诃德真地依他所说的老实做下去，聪明的读者会料到他会碰着怎样大的钉子。）讽刺的对象是我自己，是与我有同样书呆子性格，空抱着一腔同情和理想，而实际无补于事的‘好心人’。……可怜的是这帮‘无组织无计划’，满心向善，而充满着一脑子的幻想的呆子。他们看出阳光早晚要照耀地面，并且能预测光明会落在谁的身上（《日出》第331页，方达生：‘（狂喜地）太阳就在外面，太阳就在他们身上’。）却自己是否能为大家‘做一点事’，也为将来的阳光爱惜着，就有些茫茫然。”

在寻求自己“一个人”的“为将来的阳光爱惜着”的拯救与新生方面，自称“茫茫然”并且以“渺小的好心人”自许自恋的曹禺，其实是永远不会含糊的。他的女儿万方在发表于《文汇月刊》1990年第1期的《我的爸爸曹禺》中，为晚年曹禺提供了颇为经典的叙述分析：

> “有时候在外人面前，他的真诚是用惯常的、虚伪的方式来表现的。这种说法不是人人都能明白，这是我的说法。但，他的喜怒哀乐最后总是遮盖不了的。……我至今弄不清在他的思想深处，是否定自己多，还是肯定自己多，或者更多的是对自己的怜悯，他永远不能领悟‘知足常乐’和‘随遇而安’的欣然。”

比起万方所说的“用惯常的、虚伪的方式表现他的那种真诚”，鲁迅在《娘儿们也不行》中另有更为透彻也更加精辟的论述：

> “孟夫子说过的：‘养生者不足以当大事，唯送死可以当大事’。娘儿们只会‘养生’，不会‘送死’，如何可以叫她们来治天下！……懂得这层道理，才明白军缩会议，世界经济会议，废止内战同盟等等，都是一些男子汉骗骗娘儿们的玩意儿；他们自己心里是雪亮的：只有‘送死’可以治国平天下，——送死者，送别人去

为着自己死之谓也。”[①]

《日出》中真正“送别人去为着自己死”的罪魁祸首，并不是“代表一种可怕的黑暗势力”的神秘人物金八，而是怕官仇富祭善人的剧作者曹禺以及自传性人物方达生。曹禺不仅精心安排了没有出场的小东西的农民工父亲、黄省三的三个儿女以及李石清的儿子的无辜死亡，而且通过出场人物陈白露和小东西自裁自赎的献祭牺牲，为自传性人物方达生一个人走向“天之道损有余而补不足”的阳光天堂，提供了两个最为美好也最为善良的垫脚石和铺路石。怕官仇富祭善人的方达生，在剧中扮演的恰恰是与“代表一种可怕的黑暗势力”的金八主动合谋的角色。他不把别人当人的天谴诅咒，一方面为金八主宰操纵的既损不足而奉有余的天谴天罚，提供了天诛地灭、一网打尽的神道理由；与此同时也为他自己一个人走向“天之道损有余而补不足”的阳光天堂，提供了神圣美好的神道借口。

话又说回来，正是因为有了剧作者曹禺以及自传性人物方达生怕官仇富祭善人尤其是善良美好的女性人物的男权自私和特权专制，直接根源于曹禺极其神秘混沌的“原始的情绪”和“蛮性的遗留”的“阴间地狱之黑暗＋男女情爱之追求＋男权家庭之反叛＋专制社会之革命＋舍身爱人之牺牲＋替天行道之天谴＋天诛地灭之天罚＋天神救星之拯救＋阳光天堂之超度”的密码模式；才有可能继《雷雨》之后，再一次较为圆满地呈现在《日出》之中。从这个意义上说，集中表现中国社会的贫富差别和阶级对立，以及老子《道德经》中所描述的“损有余而补不足”的“天之道”与“损不足以奉有余”的“人之道”之间的天人对立、天谴天罚的《日出》，是曹禺继“绝子绝孙”的《雷雨》之后，所创作的又一部戏剧化的叙事诗和宗教化的戏剧诗。

（原载《艺术百家》2010 年第 6 期）

① 鲁迅：《娘儿们也不行》，《鲁迅全集》第 7 卷，人民文学出版社 1981 年，第 357 页。

《日出》的空间政治与身体叙事

缪军荣

旅馆这一空间，充分体现出陈白露生活的无根（漂泊感）、无常（不安稳）、莫名（角色暧昧性）的特点。陈白露在旅馆中生活的意识形态特性，打破了资产阶级现代都市的美丽神话。

都市社会自然是随着现代资本主义商品经济兴起的一种现代社会形态，这种形态中最突出的特征就是商品买卖、商业中心、信息中心、娱乐中心、政治中心的形成。与此相应的都市空间，也就成了都市人群生存活动的基本场所。现代文学在20世纪30年代就有刻意表现都市生活形态的作品"批判——迷恋"地表现这一现代社会的"恶之花"——抑或"海上花"——从"新感觉派"到茅盾、张爱玲。曹禺在他一批轰动一时的剧作中，也有一部《日出》，集中切入写作都市社会生活。以前论者在分析这部作品时都着重强调资本主义社会使人堕落，而陈白露就是这一朵开在资本主义文明社会里的堕落之花。同时也强调在现代金融资本的体制下，人命运的起起落落无可把握这样一种"被捉弄"的定数。而我认为，如果换一个角度看，从空间政治与身体叙事的关系来分析这部剧作，它集中表现的都市空间与都市人日常生活的关系，《日出》给这种空间与都市生活提出了一个重要的现代商业社会政治经济学的命题。

一

在《雷雨》与《北京人》中，曹禺将戏剧的场景设计在一个"家"中，而恰恰在《日出》中，曹禺将场景设计在一个都市的"旅馆"中，"旅馆"在这里就不仅仅是一个没有内容的空洞的"空间"，而是一个政治经济学的符号，这一空间符号具有十分复杂的内涵。

旅馆是营业性的供旅客住宿的地方，所以它就有了资本主义社会商品经济的特点，即这个空间本身从某种意义上来说就是"商品"，而不仅仅是一个居所。而"旅人"则表明此人是在此地"客居"从地域与人的关系上来说人和那个地方的关系是"在"而"不属于"。而人生活在这样的空间，对于这一空间的所有权则是通过临时买卖关系而得以成立。这一商业化的空间也就喻示着陈白露身体的商业化。当方达生买好了车票要竹均（陈白露）离开这个旅馆，离开这个大都市时，陈白露的回答是：

不，不，你误会我的意思，我没有答应你，我方才是撕你的车票，我不是撕我的卖身契。我是一辈子卖给这个地方的。[①]

陈白露是“一辈子卖给这个地方的”。她和这个城市，通过“大旅馆”这个中介建立起来的关系，就不是一种“生活关系”。她不是生活在旅馆这个空间，而是“卖”给了这个旅馆；同时，他也不是生活在这个大城市，而是“卖”给了这个“都市空间”。“我们应该阐明资本主义是怎样以及为什么要占有土地和空间。由此，那些曾经的‘不动产’后来被动产化(建筑、金融投机)的倾向，便在资本主义中处于中心地位了。”[②]事实上，空间这一不动产的动产化，也带来了资本主义社会商品经济的一个重要结果：“人”也不再仅仅是“人”，同时也可以被商品化，也可以动产化。而特别是在都市空间中，为了获得“空间”这一“动产”，使这个“动产”成为仅仅具有使用价值的“不动产”身体是随时可以“动产化”的——陈白露就是为了进入这个大都市，成为都市生活中的一员而将自己变成“动产”的。事实上就是，她不是在大都市中生活，而是在不断“动产”(出售)。

其次，从空间的公共性与私密性的角度来看“旅馆”这样的生活空间，就有了“家”或“娱乐场所”不具有的公共与私密的双重特性。从居所的概念上来说，旅馆属于一个“私人空间”。如果你已经付了钱，也就是说明你已经买下了这个空间的使用权，一段时间这一空间就是属于你的。而从不断被买卖的“商品”概念上来说，它也是一个公共的空间，也就是只要付钱任何人都可以进入使用。

如果不是从戏剧场景需要的角度考虑，我们都可以发现，陈白露住的旅馆客厅是一个私密的“公共空间”。各色人等川流不息进入她的私人生活之中。开场当陈白露与她的总角之交方达生在客厅时，她的具有高度私密性的卧室，恰恰已经闯入了一个已经喝醉了的乔治张，在陈白露床上吐了睡了一夜。再后来，潘月亭、顾八奶奶、李石清、胡四，包括那个旅馆差役王福升，在陈白露的客厅与卧室里出出入入。她的住所到底是个什么样的活动空间呢？它既不是完全私人的居住之所，也不是具有完全公共性质的“夜总会”般的“娱乐场所”而是人们在此娱乐的私人场所。陈白露与王福升的一段对话很能说明这一点：

陈白露：(悲观地点头)哦我这儿是他们玩的地方。王福升：(不懂)怎么？

陈白露：可是他们玩够了呢？

王福升：呃！……呃！……自然是回家去。各人有各人的家，谁还能一辈子住旅馆？[③]

第三，曹禺为什么将陈白露的生活场景设计在一个“大旅馆”而不是一栋别墅或者一间公寓的客厅？那就是因为空间与生产关系的生产里现出的互动的态势。生产关系能生产出某种空间，而某种特定的空间也能生产出特定的生产关系。就像是现在我国各地兴起的形形色色、林林总总的私人会所，高尔夫球场，其目的大多不是为了娱乐。这类空间的生产大抵是为了社会关系、生产关系的再生产。旅馆这种空间的特点，使陈白露与周围

---

① 《曹禺经典剧作选》，当代世界出版社 2002 年，第 20 页。

② (法)亨利·勒菲弗著，李春译《空间与政治》，上海人民出版社 2008 年，第 100 页。

③ 《曹禺经典剧作选》，当代世界出版社 2002 年，第 123 页。

的人呈现出一种非常微妙又特殊的关系：游离在一切人之外，深入到每个人之中。空间的“在”而“不属于”也使陈白露的人际关系体现出一种“是”而“不属于”的特点。她不是出售给某个人也不被某一个人所占有，对于某一个人来说她都是属于“无名”（没有名份）的状态。如果她生活在一栋别墅中或者一间公寓房里，她就可能是某个人的太太、姨太太、外室，周蘩漪、曾思懿、愫方或者什么人。如果她生活在勾栏瓦肆，北里青楼，那也就是一个翠喜而已——只不过是一个高级的翠喜——书寓、长三什么的。我们没有在《日出》中，见到任何关于陈白露卖身的场景或者暗示。她在和这些达官贵人的交往中，获得他们的喜爱（主要是潘月亭），让他们心甘情愿为她付钱。所以她只有可能生活在旅馆里，以与各色达官贵人的交往为手段，来获取生活的资源。假如改变了她的生存空间，当然她也就是改变了她的身份——可以说是固定化了她的身份。

二

旅馆这样一个特殊的生活场景，使陈白露有了较为特殊的身份与地位。说交际花也好，曾经的舞女也好，叫白露也好，竹均也好，我们都无法全部地概括她身份的全部。也许我们可以称呼她是生活在“灰色地带”的比较特殊的一类人；或者不断转换着角色身份，以至于没有角色身份的一类人。穿梭于达官贵人之间，跳着舞，打着麻将时，我们叫她是交际花陈白露；方达生如梦如痴地追求她，她又回到少女时清纯模样；死命保护着小东西时，她是那个纯朴的有着善良性情的，有正义感的年轻知识女性竹均；当醉意朦胧地从夜总会回到旅馆，对着潘月亭一声声肉麻地喊爸爸的时候，是一个充满着物质欲求、为生存而出卖自己灵魂的风尘女子陈白露。她把自己出卖给这个充满情欲物欲的大都市，埋葬了一颗年轻美好的心灵。

用“牧歌——挽歌”来概括陈白露生命的全部是再合适不过的了。随着太阳的升起，陈白露将她的生命留在了阳光背后的黑暗里，留在了另外一个世界。

陈白露“过去的生命”是牧歌，大幕徐徐拉开，第一幕的情景就是陈白露青梅竹马的方达生来到大都市寻找这个童年时的“竹均”，也就勾起了她对孩提时代一段美好生活的“憧憬”。

> 我顶喜欢霜拉，你记得我小的时候就喜欢霜。你看霜多美，多好看！（孩子似地，忽然指着窗）你看，这个像我么？[①]

简单的对于霜的记忆实际上是陈白露对于竹均时代（童年）的记忆：美好、天真无邪、自由自在。为了美好的田园牧歌般的生活，方达生找到陈白露，也就是希望和她一起“回去”回到童年时的乡下，回到牧歌般的生活中去。

然而牧歌只是牧歌，牧歌也就是与现实生活相对立而存在的时候才存在。人生活在当下的现实世界中，是无法回到过去的，就像人无法回到他的童年时代，停止他的生长一

① 《曹禺经典剧作选》，当代世界出版社2002年，第7页。

样。“生活是铁一般的真实,有它自来的残忍!”习惯,自己所习惯的种种生活的方式,是最禁锢人的生活的桎梏。你即使怎样羡慕着自由,怎样憧憬着在情爱里伟大的牺牲(如小说电影中时常夸张表现的),最终也吞没在这大都市的黑暗中。其实潘月亭这一类的金融资本家,也难以飞出自己生活的“狭之笼”①,最终在这个大都市中彻底的溃败。陈白露与她的都市生活空间已经难以分离,她以自己心灵的沉沦换取了在这个都市空间中生活的自由。陈白露摆脱了“牧歌”般的“亚细亚式生产方式”脱离了“竹均”的生活,自觉地进入了都市这个资本主义商品生产的集结地,这样一个商品经济的构成性中心。将自己变成一个集出售者与商品于一身的“商品”。她在脱离这一种生产关系的同时,自觉地建构起另外一种生产关系,建立起一种价值体系“资本主义生产方式需要在一条更为广大、更为多样化、更为复杂的战线上进行自我防御,即生产关系的再生产。生产关系的这种再生产不再和生产方式的再生产同步,它通过日常生活来实现,通过娱乐和文化来实现,通过学校和大学来实现,也就是通过整个的空间来实现。”②陈白露的生活方式,她的价值交换的方式,就是通过娱乐和日常生活来实现的。她的娱乐和日常生活就是她的“劳动”,通过这种“劳动方式”陈白露获得了她的生存资本。同时我们也就能意识到这种存在方式的脆弱性、寄生性、黑暗性。在曹禺的笔下,这个陈白露有美丽的脸庞,同时也有骄傲的内心,所以她不是妓女也不是姨太太。她是坠入黑暗的新一代知识女性。她通过她个人的智慧来娱乐达官贵人,所以也缺乏固定的生活来源。这种生活方式带有极端的危险性。骄傲的内心使她无法成为一个标准的妓女,她也放不下她知识女性的身段成为别人的姨太太,于是“她只有等待,等待着有一天幸运会来叩她的门,她能意外地得一笔财富,使她能独立地生活着”。③

终究,陈白露并没有等到她梦想中的财富,那个贪婪的无耻的金八算计了潘月亭。潘月亭在公债买卖上失败了,这个曾经不可一世的银行家最终变得一无所有,终于也使得陈白露失去了生存的依靠。曹禺最终为现代都市中的陈白露们唱了一首挽歌,陈白露的一生是一出悲剧,但是她的悲剧我们无法用亚里斯多德关于悲剧的定义来定义。因为在陈白露的生活中实在没有崇高与悲壮的色彩,有的只是日常生活的平庸,金钱的算计、权势的争斗、肉欲的气息。倒是可以用本雅明的悼亡剧来定义它。希腊意义上的悲剧(德文为Tragodie)是关于命运牺牲的戏剧,是英雄奉献于神明的赎报。而本雅明用作标题的“悲剧”(德文为 Trauerspiel)则是 17 世纪德国古典剧作家手里的一种通行的风格。这种“悲剧”不妨从最字面化的角度来理解,它是一种丧葬似的阴森森的庆典,一种虚饰的上演。④在《日出》的舞台上,我们除了会为小东西的死唏嘘叹息外,丝毫没有必要为潘月亭的最终失败、陈白露在日出之前将美丽的生命留在黑暗中而扼腕叹息——因为这只是一场丧葬

① 《曹禺经典剧作选》,当代世界出版社 2002 年,第 5 页。
② (法)亨利·勒菲弗著,季春译《空间与政治》,上海人民出版社 2008 年,第 100 页。
③ 《曹禺经典剧作选》,当代世界出版社 2002 年,第 5 页。
④ 张旭东《批评的踪迹》,三联书店 2003 年,第 266 页。

的活剧。

三

“旅馆”这样的生活空间，工作即娱乐、娱乐即工作的生活方式，带来陈白露不同于常人的生存状态。所以历来人们总是探讨陈白露及其资本主义社会生活方式的寄生性，这种寄生不是指天地间的“人生如寄”，而是用来说明陈白露与这个城市(上海)的关系。陈白露的生存是附着在潘月亭的身上的，她本身没有独立的经济地位。潘月亭们的失败也就意味着陈白露的灭亡。而潘月亭这样的金融资本家恰恰也是寄生在都市空间、都市社会的。换个角度说，如果潘月亭不是一个银行家，只是一个诚实守业的封建地主，那陈白露也许只是他的第几个姨太太，或者是他逛窑子吃花酒的相好。而恰恰由于潘月亭是在都市社会中的一个金融资本家，才使他对与金八的投资博弈中遭致最终失败的命运。潘月亭是一个金融资本家，也是个都市的冒险家。资本主义社会需要这样的冒险家，他们的命运起起落落，往往不可捉摸。他们的人生跌宕起伏，往往变化无常。这种冒险与刺激也是都市空间、都市社会的一道风景。

陈白露的生存状态具体分析包括以下几个方面：

首先是她的生活始终有一种漂泊感，这就是“无根”。人的生存要有安全感就要有一个属于自己的居所，杜甫吟诵《茅屋为秋风所破歌》就是因为居所不能遮风挡雨而使其觉得缺乏安全感。而居无定所总会使人觉得是在世上流浪。陈白露没有属于自己的房子，她住在旅馆里，旅馆是“动产化”了的“不动产”，陈白露暂时购买了它的居住权。旅馆的旅的意思是在外地做客，旅行。这个都市空间，对于陈白露来说只是“外地”。在地域意义上来说，这个都市社会对于陈白露这样一类处于灰色地带的“无名”的女性只是“在”而“不属于”，是只有起始而没有终点的“在路上”的生活。在这个都市社会，陈白露始终没有归宿，也没有归属感，她不可能回到总角之交的方达生身边，回到田园诗的生活中去。陈白露卖给了这个都市社会，卖给了这种漂泊的生活，她是那种天上飞的鸟，总是在不停歇地飞啊飞，有一天它落到了地面——因为它死了。

陈白露生活状态的第二个特点是“无常”。她的生活飘忽不定，缘于她身份的不断转换。有时是潘月亭的干女儿、情妇；有时是交际花；有时是一个充满同情心与正义感的弱女子。竹均——白露这种身份的不断转换，带来了她命运的无常，使她的人生起起落落，命运起伏转折。出尽风头的，住高级旅馆的高级交际花，到最后付不出旅馆的大笔账单而自尽，这是人生无常的大起大落。也许都市社会中的人们的确就是没有平静安稳的生活，生也轰轰烈烈，死也灿烂如花。都市生活的“现代性”是否就包含着命运的无常与悲壮的起起落落，与古典的平静祥和的生活相颉颃？

陈白露是谁？是竹均，是白露，我们无法给她的身份以一个明确的定位，所以这个角色的第三个特点是“莫名”也就是暧昧的角色定位。她的职业到底是什么，《日出》中始终没有明确交代，方达生描述过她的生存状态：

> 我来看你，我发现你在这么一个地方住着：一个单身的女人，自己住在旅馆

里，交些不三不四的朋友，这种行为简直是，放荡，堕落，——你要我怎么说呢？①

我们抛开方达生对陈白露"放荡、堕落"的道德评价不说，单说她的生活方式，那就是一个单身女子住在一个高级旅馆里，与一些朋友交往着，通过与一些朋友交往来获取生存的资源。自然是打情骂俏，卖弄风情，出卖色相。这个空间政治与陈白露本身的身体叙事告诉我们，她不是妓女，也不是某个有钱人的外室。不是属于某个人的，恰恰是可以属于所有人的，她是属于这个都市空间的。资本主义社会都市空间中人们的生活状态，决定了这一类人的存在。那个一心巴结想往上爬的李石清，对陈白露的身份也无法作出明确的判断，他说：

陈白露是个什么东西？舞女不是舞女，娼妓不娼妓，姨太太又不是姨太太，这么一个贱货！②

陈白露是什么？是贱货。这个贱货，可以充分说明她的身份与社会地位。虽然她浑身珠光宝气，住在一个高级的旅馆里，潘月亭、胡四、乔治张讨好她，捧着她，实际上她就是一个尤物、一个供人玩的人。谁都打心眼里看不起她。她没有任何合适的，合理的社会身份。她的生活也见不得阳光。因为没有社会身份，暧昧的社会角色定位，所以她也就没有任何的社会地位而言。傍着潘月亭的时候，李石清、王福升们讨好她、巴结她；潘月亭破产了，陈白露也不过就只是一个名符其实的"贱货"。她再也无法走出当下的生活，她一辈子都卖给了这个地方，这个城市，这个旅馆。所以当太阳升起时，她也只有走向死亡。这是逻辑的必然，也是生活的必然。

人生如薤露，曹操《短歌行》就有"对酒当歌，人生几何，譬如朝露，去日苦多"的喟叹。人生苦短，人生的韶华时光就更短。陈白露之所以为"白露"（早晨的露水），更是指其短暂的青春年华。她的生活方式、生存状态的又一个突出特点就是短暂。人的生命是短暂的，陈白露只能度过她短暂生命中的青春时光，所以她的生命比一般人更是短暂。

陈白露……

这——么——年——轻，这——么——美，这——么——（眼泪悄然流下来。她振起精神，立起来，拿起茶杯，背过脸，一口，两口，把药很爽快地咽下去）③

陈白露很"爽快地"将药咽下去，并不是指她对人生无所留恋，恰恰是指她对于这种生存状态的极度的无奈。她的这种生活方式就决定了她只能是"短暂地"活着。其实，对于陈白露来说，这何尝不是一种解脱呢？太阳升起来了，黑暗留在后面。"屋内渐渐暗淡，窗外更光明起来"④她在一个现代化的都市中疯狂、糜烂、沉醉、堕落——最后，终于葬送自己的一切。

---

① 《曹禺经典剧作选》，当代世界出版社 2002 年，第 15 页。
② 《曹禺经典剧作选》，当代世界出版社 2002 年，第 75 页。
③ 《曹禺经典剧作选》，当代世界出版社 2002 年，第 160 页。
④ 《曹禺经典剧作选》，当代世界出版社 2002 年，第 162 页。

四

资本主义的现代都市，使农业社会的牧歌幻想变成了都市空间的挽歌现实。曹禺通过方达生这一人物与陈白露的鲜明比对，寄寓着对于农业社会的美好向往。但是历史的车轮总是滚滚向前，将一切阻挡于前的人们碾成齑粉。方达生们纵然有美好的向往，也无法挽救陈白露的生命。也许田园牧歌本身就是幻觉。只有现代都市的纸醉金迷、声色犬马才是让人迷醉的现实。但是这种现实对于陈白露这种以青春作赌注的人来说，何尝不是一种幻觉。资本主义现代都市这一空间，其人与人之间的关系是建立在商品经济基础上的。这种生产关系随着空间关系的不断变化，恰恰是这种物理空间不断的意识形态化的过程。这种意识形态化的空间又使陈白露这样的女性不得不“一辈子卖给这个地方”。陈白露用她的身体打破了资产阶级现代都市的美丽神话。

（原载《艺术百家》2011 年第 4 期）

日常生活的文学体验

——对《日出》的现代性解读

徐慧琴　张慧敏

1935年5月，曹禺开始创作《日出》，并于1936年6月开始在《文季月刊》上连载，9月载毕，11月单行本即由上海文化生活出版社出版。由萧乾主持的《大公报·文艺》分别于1936年12月与1937年1月对《日出》进行了两次集体评论，其中有李广田、杨刚、陈蓝、李影心、王朔、茅盾、朱光潜、叶圣陶、沈从文、巴金、靳以、黎烈文、荒煤、李蕤、谢迪克等，此阵容之强大在中国现代戏剧史乃至文学史上都是破天荒的，基本上集中了除周氏兄弟以外当时最有影响的新文学作家。时任燕京大学西洋文学系主任的外国汉学家谢迪克对《日出》评价道："《日出》在我们见到的现代中国话剧中是最有力的一部。它可以毫无羞愧地与易卜生和高尔绥华兹的社会剧的杰作并肩而立。"①应该说，中国现代戏剧从诞生真正走向成熟的一个重要标志即是20世纪30年代曹禺及其"生命三部曲"的问世。本文将在都市空间与日常生活批判理论的视野中，将焦点集中在《日出》及其主要人物陈白露之上，旨在分析剧中"旅馆"这一特定的现代性都市空间的意识形态政治性以及剧作者对现代都市日常生活的深刻批判。

一、都市"旅馆"的空间政治

《雷雨》的故事背景虽然是发生在"家庭"中，但曹禺在这里真正关注的是茫茫宇宙中人的生存形式与生命形态。《日出》的选材本身也与1930年代的时代情绪、气氛以及艺术的关注重心有某种内在的契合：传统农村与畸形现代化的都市之间在政治、经济、文化上的冲击，以及流动于其间的人的命运。以前的评论者在分析这部剧作时也多着重于强调资本主义社会使人堕落，而剧中的主人公陈白露就是一朵开在这一罪恶社会中的堕落之花。在此我们不妨换一个角度，将注意力更多地转向故事发生的空间以及主人公的日常活动上来，或者说都市空间与都市人之日常生活的关系。

于是，区别于"家"的"旅馆"成为一个重要的意象，而此处的高级"旅馆"显然又是现代化大都市的产物。一方面，1936年6月第一幕在《文季月刊》上发表之时，方达生提到过要离开上海"这个地方"，但是在11月出单行本的时候将"上海"的字样删掉了。于是《日出》的背景便虚化为可以是任何一个中国沿海的商埠，像上海，但又不一定是；另一方面，曹禺

① 谢迪克：《一个异邦人的意见》，原载天津《大公报》1936年12月27日。

在创作《日出》之前虽没有在上海长久居住过，但是他曾于1934年夏天到上海做过一次短暂的旅行，其间花了很多时间流连忘返于上海的“大世界”、四马路等地并仔细地观察过街边的妓女。直到晚年，在一次回忆中他还谈到当年在上海自杀的“阮玲玉是触发写《日出》的一个因素”①。虽然第三幕的场景转换到了一个北方城市的三等妓院（从乞丐演唱的“数来宝”、翠喜的北方俚语等可看出），这可理解为剧作者征用了自己非常熟悉的北方的生活场景。② 因此，我们完全可以将《日出》的背景理解为像“上海”这样的现代化大都市。

都市空间作为大量人群生存活动的基本场所是随着近代资本主义工业、商业的发达而逐渐形成，其最突出的特征就是商品买卖，它是经济、政治、信息、娱乐等的中心，各种高级酒店或旅馆、广场、街道、商场等都是城市空间的典型形态。曹禺把《日出》的场景设计在都市的一个高级旅馆中，这一空间符号有着极为复杂的内涵。“旅馆”这一空间最充分地体现出陈白露生活的无根、无常等“漂泊人”的地位与气质，而陈白露的命运反过来又揭示出现代都市空间对人的统治和异化等意识形态政治性。

首先，作为营业性的现代都市中的旅馆，给人们提供各种服务，它本身就是一件商品，而不仅仅是一个居所。作为旅人应该是暂时地“在”这里生活而“不属于”这里，旅人通过与旅馆建立临时的买卖关系暂时拥有空间的使用权。然而陈白露显然不是一个纯粹的“旅人”，她是这个空间的一部分，她的身体与这个空间具有同样的商品性。她清醒地认识到：“我是一辈子卖给这个地方的。”列斐伏尔反复强调，“空间是政治性的！”他在分析城市空间中的“不动产”时曾指出：

长期以来“不动产”并不是很重要。……作为一种次等的、首先几乎是手工性的生产分支部门，建筑业的重要性，曾经不及钢铁生产和制糖业（尽管常言说：建筑行，百业之举）。然而，这一分支部门的定位，已经完全改变了，而且不仅仅是在大工业国家。……我们应该阐明资本主义是怎样以及为什么要占有土地和空间。由此，那些曾经的“不动产”后来被动产化（建筑、金融投机）的倾向，便在资本主义中处于中心地位了。③

事实上，陈白露正是在都市旅馆的空间中不断地“动产化”。福柯认为空间对个人具有一种单向生产作用的力量，它具有强大的管理和统治能力，能够有目标地生产一种新的主体类型：“人，却在特定的空间中被锻造。空间可以被有意图地用来锻造人，规训人，统治人，能够按照它的旨趣来生产一种新的主体。”④因此，与其说是陈白露等利用了“旅馆”这一空间，毋宁说这一空间占有和统治了陈白露。实际上，空间对人的统治，本来就是社会统治技术的一个最基本的手段。

其次，现代都市中“旅馆”的多功能性使得它成为既区别于广场、车站以及商场等开放

① 曹禺同田本相谈话记录，1982年5月26日。详见田本相：《曹禺传》，东方出版社，2009年版，第192页。

② 作者自述他为了写《日出》第三幕，曾多次出入于“鸡毛店”（北方最破烂的下等客店）访问，并险遭不测。参见曹禺：《日出·跋》。

③ （法）亨利·勒菲弗：《空间与政治》，李春译，上海人民出版社，2008年版，第100页。

④ 汪民安：《身体、空间与后现代性》，江苏人民出版社，2006年版，第105页。

性的公共空间，又区别于家庭这样的私密空间，而是一个带有公共性和私密性双重特征的特殊空间。从剧本的第一幕中可以看到，当陈白露与方达生出现在旅馆中陈白露的房间前，喝醉酒的张乔治居然闯入她的具有高度私密性的卧室，在她床上睡觉并吐了一床单。再后来，像潘月亭、李石清、顾八奶奶、胡四、旅馆的差役阿根(后改为福升)、小东西、黄省三等人都可以在陈白露的房间与卧室中出入往来。所以，她的住所既不是完全的私人居住之地，也不完全是具有公共性质的、类似夜总会的娱乐场所，倒更像是各色人等可以在此娱乐嬉戏的私人会所。在第四幕中有一段陈白露和差役福升之间的对话颇有深意：

陈　(摇摇头低声)我大概是真玩够了。(坐下)玩够了！(沉思)我想回家去，回到我的老家去。

王　(惊奇)小姐，您这儿也有家？

陈　嗯，你的话是对的。(叹一口气)各人有各人的家，谁还能一辈子住旅馆？

……

王　(赶紧)小姐，您要是真想回老家，那您在这儿欠的那些帐，那您——

陈　对了，我还欠了许多债。(有意义地)不过这些年难道我还没有还清?①

在这段对话中，两个人实际上是各谈各的，两人虽然使用着同一语码，但对对方的解读却完全不同。陈白露谈的是形而上层面的人的生存与归宿，而福升考虑的则是现实的世俗生活。“家”与“旅馆”两个意象的不同意蕴再次显现出来。在陈白露此时此刻的心目中，“‘家’的意象意味着：熟悉的充满原始活力的农村、家园、故土，生命的起源与归宿；‘旅馆’的意象则意味着：陌生的城市，生命的无可着落”②。她知道，她注定要永远在这“旅馆”里漂泊了，或者说，除了死亡，她已经没有别的回家之路了。

再则，空间与生产关系之间是互动的。特定的生产关系可以生产出某种空间，而反过来特定的空间又可以生产出特定的生产关系。“就像是现在我国各地兴起的形形色色、林林总总的私人会所，高尔夫球场，其目的大多不是为了娱乐。这类空间的生产大抵是为了社会关系、生产关系的再生产。”③旅馆空间的这一特点使得陈白露和她周围的人与环境呈现出一种极其微妙而又特殊的关系：她不是出售给某一特定个人，也不是被某一个人所完全占有，对于每一个人来说她都处在一种无名(即没有名分)的状态。旅馆这样一个特殊的生活空间，使得陈白露的身份显得极其暧昧，模糊不定。当方达生如痴如梦地追求她时，她是清纯的少女竹均；当穿梭在达官贵人之间跳舞打麻将的时候，她是交际花陈白露；当醉意朦胧回到旅馆，肉麻地喊潘月亭老爸爸的时候，她是为生存而出卖自己灵魂的风尘女子陈白露；当然，我们并没有在剧本中看到任何有关陈白露卖身的场景或者暗示。她之所以和这些达官贵人们交往，主要还是为了获得他们的宠爱，尤其是潘月亭，并让他们心

① 曹禺：《日出》，《雷雨·日出·原野》，华夏出版社，2008年版，第328页。

② 钱理群：《大小舞台之间——曹禺戏剧新论》，北京大学出版社，2007年版，第60页。

③ 缪军荣：《〈日出〉的空间政治与身体叙事》，《艺术百家》2011年第4期。

甘情愿地给她钱花。或者可以说,陈白露只可能生活在旅馆这一空间里,靠着与各色达官贵人的交往,并以此为手段来获得生活资源,而一旦抽掉了这一生存空间,她的身份和命运也就随之发生改变了。

二、"生活的倦怠"与超越的失败

在陈白露一出场时,剧作家在对她的性格分析中指出:"神色不时地露出倦怠与厌恶;这种生活的倦怠是她那种漂泊人特有的性质。她爱生活,她也厌倦生活。生活对于她是一串习惯的桎梏,她不再想真实的感情的慰藉。……生活是铁一般的真实,有它自来的残忍!"①曹禺将都市中现代人的生存生活方式称为"自来的残忍"。同时我们还看到,无论陈白露也好,剧作家也罢,他们对待生活的态度或在对生活进行价值判断时,出现了一系列的词语如"厌恶""倦怠""桎梏""习惯""残忍"或者"狭之笼"等,这一方面是曹禺戏剧主题的深刻之处,另一方面也正是当时知识分子对都市现代日常生活的普遍态度的表现。曹禺自述他在《日出》中追求的是"没有张牙舞爪的穿插","不见一段惊心动魄的场面","剧情人物也没有什么起伏生展",更没有"浅薄的技巧",总之一切都是"平铺直叙","结构很平淡","有灵魂的活人"随意地"走出走进",就像普通人的日常生活,平凡、自然中蕴涵着深邃,展现日常生活及其芸芸众生,对生活的关注重心从传奇转向平凡,从变态转向常态,从少数英雄而转向大多数的普通人。

现代日常生活是建立在社会诸领域分化的基础之上,全国乃至全球时间的标准化带来崭新的时间经验,工厂流水装配线的发明则将日常生活的单调、刻板、机械与疲惫推向了极点。被现代化运动劫掠过的日常生活就这样成为了一个刻板、重复、无意义的活动。列斐伏尔指出:"商品、市场和货币,以它们无可替代的逻辑紧紧抓住了日常生活。资本主义的扩张无所不用其极地触伸到日常生活中哪怕是最细微的角落。"②现代日常生活作为一个被贬低的对象,它的单调乏味、机械重复等特征已是一个不争的事实。人们竭尽全力地挣脱自己的日常处境,生活似乎永远都在别处,陈白露便是这芸芸众生中的一个。陈白露在剧中第四幕与方达生最后一次的谈话中,回忆了她与一位诗人的失败的婚姻,她说最可怕的事情"不是穷,不是嫉妒,不是打架,而是平淡,无聊,厌烦",这是陈白露对自己生活的最清醒的体验与认识,她生活在"平淡,无聊,厌烦"或者说是"平庸"之中,然而"这正是现代化的大都市生活对于人的精神的最大损害"③。赫勒认为,日常生活中的行为和思维具有某种不变的图式或明显的惰性,诸如日常思维基本上是实用主义的、日常生活中的行为都以可能性为基础、通过模仿习得知识、遵循类比推理的原则以及日常行为的过分一般化等。④ 所有这些都可以归结为日常生活对象化的一般特征即自在的对象化。显然,由于

① 曹禺:《日出》,《雷雨·日出·原野》,华夏出版社,2008 年版,第 194 页。
② (英)本·海默尔:《日常生活与文化理论导论》,王宏志译,商务印书馆,2008 年版,第 193 页。
③ 钱理群:《大小舞台之间——曹禺戏剧新论》,北京大学出版社,2007 年版,第 61 页。
④ (匈牙利)阿格妮丝·赫勒:《日常生活》,衣俊卿译,黑龙江大学出版社,2010 年版,第 172 页。

这一图式的决定性存在，使日常生活成为一个对特殊性与创造性活动具有抑制作用的领域。“实用主义原则限制了日常生活的视野，使之变得鼠目寸光；可能性模式维护了日常生活的平庸、平均的常人状态；类比、模仿、过分一般化等模式则对于一切可能的特殊性加以抹杀。在这些图式的统领下，日常生活必然是一个重复性思维和重复性实践占据主导地位的领域。”①不仅仅是陈白露，即使像潘月亭这样的大金融资本家，也难以飞出他自己日常生活的“狭之笼”，最终同样地在这个大都市中彻底地溃败。

对于日常生活的单调与乏味，陈白露做出了种种的努力或追求。而且她显然是一个受过教育的知识女性，像大多数精英知识分子一样，在对待日常生活的态度上采取了俯视的立场或态度。她企图超越日常生活的方式也因此是纵向思维式的。所谓纵向超越，是指一种典型的现代主义精英式的日常生活批判思路，他们试图在日常生活之外或之上寻求一个想象的或审美的乌托邦，并在其间确立一种高下、优劣的等级关系。虽然她在这里过着一种穷奢极欲的生活，但似乎这一切并不是她真正想要的，这样的一种日常生活在她内心深处是非常厌恶的，她是一个有着极强的自省能力的“交际花”。因此我们看到在第一幕她和方达生的对话中，她不断地回忆起家乡、童年、竹均，并天真地、“孩子似的”玩弄着窗户上的霜花。然而这一切的“美好生活”难道不是她亲手丢弃的吗？从竹均(均)时代走向婚姻时代，陈白露完成了生活中的第一次超越。剧作家说“她曾经如一个未经世故的傻女孩子，带着如望万花筒那样的惊奇，和一个画儿似的男人飞出这笼。”②但不幸的是，爱情的甜蜜只是一时的，于是“新鲜的渐渐不新鲜了，两个人处久了渐渐就觉得平淡了，无聊了，但是都还忍着；有一天他忽然说我是他的累赘，我也说出来他简直是麻烦！……我告诉你结婚后最可怕的事情不是穷，不是嫉妒，不是打架，而是平淡，无聊，厌烦”。面对这一困境，陈白露选择了离婚，“像寓言中那习惯于金丝笼的鸟，已失掉在自由的树林里盘旋的能力和兴趣，又回到自己的丑恶的生活圈子里”③。从婚姻时代迈向了交际花时代是陈白露第二次试图超越日常生活的努力，很显然，她又失败了。此时她既不可能再回到从前的单纯与美好，又找不到新的超越之路，陈白露与她的都市生活空间已经彻底难分难离，她以自己心灵的沉沦换取了在这个都市空间中所谓“生活的自由”。每一次在脱离一种生产关系的同时，实际上她又自觉地进入了另一种生产关系与价值体系之中。

列斐伏尔认为：“生产关系的这种再生产不再和生产方式的再生产同步，它通过日常生活来实现，通过娱乐和文化来实现，通过学校和大学来实现，也就是通过整个的空间来实现。”④陈白露在旅馆中的日常生活方式，她的价值交换方式，正是通过娱乐与日常生活来实现的。她的娱乐和日常生活就是她的“劳动”，通过这一“劳动方式”，陈白露获得了她生存的资本。但同时我们也就能意识到这种存在方式的黑暗性、脆弱性与寄生性。她也

① 周宪主编：《文化现代性与美学问题》，中国人民大学出版社，2005年版，第60页。
② 曹禺：《日出》，《雷雨·日出·原野》，华夏出版社，2008年版，第194页。
③ 曹禺：《日出》，《雷雨·日出·原野》，华夏出版社，2008年版，第194页。
④ (法)亨利·勒菲弗：《空间与政治》，李春译，上海人民出版社，2008年版，第32页。

希望获得一笔财富，独立生活，当然，这无疑是痴人说梦，她没有等到梦想中的财富，贪婪无耻的金八算计了不可一世的银行家潘月亭，潘月亭的倒台又使陈白露失去了生活的依靠。曹禺最终为现代都市中的陈白露们唱出的是一首挽歌。“自由的失落不是外在力量压制所致，而是自己所习惯的生活方式将自我凝固、束缚起来，这是一种人的自由生命的自我剥夺。”[①]她在一个现代化的都市空间中疯狂、沉醉、糜烂、堕落，潘月亭拯救不了她，方达生也拯救不了她，最后终于自己亲手放逐并葬送了自己的一切。

中国现代话剧在20世纪30年代走向成熟与曹禺是分不开的，而《日出》应该说是最成功地实践了“生于城市”与“表现日常”这两种品格的剧作之一。一方面，它借助于“旅馆”这一特殊的现代都市空间去表现陈白露“漂泊人”的性质，并揭示出现代都市空间对人的统治和异化等意识形态的政治性；另一方面，剧本对陈白露反抗或超越现代日常生活种种努力及失败的表现，既是剧作家对生活“自来的残忍”这一深刻主题的自觉追求，也反映出此一时期知识分子对现代日常生活的普遍否定态度，日常生活丰富的内在价值尚没有被充分地意识到。同时，《日出》对现代都市的表现与20世纪30年代其他的文学实践如左翼作家茅盾的《子夜》、新感觉派的小说创作、京派作家对都市文明的持续批判等相呼应，不仅填补了都市题材戏剧的空白、带动了其他剧作家的创作（如夏衍），而且在对现代都市空间的表现、对都市文明的批判、对都市日常生活的剖析等方面也体现出了独特的思考与视角，并对中国现代都市文学的全面繁荣做出了卓越的贡献。

（原载《文艺争鸣》2012年9期）

① 钱理群：《大小舞台之间——曹禺戏剧新论》，北京大学出版社，2007年版，第61页。

曹禺《日出》的美学特征

曹　瀛

悲剧艺术反映人类对自身的认识，是人对自己命运认识的审美体现。曹禺是以一个悲剧诗人的形象出现在中国现代文坛的。1936年，《雷雨》发表一年以后，曹禺创作了又一部现实主义的力作——四幕剧《日出》。该剧未经上演便引起文艺界普遍的重视，剧本发表不到一个月，《大公报》文艺副刊就特辟专栏连续发表文章，对这部作品的成就和巨大意义给予了充分的肯定。文学家巴金将它与鲁迅的《阿Q正传》、茅盾的《子夜》并列，誉为“中国新文学运动中最好的收获”。① 著名学者、英国谢迪克教授指出：“《日出》在我所见到的现代中国戏剧中是最有力的一部。它可以毫无羞愧地与易卜生和高尔斯华绥的社会剧的杰作并肩而立。”②2016年是曹禺《日出》发表80周年，重新阅读名剧，唤醒与复活我们自身的审美感受力和审美鉴赏力，打开闭锁着我们感性生命的重重闸门，让心灵的情感重新开放与升华。

一

人的复杂性的一个重要内涵就是善恶交织。曹禺在谈到自己的创作经验时说：“作为一个戏剧创作人员，多年来，我倾心于人物。我总觉得写戏主要是写‘人’；用心思就是用在如何刻划人物这个问题。”③他在《日出》中写活了一群灰色人物形象，描写了灰色人物的悲剧命运。这类人物则很难简单化地用正面人物或反面人物的标准来判断其思想道德行为。他们有的生长在没落衰败的社会阶层，长期受陈旧腐朽文化的熏染、毒害，灵魂遭到吞噬，人的本性在逐渐异化。《日出》以20世纪30年代具有中国特色的半封建半殖民地都市天津为背景，以“交际花”陈白露的华丽客厅和翠喜所在的三等妓院“宝和下处”为具体地点，作品主要描写了三类人物：一是受五四新文化影响而在社会上发生不同变化的青年学生，如堕落为交际花的陈白露、仍然向往光明的方达生；二是“有余者”的代表和附庸，如银行家潘月亭、大丰银行襄理李石清、富孀顾八奶奶、面首胡四、打手黑三、洋奴张乔治、大旅馆茶房王福升以及没出场的恶霸金八等；三是社会底层的“不足者”，如妓女翠喜、被银行抛弃的小职员黄省三、不幸落入黑社会之手的小东西等。陈白露是曹禺着力塑造的一

① 曹树钧：《中外戏剧》，上海人民美术出版社2001年9月第1版，第85页。
② 曹树钧：《中外戏剧》，上海人民美术出版社2001年9月第1版，第85页。
③ 曹禺：《戏剧研究》1991年第3期，第26页。

个戏剧人物。她在没有走进社会之前，是美丽而纯真的“竹均”，对未来充满理想；走进社会后，很快就变成了玩世不恭的“白露”。方达生的出现，唤起了陈白露对过去的美好回忆，但过去的美好也仅仅是回忆中的一点残留，她清楚地知道，已经回不去了，自己只是潘月亭养在鸟笼里的一只金丝雀，即使有方达生的援救，即使鸟笼的门可以打开，也已经丧失了自己生存的能力。陈白露是曹禺心中的一个理想，也是剧作家对这个理想的哀思，因此，即使她已经被彻底锈蚀，但在剧作家的心目中，她仍然是一个富有同情心的女性，为了保护被人随意买卖的“小东西”，甚至不惜与金八作对。灯红酒绿的生活并没有使陈白露的灵魂完全堕落，她还保留着自己“孩子时代”天真、纯洁的本性，深藏着一个十分痛苦的内心世界。当她少女时代的情人突然出现在眼前时，就像一阵清凉的风吹进了她的灵魂。那个窒息多年的“人”一下子复活了：“时而像是久经风尘，时而像是单纯的少女；时而玩世不恭，时而满腔正义；时而放级（纵）任性，时而感伤厌世。[①]“含着眼泪的嘲笑”是曹禺对人物创造的审美态度。曹禺既充分揭露了陈白露个人享乐主义人生哲学的偶象性，嘲弄着她的消极颓唐，又明显肯定了她追求个人幸福以及个性解放的合理性，赞扬了她对黑暗现实的不妥协态度。人物的双重性，常常使曹禺处于肯定和否定的二难窘境。二难审美，是人物悲剧（肯定）和喜剧（否定）双重价值内涵的美学基础。

曹禺独特的审美个性决定了他对生活具有深刻感受与独到见解。他慧眼独具，从旁人习焉不察的灰色生活地域发现了富有深刻社会意义的“真正悲剧因素”，以美的眼光发现了人类灵魂的闪光，以深婉细曲的笔墨把悲剧人物的内心痛苦一层层传状得深透细致、具体真切，使原来无形状的痛苦灵魂仿佛浮雕凸现出来，使每一个生命的血液里都化合着无可替代的复杂的成份。李石清是一个极端自私而又阴险狡猾的人，而黄省三则是一个非常神经质而又胆小怕事的人。通过李黄之间的冲突，可以清楚地看到李石清从“不足者”变为“有余者”的动因。黄省三现在的处境，就是李石清的过去，也有可能是李石清的另外一种前途，如果他不是像现在这样不择手段地往上爬，他完全有可能落入黄省三的境地。而李石清如果拥有了潘月亭的钱财和权势，他就会比潘月亭更加贪婪和荒淫。李石清非常看重自己现在的“襄理”位置，他深知自己往上爬的艰辛和屈辱。李石清就是这样一个独特的人，在独特的环境中按独特的心理行事、活动。他卑屈逢迎，但不同于王福升，卑屈中带点知识分子的斯文、自尊；他愤世，这愤世有别于方达生，这是为自己不能跻足于上流社会而引起的，充满个人私欲；他虚荣，这虚荣迥异于张乔治，他在虚荣中感到自卑；他卑鄙，这卑鄙不像胡四，卑鄙之中藏着野心；他阴险狡诈，但和那幕后操纵一切的金八不一样，阴险狡诈中有一种孤注一掷的侥幸心理；就说他的凶狠残忍罢，也不似黑三，他是个有头脑的知识分子，很有些庸俗进化论的思想。他，就是他，就是“这一个”。仅仅从他的一句对话、一个动作，我们就可以猜到他的经历、遭遇、教养、嗜好、精神素质……使我们不能不叹服剧作家刻划人物的卓越技巧和对生活的细致观察。创作主体对于这类灰色人物的美学态度也是同情、怜悯中融合了温和的批评与讽刺。他看到了陈白露、李石清式的知

① 《曹禺论创作》，上海文艺出版社 1986 年 11 月第 1 版，第 54、48、52 页。

识分子的悲剧，也看到了人的复杂性，这就决定了他对剧中人的双重美学态度，深重地责备他们的无能又同情他们的不幸的悲剧命运。曹禺自云："日出里这些坏蛋，我深深地憎恶他们，却又不自主原谅他们（李石清、潘月亭之类）。奇怪的是这两种情绪并行不悖，憎恨的情绪愈高，原谅他们的心也愈重。究竟他们是玩弄人，还是为人玩弄呢？……堕落到这步天地，症结还归在整个制度的腐败"。①《日出》人物的复杂个性，引导剧作家确立了二难的审美心态，并进而认同了人物爱憎交织、善恶相融的审美的价值取向。

二

在某种意义上，可以说戏剧艺术就是一种结构的艺术。

古往今来的剧作家，都特别重视戏剧结构在整个戏剧创作中的重要作用。《日出》比起《雷雨》来，不仅题材更加开阔，而且在戏剧结构上作了新的"探索"。曹禺说过，他单纯摹仿契诃夫的描红习作失败了，焚烧了，但他"并没有完全抛弃这个念头"。他决心在《雷雨》创造经验的基础上吸收契诃夫的长处，"试探一次新路"。在写《日出》时，他有意"舍弃《雷雨》中所用的结构，不再集中在几个人身上"。他"想用片段的方法"，"用多少人生的零碎来阐明一个观念"。要采用所谓"横断面的描写"，"尽可能减少些故事的起伏，与起承转合的手法"。《日出》采用了"福（辐）射式结构"以代替《雷雨》的"封闭式结构"。《日出》也有中心人物即陈白露，但整个戏的情节并不集中在陈白露等一二人物身上，而是分散在许多人物的日常生活和事变之中。但陈白露的悲剧命运仍不失为贯串全剧的一条情节线索。陈白露的情节有其本身的内容，陈白露在旅馆的生活、她和方达生的关系、她过去和诗人的爱情、她的自尽等。而作为一条"线索"，又串起了"人生的零碎"。有了陈白露和潘月亭的关系，就"辐射"出金八、潘月亭、李石清、黄省三"大鱼吃小鱼，小鱼吃虾米"的情节。有了陈白露和"鬼"们打交道，就"辐射"出顾八奶奶、胡四、张乔治的生活横断面。有了陈白露救小东西，就"辐射"出写宝和下处的第三幕。原则是"花开几朵，各表一枝"，而由于陈白露这条线索的贯串，又使之具有戏剧结构的完整性。剧作家安排方达生来找陈白露后来离开旅馆作为全剧的引子，除了揭开陈白露在竹均时代（即作为青年学生的时代）生活帷幕的一角外，又使整体感有所加强。

《日出》结构的又一特色是"略前详后"：陈白露在戏的一出场，已是交际花身份住在豪华的酒店里。"她穿着极薄的晚礼服……一种嘲讽的笑总挂在嘴角。神色不时地露出倦怠和厌恶。"②总之，我们初次见到陈白露在内，她已处在堕落日久，逐步走向最后毁灭的阶段。整出戏（第一、二、四幕）都在写她不甘心堕落但又无力自拔。但是堕落以前的陈白露呢？《日出》交代得异常简略。我们只知道她原来叫竹均，"出身，书香门第……教育，爱华女校的高材生，……父亲死了，家里更穷了，做过电影明星，当过红舞女……一个人闯出来，自从离开了家乡，不用亲戚朋友一点帮忙……"除了这段跳跃式的身世概括以外，陈白

① 《曹禺论创作》，上海文艺出版社 1986 年 11 月第 1 版，第 54、48、52 页。
② 《曹禺精选集》，燕山出版社 2008 年 12 月第 2 版，第 110、212 页。

露在第四幕里还告诉方达生她以前有过一次因平淡而失败的婚姻。丈夫是个诗人,后来似乎追求革命去了。但这种《伤逝》式的婚姻悲剧还是不能解释陈白露最初的堕落。她当初是怎么“离开了家乡”“一个人闯出来”,怎样从竹均变成白露的过程细节,《日出》是完全淡写了,这样“略前详后”的效果有三,一是读者(观众)不知道女主人公当初失足时是否曾有,以及有多少选择的余地;二是读者(观众)只看见女主人公今日堕落之苦且依然纯真,天良未泯,可以假设她身处污泥当是被无辜;三是既然女主人公只是受害者,那么谁应对这美女自杀的悲剧负责呢?显然是从主观与客观上找原因。《日出》的强大生命力,不仅在于它深刻的思想,生动的形象,还在于它与内容高度和谐统一的新颖独特的艺术形式。

《日出》在严肃的悲剧基调中,有机地掺进了近乎滑稽的喜剧的嘲讽,在强烈的对照中,更加重了社会悲剧的色彩。全剧一方面通过陈白露与周围人事的碰撞、围绕去留问题,把一个走入历史末路的“新女性”内心深处的裂痕层层剥露出来;另一方面,又用潘月亭的公债投资活动,顾八奶奶和胡四肉麻的恋爱,小东西的不幸遭遇,翠喜的卖笑生涯,黄省三的惨剧等多条行动线索,交织成一幅五光十色的畸形都市生活画面。在戏剧场面频繁的转换中,作品不但善于以喜剧性的穿插来突显人物悲剧的命运,而且也常常以悲剧人物的出现来加强对反面人物喜剧性的讽刺和批判。如第二幕中,在被开除了公职的黄省三求告不成,反被潘经理打倒在地,气息奄奄地被人拖下台去之后,作品有意安排洋奴博士张乔治上场,摇头摆尾地以他的猎狗吃不到干净牛肉的“痛苦”为例,来感叹“在中国活着不容易”。鲜明的对照,不仅有力地控诉了“人不如狗”的黄省三的悲剧,还辛辣地讽刺了张乔治之类的无耻之处,揭露了他们的享乐生活正是建筑在黄省三等被损害、被压迫者的悲剧之上的剥削本质。从全剧说,剧作家在陈白露豪华的客厅里尽情讽刺鞭笞了上层剥削者的丑态之后,突然将戏转入“宝和下处”肮脏阴暗的一角,展露人间地狱的种种惨状,正如同在阔人们群魔乱舞寻欢作乐的喧嚣声中,突然插进了小东西和黄省三凄厉的哭诉和颤抖的哀告,都是剧作家根据艺术的辩证法,在悲剧与喜剧的巧妙交织中,凸现出对黑暗社会悲愤控诉的独特的艺术构思。

三

曹禺是一位崇尚内在激情、高扬生命本能的剧作家,他的悲剧《日出》十分注重深沉严峻的美学品格和诗意盎然的表现气韵,讲究情景相生,寓情于景,使一切景语都染上诗人的情思。戏剧的舞台环境气氛描写已经不再是一般地交代剧情时间、地点、环境,也不仅参与剧情,而简直是剧中人感情的外化。曹禺说:“《日出》写成了,然而太阳并没有能够露出全面。我描摹的只是日出以前的事情,有了阳光的人们始终藏在背景后,没有显明地走到面前。我写出了希望,一种令人兴奋的希望;我暗示出一个伟大的未来,但也只是暗示着。”[①]这里所说的“暗示”,我们不妨理解为曹禺在创作中运用象征的手法,这是有具体的历史条件的,在那到处都有“枭鸟”眼睛的时代,他采取象征有着不得已而为之的苦衷。另

① 《曹禺精选集》,燕山出版社2008年12月第2版,第110、212页。

外，运用象征主要也是为了追求作品的形象性和诗意。曹禺在很多作品中运用大量的象征，象征已经成为他结构剧本、塑造人物、表现主题必不可少的一种艺术手段，也成了他戏剧创作的一个重要特点。《日出》中的象征，归纳起来可以分为情节象征、氛围象征和细节象征。下面，我展开讨论这三种形式。

1. 情节象征

情节象征即指象征意义是建立在整个作品总的情节上，而不是某个意象或自然物等细节上。曹禺说，他写《日出》同样出于“终于按捺不住”的“一腔愤懑”。光怪陆离的社会现实，“梦魇一般可怖的人事”，这些都“化成多少严重的问题死命突出着我。这些问题灼热我的情绪，增强我不平之感，有如一个热病患者”。高度的社会责任感，转化为一种强烈的诗情。首先剧本生动地描绘了一幅半殖民地都市的群丑图：有工于心计的银行家潘月亭、卑躬屈膝的李石清、俗不可耐的顾八奶奶、洋奴张乔治等。这些都市群丑聚在陈白露的寓所里寻欢作乐，而又尔虞我诈，充分暴露了被金钱扭曲了的畸形人性。二是描绘“不足”者的备受欺凌。“小东西”被卖进妓院；小职员黄省三走投无路毒死自己的孩子后自尽被救发了疯。剧本描写了他们的悲惨命运，也描写了他们善良、忠厚和倔强的品性。剧本正是通过对都市群丑和下层被侮辱被剥夺者的描写，反映了旧中国大都市光怪陆离的社会生活，一方面是剥削者、“有余者”贪得无厌，醉生梦死；另一方面是被损害者、“不足者”备受侮辱。“有余者”和“不足者”形成强烈对比，表达了控诉“损不足以奉有余”的黑暗社会的主题。曹禺正是如此给特定历史中的人类以冷静的注视和剖析：人作为整体元素，是怎样的痛苦和艰难；是怎样的难以走出自己；是怎样的难以摆脱命运与民族惰性的怪圈。正是从熔铸着自审意识的血肉丰满的个人生命过程中升腾起深沉的悲剧张力感。由此剧作家以真诚赤心抨击邪恶、弘扬真情，抒发自己绸缪深悠的人生悲剧体味。

2. 氛围象征

氛围象征往往通过对背景的淡化，设置有象征意味的背景、人物来建立这种氛围。当代悲剧对人的自我认识的探索，更重要的是表现人类精神生活复杂性，刻画人的深层意识与精神生活的两难处境。曹禺以冷静、平和、怜悯的心境像咀嚼苦瓜一样品尝苦难的滋味，让其分解在自己心海深处的对美和未来的向往之中，倾注在他笔下的每一个人物身上。《日出》中有一个主要人物，那就是躲在幕后一直没有出场的金八。他不仅是黑暗社会的化身，而且操纵全局，主宰每个人物的命运，成为剧中各种矛盾冲突的直接或间接的推动者。由于他，小东西难逃流氓黑三罗网，翠喜忍悲强笑于烟花，黄省三失业而发疯，李石清困兽犹斗，就连老谋深算、心狠手辣的潘月亭最后也落得破产的命运。陈白露是贯串全剧的一个中心人物，她勇敢地反抗金八，最终却因慑于黑暗势力的强大而走上绝路的悲剧。在剧中陈白露和金八的冲突，剧作家有意不去突出它，有着深邃的思想意图，即“用色点点成光影”的“横断面的描写”，使“无数的沙砾积成一座山丘，每粒沙都有同等造山的功绩”，以便从更广阔的社会生活画面上给人们留下“一个鲜血滴滴的印象”。曹禺对人类意识深处的矛盾的表现，使他对人的理解和对人的处境的关注上升到了一定的高度。《日出》所散发的浓郁诗意在相当程度上依赖于象征集合体的繁富意蕴，人们从剧中所得到的感受和观念都与象征集合体的整体或部分发生关系。诸多象征物的交相辉映为《日出》编织了一幅悲剧与喜剧共在、写景与抒情交融、现实与理想映照、苦难与命运相连的艺术境界。

3. 细节象征

细节象征是在作品中设置一个具有关键意义的细节，从中透示作品的深刻意蕴。曹禺总是以自己的审美心灵、审美情感去撞击生活、体会人物、感受人生，将诗意的象征熔铸在戏剧的整体艺术构思中，将诗意的抒情揉合进人物的塑造中。我们看到大凡与都市生活有关的道具布景台词动作，都是腐化堕落和丑恶的象征。与如(例如)第一幕介绍陈白露所在的旅馆休息厅，“屋内一切陈设俱是畸形的…… 墙上挂着几张很荒唐的裸体画片……”而且这一切均见不得阳光：“窗前的黄幔幕垂下来，屋内的陈设看不十分清晰，一切丑恶和凌乱还藏在黑暗里。”这一个背景，贯穿了第一、二、四幕，即上海初演《日出》的全场。这洋场背景，便是陈白露堕落的原因。自然的霜花比喻主人公善良可爱，依然纯真。陈白露，她的名字就是象征的。她是黑夜里一颗晶莹的露珠，弥漫的夜气给它蒙上一层污垢，但它的内心是纯洁的、透明的，它盼望日出，向往在阳光照耀下一展清亮的光辉。但在她的心头，始终盘旋着无法逃脱的命运的阴云。“太阳升起来了，黑啼(暗)留在后面。但是太阳不是我们的，我们要睡了。”①这陈白露反复吟咏与咀嚼的诗句，正是她深刻的内心冲突与苦闷的写照与外化。曹禺在剧中用“日出”象征光明，并把它同工人的形象结合在一起。砸夯工人高亢、洪亮的歌声，配合着沉重的石硪一下一下埋在土里，传到观众耳中，犹如一个伟大的生命浩浩荡荡地向前、向前，生气勃勃地充满人间。他用这雄壮的声音，向人们暗示：旧的终将死去，新的必将来临。

我们从《日出》中发现了曹禺鲜明的创作个性，探寻到了曹禺剧作现实主义的美学特征：“他善于从黑暗现实中发现美好的事物，善于揭示污秽掩盖下的诗意的真实。”②在他的笔下体现了一种戏剧的“精神”，即对人性的深刻独特洞察、对人的境遇和选择的理解容纳、对人类情感和精神的或单纯或细微的永恒关怀。《日出》之所以打动观众(读者)就在于深刻地勾画旧时代的侧影，描述诸如生命的涵义、死亡和永生等问题；执拗地闯入人类灵魂的深处，探寻爱与恨、苦与乐、荣与辱一类纠缠了人类多少世纪的命题。在《日出》中，作者表现出多样的人生价值取向、冷凝的现代戏剧意识、触及本质的精深艺术意旨、疏淡而心灵化的悲剧冲突、具有复杂内涵的悲剧性格、融汇多种表现手法，以及趋向开放的情节结构、语言色调，塑造出各种各样、不同类型的戏剧人物，他们诠释历史、诠释人生、诠释现代悲剧的丰富内涵。

(原载《曹禺研究》第 14 辑，长江出版社 2017 年 8 月)

① 《曹禺论创作》，上海文艺出版社 1986 年 11 月第 1 版，第 54、48、52 页。

② 《舞台艺术》2001 年第 4 期，第 15 页。

论《日出》的结构

胡德才

一

《日出》是曹禺创作的第二部剧本，发表于《文季月刊》1936年第1至4期。80多年来，《日出》一直享有盛誉。因为有《雷雨》的一鸣惊人，加之《日出》的另辟蹊径，曹禺作为一位天才剧作家的伟大创造力当时即受到文坛的高度关注和肯定。天津《大公报》1936年12月27日和1937年1月1日两次集中发表了谢迪克、茅盾、巴金、叶圣陶、朱光潜、沈从文、黎烈文等十多位著名作家、学者的评论，《日出》被誉为“伟大的作品”、现代中国戏剧中“最有力的一部”、“中国新文学运动中的最好的收获”，曹禺被赞为“天才的剧作家”。1937年5月，《日出》获得《大公报》文艺奖，获奖评语里称曹禺为时代的“摄魂者”。

从《雷雨》到《日出》，作者曹禺自身内心的骚动、情绪的灼热是一贯的。但作家选材的范围、关注的焦点、对形式的探索以及认识水平都发生了明显的变化。

如果说曹禺创作《雷雨》“是一种情感的迫切需要”，“宇宙里斗争的‘残忍’和‘冷酷’”构成对作者的巨大“诱惑”①，那么，《日出》的创作则源自作者在光怪陆离的社会里所见的“一件一件不公平的血腥事实”，逼成其“按捺不下的愤怒”②，他放眼于社会，着力于提出问题和表达思想。曹禺前期的剧作都注重挖掘人性的丰富与复杂，关注人在茫茫宇宙中的生存状态和生命形态，但相对于《雷雨》而言，《日出》则开始更多地关注现实社会问题。《雷雨》人物不多，且都包容于血缘关系之中，剧情也都在家庭内部展开，主题也重在暴露大家庭的罪恶。《日出》则把眼光从家庭伸展到广大的社会，它以现代大都市的高级旅馆和下等妓院为主要场景，人物则为出入其间、萍水相逢的“有余者”和“不足者”，全剧正是通过展现这二者对立的世界，有力地控诉了“损不足以奉有余”的社会黑暗。如果说，在创作《雷雨》时，作家“没有明显地意识着”“要匡正、讽刺或攻击些什么”，对大家庭罪恶的暴露与否定尚是潜意识中的倾向，那么，到创作《日出》时，曹禺对于“损不足以奉有余”的不合理社会的暴露与攻击，已是他的自觉意识。如果说创作《雷雨》仅仅出于感情的内在冲动，那么，《日出》的创作则有了明确的理性指向。

与《雷雨》相比，《日出》在悲剧故事的演绎中表达了作者乐观的信念和对光明的渴望。

① 曹禺：《〈雷雨〉·序》，《曹禺全集》第1卷，花山文艺出版社1996年版，第7页。

② 曹禺：《日出·跋》，《曹禺全集》第1卷，花山文艺出版社1996年版，第381页。

《雷雨》无疑是一部很彻底的悲剧，给读者和观众以浓重的压抑感。大概正因为如此，曹禺才为《雷雨》写了序幕和尾声，将一个错综复杂的充满罪恶的令人压抑的故事推到久远的年代，给观众一个"欣赏的距离"，以缓解和稀释沉重而悲哀的心情。在《日出》里，剧作家则创造了象征光明和未来的"日出"意象，并精心设置了打夯的工人和他们的"日出东来，满天大红"的歌声，而他们正是创造"日出"、拥有"日出"的力量的象征。曹禺是一位富有诗人气质的戏剧家，《雷雨》中的周冲是"夏天里的一个春梦"，诗意盎然。《日出》则通过正面展开日出之前黑夜里的生活而表达对光明的强烈渴望，并通过陈白露、翠喜、小东西和方达生等形象的创造，展示出表面混沌的浊流下涌动着的一股追求光明的激流，从而使抒情诗意充溢于全剧。

二

《日出》对广阔的现实生活的描写，对不合理社会的暴露和抨击，象征性背景所表达的乐观信念与光明前景，作者自觉的对社会的批判意识，历来都被看作是相对《雷雨》的进步和发展。从学院派评论家、专业导演到左翼文坛理论家对《日出》的充分肯定也都主要着眼于它的题材和内容，即对社会人生问题的关注，对丑恶现实的暴露与抨击。《大公报》最早集中发表的评论里，茅盾认为："这是半殖民地金融资本的缩影。将这样的社会题材搬上舞台，以我所见，《日出》是第一回。"叶圣陶则将《日出》与《子夜》相提并论。靳以指出："在题材上作者已经从暴露大家庭的黑暗面，进而企图揭开社会的污卑和恶劣。"沈从文说，《日出》"写的是烂熟的都市生活苦乐的对照"；荒煤说，《日出》"可以说是一幅都市社会的剪影"；巴金强调"它所表现的是我们的整个社会"。谢迪克认为《日出》"可以毫无羞愧地与易卜生和高尔绥华兹的社会剧的杰作并肩而立。"①后来的一些评论者和演出者也正是从社会剧的角度来强调《日出》的革命性和战斗性的。当年由叶圣陶、巴金、杨振声、靳以等著名作家、学者组成的《大公报》文艺奖审查委员会在对《日出》的评语中，一方面指出作者"在题材的选择，剧情的支配，以及背景的运用上，都显示着他浩大的气魄"，艺术上作者"精于调遣，能够透视舞台效果"；另一方面，重点强调的则是"他由我们这腐烂的社会层里雕塑出那么些有血有肉的人物，责贬继之爱抚，真像我们这时代突然来了一位摄魂者"。② 最早将《日出》搬上舞台的著名导演欧阳予倩对《日出》的理解是："这个戏我认为比《雷雨》进步，……它直对着当前的社会，毫不犹豫地给以无情的暴露和批判，而且暗示着正有一群在无限的希望中浴着阳光奋斗着的人们，是多么雄伟啊！"③其舞台演出风格自然也是和他对剧作的理解相一致的。左翼文艺运动的领导人之一周扬也是从题材的选择、

① 以上评价出于下列剧评：茅盾：《渴望早早排演》；叶圣陶：《成功的群像》；靳以：《更亲切一些》；沈从文：《伟大的收获》；荒煤：《"磅礴的气魄"和"熟练的技巧"》；巴金：《雄壮的景象》；谢迪克：《一个异邦人的意见》，转引自田本相、胡叔和编：《曹禺研究资料》下册，中国戏剧出版社1991年版，第711—725页。

② 参见钱理群：《大小舞台之间——曹禺戏剧新论》，北京大学出版社2007年版，第86—87页。

③ 欧阳予倩：《〈日出〉的演出》，转引自田本相、胡叔和编：《曹禺研究资料》下册，中国戏剧出版社1991年版，第706页。

作者对“人剥削人的制度”的“进一步认识”与诅咒以及“把希望寄托在象征光明的人们身上”等方面对《日出》给予充分肯定的，他说：“他的创作的视野已从家庭伸展到了社会。他企图把一个半殖民地金融资本主义制度下的脓疮社会描绘在他的画布上。所以《日出》无论是在作者的企图上，在题材的范围上，都是一个进步。”①

毫无疑问，《日出》以对现实社会问题的深入观察和及时反映，以对现代都市社会人生世相的深刻揭示和对光明未来的强烈渴望与憧憬，具有了现实主义艺术的巨大的历史深度，无论在曹禺的创作历程中还是在中国话剧文学史上都是具有里程碑意义的作品。《日出》在当时和后来所获得的赞誉都有其合理性，这些评价也基本符合作品的实际。但显然，这些评价更多的是着眼于文学的社会意义，评论者更多的是站在革命功利主义的立场，因此，对《日出》的评价又是不全面的，尤其是《日出》艺术上存在的缺陷往往被忽略和遮蔽。《日出》毕竟不是一个社会学的文本，而是一个文学艺术文本，在从题材拓展、主题揭示等方面肯定它的社会价值的同时，还需要遵循文学艺术的规律，客观分析它的艺术成就与不足。

以往从题材内容、思想价值层面高度肯定《日出》的成就，其合理性及主要原因有以下几个方面：第一，文学艺术作品是需要从不同角度进行分析研究的复杂对象，有的作品从内容到形式的各要素所取得的成就也不均衡，评论者可以从特定的角度切入，可以仅就作品成就突出或特色鲜明或有明显缺陷的某方面进行评价。只要评价客观，即使“只此一点不及其余”也有其合理性。有些评论因时间和篇幅的限制，也只能选择评论者印象、感受最深的方面进行评价，前述《日出》发表之初众多作家、学者在《大公报》的集体评论即属此类。第二，1930 年代左翼文艺运动兴起之后不断强化的革命功利主义文艺观的影响。周扬当年在肯定《日出》的题材拓展和作者良好创作动机的同时，还指出“历史舞台上互相冲突的两种主要的力量在《日出》里面没有登场”，“对于隐在幕后的这两种社会势力，作者的理解和表现它们的能力，还没有到使人相信的程度。金八留在我们脑子里的只是一个淡淡的影子，我们看不出他的作为操纵市场的金融资本家的特色，而且他的后面似乎还缺少一件东西——帝国主义。”②从这里我们可以看到评论者从阶级对立的认识、文艺的革命功利主义的视角和社会分析的方法对作家提出的要求。而此后数十年，文艺批评的“政治标准”不断凸显，革命功利主义的文艺观影响深远，《日出》评论中偏重肯定其社会意义和思想价值也就可以理解了。第三，曹禺创作《日出》的艰辛以及作者对创作意图、情感倾向的强烈表达所产生的影响。《日出》引起评论界强烈反响并被搬上舞台之后，曹禺曾申述“写《日出》的情感上的造因和安排材料方法以及写《日出》时所遇到的事实上的困难”，同时，他对评论界所指出的《日出》“结构的欠统一”等艺术上的缺陷以及欧阳予倩导演的删除了

① 周扬：《论〈雷雨〉和〈日出〉——并对黄芝冈先生的批评的批评》，《曹禺研究专集》上册，海峡文艺出版社 1985 年版，第 572 页。

② 周扬：《论〈雷雨〉和〈日出〉——并对黄芝冈先生的批评的批评》，《曹禺研究专集》上册，海峡文艺出版社 1985 年版，第 575 页。

第三幕的演出都提出了自己的辩解和反驳。曹禺强调“《日出》里没有绝对的主要动作，也没有绝对的主要人物”，《日出》用的是“横断面的描写”，是“用多少人生的零碎来阐明一个观念”，即“人之道，损不足以奉有余”。尤其是写第三幕，最费时费力，作者“遭受了多少折磨，伤害，以至于侮辱”，“情感上讲，第三幕确已最贴近我的心”，因此希望“有一位同情的导演，看出我写这一段戏的苦衷，而不肯任意把它删去”。甚至说，删除第三幕“等于挖去《日出》的心脏”，作者宁愿删除其余的三幕，也要保留第三幕，因为这一幕最能“把一些罪恶暴露在观众面前”。与《雷雨》相比，作者喜欢《日出》，就“因为它最令我痛苦”。[①] 曹禺的申述，坦诚而恳切，也赢得了人们的理解。

但情感的偏好不能代替理性的判断，创作过程的艰辛并不必然带来艺术的成功，作者情绪化的表达不能成为研判其作品得失的唯一依据。

三

《日出》艺术上最明显的缺陷是结构的欠完整统一。虽然作品刚发表不久，最初的评论就明确指出了这一点，在《日出》的演出史上，导演也不得不面对这一问题并不断在寻求补救的方法，但因有作者激烈的辩护在前，加之在前述时代背景下《日出》以其题材内容思想人物的创造性突破已在文坛享有盛誉，出于可以理解的为贤者讳的心理，在过去的研究中，人们对《日出》结构上的缺陷要么避而不谈，要么轻描淡写，要么遵循作者的思路，为其设法寻求合理的解释。

其实，《日出》结构上的欠完整统一是显而易见的。最早指出这一缺陷的是谢迪克、朱光潜、欧阳予倩和张庚，他们不约而同地都提到删除第三幕的问题。谢迪克明确地说：“它主要的缺憾是结构的欠统一。第三幕本身是一段极美妙的写实，作者可以不必担心会被观众视为淫荡。但这幕仅是一个插曲，一个穿插，如果删掉，与全剧的一贯毫无损失裂痕。”他甚至认为：“即使将这幕删除，读者也很容易找到一个清楚的结构。”谢迪克的评价是非常专业的，也是很客观和理性的。朱光潜认为剧本中“关于‘小东西’的一段故事和主要动作实在没有必然的关联”，因此建议把“第一幕后部及第三幕”完全删去。[②] 最早由应云卫和欧阳予倩分别导演、上海复旦剧社和上海戏剧工作社演出的《日出》都删除了第三幕，原因之一是“无女同学愿意扮演翠喜”和“南边人装北边窑子不容易像”，但基本前提是第三幕与全剧在结构上不统一。欧阳予倩认为：“这幕戏奇峰突起演起来却不容易与其他的三幕相调和。”[③]张庚说：“《日出》第三幕也同样有多余的感觉，所以有人演《日出》不演第三幕。”[④]当然，他们在提出以上观点的时候，只有简略的分析，没有进行具体的论证。

---

① 曹禺：《日出·跋》，《曹禺全集》第1卷，花山文艺出版社1996年版，第393页。

② 参见钱理群：《大小舞台之间——曹禺戏剧新论》，北京大学出版社2007年版，第78—79页。

③ 欧阳予倩：《〈日出〉的演出》，转引自田本相、胡叔和编：《曹禺研究资料》下册，中国戏剧出版社1991年版，第705页。

④ 张庚：《戏剧艺术引论》，文化艺术出版社1981年版，第149页。

结构之于戏剧的重要性不言而喻，因此，中西经典戏剧理论都将结构放在戏剧艺术的首位，这是符合戏剧艺术的规律的。可以说，在戏剧美学史上，亚里斯多德最早提出了“结构第一[1]”的思想。无独有偶，李渔在《闲情偶寄》里谈戏剧创作时，开篇即立论：“结构第一”，“填词首重音律，而予独先结构”。[2] 霍洛道夫在《戏剧结构》一书里曾说：“在世界剧作史上尽管采用的结构处理方法是多种多样的，但不难看出有两种结构类型，一种是锁闭式结构，另一种可以叫做开放式结构。”[3]这一说法基本符合事实，如果再考察当代戏剧实践，大概可以说又出现了第三种结构类型，不妨称之为拼贴式结构。就中国话剧而言，《雷雨》是典型的锁闭式结构，《日出》是开放式结构，而当代话剧《暗恋桃花源》《思凡》等则属于拼贴式结构。每一部戏剧的结构都是千差万别的，结构类型也不是一成不变的模式，它只是对戏剧结构基本规律的总结。

但戏剧结构无论是何种类型，无论怎样变化，由于受舞台演出时空的限制，其基本的也是最高的目标始终是集中、完整、统一。

四

首先，从内部结构来看，《日出》的戏剧行动不具有一致性。

《日出》要展示宽广的生活面，要描摹人生世态，要通过生活在不同场景不同阶层的形形色色的人物的行动暴露“损不足以奉有余”的社会，作者必须找到与之相适应的结构形式。因此，曹禺“想脱开了佳构剧一类戏所笼罩的范围，试探一次新路”。他“决心舍弃《雷雨》中所用的结构，不再集中于几个人身上”。而是采用“横断面的描写”，“用片段的方法写起《日出》，用多少人生的零碎来阐明一个观念”。这个观念就是：“人之道，损不足以奉有余”。曹禺认为，“那‘结构’的联系正是那个基本观念”，“所谓‘结构的统一，也就藏在这一句话里”[4]。曹禺根据《日出》的题材内容探索新的结构形式是完全正确的，采取“横断面的描写”形式也是完全合适的，这体现出作者创新的勇气。问题是，以一个观念统领全剧、结构全剧，若没有统一的戏剧行动做支撑，是很难保证戏剧结构的完整统一的。夏衍的《上海屋檐下》也是采用“横断面的描写”，剧中没有统领全剧贯穿始终的中心事件，上海一座普通的“弄堂房子”里的五户人家各自琐碎、辛酸的生活和命运自成线索，但又互相衬托，共同呈现作者“从小人物的生活中反映了这个大的时代，让当时的观众听到些将要到来的时代的脚步声”[5]这一充满哲思的主题，全剧看似分散的人物、情节在作者对生活的哲理思考上得以凝聚，在统一的思想引领下，戏剧行动具有一致性，因此，结构上是一个和谐的整体。

---

① 亚里斯多德：《诗学》，罗念生译，人民文学出版社 1982 年版，第 21 页。

② 李渔：《闲情偶寄》，《中国古典戏曲论著集成》第 7 册，中国戏剧出版社 1959 年版，第 10 页。

③ 霍洛道夫：《戏剧结构》，李明琨、高士彦译，华东师范大学出版社 1981 年版，第 24 页。

④ 曹禺：《日出·跋》，《曹禺全集》第 1 卷，花山文艺出版社 1996 年版，第 388 页。

⑤ 夏衍：《谈〈上海屋檐下〉的创作》，《夏衍论创作》，上海文艺出版社 1982 年版，第 25 页。

但《日出》有统一的思想却没有统一的戏剧行动。《日出》的一、二、四幕以一家高级旅馆里交际花陈白露的华丽休息间为场景，展开对出入于其间的银行经理、银行秘书、银行小职员、富孀、面首、留学生、交际花、旅馆茶房、流氓地痞等从上流社会到下层社会各色人等生活的描写。资本家的勾心斗角、见利忘义，有闲阶级的空虚无聊、庸俗可笑，知识女性的生活堕落、精神痛苦，仆役地痞的趋炎附势、仗势欺人，底层人物的走投无路、哭告无门。一幅生动的金钱社会的人生世相，自成一个暴露社会丑恶的表意系统。而第三幕则在下等妓院"宝和下处"展开剧情，前两幕中的主要人物陈白露、潘月亭、李石清、张乔治、顾八奶奶等都不再露面，而主要以翠喜和小东西为中心，展示底层妓女生活的悲苦辛酸、心灵的善良美好、性格的坚毅顽强。第三幕的剧情以被卖进妓院三天的少女小东西接受翠喜的帮助和劝导开篇，以她不堪忍受屈辱的生活含恨自杀结尾，人物鲜活生动，表现深刻有力，自成格局，非常精彩。但该幕既不是前两幕主要人物和剧情的延续，也不和后面第四幕即将展开的主要剧情发生关联。第三幕和其他三幕在主要人物和剧情上是各自独立的，因而显得突兀、孤立，游离于戏剧主体之外。虽然可以用暴露"损不足以奉有余"的社会黑暗这一主题来统领和解释，但因第三幕与其他三幕的戏剧行动没有一致性，因此，《日出》的整体结构是欠统一的。

其次，从戏剧审美效果来看，《日出》不具备"印象整一性"。

相对于其他文学艺术样式而言，"戏剧必须是高度集中的，而集中要求的则是获得统一的印象"。只有主题思想统一、戏剧行动统一、风格情调统一，一部戏剧才能给读者和观众"统一的印象"。阿·尼柯尔论述戏剧的基本规律时说："在戏剧中，基本的整一性就是印象整一性。不言而喻，印象整一性是和古老的行动整一性紧密地联系在一起的，但是它的基本着重点却不是放在构思剧本时的创作过程中，而是放在整个剧本对一般观众的印象(即效果)上"，"每一出伟大的戏剧都表明，构成该剧的某些特殊成分总是屈从于鼓舞着创作该剧的那种主要精神，而且表明，任何一出戏，只要不使情绪服从于该剧的主要精神，它的完美就会受到损害"。[①]《日出》的第一、二、四幕大致以陈白露为中心，通过对出入高级旅馆的形形色色人物的描绘，反映着当时的社会经济制度及其所滋生的丑恶世相，"是对着借投机和剥削而存在的整个寄生的社会机构一个严厉的攻击"。而插入的第三幕则以小东西为中心，通过下等妓院"宝和下处"肮脏、污秽的环境和底层妓女苦难命运的展示，揭露社会的黑暗丑恶，呼唤人道与正义。这样的结构，从整体印象上看，存在三个缺陷：一是剧作描绘的是没有统一戏剧行动的两个世界，主要人物、基本剧情、气氛情调各不相同。二是从全剧篇幅安排上看，对两个世界的描写，分别是三幕和一幕，3 比 1，形式上不均衡、不和谐。三是第三幕关于下等妓院"宝和下处"剧情的插入，造成了一、二、四幕关于以陈白露为中心的高级旅馆里相关人物与剧情发展的中断，二、三幕之间和三、四幕之间的两次裂痕，使剧作失去了起承转合的流畅感，不能给观众完整统一的印象。

① 阿.尼柯尔：《西欧戏剧理论》，徐士瑚译，中国戏剧出版社 1985 年版，第 63—64 页。

再次，从舞台实践来看，《日出》需要导演进行一定的艺术处理方可弥补其结构上的缺陷，否则，观众难以获得“统一的印象”。

曹禺是一位深谙舞台奥秘的剧作家，他的剧作大都具有顽强而持久的舞台生命力，《日出》正是中国话剧史上被搬演于舞台次数最多的剧目之一，但也是被删改内容较多且引起争议较多的剧目之一。而舞台演出时的删改和引起的争议又主要与全剧的结构有关，关键是“第三幕”。

著名导演应云卫和欧阳予倩最早将《日出》搬上舞台，对原作的处理是删去第三幕。曹禺应邀观看后，对删去第三幕深表遗憾，随后发表了激烈的辩解和抗议。这已成为话剧史上的公案。欧阳予倩选择“将第三幕割爱”，除了原作篇幅太长，演出第三幕难度较大等原因外，最主要的还是“为舞台上的效果”。因第三幕“奇峰突起”与全剧不和谐，“在舞台上为着看起来格外精练格外能集中观众的精神起见”①而做了删减。在曹禺抗议之后，欧阳予倩替中国旅行剧团导演《日出》时保留了第三幕，他解释说：“我以为如若有装翠喜的角色，有在后台做效果的人，第三幕不妨演；不然便也不妨去掉。我没有看得十分严重。光演一二四幕也足够表现曹禺先生的才气了。”看得出，这是一位谦和的长者对曹禺激烈抗辩的含蓄回应。他虽然不愿意再直接表达自己对《日出》第三幕的意见，但紧接着上文的一段话，显示出，他还是含蓄地坚持着自己的看法。他说：“有许多作品，就是古来名作都不免有无从补救的漏洞，这只要无伤宏旨，尽可不必管它。并不是说责任自有作者担负，因为天才作家往往不拘小节，导演也能把握大处。”②我以为，《日出》结构上的缺陷正是一部名作“无从补救的漏洞”。

1980 年代初，当被问到对《日出》结构的看法时，曹禺还是坚持认为：“我这样安排也比较协调，所以结构上必须是这样，陈白露是主线，靠她把一切勾勒网结起来了。第三幕陈白露没有出场，可是方达生、小东西、胡四和陈白露有关系。更为重要更为迫切的，是我要暴露那个地狱般的妓女生活。这一幕，是《日出》对那个罪恶社会抨击的支点，也是我的感情的支点。”显然，一方面，曹禺认为第三幕中的几个人物和陈白露有关系，这样，通过陈白露就勾连起了全剧。另一方面，他强调是因为要暴露底层妓女的生活，所以必须有第三幕，写这一幕，“主要还是感情上的考虑”③。此后不久，曹禺和女儿万方将《日出》改编为同名电影，与原著相比，电影最大的改变有两点：一是陈白露成为全剧的真正主角，二是剧情结构上让主角陈白露和方达生一起寻找小东西，最后在小东西死时，陈白露、方达生和翠喜、小东西的尸体及众多底层社会人物出现在同一场景。在电影里，陈白露救了小东西后再去寻找小东西，最后目睹小东西的死亡并与妓女翠喜等底层人物相遇。至此，陈白露才真正作为主角网结起了全剧，原著第三幕的内容在电影里与主要人物和主要剧情有了更

① 欧阳予倩：《〈日出〉的演出》，转引自田本相、胡叔和编：《曹禺研究资料》下册，中国戏剧出版社 1991 年版，第 705—706 页。

② 欧阳予倩：《导演经验谈》，《戏剧时代》1937 年第 2 期。

③ 田本相、刘一军编著：《苦闷的灵魂——曹禺访谈录》，江苏教育出版社 2001 年版，第 34 页。

多的关联，且在篇幅上下等妓院的生活有明显的压缩。尤其是陈白露、翠喜和小东西出现在同一场戏里，“三者构成了互文关系，而且暗示了陈白露悲剧的必然”[①]。在电影里，原著结构上的缺陷得到了最大限度的弥补，这固然是因为电影这种不受时空限制的新的艺术形式所带来的便利，但因为改编者是曹禺本人，所以，我们不妨认为这也是曹禺对话剧《日出》结构缺陷的无声的默认。

新时期以来，《日出》不断被专业或业余演剧团体搬上舞台，其中影响最大的是任鸣和王延松所导演的《日出》。

任鸣曾于1997年、2000年、2005年、2010年和2012年五次执导《日出》，是《日出》演出史上执导版本最多的导演。其中，1997年和2005年是分别为新加坡艺联剧团和天津人艺执导，其他均为北京人艺演出。而2012年上演的《日出》基本上是2010年版的复排，只是演员多换了新人。因此，任鸣导演的《日出》以2000年版和2010年版最有代表性，主角陈白露分别由郑天玮和陈好饰演。前者较多地运用了现代化的表现手段，舞台演出形式的探索性较强，可称为“探索版《日出》”；后者强调“最大限度地尊重原作”，“力求还原曹禺笔下的时代”，追求给人“经典式的感觉，成为保留剧目”，可称为“经典版《日出》”。任鸣则称这两个版本为“现代版《日出》和传统版《日出》”。

2000年版《日出》力图寻找经典作品与当下现实的契合点，在保持原剧结构、剧情、台词基本不动的前提下，力求以当代眼光观照名著。故事背景被挪移到当下，布景、音乐、道具均很时尚。舞台上“创造的是一个被拜金主义狂潮冲刷得颠倒、扭曲的社会环境”，“郑天玮扮演的陈白露，是一只失却了鸟笼和包养者而无所依傍、选择自杀以获得‘可怜的保全’与‘最后的自尊’的‘金丝鸟’”。[②] 这样的解读是否切合原作者的意图，可以另作讨论，但其时代感和现实意义则是显而易见的。在戏剧经典的重排中，如何赋予原作以现代感和现实意义以适应当代观众的审美需求，“现代版《日出》”无疑做了有益的探索。但从舞台整体效果来看，第一、二、四幕在大酒店的戏富有现代感，而第三幕则难以时尚和现代，只能回到过去，这就使第三幕显得更加孤立，几乎飘离于剧情之外。因此，总体风格不统一，第三幕成为硬伤。

2010年，为纪念曹禺诞辰百年，任鸣再次执导《日出》，与十年前用现代方法进行舞台形式的探索不一样，这一版在舞台形式上是一种回归。“传统版《日出》”强调尊重原作、呈现原作、只删不改。其中，对第三幕的处理，就是删减了背景音乐中的某些元素，删除了交代性的过场人物和过场戏，如与黄省三自杀有关的卖报人与方达生的相遇等。从演出效果来看，减少了枝蔓，节省了时间，舞台更简洁、干净，也使小东西、方达生、胡四、王福升等第一、二幕中已经出现的人物更加突显，以强化人物、剧情的延续性，尽力使第三幕与全剧保持更多的关联性和一致性。从尊重原作、呈现原作的意义上说，“传统版《日出》”的导演

① 谷海慧：《角度与立场——〈日出〉的历史与当下接受》，《曹禺研究》第6辑，中国文史出版社2009年版，第77页。

② 吴戈：《“凋零”或“复活”：陈白露的生死徘徊》，《云南艺术学院学报》2011年第2期。

策略无疑是成功的。但从舞台整一性的审美效果来看，原剧结构上的缺陷则仍然无法弥补。

《日出》近年获得广泛好评的改编演出是2008年由王延松导演、总政话剧团演出的新解读版《日出》。王延松导演《日出》成功的关键是编导从新世纪舞台演出整体效果着眼，除了删减篇幅，重点是对原著进行了两大修改完善，一是强化陈白露作为全剧主角的地位，尤其着力于陈白露心灵世界的开掘；二是建立起全新的叙事结构，以陈白露的视角，以她的生活和她的灵魂叙事构建全剧剧情。这二者又密切关联，剧作以陈白露自杀身亡开幕，然后通过陈白露的灵魂再现，让陈白露贯穿全剧，包括在第三幕三次出现。这样，通过"把'陈白露之死'设定为一种全新叙事的界面，以陈白露'第一人称'为叙事路径，重新解构故事，依次展开她相关生活的内心层面。这种既是现实的又是灵魂的交叉叙事，使新解读版《日出》的故事主线，得以始终沿着契合主人公心灵的轨迹发展。"①正是因为采取了灵魂叙事的视角，陈白露救小东西，在她心灵深处，也是一次自我拯救。第三幕是在"宝和下处"展开，也是在陈白露的心里展开。陈白露、翠喜、小东西就成为了命运相连的三个女性。陈白露救不了小东西，最后也救不出自己，小东西的自杀和陈白露最后的选择一脉相承。王延松对《日出》的改编处理和曹禺的同名电影的改编思路是基本一致的，只是因舞台时空的限制，王延松更大胆更富于创造性地采取了更现代的叙事形式和手法，通过灵魂叙事、灵魂再现较好地缝合了原著结构上的裂痕，是对原著结构不统一的有效弥补，从而使剧作给观众以"统一的印象"。

（原载《江汉论坛》2018年第1期）

---

① 王延松：《戏剧的限度与张力——新解读"曹禺三部曲"导演文稿》，中国社会科学出版社2014年版，第148页。

文化生活版《日出》“版次”

段美乔

一

《日出》是曹禺的第二部剧作。因《雷雨》赢得的巨大声誉，《日出》一经发表便引来文坛的高度关注。1936 年 6 月 1 日，《日出》在上海《文季月刊》创刊号连载，每期一幕，连载 4 期，9 月 1 日刊毕，是为初刊本。两个月后，1936 年 11 月，《日出》单行本由上海文化生活出版社（简称文生社）出版，是为初版本，简称文生版。文生版《日出》大获赞誉，版次更迭极快。1936 年 11 月初版，12 月即“再版”，至 1937 年 7 月，10 个月的时间里，文生版《日出》共出版了 11 个版次，印刷 14000 册。抗战期间，与其他现代产业一样，新文学出版业遭受重创，文生版《日出》的版次更迭虽然减慢，但 8 年时间仍然出版了约 11 个版次。抗战胜利之后，文生版《日出》仍然广受欢迎。至 1953 年 5 月，文化生活版《日出》总共出版了至少 28 个版次，可谓长销不衰。

这里的“版次”，实际就是今天所说的“印次”。“版次”是沿用民国时期出版物版权页的惯常说法：民国出版物的版权页上，一般写作“民国某年某月初版，某年某月某版”。严格区分出版物的版次和印次始于 1950 年代。1950 年 9 月，全国出版工作会议通过的《关于改进和发展出版工作的决议》，提出在“版权上，对于初版、再版的时间，印数，著者，译者的姓名及译本的原名称等等，均应作忠实的记载。”同一部作品，不同纸型（即重新排版）的出版物分属不同的版次；同一纸型（即维持原有排版）的出版则为不同的印次。据此，民国出版物所谓“再版”实为“重印”，“某版”也即今天的“第某次印刷”。

现代文学版本研究，始自 20 世纪 40 年代中后期。从唐弢的书话写作开始，现代文学的版本研究提上日程。至 80 年代中期，朱金顺、姜德明、金宏宇等学者的版本研究，涉及几乎全部现代文学文献的版本类型。但是对于同一版本的“版次”问题，学界没有太多关注。不同的版本，因为重新排版，重做纸型，一方面版本的形态（包括装帧设计等等）会呈现较大的变化，另一方面作家可以借机进行增补和修改，所以受到研究者更多关注。而对于不同的“版次”（也即“印次”），则因为现代印刷术的特性，人们一般都将其视为同一版本在不同时段的“复制”而已，在研究中一笔带过。

但不同的“印次”，并非仅仅是对最初的“版次”进行简单的“复制”。有的著作在不同的“版次”间会有比较大的调整，典型的如由亚东图书馆印行的胡适《尝试集》，从第 1 版、再版，到第 4 版，序跋乃至诗作的增删都有显著变化，受到广大学者的关注。《女神》的版本研究算是进行得比较深入的。但大家的目光始终集中在几个不同的版本上，分析版本的差异以及其中包含的文学史意义。但对于同一版本的不同版次仍然是忽略不计的。泰东图书局版的《女神》不同版次在内容上也许没有太大的改动，但在封面设计、广告推介以及丛书归属等方面，从 1921 年、1927 年、1930 年到 1935 年都呈现出明显变化，表明了《女神》在不同历史时段所处的社会文化语境的差异，显示了出版者以及受众对其认知发生的微妙变化。而王风在《现代文本的文献学问题》中提到，他在整理《废名集》的时候发现，如废名这样语言敏感度极高的作家，即使没有重新排版，也会利用重印的机会在纸型上进行“挖补”修正。对于这一类型的作者，搜集同一版本不同版次的作品，将不同版次的作品加以比较，也许会有不同的发现。

如上文所说，从版权页看，文生版《日出》至 1954 年文生社并入上海新文艺出版社，至少出版了 28 个版次。笔者搜集其中 27 个版次，对各版次的出版时间、版次、出版地址、所属系列等情况稍作整理。(附于文后)通过对文生版《日出》诸版次的考察，澄清了曹禺研究中存在的一些问题，同时也对现代文学的文献整理提出一点思考，望与各位方家探讨。

二

《日出》于 1936 年 9 月连载结束，11 月即出单行本。天津《大公报》1936 年 12 月 27 日“文艺”副刊第 273 期，1937 年 1 月 1 日“文艺”副刊第 276 期，在副刊编辑萧乾的组织下，先后整版刊载来自文学界、学术界的十几位专家对《日出》的“集体批评”，其中包括茅盾、巴金、朱光潜、沈从文、叶圣陶、李广田、荒煤等。作为对这次声势浩大的“集体批评”的回应，曹禺写下《我怎样写〈日出〉》一文，在 1937 年 2 月 28 日《大公报》“文艺”副刊第 304 期上发表，其后又作为“跋”收入文生版《日出》。

《我怎样写〈日出〉》究竟何时作为“跋”收入《日出》单行本，学界曾经有过几种不同说法，并引发不同猜测。比如《曹禺年谱》(田本相、张靖编著，1985 年版)称初版本中有“跋”，有人因此而怀疑初版本的出版时间应在 1937 年 3 月后。[①] 而后的《曹禺年谱长编》(田本相、阿鹰编著，2017 年版)称《我怎样写〈日出〉》作为“跋”收入《日出》“再版重印本”，一般文学史叙述中则含混地说“再版”时作为“跋”收入。[②] 还有部分研究著作则直接将《日出·跋》的发表时间写成“1936 年”。[③] 但前文讲过，《日出》的“再版重印”始于 1936 年 12 月，而《我怎样写〈日出〉》刊登于 1937 年 2 月 28 日《大公报》“文艺”副刊，是作为对 1936 年 12 月 27 日和 1937 年 1 月 1 日的两次“集体批评”的回应发表的。这中间的时间差引发了学界对于这次“集体批评”的操作流程的疑虑，同时也对时任“文艺”副刊编辑的萧乾发起和组

① 潘克明：《关于〈日出〉初版本出版时间的质疑》，《中国现代文学研究丛刊》，1988 年第 1 期。

② 如金宏宇、吕丽娜《〈日出〉的版本与修改》(《湛江师范学院学报》，2005 年第 2 期)等。

③ 如曹树钧著《剧联与左翼戏剧运动》第 274 页(2014 年)，刘勇著《中国现代文学的多维阐释》第 99 页(安徽大学出版社，2013 年)，宋宝珍著《幕合幕开 当代剧场的炫目风采》第 79 页(辽宁人民出版社，2014 年)等。

织这次“集体批评”的意图和目标产生了诸多猜测。2000年前后成为学界热点的学术研究神话化现象研究[①]，更把《大公报》“文艺”副刊对《日出》的“集体批评”视为现代文学学界制造神话的例证之一。[②]

在《日出》经典地位的确立过程中，天津《大公报》的“集体批评”与“文艺奖”功不可没，这一点在学界已有共识。萧乾组织的《大公报》“文艺”副刊的“集体批评”与曹禺对“集体批评”的回应在时间上存在漏洞，因此被部分学者认为“颇有些刻意策划、精心导演的双簧戏之嫌疑”，并称萧乾组织的这次集体批评是一群人“奉所谓的现实主义为绝对正统”，“捧场、凑趣、献殷勤、表忠心的结果”。[③] 例如，张耀杰的文章这样描述《我怎样写〈日出〉》作为“跋”收入《日出》的单行本的过程：“《日出》于9月份在《文季月刊》连载完毕，11月份便由巴金主持的文化生活出版社出版，其间只有不到两个月的时间空档。在这两个月里，萧乾不仅成功地组织到了稿件，还及时把稿件转交给曹禺，好让他参照着这些批评意见写作《我怎样写〈日出〉》一文，先作为《日出·跋》收入11月份出版的《日出》单行本，之后才由萧乾安排在《大公报》文艺副刊上发表。其用心良苦、煞费苦心，由此即可见一斑。”

然而这里所谓“双簧戏”是建立在史实错讹基础上的错误判断。笔者调查文化生活版《日出》的第一、二、三、四等较早的版次发现，《我怎样写〈日出〉》作为“跋”收入《日出》单行本，并不是在1936年11月的“初版”，也不是1936年12月的“再版”、1937年2月的“三版”，而是在1937年3月的“四版”。文化生活版《日出》的第一、二、三版本都没有“跋”，从1937年3月的第四版开始，《日出》才有了“跋”，而此时距离曹禺《我怎样写〈日出〉》的发表至少已经过去几天了。所以，上述论文中充满讽刺意味地反复强调的“两个月”的时间差实际上并不存在，其所谓“刻意策划、精心导演”的“双簧戏”更不成立。

至于说到编者萧乾的“用心良苦、煞费苦心”，在《雷雨》的东风之下，一个感觉敏锐的批评家对《日出》充满期待、热心推广，本是其分内之事；而一个有眼光的媒体人，发掘有水准有口碑的畅销书，想来也是理所应当，毕竟，如前文所说，《日出》的再版重印速度是非常快的，销售也颇为可观。

通读“集体批评”的所有文章就会发现，“集体批评”对《日出》的评价并非全是褒奖和夸赞。荒煤就认为“日出是不及雷雨的”（原文没有书名号，编者按），“作者仅仅突击了一些‘现象’。而他应该突击的却是‘现实’”，曹禺“应该有更大的成就在来日！”[④]李广田也明

① 所谓“学术研究神话化现象”是指“以学术方式制造神话的现象”。对它的研究或从外部包括权力、话语、意识形态、社会关系等方面展开讨论，或从学术研究的内部机制加以分析。福柯、萨义德、卡拉—穆尔扎等学者的研究成果为当前现当代文学研究中的神话化现象的研究提供了研究思路。戴燕《文学史的权利》（北京大学出版社，2002年）、马俊山《走出现代文学的神话》（中国社会科学出版社，2002年）是这类研究中的佼佼者。

② 参见张耀杰《萧乾、巴金的“制造神话”及其它》（《书屋》，2000年第12期）、徐翔《当代文学研究中的神话化现象批判》（博士论文，北京师范大学，2009年）等。张耀杰在《萧乾、巴金的“制造神话”及其它》将其作为现当代文学研究神话化现象的例证之一，并且做了详细的史料论证。

③ 张耀杰：《萧乾、巴金的“制造神话”及其它》，《书屋》，2000年第12期。

④ 荒煤：《还有些茫然》，《大公报》“文艺”副刊，1937年1月1日，第13版。

确表示“我更喜欢雷雨”（原文没有书名号，编者按）[①]；朱光潜则直白地说，不想谈《日出》的好处，只“想说个人读《日出》后所感到的一些欠缺”[②]。这样的“集体批评”硬说成是“捧场、凑趣、献殷勤、表忠心”，显然并不符合事实。事实上，萧乾在1937年1月1日的“文艺”副刊“集体批评”的《编者补白》中为“集体批评”所展现的“超捧场、超攻讦”的批评态度而欣慰：“谁说批评不是阿谀便是中伤？”我们“这里有赞赏，然而是出诸喜悦；有指摘，然而是存心鼓进。”为了进一步宣扬这种“超捧场、超攻讦”的文学批评，萧乾还在积极策划第二次集体批评，在《编者补白》中为第二次集体批评征集读者来稿：“这里应该宣布的是我们第二次集体批评的对象：《星》叶紫作，一九三六年十二月文化生活出版社，实价三角，凡曾读过这本小说的朋友们，盼都将意见简单爽直地吐露出来。一俟稿齐，随时发刊。”可惜的是，因种种原因，计划中的“第二次集体批评”最终并未完成。同时，“集体批评”的方式在读者中也颇受好评。杭州读者潘琳特来信，给《大公报》“文艺”副刊的书评栏提建议，称“最好的办法，是集体批评，像批评《日出》的专辑那样”，“虽则也许会引起论战，倒是读者所欢迎的，只要不是乱嚷乱骂，而是平心静气地论辩的话。”[③]

考察参与《日出》“集体批评”的专家和学者：茅盾、巴金、靳以、朱光潜、沈从文、叶圣陶、李广田、杨刚、黎烈文、荒煤、陈蓝、李影心、李蕤、燕京大学西洋文学系主任英国学者谢迪克，以及组织“集体批评”的萧乾，要说这些人存在共同的“奉所谓的现实主义为绝对正统”的倾向，实在让人难以信服。相反，因为文学趣味的差异，这场“集体批评”在批评者之间引发了几场论争和笔仗。

三

在现代文献整理过程中，版本的选择至关重要。选择初版本，或者比较完整的版本，各有各的理由。但面对同一版本的不同印次，学界或者持无所谓的态度，有什么用什么，不加择选；或者依据现代出版业、印刷术的特点，把印刷时间靠后的版次列为首选。第一种态度，如上文所说，有可能形成错误的认知；第二种选择，在实际操作中，也存在不少问题。

文生版《日出》曾先后被列入文化生活出版社旗下的“文学丛刊”和“曹禺戏剧集”两个丛书系列。“文学丛刊”系列由巴金主编，从1935年底至1949年，陆续出版10集，每集16种，影响极大，文生版《日出》从初版开始即被列入“文学丛刊”系列第3集。“曹禺戏剧集”系列则出版在抗战爆发之后。据田一文回忆，1941年春天，巴金和几个朋友一起在重庆沙坪坝互生书店商量筹建文化生活出版社重庆办事处，并确定仍然由巴金主编“曹禺戏剧集”系列。[④] 于是在1941年1月《日出》“文学丛刊”系列第17版之后，1941年5月《日出》

① 李广田：《我更爱〈雷雨〉》，《大公报》“文艺”副刊，1936年12月27日，第11版。

② 孟实（朱光潜）：《舍不得分手》，《大公报》“文艺”副刊，1937年1月1日，第13版。

③ （杭州）潘琳：《“集评”更理想些》，1937年7月7日第12版上海《大公报》“文艺”副刊“读者评书评（二）”。

④ 李济生编著：《巴金与文化生活出版》，上海文艺出版社，2003年11月版，第10页。

又有了"曹禺戏剧集"系列"重庆初版",其版权页上注明:上海福州路和重庆沙坪坝区的文化生活出版社联合发行,重庆沙坪坝正街互生书店总经销。

接下来出版的《日出》"曹禺戏剧集"放弃了自己的独立版次,使用与《日出》"文学丛刊"统一的印次,1941年9月"曹禺戏剧集"第18版和"文学丛刊"系列第18版同时出版。此后,《日出》"文学丛刊"系列不复得见,而"曹禺戏剧集"则继续沿用"文学丛刊"系列的版次继续出版。

1942年12月《日出》"曹禺戏剧集"印刷第19版;当年12月又出版了"曹禺戏剧集"的"桂一版"。而后文生社为增强重庆业务,减轻桂林办事处的工作压力,将"曹禺戏剧集"等部分书籍交由重庆办事处排印发行。故"桂一版"之后,文生社《日出》的"曹禺戏剧集"系列再无桂林版。接下来,1946年8月"曹禺戏剧集"第21版;1947年2月出版了第22版;1948年2月、12月相继出版了第23版和第24版;1950年9月出版了第26版(同时期,还有"第廿六版新一版"问世),到了1953年5月第28版出版,这是笔者所见文生版《日出》最后的版次。

与《日出》"文学丛刊"系列相比,"曹禺戏剧集"系列从"重庆初版"开始,在版权页上就出现了严重失误。"重庆初版"的版权页将《日出》的初版时间误作"中华民国廿五年十月";1941年9月《日出》"曹禺戏剧集"系列第18版将初版时间写成了"中华民国二十五年九月",而同时出版的《日出》"文学丛刊"系列第18版并没有出现这种失误;此外,《日出》"曹禺戏剧集"系列的1946年8月第廿一版和1947年2月第廿二版都将初版时间误作"中华民国二十五年一月"。因为版权页上的反复失误,所以熟悉《日出》版本的研究者,往往更看重早期的"文学丛刊"系列,而对更晚近的"曹禺戏剧集"系列心存警惕。

尽管《日出》"曹禺戏剧集"系列印次靠后,其可靠性却大不如印次更早的"文学丛刊"系列。究其原因,主要有两点。其一有可能是具体工作人员的办事态度或者情绪等出现了问题。《日出》"曹禺戏剧集"系列出版时期,文生社重庆办事处虽有总经理吴朗西坐镇,但吴朗西主要负责资金调拨,并在和成银行担任要职,工作繁重。故而重庆办事处的日常工作主要由田一文负责。田一文是巴金的好友,无论是在日常工作方面,还是在文学眼光方面,都颇得巴金信任。巴金曾经在给杨苡的信中表示,赵瑞蕻的译稿可直接交给田一文,田一文"可以代我看看译稿"。[①] 但那时田一文独自一人在重庆负责出版具体事务,一方面身负重担,工作压力大,同时又挂念着铁蹄下的家乡武汉,而且因为个性直率,得罪了一些朋友。这些都有可能影响到他的情绪和工作态度。从《日出》"曹禺戏剧集"系列来看,田一文的校对工作不甚严谨。并且《日出》"曹禺戏剧集"系列的问题并非个例,比《日出》版权页错误更为出名的是重庆文生社出版的《淘金记》的校对问题。1943年沙汀的长篇小说《淘金记》由文生社重庆分社出版,但沙汀发现了这版《淘金记》不少错字,对田一文的校对非常不满,特作《校正记》提出批评。此事件对文化生活出版社的声誉颇有影响。

① 巴金致杨苡信(1944年4月22日),杨苡编《雪泥集 巴金致杨苡书简劫余全编》,上海远东出版社,2010年版,第40页。

1946 年 8 月 7 日、1947 年 8 月 14 日，巴金先后致信沙汀，告之《淘金记》在文生社上海初版和再版情况，初版改了六个字，再版改得更多，并特意说明是根据沙汀的短文《校正记》改正的。[①] 同时巴金也多次致信田一文，叮嘱他校对要更细心些，表示作为友人原谅其缺点，希望能更进步，并能终身参与到文化出版事业。[②]

其二则与时代环境相关。现代文学三十年的发展进程总离不开时代社会政治背景的影响。20 世纪 30 年代是国民政府统治相对稳定的时期，经济文化在跌宕中逐步发展。而 1937 年抗战爆发之后，在战乱、逃难和救亡中的文化出版业处境艰难可想而知。比较两个系列版权页中的出版所地址便可窥见一斑。“八·一三”战役前，《日出》“文学丛刊”系列共印刷 11 版，出版所地址都在上海福州路四三六号，比较稳定。进入孤岛时期，《日出》印刷了 7 个版次，出版所地址变更了 3 次：上海福州路四三六号、山西路慈丰里、福州路三八四弄。“曹禺戏剧集”系列的出版所地址则复杂得多，1949 年以前的版次中几乎没有两本出版地址是完全一样的。整理这些出版所地址的变迁，也许能够理出一部上海文化生活出版社的流亡史。这样的颠沛流亡中，出版印刷中出现各种错误也是可以理解的。

即使不考虑时代背景，不考虑具体工作人员的态度、情绪等等，最晚的也并非就一定最佳。例如，文生版《日出》第四幕中有一段情节，胡四给顾八奶奶说戏。胡四念了一段锣鼓经，顾八奶奶得意洋洋地跟陈白露炫耀“这家伙点叫‘急急风’”，胡四嘲弄她记性不好说错了，顾八奶奶“（掩饰地）‘哦，哦’，这叫‘慢长锤’”。“慢长锤”是京剧锣鼓经中的一种，由长锤和夺头结合而成，多用于原板、慢板或者二六的入头，或是用来配合比较缓慢的人物上场、更衣等动作。1951 年上海的京剧老艺人响应抗美援朝总会捐献飞机大炮的号召，在人民大舞台举行盛大演出，梅兰芳参加的《龙凤呈祥》中孙尚香出场时，16 位京剧名家扮演宫嫔，配合着慢长锤，一对对缓缓登场，大锣打了 82 下才走完。慢长锤的“慢”在这里将氛围展现得淋漓尽致。

但是查考文生版《日出》各个版次，初刊此处作“慢长锤”，而其后来的诸版次，从“文学丛刊”系列“曹禺戏剧集”系列到 1951 年开明书店“曹禺选集”版、1954 年的人民文学出社“曹禺剧本选”版、1957 年中国戏剧出版社“现代戏剧创作丛书”版、1985 年四川文艺出版社的“川版”、1988 年中国戏剧出版社的“曹禺文集”版、1994 年人民文学出版社的“中国现代名剧丛书”版等等，除了如 1959 年人民文学出版社“文学小丛书”版、1961 年人民文学出版社“曹禺选集”版等版本删掉了这段对话，其他的版本几乎都把“慢长锤”误作“慢长锥”。笔者从文生版《日出》1936 年 11 月的初版开始逐一核对，错误的源头来自第四版。第一、二、三版均作“慢长锤”，从第四版开始，这段“家伙点”的名目变成了“慢长锥”。而这样的错误一旦出现，后来的校对者，如果没有一定的京剧常识，仅靠检查文字是否错讹、行文是否通畅、上下文的逻辑等等是很难发现的。而这个错误的出现，极有可能是因为第 4 版《日出》新加入了“跋”，所以校对人员在校对“跋”的过程中，顺便给第 4 版《日出》在文字上

① 参见李国糅、李小瑞编，《巴金与友朋往来手札：沙汀卷》，上海社会科学院出版社，2009 年版。

② 参见巴金著，《巴金书简　初编》，四川文艺出版社，1987 年版。

重新进行校正，也就是所谓的在纸型上挖字修补，结果反而出现错误，而且这个错误从1937年3月延续至今。

在现代文学的文献整理中，版本和印次，都是不可忽视的存在。现代文学的文本文献形成过程中，社会文化的急剧变迁以及现代出版和印刷技术的深度参与，使其具有了与古典文献完全不同的面貌。一方面，短时期内，作者自发或者被动的修改，形成诸多独立又相关的版本；另一方面，现代出版文化和印刷技术，又深刻影响到版本呈现出的不同面貌，从而传达出丰富的社会史和文化史信息。将版次与印次结合相研究，也许能为中国现代文学版本学研究开辟一块新的学术土壤。

附录：

出版时间	版次（印次）	出版所地址	所属系列	备注
1936年11月	初版	上海福州路四三六号	文学丛刊第三集	
1936年12月	再版	同上	同上	
1937年2月	三版	同上	同上	
1937年3月	四版	同上	同上	收入“跋”
1937年4月	五版	同上	同上	
1937年4月	六版	同上	同上	
1937年5月	七版	同上	同上	
1937年5月	八版	同上	同上	
1937年7月	十一版	同上	同上	有印数：11001～14000
1938年4月	十二版	同上	同上	有印数：14001～15000
1939年3月	十四版	山西路慈丰里	同上	
1939年8月	十五版	同上	同上	
1940年3月	十六版	同上	同上	
1941年1月	十七版	上海山西路慈丰里	同上	
1941年5月	重庆初版	上海福州路 重庆沙坪坝	曹禺戏剧集第二册	版权页将初版时间误作“中华民国廿五年十月”
1941年9月	十八版	上海福州路三八四弄	文学丛刊第三集	
1941年9月	十八版	未注明地址	曹禺戏剧集2	版权页将初版时间误作“中华民国二十五年九月”
1942年12月	十九版	未注明地址	曹禺戏剧集2	
1942年12月	桂一版	桂林中北路一一九号之廿三 重庆民国路廿一号 成都陕西街一三八号附五号	曹禺戏剧集第二册	

续表

出版时间	版次(印次)	出版所地址	所属系列	备注
1946 年 8 月	廿一版	上海钜鹿路一弄八号 重庆民国路一四五号 汉口湖南街七十八号	曹禺戏剧集第二种	版权页将初版时间误作“中华民国二十五年一月”
1947 年 2 月	廿二版	上海钳鹿路一弄八号 重庆民国路一四五号 汉口交通路二十四号	同上	同上
1948 年 2 月	廿三版	上海钜鹿路一弄八号 重庆民国路一四五号 汉口交通路二十四号 成都祠堂街八十四号	同上	同上
1948 年 12 月	廿四版	上海钜鹿路一弄八号 重庆民国路一四五号	同上	
1950 年 9 月	廿六版	同上	同上	
未注明时间	廿六版 新一版	上海钜鹿路一弄八号	封面有“文学丛刊”字样,但版权页注明为“曹禺戏剧集”	
1951 年 5 月	廿七版	上海钜鹿路一弄八号	曹禺戏剧集第二种	
1953 年 5 月	二十八版	上海钜鹿路一弄八号	曹禺戏剧集 2	有印数:1～2000

(原载《新文学史料》2020 年第 2 期)

编后记

2017年夏，本丛书的筹备会上，我申请选择曹禺先生的《日出》卷作为编选对象，其初衷在于感念曹禺通过这部四幕剧与社会现实生活短兵相接的硬气，这正如1937年《大公报》颁发给曹禺文艺奖授奖词所言，“他由我们这腐烂的社会层里雕塑出那么些有血有肉的人物，贬责继之以抚爱，直象我们这个时代突然来了一位摄魂者。在题材的选择、剧情的支配以及背景的运用上，都显示着他浩大的气魄。这一切都因为他是一位自觉的艺术者，不尚热闹，却精于调遣，能透视舞台的效果”。编选始于个人偏爱，落实到具体的研究文献搜集整理确实是件极为艰苦的工作，搜集原始文献、甄选考证、增删篇目、修订目录、统一文稿格式、修正并注释文章刊发时明显的字误或疏漏等等。

《〈日出〉研究资料》所选录的是1936年12月至2020年6月有关曹禺话剧《日出》研究的相关文章，试图较为全面地呈现近八十五年内较新的研究成果，以报刊刊登的文献为主，兼顾相关的研究著作。纵观整体的《日出》研究，主要围绕结构、主题、人物形象等方面展开，已由早期的批评走向学术化，视野开阔，逐渐向立体多维方向发展，尤为可喜的是，版本研究在沉潜中精进，开始成为学术生长点。当然，《日出》研究也存在明显不足，学界对于《日出》的阐释，相当长时期都受到庸俗社会学的影响，20世纪80年代中期之后又存在过多倚重西方理论方法的倾向。

曹禺话剧的研究资料纷繁芜杂，对研究文献进行分门别类地整理是非常必要的。《日出》研究文献搜集规整，无疑会有利于推进拓深曹禺话剧研究。需要指出的是，个别篇目因受历史语境的局限不得不割舍，这是遗憾之处。如果本卷能增进读者对于曹禺话剧的思考，为大家查找资料提供一些方便，我们便没有枉费心血。

2020年8月，正是武汉疫后复苏的日子，历时三年的曹禺《日出》研究资料编选完成。感谢湖北大学文学院领导及同仁的信任和支持，能够参与这套丛书的编选工作，是我莫大的荣幸。感谢长江出版社湛青等编辑的辛苦工作，编辑们的专业精神令人钦佩！最后也要感谢梅伟、梁慧娟、柯姝璟、王莹、李玉青等研究生的通力协助。编选是一个学习的过程，因受编者的阅读和学力所限，难免遗珠之憾，对于本卷编选工作的疏漏和不足，恳请读者诸君批评指正。

最后，需要特别说明的是：本书作为湖北大学中国语言文学学科建设的重要成果，其编选和出版得到了湖北大学“中国文化传承与发展”省级优势特色学科群和湖北大学“中国语言文学与哲学文化”省级一流学科建设项目的大力支持，在此一并感谢。

编　者

2020年8月12日